ॐ

*श्री रामाय नमः*

# श्री हनुमान लीला

ॐ

*श्री गणेशाय नमः*

भगवान गणेश को नमन्
मैं प्रार्थना करती हूँ कि ईश्वर
इस लेखिका के मार्ग की
समस्त बाधाओं को दूर करें तथा
श्री हनुमान की लीलाओं
पर यह पुस्तक लिखने में सहयोग दें।

# श्री हनुमान लीला

वनमाली

अनुवाद : आशुतोष गर्ग

MANJUL
मंजुल पब्लिशिंग हाउस

MANJUL

**मंजुल पब्लिशिंग हाउस**

*कॉरपोरेट एवं संपादकीय कार्यालय*

द्वितीय तल, उषा प्रीत कॉम्प्लेक्स, 42 मालवीय नगर, भोपाल-462003

*विक्रय एवं विपणन कार्यालय*

7/32, भू तल, अंसारी रोड, दरियागंज, नई दिल्ली-110002

वेबसाइट : www.manjulindia.com

*वितरण केन्द्र*

अहमदाबाद, बेंगलुरू, भोपाल, कोलकाता, चेन्नई,

हैदराबाद, मुम्बई, नई दिल्ली, पुणे

आर्यन बुक्स इंटरनैशनल

के सहयोग से प्रकाशित

वनमाली द्वारा लिखित मूल अंग्रेजी पुस्तक

*श्री हनुमान लीला* का हिन्दी अनुवाद



यह हिन्दी संस्करण 2016 में पहली बार प्रकाशित

**ISBN 978-81-8322-724-7**

अनुवाद : आशुतोष गर्ग

मुद्रण व जिल्दसाज़ी : थॉमसन प्रेस (इंडिया) लिमिटेड

# समर्पण

*ॐ आंजनेय विद्महे,*
*वायुपुत्राय धीमहि,*
*तन्नो हनुमत् प्रचोदयात*

*मैं आंजनेय का चिंतन करती हूँ*
*मैं वायु-पुत्र का मनन करती हूँ,*
*वे मुझे ज्ञान प्रदान करें।*

मेरी सबसे प्रिय मित्र और
श्री हनुमान के श्रेष्ठ भक्तों में एक
निल्ली
को समर्पित

श्री बाबा नीब करौरी जी महाराज द्वारा प्रदत्त
एवं उनकी मुख्य शिष्या श्री सिद्धि माँ
द्वारा व्यक्त मंगलकामना

*हनुमान सम नहिं बड़ भागी*
*नहिं कोऊ राम चरण अनुरागी,*
*पवन तनय बल पवन समाना*
*बुद्धि विवेक विज्ञान निधाना*
*कवन सो काज कठिन जग माहिं*
*जो नहिं छोड़ तथा तुम पाहिं।*

हनुमान जितना भाग्यशाली कोई नहीं है,
राम के चरणों में किसी अन्य का इतना प्रेम नहीं है,
पवन-पुत्र, जो बल में उन्हीं (पवन) के समान हैं,
जो बुद्धि, विवेक और विज्ञान का भंडार हैं,
हे प्रभु! यदि आप अपने स्नेह की वर्षा कर दें
तो इस संसार का कोई कार्य कठिन नहीं है।

# अनुक्रमणिका

# आमुख

## श्री कृष्ण दास

श्री वनमाली असाधारण प्राणी हैं। वे भगवान राम के सभी रूपों की भक्त हैं, जिन्हें भगवान की *लीलाओं* को अंग्रेज़ी भाषी लोगों तक पहुँचाने की कृपालु अभिलाषा का आशीर्वाद प्राप्त है।

पश्चिम में, ऐसे अनेक नए भक्त हैं जिन्हें भारत के पूज्य व प्राचीन ग्रंथों को समझने की बहुत आवश्यकता है। ऐसे में श्री वनमाली मनोहर व ठंडे झोंके की भाँति इन उत्सुक भक्तों के हृदय तथा मस्तिष्क को भगवान की आनंदमय लीलाओं से भर देती हैं। उन्होंने अपनी अन्य सभी पुस्तकों की तरह, श्री हनुमानजी पर लिखी इस पुस्तक में भी हमें अपने प्रियतम की लीलाओं के गूढ़ संसार से परिचित करवाया है।

भगवान के सभी भक्तों में श्री हनुमान सबसे श्रेष्ठ हैं। वे सही अर्थों में ज्ञानी हैं। वे अपने वास्तविक रूप में भगवान श्री राम के साथ एकाकार हो गए हैं तथा प्रत्येक वस्तु और व्यक्ति में अपने भगवान के दर्शन करते हैं। उनका सत्याभास यहीं तक सीमित नहीं है।

जैसा कि श्री कृष्ण कहते हैं,

*"और जब प्राणी सब में मुझे तथा मुझ में*
*सब को देखता है, तो मैं उसे और वह*
*मुझे कभी नहीं त्याग सकता।*
*और वह प्राणी, जो प्रेम की इस एकात्मकता में,*
*प्रत्येक वस्तु में, जिसे वह देखता है*
*मुझसे प्रेम करता है, वह प्राणी कहीं भी रहे,*
*वह वास्तव में मेरे भीतर रहता है..."*

—*भगवद् गीता,* अध्याय 6

श्री हनुमान को समझने का यही तरीक़ा है। वे अपने भीतर सत्य को महसूस करने वालों की समस्त बाधाओं को दूर करके सभी जीवों के रूप में श्री राम की सेवा करते हैं। वास्तव में वे यह मानते हैं कि राम के अतिरिक्त, कोई "अन्य", प्राणी नहीं है। स्वयं को अलग समझने वाले लोगों के प्रति करुणा रूप में प्रकट होने वाले इस सत्य-जनित प्रेम से प्रेरणा लेकर वे सतत उनके कष्टों को दूर करते रहते हैं।

श्री हनुमान का एक अन्य रहस्य श्री नीब करौरी बाबा ने अपने बहुत पुराने भक्त दादा मुखर्जी के समक्ष प्रकट किया था। महाराज जी के साथ, भक्तों की एक टोली चित्रकूट

में हनुमान धारा गई थी। उन्होंने पहाड़ी के ऊपर स्थित चट्टान में से निकलने वाली उस जलधारा के निकट विश्राम किया था।

महाराज जी ने दादा को बताया, "यही वह जगह है, जहाँ लंका दहन करने के बाद हनुमान शांत होने के लिए आए थे और उन्होंने स्वयं को ठंडा किया था।"

कुछ क्षण बाद उन्होंने धीरे से कहा मानो खुद से बात कर रहे हों, "निस्संदेह, हनुमान सदैव शांत रहते थे।"

कोई भी कार्य करते, चाहे लंका जलाते हुए, राक्षसों का संहार करते हुए, राम नाम की धुन गाते हुए अथवा भक्तों की सेवा करते हुए, हनुमान कभी श्रीराम से अलग नहीं होते थे।

भगवान सब पर कृपा करें।

श्री कृष्ण दास

श्री कृष्ण दास अपने हृदय स्पर्शी भक्तिमय गीतों के कारण सभी संगीत प्रेमियों के बीच, विशेष रूप से पश्चिम में, विख्यात हैं। हालाँकि वे कृष्ण दास के नाम से जाने जाते हैं, परंतु उन्हें सहज रूप से राम दास या हनुमान दास भी कहा जा सकता है क्योंकि वे दोनों के भक्त हैं।

ॐ श्री हनुमते नमः

ॐ

*श्री रामचंद्राय नमः*

# भूमिका

*यत्र यत्र रघुनाथ कीर्तनं*
*तत्र तत्र कृतमस्तकांजलि*
*वाष्पवारि परिपूर्ण लोचनं*
*मारुतिं नमश्च राक्षसान्तकं*

*"मैं, असुरों के संहारक,*
*मारुति को प्रणाम करता हूँ,*
*जो उन सब स्थानों पर,*
*जहाँ राम की महिमा गाई जाती है,*
*हाथ जोड़े उपस्थित रहते हैं तथा*
*निष्ठा एवं हर्ष के अश्रु बहाते हैं!"*

—तुलसीदास कृत *रामचरितमानस*

आधुनिक विज्ञान भले ही विकास के यांत्रिक सिद्धांतों को खोजने का दावा करे किंतु भारत के प्राचीन ऋषियों ने तो सनातन धर्म कहलाने वाले शाश्वत मूल्य के आध्यात्मिक नियमों की खोज की, जो मानव-मन में दैवी रूप से बलात् अंतर्विष्ट है और जो उसे विकास की अधिक ऊँचाइयों तक पहुँचाने में समर्थ बनाते हैं। यह विश्व के लिए भारत की महान देन है कि उसने मनुष्य मात्र को अपने स्वभाव को झकझोरकर, उसमें अंतर्विष्ट दिव्यता को उद्घाटित करने की प्रबल इच्छा को अनुप्रमाणित किया है। इसी को प्रबोधन अथवा ज्ञान का उदय होना कहा जाता है। भारत में पीढ़ी दर पीढ़ी ऐसे व्यक्ति जन्मे हैं जिन्होंने सनातन धर्म को निरंतर नवीनता व सरसता प्रदान की और संपूर्ण मानव जाति को सुलभ कर दिया। हमारे मनीषियों ने चाहा कि हमारा देश न केवल भौतिक उन्नति करे, बल्कि यह उन्नति हमारी विरासत में सन्निहित समझदारी और विवेक द्वारा निर्दिष्ट धर्मपरायणता के ब्रह्मांडीय नियम के अविरत आंतरिक नवीनीकरण के माध्यम से होनी चाहिए।

इस देश के महाकाव्य एवं *पुराण* ज्ञान के भंडार हैं और इनके अध्ययन द्वारा हमारा आध्यात्मिक विकास जल्दी होगा। सत्य हमारे निजी प्रयासों द्वारा प्रत्यक्ष अनुभूति की चीज़ है तथापि इसकी प्राप्ति के लिए ऋषियों ने बहुत से तरीक़े बताए। इन संतों का व्यक्तित्व

महान था और ये ऐसे अभद्र लोगों से, जो अपने कुछ भी लिखे हुए से अपने नाम का गुणगान चाहते हैं, बहुत ऊपर उठे हुए थे। इसलिए उनके नाम रहस्य बनकर रह गए हैं। हम उनके द्वारा बताई गई विधियों को अपनाने का प्रयास करके, उनके प्रति केवल अपनी कृतज्ञता प्रकट कर सकते हैं।

हमें ऐसे लोगों के प्रति, जो सहृदय हैं, अपने अत्यावश्यक अनुभवों को बाँटने का विनम्र आग्रह परिलक्षित होता है। मानव-मन के लिए उपलब्ध यह उत्कृष्ट अनुभव है जिसे ब्रह्मज्ञान कहा जाता है। विद्या अथवा ज्ञान स्वयं में जीवन का उद्देश्य नहीं हैं, उसे तो एक ऐसे सजीव मेल-मिलाप का रूप लेना होगा जिसमें हम सभी प्राणियों में ही नहीं, बल्कि समूचे विश्व में निहित जीवन की एकता को यथार्थ में अनुभव करते हैं। इससे समूची सृष्टि के प्रति अथाह प्रेम का जन्म होता है और इसी से हमारे सार्वजनिक अनुभव के सजग संसार में दमघोंटू प्रतिबंधों तथा भ्रांतियों से स्वयं को मुक्त करने की प्रबल इच्छा भी होगी। इस प्रकार के पूर्ण रूपेण निस्वार्थ प्रेम में अपने चिर पोषित ज्ञान को संपूर्ण मानवता के साथ बाँटने की उनकी उत्कृष्ट अभिलाषा झलकती है। इस प्रकार हम देखते हैं कि ऋषियों ने अपने सामर्थ्य के अनुरूप हर संभव उपायों द्वारा हमारी त्रस्त और अज्ञानी मानव जाति को वह सब उपलब्ध करने योग्य बनाया जो मानव जीवन का परमार्थ था। हर मनुष्य ईश्वर का ही प्रतिबिंब है। संसार की भ्रांतियों व मरीचिका में फँसने मात्र के कारण हमें अपने दैवी स्वरूप की अनुभूति नहीं हो पाती।

उपनिषदों ने ज्ञान का मार्ग दिखाया जिस पर चलना बहुतों के लिए कठिन है। वे केवल उन्हें ही आकर्षित करते हैं जो पहले से अध्यात्म की ओर प्रवृत्त हैं। तथापि ऐसा कहा जाता है असीम, कालातीत और निराकार ईश्वरत्व इस नश्वर जगत में, ईश्वरों के रूप में अपने कुछ रहस्यमय उद्देश्यों के लिए अवतरित होता है। इसे ईश्वर की लीला कहा जाता है। जो ऋषि उपनिषद काल के बाद आए, वे ऐसे लोगों की आवश्यकता को पूरा करने के संकल्प के साथ आए जिनका आध्यात्मिकता की ओर क़तई झुकाव नहीं था। इसलिए उपनिषदों की यथार्थता को बलात् उन औसत ज्ञान वाले लोगों के मनों में कहानियों के रूप में पुर्नस्थापित किया। *महाभारत* के रचयिता महर्षि व्यास ऐसे कथावाचकों में सबसे महान थे। उनका कहना था कि यदि हम किसी कथा को ध्यानपूर्वक सुनें तो फिर हम पहले जैसे नहीं रहेंगे। वह कथा-कहानी विशेष रूप से यदि आध्यात्मिक तल पर है तो वह मन में समा जाएगी और हमारी स्वनिर्मित बाधाओं को तोड़कर उत्कृष्टता प्रदान करेगी! यदि हम इन कहानियों को मात्र मनोरंजन के लिए पढ़ें तो भी अंत में एक, दो हमारे मन में प्रविष्ट हो मानवीयता के निष्ठुर आवरण में विस्फोट करके हमारे चित्त की उत्कृष्टता को उद्घाटित कर देंगी। ये कहानियाँ असीम जीवन शक्ति से ओत-प्रोत हैं जिन्हें सुनकर लोग थकते नहीं हैं। इन्हें सुना या पढ़ा जा सकता है और इन पर मनन किया जा सकता है, इनमें पाठक के अंदर जीवन, मृत्यु और प्रारब्ध विषयक गहरी सोच विकसित करने की क्षमता है। प्रत्येक कहानी में परोक्ष रूप से नैतिक मूल्य निहित हैं जिसकी तुलना किसी सुंदर फूल की सुगंध से की जा सकती है। ऋषियों ने हमें सिखाया कि समस्त रूप, किसी भाषा के स्वरूप-शब्द-शक्ति से युक्त अक्षर हैं, जो किसी भी रूप द्वारा अप्रतिबंधित होते हुए भी

सभी रूपों का सर्वोत्तम स्रोत हैं और हमें अपनी आध्यात्मिकता की अनुभूति करवाने में सहायक हो सकते हैं।

ईश्वर के प्रति समर्पण अथवा भक्ति के मार्ग को पुराणों अथवा महापुराणों में आकर्षक रूप में स्पष्ट किया गया है। इनमें महान अवतारों और हिंदू सर्व देव मंदिरों के सभी बहुसंख्यक देवों की कथाएँ वर्णित हैं जो जीवन के सत्य से पूरी तरह मेल खाती हैं। भारतीय उपमहाद्वीप की संस्कृति इन महाकाव्यों के परिवेश मे विकसित हुई थी। प्रत्येक बच्चे को इनमें दिए उत्कृष्ट उदाहरणों का अनुकरण करना सिखाया जाता था और इस प्रकार उसके जीवन को आदर्श रूप प्रदान किया जाता था। हिंदू मानस को किसी भी उत्कृष्ट की पशु अथवा मनुष्य रूप में कल्पना करने में कोई कठिनाई नहीं होती। इसलिए हम गणेश को हाथी के सिर के साथ मानव रूप में और हनुमान को चित्रित देखते हैं जो कि वानर थे।

हिंदुओं के देव-समूह में हनुमान सर्वप्रिय हैं। वे वास्तव में हैं तो पशु, किंतु मनुष्यों की तरह आचरण करते हैं। वे भगवान विष्णु के सातवें अवतार, सूर्यवंशी तथा अपने उत्कृष्ट इष्टदेव श्री राम के प्रति निस्वार्थ परम भक्ति के प्रतीक हैं। हनुमान में सारी शक्ति राम नाम के मूलमंत्र के निरंतर जप से आई जो कि कलियुग के लोगों के लिये महामंत्र है। ऐसा कहा जाता है कि यदि इस मंत्र का भक्ति भाव से जप किया जाए तो यह नाशहीन जीवन-चक्र से मुक्ति प्रदान करता है।

राम के प्रत्येक मंदिर में, राम के चरणों में नतमस्तक मुद्रा में हनुमान की मूर्ति होती है। जहाँ भी *रामायण* पढ़ी या गाई जाती है, वहाँ एक आसन हनुमान के लिए ख़ाली छोड़ा जाता है क्योंकि ऐसा माना जाता है कि जहाँ भी इनके परम प्रिय स्वामी राम की कथा का पाठ होता है, ये वहाँ सदैव विद्यमान रहते हैं।

संस्कृत शब्द 'साधना' का अर्थ है, ऐसी पद्धति जिसे अपनाकर कोई अभिलाषी या साधक अपनी चेतना के साथ संपर्क स्थापित कर सकता है। साधना सबसे सरल पद्धति, *जप* अथवा मन में ईश्वर के उस नाम को बारम्बार बोलते रहना है जिसकी हम कल्पना करते हैं। हनुमान के नाम से हमारे मन में ऐसी वानर की छवि बनती है जिसने अपने इष्टदेव केवल राम नाम को जपकर पूर्ण तरह आदर्श रूप प्राप्त कर लिया था तथा अपने इष्ट देव प्रभु राम के प्रति पूरी तरह से आत्म-त्याग कर दिया। विनयशीलता और निस्वार्थ भाव हमारे ज्ञान के मापदंड हैं। हम जितना अधिक ज्ञान लेते हैं, हमें उतना ही अधिक यह आभास होता है कि हम कितने अज्ञानी हैं और यह कि कितना कम कार्य हम स्वयं कर सकते हैं।

किंवदंती के अनुसार, हनुमान पवन-पुत्र हैं। वायु ही समस्त प्राणियों को जीवित रखती है। कोई भी जीव बिना भोजन व जल के कई दिन गुज़ार सकता है, किंतु वायु के बिना थोड़े समय भी जीवित नहीं रह सकता। वायु जीवन है। इसलिए हनुमान भी प्राणदेव अथवा श्वास जीवन के अधिष्ठाता कहलाते हैं।

वैष्णव धर्म के अनुयायियों का मानना है कि विष्णु की सहायता के लिए वायुदेव ने तीन अवतार लिए। पहले अवतार में, हनुमान के रूप में राम की सहायता की। दूसरे में, भीम के रूप में कृष्ण की सहायता की। तीसरे अवतार में, मध्वाचार्य (1197-76) के रूप

में द्वैत कहे जाने वाले वैष्णव संप्रदाय की नींव डाली।

हिंदू प्रतीकवाद के संदर्भ में वानर, मानव मन का द्योतक है जो सदा चंचल और अशांत रहता है। यह केवल बंदर के समान मन ही है, जिसे मनुष्य पूरी तरह नियंत्रित कर सकता है। हम अपने इर्द-गिर्द के समाज को नियंत्रित नहीं कर सकते किंतु कठोर अनुशासन द्वारा अपने मन को सौम्य बनाकर वश में कर सकते हैं। हम जीवन का चयन तो नहीं कर सकते, किंतु उसमें अपनी प्रतिक्रिया का चयन अवश्य कर सकते हैं। निश्चय ही, हनुमान आदर्श चित्त के प्रतीक हैं तथा मस्तिष्क की श्रेष्ठता को दर्शाते हैं। वे सही रूप में *भगवद्गीता* के स्थित प्रज्ञ हैं। उनका अपने मन पर पूरा नियंत्रण है। 'हनुमान' नाम उनके चरित्र का संकेत देता है। यह संस्कृत के दो शब्दों – 'हनन' और 'मन' से बना है, जिसका अर्थ है, जिसने अपने अहंकार को जीत लिया है। योग के अनुसार तन, मन का ही विकार है। इस तरह, जिनका अपने मन पर पूरा आधिपत्य है, उन हनुमान का शरीर भी सर्वाधिक विकसित है। वे बजरंग बली हैं (जिनका शरीर वज्र के समान और गति विद्युत के समान है)। वे इतने बलशाली हैं कि पर्वत उठा सकते हैं और इतने दक्ष हैं कि सागर पार जा सकते हैं।

उनकी शक्ति सर्वविदित है और वे कायिक संस्कृति के संरक्षक हैं। उनकी प्रतिमाएँ पूरे भारत की व्यायाम शालाओं में स्थापित होती हैं और पहलवान अपना व्यायाम आरंभ करने से पहले उनकी पूजा करते हैं। सूर्य नमस्कार नामक योगासन, भक्ति-युक्त सभी योगासनों का मिला-जुला रूप है जिसकी रचना भी अपने गुरु सूर्य के सम्मान में स्वयं हनुमान ने की थी। उनके दैवी पिता वायु ने उन्हें प्राणायाम सिखाया। इन्होंने इसे मनुष्यों को सिखाया।

धर्म ग्रंथों में ऐसी बहुत-सी घटनाओं का उल्लेख मिलता है जहाँ हनुमान ने सूर्य और शनि सहित दिव्य नक्षत्रों पर अपनी शक्ति प्रदर्शित की। इसलिए उन्होंने नव-ग्रहों अथवा नौ नक्षत्रों पर अपना अधिकार जमा लिया। ये ग्रह हैं – सूर्य, चंद्र, मंगल, बुध, बृहस्पति, शुक्र, शरीर-रहित राहु और सिर-रहित केतु। माना जाता है कि व्यक्ति जन्म-पत्री में इनकी दशा उसके भाग्य का निश्चय करती है। हनुमान की बहुत-सी प्रतिमाओं में उन्हें चोटी पकड़कर उसे कुचलते हुए दिखाया गया है। यह स्त्री 'पनवती' अथवा घातक ज्योतिष प्रभावों की मूर्त रूप है।

तांत्रिक और ओझा लोग, दुष्ट आत्माओं का आह्वान करने हेतु दैवी शक्तियों के नाम पर छल-कपट करते हैं। ऐसे लोगों से, अपनी सुरक्षा के लिए लोग हनुमान से प्रार्थना करते हैं। जब रावण ने ऐसे दो तांत्रिकों अहिरावण और महिरावण का आह्वान किया था, तो हनुमान ने उनके ऊपर पलटवार करते हुए उनका दमन करने हेतु काली का आह्वान किया था। बहुत-से तांत्रिक उनकी पूजा करते हैं क्योंकि उनके पास बहुत-सी सिद्धियाँ अर्थात् अपना आकार बदलने, आकाश में उड़ने जैसी अलौकिक शक्तियाँ हैं, जिन्हें उन्होंने कठोर ब्रह्मचर्य और तपस्या द्वारा प्राप्त किया है।

इस प्रकार, वे भक्ति और शक्ति की दुहरी विशिष्टताएँ प्रकट करते हैं। उनकी मूर्तियों में इन दो में से कोई एक विशिष्टता दिखाई पड़ती है।

चूँकि उन्होंने हिमालय से जादुई जड़ी-बूटी लाकर लक्ष्मण की जान बचाने में अहम भूमिका निभाई थी अतः वे आयुर्वेदिक पद्धति के संरक्षक भी हैं। बाद में उन्होंने उसी जड़ी-बूटी से शत्रुघ्न की भी प्राण रक्षा की थी।

योद्धा के रूप में, हनुमान के जोड़ का कोई नहीं है। वे अपने शत्रु को दबोचने के लिए बल और छल दोनों का प्रयोग करते हैं। रावण के साथ, युद्ध करते समय, उन्होंने कई बार ऐसा प्रदर्शित किया है। इन्होंने अपने शत्रुओं पर विजय प्राप्त करने के लिए बल और बुद्धि दोनों का उपयोग किया है।

हनुमान कुशल कूटनीतिज्ञ भी थे। वे जानते थे कि किस तरह मृदु वचनों से, बिना बल प्रयोग किए, दूसरों के समक्ष अपना मत प्रस्तुत किया जा सकता है। वे राम का उद्देश्य जानने के लिए सुग्रीव के प्रवक्ता बनकर गए थे। सुग्रीव ने उन्हें एक बार फिर अपनी चूक के कारण क्रुद्ध हुए लक्ष्मण को शांत करने के लिए भेजा। राम ने उन्हें दो बार अपना दूत बनाकर सीता के पास भेजा, एक बार अपनी अँगूठी देकर लंका में, और दूसरी बार युद्ध के बाद, सीता को लाने के लिए। राम ने इन्हें अयोध्या में प्रवेश करने से पहले, भरत के पास भी उनका इरादा जानने के लिए भेजा था। जो भी इनके संपर्क में आए, वे सभी इनके कूटनीतिक ढंग से बात करने और मुग्ध कर लेने की कला से अत्यंत प्रभावित हुए।

हनुमान ने भाषा पर अपने अधिकार, व्याकरण ज्ञान और सही समय पर सही शब्दों के प्रयोग तथा सही संदर्भ में आदर्श भाषण-शैलीगत योग्यता से राम और रावण दोनों को प्रभावित किया।

यह और भी आश्चर्यजनक है कि हनुमान महान संगीतज्ञ भी थे। उन्हें देवी सरस्वती का आशीर्वाद प्राप्त था। वे वीणा बजाते थे और राम की प्रशंसा में गीत गाते थे। सर्वप्रथम, इन्होंने ही भजन, आराधना-गीत, कीर्तन किया और स्तुति-गीत गाए। इनका संगीत अपने आराध्य के प्रति प्रेममय उद्‌गार था और इसीलिए, उसमें पाषाण को भी द्रवित कर देने की शक्ति थी।

हनुमान एक आदर्श विद्यार्थी थे। वे पूरी तरह एकग्रचित्त, उद्यमी, विनम्र, दृढ़संकल्प और प्रतिभाशाली थे। उन्होंने सूर्य को अपना गुरु बनाने के लिए दृढ़ निश्चय करके सौर-मंडल के लिए उड़ान भरी। फिर भी, उन्होंने अपनी प्रतिभा और विद्वता पर कभी घमंड नहीं किया, बल्कि विनम्र सेवक की तरह हमेशा राम के चरणों में ही बैठे।

हनुमान को नाम और ख्याति की कोई इच्छा नहीं थी। उन्हें पर्वतों और गुफाओं में रहना पसंद था। उन्होंने पूर्ण ब्रह्मचर्य का पालन किया। यह एक वानर के लिए विचित्र बात थी। महल में रहते हुए भी, वे साधु की तरह इंद्रिय-सुखों से दूर रहे। इसी के माध्यम से उन्हें इतनी आध्यात्मिक शक्ति प्राप्त हुई।

वे हठयोगी भी थे क्योंकि उन्होंने योगासनों और प्राणायामों का अभ्यास भी किया था। वे लययोगी भी थे क्योंकि उन्हें मंत्रों एवं यंत्रों की सहायता से भी मन को नियंत्रित करना आता था। इस प्रकार उन्होंने कई सिद्धियाँ और अलौकिक शक्तियाँ प्राप्त कर ली थीं।

यदि योग किसी के मन को नियंत्रित करने की विधि है तो हनुमान एक आदर्श योगी

थे जिनका अपनी इंद्रियों पर पूर्ण नियंत्रण था जिसे उन्होंने अनुशासित जीवन-शैली और कठोरता से ब्रह्मचर्य पालन एवं निस्वार्थ भक्ति के द्वारा प्राप्त किया था। उन्होंने ईश्वर में आस्था और पूर्ण विश्वास के द्वारा अपने मन को नियंत्रित किया। उनके जीवन की प्रत्येक घटना, प्रभु से प्राप्त उपहार थी जिसे प्रश्न किए बिना, स्वीकार करना होता है। उनका जीवन ऐसा उत्कृष्ट उदाहरण है जिसे ईश्वर को किसी भी रूप में मानने वाले भक्तों को अपनाने की जरूरत है। वे हमें समझाते हैं कि ईश्वर तक पहुँचने के लिए किसी भक्त अथवा भक्तिन को कैसा जीवन जीना चाहिए। वे भक्ति की पराकाष्ठा के प्रतीक हैं और हिंदू उन्हें रुद्र अथवा भगवान शिव का ग्यारहवां अवतार मानते हैं। कहते हैं, एक बार नारद ने ब्रह्मा से पूछा कि वे विष्णु का परम भक्त किसे मानते हैं। नारद को आशा थी कि ब्रह्मा उन्हीं का नाम लेंगे, किंतु ब्रह्मा ने उन्हें असुरों के राजा प्रह्लाद के पास भेजा जिसके कारण विष्णु ने नरसिंह रूप में अवतार लिया था। प्रह्लाद ने नारद को हनुमान के पास भेजा जिन्हें वे राम नाम का निरंतर जप करने के कारण विष्णु का परम भक्त मानते थे।

हनुमान आदर्श कर्मयोगी थे क्योंकि वे अनासक्त रहकर अपने कर्म करते थे और प्रत्येक वस्तु अपने प्रभु राम को समर्पित कर देते थे। उनके मन में अपनी बड़ाई की कोई कामना नहीं थी। पूरी *रामायण* में ऐसी कोई घटना नहीं है, जिसमें हनुमान ने अपने लिए कुछ किया हो। उन्होंने सभी साहसिक कार्य दूसरों के लिए किए। जब उन्होंने अपनी माता को युद्ध का विवरण सुनाया तो माता ने रावण को स्वयं मारकर और सीता का स्वयं ही उद्धार न करने के लिए, हनुमान की निंदा की क्योंकि ऐसा करने से राम से अधिक हनुमान ख्याति हो जाती। हनुमान ने माता को उत्तर दिया उन्हें वह जीवन, ख्याति अर्जित करने के लिए नहीं, अपितु राम की सेवा करने के लिए मिला है। उनकी परम निस्वार्थता प्रमुखता से उस समय उभरती है, जब यह देखकर कि वाल्मीकि अपनी रचना से अत्यंत निरुत्साहित हो गए हैं, हनुमान अपनी अमर उत्कृष्ट कृति को समुद्र में फेंक देते हैं।

हनुमान ने अपना संपूर्ण जीवन दूसरों की सेवा में व्यतीत कर दिया। उन्होंने पहले सुग्रीव की और फिर राम की सेवा की। वे अपने दास्य भाव के माध्यम से भक्ति का आदर्श रूप प्रस्तुत करते हैं। इस प्रकार का समर्पण, अहंकार को नष्ट करने का उत्कृष्ट साधन है। उन्होंने विनम्रता से अहंकार रहित होकर पूर्ण समर्पण के साथ अपने कर्तव्यों का पालन किया। उन्होंने अविवाहित रहना और अपना परिवार न बनाना ही पसंद किया ताकि वे स्वयं को पूर्ण रूप से दूसरों की सेवा में लगा सकें। उन्होंने समर्थ होने के बावजूद, अपने स्वामी की आज्ञा का अतिक्रमण नहीं किया। उदाहरण के लिए, वे आसानी से रावण को मारकर, अपने बल पर ही लंका को जीत सकते थे, जैसा कि इनकी माता ने कहा भी था, किंतु इन्होंने ऐसा करने से स्वयं को रोक लिया क्योंकि वे अपने प्रभु के सच्चे सेवक बनकर उनकी आज्ञा का पालन करना चाहते थे।

वे सात चिरंजीवियों (जो इस सृष्टि के मौजूदा चक्र के ख़ात्मे तक जीवित रहेंगे) में से एक हैं। वे अपनी महान प्रतिभा के लिए जाने जाते हैं। कहते हैं, इन्हें नौ व्याकरणों (वेदों की व्याख्या) का पूर्ण ज्ञान है और इन्होंने स्वयं ही, सूर्यदेव से वेदों का ज्ञान प्राप्त किया था। ये विवेकशीलों में परम विवेकशील, शक्तिशालियों में परम शक्तिशाली और वीरों में

महावीर हैं। वे जैसा चाहते, वैसा रूप धारण करने में समर्थ हैं, अपने शरीर को पर्वताकार कर सकते हैं तो अँगूठे के नाख़ून जितना छोटा भी कर सकते हैं। जो व्यक्ति इनका स्मरण करेगा, वह जीवन में सामर्थ्य, शक्ति, गौरव, समृद्धि और सफलता प्राप्त करेगा।

हनुमान विवेक, संयम, भक्ति, साहस, सदाचार और शक्ति के 'सार' हैं। राम को सीता से मिला देने में इनकी अपरिहार्य भूमिका की तुलना कुछ लोग, आत्मा को परमात्मा से मिलाने में सहायक गुरु से करते हैं।

राम, हनुमान के विषय में स्वयं कहते हैं, "वीरता, चतुराई, मनोबल, दृढ़ता, दूरदर्शिता, समझदारी, पराक्रम और बल ने हनुमान में आश्रय लिया है!" महर्षि अगस्त्य ने जब राम से कहा, "हे राघव! बल, गति और प्रतिभा में हनुमान जैसा कोई नहीं है," तो उन्होंने भी राम के विचार से अपनी सहमति प्रकट की है।

हनुमान, 'राम' मंत्र के जप द्वारा सुलभ हैं। इसी को उलटकर यह भी समझा जाता है कि प्रभु राम को पाने का सबसे सरल तरीक़ा, हनुमान की पूजा करना है। इनकी पूजा 'शनि' और 'मंगल' ग्रहों से जुड़ी होने के कारण शनिवार और मंगलवार को की जाती है। ये दोनों ही ग्रह, मृत्यु एवं शत्रुता से संबंधित हैं और अपने अशुभ प्रभाव से व्यक्ति के जीवन में तोड़-फोड़ करते हैं।

हनुमान को अर्पित की जाने वाली वस्तुएँ अत्यंत सादी हैं। उत्तर भारत में सिंदूर, तिल का तेल, छिलके वाले काले चने तथा विशिष्ट वृक्ष (कैलोट्रोपिस जाइजेंटिका) की माला और दक्षिण भारत में पान के पत्तों की माला चढ़ाई जाती है। दक्षिण में इनकी मूर्तियों पर मक्खन मला जाता है और यह विचित्र बात है कि तेज़ गर्मी में भी मक्खन पिघलता नहीं है। इनकी मूर्ति पर चावल और दाल के बड़ों की माला भी चढ़ाई जाती है।

सिंदूर के लेप का कारण अगले अध्यायों में बताया जाएगा। तथापि गूढ़ अर्थ में देखें तो लाल रंग, बल और पौरुष का प्रतीक है। तिल का तेल पहलवानों और व्यायाम करने वालों द्वारा शरीर की मालिश के लिए प्रयोग किया जाता है। मक्खन और दाल, प्रोटीन तथा ऊर्जा देते हैं और सहनशक्ति एवं माँसपेशियों के विकास के स्रोत माने जाते हैं।

सभी हनुमान भक्त दो प्रकार की धार्मिक सामग्री पढ़ते हैं - एक, रामायण का 'सुंदरकांड' जहाँ हनुमान ने लंका में सीता को खोजा, तथा दूसरा, तुलसीदास कृत चालीस चौपाइयों की *'हनुमान चालीसा।'* जहाँ भी *रामायण* का पाठ होता है वहाँ एक विशेष आसन हनुमान के लिए अवश्य रखा ज़ाता है क्योंकि ऐसी धारणा है कि रामायण-पाठ वाले स्थान पर हनुमान अवश्य मौजूद रहते हैं।

इनकी शारीरिक विशेषताएँ क्या हैं? क्या ये काले मुँह के लंगूर हैं या लाल मुँह के बंदर हैं? कभी-कभी, इन्हें लाल मुँह वाला सुनहरा बंदर बाताया जाता है। कहते हैं, लंका को जलाने के बाद, इन्होंने अपनी पूँछ से जब अपना चेहरा पोंछा तो वह काला हो गया।

हनुमान की पूँछ ऊपर की ओर घुमावदार है जो बल, फुर्ती और पौरुष की प्रतीक है। ये सोना, चाँदी, ताँबा, लोहा और टिन नामक पाँच धातुओं से बने कुंडल पहनते हैं और इन्हें पहनकर ही ये इस संसार में आए थे। सामान्य तौर पर, ये पहलवानों एवं व्यायामियों

की भाँति केवल लंगोट पहनते हैं। इनकी प्रतिमाओं में इन्हें राम को नमन् करते या प्रहरी की मुद्रा में खड़े हुए तथा अपने बल को प्रदर्शित करते हुए दर्शाया जाता है। इनके एक हाथ में गदा और एक में पर्वत भी दिखाया जाता है।

*हनुमान चालीसा* में स्पष्ट तौर पर कहा गया है कि ऐसा कोई आशीर्वाद नहीं है, जो ये नहीं दे सकते! सीता ने इन्हें आठों प्रकार की सिद्धियाँ (अष्ट सिद्धि) तथा नौ प्रकार के वैभव (नवनिधि) देने का वरदान दिया था। एक श्रेष्ठ वरदान जो हनुमान से माँगा जा सकता है, वह आध्यात्मिक गुणों में वृद्धि का वरदान है, क्योंकि वे स्वयं भी इसी के लिए जाने जाते हैं।

*श्रीगुरु चरन सरोज रज निज मनु मुकुरु सुधारि।*
*बरनउँ रघुबर बिमल जसु जो दायकु फल चारि।।*
*बुद्धिहीन तनु जानिकै, सुमिरौं पवनकुमार।*
*बल बुधि बिद्या देहु मोहिं हरहु कलेस बिकार।।*

*मैं अपने प्रभु (गुरु) के चरणों की धूल से*
*अपने हृदय रूपी दर्पण को स्वच्छ करके,*
*श्री राम के निर्मल यश का वर्णन करता हूँ*
*जो चार कामनाओं को देने वाला है।*
*मैं स्वयं को बुद्धिहीन जानकर*
*पवनकुमार हनुमान का स्मरण करता हूँ*
*कि वे मुझे बल, बुद्धि और विद्या प्रदान करें*
*तथा मेरे शरीर के कष्टों और विकारों को दूर करें।*
*(और मुझे यह पुस्तक लिखने की अनुमति प्रदान करें।)*

—तुलसीदास कृत हनुमान चालीसा

ॐ *श्री हनुमते नमः*

ॐ

*महावीराय नमः*

## अध्याय 1

# महावीर

## हनुमान का ऐतिहासिक स्वरूप

*मोरे मन प्रभु अस बिस्वासा।*
*राम ते अधिक राम कर दासा।।*

*हे प्रभु, मेरे मन में यह पूर्ण विश्वास है,*
*कि राम के दास, राम से भी श्रेष्ठ हैं।*

—तुलसीदास कृत *रामचरितमानस*

वानर देव हनुमान से हमारी पहली भेंट वाल्मीकि कृत महान ग्रंथ *रामायण* में होती है। हिंदू संस्कृति में इसका विशिष्ट स्थान है क्योंकि इसमें राम को आदर्श पुरुष तथा सीता को आदर्श स्त्री के रूप में दर्शाया गया है। समस्त पुराणों में, यही एक ग्रंथ है जिसने न केवल भारतीय उपमहाद्वीप में लोगों की कल्पना को आकर्षित किया है, अपितु सुदूर पूर्व के अनेक देशों की संस्कृतियों पर भी इसके दूरगामी प्रभाव हुए हैं। वास्तव में, हिंदू साहित्य के अनेक पुराणों में से एक *रामायण* ही शायद एकमात्र ऐसा ग्रंथ है जिससे प्रत्येक हिंदू परिचित है। भारत में ऐसे अनेक संत हैं जिन्होंने सिर्फ़ राम नाम जपने से आत्म-ज्ञान प्राप्त किया है। हनुमान इसके उत्कृष्ट उदाहरण है। वे राम के श्रेष्ठ दूत, योद्धा और दास थे। उनका जीवन केवल राम की सेवा के लिए समर्पित था। वास्तव में वे इस महाकाव्य के इतने अभिन्न अंग हैं कि यह कहावत, "जहाँ राम की कथा होती है, वहाँ हनुमान होते हैं", सामान्य तौर पर दोहराई जाती है।

हालाँकि, यह अनुमान का विषय है कि यह शानदार प्राणी वेदों या पुराणों में बिना किसी पूर्व दृष्टांत के वाल्मीकि के महाकाव्य में अचानक कैसे प्रकट हो गया। *रामायण* में राम की सहायता हेतु आया, यह असाधारण प्राणी पहली बार किष्किंधा कांड में प्रकट हुआ था, जो *रामायण* का ही भाग है। इन्हें वहाँ पर वानर या बंदर कहा गया था। परंतु निश्चित ही वे साधारण वानर नहीं थे। इनमें ज़बरदस्त ताक़त थी और इनके पास अलौकिक शक्तियाँ तथा अपनी इच्छा से अपना रूप बदलने की क्षमता थी। यद्यपि वैदिक साहित्य में, वाल्मीकि

के राक्षसों का पहले भी उल्लेख है, लेकिन उनके वानर नहीं। रावण ने यह वरदान माँगा था कि कोई देवता अथवा कोई अन्य अलौकिक प्राणी उसे न मार सके परंतु उसने अपनी सूची में मनुष्यों और बंदरों का उल्लेख नहीं किया था क्योंकि वह उन्हें अपनी अपेक्षा से अधिक तुच्छ समझता था। इससे ऐसा प्रतीत होता है कि इसी विशेष आवश्यकता की पूर्ति के लिए वानरों की रचना की गई थी। राम की सहायता के लिए उनके कई नेताओं का जन्म देवताओं की मदद से वानर स्त्रियों द्वारा हुआ था।

इस प्रकार हनुमान एक वानर थे। वे विकास की ऐसी अवस्था का प्रतिनिधित्व करते हैं जो चांडाल अथवा बहिष्कृत जाति से निम्न श्रेणी की है। वे अपने चरित्र की शक्ति और एकनिष्ठ समर्पण के द्वारा देवता के पद तक जा पहुँचे।

इस कथा में हम देखते हैं कि हनुमान, वानरी चपलता के साथ मानवीय बुद्धिमत्ता, वाक्पटुता, समर्पण और ऊर्जा का मिश्रण हैं तथा अंत में, वे इस महाकाव्य के सबसे पेचीदा और आकर्षक पात्रों में से एक बनकर उभरते हैं। क्या वे वाल्मीकि की प्रतिभावान रचना थे अथवा किन्हीं अन्य पुराणों या वेदों में उनका उल्लेख मिलता है जो सदा से दैविक गाथाओं के भंडार रहे हैं?

कुछ लोग कह सकते हैं कि वे इसलिए महान थे क्योंकि वे वायुदेव के पुत्र थे। यदि यह सत्य है तो *महाभारत* में सभी पांडवों को देवता माना जाना चाहिए था क्योंकि वे देवताओं के पुत्र थे, परंतु उनमें से कोई भी हनुमान जितना श्रेष्ठ नहीं बन पाया। हम पांडवों को मनुष्य ही मानते हैं लेकिन कोई भी व्यक्ति, हनुमान को वानर अथवा मनुष्य नहीं मानता। उन्हें भगवान माना जाता है! वास्तव में, वाल्मीकि ने हनुमान के आरंभिक जीवन का वह चित्र हमारे सामने प्रस्तुत नहीं किया, जिससे उन्हें देवता माना जा सकता था। उनके इस रूप की कल्पना का अनुमान उनकी आदर्श छवि से लगाया जाता है। आध्यात्मिक उत्कृष्टता प्राप्त करने का रहस्य हनुमान स्वयं समझाते हैं।

*न मन्त्रादिकृतिस्तता,*
*न च नैसर्गिको ममा,*
*प्रभवा ईशा सामान्यो,*
*यस्य यस्यचुतो हृदी।*

हनुमान बिलकुल स्पष्ट तौर पर कहते हैं कि उनकी महानता का कारण उनकी जन्मजात साधारण वानर प्रवृत्ति नहीं बल्कि उनका निरंतर प्रयासरत रहना है। ब्रह्मज्ञान सभी के लिए संभव है। मोक्ष या मुक्ति प्रत्येक जीव का जन्मसिद्ध अधिकार है। अपने मामले में, हनुमान यह कहते हैं कि उनका समस्त आध्यात्मिक उत्थान भगवान के प्रति एकनिष्ठ समर्पण के कारण हो पाया है। जो सतत रूप से परमात्मा का चिंतन करता है, वह स्वयं परमात्मा हो जाता है। ईश्वर के प्रति पूर्ण समर्पण ही आध्यात्मिक उत्कृष्टता का रहस्य है। मंत्रों के उच्चारण मात्र से या मंदिरों में चढ़ावा देने अथवा ऊपरी अनुष्ठानों से आध्यात्मिक रूपांतरण नहीं हो सकता। इसे वंशानुगत तरीक़े से भी प्राप्त नहीं किया जा सकता। कोई शिशु, चाहे वह देवता से उत्पन्न हुआ हो अथवा मनुष्य से, फिर भी वह रहता तो जीव ही

है। विकास से केवल शारीरिक वृद्धि होती है। प्रयास के बिना आध्यात्मिक विकास असंभव है। उच्च श्रेणी के विकास के लिए ज्ञान और अनुशासन आवश्यक है। ईश्वर का निमित्त बनाकर, किसी अपूर्ण देह को भी पूर्ण बनाया जा सकता है। ऐसा करने से हमारे दोष भी लाभकारी बन जाते हैं। जब समग्र व्यक्तित्व परमात्मा में परिवर्तित होता है, तो उसकी त्रुटियाँ भी लाभकारी बन जाती हैं। इससे हमें पता चलता है कि वे अपने वानर स्वभाव के चलते ही समुद्र पार कर पाए, लंका पहुँच पाए, सीता को खोज पाए और लौटकर उनका संदेश राम को सुना सके। उनके पास निजी मनोरंजन का कोई तरीक़ा नहीं था। उनके कार्यों के सुपरिणाम सदैव दूसरों को मिलते थे। इस तरह, वाल्मीकि ने हनुमान के रूप में एक शानदार पात्र को चित्रित किया है, जो मुक्ति की कामना रखने वाले लोगों के लिए आदर्श रूप है।

सच्चे, व्यावहारिक तथा देवत्वारोपण में सक्षम पात्रों की रचना करने की तकनीक में वाल्मीकि, महर्षि व्यास से भी श्रेष्ठ हैं। *रामायण* के पात्र ऐतिहासिक यथार्थवाद एवं धार्मिक प्रतीकवाद का मंगलमय संयोग दर्शाते हैं जो धार्मिक और धर्मनिरपेक्ष दोनों तरह के लोगों को पसंद आता है। अपवाद स्वरूप कृष्ण को छोड़कर *महाभारत* में और किसी को अपनी के लिए व्यास तथा अनेक अवसरों पर उन्हें चमत्कार करने और अपने अलौकिक रूप को प्रदर्शित करने की अनुमति देते हैं। हालाँकि, वाल्मीकि द्वारा किया गया राम का चित्रण सादा है तथा उसमें किसी तरह अलंकरण नहीं है। उन्होंने अपने काव्य को रहस्यवाद का दास नहीं बनने दिया। राम "मर्यादा पुरुष" हैं, आदर्श हैं, जो लौकिक धर्म के प्रति अपने आदर्श अनुपालन के कारण भगवान बन गए तथा हनुमान एक साधारण वानर हैं, परंतु वे भी राम के प्रति अपने अटूट समर्पण और कर्तव्य के प्रति असाधारण सजगता के चलते भगवान का पद पा गए।

हिंदू मान्यता के अनुसार 'परलोक' में कोई वस्तुनिष्ठ जगत नहीं है। संपूर्ण व्यक्त संसार हमारे अपने द्वारा बनाया गया व्यक्तिपरक दृश्य है। हम मनुष्यों के पास अपने मस्तिष्क को प्रशिक्षित करने की अनूठी क्षमता है। दूसरे शब्दों में, हमारे पास जीवन के प्रति अपने दृष्टिकोण को बदलने का सामर्थ्य मौजूद है। हम जीवन के प्रति अपने दृष्टिकोण को बदलकर, अपने संसार को बदल सकते हैं। जब हनुमान ने राम के जीवन में प्रवेश किया तो राम की दुनिया बदल गई। उन्होंने संसार को रावण से मुक्ति दिलाने के लिए एक संकट को (सीता का हरण) अवसर में बदल दिया। उन्होंने एक पीड़ित व्यक्ति को नायक बना दिया।

हालाँकि हनुमान का वेदों में कोई उल्लेख नहीं है, किंतु जिन दो देवताओं को, वे अपना पिता मानते हैं - पवन के देवता वायु और संहार के देवता रुद्र - उन दोनों का उल्लेख वेदों में मिलता है। रुद्र एक तथा अनेक दोनों हैं और वे कालांतर में आने वाले पौराणिक शिव का प्रारूप हैं। वायु के साथ हनुमान का संबंध उनकी चपलता द्वारा दर्शाया जाता है। आयुर्वेद याने उपचार के वैदिक विज्ञान में, रोग को शरीर में तीन तत्वों - वात, पित्त और कफ़ - का असंतुलन माना जाता है। इन तीनों में वात याने वायु शरीर की देखभाल में महत्त्वपूर्ण भूमिका निभाता है। गठिया, थक्का, मिरगी और लकवा (पक्षाघात) समेत अनेक रोग शरीर में वायु तत्व की अधिकता के कारण होते हैं। हनुमान का इस

आवश्यक तत्व के साथ घनिष्ठ संबंध है और इसे बाद में उनकी विशिष्टताओं के चित्रांकन में दर्शाया गया है। वायु पुत्र और वात्मज उनके कुछ महत्त्वपूर्ण नाम हैं। शरीर के सभी कार्य पाँच प्रकार की वायु द्वारा नियंत्रित होते हैं - प्राण, अपान, व्यान, समान और उड़ान। ये सभी शरीर के विभिन्न स्वचालित प्रकार्यों जैसे श्वसन, पाचन, निष्कासन आदि का ख़याल रखते हैं जिनके बारे में हम अवगत नहीं होते। हनुमान का एक रूप है जिसमें उनके पाँच सिर दिखाए गए हैं, जो पाँच प्रकार की वायु का प्रतिनिधित्व करते हैं। इसलिए ऐसा कहा जाता है कि वे हमारे अनैच्छिक कार्यों के लिए उत्तरदायी हैं तथा उनकी भक्ति से हमें स्वास्थ्य प्राप्त होता है।

इसके अतिरिक्त निशचित रूप से, हनुमान का वर्तमान चित्र, वाल्मीकि कृत *रामायण* के आने के बाद बना है, इसलिए हिंदू देवताओं के समूह में उनका आगमन हाल ही में हुआ है। वे देवताओं की 'दूसरी पीढ़ी' की श्रेणी में आते हैं। हालाँकि उनके भक्त बताते हैं कि भारत के अनेक राज्यों में हनुमान के स्वामी से अधिक हनुमान के अपने मंदिर हैं। वास्तव में ब्रह्मा, विष्णु और शिव की त्रिमूर्ति में से केवल शिव ही हैं, जिनकी संतान को प्रभुत्व प्राप्त हुआ है और यहाँ तक की कुछ मामलों में, अपने माता-पिता का उच्च पद उन्होंने स्वयं प्राप्त कर लिया है। शिव के तीन प्रमुख पुत्र गणेश, कार्तिकेय और धर्मषष्ठ अथवा अयप्पा हैं। हनुमान भी शिव का पुत्र होने का दावा करते हैं। वास्तव में, जैसा कि पहले बताया गया है, उन्हें ग्यारहवां रुद्र माना जाता है। रावण भी शिव का परमभक्त था और इसलिए यह विचित्र लगता है कि शिव का पुत्र, रावण का शत्रु बन गया। इस विशिष्ट दुविधा से संबंधित कथा यह है कि रावण ने शिव को अपने दस सिर चढ़ाए थे किंतु उसने ग्यारहवें रुद्र को प्रसन्न नहीं किया क्योंकि उसके पास चढ़ाने के लिए एक और सिर नहीं था!

शिव के सभी पुत्रों ने भारतीय मानसिकता को काफ़ी आकर्षित किया है। गणेश को सार्वभौमिक रूप से मान्यता प्राप्त है तथा सभी हिंदू समुदाय उनकी पूजा करते हैं। उन्होंने समुद्र पार की भी यात्रा कर ली है और आपको पश्चिम में भी गणेश के अनेक भक्त मिल जाते हैं। कार्तिकेय भी किसी समय उत्तर में काफ़ी प्रचलित थे लेकिन अब उनके मंदिर विशिष्ट रूप से दक्षिण में और श्रीलंका में पाए जाते हैं। उन्हें दक्षिण में स्कंद, मुरुगन और स्वामीनाथन भी कहा जाता है। अयप्पा का आगमन बहुत बाद में हुआ है। उनका प्रमुख मंदिर शाबरी पहाड़ नामक स्थान पर सिर्फ़  केरल में था। वे कलियुग के देवता हैं क्योंकि उन्हें, शिव और विष्णु दोनों से उत्पन्न माना जाता है और उनके पास दोनों की शक्तियाँ हैं। दक्षिण के अनेक राज्यों में उनकी ख्याति फैल रही है और अब उनके मंदिर दिल्ली में भी मिल जाते हैं। दूसरी ओर, हनुमान उत्तर में अधिक प्रचलित थे क्योंकि वे तुलसीदास की *रामचरितमानस* के लगभग नायक हैं, जो अधिकांश हिंदी भाषी लोगों द्वारा प्रतिदिन पढ़ी जाती है। परंतु अब हम देखते हैं कि धीरे-धीरे दक्षिण में भी हनुमान की पूजा होने लगी है। किसी समय में, हनुमान के अलग से मंदिर नहीं होते थे परंतु अब दक्षिण में नमक्कल तथा सुचिंद्रम स्थानों पर उनके कुछ सबसे बड़े मंदिर पाए जाते हैं। हनुमान में एक प्रकार की प्रतिभा है, जो दूसरी पीढ़ी के अन्य देवताओं से अधिक है। गणेश में अन्य

विशेषताएँ हैं लेकिन वे, हनुमान की तरह, अनंत दया और आत्म-बलिदान अथवा कठोर तपस्या की प्रतिमूर्ति नहीं हैं।

हनुमान को शिव और विष्णु दोनों खेमों का माना जाता है। उनके पिता शिव हैं और वे राम के रूप में विष्णु के अवतार के सबसे बड़े भक्त हैं। इसलिए वे शैव तथा वैष्णव दोनों समूहों में अत्यंत प्रचलित हैं। शिव के अन्य पुत्रों की तरह, उनके जन्म की भी अनेक कथाएँ हैं। पहले बताया जा चुका है कि गणेश को उत्तर और दक्षिण भारत में सर्वत्र पसंद किया जाता है और शायद वे सबसे अधिक प्रचलित हैं। हालाँकि, लोकप्रियता के मामले में हनुमान उनके निकटतम प्रतिद्वंद्वी हैं, तथापि गणेश का पलड़ा संभवतः थोड़ा भारी है क्योंकि पुराणों में ऐसा कहा गया है कि किसी भी कार्य को करने से पूर्व गणेश की पूजा करना आवश्यक है। निस्संदेह, हनुमान 'विशेषज्ञ' हैं और लोग उनके पास विशिष्ट प्रकार की सेवाओं के लिए जाते हैं। वे सभी प्रकार की अपशकुनों और ख़राब ग्रह दशाओं को दूर करने में सक्षम हैं और इसलिए धीरे-धीरे उनका प्रभुत्व बढ़ रहा है। हम ऐसा देखते हैं कि महाराष्ट्र में, जो मुख्य रूप से गणेश की पूजा करने वाला राज्य है, गणेश के मंदिरों की अपेक्षा मारुति के मंदिर चार गुना अधिक मात्रा में मौजूद हैं।

अनेक विद्वानों का मत है कि हनुमान पूजा दरअसल यक्ष पूजा का ही परिणाम है। यक्षों को पृथ्वी की संपत्ति का रक्षक माना जाता है और वे अपनी ताक़त और फुर्ती के लिए जाने जाते हैं। उनकी मूर्तियाँ प्रायः मंदिरों के बाहर द्वारपाल तथा गाँवों के बाहर क्षेत्रपाल के रूप में बनाई जाती हैं। आजकल, मंदिरों और गाँवों के बाहर यक्ष के स्थान पर हनुमान की मूर्तियाँ देखने को मिलती हैं। यक्षराज कुबेर को सदा हाथ में गदा लिए दर्शाया जाता है और हनुमान के पास भी यही अस्त्र होता है। राम के धरती से चले जाने के बाद, हनुमान हिमालय में चले गए और वहाँ उन्होंने अपने रहने के लिए, यक्षों के सरोवर के समीप का स्थान चुना, जिससे यक्षों के प्रति उनके लगाव का पता लगता है। यहीं उनकी भेंट उनके सौतेले भाई - भीम से हुई थी।

सिंधु सभ्यता में हुई खुदाई के दौरान बहुत-सी वानर प्रतिमाएँ मिली थीं, जिससे उस काल में वानर देवता की पूजा के संकेत मिलते हैं हालाँकि ये संकेत बहुत थोड़े हैं। *ऋग्वेद* की संहिताओं एवं *शतपथ ब्राह्मण* में हनुमान के अनेक संदर्भ दिए गए हैं। कुछ ऋचाओं में *रामायण* की घटनाओं का भी उल्लेख है। *ऋग्वेद* के एक पद्यांश में वृषकपि नाम के पीले-भूरे रंग के वृष-वानर का उल्लेख मिलता है। इंद्र की पत्नी, यह शिकायत करती है कि वह वानर वैदिक आहुति में से उसके पति का भाग छीन लेता था। *हरिवंश पुराण* में भी वृषकपि नाम आया है, जहाँ उसे रुद्र का ग्यारहवां अवतार बताया गया है। यह, *महाभारत* में *विष्णु सहस्त्रनाम* (विष्णु के एक हज़ार नाम) के अंतर्गत, विष्णु का भी एक नाम है। लिखित प्रमाणों के अनुसार हनुमान की पूजा केवल एक हज़ार वर्ष पहले आरंभ हुई है और इसलिए भारतीय विद्या के जानकारों के अनुसार हनुमान अभी बालक हैं। वास्तव में, उनके रूप की सबसे महत्त्वपूर्ण अभिव्यक्ति पिछली कुछ शताब्दियों में ही हुई है।

यद्यपि हनुमान पर सबसे अधिक सामग्री पुराणों में मिलती है। *अग्नि, विष्णु, कूर्म, गरुड़, ब्रह्मवैवर्त, नरसिंह, कल्कि* तथा *भागवत पुराणों* में उनके नाम का उल्लेख मिलता है।

*अग्नि पुराण* में हनुमान की छवि बनाने संबंधी निर्देश दिए गए हैं जिसमें वे पैरों व हाथों से एक *असुर* को दबा रहे हैं तथा उनके एक हाथ में वज्र है। अहिरावण की विस्तृत कथा, जो वाल्मीकि के महाकाव्य में नहीं है, शिव पुराण में मिलती है। शिव पुराण में हनुमान के जन्म से संबंधित एक अन्य कथा है, जिसमें हनुमान की माँ को शिव के अंश से गर्भवती होते बताया है और इस नाते हनुमान, भगवान शिव का अंश माने जाते हैं। एक अन्य पद्यांश में उन्हें रुद्र का अवतार कहा गया है। *स्कंद, पद्‌म* और *नारदीय पुराण* में शिव के साथ उनका संबंध उल्लिखित है। अंतिम पुराण में हनुमान की पूजा का मंत्र भी दिया हुआ है तथा किसी प्रतीक की जगह यंत्र का विवरण है। उसमें यह भी लिखा है कि इस मंत्र द्वारा ऊर्जान्वित जल में भूत-प्रेतों को भगाने और ज्वर एवं मिरगी जैसे रोगों को ठीक करने का सामर्थ्य है। इसी ग्रंथ में हनुमान को शास्त्रीय संगीत का संस्थापक बताया गया है और संगीतकारों को यह राय दी गई है कि उन्हें संगीत में प्रवीण होने के लिए हनुमान की पूजा करनी चाहिए। इस पुराण में हनुमान को शिव एवं विष्णु की संयुक्त शक्ति का अवतार कहा गया है। हालाँकि, यह सही है कि अधिकतर पुराणों में हनुमान का उल्लेख नहीं है और यदि है, तो भी, वह केवल *रामायण* की कथा को दोहराने के संदर्भ में मिलता है।

एक अन्य महत्त्वपूर्ण तथ्य यह है कि हनुमान का उल्लेख अधिकांश रूप से शिव से संबंधित पुराणों में मिलता है। प्राचीन काल से ही शैवपंथी, हनुमान पूजा के समर्थक रहे हैं। शिव की भाँति हनुमान में भी तपस्वी के गुण हैं और उन्हें कीर्ति व ऐश्वर्य की चिंता नहीं है। शैवपंथी ऐसा मानते हैं कि शिव और विष्णु, दुराचारी रावण को मारने के लिए, जिसने शिव द्वारा दी गई शक्तियों का दुरुपयोग किया, हनुमान व राम के रूप में धरती पर अवतरित हुए थे। हनुमान के बिना राम असहाय थे। मारुति ने ही सीता को खोजा, लंका तक पुल बनाया और रावण को मारने में राम की सहायता की। परंतु हनुमान ने अपने लिए कभी किसी सम्मान की माँग नहीं की और वे सदा राम की परछाईं में रहे। योगियों को उनके गुण बहुत लुभाते हैं। वे भौतिक रूप से अमर हैं और अनेक जड़ी-बूटियों से उनका गहरा संबंध है तथा वे ऐसी अनेक सिद्धियों के स्वामी हैं, जिनकी योगियों को तलाश रहती है। उन्हें कठोर ब्रह्मचारी भी माना जाता है। अपने असाधारण बल और फुर्ती के चलते, पहलवान और धावक भी उनकी पूजा करते हैं।

विष्णु के भक्त, हनुमान को, विष्णु के छठे अवतार राम के भक्त के रूप में स्वाभाविक रूप से पूजते हैं। देवी माँ के भक्त याने शाक्त भी हनुमान की पूजा करते हैं क्योंकि ऐसा माना जाता है कि सीता को राम से मिलवाने के कारण देवी, हनुमान से बहुत प्रसन्न हो गई थीं। मायावी महिरावण को मारकर उसका रक्त काली को अर्पित करने के कारण काली माँ भी उनसे बहुत प्रसन्न थीं। वे स्त्रियों की शुचिता के रक्षक कहे जाते हैं क्योंकि उन्होंने कभी किसी स्त्री को कामुक दृष्टि से नहीं देखा।

तांत्रिक परंपरा में हनुमान को आदर्श तांत्रिक के रूप में देखा जाता है, जिन्होंने आठों सिद्धियाँ (अलौकिक शक्तियाँ) प्राप्त कर ली थीं। राम को मायावी महिरावण से छुड़ाने के बाद से हनुमान को जादू-टोने में भी निपुण माना जाता है और यह भी विश्वास है कि हनुमान लोगों को काले जादू से बचा सकते हैं।

वेदांत में हनुमान को भक्ति के साकार रूप में देखा गया है। उन्होंने रावण (अहंकार) का संहार करने के बाद सीता (जीवात्मा) को राम (परमात्मा) से मिलाने में महत्त्वपूर्ण भूमिका निभाई है।

भारत के पूर्वी तट से आने वाले व्यापारियों के जहाजों के साथ हनुमान की कथाएँ दक्षिण पूर्व एशिया तक जा पहुँचीं। प्राचीन कम्बोडिया, वियतनाम, थाईलैंड, म्यांमार, बाली और मलेशिया की चित्रकला में राम और हनुमान बहुत लोकप्रिय हैं।

बौद्ध भिक्षु इस वानर-शूरवीर की कथा को चीन तक ले गए जहाँ हनुमान को सुनहरे वानर के रूप में बहुत लोकप्रियता मिली। हालाँकि इन देशों में इनका चरित्र भारतीय मारुति से बिलकुल अलग है। वहाँ उन्हें विलासी जीवन में लिप्त दिखाया गया है और वे देवताओं समेत लोगों को डराते हैं। अंत में स्वयं भगवान बुद्ध ने उन्हें शिक्षा दी।

हनुमान को राम कथा का वास्तविक कथावाचक माना जाता है। वे न केवल उन घटनाओं के साक्षी हैं, जिनका उन्होंने उल्लेख किया है, बल्कि इस कथा को सुनाने का उनका एकमात्र उद्देश्य भगवान राम की स्तुति करना था। हालाँकि परंपरा यह कहती है कि यह कथा मनुष्य कथावाचकों जैसे वाल्मीकि, कंपन, तुलसीदास आदि की परिकल्पना से छनकर टुकड़ों में ही जीवित रह पाई है।

*जय हनुमान ज्ञान गुण सागर।*
*जय कपीस तिहुँ लोक उजागर।।*

—तुलसीदास कृत *हनुमान चालीसा*

ॐ *श्री हनुमते नमः*

ॐ

*आंजनेयाय नमः*

## अध्याय 2

# आंजनेय

## अंजना-पुत्र

*हनुमान अंजना सूनुः वायु पुत्रो महाबलः*
*रामेष्टः फाल्गुन सखः पिंगाक्षो अमितविक्रमः*
*उदधिक्रमणश्चेव सीताशोक विनाशकः*
*लक्ष्मण प्राणदाता च दशग्रीवस्य दर्पहा*
*एवं द्वादश नामानि कपीन्द्रस्य महात्मनः*
*स्वापकाले पठेत नित्यम, यात्राकाले विशेषत्*
*तस्य मृत्यु भयं नास्ति सर्वत्र विजयी भवेत्*

*अंजना-सुत हनुमान,*
*वायु के शक्तिशाली पुत्र राम और*
*अर्जुन के मित्र क्रुद्ध नेत्रधारी,*
*असंभव कार्यों को करने वाले,*
*सीता के दुखहर्ता, लक्ष्मण के प्राणदायक,*
*दशानन के शत्रु, प्रातःकाल तथा यात्रा के समय,*
*जो बारह नामों वाले इस पवित्र वानर का स्मरण करता है,*
*उसे मृत्यु का कभी भय नहीं रहेगा,*
*और वह सदा विजयी होगा।*

*—हनुमत ध्यानम्*

प्राचीन ऋषिगण नामों के चयन को बहुत महत्त्व देते थे। शब्द और उसके अर्थ के बीच गूढ़ संबंध होता है और यही किसी देवता के नाम का बार-बार उच्चारण यानी जप कहे जाने वाले योग का आधार है। ऐसी मान्यता है कि हनुमान को अपनी समस्त शक्तियाँ “राम” शब्द के निरंतर जप से प्राप्त हुई हैं। उनका सबसे प्रचलित नाम हनुमान है और इसके दो अर्थ हैं। एक, वे विशिष्ट अथवा विरूपित ठुड्डी (हनु) से युक्त (मान) हैं। यह तब हुआ जब वे बचपन में सूर्य को पकड़ने के लिए उसकी ओर लपके थे। दूसरा, वह जिसके अहं या बुद्धि

(मन) का नाश (हन) हो गया हो। उनका दूसरा सबसे अधिक प्रचलित नाम आंजनेय है, जिसका अर्थ अंजनिपुत्र अथवा अंजना का पुत्र है। उन्हें अपने पिता वायुदेव से अनेक नाम प्राप्त हुए हैं। उन्हें वायुपुत्र, पवनपुत्र, पावकात्मज तथा मारुति नाम से भी जाना जाता है और ये सभी नाम उन्हें वेदों में वर्णित वायु के पुत्र के रूप में दर्शाते हैं। उन्हें केसरी का पुत्र होने के नाते केसरीसुत एवं केसरीनंदन तथा केसरीप्रिय भी कहा जाता है जिसके द्वारा उनका संबंध अपने वानर पिता केसरी से पता लगता है। आश्चर्य की बात है कि उनका रुद्र से संबंधित एक भी नाम नहीं है। रक्षक के रूप में स्मरण करते समय उन्हें बजरंगबली कहते हैं, यह वास्तव में संस्कृत शब्द वज्र और अंग का बिगड़ा हुआ रूप है, जिसका अर्थ है वह, जिसके अंग वज्र के समान कठोर हैं। उनका एक अन्य नाम संकटमोचन है याने वह, जो दुख एवं संकट से हमारी रक्षा करता है। उन्हें वीर और महावीर भी कहा जाता है जिससे उनकी महान शक्तियों का पता लगता है। कभी-कभी उन्हें पंचवक्तृ याने पाँच मुख वाला और वानरों का देवता कपीश्वर भी कहा जाता है।

हनुमान के जन्म के साथ अनेक कथाएँ जुड़ी हैं। यह भी कहा जाता है कि उनके दो देव पिता तथा एक वानर पिता हैं, किंतु उनकी माता के विषय में कभी कोई विवाद नहीं हुआ। जैसा कि हमने देखा, विभिन्न नामों से उनका किसी का "पुत्र" होने की पहचान होती है परंतु उनका केवल एक ही नाम है जो उनकी माता से जुड़ा है। अंजना को सदा उनकी माता के रूप में स्वीकार किया गया है।

यद्यपि उन्हें सामान्य रूप से पवनदेव का पुत्र माना जाता है, एक कथा यह भी है कि वे वास्तव में शिव एवं पार्वती के पुत्र थे और उनका जन्म शिव के अंश से हुआ था।

जिस समय विष्णु ने असुरों को परास्त करने के लिए मोहिनी रूप धारण किया, उस समय शिव वहाँ उपस्थित नहीं थे। जब उन्हें मोहिनी के अप्रतिम सौंदर्य के बारे में पता लगा तो वे मोहिनी को देखने के लिए लालायित हो उठे। वे विष्णु के वैकुंठ धाम पहुँचे और उनसे वह रूप दिखाने के लिए कहा। जब शिव ने मोहिनी का वह मनोहर रूप देखा तो कहते हैं, शिव जैसे परम तपस्वी को भी मोहिनी से प्रेम हो गया। उन्होंने उसका पीछा किया और उसका आलिंगन कर लिया। उस क्षण, उनका अंश, जो उनकी महान तपस्या द्वारा निर्मित हुआ था, बाहर निकल गया। शिव के वीर्य को, जो एक पत्ती पर गिरकर चमक रहा था, सप्त ऋषियों ने थाम लिया। उचित समय आने पर उन्होंने वह अंश, वायुदेव को दे दिया जो उसे लेकर वन में पहुँच गए जहाँ अंजना तप कर रही थी। वह एक पहाड़ी पर बैठकर शिव की आराधना कर रही थी और उनसे पुत्र का आशीर्वाद माँग रही थी। वायुदेव हवा के मंद झोंके के रूप में अंजना के पास पहुँचे और शिव का दिव्य अंश कान के रास्ते उसके गर्भ में डाल दिया। समय आने पर, शिव के इसी अंश से बाल-वानर का जन्म हुआ जिसे हनुमत (संस्कृत में) कहा गया।

*आनंद रामायण* में हनुमान को राम का भाई माना गया है जिसका जन्म उसी पवित्र रस से हुआ, जिससे दशरथ की पत्नियाँ गर्भवती हुई थीं। अंजना विलक्षण पुत्र का वरदान पाने की आशा में अनेक वर्षों से शिव की आराधना कर रही थी। शिव ने अंजना को बताया कि वे उसकी तपस्या से प्रसन्न हैं और वे ग्यारहवें रुद्र के रूप में उसके गर्भ से

जन्म लेंगे। उन्होंने कहा कि वह अपने हाथ को कटोरी के आकार में मोड़कर ऊपर आकाश की ओर कर ले और फिर धैर्य से प्रतीक्षा करे।

इसी बीच, अयोध्या के राजा दशरथ संतान प्राप्ति के लिए पुत्र कामेष्टि यज्ञ कर रहे थे। इसके फलस्वरूप, उन्हें दिव्य खीर प्राप्त हुई जिसे उनकी तीनों पत्नियों को खाना था। वह खीर खाने के बाद राम, लक्ष्मण, भरत और शत्रुघ्न का जन्म दिया। दैवी संयोग से, वायुदेव ने बाज के रूप में झपट्टा मारा और वे दशरथ की सबसे छोटी पत्नी, सुमित्रा के हाथ में रखी खीर का कुछ भाग चोंच में ले गए। वायुदेव ने खीर का अंश अंजना के खुले हाथों में गिरा दिया, जिस समय वह पहाड़ी पर बैठकर तपस्या कर रही थी। उसने वह मीठा ग्रास खा लिया और उसके फलस्वरूप अंजना के गर्भ से हनुमान का जन्म हुआ। इस कारण हनुमान को राम का सौतेला भाई भी माना जाता है।

एक अन्य कथा इस प्रकार है कि अंजना, गौतम ऋषि और उनकी पत्नी अहिल्या की पुत्री थी। एक बार देवराज इंद्र ने गौतम का रूप धरकर धोखे से अहिल्या को कामासक्त कर दिया। जब गौतम वापस लौटे तो उन्होंने दोनों को शाप दिया। अहिल्या का मानना था कि उसकी पुत्री ने यह बात गौतम को बताई थी। इसलिए उसने अंजना को वानर बनने का शाप दिया था। अंजना ने शाप के दुष्प्रभाव को दूर करने के लिए तपस्या करने का निर्णय लिया। वह तपस्या में इतनी लीन हो गई कि चींटियों ने उसके शरीर पर बाँबी बना ली। वायुदेव को उस पर दया आ गई। वे उसे नियमित रूप से बाँबी के छिद्र में से भोजन देते थे। उसी वन में शिव और पार्वती विभिन्न पशुओं का रूप धारण करके क्रीड़ाएँ करने आते थे। एक बार जब वे वानर रूप में क्रीड़ा कर थे तो शिव का वीर्य स्खलित हो गया लेकिन पार्वती उनके अंश की तीव्रता को सहन नहीं कर सकीं। तब वायुदेव ने उसे लेकर अंजना को दे दिया। तीन महीने बाद, अंजना के मुख से शिशु वानर के रूप में हनुमान प्रकट हुए। (एक अन्य अध्याय में इस कथा को विस्तार से बताया जाएगा)।

*वाल्मीकि रामायण* में हनुमान के जन्म की अलग कथा मिलती है। उसमें पुंचिकस्थला नाम की अप्सरा को एक ऋषि ने शाप दिया और उसे पृथ्वी पर वानर के रूप में जन्म लेना पड़ा लेकिन उसके पास स्वेच्छा से मनुष्य रूप धारण करने की शक्ति थी। एक बार जब वह सुंदर रूप धरकर पहाड़ी के निकट टहल रही थी तो हवा से उसके वस्त्र ऊपर उठ गए। उसके सुंदर अंगों को देखकर वायुदेव आकर्षित हो गए और उसके वस्त्रों को हटाकर उसके भीतर प्रवेश कर गए। अंजना ने इस उल्लंघन को महसूस किया। वह उस अदृश्य प्रेमी को शाप देने ही वाली थी कि वायुदेव उसके समक्ष प्रकट हुए और अंजना को अक्षत योनि होने का वचन दिया तथा उसे यह वरदान भी दिया कि उसका होने वाला पुत्र बल में स्वयं वायुदेव के समान होगा।

*शिव पुराण* में दी गई कथा इससे थोड़ी भिन्न है। एक बार पार्वती ने अपने पति को "राम" मंत्र दोहराते सुना तो ऐसा करने का कारण पूछा। शिव ने उत्तर दिया कि राम नाम का मंत्र बहुत शक्तिशाली है क्योंकि यह परम सत्य को दर्शाता है और विष्णु ने ही राम बनकर पृथ्वी पर राजकुमार के रूप में अवतार लिया था।

"पार्वती! राम मुझे अति प्रिय हैं और मैं उनकी सेवा के लिए पृथ्वी पर अवतार

लूँगा।" पार्वती ने इसका विरोध किया तो शिव ने कहा कि वे अवतार रूप में केवल अपना एक अंश पृथ्वी पर भेजेंगे। शिव ने वानर रूप में जन्म लेने का निश्चय किया क्योंकि वानर विनम्र जीव है और उसकी जीवनशैली एवं आवश्यकताएँ अत्यंत साधारण हैं तथा उसे जातिगत व जीवन की विभिन्न अवस्थाओं से संबंधित नियमों का पालन करने की जरूरत नहीं होती। ऐसा करने से, उन्हें सेवा करने का भरपूर अवसर मिलेगा। शुरू में पार्वती यह सुनकर चौंक गईं परंतु फिर शिव ने उन्हें यह कहकर आश्वस्त कर दिया कि माया के प्रलोभन से बचने के लिए वानर रूप सबसे उपयुक्त है। पार्वती ने उनके साथ चलने की इच्छा व्यक्त की और उनकी पूँछ बन गई क्योंकि जिस तरह पत्नी, पुरुष का आभूषण होती है, वही स्थान वानर के लिए उसकी पूँछ का होता है। शिव इस बात पर सहमत हो गए और इसीलिए हनुमान की पूँछ इतनी सुंदर है क्योंकि उसमें देवी पार्वती की शक्ति विद्यमान है।

एक अन्य कथा यह है कि रावण और कुंभकर्ण, शिव के दो सेवकों के अवतार थे इसलिए शिव उनकी रक्षा करने के लिए बाध्य थे। परंतु ब्रह्मा से प्राप्त वरदानों के कारण वे दोनों अहंकारी हो गए तथा देवताओं को परेशान करने लगे। फिर सभी देवता सहायता के लिए शिव के पास गए। जब रावण ने मृत्यु के देवता, महाकाल तथा शनि ग्रह को बंदी बना लिया तो शिव को बहुत क्रोध आया। यह भी एक कारण था कि उन्होंने हनुमान के रूप में अवतार लेने का निश्चय किया।

मनु स्वयंभू के समय, शिलाद नाम के एक ऋषि ने शिव को प्रसन्न करने के लिए तप किया और शिव के जैसा ही पुत्र पाने की प्रार्थना की। शिव ने उसकी प्रार्थना मान ली और उनके ग्यारहवें अवतार ने नंदी नाम से उस ऋषि के पुत्र के रूप में जन्म लिया। बाद में उस पुत्र ने तपस्या की और बैल के रूप में शिव भक्त बनने का वरदान माँगा। जिस दौरान रावण पृथ्वी पर चारों ओर उपद्रव मचा रहा था, उस समय वह कैलाश पर जाने का दुस्साहस कर बैठा। जब नंदी ने उसे प्रवेश करने से रोका तो रावण ने उपहास किया और यह कहकर ताना मारा कि नंदी का चेहरा वानर से मिलता है! तब नंदी ने रावण को शाप दिया कि एक वानर के कारण ही उसका अंत होगा। बाद में, नंदी ने शिव से प्रार्थना की कि वे उसे पृथ्वी पर वानरों में "बैल" याने हनुमान के रूप में जन्म लेने की अनुमति प्रदान करें।

*शिव पुराण* में आई एक अन्य कथा के अनुसार वायुदेव ने जलंधर नामक असुर को मारने में शिव की सहायता की थी। शिव ने वायुदेव को वरदान माँगने को कहा तो उन्होंने शिव को अपने पुत्र के रूप में पाने की इच्छा व्यक्त की और शिव ने उनकी बात मान ली।

रावण को मारने के लिए विष्णु को शिव की सहायता की आवश्यकता थी तो उन्होंने शिव की तपस्या की तथा उन्हें हज़ार पत्तियों वाले लाल रंग के कमल पुष्प अर्पित किए। शिव प्रकट हुए और उन्होंने कहा कि वे पहले ही अंजना को वरदान दे चुके हैं कि वे उसके पुत्र के रूप में जन्म लेंगे और राम के रूप में विष्णु अवतार की सहायता करेंगे।

चूंकि हनुमान के जन्म से संबंधित अनेक कथाएँ हैं, इसलिए यह स्वाभाविक है कि विभिन्न ग्रंथ उनके जन्म की तिथि भी अलग-अलग बताते हैं। वास्तव में उनके जन्म की आठ भिन्न तिथियाँ मिलती हैं जो नीचे दी गई हैं। ये सभी जन्म तिथियाँ हिंदू चंद्र कैलेंडर

के अनुसार हैं :

1. चैत्र पूर्णिमा अर्थात् चैत्र माह (मार्च-अप्रैल) की पूर्णिमा।
2. चैत्र शुक्ल एकादशी अर्थात् चैत्र माह के शुक्ल पक्ष का ग्यारहवाँ दिन।
3. कार्तिक पूर्णिमा अर्थात् कार्तिक माह (अक्तूबर-नवंबर) की पूर्णिमा।
4. कार्तिक अमावस्या अर्थात् कार्तिक माह की अमावस्या।
5. श्रावण शुक्ल एकादशी अर्थात् श्रावण माह (जुलाई-अगस्त) के शुक्ल पक्ष का ग्यारहवाँ दिन।
6. श्रावण पूर्णिमा अर्थात् श्रावण माह की पूर्णिमा।
7. मार्गशीर्ष शुक्ल त्रयोदशी अर्थात् मार्गशीर्ष माह (नवंबर-दिसंबर) के शुक्ल पक्ष का तेरहवां दिन।
8. आश्विन अमावस्या अर्थात् आश्विन माह (सितंबर-अक्तूबर) की अमावस्या।

इनमें से दो तिथियाँ सबसे अधिक महत्त्वपूर्ण मानी जाती हैं। सबसे अधिक लोकप्रिय वसंत की सूचना देने वाली चैत्र माह की पूर्णिमा है। इस हिसाब से हनुमान का जन्म, राम के जन्म के पाँच दिन बाद होता है जो चैत्र नवमी अर्थात् चैत्र माह का नौवाँ दिन है। इस कारण उनका जन्मदिन उत्तरायण काल में आता है जब सूर्य उत्तर दिशा में देवताओं के निवास हिमालय की ओर बढ़ता है।

राम की जन्मभूमि अयोध्या में, उनका जन्मदिन चाह महीने बाद कार्तिक माह की अमावस्या को मनाया जाता है। इसे यक्ष अमावस्या भी कहते हैं। इससे एक बार फिर यक्षों के साथ उनके संबंध का संकेत मिलता है, जैसा कि पहले भी बताया जा चुका है।

यह तिथि दक्षिणायण में पड़ती है जो देवताओं का रात्रि काल माना जाता है जब सूर्य घटता हुआ मृतक-संसार याने दक्षिण की ओर बढ़ता है। इसीलिए, इसे क्षयण कहा जाता है। इन दो तिथियों के कारण, वर्ष के दोनों हिस्सों में हनुमान की पैठ मानी जाती है। एक भाग देवताओं एवं सद्गुणों से संबंधित है तथा दूसरा भाग, मर्त्य जगत एवं तात्विक गुणों से संबद्ध है।

ऐसा माना जाता है कि हनुमान का जन्म मंगलवार अथवा शनिवार को हुआ था और इसलिए दोनों दिन उनकी पूजा की जाती है। भारतीय ज्योतिष के अनुसार ये दो दिन सबसे अशुभ समझे जाते हैं क्योंकि इन दिनों पर क्रमशः मंगल एवं शनि नामक ग्रहों का नियंत्रण रहता है। हनुमान की पूजा करने वाले लोग, इन दोनों ग्रहों के दुष्प्रभावों से स्वतः बच जाते हैं।

*राम दूत अतुलित बल धामा।*
*अंजनि पुत्र पवन सुत नामा।।*

—तुलसीदास कृत *हनुमान चालीसा*

ॐ *श्री हनुमते नमः*

ॐ

*केसरी सुताय नमः*

**अध्याय 3**

# केसरी पुत्र

## केसरी के पुत्र

*सर्वारिष्टानिवारकं शुभकरम्,*
*पिंगक्षमाक्षपाहम्,*
*सीतान्वेषण तत् परम, कपीवरम्,*
*कोदिन्दुसूर्य प्रभम्*

*समस्त कष्टों को दूर करने में समर्थ,*
*लाल आभा युक्त नेत्र,*
*सीता को खोज निकालने के लिए प्रसिद्ध, वानरों में श्रेष्ठ,*
*जो सैकड़ों हज़ार सूर्यों की दीप्ति वाले हैं।*

*—हनुमान स्तोत्र*

पुराणों में अनेक लोकों के सजीव चित्र दिखाए गए हैं जहाँ विभिन्न प्रकार के प्राणी रहते हैं। अप्सराएँ आकाशीय नर्तकियाँ थीं और वे प्रायः इंद्र के दरबार में रहती थीं। इन्हीं अप्सराओं में से एक का नाम पुंचिकस्थला था। उसे बचपन में देवताओं के गुरु बृहस्पति ने गोद लिया था और वे उसे अपने आश्रम ले आए तथा अपनी पुत्री की तरह उसका पालन-पोषण किया। वह बहुत आध्यात्मिक स्वभाव की थी और सभी के साथ मधुर एवं दयापूर्ण व्यवहार करती थी। अपने बाल्यकाल में भी वह पूजा के लिए फूल एकत्र करती थी जिससे सामान्य तौर पर सभी को लाभ होता था। इस तरह, वह आध्यात्मिक पृष्ठभूमि में बड़ी हुई और उसने इस बीच किसी युवा पुरुष को तथा किसी ऐसे व्यक्ति को तो बिलकुल नहीं देखा जिसका अध्यात्म के प्रति रुझान नहीं था। वह आश्रम में खिलने वाले पुष्पों के समान ही सौम्य एवं शुद्ध थी। वह कभी आश्रम से बाहर नहीं गई और इसलिए उसे युवा लोगों के व्यवहार के बारे में बिलकुल पता नहीं था। इस तरह वह मानव स्वभाव से सर्वथा अछूती व अंजान थी। सत्रह वर्ष की आयु में वह असाधारण रूप से सुंदर हो गई लेकिन

वह अपनी आकर्षक सुंदरता से अनभिज्ञ थी। एक दिन, वह पुष्प लाने तथा अपने पिता को प्रसन्न करने के उद्देश्य से अकस्मात आश्रम की सीमा से बाहर निकल गई। तभी उसकी दृष्टि कुछ गंधर्वों पर पड़ गई जो जल-क्रीड़ा एवं परस्पर झूठी लड़ाई कर रहे थे। उसने इससे पहले कभी आकर्षक नग्न शरीर नहीं देखे थे। उन्हें देखकर उसके तन में कामाग्नि जल उठी। वह अपने संस्कार पूरी तरह भूल बैठी। उसने जो पुष्प एकत्र किए थे, वे उसके हाथ से नीचे गिर गए तथा वह मुग्धावस्था में वहीं बैठकर उन गंधर्वों को क्रीड़ा करते देखती रही। उसके मन में ऐसे ही किसी पुरुष को अपना पति बनाने की इच्छा जागृत हो गई।

संध्या के समय जब बृहस्पति ने उसे अनुपस्थित पाया तो वे उसकी तलाश में निकल पड़े। वे उसे अपने सामने चल रहे कामुक दृश्यों में मग्न खड़ा देखकर विस्मित रह गए। पुंचिकस्थला उन दृश्यों को देखने में इतनी डूबी हुई थी कि उसे अपने पिता के आने का पता नहीं लगा।

"पुंचिकस्थला!" वे चिल्लाए। "तुम क्या देख रही हो? क्या तुम भूल गई हो कि तुम आश्रमवासी हो? तुम्हें इस तरह के दृश्य नहीं देखने चाहिए। वापस चलो पुत्री और वचन दो कि इस स्थान पर फिर कभी नहीं आओगी अन्यथा मुझे तुमसे आश्रम छोड़ने के लिए कहना पड़ेगा।"

पहली बार ऐसा हुआ कि उसने चुपचाप अपने पिता का कहना नहीं माना। उसने यहाँ तक कि अपने पिता को उत्तर देने तक का साहस कर लिया।

"मैंने ऐसा क्या किया कि आप मुझे इतनी कठोरतापूर्वक डाँट रहे हैं? मैं सिर्फ़ इन लोगों को देख रही थी। ये देखने में कितने आकर्षक हैं। मैंने आज तक इनके जैसा कोई नहीं देखा!"

बृहस्पति उसकी भावनाओं को समझ गए तथा उदासी भरी दृष्टि से उसे देखने लगे।

"पुत्री!" वे बोले, "हम लोग आश्रम में रहते हैं। हमारा एकमात्र उद्देश्य आत्मबोध प्राप्त करना है। हमें सामान्य व अहंकारी जीवन से दूर रहना होता है। परंतु मैं तुम्हारी दुर्बलता को समझ रहा हूँ। तुम युवा हो और शायद पारिवारिक जीवन के प्रति अपनी भावनाओं को वश में नहीं रख पा रही हो। कोई बात नहीं! मैं तुम्हें मर्त्यलोक में भेज दूँगा जहाँ तुम वानर के रूप में जन्म लोगी। वानर के अल्पकालिक जीवन में तुम अपनी कामेच्छा को शांत कर पाओगी। उसके बाद, तुम्हें अपना सामान्य रूप प्राप्त हो जाएगा और तुम फिर इस संसार में लौट आओगी।"

पुंचिकस्थला उनके चरणों में गिर पड़ी और उनसे अपना शाप लौटाने के लिए विनती करने लगी। बृहस्पति ने उसे स्नेहपूर्वक देखकर कहा।

"संत का शाप भी वरदान की तरह होता है। वह हमेशा किसी गूढ़ और दिव्य उद्देश्य की पूर्ति के लिए होता है और मेरा यह शाप भी इसका अपवाद नहीं है। तुम एक ऐसे नर वानर की माता बनोगी जो संसार में सर्वश्रेष्ठ भक्त के रूप में गौरव प्राप्त करेगा। वह अपने साहस, बुद्धि तथा धर्म के प्रति अपनी निष्ठा के लिए प्रसिद्ध होगा। वह अयोध्या नरेश राम के रूप में भगवान विष्णु के अवतार का सबसे बड़ा भक्त बनेगा। जिस क्षण

उसका जन्म होगा तुम्हें अपना पहले वाला रूप वापस मिल जाएगा तथा तुम इन नैसर्गिक क्षेत्रों में दोबारा लौट सकोगी।"

पुंचिकस्थला का अनुनयपूर्ण चेहरा देखकर उन्होंने आगे कहा, "तुम्हारे लिए यही उपयुक्त है कि तुम अपनी इन हीन इच्छाओं से वानर योनि में ही मुक्ति पा लो क्योंकि वहाँ तुम्हारी ये इच्छाएँ न्यूनतम समय में पूरी हो जाएँगी और फिर तुम इस आश्रम में लौटकर अपनी साधना को जारी रखते हुए मोक्ष प्राप्त कर सकोगी। तुम्हारा नाम अंजना होगा और तुम अपनी पसंद के आकर्षक नर वानर के साथ संभोग की अपनी कामना को तृप्त कर सकोगी। नियत समय पर जब अपने पति के साथ तुम्हारा मिलन होगा, तो वायुदेव द्वारा भगवान शिव का अंश तुम्हारे गर्भ में स्थापित किया जाएगा और फिर तुम्हें ऐसे पुत्र की प्राप्ति होगी जिसमें भगवान शिव के सभी गुण होंगे तथा वायुदेव की गति व शक्ति होगी।"

सब कुछ वैसा ही हुआ जैसा महर्षि ने भविष्यवाणी की थी। पुंचिकस्थला ने वानर जाति के मुखिया कुंजर की पुत्री के रूप में जन्म लिया। उसका नाम अंजना रखा गया। उसे अपना पूर्वजन्म अच्छी तरह याद था और वह एक साधारण वानर के जीवन से ख़ुश नहीं थी। समर्थ होते ही, उसने अपनी जाति छोड़ दी और वन में बहुत अंदर चली गई। वह बिना कुछ खाए भूखी-प्यासी भटकती रही। अंत में उसे रसीले फलों से लदा एक वृक्ष दिखाई दिया। वह उस पेड़ पर चढ़ गई और ज्यों ही उसने फल तोड़ने के लिए हाथ बढ़ाया, तभी उसे एक अलौकिक स्वर सुनाई दिया।

"अंजना! स्नान और पूजा करने तक तुम्हें कुछ नहीं खाना चाहिए। तुम इस वन में किसी उद्देश्य से आई हो। उसे पूर्ण करने के लिए तुम्हें साध्वी का जीवन जीना होगा। तुम भगवान शिव और देवी पार्वती की तपस्या करो ताकि वे तुम्हें एक अद्भुत पुत्र प्रदान करें और तुम्हें शाप से मुक्त करें।"

दिव्य स्रोत से मिले इस परामर्श से अंजना बहुत प्रसन्न थी। उस दिन से उसने साध्वी जीवन का पूरी कड़ाई से पालन किया। वह सुबह जल्दी उठती, स्नान करती और शिव-पार्वती के दिव्य युगल की आराधना करने बैठ जाती। अपनी इस दिनचर्या के बाद ही वह वृक्षों के फल व पत्ते तोड़ती तथा अपना भूख मिटाती थी।

एक दिन एक भयानक आवाज़ ने बड़ी रुखाई ने उसकी तपस्या भंग कर दी। पूरा वन मानो अशांत हो गया। पक्षी शोर मचाते हुए भयभीत होकर इधर-उधर उड़ रहे थे और यहाँ तक कि पशु भी अपने प्राण बचाते भाग रहे थे। अचानक उसने देखा कि एक भीमकाय नरभक्षी राक्षस उसके सामने खड़ा था। वह डर के उठ खड़ी हुई और भागने लगी। परंतु उस जीव ने उसका मार्ग रोक लिया।

"हे सुंदरी!" वह गरजा। "तुम मुझसे दूर क्यों भाग रही हो? मैं तुम्हें हानि नहीं पहुँचाऊँगा। मेरा नाम शंबसादन है और मैं इस जंगल का राजा हूँ। मैं तुमसे विवाह करने के लिए तैयार हूँ और तुम्हारी प्रत्येक इच्छा पूर्ण करना चाहता हूँ। मेरे निकट आओ तो फिर हम दोनों प्यार करेंगे। ऐसी निरर्थक तपस्याओं में जीवन बर्बाद करना बेकार है!"

इस घोषणा के साथ वह अंजना पर झपट पड़ा। अंजना उसकी पकड़ से छूट निकली तथा अपने प्राण बचाने के लिए भागी। वानर रूप में होने के कारण वह एक डाल से दूसरी

डाल पर कूद सकती थी लेकिन वह कुटिल प्रेमी जल्दी पीछा छोड़ने वाला नहीं था। वह इतना विशालकाय था कि वह पेड़ों और झाड़ियों को रौंदता हुआ उसका पीछा करता रहा। भय से अर्द्ध-उन्मत्त अंजना इस नई मुसीबत से बचाने के लिए अपने रक्षक देवताओं को पुकारने लगी। उसे यह देखकर बहुत आश्चर्य हुआ कि ज्यों ही राक्षस ने उसे पकड़ने के लिए छलाँग लगाई, वह नीचे गिर पड़ा। वह इस चमत्कारी बचाव से हैरान हो गई और देखने गई कि क्या वह सचमुच मर गया था। उसने एक बड़े-से साँप को रेंगते हुए देखा।

तभी उसे चेतावनी सुनाई दी कि शंबसादन सिर्फ़ बेहोश हुआ है और जल्दी ही उसे होश आ जाएगा। अंजना ने नीचे झुककर उसके चेहरे को देखा तो पाया कि वह जीवित था। उसने अधिक जाँच-पड़ताल करने में समय नष्ट नहीं किया और वन के भीतर भागती चली गई। अंत में वह निराश और थकी हुई एक आश्रम में पहुँच गई। उसने स्वयं को उन साधुओं की दया पर छोड़ दिया और ख़ुद को उस संकट से बचाने के लिए उनसे प्रार्थना करने लगी।

उसका कष्ट देखकर, उन साधुओं ने उसे पीने के लिए पानी दिया और कहा कि वह उस आश्रम में शरण ले सकती है। जब अंजना ने शंबसादन का नाम लिया तो वे सब भय से काँपने लगे और उन्होंने बताया कि वह बड़ा क्रूर राक्षस है जिससे पूरा वन भयभीत रहता है। उन लोगों को सदा उस राक्षस से भय बना रहता था कि वह सब कुछ नष्ट और बर्बाद कर देगा।

"केसरी नाम का एक साहसी वानर है और सिर्फ़ वही उस राक्षस को पराजित कर सकता है।" यह सुनकर अंजना ने अपने मनपसंद देवताओं से केसरी को वहाँ भेजने की प्रार्थना की ताकि वह उस राक्षस को मार सके क्योंकि उसने सभी आश्रमवासियों को परेशान करके पूरे वन को अपना दास बना रखा था। अंजना पूरी रात प्रार्थना करती रही।

कहते हैं, एक बार केसरी ने एक अत्यंत शक्तिशाली हाथी को मार दिया था जो ऋषियों और तपस्वियों को परेशान करता था। इसी से उसका नाम "केसरी" पड़ गया जिसका अर्थ "हाथी" होता है। उसे "कुंजरसूदन" अर्थात् हाथी को मारने वाला कहते हैं।

अगले दिन सुबह, पूरा आश्रम सजीव हो उठा और उन सबके हृदय में नई आशा जाग गई। वे अपने प्रातः कालीन अनुष्ठानों - यज्ञ तथा याग की तैयारी में जुट गए। इन वैदिक अनुष्ठानों के दौरान, अग्नि में कुछ अर्पण किया जाता था तथा संसार के कल्याण एवं अपनी निजी आध्यात्मिक प्रगति के उद्देश्य से कुछ मंत्रों व गूढ़ शब्दों का उच्चारण किया जाता था। वे लोग उन अनुष्ठानों को आरंभ करने के विषय में थोड़ा चिंतित थे क्योंकि शंबसादन प्रायः उनके अनुष्ठानों को भंग कर देता था। वे लोग यह सोच ही रहे थे कि कार्य आरंभ करें अथवा नहीं, कि तभी उनके बीच एक बलशाली वानर आ पहुँचा। वह अत्यंत आकर्षक और ऊँचे क़द का था तथा किसी को भी पराजित करने में समर्थ जान पड़ता था। उसने ऋषियों से कहा कि वे यज्ञ आरंभ करें तथा वह उनकी रक्षा करेगा। वह कौतुहल से वहाँ आए नवागंतुक को देखने लगा और तब ऋषियों ने अंजना से उसका परिचय करवाया। यही वीर वानर, केसरी था जिसके बारे में उन्होंने अंजना को बताया था। वह तुरंत अंजना के मन को भा गया और उसे लगा कि वह सचमुच लोगों को उस

राक्षस के आतंक से बचाने में समर्थ था। वह बिना हलचल किए, एक पेड़ की शाखा पर चढ़ा और पत्तों के पीछे छिप गया।

तभी एक भयंकर आवाज़ सुनाई दी जिससे समूचा जंगल भयभीत हो गया। पक्षी चिल्लाने लगे और उड़कर तितर-बितर हो गए; अन्य पशु भी अलग-अलग दिशाओं में दौड़ने लगे। उन्हें पता नहीं लग रहा था कि वे किधर भागें। अचानक वह विशालकाय और भयंकर राक्षस वहाँ प्रकट हो गया। उसकी दृष्टि तुरंत डर से काँप रही अंजना पर पड़ी जो उस जगह एक कोने में छिपने की कोशिश कर रही थी।

उसने अपना विशाल और बालों से भरा हाथ आगे बढ़ाया तथा अंजना को पकड़ लिया और अपनी ओर खींच लिया। वह अंजना से अत्यंत अंतरंग स्वर में बोला मानो उसे लुभा रहा हो। उसमें से पुराने ख़ून और पसीने की दुर्गंध आ रही थी और उसने घृणा से काँपती हुई अंजना को अपने निकट खींच लिया।

"आह! प्रिय!" वह मोहक किंतु छली स्वर में बोला। "तुम मुझसे दूर क्यों भागती हो? क्या तुम्हें पता नहीं कि मैं तुम्हारे लिए उन्मत्त हो रहा हूँ? तुम मुझसे बचकर नहीं जा सकतीं। मैं आवश्यकता पड़ने पर दुनिया के अंतिम छोर तक तुम्हारा पीछा करूँगा। आओ! हम भाग चलें और फिर हम आनंद एवं सुख से रहेंगे। इन कायरों में तुम्हें बचाने का सामर्थ्य नहीं है परंतु मैं सदा तुम्हारी रक्षा करूँगा।"

भयभीत अंजना चिल्लाने और शोर मचाने लगी। "मुझे बचाओ! मुझे बचाओ! क्या यहाँ कोई नहीं है जो इस राक्षस से मेरी रक्षा कर सके?"

"मेरे सामने तो भगवान स्वयं भी असहाय हैं! फिर तुम्हें कौन बचाएगा?"

तभी शक्तिशाली केसरी वृक्ष से बाहर निकल आया तथा जोरदार गर्जना के साथ उस राक्षस के सामने आ खड़ा हुआ।

"ओ शंबसादन!" वह चिल्लाया। "यदि तुम्हें अपना जीवन प्रिय है तो इस कन्या को छोड़ दो!"

यह सुनकर शंबसादन ने अंजना को धरती पर उतारा और बोला, "ओह, तो तुम इसके रक्षक बनकर आए हो! मैं पहले तुम्हारा ही कीमा बनाऊँगा और बाद में इसे देखूँगा।"

अवसर पाकर अंजना आश्रम के अंदर भाग गई और उसने भीतर से द्वार बंद कर लिया।

जब राक्षस ने देखा कि केसरी उसके सामने बाण चलाने के लिए तैयार खड़ा है तो वह बहुत देर तक ज़ोर-ज़ोर से हँसा।

"अरे मूर्ख बंदर!" वह बोला। "क्या तू इतना धृष्ट है कि तुझे लगता है कि तू इस लड़की और इन आश्रमवासियों को बचा लेगा? मैं तुझे और फिर इस आश्रम को नष्ट करूँगा और फिर इस लड़की को ले जाऊँगा।"

ऐसा कहकर राक्षस ने उस वन का एक बड़ा-सा पेड़ उखाड़ लिया और उसे केसरी पर दे मारा। इससे पहले कि वह पेड़ किसी को हानि पहुँचा पाता केसरी ने अपने बाण से उसे बीच से चीर डाला और नीचे गिरा दिया। इससे वह राक्षस अत्यंत क्रोधित हो गया

और उसने धरती से एक छोटा पहाड़ उखाड़ लिया और उसे केसरी की ओर फेंका। एक बार फिर केसरी ने पहाड़ को बाण से तोड़ दिया। राक्षस को अपनी आँखों पर विश्वास नहीं हुआ। वह वानर की तरफ़ दौड़ा मानो उसे अपने हाथों से कुचल देगा। केसरी ने उसके ऊपर बाणों की वर्षा कर दी।

राक्षस को समझ आ गया कि उसका मुक़ाबला किसी बराबर वाले से हुआ था तो उसने अपनी माया रची और उन्मत्त हाथी का रूप धर लिया। उसने वहाँ से भाग रहे हुए ऋषियों को पकड़ा और यहाँ-वहाँ उछालने लगा और उसने आश्रम को ध्वस्त कर के उनका यज्ञ-कुंड दूषित कर दिया। अंजना एक विशाल वृक्ष के खोखले भाग में छिप गई।

इस बीच केसरी पागल हाथी पर लगातार बाणों की वर्षा कर रहा था लेकिन उसके तीर हाथी को छूकर नीचे गिर जाते थे। गुस्से से भरे हाथी ने अपना सारा क्रोध केसरी पर निकाल दिया और उसका बाण छीनकर उसे अपने पैर से तोड़ डाला। केसरी ने तुरंत एक छोटे से वानर का रूप धरा और हवा में छलाँग लगाई। वह पूरे ज़ोर से हाथी के मस्तक पर कूद गया। यह हाथी का सबसे कमज़ोर स्थान होता है। इसके बाद केसरी ज़ोरदार घूँसों से लगातार उस नाज़ुक जगह पर वार करता रहा। हाथी ने पूरी कोशिश की लेकिन वह बंदर को अपने मस्तक से नहीं हटा पाया जो बलपूर्वक उसके नाज़ुक स्थान पर चोट कर रहा था। उसने तुरंत फिर से अपना राक्षसी रूप धारण कर लिया और वानर को खींचकर अलग किया तथा ज़मीन पर पटक दिया।

केसरी ने फिर अपना असली आकार ले लिया और राक्षस पर दोबारा बाण-वर्षा करने लगा। हालाँकि उसके घावों से रक्त बह रहा था, वह उससे बिलकुल प्रभावित नहीं हुआ और मज़ाक उड़ाने के ढंग से हँसता रहा। अंजना बहुत निराश हो गई और उसने मन ही मन भगवान शिव से केसरी की सहायता करने की याचना की। उसे तत्काल प्रतिक्रिया देखने को मिली।

शिव ने उसे बताया कि राक्षस को केवल उसी के रक्त से मारा जा सकता है। अंजना ने पूछा कि यह कैसे संभव होगा। शिव ने उसे उत्तर दिया कि उसे वह युक्ति स्वयं ही सोचनी होगी।

उसने इस बात पर विचार किया। अचानक उसकी दृष्टि एक बाण पर पड़ी जो वहाँ से थोड़ा दूर गिरा था जहाँ दोनों भयानक युद्ध में उलझे हुए थे और उन्हें पता था कि वह उनका निर्णायक युद्ध सिद्ध होगा। उसने देखा कि केसरी की शक्ति मंद होने लगी थी। यह देखकर, वह आगे बढ़ी और उसने वह बाण उठा लिया तथा राक्षस के रक्त की नीचे टपकी बूँदों को बाण की नोंक पर लगा दिया। फिर वह उस बाण को केसरी को देने के लिए उचित अवसर की प्रतीक्षा करने लगी।

राक्षस ने भीमकाय भैंसे का रूप धारण कर लिया और अपने सींग नीचे झुकाकर, केसरी के भीतर घुसाने के लिए भागा। केसरी ने तत्काल अपने धनुष पर बाण चढ़ाया और भैंसे की आँखों पर निशाना साध लिया। तीर बिलकुल सही जगह लगा था। भैंसा लड़खड़ाकर नीचे गिरा और दर्द से चिल्लाने लगा।

अवसर पाकर अंजना, केसरी के पास भागी। उसने केसरी को शंबसादन का रहस्य बता दिया तथा उसके रक्त से सना बाण देकर केसरी से शीघ्र ही, अवसर देखकर चलाने के लिए कहा। इस बीच राक्षस ने सोचा कि उसके लिए भैंसे का रूप त्याग देना ही अच्छा होगा ताकि वह आँखों पर हुए घातक प्रहार से बच सके। अंजना को वापस भागने का समय नहीं मिला जब शंबसादन अपशब्द बोलता हुआ केसरी की ओर लपका।

उसने अपनी विशाल लौह गदा को ऊपर उठाया और ज़ोर से घुमाया।

"यह सदा के लिए तुम्हारा अंत कर देगी, तुच्छ वानर!" वह चिल्लाया।

इससे पहले कि वह उस घातक शस्त्र का प्रयोग कर पाता, केसरी ने भगवान शिव का स्मरण किया और अंजना द्वारा दिया बाण राक्षस पर छोड़ दिया। राक्षस के ही रक्त से बुझा बाण, अपने लक्ष्य की ओर गया और उसने अचूक ढंग से राक्षस का हृदय भेद दिया। शंबसादन बहुत ज़ोर से चिल्लाया और फिर दर्द से कराहने लगा। अंत में वह भयानक धमाके के साथ धरती पर गिर गया, जिससे पूरी पृथ्वी काँप उठी।

ऋषिगण ने राहत की साँस ली और वे ख़ुशी से चिल्लाते बाहर आ गए तथा केसरी की प्रशंसा करने लगे। उन्होंने केसरी को इस लगातार होने वाली परेशानी से मुक्ति दिलवाने के लिए धन्यवाद दिया। राक्षस के भय से मुक्त होकर वे लोग फिर से अपने अनुष्ठान कर सकते थे। केसरी ने उनसे अंजना का धन्यवाद करने को कहा क्योंकि उसी ने राक्षस की दुर्बलता का रहस्य बताया था और यदि वह रहस्य उसे न पता लगता तो वह उस राक्षस को कभी न मार पाता। ऋषियों ने अंजना को भी धन्यवाद दिया।

"हम आप दोनों का आभार किस तरह व्यक्त करें?" ऋषिगण बोले। उन्होंने इस मामले पर परस्पर चर्चा की और फिर अंजना से पूछा, "पुत्री! क्या तुम हमारी आज्ञा मानोगी? यह तुम्हारे अपने भले के लिए है।"

अंजना ने ऋषियों को वचन दिया कि वे जो भी कहेंगे, वह उसे स्वीकार करेगी।

ऋषियों ने फिर मुस्कराते हुए उससे पूछा, "क्या तुम केसरी से विवाह करने को तैयार हो?"

अंजना ने लज्जा से अपना सिर झुका लिया उन्होंने इसे अंजना की मूक स्वीकृति मान लिया। केसरी ने भी इस सुखी संबंध के प्रति अपनी सम्मति व्यक्त कर दी और फिर प्रसन्न आश्रमवासियों ने सादगीपूर्वक, उनका विवाह करवा दिया।

*महाबीर बिक्रम बजरंगी।*
*कुमति निवार सुमति के संगी।।*

—तुलसीदास कृत *हनुमान चालीसा*

ॐ *श्री हनुमते नमः*

ॐ

*वायुपुत्राय नमः*

## अध्याय 4

# वायु-पुत्र

## वायु के पुत्र

*लंकाद्विपा भयंकरं, सकलदलं,*
*सुग्रीवसम्मानितम्*
*देवेन्द्रादि समस्त देवाविनूतम्*
*ककस्तद्भूतं भजे।*

*मैं राम के दूत की पूजा करता हूँ,*
*इंद्र सहित सभी देवता जिनकी वंदना करते हैं,*
*जिन्होंने लंका के भयानक द्वीप को*
*अपने वश में कर लिया और*
*सुग्रीव को प्रसन्न किया।*

*—हनुमान स्तोत्र*

कुछ वर्षों में उन दोनों के एक दूसरे के प्रति अनुराग पूरी तरह शांत हो गया। केसरी एक पेड़ से दूसरे पर छलाँग लगाते हुए अपनी प्रियतमा के लिए मीठे और रस-भरे फल तोड़कर लाता था और इस तरह, उन्होंने अनेक वर्ष ख़ुशी-ख़ुशी बिताए। हालाँकि, उन्हें अपने प्रेम का कोई फल नहीं मिला। यह भी अंजना के गुरु के वरदानस्वरूप हुआ था क्योंकि उन्होंने कहा था कि जिस पल वह अपनी संतान को हाथों में लेगी, उसी पल वह अपने शाप से मुक्त होकर अपने धाम लौट जाएगी। वे चाहते थे कि अंजना संतान उत्पन्न करने से पूर्व अपनी समस्त शारीरिक इच्छाओं को पूर्णतः तृप्त कर ले। एक समय आया जब अंजना को इस बात से निराशा होने लगी कि इतने वर्ष पत्नी के रूप में रहने के बाद भी वह माँ नहीं बन पाई थी। केसरी को उसकी निराशा का कारण पता था, इसलिए उसने अंजना से कहा कि उन्हें किसी तरह प्रायश्चित करना चाहिए, जिससे उन्हें पुत्र की प्राप्ति हो सके। अंजना ने केसरी बताया कि इसका एकमात्र तरीक़ा यह था कि वे शिव और पार्वती की तपस्या करें क्योंकि वही, उन्हें सुपुत्र प्रदान करेंगे। इस तरह, उन दोनों ने दैवी-युगल की तपस्या

आरंभ कर दी। वे दिन भर में सिर्फ़ एक बार भोजन करते थे। उन्होंने एक-दूसरे के साथ सोना छोड़ दिया। उनका पूरा दिन गहन पूजा व अर्चना में निकल जाता था। ग्रीष्मऋतु के बाद फिर वर्षाऋतु आई तथा उसके बाद हेमंत और फिर शरदऋतु आ गई। परंतु दोनों ने बिना घबराए अपनी तपस्या जारी रखी।

अंत में शिव और पार्वती ने तपस्या में लीन उन दोनों को संतान का आशीर्वाद देने का निर्णय लिया। उन्होंने वानर का रूप धारण किया और सारा भोजन व सभी फल खा गए जो प्रातः कालीन अनुष्ठानों के लिए रखे गए थे। केसरी उन बंदरों की शरारत देखकर नाराज़ हो गया। वह उन्हें भगाने ही वाला था कि अंजना ने उसे ऐसा करने से रोक दिया।

"प्रभु! मुझे नहीं लगता कि ये साधारण वानर हैं। मुझे विश्वास है कि ये दोनों शिव और पार्वती हैं जो हमें आशीर्वाद देने आए हैं। इसलिए हमें इनकी पूजा करनी चाहिए।" केसरी ने उसकी बात मान ली और वे दोनों उन बंदरों की शिव एवं पार्वती के रूप में पूजा करने लगे। वे दोनों गहरे ध्यान में लीन थे, तभी उन्हें एक आवाज़ सुनाई दी, "हे अंजना! हे केसरी! हम तुम्हारी पूजा व तपस्या से प्रसन्न हैं और निश्चित ही तुम्हारी इच्छा पूरी करेंगे। इस जंगल के अंदर एक बहुत बड़ा आम का वृक्ष है। प्रतिदिन वहाँ जाओ और उस वृक्ष की परिक्रमा करो तथा शिव से प्रार्थना करो कि वे तुम्हारी मनोकामना पूर्ण करें। एक सप्ताह के भीतर तुम्हें उस वृक्ष पर एक चमत्कारी आम दिखाई देगा। अंजना को वह फल खाने के लिए देना और उसके बाद तुम्हारे यहाँ पुत्र जन्म लेगा जो शक्ति में वायुदेव के समान होगा।"

वह दोनों यह बात सुनकर प्रसन्न हो गए और उन्होंने शिव-पार्वती को झुककर प्रणाम किया। वे तुरंत वन के भीतर उस चमत्कारी वृक्ष को खोजने निकल पड़े। उन्हें वह वृक्ष एक वाटिका के बीच में दिखाई दिया। अगले दिन सुबह वे नित्य-कर्म से निवृत्त होकर वृक्ष की पूजा करने के लिए आगे बढ़ गए तथा उसकी तीन बार परिक्रमा करने के बाद पूजा आरंभ कर दी। यह सिलसिला सात दिन तक चला। आठवें दिन सुबह जब वे वृक्ष के पास पहुँचे तो एक दिव्य स्वर ने उन्हें कहा कि वे दिव्य फल को देखने के तैयार रहें। उसी क्षण वह पूरा वृक्ष, दिव्य प्रकाश से जगमगा उठा, जो फिर धीरे-धीरे नीचे उतरने लगा। वह प्रकाश वास्तव में एक शानदार आकाशीय प्राणी था जो अपने हाथ में फल लेकर खड़ा था। वह अंजना और केसरी के सामने आकर रुक गया। वे दोनों अपने सामने उस दृश्य को देखकर विस्मित थे।

वह प्राणी बोला, "केसरी! डरो मत! इस फल को स्वीकार करो। मैं यह तुम्हारे लिए लाया हूँ। इसे अपनी पत्नी अंजना को दे दो। इसे खाने के बाद, वह निश्चित रूप से संतान को जन्म देगी।"

केसरी ने काँपते हुए स्वर में पूछा, "हम सचमुच आपके आभारी हैं। हम आपसे प्रार्थना करते हैं कि आप कृपया अपना परिचय दें।"

उस प्राणी ने उत्तर दिया, "मैं वायुदेव हूँ और भगवान शिव के कहने पर यहाँ आया हूँ। इस फल में उनका अंश और मेरी शक्तियाँ समाहित हैं। तुम घबराओ मत! इसे अपने हाथों में लो तथा इसमें अपनी वीरता का संचार करके इसे अंजना को दे दो। इससे तुम्हें

एक ऐसे पुत्र की प्राप्ति होगी जो तीनों लोकों में सबसे वीर, साहसी और भक्तों में सर्वश्रेष्ठ माना जाएगा।" इस तरह, हनुमान को सर्वश्रेष्ठ दैवी एवं वानरी गुण प्राप्त हुए।

केसरी ने उस फल को स्वीकार किया, उसे अपने हृदय से लगाया तथा प्रार्थना करके अपनी समस्त शक्तियाँ उस फल में समाहित कर दीं। उसने वह फल अपनी पत्नी को सौंप दिया जिसने उसे अत्यंत निष्ठा के साथ स्वीकार किया। उसने आम को हाथ में लेकर भगवान शिव तथा वायुदेव का स्मरण किया। फिर उसने अपने पति के चरण स्पर्श किए और आशीर्वाद लिया। उसके बाद उसने वह दिव्य फल खा लिया। वह तत्काल गर्भवती हो गई और वह भ्रूण उसके गर्भ में तुरंत बड़ा होने लगा। उसके भीतर - दिव्य, लौकिक एवं पशु संबंधी - तीनों गुण थे। केसरी अत्यंत प्रेम व ध्यान से अंजना की देखभाल करने लगा। भ्रूण के विकसित होने के साथ अंजना अलौकिक दीप्ति से भर उठी। अंत में उसे पता लग गया कि समय पूरा होने वाला है। वह मंगलवार का दिन था और चैत्र माह की पूर्णिमा थी। अंजना ने नदी में स्नान किया और देवताओं का स्मरण किया और फिर कुंज के भीतर, केसरी द्वारा ताजे पत्तों व फूलों से सजाई शय्या पर लेट गई। जल्द ही उसने एक अति सुंदर शिशु वानर को जन्म दिया। जन्म के साथ ही उसने भीषण गर्जना की। केसरी कक्ष के बाहर उत्सुकता से प्रतीक्षा कर रहा था। वह गर्जना सुनते ही भीतर आया। उसने मनोहर दृश्य देखा कि अंजना उसके पुत्र को दुलार कर रही थी।

उस शिशु के जन्म से जुड़ी अनेक असाधारण विशेषताएँ थीं। वह संसार में नग्न पैदा नहीं हुआ था। उसका सुनहरा रोएँदार तन अलौकिक आभूषणों से सज्जित था। उसने एक कसा हुआ लाल लंगोट, मूँज का जनेऊ तथा अत्यंत नक्क़ाशीदार कुंडल पहने हुए थे। साधारण मनुष्य सूती धागे का जनेऊ पहनते हैं, लेकिन अंजना-पुत्र का जनेऊ वन्य, खुरदरी मूँज का बना हुआ था जो जूट की रस्सी जैसा था। यह एक प्रकार से उसके ब्रह्मचारी रहने तथा भावी तपस्वी जीवन का संकेत था। यह उसकी पशु-उत्पत्ति एवं विनम्रता का भी प्रतीक था।

कहते हैं, उस शिशु के कुंडल अधिकतर मनुष्यों को दिखाई नहीं देते थे। उसकी माँ ने उससे कहा था कि केवल उसका स्वामी ही उसके कुंडल देख पाएगा। निस्संदेह, उसके कुंडल केवल राम को दिखाई देते थे। इन कुंडलों की भी एक रोचक कथा है।

हनुमान के जन्म के समय, बाली नाम का एक अत्यंत वीर और बलशाली वानर था जो, वानर-जगत का निर्विवाद नेता था। जब बाली को पता लगा कि अंजना के गर्भ में ऐसा बालक पल रहा है जो उसका मुख्य प्रतिद्वंद्वी बन सकता है, तो उस बालक को गर्भ में ही समाप्त करने का निश्चय कर लिया। उसने पाँच धातु - स्वर्ण, चाँदी, ताम्र, लौह और टिन - को मिलाकर एक बाण बनाया। एक दिन जब अंजना सो रही थी, तो बाली ने वह बाण अंजना के गर्भ पर छोड़ दिया। कोई सामान्य शिशु होता तो उस घातक हमले से उसकी मृत्यु हो जाती, लेकिन भगवान शिव के तेजस्वी अंश से उत्पन्न बालक पर उस हमले का कोई प्रभाव नहीं हुआ। शिशु के तन को स्पर्श करते ही वह बाण पिघलकर दो सुंदर कुंडलों में परिवर्तित हो गया। इस प्रकार, हनुमान ने माँ के गर्भ के भीतर लड़े जीवन के प्रथम युद्ध के विजय-चिह्न पहनकर इस संसार में प्रवेश किया!

उसी क्षण शिव और पार्वती भी वानर रूप धारण करके अंजना-पुत्र को आशीर्वाद देने आए थे। वायुदेव ने भी वहाँ आकर अपने पुत्र को देखा। इस तरह, जितने भी लोग उस शिशु के जन्म की योजना में शामिल थे, उन सभी ने वहाँ आकर बालक को आशीर्वाद दिया। वायुदेव ने बालक के माता-पिता से उसका नाम मारुति रखने को कहा।

शिव का अंश, आम के फल में कैसे आया, इसकी अलग कथा है। शिव, शाश्वत तपस्वी हैं जिन्होंने काम को अपने वश में कर लिया था। उन्होंने प्रेम के देवता, कामदेव को भस्म कर दिया था। परंतु अपनी पत्नी पार्वती को प्रसन्न करने तथा उनकी कामेच्छा को तृप्त करने के लिए शिव ने नर-वानर का और पार्वती ने मादा-वानर का रूप धारण किया। इसके बाद वे जंगलों में क्रीड़ा करते, वृक्षों की शाखाओं पर झूलते तथा सामान्य बंदरों की भाँति स्वच्छंद भाव से संभोग किया करते थे। उस समय पार्वती को यह जानकर आश्चर्य हुआ कि वे गर्भवती हो गई थीं। उनका पहला पुत्र हाथी के सिर वाला था, इसलिए वह नहीं चाहती थीं कि उनका दूसरा पुत्र वानर रूप में हो। उन्होंने अपनी चिंता भगवान शिव को बताई। शिव ने पार्वती को चिढ़ाते हुए कहा कि सभी जीव उनका ही अंश हैं तथा उनके अंश से उत्पन्न शिशु, चाहे किसी भी रूप में जन्म ले, हर दृष्टि से आदर्श होगा। परंतु पार्वती इस बात से संतुष्ट नहीं हुईं। उन्होंने शिव से उस अंश को उनके गर्भ से हटाकर किसी अन्य उपयुक्त गर्भ में पहुँचाने की विनती की। तब शिव ने वायुदेव को बुलाया और उनसे कहा कि वे उनके अंश को ले जाएँ तथा किसी अन्य उपयुक्त गर्भ में स्थापित कर दें। वायुदेव ने शिव का अंश आम के फल में स्थापित कर दिया तथा उसे अपनी शक्ति भी प्रदान की। इसके बाद वह फल संतान की इच्छा रखने वाले उस धार्मिक युगल को दे दिया गया।

*कंचन बरन बिराज सुबेसा।*
*कानन कुंडल कुंचित केसा।।*

—तुलसीदास कृत *हनुमान चालीसा*

ॐ *श्री हनुमते नमः*

ॐ

*मारुतात्मजाय नमः*

## अध्याय 5

# मारुति

## सूर्य तक उड़ान

*क्यथा श्री राम दूता, पवनतनुभवा,*
*पिंगलाक्षियाखावन,*
*सीताशोकपरिहिरि, दशमुख विजयी,*
*लक्ष्मणप्राणदाता।*

*आपको वायु पुत्र तथा राम का दूत कहा जाता है,*
*आपके नेत्र लाल हैं,*
*आप सीता के कष्टों को दूर करने तथा*
*दशानन का संहार करने वाले हैं,*
*और आप लक्ष्मण को जीवन देने वाले हैं।*

*—हनुमान स्तोत्र*

भगवान शिव और वायु जैसे सुप्रसिद्ध पिता होने के नाते, निस्संदेह मारुति साधारण बालक नहीं था। वह स्वभाव से अशांत, चंचल, ऊर्जावान और जिज्ञासु था। उसमें अदम्य बल था और उसके शानदार कारनामों की कथाओं से ग्रंथ भरे पड़े हैं। उससे संबंधित कथाओं में उसके द्वारा सूर्य तक लगाई गई छलाँग सबसे शानदार कथा है। वास्तव में, यही वह विस्मित करने वाली कथा है जिसके कारण उसे अपना सबसे लोकप्रिय नाम मिला - हनुमान!

वह बालक बहुत पेटू था। उसकी भूख कभी पूरी तरह शांत नहीं होती थी। उसके माता-पिता बेचारे अपनी तरफ़ से उसे संतुष्ट करने का हर संभव प्रयास करते थे किंतु वह तृप्त नहीं होता था और सदा भोजन माँगता ही रहता था। एक वर्ष का होने तक, वह आस-पास के पड़ों पर चढ़कर फल खाने लगा था। एक दिन अंजना उसे अपने साथ नदी पर ले गई और उससे कहा कि अंजना के स्नान करके लौटने तक, वह नदी तट पर जितनी चाहे खेल कर सकता है। वृक्षों के यथासंभव फल और कंद-मूल खाने के बाद भी उसे भूख लग रही थी। अचानक उसकी दृष्टि बड़े-से गोल नारंगी रंग के सूर्य पर

पड़ी, जो उस समय उदय हो रहा था। मारुति को लगा कि वह कोई बहुत बड़ा फल है। उसने अपने माँ को बुलाकर उन्हें उस नए फल को दिखाना चाहा। अंजना ने सोचा कि मारुति ने किसी वृक्ष पर कोई नया फल देखा होगा, तो उसने मारुति को वह फल खाने की अनुमति दे दी। बालक मारुति ने, बड़ी तत्परता से शानदार छलाँग लगाई और सूर्य की ओर आकाश में चला गया। जब अंजना स्नान करके नदी से बाहर आई तो उसे अपना पुत्र दिखाई नहीं दिया। वह चिंतित हो गई और उसे खोजने लगी। अंत में उसने मारुति को सूर्य की ओर उड़ते हुए देखा। उसने चिल्लाकर केसरी को बुलाया और दिखाया कि उनका पुत्र क्या करने जा रहा था। केसरी ने भी बालक को पकड़ने के लिए छलाँग लगाई किंतु वह वहाँ तक नहीं पहुँच पाया और नीचे गिर कर निराश हो गया। माता-पिता को समझ नहीं आ रहा था कि वे अब क्या करें।

आकाश के जीव, मारुति को आगे बढ़ता देख हैरान थे। "वायु-पुत्र के जितनी फुर्ती से न वायुदेव, न गरुड़ और न ही मस्तिष्क चल सकते हैं। यदि इसकी बालरूप में इतनी गति है तो बड़ा होने पर, इसकी गति कैसी होगी?"

वायुदेव, मारुति के बिलकुल पीछे चल रहे थे ताकि सूर्य की गर्मी से बालक को बचाया जा सके। सूर्यदेव को लगा कि वह कोई अबोध बालक है। उन्हें यह भी पता था कि राम के रूप में भगवान विष्णु उस बालक के माध्यम से किस महान उद्देश्य को पूर्ण करने वाले थे, और इसीलिए सूर्यदेव ने मारुति को कोई क्षति नहीं पहुँचाई।

दुर्भाग्य से, उसी दिन सूर्य ग्रहण था और राहु नाम का ग्रह सूर्य को निगलने वाला था। अचानक मारुति ने देखा कि राहु (एक कुटिल ग्रह) सर्प के रूप में सूर्य को निगलने के लिए आगे बढ़ रहा था। वह जिज्ञासु वानर राहु को एक बड़ा-सा कीट समझकर उसके ऊपर झपट पड़ा और उसकी पूँछ पकड़ने की चेष्टा करने लगा। राहु अपनी जान बचाकर वहाँ से भागा और देवराज इंद्र की शरण में पहुँच गया। उसने क्रोधित होकर इंद्र से कहा, "आपने कुछ विशिष्ट दिनों पर मेरी भूख मिटाने के लिए सूर्य और चंद्रमा को मुझे सौंपा है लेकिन मैं अब देख रहा हूँ कि मेरा हिस्सा किसी अन्य प्राणी को दे दिया गया है। आज अमावस्या की रात है और मुझे सूर्य को ग्रसना है। अब देखिए क्या हो रहा है! यहाँ कोई अन्य प्राणी आकर मुझे रोक रहा है।"

इंद्र ने अपना घातक वज्र उठाया और अपने सफ़ेद ऐरावत हाथी पर सवार होकर उस उद्दंड वानर की ओर चल पड़े। इंद्र के कोप की अभिव्यक्ति के फलस्वरूप, आकाश में चारों ओर बादल गरजने लगे और बिजली चमकने लगी। परंतु वह नन्हा वानर उस भयानक दृश्य अथवा हाथी पर सवार बलवान वज्रधारी इंद्र को देखकर ज़रा-सा भी भयभीत नहीं हुआ। इसके विपरीत, इस दृश्य से उसकी उत्तेजना और बढ़ गई। उसे लगा कि उसे वाहन के रूप में हाथी की आवश्यकता है। मारुति ने ऐरावत को भी पकड़ने की कोशिश की। उसने हाथी की सूँड़ पकड़ी और उसकी पीठ पर कूद गया। शिशु वानर को सहसा अपने पीछे बैठा पाकर इंद्र हैरान हो गए और उन्होंने उसे मारने के लिए अपना वज्र उठा लिया। सही समय पर वायुदेव पहुँच गए और इंद्र को रोकने का प्रयास किया परंतु इंद्र पीछे हटने वाले नहीं थे।

"यह तो बालक है! आप कैसे देवता हैं, जो नन्हे-से बालक से युद्ध करने के लिए तैयार हो गए हैं?"

इंद्र ने उत्तर दिया, "यह बालक है किंतु यह सूर्य को निगलने और राहु को पकड़ने का प्रयास कर रहा था। मैं सिर्फ़ इनकी सहायता के लिए आया हूँ।"

वायुदेव ने इंद्र को रोकने का भरसक प्रयास किया परंतु इंद्र ने अपने वज्र से मारुति की ठुड्डी पर वार किया जिससे मारुति की ठुड्डी पर स्थायी रूप से निशान पड़ गया। इसी से अंजना के पुत्र का नाम हनुमान पड़ा। "ठुड्डी" को संस्कृत में 'हनु' कहते हैं। हालाँकि इंद्र का वज्र भी मारुति को मारने में विफल हो गया। परंतु उसके प्रभाव से वह हाथी की पीठ से नीचे गिर गया। मारुति बेहोश होकर गिरने लगा तो उसके पिता वायुदेव उसकी रक्षा के लिए आ गए और उसे बीच में ही थाम लिया।

अपने प्रिय पुत्र को गोद में असहाय अवस्था में लेटा देखकर वायुदेव को क्रोध आ गया। उन्होंने एक गहरी श्वास ली और ब्रह्मांड की सारी वायु अपने भीतर खींच ली। वायुदेव ने सोचा, "उन सबको, जिन्होंने अंजना के पुत्र को चोट पहुँचाई है, दम घुटने से मर जाने दो।" वायुदेव एकांत में चले गए और समूचा वायुमंडल भी अपने साथ ले गए। सभी प्राणियों का दम घुटने लगा। ब्रह्मांड के सभी लोग घबरा गए। वायु के अभाव में, प्रत्येक स्तर पर जीवन संकट में पड़ गया। ब्रह्मांड में कोई वस्तु हिल नहीं पा रही थी। ब्राह्मणों द्वारा वेदों का उच्चारण बंद हो गया तथा देवताओं के उदर सिकुड़ने लगे।

अंजना और केसरी अपने पुत्र के लौटने की प्रतीक्षा करते रहे लेकिन वह नहीं आया। जब उसका कुछ पता नहीं लगा तो वे रोने और दुख से अपनी छाती पीटने लगे।

"हे शिव! हे पार्वती! हमने पुत्र प्राप्त करने के लिए इतने कष्ट उठाए और अब वह हमसे इस तरह क्रूरतापूर्वक अलग हो गया है। हमने ऐसा क्या किया है जो हमें यह भोगना पड़ रहा है?"

उन्हें दुखी देखकर वायुदेव उनके समक्ष प्रकट हुए और उन्हें सांत्वना दी।

"आपका पुत्र मेरे पास सुरक्षित है। मैं इंद्र और अन्य देवताओं को सबक़ सिखाने के लिए उसे कुछ समय अपने पास रखूँगा। चिंता न करें; मैं उसे आपके पास सुरक्षित वापस ले आऊँगा।"

इस आश्वासन को सुनकर मारुति के माता-पिता शांत हो गए।

चूंकि वायुदेव ने चलने से मना कर दिया, तो पूरी पृथ्वी कष्ट झेलने लगी। साँस न आने से सभी जीव दम घुटने के कारण मरने लगे। ऐसा लगने लगा मानो बहुत जल्द संसार समाप्त हो जाएगा। इंद्र को अपने अविवेकी कृत्य के लिए बुरा लग रहा था। वे जानते थे कि इस पूरे प्रकरण के लिए वे स्वयं उत्तरदायी थे। उन्हें राहु के उकसाने पर भी वज्र का प्रयोग नहीं करना चाहिए था। सभी देवता दौड़कर वायुदेव को खोजने लगे। परंतु वायुदेव का कहीं पता न लगा। इसके बाद वे सभी शिव और विष्णु के पास गए और उनसे सहायता की याचना करने लगे। उन्हें सब कुछ पता था और वे यह भी जानते थे कि वायुदेव उस नन्हे बालक के साथ कहाँ छिपे हुए थे। वे ब्रह्मा के साथ पाताल लोक में पहुँचे। उन्हें

देखकर वायुदेव बहुत प्रसन्न हुए और प्रणाम किया। इसके बाद पूरी कथा सुनाई कि इंद्र और सूर्य ने किस तरह उनके पुत्र के साथ बुरा व्यवहार किया है।

ब्रह्मा, विष्णु और शिव ने वायुदेव को शांत किया और बालक हनुमान को बहुत-से आशीर्वाद दिए। ब्रह्मा के स्पर्श करते ही मारुति ठीक हो गया। अब सभी देवताओं में उस बालक को वरदान देने की होड़ लग गई।

इंद्र ने कमल के पुष्पों की अपनी माला उतारकर बालक के गले में डाल दी और कहा,"चूंकि इस बालक की हनु मेरे वज्र से टूटी है, इसलिए इसे भविष्य में हनुमान (जिसकी ठुड्डी विकृत हो) के नाम से जाना जाएगा, और अब इसके ऊपर मेरे वज्र का भी कोई प्रभाव नहीं पड़ेगा।"

सूर्यदेव ने कहा, "मैं इसे अपने तेज़ का सौवां अंश प्रदान करता हूँ। जब इसके विद्याध्ययन का समय आएगा, तो मैं स्वयं इसे समस्त वेदों व शस्त्रों का ज्ञान दूँगा। शास्त्रों के ज्ञान में कोई इससे अधिक श्रेष्ठ नहीं होगा।"

जल के देवता वरुणदेव ने यह वरदान दिया कि मारुति को पानी का भय नहीं रहेगा।

अग्निदेव ने उसे कभी क्षति न पहुँचाने का वरदान दिया।

मृत्यु के देवता, यमराज ने कहा मारुति को कभी रोग नहीं सताएगा तथा वह कभी उसे प्रभावित नहीं करेगी। उन्होंने यह भी कहा कि मारुति अपनी मृत्यु का समय स्वयं निर्धारित कर सकेगा।

यक्षराज कुबेर ने कहा कि उनकी गदा मारुति को युद्ध में मरने नहीं देगी और कभी क्लांत नहीं होगी।

शिव ने मारुति को चिरंजीवी (अमर) रहने का सर्वश्रेष्ठ वरदान दिया और कहा कि उनके किसी भी अस्त्र-शस्त्र से मारुति की मृत्यु नहीं होगी।

देवताओं के शिल्पी, विश्वकर्मा ने वरदान दिया कि मारुति पर उनके द्वारा बनाए किसी भी शस्त्र का प्रभाव नहीं पड़ेगा।

ब्रह्मा ने मारुति को एक और वरदान दिया कि ब्रह्मा के नाम के अस्त्र याने ब्रह्मास्त्र से भी मारुति को क्षति नहीं होगी तथा ब्रह्मांडीय युग की अवधि तक शारीरिक अमरत्व प्रदान किया। उन्होंने वायुदेव से कहा, "आपका पुत्र अजेय होगा। शत्रु सदा इससे भयभीत रहेंगे और इसके मित्रों को किसी बात का भय नहीं रहेगा। यह स्वेच्छा से अपना रूप बदल सकेगा तथा मन की गति से कहीं भी जा सकेगा। यह जो कार्य करेगा, उससे इसका गौरव बढ़ता जाएगा।"

इसके बाद विष्णु ने वायुदेव से कहा, "आपका यह पुत्र विष्णु का महान भक्त बनेगा। कोई भी इसे पराजित नहीं कर पाएगा। यह मेरे अवतार राम और उनकी पत्नी लक्ष्मी स्वरूपा सीता के लिए भाई के समान होगा।"

सभी देवताओं ने कहा कि धरती और स्वर्ग पर ऐसा कोई नहीं होगा जो बल और गति में मारुति की बराबरी कर सके।

अंत में, ब्रह्मा ने हनुमान को वायु एवं गरुड़ से अधिक बल तथा सर्वशक्तिमान वायु से भी तेज़ गति का वरदान दिया।

इस तरह, सभी देवताओं से आशीर्वाद प्राप्त करने के बाद, वायुदेव पृथ्वी पर लौट आए तथा सभी प्राणियों को दोबारा जीवन मिल गया। सभी एक बार फिर से सामान्य ढंग से साँस लेने लगे। इसके बाद वायुदेव, हनुमान को लेकर उसके माता-पिता के पास आए और उन्हें सारी कथा सुनाई। अपने पुत्र को मिले आश्चर्यजनक वरदानों के बारे में सुनकर उन्हें बहुत प्रसन्नता हुई। वे उसके नए नाम को सुनकर भी बहुत ख़ुश हुए हालाँकि उसकी ठुड्डी पर लगे निशान को देखकर उन्हें दुख भी हुआ। तथापि उन्हें लगा कि वह निशान भी मारुति पर अच्छा लग रहा था।

*वाल्मीकि रामायण* में इसी कथा का एक अन्य रूप मिलता है जिसमें यह बताया गया है, किस तरह वायुदेव ने अंजना को किष्किंधा पहाड़ी पर देखा और उन्हें अंजना से प्रेम हो गया। उन्होंने धीरे-से अंजना के वस्त्र चुरा लिए और उसका आलिंगन कर लिया। जब अंजना ने अपने कौमार्य की क्षति होने पर हिंसात्मक विरोध किया तो वायुदेव ने उसे आश्वासन दिया कि उसकी योनि अक्षत रहेगी तथा अंजना को पुत्र का वरदान भी दिया जो शक्ति और सामर्थ्य में उनके समान होगा। इसके बाद अंजना को अपने भीतर शिशु की हलचल महसूस हुई और वह एक गुफा के भीतर चली गई जहाँ उसने एक प्यारे शिशु वानर को जन्म दिया। उसके बाल सफ़ेद थे, लाल मुँह था तथा नेत्र भूरे-पीले थे। अंजना से अनिच्छापूर्वक उसे वहीं गुफा में छोड़ दिया और अपने पति के पास लौट आई।

बालक को भूख लगी थी। वह उषाकाल की बेला थी, लेकिन उसके लिए कोई भोजन लेकर नहीं आया। आकाश में प्रकाश बढ़ता जा रहा था और अंत में सूर्य को उदय होता देखकर, उसे लगा कि वह कोई बड़ा-सा पका हुआ आम है। अपने स्वभाव के अनुसार, उसे पता था कि वानर मिताहारी होते हैं और यह फल भोजन के लिए उपयुक्त था। वह रेंगता हुआ गुफा से बाहर आया और थोड़ा-सा झुककर उसने सूर्य की ओर छलाँग लगा दी। उत्तर दिशा से बहती वायु ने मारुति के ऊपर से बहते हुए उसे ठंडक प्रदान की ताकि सूर्य की गर्मी से उसका तन न जल जाए। वह सूर्य ग्रहण का दिन था और जिस पल वह शिशु वानर सूर्य की ओर बढ़ रहा था, उसी समय, राहु नामक असुर का कटा हुआ सिर सूर्य को निगलने के लिए आ रहा था। राहु अपना मुख खोलकर सूर्य के निकट पहुँचा तो इस विचित्र प्राणी (मारुति) को देखकर चकित हो गया। बाल हनुमान ने सोचा कि राहु भी कोई फल है तो वह उसकी ओर लपका। राहु घबराकर सहायता के लिए इंद्र के पास पहुँचा और फिर वे दोनों इंद्र के ऐरावत हाथी पर बैठकर वापस आए। उन्हें देखकर हनुमान ख़ुश हो गए और साथ ही उन्हें आकाश में विचरण करने वाले विचित्र जीवों की संख्या पर भी आश्चर्य हुआ! इंद्र के मना करने के बाद भी हनुमान हाथी की ओर लपके। हनुमान के दुस्साहस को देखकर इंद्र को क्रोध आ गया और उन्होंने अपने वज्र के समतल स्थान से हनुमान पर जोरदार प्रहार किया। हनुमान अचेत होकर धरती की ओर गिरने लगे। शेष कथा ऊपर वर्णित कथा के समान है।

इस घटना के बाद, देवताओं से अनेक तरह के वरदान प्राप्त करके हनुमान जोश से

भर गए और तरह-तरह की शरारतें करने लगे। वे कभी वन में तपस्या कर रहे ऋषियों की निजी सामग्री छीनकर, पूजा के सामान को तितर-बितर करके उन्हें तंग करते तो कभी, उनके यज्ञ की कलछी व बर्तनों को तोड़ देते। वे कभी तपस्वियों की साधना भंग कर देते तो कभी उनके वल्कल वस्त्र फाड़ देते थे। हनुमान उनके पानी के घड़े और पादुकाएँ चुरा लेते थे और कभी ध्यान के दौरान उनकी दाढ़ी खींच लेते थे। वे उनके पावन पत्थरों को भी तालाब में फेंक दिया करते थे। चूंकि किसी में उन्हें रोकने का साहस नहीं था, उनकी हिम्मत बढ़ती गई। वे ऋषियों के बर्तन फोड़ देते, ग्रंथ फाड़ देते और उनके आश्रमों पर शिलाखंड फेंक दिया करते थे। केसरी और अंजना ने कई बार हनुमान को इस तरह की शरारतें करने से रोका, किंतु स्वयं को ब्राह्मणों के शाप से अभेद्य मानते हुए हनुमान ने उछलकूद करना जारी रखा। ऋषियों को उन सभी वरदानों का पता था जो हनुमान को मिले हुए थे और इसलिए वे उनकी शरारतों को, जब तक संभव हुआ, सहन करते रहे। अंत में जब हनुमान की शरारतें असहनीय हो गईं तो उन्होंने हनुमान को शाप दे दिया कि हनुमान अपनी समस्त शक्तियों को भूल जाएँगे और वे अपनी उन शक्तियों को दोबारा तभी याद कर सकेंगे जब अन्य लोग हनुमान को उनकी याद दिलाएँगे। शाप के प्रभाव से हनुमान तत्काल ही अपनी शक्तियों को भूल बैठे और उनका व्यवहार सामान्य वानर जैसा हो गया।

कहते हैं, एक बार तो हनुमान ने देवताओं के पुत्रों को भी परेशान कर दिया। देवताओं ने जब इंद्र से गुहार लगाई तो इंद्र ने उनको हनुमान से ही कुश्ती के दांव-पेंच सीखने को कहा ताकि समय आने पर देवतागण हनुमान से लड़ सकें। इस कथा में, हनुमान गुरु बन गए और फिर देवताओं ने उन्हीं से कुश्ती के गूढ़ रहस्य सीखे क्योंकि हनुमान कुश्ती में पारंगत माने जाते हैं।

'सुंदरकांड' में, जांबवंत नामक विशाल रीछ ने हनुमान को उनकी शक्तियों और क्षमताओं की याद दिलाई और उन्हें सीता को खोजने के लिए प्रेरित किया। इसी से, हनुमान को अपनी असाधारण योग्यताओं का ध्यान आया और उन्होंने लंका तक आश्चर्यजनक छलाँग लगाई तथा उस असंभव कार्य को पूर्ण किया। युद्ध के दौरान उन्होंने अपनी विलक्षण क्षमताओं का परिचय दिया, किंतु जांबवंत को बार-बार उन्हें याद दिलाना और प्रेरित करना पड़ता था। इस कथा से यह भी पता लगता है कि हनुमान ऐसे देवता हैं, जिनकी सुप्त शक्तियों को ऋचाओं द्वारा जागृत किया जा सकता है। भूलने और याद करने का मूलभाव, जीवात्मा द्वारा आत्म-ज्ञान की दिशा में यात्रा का भी सूचक है।

*जुग सहस्र जोजन पर भानू।*
*लील्यो ताहि मधुर फल जानू।।*

—तुलसीदास कृत *हनुमान चालीसा*

ॐ *श्री हनुमते नमः*

ॐ

*तत्वज्ञानप्रदाय नमः*

## अध्याय 6

# केसरी-नंदन

## हनुमान की शिक्षा

*अनेतो भेषजत्रे,*
*लवांजलनिधे लाघने दीक्षितो या,*
*वीर श्रीमन् हनुमान,*
*मम मनसी वसत, कार्यसिद्धिं तनोतु।*

*इतनी सरलता से समुद्र को पार करने वाले,*
*हे बलशाली हनुमान!*
*आप सदा मेरे ध्यान में रहिए,*
*और मुझे किसी भी कार्य को पूर्ण करने की*
*अनुमति दीजिए।*

*—हनुमान स्तोत्र*

हनुमान जब पाँच वर्ष के हो गए तो केसरी ने सोचा कि अब उनके पुत्र को औपचारिक शिक्षा लेनी चाहिए। अगस्त्य मुनि ने हनुमान को शिक्षा के लिए सूर्यदेव के पास भेजने का सुझाव दिया।

"सूर्यदेव प्रकाश और ज्ञान के स्रोत हैं और उन्होंने पहले ही हनुमान को आशीर्वाद दिया था। वे अवश्य हनुमान को अपने शिष्य के रूप में स्वीकार कर लेंगे।"

अंजना अपने पुत्र को इतनी दूर भेजे जाने से ख़ुश नहीं थी। हालाँकि केसरी ने ज़ोर दिया कि उनके पुत्र के लिए यही उपयुक्त होगा और इस तरह हनुमान को वेदों तथा अन्य संबंधित विषयों की दीक्षा के लिए सूर्यदेव के पास भेज दिया गया। केसरी ने गुरु के रूप में सूर्य को इसलिए चुना था क्योंकि एकमात्र सूर्य ही मनुष्यों के समस्त कर्मों के साक्षी हैं।

हनुमान को अपनी विलक्षण शक्तियों के बारे में याद नहीं था और इसलिए उन्होंने भोलेपन के साथ अपनी माँ से पूछा कि वे सूर्य तक कैसे पहुँच सकते हैं। तब उनकी माँ

ने उन्हें बताया कि वे पवनपुत्र हैं और ऐसा कहते ही, हनुमान आकाश में उड़ गए।

हनुमान बहुत आदरपूर्वक सूर्यदेव के सारथी के पास पहुँचे। सारथी का नाम अरुण था और उसने हनुमान को अपने स्वामी के पास जाने की अनुमति दे दी।

"आप ब्रह्मांड की प्रत्येक वस्तु को देख सकते हैं और इसलिए वहाँ जो कुछ भी जानने योग्य है, वह सब आपको ज्ञात है। कृपया मुझे अपने शिष्य के रूप में स्वीकार कीजिए।"

सूर्य को थोड़ा संकोच हुआ क्योंकि उन्हें भली-भाँति याद था कि पिछली बार जब हनुमान उनके निकट आए थे, तब क्या हुआ था और इसलिए हनुमान को स्वीकार करते हुए उन्हें घबराहट हो रही थी।

"मेरे पास समय नहीं है," सूर्यदेव ने कहा, "मैं इस रथ में बैठकर, सामने की ओर मुँह करके, रात-दिन आकाश में घूमता हूँ, इसलिए मैं अपनी गति धीमी नहीं करता। मैं तुम्हें शिक्षा किस तरह दूँगा?"

हनुमान ने हँसते हुए कहा कि इसमें कोई समस्या नहीं है। "आप आकाश में घूमते हुए भी मुझे उपदेश दे सकते हैं। मैं आपकी ओर मुँह करके उलटा चलूँगा और आपकी गति के साथ अपनी गति मिलाकर रखूँगा ताकि मुझे सीधे आपके मुख से उपदेश प्राप्त हो सकें।"

सूर्यदेव ने अनिच्छा से हनुमान की बात मान ली क्योंकि वे हनुमान के दिव्य गुणों तथा उनकी असाधारण क्षमताओं से अच्छी तरह परिचित थे। उन्हें यह भी पता था कि हनुमान को जन्म से ही संपूर्ण ज्ञान प्राप्त है तथा उन्हें हनुमान की स्मृति को केवल थोड़ा प्रेरित करना है।

सूर्यदेव की स्वीकृति मिलने से प्रसन्न होकर हनुमान ने अपने शरीर को सूर्य की कक्षा में स्थापित कर लिया। उन्होंने अपने शरीर का आकार बढ़ाया और अपना एक पैर, पूर्वी माला में तथा दूसरा पैर, पश्चिमी माला में रखा और सूर्य की ओर मुँह कर लिया। हनुमान की दृढ़ता से प्रसन्न होकर सूर्यदेव ने उन्हें अपना समस्त ज्ञान देना आरंभ कर दिया। सूर्यदेव के सम्मुख बने रहने के लिए हनुमान लगातार उलटी दिशा में चलते रहे। अपने विद्यार्थी के उत्साह और उसकी लगन से प्रभावित होकर, सूर्य ने उन्हें सारा ज्ञान प्रदान कर दिया। इस तरह, हनुमान किसी ग्रह की भाँति सूर्यदेव की ज़बरदस्त आभा को सहन करते हुए उनके रथ के आगे घूमते रहे। उन्होंने यह क्रम तब तक जारी रखा जब तक उन्हें चारों वेद, छहों दर्शन, चौंसठ कलाओं और एक सौ आठ तांत्रिक रहस्यों का पूर्ण ज्ञान नहीं हो गया। हनुमान ने न्यूनतम समय में, प्रत्येक मंत्र और ऋचा को दोषरहित ढंग से याद कर लिया। कहते हैं, हनुमान ज्ञान की समस्त शाखाओं तथा सभी तरह की तपस्याओं के अभ्यास में देवताओं के गुरु बृहस्पति के प्रतिद्वंद्वी हैं। वे जो कुछ सीखने आए थे, उसमें प्रवीण होने के बाद, शिक्षा का मूल्य चुकाने और गुरु-दक्षिणा देने का समय आ गया था। सूर्यदेव ने हिचकते हुए कहा कि विद्यार्थी का इतना निष्ठावान होना ही उनके लिए पर्याप्त है परंतु जब हनुमान ने कृतज्ञता ज्ञापन हेतु सूर्यदेव को कुछ माँगने के लिए कहा तो सूर्यदेव ने हनुमान से अपने पुत्र एवं वानर-राज बाली के सौतेले भाई, सुग्रीव की देखभाल करने का आग्रह किया। इस तरह, सूर्यदेव ने अपने पुत्र सुग्रीव को हनुमान के रूप में

अत्यंत मूल्यवान उपहार दिया, अन्यथा हनुमान के बिना सुग्रीव कोई कार्य नहीं कर पाता।

इसी कथा का एक अन्य रूप भी है। जब हनुमान सूर्यदेव के रथ के पास पहुँचे तो उन्होंने देखा कि वहाँ पहले से ही काफ़ी विद्यार्थी मौजूद थे। ये बालखिल्य नामक बौने ऋषिगण थे जिनकी संख्या एक हज़ार थी। जब हनुमान ने सूर्यदेव से विनम्रतापूर्वक उन्हें भी अपना शिष्य बनाने के लिए विनती की, तो इन शीघ्र कुपित होने वाले ऋषियों ने अपने गुरु से कह दिया कि वे एक बंदर के साथ शिक्षा ग्रहण नहीं करेंगे! सूर्यदेव को समझ नहीं आया कि वे क्या करें क्योंकि उन्हें इन चिड़चिड़े ऋषियों के शाप का भय था। ऐसी स्थिति में हनुमान ने सूर्य के रथ के सामने उलटा चलने की तरक़ीब सोची ताकि उन्हें भी ऐसी संकीर्ण सोच वाले ऋषियों की संगति में शिक्षा ग्रहण न करनी पड़े! इतने लंबे समय तक सूर्य के सामने रहने के कारण हनुमान का रंग भी काला हो गया।

एक अन्य कथा कहती है कि हनुमान इतने बुद्धिमान थे कि उन्होंने मात्र पंद्रह दिनों में वेदों का समस्त ज्ञान प्राप्त कर लिया। हालाँकि सूर्यदेव अपने इस असाधारण विद्यार्थी को, जो स्वयं भगवान शिव का अंश था, छोड़ना नहीं चाहते थे। इस कारण वे जान-बूझकर हनुमान को बार-बार पाठ भुला दिया करते थे ताकि उन उपदेशों को अनेक महीनों तक जारी रखा जा सके। परंतु हनुमान ने सूर्य को अपनी विनयशीलता और निष्ठा से इतना प्रसन्न कर दिया सूर्यदेव ने हनुमान को यह वरदान दिया कि आज के बाद जो लोग हनुमान का नाम लेंगे, वे कभी अपनी शिक्षा नहीं भूलेंगे!

एक अन्य कथा इस प्रकार है कि जब हनुमान के माता-पिता ने हनुमान को कहा कि उन्हें सूर्य को अपना गुरु बनाना चाहिए तो वे चुपचाप ध्यान लगाकर बैठ गए और निरंतर गायत्री मंत्र का जाप करने लगे, जो सूर्य में परिलक्षित होने वाले परम ज्ञान के आह्वान का महान मंत्र है। हनुमान, पूरे दिन ध्यान में बैठे रहे और सूर्य के पश्चिम में अस्त हो जाने तक आकाश में उसकी परिक्रमा को देखते रहे। दिवस के अवसान होने तक, हनुमान को संपूर्ण ज्ञान प्राप्त हो चुका था। दरअसल, प्राचीन काल में ऋषियों के पास स्वेच्छा से ब्रह्मांड का कोई भी ज्ञान प्राप्त करने का सामर्थ्य था। वेदों का ज्ञान आकाश में ध्वनि-तरंगों के रूप में विद्यमान रहता है। ये तरंगें अत्यंत सूक्ष्म होती हैं और सदा आकाश में मौजूद रहती हैं। इनकी तुलना टेलीविज़न और रेडियो की तरंगों के साथ की जा सकती है जिनसे हम लोग परिचित हैं। ऋषियों को इन संकेतों को पकड़ने के लिए, हमारी तरह किसी बाहरी यंत्र की आवश्यकता नहीं पड़ती थी। हनुमान भी इसी तकनीक का प्रयोग करते थे।

हनुमान के माता-पिता अब भी किसी लौकिक गुरु को खोजने के लिए उत्सुक थे किंतु उन्हें यह नहीं पता था कि इसके लिए वे किसके पास जाएँ। एक दिन जब हनुमान जंगल में खेल रहे थे, तो उन्होंने एक खूंखार बाघ को अपनी ओर आते देखा। बाघ एक ज़ोरदार दहाड़ के साथ हनुमान पर झपटा लेकिन हनुमान घबराए नहीं। वे हवा में दस फ़ीट ऊपर उछलकर बाघ की पीठ पर सवार हो गए और उसे निर्ममता से जकड़ लिया। बाघ का मुँह आश्चर्य से खुला था। हनुमान ने उसके खुले जबड़ों को पकड़ा और चीर दिया। इतनी देर में बाघ बुरी तरह थक चुका था लेकिन हनुमान उसकी पीठ पर आराम से सवारी कर रहे थे। वह बाघ अधिक दूर नहीं जा सका और उसने बीच में ही दम तोड़ दिया।

तभी बाघ-चर्म पहने और गले में बाघ के नाख़ूनों की माला धारण किए एक शिकारी हनुमान के समक्ष प्रकट हुआ। उसके चौड़े कंधों पर धनुष व तरकश लटका हुआ था। उस शिकारी को देखकर हनुमान के हृदय में प्रेम उमड़ आया। वे बिना पलक झपकाए उसे प्रशंसा-भरी दृष्टि से देखते रहे।

शिकारी हँसा और बोला, “क्या तुम्हें मुझसे भय नहीं लग रहा? हो सकता है, मैं बंदर पकड़ने वाला शिकारी हूँ और तुम्हें पकड़कर अपने साथ ले जाऊँ!”

हनुमान ने शिकारी को निर्भीकता से देखा और उत्तर दिया, “मुझे किसी से भय नहीं लगता लेकिन मैं जानना चाहता हूँ कि आप कौन हैं। मैंने आपके जैसा मनुष्य पहले नहीं देखा।”

शिकारी ने उत्तर दिया, “मैं एक शिकारी हूँ तथा यहाँ से बहुत दूर बर्फ़ीले पहाड़ों में रहता हूँ। यदि तुम्हें मुझसे भय नहीं लग रहा तो मैं तुम्हें अनेक रोचक चीज़ें सिखा सकता हूँ।”

“मेरे माता-पिता को मेरे लिए गुरु की तलाश है,” हनुमान ने कहा। “आप मेरे साथ आइए। मैं आपको उनके पास लेकर चलता हूँ।”

अपने प्रिय पुत्र को ऐसे अशिष्ट व्यक्ति के साथ, हाथ में हाथ डालकर आता देख अंजना और केसरी को बहुत आश्चर्य हुआ। उन्हें उससे भी अधिक हैरानी तब हुई जब हनुमान ने उनसे कहा कि वे कलाओं को सीखने के लिए अपने इस नए मित्र के साथ जाना चाहते हैं।

“क्या तुम्हारी बुद्धि भ्रष्ट हो गई है? इसको देखने से ही लगता है कि यह अशिष्ट और अशिक्षित है। इस तरह का व्यक्ति तुम्हें क्या सिखाएगा?” केसरी ने पूछा।

“पिताजी, आप जिन्हें जानते नहीं उनके विषय में इस तरह की बात क्यों कर रहे हैं? मैं इन्हें ही अपना गुरु बनाना चाहता हूँ।”

“क्या शिष्य को अपना गुरु चुनने का अधिकार नहीं है?” शिकारी ने पूछा।

“उसे यह अधिकार है,” केसरी ने कहा, “किंतु वह अभी बालक है और मैं तुम्हें इसका गुरु नहीं बनाना चाहता!”

“मुझे अशिष्ट और भावशून्य कहने से पहले क्या आपको मेरे कौशल की जाँच नहीं करनी चाहिए?” शिकारी ने ज़ोर देते हुए कहा।

अंजना और केसरी, शिकारी की बात सुनकर हैरान हो गए। उन्होंने एक-दूसरे की ओर देखा और फिर केसरी ने कहा, “मुझे नहीं लगता कि यह कोई साधारण शिकारी है। मेरे विचार से हमें इसे कौशल सिद्ध करने का एक अवसर देना चाहिए।”

ऐसा कहकर केसरी ने शिकारी को शस्त्रों के साथ द्वंद्व की चुनौती दी। शिकारी तुरंत तैयार हो गया लेकिन उसने कहा कि विजेता का निर्णय करने के लिए किसी मध्यस्थ की आवश्यकता होगी। केसरी ने अंजना के नाम का सुझाव दिया। शिकारी हँसा और बोला कि अंजना का मध्यस्थ होना सही नहीं होगा क्योंकि केसरी की पत्नी होने के नाते वह

उसके हार जाने के बाद भी उसे ही विजेता मानेगी। केसरी ने इससे सहमति जताई और अपने मन में सहायता के लिए वायुदेव का आह्वान किया। हवा के झोंके के रूप में वायुदेव तत्काल प्रकट हो गए और उन्होंने मध्यस्थता करना स्वीकार कर लिया।

केसरी ने कमर कसी और मुट्ठी भींचकर शिकारी पर झपटा तथा उसकी छाती पर प्रहार करके उसे दूर उछाल दिया। अंजना अपने पति का साहस देखकर ख़ुश हुई और उसकी प्रशंसा करने लगी। परंतु उसकी वह ख़ुशी जल्द ही ग़ायब हो गई। शिकारी आराम से उठा और केसरी के निकट आकर, उसे बड़ी सरलता से उठाकर हवा में उछाल दिया। केसरी धड़ाम से धरती पर गिरा और लगभग अचेत हो गया। अंजना उसकी सहायता के लिए दौड़ी और उसके शरीर की मालिश करने लगी। धीरे-धीरे केसरी को होश आ गया। उसे बहुत पीड़ा हो रही थी। वह किसी तरह उठा और फिर लड़ने के लिए तैयार हो गया किंतु अंजना ने उसे शिकारी से दोबारा लड़ने से मना किया। केसरी से अपनी पराजय स्वीकार नहीं हुई। उसने शिकारी की ओर देखा जो उसे देखकर मुस्करा रहा था।

"आओ, अब हम शस्त्रों के साथ अपना कौशल परखते हैं," केसरी ने कहा।

शिकारी तुरंत धनुष-बाण लेकर तैयार हो गया। केसरी ने भी अपने धनुष-बाण उठा लिए और एक के बाद एक बाण शिकारी पर चलाए। किंतु शिकारी ने बड़ी सरलता से स्वयं को बचा लिया और फिर अपने एक ही बाण से केसरी का धनुष काटकर उसे निहत्था कर दिया।

अंजना समझ गई कि वह कोई सामान्य शिकारी नहीं था। उसने अपनी आँखें मूँदी और अपने इष्टदेव का स्मरण किया। जब उसने आँखें खोलीं तो वह जान गई कि वह शिकारी कोई और नहीं बल्कि स्वयं भगवान शिव थे। उसने तुरंत कुछ फूल तोड़े और उनके चरणों में अर्पित कर दिए। शिकारी ने अपना हाथ बालक के सिर पर रखा और उसे आशीर्वाद दिया। उन्होंने मुड़कर केसरी की ओर देखा और हँसते हुए कहा, "क्या अब भी आपको मुझे अपने पुत्र का गुरु बनाने में कोई आपत्ति है?"

केसरी भगवान शिव के चरणों में गिर पड़ा और उनसे क्षमा माँगने लगा। "यह हमारा सौभाग्य है कि आप स्वयं आए हैं और हमारे पुत्र का गुरु बनना स्वीकार किया है। इसी कारण हमें आपके दर्शन करने का सौभाग्य प्राप्त हुआ है। कृपया मेरे अपराध को क्षमा करें और हमारे पुत्र को अपना शिष्य बना लें।"

शिव ने सहमति व्यक्त की और अपनी अँगूठी से बालक हनुमान की जिह्वा को स्पर्श किया। देखते-देखते, वह बालक भगवान की स्तुति में जयगीत गाने लगा। इसके बाद शिव ने उसके दाहिने कान में प्रणव मंत्र बोला जिससे हनुमान संपूर्ण ज्ञानी हो गए। फिर शिव ने हनुमान को कहा कि समय आने पर और जब हनुमान स्वयं चाहेंगे तो कला की देवी सरस्वती उन्हें संगीत में पारंगत कर देंगी। यह सुनकर हनुमान के माता-पिता बहुत ख़ुश हुए और उन्होंने भगवान शिव को प्रणाम किया।

इस तरह भगवान शिव ने मारुति को मंत्रों, यंत्रों तथा विभिन्न आध्यात्मिक रहस्यों का समस्त गूढ़ ज्ञान दे दिया। माना जाता है कि विष्णु ने उन्हें भक्ति योग, सांख्य योग

और हठ योग की शिक्षा दी तथा विष्णु के छठे अवतार परशुराम ने हनुमान को कुश्ती के रहस्य सिखाए।

इसके बाद हनुमान के पिता वायुदेव ने उनकी शिक्षा का उत्तरदायित्त्व ले लिया। सबसे पहले उन्होंने हनुमान को प्राणायाम याने श्वास पर नियंत्रण के गूढ़ रहस्य बताए। उसके बाद पक्षियों की भाँति लंबी दूरी तक छलाँग लगाना सिखाया। एक दिन उन्होंने हनुमान को बहुत सुंदर वीणा दी और उसकी सहायता से भगवान की स्तुति गाने के लिए कहा। हनुमान प्रसन्न हो गए और उन्होंने संध्याकाल भगवान की स्तुति गाते हुए बिताया। एक बार जब वे वन के किसी तालाब में स्नान कर रहे थे, तो उन्होंने बुलबुल का मधुर स्वर सुना और सोचने लगे कि काश वे भी इतना ही मीठा गा पाते। उसी समय उन्हें भगवान शिव की बात याद आई, जिन्होंने यह कहा था कि जब भी उनकी ललित कलाओं में निपुण होने की इच्छा हो तो वे देवी सरस्वती की अर्चना करें। यह विचार दिमाग़ में आते ही, हनुमान तालाब में कूद पड़े और कमर तक पानी में खड़े होकर देवी सरस्वती की प्रार्थना करने लगे।

हनुमान की उत्कट पुकार सुनकर, देवी प्रकट हुईं और हनुमान को धीरे-से झकझोरा ताकि वे आँखें खोलें। फिर देवी ने उनसे वरदान माँगने को कहा।

हनुमान ने देवी को प्रणाम किया और उनसे समस्त ललित कलाओं का ज्ञान तथा संगीत में निपुणता का वरदान माँगा। मुस्कराते हुए देवी ने उन्हें ये वरदान दे दिए और कहा कि वे अपनी वीणा उठाकर गाना आरंभ करें। देवी को प्रणाम करने के बाद, हनुमान वीणा लेकर एक पेड़ के नीचे बैठ गए और गाना आरंभ कर दिया। उनकी मधुर आवाज़ तथा वीणा के प्रांजल स्वर सुनकर वन के जंगली जीव भी उन्हें सुनने के लिए उनके निकट आ गए। आकाश में विचरण कर रहे गंधर्व भी उनका संगीत सुनने के लिए वहाँ रुक गए।

उसी समय देवर्षि नारद जो एक विख्यात गायक और भगवान विष्णु के महान भक्त थे, वहाँ से गुज़रे। वे भी इस दृश्य को देखकर प्रभावित हो गए। उन्हें लगता था कि सिर्फ़ वे ही अच्छी वीणा बजाते और भगवान की स्तुति गाते हैं, इसलिए उन्हें हनुमान को अपने विशिष्ट क्षेत्र में घुसपैठ करता देख अच्छा नहीं लगा। वे यह जानने के लिए धरती पर उतर आए कि हनुमान की मधुर आवाज़ में ऐसी क्या विशेषता थी जिसने समूचे वन को परम आनंदित कर दिया है। नारद, युवा भक्त हनुमान के पास पहुँचे और धीरे-से उनके कंधे पर थपकी दी। हनुमान ने आँखें खोलीं तो देवर्षि को अपने सामने हाथ में वीणा लिए खड़े हुए देखा। नारद ने उन्हें अपने विषय में बताया। हनुमान ने उन्हें विनम्रतापूर्वक प्रणाम किया। इसके बाद नारद ने हनुमान को कोई अन्य गीत गाने के लिए कहा। हनुमान ने उनकी बात मानते हुए गाना शुरू कर दिया। हनुमान के संगीत के मीठे सुर सुनकर नारद पूरी तरह संगीत में डूब गए।

हनुमान ने जब गाना बंद किया तो नारद ने विनीत स्वर में कहा, "हे हनुमान! मैं आपके कौशल की परीक्षा लेने आया था और अब मैं इस बात से पूरी तरह आश्वस्त हूँ कि आप संगीत में निपुण हैं। देवी सरस्वती ने सचमुच आपको सच्चा आशीर्वाद दिया है। मैं उसमें अपना आशीर्वाद जोड़ना चाहता हूँ।"

यह सुनकर हनुमान देवर्षि के चरणों में गिर पड़े और बोले, "मुनिश्रेष्ठ! भक्ति संगीत में आपसे श्रेष्ठ कोई नहीं है। आपका यश तीनों लोकों में फैला है। मैं आपकी तुलना में कुछ भी नहीं हूँ।"

हनुमान की विनम्रता और उनकी मधुर आवाज़ से नारद अत्यंत प्रसन्न हुए। हनुमान को आशीर्वाद देकर जब नारद उठकर वहाँ से जाने लगे तो उन्हें यह देखकर बहुत निराशा हुई कि उन्होंने जिस शिलाखंड पर अपनी वीणा रखी थी, वह हनुमान के मधुर संगीत से पिघल गई थी और उनकी वीणा उस शिला के साथ चिपक गई थी!

नारद ने हनुमान से दोबारा गाने की प्रार्थना की ताकि वह शिलाखंड फिर से पिघल जाए और उनकी चिपकी हुई वीणा छूट जाए। हनुमान ने ऐसा ही किया और देवर्षि की वीणा उन्हें फिर से मिल गई। कहते हैं, द्वापर युग में जब भगवान कृष्ण वृंदावन में बाँसुरी बजाते थे तो वहाँ की सभी ठोस चीज़ें, जैसे पत्थर आदि उनके संगीत के मोहक सुरों से पिघल जाते थे। यहाँ भी ऐसा ही हुआ था। हनुमान की श्रेष्ठता को देखकर नारद ने उन्हें फिर से आशीर्वाद दिया और फिर चले गए।

इसी तरह प्रसन्नतापूर्वक अनेक वर्ष बीत गए। हालाँकि वह क्षण तेज़ी से समीप आ रहा था जब यह रमणीय समय समाप्त होने वाला था। एक दिन जब अंजना ध्यान में लीन थी, उसे अपने भीतर एक आवाज़ सुनाई दी, "पुंचिकस्थला! पुंचिकस्थला! तुम्हारे शाप के समाप्त होने का समय आ गया है। अब तुम अपने दिव्य लोक में वापस जा सकती हो!"

यह सुनकर अंजना के मन में स्मृतियों का समुद्र उमड़ पड़ा और उसे मस्तिष्क में अपना पूर्वजन्म स्पष्ट दीखने लगा। "मैं अंजना नाम की मादा-वानर नहीं हूँ। मैं देवलोक की अप्सरा हूँ और मेरा नाम पुंचिकस्थला है। मैं देवताओं के गुरु बृहस्पति की दत्तक पुत्री हूँ। मैं शाप से मुक्त हो चुकी हूँ और अब मैं अपने पिता के आश्रम में वापस जा सकती हूँ।"

परंतु इस विचार से उसे ख़ुशी नहीं हुई। उसकी आँखों से अश्रु बहने लगे।

उसके पति केसरी ने उसके निकट आकर उसके रोने का कारण पूछा। बाल हनुमान अपनी माता के निकट आकर गले से लग गए और वचन दिया कि वे फिर कभी शरारत नहीं करेंगे। इस पर अंजना ज़ोर-ज़ोर से रोने लगी और हनुमान को गले से लगा लिया।

"प्रिय पुत्र! मेरा तुम्हें छोड़कर अपने घर वापस जाने का समय आ गया है। परंतु तुम्हें छोड़कर लौटने का विचार मेरे लिए असहनीय है।"

आंजनेय और केसरी दोनों को अंजना की बात समझ नहीं आई।

"ये तुम क्या कह रही हो? मुझे कुछ समझ में नहीं आ रहा। तुम्हें कहाँ जाना है? यही तो तुम्हारा घर है।"

"प्रभु!" अंजना ने कहा, "मैं वास्तव में अंजना नहीं हूँ, बल्कि पुंचिकस्थला नाम की अप्सरा हूँ। बृहस्पति का आश्रम ही मेरा घर है। मैं एक शाप के कारण वानर बन गई थी। अब मुझे उस शाप से मुक्ति के साथ और अपने घर लौटने की अनुमति भी मिल गई है, किंतु आपसे और अपने पुत्र से विरह का विचार मुझे द्रवित कर रहा है।"

“ओह अंजना! मैं तुम्हारे बिना नहीं रह सकता। मैं तुम्हें कहीं नहीं जाने दूँगा,” केसरी ने कहा।

“प्रियवर! नियति के प्रवाह को कोई नहीं बदल सकता। आप मुझे नहीं रोक सकेंगे। इसलिए कृपया मुझे जाने दें।”

बाल हनुमान ने विवेकपूर्ण वचन कहे, “हे माँ! आप निश्चिंत होकर जाइए। आप बिलकुल सही कहती हैं कि भाग्य के चक्र को कोई नहीं रोक सकता।”

तभी वायुदेव प्रकट हुए और अंजना को सांत्वना देते हुए बोले, “अपने पुत्र के लिए दुख मत करो। उसकी देखभाल के लिए हम सब लोग यहाँ मौजूद हैं। यदि तुम जाना चाहती हो तो निश्चिंत होकर जाओ।”

वीर केसरी इस वियोग को सहन नहीं कर सका। “मैं तुम्हारे बिना नहीं रह सकता प्रिय! तुम जहाँ भी जाओगी, मैं तुम्हारे पीछे आ जाऊँगा।”

अपने पति के वचन सुनकर अंजना ने कुछ क्षण के लिए अपनी आँखें मूँद लीं और अपने गुरु का ध्यान करने लगी। उसने मन में गुरु से अपने पति के साथ हिमालय में स्थित कंचन पर्वत पर जाकर तपस्या करने की अनुमति माँगी। उसने बाल हनुमान को अपनी बाँहों में लिया, उसका माथा चूमा और उसे वायुदेव को सौंप दिया। फिर उसने केसरी से कहा, “प्रभु! मैं भी आपके विचार से सहमत हूँ। यदि आप मेरे साथ चलना चाहते हैं तो मुझे अपनी बाँहों में ले लीजिए।”

केसरी ने वैसा ही किया जैसा अंजना ने कहा। उसके बाद वे दोनों आकाश में उड़ गए और ऊपर जाकर प्रकाश-पिंडों में बदल गए। हनुमान यह देखकर अचंभित हो गए। मारुति के देखते-देखते उनके माता-पिता उत्तर दिशा में विलीन हो गए। बृहस्पति ने अंजना को अनुमति दी और फिर वे दोनों कंचन पर्वत पर निवास करने लगे।

*शंकर सुवन केसरी नंदन।*
*तेज प्रताप महा जग बंदन।।*

*—तुलसीदास कृत हनुमान चालीसा*

*ॐ श्री हनुमते नमः*

ॐ

*मनोजवाय नमः*

## अध्याय 7

# जितेंद्रिय

## इंद्रियों पर विजय

*मनोजवं मारुततुल्यवेगं,*
*जितेन्द्रियं बुद्धिमतां वरिष्ठम्।*
*वातत्मजं वानरयूथमुख्यं,*
*श्रीरामदूतं शरणं प्रपद्ये!*

*मैं राम दूत को प्रणाम करता हूँ,*
*जो वायुदेव के पुत्र तथा वानरों में श्रेष्ठ थे,*
*जिनका अपनी इंद्रियों पर पूर्ण नियंत्रण था*
*और जो अत्यंत बुद्धिमान थे,*
*जो मन की गति की के समान फुर्तीले थे*
*तथा पवन की गति से चलते थे।*

*—हनुमान स्तोत्र*

अपने माता-पिता के चले जाने के बाद, हनुमान पूरी तरह अपने धात्रेय पिता, वायुदेव की देखभाल में रहने लगे। कुछ वर्ष वन में बिताने के बाद हनुमान ने सोचा कि वन में इस तरह उछल-कूद करने और फल खाने से अतिरिक्त भी जीवन में कुछ करना चाहिए। उन्होंने मन में अपने पिता वायुदेव का स्मरण करके उन्हें सहायता के लिए बुलाया और कहा कि वे संसार को देखने के लिए उत्सुक हैं तथा संतों से मिलना चाहते हैं।

वायुदेव ने उनकी प्रार्थना स्वीकार कर ली और कहा, "तुम्हारा निश्चित ही, अब यहाँ से प्रस्थान करने का समय हो गया है। मैं चाहता हूँ कि यहाँ से जाने से पहले, तुम विवाह कर लो। इसके बाद तुम वानरों के प्रदेश किष्किंधा में जा सकते हो। वहाँ का राजा बाली, महान और शक्तिशाली वानर है। उसका एक भाई भी है, जिसे सुग्रीव के नाम से जाना जाता है। तुम उससे मित्रता कर लो। ऐसा करने से अवश्य ही तुम्हें यश और वैभव की प्राप्ति होगी।"

हनुमान, अपने पिता के समक्ष नतमस्तक हो गए और दृढ़तापूर्वक बोले, "प्रभु,

पारिवारिक जीवन में मेरी लेश मात्र भी रुचि नहीं है। मैंने ब्रह्मचर्य का व्रत लिया है और मुझे विश्वास है कि मैं सदा उसका पालन करूँगा। परंतु मुझे आपके द्वारा दी गई दूसरी सलाह अच्छी लगी। मैं बिना देर किए बाली के राज्य के लिए प्रस्थान करूँगा।"

हनुमान ने वन में अपने साथियों को स्नेहपूर्ण विदाई दी और किष्किंधा की ओर प्रस्थान किया। उन्होंने सामान्य वानरों की भाँति पेड़ों के बीच से यात्रा आरंभ कर दी। कुछ देर बाद उन्हें भूख और प्यास लगी। उन्हें एक जलधारा दिखाई तो वे पानी पीने के लिए नीचे उतर आए। उन्होंने अभी अंजुलि में पानी भरा ही था कि उन्हें भयानक आवाज़ सुनाई पड़ी, "मेरी अनुमति के बिना कोई यह जल नहीं पी सकता!" आवाज़ सुनकर हनुमान ने अंजुलि में भरा पानी नीचे गिरा दिया और उस वक्ता को इधर-उधर खोजने लगे। किसी को वहाँ न देखकर, वे बोले, "तुम कौन हो? कायर की भाँति झाड़ियों के पीछे क्यों छिपे हो? सामने क्यों नहीं आते?"

ऐसा कहते ही वह समूचा वन एक ज़ोरदार गर्जना से गूँज उठा और एक भयंकर राक्षस हनुमान के सामने आ खड़ा हुआ। हनुमान उसे देखकर बिलकुल नहीं घबराए और उसका परिचय पूछा।

राक्षस ने उत्तर दिया, "मैं तुम्हें अपना परिचय क्यों दूँ? तुम मेरे क्षेत्र में अनाधिकृत तरीक़े से घुस आए हो और अब मैं अवश्य ही तुम्हें अपना भोजन बनाऊँगा!"

ऐसा कहकर उसने अपना गुफा जैसा मुँह खोला और हनुमान को समूचा निगलने के लिए आगे बढ़ा। उसके मुँह से रक्त की दुर्गंध आ रही थी। इससे पहले कि वह राक्षस हनुमान को पकड़ पाता, हनुमान ने अपने पिता वायु से प्राप्त शक्तियों का प्रयोग किया तथा अपना आकार इतना बढ़ा लिया कि वे अब उस राक्षस के आमने-सामने खड़े हो गए। राक्षस उस छोटे-से वानर का यह करतब देखकर थोड़ा अचंभित हुआ किंतु वह भी कुछ तरक़ीबें जानता था। वह भी अपना आकार बढ़ाता चला गया और फिर अचानक हनुमान पर झपटा और बोला, "अब मैं भोजन करूँगा!"

हनुमान ने भी तुरंत अपने तन का आकार बढ़ाकर उस राक्षस से दुगुना कर लिया और उसे जोरदार लात मारी जिसके कारण राक्षस धरती पर गिर पड़ा। परंतु राक्षस दुगुने जोश से उठ खड़ा हुआ और वे दोनों बहुत लंबे समय तक लड़ते रहे किंतु किसी की भी पराजय नहीं हुई। तब हनुमान को समझ आया कि वह कोई साधारण राक्षस नहीं था और फिर उन्होंने भगवान शिव को सहायता के लिए बुलाया। हनुमान ने ध्रुव नाम की घास का तिनका लिया और उसके अंदर शिव के महान अस्त्र, पशुपतास्त्र का मंत्र फूँक दिया। फिर उन्होंने पूरी शक्ति से वह तिनका, उस राक्षस के ऊपर फेंका। तिनके के वार से वह कई गज़ दूर एक चट्टान पर जा गिरा और टुकड़े-टुकड़े होकर बिखर गया। उन टुकड़ों में से एक दिव्य प्राणी प्रकट हुआ। वह हनुमान के पास गया और उन्हें झुककर प्रणाम किया।

"प्रभु!" उसने कहा, "मैं पूर्वजन्म में एक गंधर्व था और शाप के कारण राक्षस बन गया। मैं आपका आभारी हूँ कि आपने मुझे उस शाप से मुक्ति दिलवाई!"

हनुमान जानना चाहते थे कि उसे वह शाप कैसे मिला। तब गंधर्व ने उत्तर दिया।

"एक बार मैंने एक ऋषि की कन्या का अपहरण करने का प्रयास किया तो उन्होंने मुझे शाप देकर राक्षस बना दिया। जब मैंने उनसे शाप से मुक्त करने की प्रार्थना की तो उन्होंने मुझे कहा कि मेरा अंत उसके हाथों होगा जो शिव के अंश से उत्पन्न हुआ हो। तभी मुझे शाप से मुक्ति मिलेगी। अब मुझे पता लगा कि वे आप ही हैं, जिनका उस ऋषि ने उल्लेख किया था।"

गंधर्व ने हनुमान को आशीर्वाद दिया और चला गया। हनुमान ने भी अपनी यात्रा पर आगे बढ़ने से पहले स्वच्छ जल से अपनी प्यास बुझाई और पेटभर के फल खाए।

इसके बाद मारुति ने भारतवर्ष के उपमहाद्वीप में अपनी यात्रा जारी रखी। मार्ग में उन्होंने अनेक महान ऋषियों से भेंट की और आशीर्वाद लिया। उन्होंने कई भयंकर राक्षसों और पक्षियों का भी सामना किया तथा अत्यंत सुंदर वृक्ष और फूल भी देखे। अंत में, वे विदर्शन नामक एक बहुत बड़े वन में पहुँच गए जो इतना अंधकारपूर्ण और भयानक था कि दिन के उजाले में भी कोई वहाँ से गुज़रने का साहस नहीं करता था। वह जंगल राक्षसों और निशाचरों से भरा पड़ा था तथा उसमें कई जंगली प्राणी भी रहते थे।

हनुमान ने भगवान शिव का स्मरण किया और निर्भयता से वन में प्रवेश कर गए। चलते समय, उन्हें काटने वाले मच्छरों तथा विषैले कीड़ों ने परेशान किया। विभिन्न लताएँ और बेलें उनके पैरों से लिपट गईं और उन्हें आगे जाने से रोकने लगीं। संध्या होने पर, हनुमान को अपने चारों ओर जंगली पशुओं की गुर्राहट सुनाई पड़ने लगी। उन्होंने रात एक पेड़ पर बिताने का निर्णय किया किंतु वह पूरी रात एक हाथी को पीड़ा से कराहते हुए सुनते रहे। सुबह होते ही वे तज़ी से उस स्थान की ओर गए जहाँ से दर्दभरी आवाज़ें आ रही थीं। वहाँ पहुँच कर उन्होंने देखा कि एक विशालकाय हाथी आधा नदी के अंदर और आधा बाहर फँसा हुआ था। उसके पिछले पैर दृढ़ता से पानी के अंदर थे और वह भरपूर प्रयास करने पर भी नदी से बाहर नहीं निकल पा रहा था। उसे देखकर हनुमान को बहुत दुख हुआ और वे यह देखने के लिए निकट गए कि क्या चीज़ है, जो उस विशाल हाथी को पानी से बाहर नहीं आने दे रही थी। वह देखकर हैरान रह गए कि एक मगरमच्छ ने उस हाथी का एक पैर बड़ी निर्ममता से अपने मज़बूत जबड़ों में दबा रखा था। वह विशाल मगरमच्छ धीरे-धीरे हाथी को पानी के अंदर खींच रहा था। हाथी के पैर से रक्त रिसते हुए नदी में लाल रंग की धारा के रूप में बह रहा था। हाथी अपनी सूँड़ उठाकर करुण ढंग से चिंघाड़ा। हनुमान को उस पशु के लिए बड़ा दुख हुआ और वायुदेव का वह निर्भय पुत्र, पानी में कूद पड़ा।

हनुमान ने मगरमच्छ की पूँछ पकड़ी और उसे खींचने लगे। परंतु मगरमच्छ ने हाथी को छोड़ने के बजाय उसके साथ हनुमान को भी पानी के अंदर खींच लिया। हनुमान तुरंत समझ गए कि वे भूल कर रहे हैं। उन्होंने मगरमच्छ की पूँछ छोड़ दी और उसकी पीठ पर सवार हो गए तथा उसके जबड़े को पकड़ लिया। हनुमान ने अपने ज़बरदस्त बल के प्रयोग से मगरमच्छ का जबड़ा खोल दिया और हाथी को पीड़ा से मुक्त कर दिया। दर्द से और शिकार हाथ से निकल जाने के कारण, मगरमच्छ क्रोध से उन्मत्त हो उठा। वह ज़ोर-ज़ोर से अपनी पूँछ पानी में मारने लगा और अपने ख़ूनी जबड़े को खोलकर नए शिकार पर

झपट पड़ा। आंजनेय तैरकर तुरंत उसके पीछे पहुँच गए और उसकी पूँछ पकड़ ली तथा उसे नदी-तट पर बाहर खींच लाए। इससे पहले कि मगर कुछ समझ पाता, हनुमान ने उसे फिर से पूँछ से पकड़ा और अपने सिर के ऊपर उठाकर घुमाते हुए सैकड़ों गज़ दूर उछाल दिया। मगरमच्छ ज़मीन पर गिरा और गिरते ही उसके प्राण निकल गए।

हनुमान को यह देखकर आश्चर्य हुआ कि मगरमच्छ के शरीर से एक अत्यंत सुंदर कन्या निकली और उसने हनुमान के पास आकर प्रणाम किया।

"आप कौन हैं और आपने मगरमच्छ का रूप कैसे धारण किया हुआ था?" हनुमान ने पूछा।

"हे आंजनेय!" वह बोली, "मेरा नाम अंबालिका है। मैं देवराज इंद्र के दरबार की एक अप्सरा हूँ। एक बार, मैं हिमालय के सरोवर में अपनी सहेलियों के साथ स्नान कर रही थी। हमने सरोवर के तट पर कुछ युवा तपस्वियों को देखा जो ध्यान में लीन बैठे थे। हम उन्हें देखकर मुग्ध हो गए और अपने संगीत व नृत्य से उन्हें रिझाने का प्रयास करने लगे। कुछ देर बाद उन्होंने आँखें खोलीं और हमें करुण दृष्टि से देखते हुए समझाया कि यदि हमें उनके शाप से बचना हो तो हमें वहाँ से दूर चले जाना चाहिए। मेरी सहेलियाँ तो वहाँ से चली गईं, किंतु मैं उनमें से एक तपस्वी पर मोहित हो गई और वहाँ से नहीं गई। उसने मुझे बार-बार समझाया कि मैं उसके धैर्य की परीक्षा न लूँ, किंतु मैं नहीं मानी। अंत में उसने मुझे शाप दे दिया कि मैं विदर्षण वन के इस कीचड़ वाले तालाब में निर्मम मगरमच्छ बन जाऊँगी। मैंने उस तपस्वी से क्षमा माँगी तब उसने मुझे कहा कि शिव के अंश से उत्पन्न वायुदेव के पुत्र के हाथों ही मेरा उद्धार होगा! अब मुझे पता लगा कि वे आप ही हैं, जिनके बारे में मुझे उस तपस्वी ने बताया था। आपने मुझे मुक्ति दिलाई है इसलिए मैं आपको वरदान देना चाहती हूँ। आज के बाद आपको कभी पानी में डूबने से भय नहीं रहेगा। पानी आपको कोई क्षति नहीं पहुँचाएगा। कृपया मुझे जाने की अनुमति दें!"

हनुमान उसकी कथा सुनकर आश्चर्यचकित हो गए। उन्होंने उसे जाने की अनुमति दे दी।

इस घटना के बाद हनुमान अपने मार्ग पर आगे बढ़ गए। अनेक वनों, पर्वतों तथा नदियों को पार करते के बाद वे किष्किंधा राज्य के बाहरी प्रदेश तक पहुँच गए। बहुत दूर से ही, उन्हें वन्य पशुओं की दहाड़ और हाथियों की चिंघाड़ सुनाई दे रही थी। वे एक पेड़ पर चढ़कर देखने लगे कि वहाँ क्या हो रहा है। उन्होंने देखा कि एक सीधा-सा वानर जंगली हाथियों और अन्य वन्य पशुओं से घिरा हुआ था और पराजित होने को था। हनुमान अत्यंत तत्परता के साथ बीच में कूद पड़े और उन्होंने हाथियों को वहाँ से खदेड़ दिया।

वानर ने उनसे पूछा, "तुम कौन हो, जिसने सही समय पर यहाँ पहुँचकर मेरे प्राण बचा लिए?"

"मैं अंजना पुत्र, आंजनेय हूँ लेकिन लोग मुझे हनुमान कहते हैं। आप अपना परिचय दीजिए। आप बहुत थके हुए लग रहे हैं। आप इस संकट में कैसे फँस गए थे?"

"मेरा नाम सुग्रीव है और मैं यहाँ के राजा, बाली का छोटा भाई हूँ। इस जंगल में मायावी नाम का एक भयंकर राक्षस रहता है। एक बार मैंने और मेरे भाई ने उस राक्षस

से सदा के लिए छुटकारा पाने का मन बना लिया। मेरे भाई ने मुझे और मेरे साथियों को इस मार्ग से आने को कहा तथा वह स्वयं किसी दूसरे मार्ग से गया। हालाँकि हमने मायावी को खोज लिया, लेकिन हम उसे मार नहीं सके। भीषण युद्ध के बाद, उसने हमारे सभी मित्रों को मार डाला। उसने मुझसे कहा, 'मैं तुम्हें छोड़ रहा हूँ क्योंकि तुम्हारे साथ मेरा कोई झगड़ा नहीं है। मुझे तुम्हारे भाई बाली की तलाश है!' मैं उससे जैसे ही बचकर निकला, मुझे इन वन्य पशुओं ने घेर लिया था जिन्हें तुमने अभी देखा था। मैं बहुत थक गया था और अपनी रक्षा करने में असमर्थ था और यदि तुम नहीं आते तो मेरी दुर्दशा हो जाती!"

हनुमान ने मुस्कराते हुए कहा, "सुग्रीव! मेरी और आपकी भेंट, मित्र बनने के लिए ही हुई है। हमारे सामने बहुत लंबा इतिहास है!"

"मैं तुम्हारी बात का अर्थ नहीं समझा," सुग्रीव ने कहा।

"मेरी बात का अर्थ समय बताएगा। मैंने आपके पिता सूर्यदेव को वचन दिया है कि मैं आपका मित्र बनकर रहूँगा। आप मुझे मायावी के विषय में बताइए। वह कौन है? क्या वह सचमुच बहुत भयंकर है?"

"यह क्या प्रश्न है!" सुग्रीव ने कहा, "वह राक्षस सचमुच बहुत साहसी है। उसे केवल मेरा भाई मार सकता है।"

यह सुनकर हनुमान मुस्कराए और बोले, "यदि मस्तिष्क पर नियंत्रण हो तो इस संसार में ऐसी कोई वस्तु या व्यक्ति नहीं जिसे पराजित नहीं किया जा सकता। हालाँकि इस विषय में हम बाद में बात करेंगे। हम लोगों का मिलना पूर्वनिर्धारित था और यह हमारी मित्रता का सिर्फ़ आरंभ है। आपको विश्राम करने की आवश्यकता है और उसके बाद हम लोग आगे चलेंगे।"

सुग्रीव ने हनुमान को गले लगाकर उनसे हमेशा अपना मित्र बने रहने की प्रार्थना की और फिर सुग्रीव ने हनुमान को अपने राज्य, किष्किंधा आने का निमंत्रण दिया।

सुग्रीव चलने की स्थिति में नहीं था, इसलिए हनुमान ने उसे अपनी पीठ पर उठा लिया और एक नदी के किनारे आ पहुँचे। वे लोग वहाँ स्नान करके तरोताज़ा हो गए। फिर हनुमान जंगल से कुछ फल ले आए जिन्हें खाने के बाद उन्होंने उस रात वहीं पेड़ पर विश्राम किया।

रात में उन्होंने बहुत-से विषयों पर बात की। हनुमान ने सुग्रीव व उसके भाई बाली के जन्म की कथा सुनने की इच्छा व्यक्त की।

एक बार शीलावती नाम की एक पतिव्रता स्त्री थी। उसके पति उग्रतापस को कुष्ठरोग हो गया लेकिन वह अपने पति की बहुत स्नेहपूर्वक देखभाल करती रही। एक बार उसके पति ने वेश्या के साथ संभोग करने की इच्छा व्यक्त की। यह सुनकर शीलावती विचलित नहीं हुई और उसने निर्णय किया कि पति की इच्छा, चाहे कितनी भी अनुचित हो, पूरी करना ही पत्नी का कर्त्तव्य है। चूंकि शीलावती के पति की हालत बहुत ख़राब थी और वह चलने में असमर्थ था, उसने अपने पति को एक टोकरी में बैठाया और उसे सिर पर रखकर एक वेश्या के घर के लिए चल पड़ी। मार्ग में, वह एक मैदान से गुज़र रही थी, जहाँ मांडव्य

नाम के एक महान ऋषि को झूठे आरोप में राजा की आज्ञा से सूली पर लटकाया गया था। ऋषि को यह देखकर बहुत बुरा लगा कि कैसे उस भली स्त्री का दुष्ट पति शोषण कर रहा है। मांडव्य ऋषि ने शाप दे दिया कि सूर्योदय से पूर्व उसके पति की मृत्यु हो जाएगी! शीलावती ने यह सुना तो उसने तुरंत पलटकर शाप दे दिया कि अगले दिन सूर्योदय ही नहीं होगा! उसके पतिव्रत धर्म में इतनी शक्ति थी कि वही हुआ जो उसने कहा था।

अगले दिन अपने नियत समय पर सूर्योदय नहीं हुआ। जब सूर्यदेव का सारथी अरुण उन्हें लेने पहुँचा तो उसने देखा कि सूर्यदेव अचल अवस्था में बैठे हैं। उसने सोचा कि सूर्यदेव के तैयार होने तक, वह इंद्रलोक घूम आएगा। वह जब इंद्रलोक पहुँचा तो उसने देखा कि वहाँ के द्वार पुरुषों के लिए बंद थे। इंद्र ने अंदर अपनी अप्सराओं के साथ दरबार लगा रखा था और उनका नृत्य नाट्य-मंचन देख रहा था। इंद्र ने आदेश दिया था कि सिर्फ़ स्त्रियों को भीतर प्रवेश करने दिया जाए। उसी समय अरुण वहाँ पहुँचा और उसे ये सब सुनकर निराशा हुई। उसका मन भी अंदर चल रहे नाट्यमंचन को देखने का करने लगा। उसने भीतर प्रवेश करने की एक तरक़ीब सोची। उसने स्त्री का रूप धारण किया और चुपके से भीतर घुसकर नृत्यांगनाओं में शामिल हो गया। परंतु इंद्र ने, जो सौंदर्य का ज़बरदस्त पारखी था, तुरंत उस समूह में सम्मिलित हुई नई अप्सरा को देख लिया। उसने अन्य सभी नर्तकियों को भेजकर, अरुण को द्वार पर ही रोक लिया जब वह भी उन नर्तकियों के साथ बाहर निकलने वाला था।

इंद्र जिस स्त्री को चाहता उसे अपना बना लेता था और उसने अरुण के साथ भी वही करने की कोशिश की। बेचारे अरुण को समझ नहीं आया कि वह क्या करे! अंत में अरुण को अपना भेद खोलना पड़ा। उसकी सच्चाई सुनकर इंद्र को बहुत गुस्सा आया और उसने अरुण को कहा कि अरुण को पूरे दरबार को धोखा देने का दंड भोगना पड़ेगा। अरुण को इंद्र की बात माननी पड़ी और इंद्र उसे बलात् अपने साथ ले गया। इस संयोग से एक सुंदर बालक का जन्म हुआ। परंतु अरुण उसे अपने साथ नहीं ले जा सकता था, इसलिए इंद्र ने वह बालक, लालन-पालन के लिए गौतम ऋषि की पत्नी अहिल्या को दे दिया।

इस बीच, शीलावती की महान तपस्या के कारण सूर्योदय नहीं हो पाया। संपूर्ण संसार में अंधकार फैला रहा। अंत में, देवताओं को इस विचित्र स्थिति का कारण पता लगा। वे सब मिलकर उग्रतापस के पिता अत्रि के पास गए और उनकी पत्नी अनसूया से प्रार्थना की कि वे शीलावती से उसका शाप वापस लेने के लिए कहें। तब अनसूया के कहने पर शीलावती ने अपना शाप वापस लिया और फिर सूर्योदय हो सका।

इधर जब सूर्यदेव ने अपने सारथी अरुण को खोजा तो उसका कहीं पता नहीं लगा। उसके देर से आने पर सूर्यदेव बहुत क्रोधित हुए। अरुण जब लौटा तो उसने चुपचाप अपना स्थान लेने का प्रयास किया लेकिन सूर्य ने उसे देख लिया और रोककर देर से आने का कारण पूछा। अरुण को विवश होकर सारी बात बतानी पड़ी। सूर्यदेव ने अरुण को क्षमा तो कर दिया किंतु उन्होंने भी अरुण का वह मनमोहक रूप देखने की इच्छा व्यक्त की जिसने इंद्र का मन लुभाया था। अरुण ने सूर्य को ऐसा करने से मना किया किंतु अंत में उसे सूर्य की इच्छा माननी पड़ी। फिर जो होना था वही हुआ। सूर्य भी अरुण के मनोहर रूप

पर मुग्ध हो गए और उन्होंने अरुण के स्त्री रूप के साथ संभोग किया। उसके फलस्वरूप एक सुंदर बालक ने जन्म लिया और उसे भी देखभाल के लिए अहिल्या को दे दिया गया। एक दिन जब अहिल्या दोनों बच्चों के साथ खेल रही थी तो उन दोनों ने अहिल्या के पीछे चढ़ने का हठ किया। इस बात से अहिल्या को गुस्सा आ गया और उसने कहा, "बंदरों! तुम क्यों मुझे इस तरह परेशान करते हो?"

उसी समय अहिल्या के पति वहाँ आ गए। वे अपनी पत्नी के व्यवहार से रुष्ट हो गए और बोले, "यदि यही तुम्हारी इच्छा है, तो फिर ये दोनों बंदर बन जाएँ!"

ऋषि के वचन असत्य नहीं हो सकते! इस तरह, वे दोनों बालक बंदर बन गए। अहिल्या को अपने प्रिय बालकों की नियति पर बहुत दुख हुआ। ऋषियों का क्रोध अल्पकालिक होता है, इसलिए उन्होंने यह भी कहा दोनों ही भाई अत्यंत बलशाली होंगे।

इंद्र ने उन दोनों बालकों के विषय में सुना तो उन्हें अपने दरबार में बुलाकर शरण दी। इंद्र से उत्पन्न बालक का नाम बाली रखा गया क्योंकि उसकी पूँछ बहुत लंबी और बलशाली थी। सूर्य से उत्पन्न बालक का नाम सुग्रीव रखा गया क्योंकि उसकी ग्रीवा (गर्दन) बहुत सुंदर थी।

बाली और सुग्रीव के जन्म से जुड़ी एक अन्य कथा भी प्रचलित है। एक बार सृष्टि के रचयिता ब्रह्मा पृथ्वी पर आए और मेरु पर्वत पर, जिसे पृथ्वी की धुरी माना जाता है, विश्राम के लिए रुक गए। उस समय उनकी आँख से एक अश्रु बहकर धरती पर गिरा जिससे पृथ्वी पर प्रथम वानर का जन्म हुआ। ब्रह्मा ने उसका नाम रिक्ष रखा और उन्होंने कुछ समय उसके साथ बिताया। वह नन्हा वानर पर्वत पर खेलता और मनपसंद फल खाता था। वह प्रतिदिन संध्या के समय लौटकर ब्रह्मा के चरणों में पुष्प अर्पित करता था। एक दिन जब रिक्ष सरोवर से पानी पीने के लिए झुका तो उसने जल में अपना बिंब देखा। उसे लगा कि वह कोई शत्रु है, जो उसे पकड़कर पानी में खींचना चाहता है। वह अपने शत्रु पर हमला करने के उद्देश्य से पानी में कूद पड़ा। उसे पता नहीं कि था कि वह जादुई सरोवर था और जब वह बाहर आया तो उसने देखा कि वह मादा वानर बन चुका है। उसका रूप अत्यंत सुंदर व मनमोहक बन गया और जब वह मादा वानर मेरु पर्वत पर खड़ी थी, उसी समय इंद्र और सूर्य ने उसे देखा और वे दोनों उसके प्रति आसक्त हो गए। उसी दिन, पहले इंद्र और फिर सूर्य ने नीचे आकर उसके साथ संभोग किया।

देवताओं की संतानों का जन्म बहुत जल्दी हो जाता है। अब उस मादा वानर के पास सुनहरे रंग के दो बालक थे। दोपहर के समय जब वह उन्हें सरोवर में नहला-धुला रही थी, तब दोनों बच्चों ने उस मादा वानर पर पानी छिटका। स्वच्छ होने पर उसने देखा कि उसका फिर से लिंग परिवर्तन हो चुका है और वह दोबारा रिक्ष बन गई।

रिक्ष दोनों बच्चों को लेकर ब्रह्मा के पास पहुँचा। उन्होंने इंद्र के पुत्र का नाम बाली और सूर्य के पुत्र का नाम सुग्रीव रखा।

ब्रह्मा ने किष्किंधा का राज्य रिक्ष को दे दिया। किष्किंधा एक सघन वन था जिसमें प्रचुर मात्रा में फलों के पेड़ थे और उसमें अनेक वन्य पशु रहते थे। ब्रह्मा ने कई अन्य वानरों की रचना की तथा उन्हें उड़ने व बोलने की शक्ति प्रदान करके उनसे रीछों के साथ

मैत्री करने के लिए कहा। दोनों भाई सदा एक साथ रहते थे। वे जब बड़े हुए तो उनके पिता ने उन्हें सब प्रकार की विद्या प्रदान की। रिक्ष की मृत्यु के बाद, उसके सिंहासन के बहुत-से दावेदार आए किंतु बाली ने उन सब प्रतिद्वंद्वियों को मार डाला अथवा उन्हें अपने वश में कर लिया और निर्विवाद रूप से संपूर्ण वानर जाति का राजा बन गया। उसने स्वयं को किष्किंधा के समस्त वृक्षों तथा मादा वानरों का एकमात्र स्वामी घोषित कर दिया। उसका प्रभुत्त्व निर्विवाद था और वानरों के बीच सफलतापूर्वक अपना प्रभुत्त्व अर्जित करने के कारण, बाली कभी किसी के साथ अपने अधिपत्य का फल नहीं बाँटता था। परंतु, अपनी दयालु प्रवृत्ति के कारण वह अपने छोटे भाई सुग्रीव के साथ अपना सब कुछ बाँटता था। बदले में, सुग्रीव जो बाली का सहायक भी था, पूरी निष्ठा से अपने बड़े भाई की सेवा करता था। इंद्र ने अपने पुत्र बाली को छोटे-छोटे सुनहरे रंग के कमल के पुष्पों की विजय माला दी थी जिसे पहनने के बाद बाली अजेय हो गया था।

एक बार बाली ने देवताओं और असुरों के बीच हो रहे समुद्र-मंथन के बारे में सुना तो वह उसे देखने के लिए वहाँ चला गया। उसके साथ सभी लोग समुद्र-तट पर पहुँच गए। जब उसने देखा कि उसके पिता इंद्र एवं अन्य देवता कमज़ोर पड़ रहे हैं, तो कहते हैं, बाली ने समुद्र-मंथन स्वयं अपने हाथ में ले लिया। बाली इतना शक्तिशाली था कि जिस कार्य को देवता और असुर मिलकर नहीं कर सकते थे, बाली में अकेले ही उस कार्य को पूर्ण कर देने का सामर्थ्य था। इंद्र अपने पुत्र का पराक्रम देखकर बहुत प्रसन्न हुआ। देवताओं ने बाली को उनकी सहायता करने के बदले वरदान दिया कि जो भी बाली से लड़ने जाएगा उसका आधा बल कम होकर, बाली को प्राप्त हो जाएगा।

मंथन के दौरान, समुद्र में से अनेक मूल्यवान वस्तुएँ निकलीं। उनमें दो सुंदर अप्सराएँ भी थीं। उनका नाम तारा और रूमी था। बाली ने तारा को अपनी पटरानी बना लिया और रूमी सुग्रीव की पत्नी बन गई। दोनों भाई प्रसन्नतापूर्वक अपने राज्य लौट आए और उन्होंने बहुत समय तक शासन किया। इस बीच बाली का एक पुत्र हुआ। उसका नाम अंगद था।

बाली भगवान शिव का महान भक्त था और वह प्रतिदिन आठों दिशाओं में जाता और सभी समुद्रों में स्नान करके शिव की आराधना करता था। वह एक ही छलाँग में सात समुद्र लांघकर चारुवल नामक पर्वत पर पहुँच जाता था। वह तूफ़ान के वेग से चलता था। कोई बाण उसकी छाती को नहीं भेद सकता था। उसके छलाँग लगाने पर पर्वत डोलते थे और धूल के बादल समस्त दिशाओं में छितरकर, भय से वर्षा नहीं करते थे। संपूर्ण प्रकृति उससे डरती थी। यहाँ तक कि मृत्यु के देवता, यमराज भी उसके पास जाने से डरते थे। तूफ़ान अपनी आवाज़ धीमी कर लेता था और उसकी उपस्थिति में सिंह भी गरजने से हिचकते थे। कहते हैं, एक बार बाली ने दशानन रावण को उठाकर अपनी पूँछ में बाँध लिया था!

*बिद्यावान गुनी अति चातुर।*
*राम काज करिबे को आतुर।।*

*—तुलसीदास कृत हनुमान चालीसा*

*ॐ श्री हनुमते नमः*

ॐ

*ब्रह्मचारिणे नमः*

## अध्याय 8

# सुग्रीव-मित्र

## सुग्रीव के मित्र

*बुद्धिर्बलम् यशो धैर्यम्*
*निर्भयत्वम् अरोगताम्*
*अजाड्यम् वाक् पटुत्वम् च*
*हनुमत् स्मरणात् भवेत्।*

*हनुमान का स्मरण करने वाला विख्यात हो जाएगा*
*और उसे बुद्धि, बल और साहस की प्राप्ति होगी,*
*वह भय और रोग से मुक्त हो जाएगा*
*तथा वाक्पटुता में पारंगत हो जाएगा।*

*—हनुमन स्तोत्र*

सुग्रीव, हनुमान को अपने साथ लेकर किष्किंधा पहुँच गया। वहाँ उसने हनुमान को बाली से मिलवाया और बताया किस प्रकार हनुमान ने वन्य पशुओं से उसकी रक्षा की थी। उसने बाली से हनुमान की महानता का उल्लेख भी किया। पहले तो बाली को हनुमान पर संदेह हुआ क्योंकि उसने हनुमान को बचपन में मारने का प्रयास किया था जिससे वह बड़ा होकर बाली से उसका सिंहासन न छीन ले, परंतु जब बाली को पता लगा कि हनुमान अच्छे गायक हैं तो उसने हनुमान को गाने के लिए कहा। हनुमान ने वीणा उठाई और गाना आरंभ कर दिया। उनका संगीत सुनकर सारा दरबार परम आनंद में खो गया। संगीत के सुर जब दरबार से बाहर पहुँचे तो सभी वानर अपना काम छोड़कर हनुमान की आवाज़ से मंत्रमुग्ध होकर वहाँ आ गए। बाली भी बहुत प्रसन्न हुआ और उसने हनुमान को हमेशा के लिए वहाँ रहने की अनुमति दे दी।

सुग्रीव हनुमान को किष्किंधा दिखाने ले गया। जब वे ऋष्यमूक पर्वत पर पहुँचे तो हनुमान उस स्थान के शांतिपूर्ण वातावरण से स्तब्ध रह गए और उन्होंने सुग्रीव से कहा कि वह स्थान निश्चय ही बहुत पवित्र है। सुग्रीव ने सहमति जताई लेकिन दुखी स्वर में यह

भी बताया कि उसके भाई बाली के लिए वहाँ जाना वर्जित है। हनुमान द्वारा इसका कारण पूछने पर सुग्रीव ने उन्हें पूरी कथा सुनाई।

एक बार दुंदुभि नाम का दैत्य ब्रह्मा से बहुत-से वरदान प्राप्त करने में सफल हो गया। उनमें से एक वरदान यह था कि वह किसी भी शस्त्र से नहीं मारा जाएगा। अनेक वरदान मिलने के बाद वह देवताओं को परास्त करने तथा पृथ्वी के राजाओं व ऋषियों को परेशान करने के लिए निकल पड़ा। उसके हाथ हमेशा लड़ने के लिए उतावले रहते थे और उसे कभी कोई अपने बराबर का प्रतिद्वंद्वी नहीं मिल पाता था। जब लड़ने की उसकी उत्कट इच्छा, उसके लिए असहनीय हो गई तो वह पाताल लोक से बाहर निकलकर, समुद्र को चीरता हुआ तट पर आ गया। उसने अपने सींग रेत में गड़ा दिए और सागर की लहरों को देखकर चिल्लाया, "मुझसे लड़ो!" परंतु लहरें पहले की तरह सिर्फ़ आती-जाती रहीं। उन्हें दुंदुभि के वहाँ होने या न होने से कोई फर्क नहीं पड़ता था।

समुद्र के लंबे गीले हाथ फुफकारते हुए दुंदुभि के पैरों को घेर रहे थे, मानो उसे चेतावनी दे रहे हों कि वह लौट जाए अथवा डूब जाएगा। इसके बाद एक बड़ी-सी उफनती झागदार लहर धीरे-धीरे उसके निकट आ गई। दंदुभि ने सोचा कि पीछे हट जाने में ही उसकी भलाई थी।

उसके बाद वह शिव के समान श्वेत बर्फ़ीले हिमालय पर्वत पर गया। वह बर्फ़ से ढँकी पहाड़ियों पर तेज़ी से ऊपर चढ़ता हुआ अपने सींगों से पर्वत के किनारे तोड़ता गया। पर्वतराज हिमवान ने अपना कठोर चेहरा उसकी ओर मोड़ा और दुंदुभि को चमकदार आँखों वाले गुस्सैल भैंसे की तरह दौड़ते हुए देखा। हिमवान ने बर्फ़ और बहते पानी से बने श्वेत वस्त्र धारण किए हुए थे तथा बर्फ़ का कमरबंद बाँधा हुआ था। वह दहाड़ती हुई आवाज़ में बोला, "इस पवित्र प्रदेश पर लड़ाई मत करो। मेरे शांतिप्रिय लोगों को क्यों क्षति पहुँचा रहे हो? शक्तिशाली लोग क्रोध नहीं करते क्योंकि हमें पता है कि शांति ही हमारा कवच है। अब यहाँ से जाओ और मुझे चैन से रहने दो।"

उसका इतना कहना था कि तभी, धुंध और बर्फ़ के एक विशाल बादल ने उसे ढँक लिया और वह अदृश्य हो गया। हिमवान के साथ मानो वह पर्वत भी ग़ायब हो रहा था। हिम और बर्फ़ीली वर्षा ने दुंदुभि को काटना और मारना आरंभ कर दिया। वह चिल्लाता हुआ वहाँ से भागा तथा किष्किंधा के गुफा-दुर्ग पर पहुँचने के बाद ही रुका।

उसने दुर्ग के आस-पास के वन के सभी फलदार वृक्षों को उजाड़ दिया। फिर उसने अपने विशाल सिर से नगर पर टक्कर मारी और गुर्राया। बाली ने बुर्ज में आकर दुंदुभि से कहा कि अपने प्राण गँवाने से पूर्व उसके पास समय है कि वह लौट जाए। दुंदुभि ने उसे युद्ध के लिए ललकारा। बाली ने अपनी स्वर्णिम माला पहनी और दौड़ता हुआ द्वार से बाहर आ गया। फिर उन दोनों के बीच भीषण द्वंद्व हुआ जिसमें कोई किसी को पराजित नहीं कर सका। अंत में, जैसे ही दुंदुभि उसकी ओर सींग लेकर दौड़ता हुआ, बाली ने अपने अलौकिक बल से उसके सींग पकड़ लिए। उसने दुंदुभि को ऊपर उठाया और गोल घुमाकर, उसे धरती पर पटक दिया। दैत्य के मुँह से कुछ देर रक्त की उल्टी होती रही और फिर अंत में उसकी मृत्यु हो गई। परंतु बाली का गुस्सा शांत नहीं हुआ। उसने दैत्य

के मृत शरीर को उठाया और बहुत दूर उछाल दिया। दुंदुभि का शव जाकर एक पहाड़ पर गिरा, जहाँ मतंग मुनि का आश्रम था। दैत्य का शरीर मुनि के ऊपर से गुज़रा जिसके कारण उसके तन से बहता रक्त मुनि के ऊपर भी गिर गया। ध्यान भंग होने के कारण मुनि को क्रोध आ गया। वे आश्रम से बाहर आए तो देखा कि वृष रूपी दैत्य का विशाल एवं रक्तरंजित शरीर सामने पड़ा था।

उन्होंने चेतावनी भरे स्वर में घोषणा कर दी, "जिसने भी यह घृणित कृत्य किया है, यदि उसने इस पावन स्थल से चार मील के भीतर प्रवेश किया तो उसके सिर के हज़ार टुकड़े हो जाएँगे! जितने भी वानर इस स्थान पर रहते हैं और उसकी जाति के हैं, वे सब भी तुरंत इस स्थान को छोड़ दें अन्यथा वे पत्थर बन जाएँगे!"

सुग्रीव ने हनुमान से कहा, "यही कारण है कि मेरा भाई इस मनोहर स्थान पर आने का साहस नहीं करता।" हनुमान ने एक क्षण के लिए सोचा और फिर सुग्रीव को कहा कि यही पर्वत एक दिन उसका घर बनेगा। सुग्रीव के ज़ोर देने के बाद भी, हनुमान ने इसके आगे कुछ भी कहने से मना कर दिया।

दुंदुभि का एक मित्र था। उसका नाम मायावी था और वह असुरों के शिल्पी मय दानव का पुत्र था। वह अपने मित्र दुंदुभि की मृत्यु का समाचार सुनकर क्रोधित हो गया तथा उसने उसकी मृत्यु का प्रतिशोध लेने का प्रण ले किया। एक दिन उसने किष्किंधा आकर बाली को युद्ध के लिए ललकारा। बाली ने उसे वहाँ से भगा दिया। उस समय सुग्रीव भी बाली के साथ था परंतु बाली ने सुग्रीव को वहाँ से चले जाने के लिए कहा। इस तरह मार्ग में, सुग्रीव की भेंट हनुमान से हुई थी।

बाली को विश्वास था कि मायावी सदा के लिए भाग गया था, लेकिन वह दैत्य इतनी सरलता से हार मानने वाला नहीं था। वह एक बार फिर अर्द्ध-रात्रि के समय रक्त जमा देने वाली भयंकर हुँकार करता हुआ किष्किंधा के द्वार पर आ गया। वानरों ने उसे भगाने का प्रयास किया लेकिन उसने, उन्हें मक्खियों की तरह वहाँ से भगा दिया। फिर वे वानर अपने राजा के पास गए। बाली बाँहें चढ़ाता हुआ द्वारा के बाहर आया लेकिन दानव वहाँ नहीं था। अपने पिता की जादुई कलाओं में पारंगत, वह दैत्य ओझल हो गया था। बाली ने चिल्लाकर प्रकट होने के लिए कहा। "तुम कायर हो! सामने आकर एक वीर की भाँति मुझसे युद्ध क्यों नहीं करते? छिपकर रहने से क्या लाभ होगा?"

यह सुनकर मायावी सामने आ गया। उसने देखा कि बाली के साथ सुग्रीव और हनुमान भी आए थे। वह हँसकर बोला, "तुम ऐसे कैसे वीर हो, जो मुझसे अकेले नहीं लड़ सकते और तुम्हें इसके लिए दो अन्य लोगों की सहायता चाहिए?"

बाली ने हनुमान और सुग्रीव को लौट जाने के लिए कहा और बोला कि यह लड़ाई, उसके और मायावी के बीच की है। हनुमान ने उसकी बात मान ली लेकिन सुग्रीव ने लौटने से मना कर दिया।

बाली ने मायावी से कहा, "यह हम दोनों के बीच निर्णायक युद्ध होगा। मैं तुम्हें यहाँ से जीवित नहीं लौटने दूँगा।"

यह सुनकर मायावी उपहास करता हुआ हँसा और बोला, "मैं तुम्हें पहले मार डालूँगा और उसके बाद तुम्हारे भाई और पुत्र को मारकर किष्किंधा का राजा बन जाऊँगा!"

बातचीत में समय नष्ट न करके, बाली ने पूरी शक्ति से मायावी के ऊपर छलाँग लगा दी। इसके बाद दोनों के बीच भीषण युद्ध हुआ। अंत में मायावी को समझ में आ गया कि उससे एक बार फिर अपने शत्रु के बल का आकलन करने में भूल हुई थी। वह जंगल की ओर भाग गया। बाली भी उसके पीछे चला गया। सुग्रीव को अपने भाई की चिंता थी, इसलिए वह भी उसके पीछे दौड़ा। बाली ने मायावी को पकड़ लिया और वन के अंदर उनकी एक और ज़बर्दस्त मुठभेड़ हुई। सुग्रीव को यह देखकर बहुत आश्चर्य हो रहा था कि दोनों वीर बिना थके एक दिन और एक रात तक लड़ते रहे। सुबह होते-होते, बाली ने देखा कि मायावी थकने लगा था। उसने लड़ाई जारी रखी। वह किसी भी तरह मायावी को मार डालना चाहता था। मायावी समझ गया कि उसकी पराजय होनी निश्चित है। वह भाग निकला तथा एक गुफा में घुस गया। बाली भी उसके पीछे अंदर चला गया लेकिन जाने से पूर्व उसने सुग्रीव से कहा, "तुम मेरी यहीं प्रतीक्षा करना। मैं उसे निश्चित रूप से मारकर लौटूँगा। परंतु यदि किसी कारण से उसने मुझे मार दिया तो फिर तुम प्रतीक्षा मत करना। तुम इस गुफा का द्वार शिला से बंद कर देना और अपने राज्य लौट जाना अन्यथा वह तुम्हें भी मार डालेगा। याद रखना, यदि वह मारा गया तो तुम्हें गुफा में से दूध बाहर बहता दिखेगा और यदि मैं मारा गया तो रक्त बाहर बहेगा। इसलिए, यदि तुम्हें रक्त बहता दिखे तो गुफा का मुँह शिला से बंद करके अपनी रक्षा करना। तुम किसी भी तरह उसका मुक़ाबला नहीं कर पाओगे!"

सुग्रीव एक वर्ष तक गुफा के द्वार पर खड़ा उत्सुकता से अपने भाई के लौटने की प्रतीक्षा करता रहा। अंत में एक दिन उसे गुफा के भीतर से एक भीषण गर्जना सुनाई पड़ी और उसके तुरंत बाद, अंदर से रक्त की धारा बहने लगी। सुग्रीव को विश्वास हो गया कि वह गर्जना उसके भाई बाली की अंतिम पुकार थी और दैत्य ने अवश्य ही उसके भाई को मार डाला है। रक्त की धारा ने उसके संदेह की पुष्टि कर दी। अपने भाई की मृत्यु के दुख में सुग्रीव बहुत रोया, फिर उसने एक विशाल शिलाखंड रखकर गुफा का द्वार बंद कर दिया। इसके बाद वह अपने राज्य आ गया जहाँ सब लोग उनके विजयी होकर लौटने की प्रतीक्षा कर रहे थे। पूरी कथा सुनकर सभी वानर बहुत रोए। सुग्रीव विषाद में ऐसा डूबा कि वानरों को लगा कि उनका राज्य नष्ट हो जाएगा। मंत्रियों ने सुग्रीव से अनुरोध किया कि वह राजा बन जाए और अंत में सुग्रीव को उनकी बात माननी पड़ी।

इस घटना का पूर्ण सत्य यह था कि बाली ने मायावी दैत्य को मार डाला था किंतु उस दुष्ट दैत्य ने मरते समय भी अपनी माया से अपने शरीर से निकली दूध की धारा को रक्त में बदल दिया, जिससे दोनों भाइयों में फूट पड़ गई। जब बाली गुफा के मुख तक पहुँचा तो उसे गुफा का द्वार बंद देखकर बहुत आश्चर्य हुआ। उसे विश्वास नहीं हुआ कि उसके भाई ने इतनी निर्ममता से उसके साथ विश्वासघात किया। वह इस निष्कर्ष पर पहुँचा कि सिंहासन पाने के लालच में सुग्रीव ने यह क्रूर कृत्य किया होगा। अपने अदम्य बल से वह शिला को धक्का देकर, तूफ़ान की भाँति गुफा से बाहर निकल आया। उसका मन

अपने भाई के प्रति अनियंत्रित क्रोध से भरा हुआ था। वह किष्किंधा के द्वार पर पहुँचा और क्रोध में भरकर ज़ोर से गरजा। वहाँ के नागरिक उसकी गर्जना को सुनकर काँप उठे। वे भागकर सुग्रीव के पास गए और उसे बताया कि राज्य के द्वार पर बाली खड़ा था! सुग्रीव को अपने कानों पर विश्वास नहीं हुआ। उसने अवश्य ही गुफा से रक्त को बहते देखा था! क्या यह उस मायावी दानव की कोई चाल थी? इससे पहले कि वह द्वार तक पहुँच पाता, बाली स्वयं दौड़ता हुआ दरबार के भीतर आ गया। उसके मुँह से झाग निकल रहे था। उसने बिना कुछ कहे, सिंहासन पर बैठे सुग्रीव को तिनके की तरह उठाया और सैकड़ों गज़ दूर फेंक दिया।

"कृतघ्न! दुष्ट!" वह चिल्लाया। "तूने सोचा कि तू मुझे मारकर राज्य स्वयं हड़प लेगा। तू उस मायावी से भी सौ गुना अधिक दुष्ट है। यदि अपने प्राण बचाना चाहता है तो यहाँ से चला जा। यदि मैंने तुझे फिर कभी आस-पास देख लिया तो तेरा अंत निश्चित है!"

ऐसा कहकर वह सुग्रीव की ओर दौड़ा तथा इससे पहले कि सुग्रीव अपने स्थान से खड़ा हो पाता, बाली उसके ऊपर कूद गया तथा सभासदों तथा अधिकारियों के सामने उसे मारने लगा। सुग्रीव ने उसे समझाना चाहा कि वह निर्दोष है लेकिन बाली ने उसे बोलने का अवसर नहीं दिया। बाली को इतना क्रोधित देखकर, किसी ने उसे रोकने का साहस नहीं किया। उसने सुग्रीव को गर्दन से दबोच लिया और वह उसका सिर पत्थर पर मारने वाला था कि सुग्रीव उसकी पकड़ से छूट निकला और वहाँ से भाग गया। बाली ने उसका पीछा किया। अंत में, सुग्रीव ऋष्यमूक पर्वत पर चला गया जो उसने कुछ समय पूर्व हनुमान को दिखाया था। बाली को अब इस बात पर क्रोध आ रहा था कि वह उस पर्वत पर नहीं जा सकता था। उसने गुस्से में पेड़ उखाड़ लिए और उन्हें अपने भाई पर फेंकने लगा। सुग्रीव दुख और गुस्से से बुरी तरह त्रस्त था। वह एक गुफा में छिप गया तथा अपने घाव भरने तक यह सोचता रहा कि उसे क्या करना चाहिए।

बाली, लौटकर किष्किंधा आ गया और फिर से शासन करने लगा। सुग्रीव को दंड न दे पाने के कारण हताश बाली ने सुग्रीव के बच्चों को मार डाला और सुग्रीव की पत्नी रूमी को बलपूर्वक अपने पास रख लिया। इस तरह सुग्रीव अपना राज्य और अपनी पत्नी दोनों गँवा बैठा!

जिस समय सुग्रीव, अपने भाई के पीछे उस गुफा तक गया था, उस समय हनुमान ने किष्किंधा छोड़ने का निर्णय किया और वन में तपस्या करने चले गए। उन्हें शीघ्र ही पता लग गया कि उनका मस्तिष्क शांत और नियंत्रित था। वे सचमुच किसी मुनि जैसे दिखने लगे।

उस दौरान बाली, सुग्रीव का पीछा कर रहा था। परंतु सुग्रीव ने ऋष्यमूक पर्वत पर शरण ले ली, जहाँ बाली का प्रवेश वर्जित था। बाली उसे पकड़ न पाने के कारण इतना क्रोधित हो रहा था कि उसने वहाँ के वृक्ष उखाड़कर सुग्रीव पर फेंकने शुरू कर दिए। उनमें से एक वृक्ष हनुमान के सामने आकर गिरा। उस समय हनुमान ध्यान में लीन थे। पेड़ गिरा तो हनुमान ने आँखें खोल लीं। उन्होंने कुछ पल सोचा और फिर उन्हें लगा कि जो कुछ हो रहा था, वह सब उन्होंने पहले ही जान लिया था! उनके मित्र को किष्किंधा से

बाहर निकाल दिया गया था और उसने ऋष्यमूक पर्वत पर शरण ली थी। वे बिना समय गँवाए, तुरंत सुग्रीव से मिलने पहुँचे और उसे दिलासा दी।

"चिंता मत करो सुग्रीव! सत्य की जीत होगी। अभी आपका समय ठीक नहीं है, लेकिन अच्छा समय आने वाला है। ईश्वर का ध्यान करो तथा अपने भाई के प्रति मन में द्वेष की भावना मत रखो। सब ठीक हो जाएगा।"

सुग्रीव ने हनुमान की बात मान ली और वे दोनों अपना समय उसी पर्वत पर बिताने लगे। जल्दी ही, उनके कुछ अन्य मित्र भी वहाँ उनके पास रहने लगे।

बाली अपने भाई को क्षमा नहीं कर सका तथा प्रतिदिन वह ऋष्यमूक के सामने वाले पर्वत पर चढ़कर अपने भाई को अपशब्द कहता, उसे डराता-धमकाता और अपने बल का प्रदर्शन करता था। वह चीख़ता, चिल्लाता, अपनी छाती पीटता, दाँत किटकिटाता और अपने भाई को कोसता रहता था। जैसा कि पहले कहा गया है, बाली को संसार के सभी समुद्रों में स्नान करने की आदत थी। वह छलाँग लगाकर बहुत सहजता से एक समुद्र से दूसरे समुद्र तक चला जाता था और स्नान करता था। अपनी छलाँग के दौरान वह जब भी ऋष्यमूक पर्वत के ऊपर से गुज़रता और यदि सुग्रीव उसे नीचे खड़ा दिखाई दे जाता तो वह अवश्य ही उस बेचारे के सिर पर ठोकर मारकर निकलता था। हनुमान ने बाली की इस गंदी आदत को हमेशा के लिए रोकने का फैसला किया। एक दिन जब बाली पर्वत के ऊपर से गुज़रा तो हनुमान ने उछलकर बाली की पूँछ पकड़ ली और उसे नीचे खींचने लगे। उनकी मंशा बाली को पर्वत पर गिराने की थी ताकि मुनि के शाप से बाली की मृत्यु हो जाए। परंतु बाली अत्यंत बलशाली था और हनुमान के लिए वह मुक़ाबला कड़ा था। हालाँकि हनुमान के पास भी असीमित शक्तियाँ थीं किंतु उनके प्रयोग से पूर्व हनुमान को उन शक्तियों का स्मरण करवाया जाना आवश्यक था। बाली समझ गया कि उसकी पूँछ पकड़ने वाला अवश्य ही हनुमान है क्योंकि सुग्रीव में ऐसा करने का साहस नहीं है। उसने सोचा कि हनुमान को अपने साथ किष्किंधा ले जाकर वहीं मार डालना ठीक होगा। परंतु बाली और हनुमान दोनों ही बराबर के वीर थे और इसलिए दोनों में किसी की चाल सफल नहीं हो सकी। अंत में उन दोनों ने समझौता कर लिया। हनुमान ने बाली से कहा कि वे उसकी पूँछ तभी छोड़ेंगे जब बाली यह वचन दे कि फिर कभी सुग्रीव को परेशान नहीं करेगा। बाली ने हनुमान की बात इस शर्त पर मानी कि सुग्रीव भी फिर कभी किष्किंधा नहीं आएगा और न ही सिंहासन पर अपना दावा करेगा। इसके बाद हनुमान ने बाली को छोड़ दिया। बाली भी इस वचन से प्रसन्न हो गया क्योंकि उसे यह भी भय था कि कहीं हनुमान, किष्किंधा राज्य के दावेदार न बन जाएँ।

वाल्मीकि कृत *रामायण* में हनुमान का प्रवेश 'किष्किंधा कांड' में होता है। 'कांड' के आरंभ में, जहाँ राम के साथ उनकी महत्त्वपूर्ण भेंट होती है, हनुमान की भूमिका महत्त्वपूर्ण नहीं है। सुग्रीव को पता ही नहीं था कि हनुमान उसके भाई बाली से कहीं अधिक बलशाली थे। यदि सुग्रीव को यह पता होता तो वह सहायता के लिए राम के पास न जाकर, हनुमान को ही बाली से लड़ने के लिए कह देता। परंतु दोनों ही हनुमान की विलक्षण शक्तियों से अनभिज्ञ थे और इसीलिए सुग्रीव को राम के पास जाना पड़ा। वास्तव में, यदि ऋषियों

ने हनुमान को शाप न दिया होता तो रामायण की पूरी कथा ही अलग होती, क्योंकि तब मारुति ने अकेले ही वह युद्ध लड़ लिया होता।

*प्रभु चरित्र सुनिबे को रसिया।*
*राम लखन सीता मन बसिया।।*

—तुलसीदास कृत हनुमान चालीसा

*ॐ श्री हनुमते नमः*

ॐ

*रामभक्ताय नमः*

# अध्याय १

# रामदास

## प्रसिद्ध मुठभेड़

*ॐ नमो हनुमन्ते,*
*रुद्रावताराय, विश्वरूपाय,*
*अमित-विक्रमाय*
*प्रकटपराक्रमाय, महाबलाय,*
*सूर्यकोटि समप्रभाय,*
*रामदूताय नमो नमः।*

*राम दूत और रुद्र के अवतार,*
*हनुमान को प्रणाम,*
*जो समूचे ब्रह्मांड के आकार के हो सकते थे*
*जिनके पास अद्भुत शक्तियाँ थीं,*
*जो शानदार कारनामे कर सकते थे,*
*जिनके पास अविश्वसनीय बल था,*
*और जो हज़ार सूर्यों के समान देदीप्यमान थे।*

*—हनुमान की स्तुति*

इसी तरह कई माह बीत गए। सुग्रीव सदा अपने राज्य व परिवार की क्षति को लेकर दुखी रहता था लेकिन हनुमान हमेशा उसे अच्छी सलाह देते थे। इस बीच, नियति अपने जटिल धागे गूँथ रही थी तथा समय धीरे-धीरे, किंतु निश्चित गति से, सुग्रीव के अनुकूल होता जा रहा था। एक बार जब हनुमान, सुग्रीव तथा कुछ अन्य वानर एक शिला पर बैठे हुए थे तो उन्होंने पर्वत के ऊपर से एक रथ को दक्षिण दिशा में जाते देखा। रथ में एक सुंदर स्त्री और एक विशालकाय पुरुष सवार थे।

वह स्त्री दयनीय ढंग से रो रही थी। स्त्री ने, जैसे ही इन लोगों को नीचे बैठे देखा, उसने अपने ऊपरी वस्त्र का एक टुकड़ा फाड़ा और अपने आभूषण उस वस्त्र में लपेटकर

नीचे गिरा दिए। वानरों ने वह वस्त्र उठा लिया और उसे सँभालकर अपनी गुफा में रख लिया।

दूर अयोध्या में, जो वहाँ की राजधानी थी, विचित्र घटनाएँ हो गई थीं। उस राज्य का राजा दशरथ था और उसके चार पुत्र थे - राम, लक्ष्मण, भरत और शत्रुघ्न। राम, भगवान विष्णु के अवतार थे और अत्यंत विलक्षण पुरुष थे। उनका विवाह विदेह नरेश की पुत्री सीता से हुआ जो, अपने सौंदर्य तथा अच्छे व्यवहार के लिए विख्यात थी। अपनी वृद्धावस्था के कारण दशरथ ने राम को राजा बनाने का फैसला किया। यद्यपि, ऐसा होने से पूर्व, कुछ ग़लतफ़हमियों के चलते, राजा दशरथ को अपनी मनपसंद रानी कैकेयी को दिए वचन का पालन करना पड़ा, जिसके अंतर्गत राम को चौदह वर्ष का वनवास तथा कैकेयी के पुत्र भरत को अयोध्या की राजगद्दी देना निश्चित हुआ। हालाँकि राजा ने रानी को दो वरदान बहुत पहले दिए थे, परंतु उस रानी ने उन वरदानों को माँगने का यही उचित अवसर समझा। राजा की इन माँगों को पूरा करने में बिलकुल रुचि नहीं थी किंतु जब कैकेयी ने आत्महत्या करने की धमकी दी तो राजा को उसकी बात माननी पड़ी। जब राम को इस बात का पता लगा तो उन्होंने राज्य को त्यागकर अपने पिता का वचन निभाना सहर्ष स्वीकार कर लिया। उनकी पत्नी सीता और भाई लक्ष्मण ने भी उनके साथ वन में जाने का हठ किया और फिर तीनों चुपचाप वन के लिए प्रस्थान कर गए। राजा दशरथ से वियोग का दुख सहन नहीं हुआ और उसकी मृत्यु हो गई।

जिस समय यह सब हुआ, उस समय कैकेयी का पुत्र भरत वहाँ मौजूद नहीं था। लौटने के बाद जब उसे इस बात का पता लगा तो उसे अपनी माँ पर बहुत गुस्सा आया और उसने सिंहासन स्वीकार करने से मना कर दिया। वह अपने भाई राम से बहुत प्रेम करता था। वह उनके पीछे वन में गया और उनसे वापस चलने का आग्रह करने लगा। परंतु राम ने उसकी बात नहीं मानी और उसको कहा कि अपने पिता की आज्ञा का पालन करना उनका धर्म है। भरत अनिच्छा से लौट आया लेकिन उसने अपने भाई की राजगद्दी पर बैठना स्वीकार नहीं किया। उसने राम की पादुकाएँ सिंहासन पर रख दीं और स्वयं नगर के बाहर अपने भाई की तरह कुटिया बनाकर तपस्वी का जीवन जीने लगा।

इस बीच राम, लक्ष्मण और सीता अपना समय वन के आस-पास घूमते और ऋषि-मुनियों से मिलते हुए बिताने लगे। दुर्भाग्य से, उनके वनवास के अंतिम वर्ष में लंका के दुष्ट राक्षसराज, रावण की दृष्टि सीता पर पड़ गई और उसे सीता से प्रेम हो गया। वह सीता का अपहरण करके उन्हें अपने साथ लंका ले गया। ऋष्यमूक पर्वत के ऊपर से गुज़रते समय सीता ने ही अपने आभूषणों की पोटली बनाकर नीचे फेंकी थी, जहाँ हनुमान तथा सुग्रीव बैठे हुए थे।

इधर, राम परेशान हो गए और उन्हें समझ नहीं आ रहा था कि वे सीता को कहाँ खोजें। लक्ष्मण ने राम को दिलासा दी और वे दोनों सीता को खोजते हुए एक स्थान से दूसरे स्थान घूमते रहे। मार्ग में उनकी भेंट एक वृद्धा तपस्विनी शबरी से हुई, जिसने उन्हें सुग्रीव नाम के वानर से मिलने का सुझाव दिया। इस बात को ध्यान में रखते हुए वे दोनों भाई, सुग्रीव की तलाश में ऋष्यमूक पर्वत की ओर जा रहे थे।

*वाल्मीकि रामायण* में उल्लेखित, राम व हनुमान की सुप्रसिद्ध भेंट से पूर्व, हम एक अन्य बहुत सुंदर कथा के बारे में जानेंगे, जिसमें बताया गया है कि राम और हनुमान की भेंट बचपन में ही हो गई थी।

यह जानते हुए कि भगवान विष्णु ने राम के रूप में पृथ्वी पर अवतार लिया है, भगवान शिव के मन में राम के दर्शन करने और उनकी बाल-लीला की इच्छा जागृत हुई। उन्होंने महल के भीतर प्रवेश करने के लिए अनेक रूप धारण किए। उन्होंने राम को देखने के लिए ज्योतिषी, भिक्षु और भाट का रूप भी धारण किया, किंतु उनके सभी प्रयास असफल हो गए। अंत में उन्होंने मदारी का रूप धारण करके अपने साथ एक बंदर ले जाने का फैसला किया। इसके लिए शिव, अंजना की गुफा में गए और अंजना से उसके पुत्र को अपने साथ भेजने की प्रार्थना की। अंजना ने अपने इष्ट देव को पहचान लिया और उन्हें प्रणाम करके हनुमान को उनके समक्ष लाकर खड़ा कर दिया। मारुति को भी शिव बहुत परिचित-से लगे। उनके मस्तिष्क में एक विचार कौंधा, "ये और मैं एक हैं!"

शिव ने शिशु वानर के गले में रस्सी बाँधी और ऐसा करने के लिए उससे क्षमा भी माँगी। वे अयोध्या में जहाँ भी गए, उन्हें देखने के लिए लोगों की भीड़ उमड़ पड़ी। मारुति ने अपने चातुर्यपूर्ण करतबों से सबको मुग्ध कर दिया। जब वे राजमहल के द्वार पर पहुँचे तो द्वारपाल ने उन्हें कठोरता से लौट जाने को कहा। शिव, मदारी का रूप धारण किए वहीं खड़े डमरू बजाते रहे। महल के अंदर से राम ने, जो उस समय सिर्फ़ केवल चार वर्ष के थे, डमरू की आवाज़ सुनी तो उसे देखने का हठ करने लगे। विवश होकर दशरथ ने मदारी को महल के भीतर बुलाने का आदेश दे दिया। महल के प्रांगण में दोनों ने मिलकर राजकुमारों को अपना तमाशा दिखाए। यह कोई साधारण तमाशा नहीं था, क्योंकि डमरू बजाने वाले, स्वयं नृत्य के देवता नटराज थे, जो उस समय साधारण मदारी के रूप में नाच रहे थे। भगवान विष्णु, जो सारे संसार को अपनी धुन पर नचाते हैं, प्रसन्नतापूर्वक ताली बजा रहे थे। बंदर के करतब के अतिरिक्त, उनका किसी अन्य बात पर ध्यान नहीं था। वे अपनी बड़ी-बड़ी आँखों से मदारी और नाचते हुए बंदर को देख रहे थे। दरबार में राजगुरु वसिष्ठ के अतिरिक्त किसी को इस रहस्य का पता नहीं लगा। वसिष्ठ ने आदरपूर्वक शिव को प्रणाम किया।

नाच समाप्त होने के बाद, मदारी और बंदर को अनमोल उपहार दिए गए किंतु जब वे जाने लगे तो राम रोने लगे और उन्होंने इस बात के लिए हठ किया कि उस बंदर को वहीं रहने दिया जाए। राम की माता को मदारी से यह कहते हुए संकोच हो रहा था कि वह अपनी आजीविका के साधन को वहीं छोड़ जाए। तभी मदारी अदृश्य हो गया और बंदर उछलकर राम की गोद में आ गया। उसके बाद से हनुमान, राम के साथ रहने लगे। दिन के समय, वे राजकुमारों की सेवा करते और उनके साथ खेलते थे। वे उनकी गेंद लेकर आते, पतंगों की डोर सुलझाते तथा राजकुमारों के चौसर खेलते समय, हनुमान उनको पंखा झलते थे। वे नदी पर उनकी नाव चलाते और सरयू नदी में स्नान करते समय राजकुमारों की रक्षा करते थे। धनुर्विद्या के अभ्यास के दौरान, हनुमान उनके बाण लेकर आते और पेड़ पर चढ़कर उनके लिए फल तोड़ते थे। इसके पुरस्कारस्वरूप, हनुमान को राम के

साथ उनकी शय्या पर सोने, उनकी थाली का बचा हुआ भोजन खाने तथा उनके कंधे पर बैठकर घूमने की अनुमति थी। गुरु विश्वामित्र द्वारा अपने यज्ञ की रक्षा हेतु राम को अपने साथ वन ले जाने तक हनुमान राम के साथ उनके पालतू पशु बनकर रहे। वन को जाते समय, राम ने हनुमान को धीरे-से कहा कि वे किष्किंधा जाकर सुग्रीव की सेवा करें तथा राम के वहाँ आने की प्रतीक्षा करें।

वाल्मीकि द्वारा लिखी कथा में राम और लक्ष्मण की उपमहाद्वीप की यात्रा का वर्णन है तथा उनकी शबरी नामक भीलनी का भी उल्लेख है, जिसने राम को सुग्रीव के पास जाने का सुझाव दिया था। सुग्रीव, हनुमान तथा अपने अन्य मंत्रियों के साथ एक वृक्ष के नीचे बैठा था जब उन लोगों ने राम और लक्ष्मण को पर्वत के ऊपर आते देखा। सदा की भाँति, ग़लतफ़हमियों से ग्रस्त सुग्रीव भयभीत हो गया। उसे लगा कि अवश्य ही बाली ने उसे मारने के लिए उन दोनों को वहाँ भेजा होगा। हनुमान ने पर्वत की चोटी पर चढ़कर देखा कि वे दोनों ऊपर ही आ रहे हैं। राम को देखते ही हनुमान उल्लास से भर उठे परंतु वे उसका कारण नहीं बता सकते थे। हनुमान को लगा कि उन्हें ईश्वर के दर्शन हो गए। उन्होंने अपने दोनों हाथ सिर के ऊपर रखकर राम को प्रणाम किया। फिर हनुमान ने सुग्रीव से कहा कि उन्हें इस बात का विश्वास है कि उन दोनों को बाली ने नहीं भेजा है और वे किसी बुरी नीयत से वहाँ नहीं आए हैं। परंतु सुग्रीव को इस बात पर विश्वास नहीं हुआ। उसने हनुमान को वेश बदलकर उन दोनों के वहाँ आने का उद्देश्य पता करने भेजा। हनुमान ने एक युवा ब्राह्मण का रूप धारण किया और दोनों भाइयों से मिलने पहुँच गए। राम और हनुमान की इस भेंट के, न केवल हनुमान के लिए अपितु आगामी युगों में समस्त भक्तों के लिए, दूरगामी परिणाम होने वाले थे।

ज्यों ही हनुमान, राम व लक्ष्मण के पास पहुँचे, उन्हें इतनी प्रसन्नता हुई जिसका वर्णन नहीं किया जा सकता। हनुमान का मन साफ़ और शुद्ध था तथा उनके मन में किसी तरह का संदेह उत्पन्न नहीं हुआ। उस समय, पंछी सामान्य की अपेक्षा अधिक मधुरता से चहक रहे थे। दक्षिण दिशा से आने वाली मंद, शीतल एवं सुगंधित हवा बह रही थी, जो एक प्रकार से हनुमान के पिता का आशीर्वाद था। वृक्षों से लिपटी बेलें मानो उनके चरणों में पुष्प अर्पित कर रही थीं। उन्हें एक बार भी ऐसा महसूस नहीं हुआ कि यही वह घटना है, जहाँ से उनके जीवन में नया मोड़ आएगा और यह कि उनकी भेंट अपने स्वामी से होने वाली है जिनकी सेवा में फिर उन्हें पूरा जीवन बिताना है!

हनुमान, एक छलाँग में दोनों भाइयों के निकट आ गए और फिर वेश बदलकर उनके सामने पहुँचकर उन्हें प्रणाम किया।

हनुमान के व्यक्तित्व के अनेक पहलुओं में से उनका सर्वश्रेष्ठ गुण उनकी वाक्पटुता थी, जिसके कारण वे अपने स्वामी राम को अत्यंत प्रिय और आकर्षक लगते थे। हनुमान जब पहली बार दोनों भाइयों के पास पहुँचे तो उन्हें बहुत अच्छा लगा तथा बुद्धि, विवेक, विचार और वाक्पटुता के उनके सभी गुण उभर आए। हनुमान ने उन दोनों को प्रणाम करके मृदु व सुखद वाणी में उन्हें संबोधित किया। वाल्मीकि ने *रामायण* में इसका बहुत सुंदर विवरण दिया है।

"अदम्य बल, अचल शक्ति, कठोर प्रण एवं विलक्षण रूप वाले आप दोनों तपस्वी, इस क्षेत्र में किस प्रयोजन से आए हैं? आपको देखने से लगता है कि आप कोई राजर्षि अथवा देवगण हैं। ऐसा लगता है मानो आप कुछ खोज रहे हैं। आपके आने से इस झिलमिलाते जल सरोवर का सौंदर्य और बढ़ गया है। आप दोनों कमल जैसे नेत्रों वाले तथा जटाजूटधारी प्रतीत हो रहे हैं! आप दोनों वीर स्वर्गलोक से आए हुए लगते हैं!"

इतना कहने पर भी दोनों भाइयों को शांत खड़ा देखकर हनुमान ने उन्हें अपना परिचय दिया। "मैं एक वानर हूँ और मेरा नाम हनुमान है। मुझे सुग्रीव नामक सद्गुणी वानर ने आपके पास भेजा है। वे आपसे मित्रता करना चाहते हैं और उन्होंने मुझे आपसे बातचीत करने के लिए भेजा है।" वास्तव में, यह अंतिम पद्यांश विवेकी हनुमान ने स्वयं ही जोड़ दिया था क्योंकि उन्हें ऐसा लग रहा था कि वे दोनों भाई सुग्रीव की सहायता करने में समर्थ हैं।

वाल्मीकि ने हनुमान को आदर्श वक्ता के रूप में प्रस्तुत किया है, जिन्होंने अपने शब्दों के जादू और कौशलपूर्ण अभिव्यक्ति से अजनबी राम का हृदय जीत लिया था।

ब्राह्मण के व्यवहार से राम विस्मित हो गए और हनुमान की मधुर वाणी ने उन्हें पूरी तरह मुग्ध कर दिया। राम ने लक्ष्मण से कहा कि जिसने वेदों का अभ्यास किया हो, केवल वही इस तरह की भाषा बोल सकता है। उन्होंने इस बात पर भी ध्यान दिया कि हनुमान की आकृति, आँखों, भँवों उनके मस्तक व अंगों में किसी प्रकार का दोष नहीं था।

"हे लक्ष्मण! इन्होंने पूर्ण, विशिष्ट और विलक्षण भाषण दिया है जो व्याकरण की दृष्टि से शुद्ध, धाराप्रवाह और सुनने में मधुर था। कोई शत्रु, जिसके हाथ में तलवार हो, वह भी इस भाषण से प्रभावित हुए बिना नहीं रह सकता।"

राम व हनुमान के मन में एक दूसरे के प्रति बनी प्रथम छवि, पारस्परिक आकर्षण में बदल गई जिसने उन दोनों को जीवनभर के लिए निस्वार्थ सेवा, त्याग एवं निष्ठापूर्ण गाथा में बाँध दिया। इसके बाद महाकाव्य में हुई सभी घटनाएँ उन्हें निकट ले आईं जिससे उनके बीच प्रेम, प्रशंसा और तालमेल प्रगाढ़ होता गया।

इस क्षण के बाद से, हनुमान ने राम को अपना इष्ट मान लिया। वे केवल को राम को ही परमेश्वर मानते थे। हनुमान का मस्तिष्क और बुद्धि पूर्ण रूप से राम के प्रति समर्पित थे।

अपने स्वामी के प्रति निस्वार्थ सेवा और एकनिष्ठ समर्पण भरे जीवन ने हनुमान के आध्यात्मिक उत्थान को त्वरित कर दिया। संसार के भक्तिमय साहित्य में राम के प्रति हनुमान की भक्ति की, किसी से बराबरी नहीं की जा सकती। वह सदैव संसार के सबसे पवित्र और सर्वश्रेष्ठ भक्त माने जाएँगे। वाल्मीकि कहते हैं कि अत्यंत सामान्य ढंग से लिया गया राम का नाम भी, हनुमान की आँखों में हर्ष के आँसू लाने और उन्हें अपने इष्ट के समक्ष करबद्ध होने के लिए पर्याप्त था।

लक्ष्मण ने हनुमान से कहा, "हम कोसलनरेश महाराज दशरथ के पुत्र हैं। ये महाराज के ज्येष्ठ पुत्र तथा मेरे बड़े भाई राम हैं और मैं इनका अनुज लक्ष्मण हूँ। ठीक उसी

समय, जब इनका राज्याभिषेक होने वाला था, नियति की अक्षम्य चाल के कारण इन्हें इनके राज्याधिकार से वंचित कर दिया गया और फिर ये अपनी पत्नी सीता और मुझे साथ लेकर वन में रहने लगे। इनकी पत्नी देवी लक्ष्मी का वास्तविक रूप हैं तथा उनका सही स्थान आभूषण एवं सुख-सुविधाओं से युक्त राजमहल में है। परंतु उन्होंने भी राम के साथ वन में रहने का निश्चय किया। दुर्भाग्य से, एक राक्षस, जिसके विषय में हमें पता नहीं है, सीता का हरण करके अपने साथ ले गया है। हमें महान साध्वी शबरी ने बताया कि हमें वानरों के मुखिया सुग्रीव का सहयोग लेना चाहिए क्योंकि वही हमारी इस कार्य में सहायता कर सकेंगे।"

लक्ष्मण ने यह भी कहा कि सुग्रीव का नाम उन्हें कबंध नाम के दैत्य ने भी बताया था जिसे उन्होंने शाप से मुक्त किया था।

"हमें यह जानकर सचमुच बहुत प्रसन्नता हुई कि आप सुग्रीव के मंत्री हैं। ऐसे दूत के अभिवचन द्वारा महाराज के सभी प्रयोजन पूर्ण हो जाएँगे। मेरे प्रिय भाई, इस राज्य के शासक हैं किंतु नियति की क्रूरतावश इन्हें भिक्षु की तरह जीवनयापन करना पड़ रहा है। इनकी पत्नी सीता को खोजने में, हमें आपके स्वामी सुग्रीव की सहायता लेने में प्रसन्नता होगी।"

हनुमान ने कहा, "सुग्रीव भी उसी मुसीबत में हैं, जिसमे आपके भाई फँसे हैं। सुग्रीव के भाई ने उनका राज्य और पत्नी दोनों छीन लिए हैं। सुग्रीव को राज्य से निष्कासित कर दिया है, जिसके कारण उन्होंने इस पर्वत पर शरण ली हुई है। वे अवश्य सीता को खोजने में आपकी सहायता करेंगे।"

लक्ष्मण ने राम से कहा, "भैया, लगता है हम लोगों की भेंट सही समय पर सही व्यक्ति से हुई है। हमें इनके साथ चलकर सुग्रीव से मिलना चाहिए।"

राम द्वारा निस्वार्थ भाव से राज्याधिकार के त्याग की कथा सुनकर हनुमान के मन में उनके लिए जो प्रशंसा का भाव था, वह आदर और प्रेम में बदल गया। वे समझ गए कि राम कोई साधारण मनुष्य नहीं हैं बल्कि महान एवं पूजनीय व्यक्ति हैं।

राम सहर्ष सुग्रीव से मिलने के लिए तैयार हो गए किंतु हनुमान जानते थे कि वे दोनों भाई ऋष्यमूक पर्वत की असंभव चढ़ाई नहीं चढ़ सकेंगे। उन्होंने फिर से अपना वानर रूप धारण कर लिया और दोनों भाइयों को अपने एक-एक कंधे पर बैठाकर छलाँग लगाते हुए पर्वत शिखर पर चढ़ गए जहाँ सुग्रीव अपने अन्य मंत्रियों के साथ बैठा हुआ था।

राम और लक्ष्मण को सुग्रीव के सामने धरती पर उतारते हुए हनुमान ने कहा, "ये इक्ष्वाकु वंशज राम और इनके भाई लक्ष्मण हैं। ये दोनों महाराज दशरथ के पुत्र हैं। अपनी पत्नी कैकेयी को दिए वचन की रक्षा हेतु दशरथ ने राम को वनवास जाने को कह दिया। ये अपने भाई और पत्नी के साथ वन में चले आए। दुर्भाग्य से, किसी राक्षस ने इनकी पत्नी का हरण कर लिया है और अब ये उन्हें खोजने के उद्देश्य से आपकी सहायता हेतु यहाँ आए हैं।"

सुग्रीव, जो अब तक उन्हें संदेहपूर्वक देख रहा था, आगे बढ़ा और और उसने राम

के हाथों को अपने हाथों में लेकर कहा, "यह मेरा सौभाग्य है कि आप मेरी सहायता लेने यहाँ आए हैं। आइए, हम लोग मित्र बन जाएँ तथा एक-दूसरे की सहायता करने का प्रण लें। यदि आप मेरे भाई बाली को मारकर, मेरी पत्नी और मेरा राज्य मुझे वापस दिलाने का वचन देंगे तो मैं भी यह वचन देता हूँ कि आपकी पत्नी को खोजने में आपकी सहायता करूँगा!"

राम ने सुग्रीव की पूरी कहानी सुनी, जो उनकी अपनी कहानी से बहुत मिलती थी। फिर राम ने कहा, "धर्म ही सभ्यता का नियम है। वह इच्छा पर नहीं, अपितु कर्त्तव्य पर आधारित होता है और वही सामाजिक स्थिरता को सुनिश्चित करता है। जो धर्म की रक्षा करता है, वही आर्य है और जो उसकी रक्षा नहीं करता, वह राक्षस होता है। बाली पशु है, बर्बर जाति का है तथा रावण से किसी भी तरह भिन्न नहीं है। वे दोनों बल के प्रयोग को उचित समझते हैं। दोनों ज़बरदस्ती राजा बन बैठे हैं और दोनों ही विवाह की पवित्रता को नहीं मानते। यदि सभ्यता को स्थापित करना है तो बाली और रावण जैसे लोगों का संहार करना आवश्यक है।"

हनुमान ने तुरंत अग्नि प्रज्ज्वलित की तथा राम व सुग्रीव को आमने-सामने खड़ा करके अग्नि को साक्षी बनाकर दोनों के बीच मैत्री संधि स्थापित कर दी। उन्होंने पुष्प अर्पित करके अग्नि की पूजा की तथा उसके तीन बार परिक्रमा करके, एक-दूसरे की सहायता करने का वचन दिया। इसके बाद दोनों ने एक-दूसरे को गले लगाकर परस्पर शाश्वत मैत्री का प्रण लिया।

सुग्रीव ने फूलों से लदी एक डाल तोड़ी और उसे धरती पर बिछाकर राम के लिए आसन बना दिया। हनुमान ने भी लक्ष्मण के लिए ऐसा ही किया।

आराम से बैठने के बाद, सुग्रीव ने अपनी दयनीय कथा राम को सुनाई और राम से बाली को मारने की प्रार्थना की क्योंकि बाली ने सुग्रीव को अपमानित किया था और उसके साथ दुर्व्यवहार किया था।

राम ने मुस्कराते हुए कहा, "मेरे बाण सर्पदंत की तरह पैने हैं और उनसे तुम्हारा भाई तत्काल मारा जएगा। इसलिए अब तुम मत घबराओ!"

सुग्रीव ने राम से कहा, "मुझे हनुमान ने बताया था, किस तरह वह राक्षस आपकी प्रिय पत्नी को उठाकर ले गया है। आप भरोसा करें कि उसने आपकी पत्नी को धरती या आकाश में कहीं भी छिपाया हो, मैं उन्हें आपको वापस लाकर दूँगा। आप दुखी न हों, आपकी प्रिय पत्नी अवश्य ही वापस मिलेगी! मुझे लगता है कि रावण ने ही उनका हरण किया है। मेरे विचार से वह उन्हीं को अपने हवाई रथ में यहाँ से ले जा रहा था।"

राम को यह सुनकर आश्चर्य हुआ। उन्होंने सुग्रीव को पूरी कथा सुनाने को कहा।

सुग्रीव ने कहा, "जिस समय मैं और हनुमान चार अन्य लोगों के साथ इस पर्वत पर बैठे हुए थे तो हमने ऊपर से एक रथ को जाते देखा। मुझे लगता है कि उसमें रावण ही बैठा था। उसने अपनी बाँहों में एक अत्यंत सुंदर स्त्री को जकड़ रखा था। वह छटपटाते हुए चिला रही थी, "राम! लक्ष्मण! मुझे बचाओ! मेरी रक्षा करो!"

"हमें नीचे खड़ा देखकर, उस स्त्री ने ऊपरी वस्त्र का एक टुकड़ा फाड़ा और उसमें अपने आभूषण बाँधकर, रावण की नज़र बचाकर नीचे फेंक दिया। हमने वह पोटली सँभालकर रखी है। मैं वह आपको दिखाता हूँ। आप उसे पहचानिए कि क्या वे आभूषण आपकी पत्नी के हैं।"

यह सुनकर राम बहुत उत्सुक हो गए और उन्होंने सुग्रीव को तुरंत वह पोटली दिखाने को कहा। सुग्रीव, गुफा के भीतर गया और एक वस्त्र का टुकड़ा लेकर आया तथा राम को दे दिया। राम ने उस वस्त्र को खोला और उसमें रखे अपनी प्रिय पत्नी के आभूषण देखे। उन्होंने उसे अपने हृदय से लगाया तो उनकी आँखों से आँसू बहने लगे। उनसे कुछ बोला नहीं गया। अंत में उन्होंने स्वयं को सँभाला और लक्ष्मण को वे आभूषण दिखाते हुए बोले, "लक्ष्मण क्या तुमने विदेहकुमारी के इन आभूषणों को नहीं पहचाना?"

लक्ष्मण ने उत्तर दिया, "मैं उनकी पायल तो पहचानता हूँ, जिन्हें मैं उनके चरण स्पर्श करते समय सदा देखा करता था, परंतु मैंने उन्हें गर्दन से ऊपर कभी नहीं देखा।"

"हे सुग्रीव!" राम ने कहा, "क्या तुमने देखा, वह दुष्ट रावण मेरी सीता को कहाँ ले गया है? उसका अंत अब निकट है क्योंकि मैं अवश्य ही उसका पीछा करूँगा और उसे मार डालूँगा।"

सुग्रीव ने कहा, "यद्यपि मैं जानता हूँ कि वह लंका का राजा है, मुझे उसके निवास का ठीक से पता नहीं है। परंतु मैं वचन देता हूँ कि मेरे वानर उसे खोज निकालेंगे और सीता को वापस ले आएँगे। आपके जैसे श्रेष्ठ पुरुष को इस तरह शोक करना शोभा नहीं देता।"

उसी समय, बहुत दूर लंका में सीता की बाईं आँख फड़कने लगी और ऐसा ही किष्किंधा में बाली को महसूस हुआ। इधर रावण के भी दसों बाएँ नेत्र फड़कने लगे। बाएँ अंग का फड़कना, स्त्रियों के लिए शुभ संकेत परंतु पुरुषों के लिए अशुभ संकेत माना जाता है।

यह सुनकर राम ने शोक करना बंद कर दिया और सुग्रीव के साथ उसके भाई के हाथों हुए अन्याय की कथा सुनने लगे। फिर उन्होंने सुग्रीव को भरोसा दिलाया कि वे बाली को अवश्य मार देंगे। हालाँकि सुग्रीव पूरी तरह आश्वस्त नहीं हुआ क्योंकि वह अपने भाई की विलक्षण शक्तियों से परिचित था और उसे डर था कि दुबले-पतले राम उसके भाई का मुक़ाबला नहीं कर सकेंगे।

वह झिझकते हुए बोला, "मैं जानता हूँ कि आप बहुत बलशाली हैं किंतु निरंतर हुए उत्पीड़न ने मुझे डरपोक बना दिया है। मैं विश्वास से नहीं कह सकता कि आप उस शक्तिशाली बाली को लड़ाई में पराजित कर सकेंगे। दरअसल, वह इतना ताक़तवर है कि एक बार उसने रावण को भी अपने वश में कर लिया था।" इसके बाद, वह राम को बाली के बारे में बताने लगा।

"एक बार निशाचर रावण के मन में इंद्र को परास्त करके, स्वर्गलोक पर विजय प्राप्त करने की इच्छा जागृत हुई। उसने अपने ज्येष्ठ पुत्र मेघनाद को बुलाया और अपनी इच्छा बताई।"

मेघनाद बोला, "पिताश्री! आप मुझसे यह कहने में इतना संकोच क्यों कर रहे हैं? आप केवल आदेश कीजिए और आप जानते हैं कि मैं आपकी आज्ञा का तत्काल पालन करूँगा। आइए, हम इंद्र के स्वर्गलोक चलते हैं और उसे बंदी बना लेते हैं।"

वे दोनों इंद्र के पास गए और उसे चुनौती दे डाली। इंद्र उस युद्ध के परिणाम के प्रति आश्वस्त नहीं था इसलिए वह युद्ध के लिए अनिच्छुक था। परंतु वह युद्ध के लिए मना भी नहीं कर सकता था इसलिए वह तैयार हो गया। युद्ध आरंभ हुआ तो शीघ्र ही, स्पष्ट हो गया कि रावण की पराजय होने वाली है। यह देखकर, उसका पुत्र मेघनाद युद्ध में उतर आया। उसने आसानी से इंद्र को परास्त कर दिया और उसे बंदी बनाकर अपने पिता के सामने डाल दिया। इसी वीरता के कारण मेघनाद को उसका नया नाम इंद्रजित (जिसने इंद्र को जीत लिया हो) मिला। रावण ने इंद्र को बंदी बना लिया और वहीं प्रांगण के बीच में स्तंभ से बाँध दिया ताकि सब लोग उसे देख सकें। इसके बाद उसने स्वर्गलोक को लूटा। उसे अपनी महानता पर बहुत गर्व हो रहा था। नारद ने इंद्र की दयनीय स्थिति के विषय में ब्रह्मा को बताया। ब्रह्मा ने रावण को बहुत-से वरदान दिए थे जिनके कारण वह अजेय हो गया था। ब्रह्मा को इस बात पर ग्लानि महसूस हुई तो वे लंका गए और रावण से कहकर इंद्र को छुड़ा लाए। इंद्र इस घटना पर लज्जित हो रहा था और वह चुपचाप यह सोचकर स्वर्गलोक आ गया कि अन्य देवताओं को इस बात का पता नहीं लगा होगा। हालाँकि उसके तुरंत बाद, नारद भी वहाँ आ गए और उन्होंने इंद्र को रावण से बदला लेने का तरीक़ा बताया।

"एकमात्र आपका पुत्र, बाली ही रावण के घमंड को चूर कर सकता है," नारद बोले।

"आप यह सब मुझपर छोड़ दीजिए। मैं आपको न्याय दिलवाऊँगा!" यह कहकर नारद लंका चले गए जहाँ रावण ने उनका स्वागत किया। फिर नारद ने रावण के अहंकार को हवा देते हुए कहा बाली नाम का एक वानर, जो इंद्र का एक पुत्र है, सबको कहता घूम रहा है कि जिसने भी उसके पिता का अपमान किया है, वह उससे प्रतिशोध लेगा! रावण को यह सुनकर बहुत गुस्सा आया और उसने उस धृष्ट बाली वानर को सबक़ सिखाने का निश्चय किया। वह अपने समस्त अस्त्र-शस्त्रों और सेना के साथ बाली के पास जाने के लिए तैयार हो गया। नारद ने उसकी ये तैयारियाँ देखीं तो हँसते हुए कहा, "वह केवल एक वानर है। आपको उसे परास्त करने के लिए सेना और शस्त्रादि की आवश्यकता नहीं है। उसे बाँधने के लिए आपको केवल एक रस्सी चाहिए। इससे पहले कि उसे किसी बात का पता लगे, आप उसे पीछे से बाँध लीजिए!"

यह सुनकर रावण ने अपने अस्त्र-शस्त्र और सेना को वहीं छोड़ दिया और बाली की तलाश में निकल पड़ा। नारद इस तमाशे से वंचित नहीं रहना चाहते थे, इसलिए उन्होंने भी रावण के साथ चलने पर ज़ोर दिया। वे दोनों दक्षिणी समुद्र के पार पहुँचे तो उन्होंने देखा कि बाली समुद्र-तट पर ध्यान में लीन बैठा था। बाली को आदत थी कि वह प्रतिदिन सुबह स्नानादि और ध्यान के लिए छलाँग लगाकर एक समुद्र से दूसरे समुद्र तक जाता था।

बाली की अतिविशाल काया देखकर पहले तो रावण भयभीत हो गया, लेकिन नारद ने उसे उकसाया और कहा कि वह पीछे से जाकर बाली की पूँछ पकड़ ले और फिर उसे

रस्सी से बाँध ले। वानर की शक्ति उसकी पूँछ में ही होती है और बाली की पूँछ तो अत्यंत विशेष थी। वास्तव में उसकी असाधारण रूप से लंबी और बलशाली पूँछ के कारण ही उसका नाम बाली रखा गया था। पूँछ को संस्कृत में 'वाल' कहते हैं।

रावण चुपचाप पीछे से गया और उसने बाली की पूँछ पकड़ ली। परंतु बाली पूजा करता रहा और उसने केवल रावण का हाथ, अपनी पूँछ में लपेट लिया। रावण ने जब अपना दूसरा हाथ आगे बढ़ाया तो बाली ने उसे भी पूँछ में लपेट लिया। शीघ्र ही बाली ने रावण का पूरा शरीर अपनी पूँछ में लपेट लिया। वह शांति से बैठा पूजा भी करता रहा! नारद को लगा कि अब वहाँ से भाग निकलने में भलाई है!

बाली ने अपनी पूँछ कसकर रावण के पूरे शरीर पर लपेट ली। रावण का केवल मुँह दिखाई दे रहा था। रावण को इसी तरह अपनी पूँछ में लपेटकर बाली एक समुद्र से दूसरे समुद्र उछलता रहा और हर बार जब वह समुद्र में डुबकी लगाता तो रावण को भी सागर के खारे पानी में डुबो देता था! बहुत समय तक यही सिलसिला चलता रहा। अंत में, रावण के पुत्र इंद्रजित को अपने पिता की चिंता हुई और वह बाली से लड़ने को तैयार हो गया। इस अवसर पर, नारद ने इंद्रजित को बाली से लड़ने के लिए मना किया और कहा कि बाली की रावण से कोई शत्रुता नहीं है, बल्कि वह तो इंद्रजित की ही प्रतीक्षा कर रहा है, जिसने उसके पिता इंद्र को बंदी बनाया था। नारद ने इंद्रजित को यह भी कहा कि यदि वह बाली से लड़ने गया तो बाली उसे अवश्य मार डालेगा। उन्होंने इंद्रजित को धैर्य रखने का सुझाव दिया और कहा कि एक दिन बाली, रावण को स्वयं ही छोड़ देगा।

जैसा कि होना तय था, बाली रावण को अपनी पूँछ में लेकर घूमते-घूमते थक गया और फिर उसने रावण को मुक्त कर दिया। रावण बुरी तरह परास्त हो गया था। उसने बाली से क्षमा माँगी। बाली ने रावण को इस शर्त पर क्षमा किया कि वह और उसका पुत्र इंद्रजित फिर कभी स्वर्गलोक जाकर उसके पिता को परेशान नहीं करेंगे। इसके बदले, बाली ने भी रावण को वचन दिया कि वह न तो कभी रावण के विरुद्ध युद्ध करेगा और न ही रावण को पराजित करने वालों का पक्ष लेगा।

राम को बाली की शक्ति का एहसास करवाने के लिए सुग्रीव ने उन्हें यह कथा सुनाई थी। उसने राम को यह भी बताया कि बाली को यह वरदान मिला हुआ था कि जो भी उससे युद्ध करेगा, उसकी आधी शक्ति, बाली में समा जाएगी। यह भी कारण था कि राम ने बाली को पेड़ के पीछे से छिपकर मारा था।

*दुर्गम काज जगत के जेते।*
*सुगम अनुग्रह तुम्हरे तेते।।*

—तुलसीदास कृत हनुमान चालीसा

ॐ *श्री हनुमते नमः*

ॐ

*शूराय नमः*

# अध्याय 10

# प्राणदेव

## बाली-वध

*ॐ हनुमन्ते, रुद्रावताराय,*
*रामसेवकाय,*
*रामभक्ति तत्पराय,*
*रामहृदयाय लक्ष्मण शक्ति निवारणाय,*
*लक्ष्मणरक्षकाय, दुष्ट निग्रहणाय,*
*रामदूताय नमो नमः।*

मैं राम-दूत को प्रणाम करता हूँ
जो रुद्र के अवतार में राम के सेवक थे,
जो सदा राम की भक्ति में लीन रहते थे,
जिनके हृदय में सदा राम का वास था,
जिन्होंने लक्ष्मण को बचाया
और उनकी शक्तियाँ उन्हें लौटाईं
तथा जो दुष्टों का अंत करने वाले हैं।

हनुमान ने लक्ष्मण को धीरे-से बताया कि सुग्रीव ने यह कथा सिर्फ़ इसलिए सुनाई क्योंकि उसे राम के सामर्थ्य पर संदेह है और उसे लगता है कि राम, बाली का वध नहीं कर सकेंगे। उसमें इतना साहस तो नहीं है कि वह राम को शक्ति-प्रदर्शन के लिए कह सके, परंतु यदि राम अपनी शक्ति का प्रदर्शन कर सकें तो उसे खुशी होगी। लक्ष्मण ने राम के सामने सुग्रीव के भय को प्रकट कर दिया। राम हँसते हुए दुंदुभि के विशालकाय कंकाल के पास गए और उसे अपने पैर के अँगूठे से उठाकर लगभग अस्सी मील दूर उछाल दिया! सुग्रीव को इससे कुछ संतुष्टि हुई किंतु उसका संदेह अब भी बना हुआ था।

"जिस समय बाली ने इसे उठाकर यहाँ फेंका था, उस समय यह कंकाल रक्त और मज्जा से भरा हुआ था और अभी से दस गुना अधिक भारी था। अब तो यह मात्र कंकाल

रह गया है। मैं सोच रहा हूँ कि क्या आप अपने बल का एक बार फिर प्रदर्शन कर सकते हैं जिससे मैं पूरी तरह संतुष्ट हो जाऊँ। बाली का बाण बहुत सरलता से विशाल परिधि वाले साल वृक्ष को भेद देता था। यहाँ एक पंक्ति में साल के सात वृक्ष हैं। यदि आप अपने बाण से इनमें से किसी एक वृक्ष को दो हिस्सों में चीर दें, तो मेरा भय समाप्त हो जाएगा।"

राम मुस्कराए और बिना कुछ कहे उन्होंने अपने विशाल कोदंड धनुष पर एक बाण चढ़ा लिया। उस बाण पर स्वर्ण की पर्त थी और वह एक अंगुल मोटा था। उसका फल उसके शेष दंड से आधी लंबाई का था। उसके ऊपर उनका नाम खुदा हुआ था। वह सबसे तेज़ उड़ने वाले पक्षियों के पंखों से सज्जित था और उसकी नोंक लोहे की थी। साल के वृक्ष के तने बुर्ज जितने मोटे थे। राम का चलाया हुआ बाण धनुष से छूटा और एक नहीं बल्कि सातों वृक्षों को चीरता हुआ पृथ्वी के भीतर भूमि में प्रवेश कर गया और फिर वापस तरकश में लौट आया!

सुग्रीव को अपनी आँखों पर विश्वास नहीं हुआ। वह राम के बल की इस तरह परीक्षा लेने पर अत्यंत लज्जित महसूस कर रहा था। उसने राम के चरणों में गिरकर उनपर संदेह करने के लिए क्षमा माँगी।

राम के समक्ष हाथ जोड़कर खड़े सुग्रीव ने कहा, "मैं अब पूरी तरह आश्वस्त हूँ कि यदि आप चाहें तो देवराज इंद्र को भी मार सकते हैं, तो फिर उनके पुत्र बाली को क्यों नहीं! अब हम सीधे किष्किंधा चलते हैं ताकि आप बाली से मिल सकें।"

वे चंदन के वनों और पर्वतों को पार करते हुए अत्यंत सुंदर उपवन में पहुँचे, जहाँ अग्नि से आहुति की सुगंध आ रही थी। राम ने सुग्रीव से पूछा कि वह उपवन किसका है।

सुग्रीव ने कहा, "यह आश्रम सप्तजन नामक सात ऋषियों का है। उन्होंने यहाँ पर वर्षों तपस्या की है। वे पानी पर सोते थे और केवल वायु पर जीवित रहते थे। वे कभी इस उपवन से बाहर नहीं गए। जब इस संसार से उनके जाने का समय आया तो उन्हें भौतिक शरीर से मुक्ति मिल गई। परंतु यह उपवन अब भी पवित्र है। यहाँ कोई प्रवेश करने का साहस नहीं करता। यहाँ भीतर से संगीत एवं अन्य अलौकिक ध्वनियाँ सुनाई पड़ती हैं। जैसा कि आप देख सकते हैं, यज्ञ में प्रयुक्त पवित्र काष्ठ से उठती सुगंध यहाँ की वायु में छाई रहती है। हमें उन महान ऋषियों को यहीं से वंदन करना चाहिए और आगे बढ़ने से पूर्व उनका आशीर्वाद लेना चाहिए।"

सभी ने उस पावन स्थल के सामने सिर झुकाकर प्रणाम किया और फिर आगे बढ़ गए। जब वे किष्किंधा की सीमा तक आ गए तो राम एवं अन्य लोग किष्किंधा के आस-पास फैले सघन वन के वृक्षों के पीछे छिप गए।

राम ने सुग्रीव से कहा कि वह आगे जाकर बाली को युद्ध के लिए ललकारे। राम बोले, "मैं यहाँ छिपकर उचित समय पर बाली पर बाण चला दूँगा।"

सुग्रीव ने राम को यह बात बता दी थी कि बाली अपने प्रतिद्वंद्वी की आधी शक्ति छीन लेता है, इसलिए राम ने छिपकर उसे मारने का निर्णय किया। इस विचित्र कार्य के पीछे एक और कारण था कि राम को इस बात की शंका थी कि यदि उन्होंने बाली को

चुनौती दी, तो बाली उनसे लड़ने से मना न कर दे, क्योंकि बाली की उनसे कोई शत्रुता नहीं थी। यदि ऐसा हुआ तो वह अपने मित्र सुग्रीव को दिया वचन पूरा नहीं कर सकेंगे। इस कारण राम ने सुग्रीव को कहा कि वह स्वयं जाए और बाली को चुनौती दे। इस बीच वे, लक्ष्मण के साथ उसके पीछे चल पड़े। सुग्रीव ने ख़ुद को मानसिक रूप से तैयार किया और हिम्मत करके किष्किंधा के द्वार पर जा पहुँचा। वहाँ से उसने ज़ोर से चिल्लाकर बाली को युद्ध के लिए ललकारा। अपने भाई की गर्जना सुनकर बाली को बहुत गुस्सा आया और वह इतनी ज़ोर से उठा कि उसकी गुफा का धरातल बैठ गया और उसकी आँखों से मानो अग्नि दहकने लगी। गुस्से से दाँत किटकिटाते हुए, उसने अपनी जंघा पर हाथ मारा और इतनी ज़ोर से ताली बजाई कि उसकी आवाज़ पूरी घाटी में गूँज गई। वह इतने वेग से बाहर भागा कि उसकी गर्दन के आभूषण चटक गए और उनके मोती सर्वत्र बिखरते गए। बाली अपनी गुफा से बाहर निकला तो ऐसा लगा मानो क्षितिज में सूर्योदय हुआ हो। उसने बाहर निकलकर सुग्रीव को पकड़ लिया। सुग्रीव का बाली से कोई मुक़ाबला ही नहीं था। उसने पीट-पीटकर सुग्रीव का कचूमर निकाल दिया। बड़ी मुश्किल से सुग्रीव ने ख़ुद को बाली की फ़ौलादी जकड़ से छुड़ाया और वहाँ से भागा। इससे पहले कि बाली उसे पकड़ के मार डाले, सुग्रीव भागकर फिर से ऋष्यमूक पर्वत पर जा चढ़ा।

इस बीच, राम बहुत ध्यान से उनकी लड़ाई को देख रहे थे। उन्हें अत्यंत आश्चर्य हुआ क्योंकि दोनों भाई दिखने में इतने समान थे कि राम उनके बीच अंतर ही नहीं कर पाए। इस डर से कि कहीं उनका बाण सुग्रीव को न लग जाए, उन्होंने तीर नहीं चलाया। वे भी सुग्रीव के पीछे पर्वत पर चले गए, जहाँ वह बेचारा बुरी हालत में बैठा था।

सुग्रीव से बोला नहीं जा रहा था, फिर भी उसने धीरे से कहा, "यदि आप मेरे भाई को मारना नहीं चाहते थे तो आपने मुझे इतनी बुरी तरह पिटने क्यों दिया और मुझे यह बात पहले क्यों नहीं बताई? आपकी बात पर पूर्ण विश्वास करके ही मैंने उसे चुनौती दी थी और अब देखिए, क्या हो गया!"

राम ने सुग्रीव को शांत करने का प्रयास किया। "प्रिय मित्र," वे बोले, "तुम ऐसा कैसे सोच सकते हो कि मैं तुम्हारे साथ विश्वासघात करूँगा? तुम और तुम्हारे भाई की आकृति, वस्त्र और आभूषण बिलकुल एक समान हैं। यहाँ तक कि तुम दोनों की गर्जना भी एक जैसी है। तुम दोनों एक-दूसरे को बाँहों में जकड़े हुए मारने का प्रयास कर रहे थे। मुझे डर था कि कहीं भूल से मेरा बाण, उसकी जगह तुम्हें न लग जाए! तुम कृपया फिर से किष्किंधा जाओ और बाली को फिर ललकारो, लेकिन इस बार तुम एक माला पहनकर जाओ ताकि मैं तुम्हें पहचान सकूँ।"

राम ने लक्ष्मण को पर्वत से एक फूलों की माला लाने के लिए कहा। उन्होंने वह माला सुग्रीव को पहना दी। बाली के हाथों बुरी तरह पिटने और लहुलुहान होने के बाद भी सुग्रीव ने अपमान का घूँट पी लिया और फिर किष्किंधा की ओर चल पड़ा। राम, लक्ष्मण, हनुमान और उसके कुछ मित्र भी उसके पीछे चल दिए।

राम ने सुग्रीव को निर्भय होकर बाली को चुनौती देने को कहा क्योंकि उन्हें विश्वास था कि इस बार उनका बाण निशाने पर लगेगा।

सुग्रीव, फिर से किष्किंधा के द्वार के सामने खड़े होकर चिल्लाया। बाली अपने कक्ष में अपनी पत्नियों के साथ आनंद मना रहा था। तभी उसने सुग्रीव की आवाज़ सुनी। उसे अपने कानों पर विश्वास नहीं हुआ। उसका कामुक मन अचानक हिंसक हो उठा। सुग्रीव, जिसे उसने अभी कुछ ही घंटे पहले बुरी तरह पीटा था, फिर से वहाँ आकर उसे चुनौती देने का साहस कैसे कर सकता है! वह क्रोध से उन्मत्त हो गया। उसने अपने भाई को हमेशा के लिए समाप्त करने का प्रण किया। बहुत लंबे समय से सुग्रीव उसके मार्ग का काँटा बना हुआ था और उसके मरने के बाद, बाली सुग्रीव की पत्नी रूमी के साथ ग्लानिरहित भाव के आनंदपूर्वक रह सकता था। वह अपने छोटे भाई के जीवित होने के बावजूद, उसकी पत्नी के साथ रहने के अपराध से भली-भाँति अवगत था। यद्यपि बाली की अपनी पत्नी तारा बहुत सुंदर और समझदार थी, फिर भी वह रूमी के प्रति अधिक आकृष्ट था। इसके लिए उसने अपनी अंतरात्मा का भी दमन कर दिया था। सुग्रीव के मार्ग से हटने के बाद, वह बिना किसी लज्जा अथवा पीड़ा के, रूमी को प्राप्त कर सकता था क्योंकि उन दिनों नियमानुसार, कोई व्यक्ति अपने भाई की मृत्यु के पश्चात, उसकी पत्नी की रक्षा हेतु उससे विवाह कर सकता था! यह सोचकर, बाली ने घृणा और क्रोध से भरकर भीषण गर्जना की और बाहर की ओर दौड़ा।

उसकी सुंदर पत्नी तारा ने उसे रोकना चाहा और बाहर जाते समय उसे एक सुझाव भी दिया।

"स्वामी!" वह बोली, "आपका यह भाई कुछ ही देर पहले आपके हाथों बुरी तरह मार खाकर गया था। वह बिना किसी शक्तिशाली सहयोगी द्वारा सहायता के आश्वासन के बिना लौटकर इस तरह चिल्लाने का साहस कैसे कर सकता है? आपके पुत्र और राजकुमार अंगद ने मुझे यह सूचना दी है। उसने बताया कि दो युवा एवं कुशल योद्धा तथा राजा दशरथ के पुत्र, राम और लक्ष्मण ने इस वन में प्रवेश किया है और सुग्रीव के साथ मैत्री स्थापित कर ली है। मुझे विश्वास है कि सुग्रीव उन्हीं की सहायता से इतना साहसी हो गया है कि वह आपको इस तरह चुनौती दे रहा है। आप अभी मत जाइए। आप उसको कहिए कि वह कल सुबह आए और तब यदि आप चाहें तो उससे युद्ध कर लें। वैसे, इससे भी बेहतर यह होगा कि आप सुग्रीव से मित्रता कर लीजिए तथा उसे राज्य में लौटने की अनुमति दे दीजिए। उसके साथ दयापूर्ण व्यवहार कीजिए। उसकी पत्नी उसे लौटा दीजिए। रूमी स्वयं भी यहाँ प्रसन्न नहीं है। पता नहीं क्यों मेरा हृदय बैठा जा रहा है और मुझे केवल अपशकुन दिखाई दे रहे हैं। मैं आपसे विनती करती हूँ कि अभी मत जाइए!"

बाली का अंत समय आ पहुँचा था, इसलिए उसने कुछ नहीं सुना। इसके अतिरिक्त, वह रूमी को पाने के लिए बहुत उत्सुक था। उसने तारा का हाथ हटाकर उसे अन्य स्त्रियों के पास लौट जाने का आदेश दिया। तारा ने बाली के गले में इंद्र की दी हुई स्वर्णिम माला डाल दी और उसने दुखी हृदय से बाली का आलिंगन कर लिया। उसे यह पूर्वाभास हो गया था कि वह बाली को फिर कभी नहीं देख पाएगी!

बाली ने तारा को एक ओर झटक दिया और बाहर चला गया। उसने गुस्से से सुग्रीव को देखा और फिर उसकी ओर क्रुद्ध साँड़ की तरह दौड़ा। वे दोनों एक दूसरे को

मार डालने का प्रयास कर रहे थे। सुग्रीव की शक्ति क्षीण पड़ रही थी और उसकी हताश दृष्टि राम को खोज रही थी। वह सोच रहा था कि राम अब तक उसकी सहायता के लिए क्यों नहीं आए। बाली ने सुग्रीव को उठा लिया। वह उसे चट्टान पर पटककर मार देना चाहता था! बाली के गले में स्वर्णिम माला चमक रही थी। उसे पहचानने में राम को कोई परेशानी नहीं हुई। उन्होंने सुग्रीव का भयभीत चेहरा देखा। राम ने अपने शक्तिशाली धनुष पर एक बाण चढ़ाया और उसे पूरी शक्ति के साथ छोड़ दिया। वह बाण, सीधा बाली की छाती में लगा और उसके प्रहार से बाली उसी तरह गिर पड़ा जैसे वे साल के वृक्ष गिर गए थे। पूर्णिमा के चंद्रमा का प्रकाश बाली के विशालकाय शरीर पर पड़ रहा था। बाली का तन रक्तरंजित एवं कमज़ोर होता जा रहा था। बाली ने एक पल के लिए भी यह नहीं सोचा था कि स्वर्ग या पृथ्वी पर कोई ऐसा अस्त्र या शक्ति है जो उसे युद्ध में पराजित कर सके। देवताओं के वरदान के बाद वह अभेद्य था और उसके बावजूद, वह अपनी ही भूमि पर मात्र एक बाण के प्रहार से धरती पर गिरा पड़ा था। वह सचमुच यह जानने के लिए उत्सुक था कि ऐसा कौन असाधारण योद्धा है, जिसने एक ही बाण से उसे मार गिराया था। उसका नाम बाण पर अवश्य होगा। उसने अपनी बची हुई शक्ति से अपनी छाती से बाण को खींचकर निकाल लिया। उसके हृदय से रक्त की धारा फूट पड़ी। उसके मरणशील नेत्रों के सामने, सब कुछ धुँधला पड़ता जा रहा था। वह बाण को अपनी आँखों के बहुत पास ले आया और तब वह उसके ऊपर लिखा नाम "राम" पढ़ सका। एक पल के लिए उसका हृदय कृतज्ञता से भर उठा। सब प्राणियों को एक दिन मरना होता है और किसी राक्षस या असुर अथवा वन्य जीव द्वारा मारे जाने से, भगवान विष्णु के अवतार राम के हाथों मरना कहीं अधिक श्रेष्ठ है। परंतु वध करने के ढंग के बारे में सोचकर, उसके मन में शीघ्र ही क्रोध का भाव जागृत हो गया। उसने बड़ी मुश्किल से ऊपर देखा। राम और लक्ष्मण उसकी ओर आ रहे थे। अपनी दुर्बल पड़ रही शक्ति का आह्वान करते हुए उसने राम के इस कृत्य के लिए उनकी निंदा की।

"आपको इक्ष्वाकु कुल का वंशज माना जाता है तथा आप धर्मनिष्ठ समझे जाते हैं। आप इस तरह पेड़ के पीछे छिपकर मुझे कैसे मार सकते हैं, जबकि मैं अपने भाई के साथ युद्ध कर रहा था? जब सुग्रीव ने मुझे दूसरी बार ललकारा तो मेरी पत्नी तारा ने मुझे चेताया था कि मैं लड़ने न जाऊँ क्योंकि उसे डर था कि आप सुग्रीव की सहायता कर रहे हैं, किंतु मैंने कहा कि मुझे आपसे कोई डर नहीं है क्योंकि मैं जानता था कि आप निम्न स्तर का अधार्मिक कृत्य नहीं करेंगे। मैंने ऐसा क्या किया था जो आपने मुझे पीछे से छिपकर मारा? मैंने सुना कि आप अपनी पत्नी को खोज रहे हैं। मैं अकेले उस दुष्ट रावण को मारकर आपकी पत्नी को छुड़ा लाता। मैं पहले भी एक बार रावण को पराजित करके, बाद में जीवनदान दे चुका हूँ किंतु मैं इस बार उसे नहीं छोड़ता। आपको इस अयोग्य सुग्रीव से मित्रता करने की क्या आवश्यकता थी?"

बाली इतना बोलकर थक चुका था। वह गिर पड़ा और उसकी साँसें रुकने लगीं। राम ने धैर्य से बाली को अपनी बात समाप्त करने का अवसर दिया क्योंकि वे जानते थे कि बाली को उन्हें फटकारने का पूरा अधिकार था। अंत में जब बाली ने बोलना बंद

कर दिया तो राम करुणामयी दृष्टि से उसे देखकर बोले, "बाली! तुम किस मुँह से मेरे साथ धर्म-अधर्म की बात करते हो, जबकि तुम्हारा अपना जीवन पाप में लिप्त है? तुम्हें अपने छोटे भाई सुग्रीव के साथ, जो सद्‌गुणों से भरपूर है और तुमसे बहुत प्रेम करता है, अपने पुत्र की तरह व्यवहार करना चाहिए था। उसकी बात को ठीक से सुने बिना तुमने उसे मारकर ऋष्यमूक पर्वत पर भगा दिया ताकि तुम उसकी पत्नी के संग रह सको। इस राज्य के कानून के अनुसार, जो व्यक्ति अपने भाई के जीवित रहते हुए उसकी पत्नी के साथ व्यभिचार करने का दोषी होता है, उसे मृत्युदंड दिया जाता है! तुमने सिर्फ़ अपनी कामवासना की पूर्ति हेतु अपने भाई के साथ शत्रुता जारी रखी। सुग्रीव, मुझे अपने भाई लक्ष्मण के समान प्रिय है। मैंने इसे मित्रता का वचन दिया है और तुम्हें मारकर, इसका राज्य व पत्नी लौटाने का सार्वजनिक रूप से वचन दिया है। यदि मैं अपना वचन पूरा नहीं करता, तो मुझे किस तरह का मित्र कहा जाता?"

बाली ने राम के शब्दों पर विचार किया तो उसे लगा कि वे सत्य कह रहे थे। उसे अपने छोटे भाई के साथ, जो उसके पुत्र के समान था, किए दुर्व्यवहार पर बहुत अफ़सोस हो रहा था। वह यह भी जानता था कि सुग्रीव की पत्नी को चुराने का कार्य अत्यंत घृणित था।

"राम!" वह बोला, "तुमने सत्य कहा है। मुझे अपनी चिंता नहीं है। मृत्यु तो अवश्यंभावी है किंतु मुझे अपने पुत्र अंगद की चिंता हो रही है। आप कृपया उसे अपने पुत्र के समान समझें तथा उसकी देखभाल की उचित व्यवस्था कर दें। आप कृपया यह भी सुनिश्चित करें कि सुग्रीव के हाथों मेरी पत्नी तारा का अपमान न होने पाए। तारा बहुत अच्छी और समझदार स्त्री है। मुझे एहसास हो रहा है कि मेरी मृत्यु आपके हाथों लिखी थी, इसलिए मैंने उसकी बात नहीं मानी जब उसने मुझे लड़ने जाने से रोका था।"

अपनी अंतिम श्वास के साथ बाली ने गले से अद्‌भुत शक्तियों से युक्त अपनी स्वर्णिम माला उतारी और सुग्रीव के गले में डाल दी। उसने अपने कर्मों के लिए सुग्रीव से क्षमा माँगी तथा उसे, तारा एवं अंगद की, उसके अपने पुत्र की भाँति देखभाल करने की प्रार्थना की। सुग्रीव को अपने किए पर इतना पछतावा हो रहा था कि वह एक भी शब्द नहीं बोल सका।

राम ने बाली को वचन दिया कि सुग्रीव की ओर से अंगद और तारा को सर्वश्रेष्ठ व्यवहार प्राप्त होगा। अपने पति की मृत्यु का समाचार मिलते ही, तारा अपने पुत्र अंगद के साथ दौड़ती हुई वहाँ पहुँची। वह बाली के शरीर के ऊपर गिरकर अपनी नियति पर विलाप करने लगी। राम ने तारा को उठाकर उसे बाली की अंत्येष्टि का प्रबंध करने के लिए कहा किंतु वह अपने स्थान से नहीं हटी। उसने राम के बाण को, जिससे उसके पति का वध हुआ था, अपने हाथ में लेकर धमकी दी कि वह उस बाण को अपने हृदय में भोंक लेगी, किंतु अनुचरों ने उसे ऐसा करने से रोक लिया।

तारा का विलाप तथा अपने भाई के विनम्र शब्दों को सुनकर सुग्रीव का शेष साहस भी समाप्त हो गया और उसने राम से कहा कि वह भाई की चिता के साथ ही आत्म-दाह कर लेगा और अब अंगद ही सीता को खोजने में राम की सहायता करेगा। इसके बाद न तो राम और न ही कोई अन्य, सुग्रीव को सांत्वना दे पाया।

अंत में हनुमान ने तारा को विनम्र ढंग से समझाया, “आत्मा सदा अपने पूर्व कर्मों के अच्छे और बुरे फल भोगती है। यह शरीर पानी पर तैरते बुलबुले के समान है। यह कभी भी नष्ट हो सकता है और इसलिए यह शोक करने योग्य नहीं है। अब आपका कर्त्तव्य अपने पुत्र अंगद की देखभाल करना है जो पूरी तरह आपके ऊपर निर्भर है। यह देखना आपका दायित्त्व है कि आपके पति की अंत्येष्टि उचित तरीक़े से संपन्न हो जाए। अब आप उनके लिए सिर्फ़ यही कर सकती हैं।”

राम ने सुग्रीव से कठोरतापूर्वक कहा कि उन्होंने यह सब कुछ उसके लिए किया था और अब पूरे मामले से हाथ झाड़कर इस तरह अलग होना, उसे शोभा नहीं देता। उसे अपने भाई की चिता में न जलकर, उसका अंतिम संस्कार संपन्न करवाना चाहिए। राम ने सुग्रीव को एक पालकी मँगवाकर अपने भाई के शव को नदी-तट पर ले जाने का आदेश दिया। सुग्रीव ने वैसा ही किया जैसा उसे कहा गया था। वानर एक राजसी अर्थी ले आए जो बिना पहियों के रथ जैसी लग रही थी। उन्होंने अपने मृत राजा के शव को आभूषणों और वस्त्रों से सजाया और फिर उसे फूलों से सजे ताबूत में रखकर तैयार की गई चिता पर लिटा दिया। अंगद ने चिता को अग्नि दी और सबने जल देकर वे सामान्य संस्कार पूरे किए जो कि मृतात्मा के लिए किए जाते हैं।

जंगल के नियमानुसार, बाली की मृत्यु के बाद, उसे मारने वाला किष्किंधा का राजा बनने का अधिकारी था तथा उसके पास बाली की संतानों को मारकर उसकी पत्नियों को अपने साथ रख लेने का अधिकार भी था।

परंतु राम चाहते थे कि वानर अपने पुराने नियमों को त्यागकर धर्म का मार्ग अपनाएँ। इसलिए उन्होंने सुग्रीव से कहा कि वह स्वयं वानरों से पूछे कि क्या वे उसे अपना राजा स्वीकार करते हैं। जब वानरों ने उसकी बात मान ली, तो सुग्रीव ने तारा से पूछा कि क्या वह उसकी रानी बनकर रहना चाहेगी। तारा ने अपनी स्वीकृति दे दी, तो सुग्रीव ने अंगद को गोद लेकर उसे राजसिंहासन का उत्तराधिकारी बना दिया। इस तरह राम ने वानरों को उनके तरीक़े बदलकर उन्हें धर्म का मार्ग अपनाने के लिए प्रेरित किया।

हनुमान अपनी पशु-प्रवृत्ति पर विजय पाने के लिए प्रतिबद्ध थे और उन्होंने ब्रह्मचर्य एवं सेवा का व्रत लिया था। ब्रह्मचर्य व्रत द्वारा उन्होंने अपनी कामवासना का दमन कर लिया था और सेवा द्वारा अपने अहं को बढ़ने से रोक लिया था।

इसके बाद, हनुमान राम के पास आए और हाथ जोड़कर उनसे बोले, “हे प्रभु, आपकी कृपा से यह राज्य सुग्रीव को मिल गया है। मैं प्रार्थना करता हूँ कि आप कृपया महल के भीतर प्रवेश करें और सुग्रीव का राज्याभिषेक करें।”

राम ने नगर में प्रवेश करने से मना कर दिया क्योंकि उन्होंने अपने पिता को वचन दिया था कि चौदह वर्ष की अवधि पूरी होने से पहले वे किसी नगर के भीतर नहीं जाएँगे। उन्होंने निर्देश दिए कि किस प्रकार सुग्रीव का राज्याभिषेक होना चाहिए और किस तरह अंगद को उस राज्य का उत्तराधिकारी नियुक्त किया जाना चाहिए। उन्होंने सुग्रीव को राजा के कर्त्तव्यों के विषय में बताया। “आप जो भी कार्य करें, वह सत्कर्म के स्वीकृत नियमों पर

आधारित होना चाहिए। अपने शब्दों से किसी को आहत न करें, फिर चाहे वह आपका शत्रु ही क्यों न हो।"

सुग्रीव ने कहा, "मैं आपकी सेवा करना चाहता हूँ। कृपया मुझे आदेश दें।"

राम ने कहा, "वर्षा ऋतु आरंभ होने वाली है। वर्षा समाप्त होने के बाद, आप अपनी सेना लेकर आइए और सीता को खोजने में मेरी सहायता कीजिए।"

हनुमान ने प्रार्थना की कि वे वर्षा ऋतु के चार महीने राम के साथ रहकर उनकी सेवा करना चाहते हैं। राम को फिर से उनकी विनती अस्वीकार करनी पड़ी।

"आपकी उपस्थिति सुग्रीव के लिए बहुत आवश्यक है। उन्हें आपके सहयोग और विवेक की जरूरत पड़ेगी। आप मेरे पास चार महीने के बाद आना और तब मैं आपको बताऊँगा कि आप मेरे लिए क्या कर सकते हैं।" राम और लक्ष्मण ने वर्षा ऋतु के आगामी चार महीने निकट की एक गुफा में व्यतीत करने का निर्णय किया। सुग्रीव ने चार महीने बाद समस्त वानरों के साथ आकर सीता की खोज पर निकलने का वचन दिया।

सुग्रीव ने नगर में प्रवेश किया। वह किष्किंधा का राजा बन गया तथा अंगद को राज्य का उत्तराधिकारी बना दिया गया। तारा को भी इस बात का थोड़ा संतोष था कि कम से कम उसके पुत्र की देखभाल ठीक से हो रही थी।

*तुम उपकार सुग्रीवहिं कीन्हा।*
*राम मिलाय राजपद दीन्हा।।*

—तुलसीदास कृत हनुमान चालीसा

ॐ *श्री हनुमते नमः*

ॐ

*रामदूताय नमः*

## अध्याय 11

# रामदूत

## राम के दूत

*अंजना गर्भ संभूत कपीन्द्र सचिवोत्तम।*
*रामप्रिय नमस्तुभ्यं हनुमन् रक्ष सर्वदा।।*

*मैं राम प्रिय को प्रणाम करता हूँ,*
*जिनका जन्म अंजना के गर्भ से हुआ,*
*जो वानरों में श्रेष्ठ हैं,*
*हनुमान! आप सबका ध्यान रखें!*

राम और लक्ष्मण ने जुलाई से अक्तूबर तक वर्षाऋतु के चार महीने प्रास्रवण नामक पर्वत की गुफा में बिताए। सूर्य अब दक्षिण की ओर जाने लगा था। जल से भरे काले बादलों ने आकाश को इस तरह ढँक लिया कि सूर्य बिलकुल दिखाई नहीं दे रहा था। बादल फटे और पानी पर्वत से बहकर नीचे मैदानों में भर गया। पंछियों ने चहचहाना छोड़ दिया। वर्षा के दौरान पशुओं ने हरकत बंद कर दी। वनस्पति जगत की विकट लताओं व बेलों ने पूरे भूदृश्य को ढँक दिया था। आकाश में हमेशा बादल घिरे रहते थे। राम के हृदय में निरंतर दुख और अवसाद व्याप्त था।

"आकाश भी मेरी तरह मेरी प्रिय पत्नी के लिए रुदन कर रहा है," राम ने सोचा। चार महीनों तक दोनों भाई उस गुफा तक सीमित हो गए और उनके पास बाहर हो रही निरंतर वर्षा को देखने के अतिरिक्त कोई विकल्प नहीं था। ये चार महीने राम के लिए अत्यंत पीड़ा से भरे थे क्योंकि वे सदा अपनी प्रिय पत्नी के विषय में सोचते थे कि वह इस चिंता से कितनी परेशान होगी कि उसके पति कहाँ हैं और क्या वे उसे छुड़ाने के लिए आएँगे। परंतु वे इस विषय में अभी कुछ नहीं कर सकते थे क्योंकि वर्षा ऋतु किसी भी प्रकार की यात्रा के लिए उपयुक्त नहीं होती।

आख़िरकार बारिश का मौसम समाप्त हुआ और आकाश साफ़ होने लगा। राम उत्सुकता से सुग्रीव की प्रतीक्षा करते रहे किंतु एक महीना बीत जाने के बाद भी सुग्रीव

का कुछ पता न था। राम की उदासी देखकर लक्ष्मण ने कहा, "भैया, मुझे लगता है कि यह कृतघ्न वानर आपको दिया हुआ अपना वचन भूल गया है। मैं वहाँ जाकर उसे उसका दायित्त्व बलपूर्वक याद दिलाता हूँ!"

लक्ष्मण, स्वभाव से शांत नहीं थे और चार महीने तक गुफा में रहने से उनके व्यवहार में कोई परिवर्तन नहीं हुआ था। अपने भाई की व्यग्रता देखकर उनका ख़ून खौलने लगा! उन्होंने अपना तरकश कंधे पर बाँधा और धनुष उठाकर बादल की भाँति गर्जना करते हुए किष्किंधा की ओर निकल पड़े। राम ने लक्ष्मण को क्रोध न करने तथा सुग्रीव के साथ मैत्रीपूर्ण तरीक़ा अपनाने का सुझाव दिया।

हनुमान सदैव अपने कर्त्तव्य के प्रति सजग रहते थे और उनसे भी यह विलंब सहन नहीं हुआ। सुग्रीव हर समय अपनी पत्नियों के साथ भोग-विलास और खाने-पीने व आनंद-मंगल में डूबा रहता था। उसे समय बीतने का भान ही नहीं था। उसका शयनकक्ष इतना बढ़िया व सुविधाजनक था कि वह पिछले चार महीने से उसमें से बाहर नहीं निकला था। वह लंबी चोटी तथा भारी वक्ष वाली सुंदर पत्नियों से घिरा रहता था जो उसे सब प्रकार के सुख देतीं तथा उसके लिए गाती व नाचती थीं। बहुत लंबे समय तक ऐंद्रिक सुखों से वंचित रहने के कारण भोजन व संभोग से सुग्रीव का मन नहीं भरता था। हनुमान ने जब सुग्रीव के कक्ष में प्रवेश किया, जहाँ वे पहले कभी नहीं गए थे, तो सुग्रीव वहाँ आनंद में डूबा, मग्न पड़ा हुआ था।

"सुग्रीव!" हनुमान ने कहा, "यह आपको शोभा नहीं देता कि आप राम को दिया हुआ वचन इस तरह भूल जाएँ। उन्हीं के कारण आप इन सुख-सुविधाओं का आनंद ले पा रहे हैं। वर्षा ऋतु को समाप्त हुए काफ़ी समय बीत गया है, किंतु आपने अब तक अपना वचन पूरा नहीं किया। इसलिए, आप तुरंत वानरों को आदेश दीजिए कि वे सीता को खोजने के कार्य के लिए एकत्र हो जाएँ।"

अपने योग्य मंत्री की बात सुनकर सुग्रीव थोड़ा-सा उठा और उसने हनुमान से अपने राज्य के सभी वानरों एवं भालुओं को यह संदेश भेजने के लिए कहा कि वे सब एक सप्ताह के भीतर किष्किंधा प्रदेश में एकत्र हो जाएँ।

"मेरे सेनापतियों के नेतृत्व में मेरी संपूर्ण सेना को अविलंब एकत्र करो ताकि राम को यह न लगे कि मैं अपने दायित्त्व को पूरा करने में लापरवाही कर रहा हूँ।" ऐसा कहकर सुग्रीव फिर से अपनी पत्नियों की बाँहों में गिर पड़ा।

इस बीच, लक्ष्मण अपने उद्देश्य की पूर्ति हेतु किष्किंधा आ पहुँचे। उनके क्रुद्ध क़दमों के प्रभाव से धरती काँप रही थी। नगर का प्रवेश द्वार, एक गुफा के भीतर से होकर निकलता था जिस पर वानर पहरा देते थे ताकि कोई बिना अनुमति के भीतर न चला जाए। लक्ष्मण को देखकर उन सब वानरों ने वृक्ष उठा लिए और लक्ष्मण को रोकने का प्रयास किया। यह देखकर लक्ष्मण का गुस्सा दो गुना हो गया। उनका यह क्रोध देखकर वानर यहाँ-वहाँ भागने लगे। वे भागकर सुग्रीव के पास पहुँचे और उसे लक्ष्मण के क्रोध के बारे में सूचित किया। सुग्रीव पूरी तरह नशे में डूबा हुआ था और उसने अपने भाई की पत्नी की बाँहों में सारे संसार को भुला दिया था। उसे समझ ही नहीं आया कि वानर

क्या कह रहे हैं। इसके बाद, सभी वानर अंगद के पास आए। अंगद दौड़कर लक्ष्मण से मिलने और उन्हें शांत करने बाहर आया। लक्ष्मण ने उसे तत्काल सुग्रीव को बुलाने के लिए कहा। लक्ष्मण, वायु में मधुर संगीत की हलकी धुन और मौज-मस्ती के स्वर स्पष्ट महसूस कर रहे थे। उन्होंने जब अपने भाई राम द्वारा पिछले चार महीनों में भोगे कष्ट के बारे में सोचा तो उनका ख़ून उबलने लगा। अंगद बुरी तरह भयभीत हो गया और सुग्रीव व अपनी माता को इस विषय में बताने के लिए भीतर दौड़ा।

हनुमान भी उसके साथ गए और उन्होंने भी उसे स्थिति की गंभीरता से परिचित करवाया। "राम बहुत अच्छे मित्र हैं किंतु उन्हें गुस्सा आ गया तो वे किसी विनाशकारी उल्कापिंड की भाँति हो सकते हैं। आपकी लापरवाही के कारण ही लक्ष्मण को यहाँ आना पड़ा है। आपको जाकर उन्हें शांत करना होगा।"

सुग्रीव पूरी तरह नशे में था और वह लक्ष्मण से मिलने की स्थिति में बिलकुल नहीं था। "मैंने क्या अपराध किया है? उन्हें मुझ पर क्रोध क्यों आ रहा है?" नशे में धुत्त राजा ने पूछा।

"आपकी भूल यह है कि आपने समय बीत जाने दिया। आप अपने उत्साह में, ऋतुओं के बारे में भूल गए हैं। राम अपनी पत्नी को खोजने के लिए दिन गिन रहे हैं। उनके हृदय और बुद्धि को इतना कष्ट हो रहा है, इसीलिए उन्होंने लक्ष्मण को आपके पास वचन याद दिलाने के लिए भेजा है। कृपया जाइए और उनसे मधुरता से बात कीजिए।"

सुग्रीव में लक्ष्मण के सामने जाने और उनसे बात करने का साहस नहीं था, इसलिए उसने तारा से प्रार्थना की ताकि वह लक्ष्मण के पास जाकर उन्हें शांत करे क्योंकि उसे पता था कि लक्ष्मण किसी स्त्री पर गुस्सा नहीं करेंगे। तारा भी नशे की हालत में थी। उसकी चाल अस्थिर तथा केश व वस्त्र अस्त-व्यस्त थे।

इस बीच, लक्ष्मण ज़बरदस्ती महल में घुस आए और उन्होंने वहाँ धन एवं वैभव की प्रचुरता को देखा, जिससे उनका हृदय क्रोध से जलने लगा कि उनके भाई की कैसी दुर्दशा हो रही थी और यह कृतघ्न वानर, अपने स्वामी की पीड़ा से बेख़बर, यहाँ आनंद मना रहा था।

लक्ष्मण सुग्रीव के कक्ष में प्रवेश करने में ज़रा भी नहीं हिचके।

कक्ष के बाहर उनकी भेंट तारा से हुई जिसने उन्हें अपने मधुर वचनों से शांत करने का प्रयास किया।

"हे राजकुमार!" वह बोली, "आप इतने क्रोधित क्यों हैं? किसने आपका क्रोध जगाने की मूर्खता की है?"

लक्ष्मण ने उत्तर दिया, "ऐसा लगता है कि तुम्हारा पति, धर्म के सब नियम भूल गया है। वह कामवासना में लिप्त होकर मेरे भाई को दिया वचन भी भूल गया है। यदि तुम उसका भला चाहती हो तो उसे जाकर कहो कि वह वासना के दलदल से बाहर निकले और राम की सहायता करे। कृतघ्नता, सर्वश्रेष्ठ पुरुषों के नाश का कारण बन जाती है। हमने जिसे अपना मित्र माना है, वही हमारे साथ विश्वासघात कर रहा है!"

तारा ने मधुर और स्नेही स्वर में उत्तर दिया, “हे राजकुमार! कृपया सुग्रीव पर नाराज़ न हों। आप जानते हैं कि काम अत्यंत शक्तिशाली भाव है। यहाँ तक कि ऋषिगण भी इसके प्रभाव से बच नहीं पाते तो एक वानर की क्या बात, जो वैसे भी स्वभाव से चंचल होता है और जिसे अनेक वर्षों तक इन सुखों से वंचित रखा गया हो। कृपया उसकी लापरवाही के लिए, जो वह अपनी दुर्बलता के कारण कर बैठा है, उसे क्षमा कर दीजिए। वास्तव में उसने पहले ही सेना को एकत्र होने का आदेश दे दिया है और जल्द ही देशभर से हज़ारों वानर यहाँ एकत्र होकर सीता की खोज के लिए अपनी यात्रा आरंभ करेंगे। आप कृपया वापस जाकर अपने अपने प्रिय भाई को स्थिति से अवगत करवा दीजिए।”

यह बात सुनकर लक्ष्मण थोड़ा शांत हो गए और उन्होंने पलटकर हनुमान से पूछा क्या यह सत्य है कि वानरों के समूहों को यहाँ आने के लिए कह दिया गया है। हनुमान ने उन्हें आश्वासन दिया कि उन्होंने स्वयं इस उपमहाद्वीप के सभी श्रेष्ठ वानर समूहों को संदेश भिजवाया है और जल्द ही वे सब यहाँ एकत्र हो जाएँगे।

इतनी देर में सुग्रीव ने स्वयं को सँभाल लिया और वह लक्ष्मण के साथ राम से मिलने गया तथा उन्हें प्रणाम करके उनके चरणों में गिरकर अपनी लापरवाही के लिए क्षमा माँगी। राम सदा से करुणामयी रहे हैं। उन्होंने तत्काल सुग्रीव को क्षमा करके उसे गले लगा लिया। उसी समय, भालुओं का राजा, जांबवंत वहाँ आ पहुँचा। वह एक वृद्ध और काले रंग का भालू था जिसके सिर पर सोने का मुकुट और कान में सोने की बालियाँ थीं। उसकी आँखें भूरी, बहुत बड़े पंजे तथा लंबे हाथ थे और वह दोनों पैरों पर खड़ा था। उसने राम को बताया कि संसार भर से वानर, वहाँ पहुँचने लगे थे। समूचा पर्वत वानरों से भर गया था। वे लाखों की संख्या में थे। उनकी शेर जैसी पूँछ थी तथा मुँह काले, लाल-नितंब, सफ़ेद और सुनहरे बाल थे और वे हिमालय से लेकर दक्षिणी समुद्र के छोर तक देशभर से वहाँ एकत्र हुए थे। विश्व की समूची वानर जाति सुग्रीव के आह्वान पर एकत्र हो गई और अपने राजा के आदेश की प्रतीक्षा करने लगी।

सुग्रीव बहुत प्रसन्न हुआ और उसने राम को विभिन्न प्रकार के वानरों के बारे में बताया।

“उन पेड़ पर रहने वाले श्वेत वानरों को देखिए, जो अपनी इच्छा से अपना रूप बदल सकते हैं। वे ऊँचे क़द के नीले नारिकेल वानर, हाथी की तरह बलशाली होते हैं और पैने दाँतों वाले पीले रंग के मधु-मदिरा वानर, गंधर्वों की पुत्रियों से उत्पन्न काले वानर, जो सूर्य की उपासना करते हैं। वे संसार के दूसरे छोर से आए भूरे और शानदार वानर हैं, जो सिर्फ़ बदरीफल खाते हैं, गंगा तट की गुफाओं से आए वे सर्प जैसी पूँछ वाले काले वानर और वे सिंह-सी अयाल वाले लाल वानर हैं तथा धरती के सभी भूरे, काले और भयानक भालू, जो भीषण योद्धा हैं, यहाँ आ चुके हैं। ये सभी मेरे आह्वान पर यहाँ एकत्र हुए हैं और आपके किसी भी आदेश का पालन करने के लिए तत्पर हैं।”

उन सबको देखकर राम बहुत प्रसन्न हुए। चूंकि सुग्रीव को लंका की सटीक स्थिति का पता नहीं था, राम ने सुग्रीव को बिना देर किए चार सेनापतियों को चुनकर, उन्हें चारों दिशाओं में भेजने और सीता का पता लगाने का सुझाव दिया। विनत नामक सेनापति को

पूर्वी क्षेत्रों को खोज करने करने के लिए भेजा गया।

"सुबह का शानदार प्रकाश, पूर्व में होता है और वहीं के लोग सबसे पहले सुनहरे दिखाई देते हैं। वहाँ प्रत्येक स्थान को खोजो लेकिन आज से आरंभ करके एक महीने से अधिक बिलकुल नहीं रुकना।" एक चौथाई वानर उसके पीछे चल पड़े। उनके चलने से धरती डोल रही थी।

उसके श्वसुर सुषेण के नेतृत्व में, एक अन्य समूह पश्चिम दिशा में चल पड़ा।

"सीता को पश्चिम में खोजो। वहाँ सूर्य अस्त होता है और वहाँ रात की देवी का निवास है। ऊँचे शीत तालाबों से बहतीं ठंडी वन जलधाराओं का पीछा करो, सब राज्यों में तलाश करो, पठार और उजाड़ स्थानों पर, सब जगह देखो। वहाँ गंधर्व रहते हैं। परंतु ध्यान रहे कोई तुम्हें न देख पाए। सूर्य से आगे मत जाना तथा एक महीने के भीतर यहीं लौट आना।"

सफ़ेद बालों वाले भालू शतबली को उत्तर दिशा में जाने का आदेश हुआ।

"हिमालय के सुंदर प्रदेश में जाओ, जहाँ कैलाश पर्वत चंद्रमा के समान चाँदी-सा सफ़ेद दिखता है और धन के देवता कुबेर की भूमि पर जाओ। हिमालय की बर्फ़ीले ढलानों में देखो और अप्सराओं के संगीत को सुनो तथा ज़मीन के नीचे रहने वाले नागों को देखो। एक महीने के भीतर देश की उस भयानक उत्तरी सीमा से वापस लौट आना।" उसके साथ एक चौथाई लड़ाकू वानरों का तीसरा जत्था चल पड़ा।

अंत में, सुग्रीव ने हनुमान और अंगद को बुलाया और उन्हें दक्षिण दिशा में जाने के लिए कहा। जांबवंत भी उनके पीछे चल पड़ा तथा वे सब सुग्रीव के सामने बिछे कालीन पर बैठ गए।

सुग्रीव ने कहा, "हमने रावण को सीता के साथ दक्षिण दिशा की ओर जाते देखा था। मैं राजकुमार अंगद को इस जत्थे का मुखिया नियुक्त करता हूँ। मुझे विश्वास है कि पवनपुत्र सीता को अवश्य खोज लेंगे।" उसके बाद उसने एक संदेशपत्र निकाला और हनुमान को देते हुए कहा, "इसे याद कर लो और यह संदेश राक्षसराज को मिलकर उसे दे देना।"

हनुमान ने सुग्रीव के पास बैठे राम की ओर देखा और उन्हें प्रणाम किया तथा आशीर्वाद माँगा। राम ने अपनी कमल-सी हथेलियाँ हनुमान के सिर पर रखीं और उन्हें आशीर्वाद दिया। उसके बाद राम उन्हें एक ओर ले गए और उन्हें सीता का सटीक विवरण बताया ताकि हनुमान सीता को देखते ही पहचान सकें।

"हे हनुमान," राम ने कहा, "मुझे विश्वास है कि सीता को तुम्हीं खोज सकोगे। उसके पैरों की ओर देखना, तो तुम पाओगे कि उसके अँगूठे के नाख़ून माणिक्य के समान हैं। उसकी एड़ियाँ तरकश के समान हैं। सीता की कमर इतनी पतली है कि वह दिखाई नहीं देती है। हालाँकि तुम्हारे लिए उसके पैर देखना ही पर्याप्त होगा। वे अतुलनीय हैं। जब तुम उससे मिलो तो उसे मेरी यह मुद्रिका देना, जिसे देखकर उसे विश्वास हो जाएगा कि तुम कोई गुप्तचर नहीं, बल्कि मेरे दूत हो! यह इक्ष्वाकु कुल की चिह्निनत मुद्रिका है और सीता इसे देखते ही पहचान जाएगी।" इसके बाद राम ने बताया कि सीता कैसे बोलती है,

कैसे चलती है तथा उसकी आवाज़ कैसी है। राम ने हनुमान को कुछ किस्से भी सुनाए जो सिर्फ़ राम और सीता को ही पता थे ताकि सीता को पूर्ण विश्वास हो जाए कि हनुमान, राम के दूत ही हैं।

हनुमान ने राम का कहा हुआ प्रत्येक शब्द अत्यंत आदरपूर्वक सुना। अब उनके मस्तिष्क में सीता का बहुत स्पष्ट चित्र बन गया था और उन्हें विश्वास हो गया कि यदि वे सीता को देखेंगे, तो वे उन्हें परिचित लगेंगी। हनुमान ने मुद्रिका को सम्मानपूर्वक अपने सिर पर रख लिया। फिर हनुमान ने राम को प्रणाम किया और दक्षिण दिशा में चले गए। उनके पीछे अंगद एवं नील के नेतृत्व में बहुत-से अन्य वानर भी थे।

जिन सेनापतियों को पूर्व, पश्चिम और उत्तर दिशाओं में भेजा गया था, वे सब एक माह पूरा होने से पहले ही लौट आए और उन्होंने दुखी होकर बताया कि उन्हें सीता के बारे में कोई सूचना नहीं मिल पाई। उन सभी को विश्वास था कि हनुमान अवश्य ही उस असंभव कार्य को पूर्ण कर लेंगे।

हनुमान अपने दल के साथ दक्षिण दिशा में चले गए और उन्होंने अनेक वन और नदियाँ पार कर लीं। एक महीने का निर्धारित समय पूरा होने वाला था और सभी वानर भूखे थे तथा थक गए थे कि तभी वे ऐसे एक वन से गुज़रे, जो किसी ऋषि के शाप के कारण कंद-मूल और फलों से रहित था। उन्होंने बहुत-सी खाइयाँ, घाटियाँ, जंगल और झाड़ियाँ पार की थीं। उन्हें पानी की एक बूँद भी नहीं मिली थी। वानर, थके और निरुत्साहित होने के कारण पर्वत की ढलान से नीचे गिरने लगे। उसी समय हनुमान को एक गुफा के भीतर से दो पक्षी निकलते दिखाई दिए जिनके पंखों से पानी टपक रहा था। हनुमान ने वानरों से कहा कि गुफा के भीतर अवश्य ही फल व पानी होगा। उन सबने पक्षियों का पीछा करने का निर्णय किया। गुफा के भीतर घोर अंधकार था, इसलिए वे सब एक-दूसरे की पूँछ पकड़कर एक पंक्ति बनाकर चलने लगे। चलते हुए, वे एक उपवन में पहुँच गए जहाँ के पेड़ सोने के बने थे और उनके नीचे एक तपस्विनी बैठी हुई थी। पहले उन्हें लगा कि वह सीता है, किंतु हनुमान को उसमें राम द्वारा बताया गया एक भी संकेत नहीं दिखाई पड़ा। हनुमान विनम्रता के साथ उस स्त्री के पास गए और उससे गुफा व उस अद्भुत स्थान की कथा सुनाने की प्रार्थना की।

उसने बताया कि उसका नाम स्वयंप्रभा है और वह गुफा की रक्षक है। वह गुफा, हेमा नाम की उसकी एक अप्सरा सखी की है। रावण ने हेमा की पुत्री, मंदोदरी से विवाह किया था। इसके बाद स्वयंप्रभा ने सभी वानरों को खाने के लिए फल व मेवे और पीने के लिए स्वादिष्ट पेय पदार्थ दिए जिससे सभी तृप्त हो गए। वह बहुत अकेली थी और उसने वानरों को वहाँ रोकने के कई प्रयास किए। यहाँ तक कि जांबवंत जैसा समझदार और वृद्ध भालू भी उसके आकर्षण में उलझकर अपना उद्देश्य भूल गया। केवल हनुमान को सब कुछ याद था और उन्होंने स्वयंप्रभा को सारी कथा सुनाई और फिर सदाशयता से पूछा कि उसकी सेवा-सत्कार के बदले में, वे उसके लिए क्या कर सकते हैं। उसने हनुमान से विवाह करने की प्रार्थना की और बोली कि वह हनुमान की हर इच्छा पूर्ण कर देगी। हनुमान ने कठोरतापूर्वक मना कर दिया और कहा कि वे अपने साथियों को लेकर अथवा

उनके बिना भी, वहाँ से चले जाएँगे किंतु वे विवाह नहीं कर सकते। हनुमान की निष्ठा देखकर स्वयंप्रभा ने उनकी सहयता करने का वचन दिया। उसने कहा कि वह मायावी गुफा है और उसमें प्रवेश करने वाला व्यक्ति, जीवित नहीं लौट सकता। परंतु उसे, उनके ऊपर दया आ गई और उसने कहा कि वे अपनी आँखें बंद करेंगे तो वह उनको गुफा से बाहर पहुँचा देगी। जब उन्होंने अपनी आँखें खोलीं तो वे सब दक्षिणी सागर के तट पर खड़े थे। वे मलय पर्वत के ऊपर से आ रही चंदन की सुगंध को महसूस कर सकते थे। उनके सामने वृक्ष-रहित निर्जीव रेत फैली हुई थी और उसके आगे क्षितिज तक पन्ने-सा हरा समुद्र फैला हुआ था। लंका द्वीप कहीं दिखाई नहीं दे रहा था।

अंगद ने सूर्य की ओर देखा तो उसे लगा कि उन्होंने गुफा के भीतर एक माह से अधिक का समय बिता दिया था। वह बहुत निराश हो गया। उनमें से किसी को पता नहीं था कि अब उन्हें क्या करना चाहिए। भूखे और असहाय वानर चिल्लाने लगे। अंगद ने उन हताश वानरों को देखकर कहा, "मैं भूखा मर जाऊँगा लेकिन ख़ाली हाथ लौटकर सुग्रीव का क्रोध नहीं सहन करूँगा!"

शेष वानरों व भालुओं ने भी अपने हाथ ऊपर उठाकर कहा, "हम आपके साथ मरेंगे!"

हनुमान ने अंगद को समझाया कि कायरों की तरह प्राण गँवाने से सुग्रीव के पास वापस लौटना बेहतर होगा। वह निश्चित ही दयापूर्ण व्यवहार करेगा। अंगद ने सभी वानरों के सामने सुग्रीव का डरावना चित्र प्रस्तुत किया था, जिस कारण वे सभी इस बात पर सहमत थे कि भूखे रहकर जान देना बेहतर होगा। उनके ऊपर, हनुमान की बात का कोई असर नहीं हुआ।

वे सब दक्षिण की ओर मुख करके समुद्र-तट पर लेट गए।

इस बीच संपाती नाम का एक विशाल गिद्ध, उनकी बात सुनकर अपनी गुफा में से बाहर निकल आया। वानरों को पंक्ति बनाकर तट पर लेटा देखकर, उसने अपने भाग्य को सराहा कि दयालु देवताओं ने उसके भोजन का प्रबंध कर दिया है।

"आज भाग्य सचमुच मेरे साथ है। मैंने कई दिनों से भोजन नहीं किया है और बहुत-से स्वादिष्ट वानर यहाँ पंक्ति बनाकर लेटे मेरी प्रतीक्षा कर रहे हैं कि मैं आऊँ और उन्हें खा जाऊँ!" ऐसा कहकर, वह पक्षी उछल-उछलकर उनके पास जाने लगा क्योंकि उसके पंख नहीं थे।

वानरों ने जब उस विशालकाय पक्षी को उछलते हुए अपनी ओर आते देखा तो वे अपने भाग्य को कोसने लगे। वही वानर, जो भूखे रहकर अपनी जान देने की बात कर रहे थे, अब जीवित निगले जाने के भय से घबरा गए!

अंगद रोने लगा, "हमारे भाग्य को देखो। यह पक्षी मृत्यु के देवता, यम जैसा दिखाई पड़ता है जो हमारा अंत करने के लिए आ रहा है। कहते हैं कि सभी पशु-पक्षी राम से प्रेम करते हैं। यहाँ तक कि वह वृद्ध गिद्ध जटायु भी राम के लिए अपने जीवन का अंत करने को तैयार हो गया था! तो फिर यह पक्षी हमें राम की सहायता करने से रोकने और हमें खाने का प्रयास क्यों कर रहा है?"

वास्तव में संपाती, जटायु का भाई था, जिसने राम के वनवास के दौरान उनकी सहायता की थी और जिस समय रावण सीता का हरण करके ले जा रहा था, उस समय जटायु ने रावण को रोकने के लिए उसके साथ युद्ध किया था, किंतु वह उस लड़ाई में मारा गया था। संपाती ने ज्यों ही अपने भाई 'जटायु' का नाम सुना, वह तुरंत रुक गया और उसने अंगद से अपने छोटे भाई जटायु के विषय में पूछा। संपाती ने उसे चट्टान से नीचे उतारने के लिए कहा क्योंकि उसके पंख जल गए थे। अंगद ने थोड़ा साहस करके उस वृद्ध गिद्ध को चट्टान पर से नीचे उतारने में मदद की। फिर उसने संपाती को राम की पूरी कथा तथा उनके द्वारा सीता की खोज की बात सुनाई।

अपने भाई जटायु की मृत्यु का समाचार सुनकर, संपाती की आँखों में आँसू आ आए। वह फूट-फूटकर रोने लगा। अंगद ने उससे जटायु के विषय में पूछा, तो संपाती ने उसे अपनी कथा सुनाई।

"जटायु मेरा छोटा भाई था। जब हम युवा थे तो हम दोनों के बीच इस बात को लेकर प्रतिस्पर्द्धा हुई कि कौन अधिक ऊँचा उड़ सकता है। हम दोनों उड़ते हुए सूर्य के निकट चले गए। जब मैंने देखा कि जटायु सूर्य की गर्मी से जल रहा है, तो मैं उड़कर उसके ऊपर आ गया और अपने पंखों से उसे बचा लिया। इससे जटायु तो बच गया लेकिन मेरे पंख पुरी तरह जल गए और मैं धरती पर गिर पड़ा। मैं फिर कभी उड़ नहीं सका और न ही मैं उसके बाद अपने भाई से कभी मिल पाया। मेरा जीवन कष्ट से भरा हुआ है और मैं सिर्फ़ इसलिए जीवित हूँ क्योंकि मुझे कहा गया था कि राम की कथा सुनने के बाद ही मुझे मुक्ति मिलेगी।"

संपाती ने जैसे ही अंगद के मुख से राम की कथा सुनी, उसके पंख निकल आए और वह किसी युवा पंछी की तरह आकाश में उड़ गया, जिसे देखकर सभी वानर दंग रह गए। वे सब राम-कथा की चमत्कारी शक्ति को देखकर आश्चर्यचकित थे। संपाती शीघ्र ही नीचे उतर आया और उसने बताया कि उसने रावण को सीता का हरण करके ले जाते हुए देखा था। अंगद ने संपाती से उन्हें पूरी बात विस्तार से बताने की प्रार्थना की।

संपाती बोला, "एक दिन मैं चट्टान पर बैठा था तो मैंने देखा कि एक राक्षस, जो निश्चित ही, निशाचरों का राजा रावण था, अत्यंत सुंदर सीता को बलपूर्वक अपने साथ ले जा रहा था। वह उसकी पकड़ से छूटने का भरपूर प्रयास कर रही थी लेकिन उसने सीता को कसकर पकड़ा हुआ था। वह रोते हुए राम और लक्ष्मण को सहायता के लिए पुकार रही थी।"

यह सुनकर वानरों के हृदय में आशा की किरण जाग उठी और वे सब उस वृद्ध गिद्ध के आस-पास एकत्र हो गए तथा उससे कहा कि वह जो कुछ जानता हो, सब कुछ उन्हें बताए।

संपाती ने कहा, "रावण सप्तर्षियों में से एक ऋषि, पुलस्त्य के पुत्र, विश्रवा का पुत्र है। विश्रवा की दो पत्नियाँ थीं। एक यक्षिणी थी, जिसने कुबेर को जन्म दिया और दूसरी राक्षसी थी, जिससे रावण का जन्म हुआ। वह लंका नगरी, जिसे मैं अपनी पैनी गिद्ध दृष्टि से देख पा रहा हूँ, कुबेर ने बनाई थी। रावण अपने भाई से ईर्ष्या करता था। उसने शिव

की उपासना करके उनसे एक तलवार प्राप्त की थी, जिसकी सहायता से उसने अपने भाई कुबेर को पराजित करके लंका से भगा दिया और वहाँ स्वयं कब्ज़ा कर लिया। रावण ने कुबेर का पुष्पक विमान भी छीन लिया। इसी विमान पर सवार होकर और हाथ में अपनी दिव्य तलवार लेकर रावण बलात्कार और लूटपाट में लिप्त हो गया। एक बार उसने एक तपस्वी को लात मार दी और उसे 'बंदर' बोल दिया। क्रोध में आकर तपस्वी ने रावण को शाप दे दिया कि वानर ही उसकी मृत्यु का कारण बनेंगे।"

अपनी गिद्ध दृष्टि से दक्षिण दिशा में देखते हुए संपाती ने बताया कि सीता लंका के एक उपवन में, राक्षसियों से घिरी बैठी हैं। संपाती ने वानरों को आशीर्वाद दिया और कहा कि वे अवश्य ही अपने उद्देश्य में सफल होंगे। उसने यह भी कहा कि वानरों को अपने समूह में से किसी एक को चुनना होगा जो समुद्र पार करके लंका जा सके और वहाँ से सीता का समाचार ला सके।

अंगद तथा अन्य वानर आशावान हो उठे कि सीता को खोजने का उनका उद्देश्य सफल हो जाएगा तथा वे इस बात पर विचार करने लगे कि वह कौन है जो छलाँग लगाकर लंका जा सकेगा और सीता का समचार ला सकेगा। अंगद ने एक-एक करके सब वानरों से पूछना शुरू किया कि कौन कितनी लंबी छलाँग लगा सकता है। किसी ने कहा कि वह दस मील तक कूद सकता है, दूसरे ने बीस और तीसरे ने तीस मील इत्यादि। परंतु उनमें से कोई भी सौ योजन याने आठ सौ मील की छलाँग लगाने में असमर्थ था। अंगद ने कहा कि वह लंका तक जा तो सकता है, किंतु उसे डर है कि वह वापस नहीं आ पाएगा।

सबसे वृद्ध भालू, जांबवंत अपनी विद्वता और बल के लिए प्रसिद्ध था। विष्णु द्वारा राम के रूप में अवतार लेने का मुख्य उद्देश्य रावण का वध करना था, लेकिन अवतार लेने से पूर्व, विष्णु ने सृष्टि के रचयिता ब्रह्मा से कहा कि वे बहुत-से वानरों की रचना करें जो उनके इस उद्देश्य में राम की सहायता करेंगे। ब्रह्मा ने कुछ देर विचार किया और फिर उन्हें नींद आने लगी। तभी उनके मुख से एक छोटा-सा जीव निकला और यही बाद में विवेकशील भालू - जांबवंत के नाम से विख्यात हुआ।

उसके जन्म से संबंधित एक अन्य कथा भी है। एक बार जब ब्रह्मा अपने कमल-पुष्प के आसन पर विश्राम कर रहे थे तो वहाँ दो भयानक राक्षस, मधु और कैटभ आ गए। उन्हें देखकर ब्रह्मा भयभीत हो गए और उन्हें पसीना आ गया। कहते हैं, उनके पसीने की दिव्य बूँदों से जांबवंत का जन्म हुआ। वह विष्णु का बहुत बड़ा भक्त था और उसने विष्णु के प्रत्येक अवतार में उनके साथ जन्म लिया है। इस अवतार के समय, उसने राम की सहायता हेतु भालू के रूप में जन्म लिया था। यद्यपि पहले जांबवंत में भी ज़बरदस्त शक्ति थी, किंतु अब वह वृद्ध और दुर्बल हो गया था तथा समुद्र पार जाने और लौटने का अद्‍भुत कार्य करने में असमर्थ था।

इस बीच, हनुमान दूर बैठकर समुद्र को देख रहे थे और राम का नाम जप रहे थे। एक ओर, जहाँ अन्य वानर अपनी शक्तियों का बखान कर रहे थे, हनुमान शांत अवस्था में बैठे अपनी ही दुनिया में खोए हुए थे।

उसी समय, जांबवंत हनुमान के पास आया और बोला, "हे वानर श्रेष्ठ! आप चुप क्यों हैं? क्या आप नहीं जानते कि आप पवनपुत्र हैं? आप जितना दूर चाहें, छलाँग लगा सकते हैं। वास्तव में, आपने बचपन में सूर्य को पकड़ने के लिए बीस हज़ार मील लंबी छलाँग लगाई थी! केवल आपके पास ही यह असंभव कार्य करने की क्षमता है। उठिए और आकाश में उड़कर समुद्र के पार जाइए क्योंकि आप यह कार्य सरलता से कर सकते हैं।"

हनुमान को ऋषियों द्वारा शाप मिला हुआ था कि उन्हें अपनी असाधारण शक्तियाँ याद नहीं रहेंगी, बल्कि किसी को उन शक्तियों का स्मरण करवाना पड़ेगा और तभी वे उन शक्तियों का उपयोग कर सकेंगे। हनुमान ने ध्यान से जांबवंत की बात सुनी - "केवल आपके भीतर बल, बुद्धि और साहस है। केवल आप, स्थान और समय की अत्यावश्यकता को अपने अनुकूल बनाने की क्षमता रखते हैं। आप नीति में निपुण हैं और सत्चरित्र में आपके समान कोई दूसरा नहीं है।" वाल्मीकि ने मारुति को विशाल समुद्र पार करने का असंभव कार्य करने के लिए प्रेरित करते हुए जांबवंत से यही शब्द कहलवाए हैं। हनुमान अपने स्वभावगत विनम्र भाव से उठे और जांबवंत को प्रणाम किया। उन्होंने जांबवंत को कहा कि उनके लिए जो भी आदेश है, वे उसे पूरा करने के लिए तैयार हैं।

"आपके शब्दों से मुझे इतना साहस मिला है कि लगता है, जैसे मैं अकेले ही समस्त राक्षस जाति का संहार कर दूँगा, यदि उन्होंने राम की निर्दोष पत्नी सीता को लौटाने से मना कर दिया। इस समुद्र की चौड़ाई मुझे बहुत कम लग रही है। आपके आशीर्वाद और प्रभु की आज्ञा, मेरे लिए दो पंख हैं जिनकी सहायता से मैं सरलता से इस विशाल समुद्र को पार कर जाऊँगा। मैं राघव द्वारा छोड़े गए बाण की तरह फुर्ती से लंका पहुँच जाऊँगा। यदि मैं लंका में सीता को नहीं खोज सका तो मैं उसी तेज़ी से देवलोक चला जाऊँगा।" हनुमान को अपने ऊपर इतना विश्वास था कि वे बताए गए कार्य को पूरा करने की क्षमता रखते हैं और यह आत्म-विश्वास, अपने स्वामी के प्रति पूर्ण निष्ठा से आता है।

देवताओं ने उनके वचन सुनकर उनकी प्रशंसा की, "जिसके अंदर आपकी भाँति निर्भयता, साहस, दूरदृष्टि, मस्तिष्क का संतुलन और कौशल मौजूद है, उसे किसी भी तरह का कार्य पूरा करने में कोई परेशानी नहीं होगी।"

हमारे मस्तिष्क के लिए दिव्य सामर्थ्य तथा इस तथ्य की निरंतर याद दिलाना आवश्यक होता है कि यदि वह अपनी नियति को जान ले तो अद्भुत कार्य कर सकता है। उसे यह याद दिलाना भी जरूरी होता है कि कोई कार्य अपने आप पूर्ण नहीं हो जाता, बल्कि प्रत्येक कार्य हमारी दिव्य शक्ति के कारण होता है। हनुमान, आदर्श मस्तिष्क के प्रतीक हैं तथा श्रेष्ठ एवं प्राप्य क्षमता को दर्शाते हैं।

*संकट तें हनुमान छुड़ावै।*
*मन क्रम बचन ध्यान जो लावै।।*

—तुलसीदास कृत *हनुमान चालीसा*

ॐ *श्री हनुमते नमः*

ॐ

*महाकायाय नमः*

## अध्याय 12

# सुंदर

## सुंदर कांड

*अतुलितबलधामं हेमशैलाभदेहं,*
*दनुजवनकृशानुं ज्ञानिनामग्रगण्यं।*
*सकलगुणनिधानं वानराणामधीशं,*
*रघुपतिप्रियभक्तं वातजातं नमामि।*

*मैं पवन-पुत्र को प्रणाम करता हूँ,*
*जिनका बल अतुलनीय है, जिनका तन,*
*सूर्य के वर्ण समान सुनहरा है,*
*जो विवेकशील प्राणियों में श्रेष्ठ हैं,*
*जिनमें सभी सद्‌गुण मौजूद हैं,*
*जो वानरों में श्रेष्ठ हैं,*
*जो राम के प्रिय भक्त हैं।*

*—श्री हनुमत स्तोत्र*

हनुमान को जैसे ही उनकी शक्तियों का स्मरण करवाया गया, वे तत्काल ऊर्जा से भर उठे और उन्होंने अपना आकार इतना बढ़ा लिया कि उनका मस्तक आकाश को छूने लगा। उनका चेहरा उदय होते सूर्य की भाँति चमक रहा था, उनके बलशाली अंगों में ऊर्जा का संचार हो रहा था और उनके नेत्र ग्रहों की भाँति दमक रहे थे। उनकी श्वास के चलने से ऐसा लग रहा था मानो कोई ज्वालामुखी फटने वाला हो। उनकी पूँछ, युद्ध के देवता कार्तिकेय की पताका की भाँति उनके सिर के ऊपर लहरा रही थी। उन्हें देखकर सभी भयभीत हो गए। पक्षी चीख़ते हुए इधर-उधर भागने लगे, वन्य पशु अपनी गुफाओं में जा छिपे और मछलियाँ भी समुद्र तल में चली गईं। सिर्फ़ वानर थे, जो भयभीत नहीं हुए तथा हनुमान के इस शानदार करतब को हैरानी से देखते रहे। वे प्रसन्नता से चिल्लाने और ऊपर-नीचे उछलने लगे।

अपने विराट रूप में हनुमान बोले, “वानरों, भयभीत न होओ! मैं वायुदेव का पुत्र हूँ, जिनकी शक्ति असीमित है। मैं मेरु पर्वत की परिक्रमा कर सकता हूँ तथा चिलचिलाते सूर्य को भी पीछे छोड़ सकता हूँ। जब मैं समुद्र के पार छलाँग लगाऊँगा तो मेरा रूप भगवान विष्णु के त्रिविक्रम अवतार (जिसने तीन पग में पूरी धरती नाप ली थी) जैसा दिखाई देगा। मैं कुछ ही क्षणों में समुद्र को लांघ जाऊँगा और राम की पत्नी को खोजकर और यदि संभव हुआ तो, उन्हें साथ लेकर लौटूँगा। मैं अब इस पर्वत शिखर पर जा रहा हूँ क्योंकि छलाँग लगाने पर, सिर्फ़ यही है, जो मेरे भार को सहन कर सकता है।” उल्लास में भरकर हनुमान ने एक शिखर से दूसरे पर छलाँग लगाई और उन शिखरों को फूल की डाल की तरह मसल दिया! उनके शक्ति-प्रदर्शन को देखकर अन्य वानरों के मुख आश्चर्य से खुले रह गए। इसके बाद हनुमान ने महेंद्र पर्वत पर छलाँग लगाई, जो उस तट का सबसे ऊँचा स्थान था और वहाँ से समुद्र के पार छलाँग लगाने की तैयारी करने लगे। उनके भार के नीचे, वह पर्वत काँप रहा था। उसका पानी बाहर निकल गया तथा पशु-पक्षी भयभीत होकर वहाँ से भागने लगे। हनुमान ने राम का ध्यान करके स्वयं को शांत किया तथा “राम, राम” का जादुई मंत्र जपने लगे। उन्होंने अपने हाथ जोड़े और पूर्व दिशा की ओर देखकर अपने पिता वायुदेव का अशीर्वाद प्राप्त किया। उन्होंने अपने अंगों को खोला और पहलवान की भाँति उन्हें थपथपाया। इसके बाद वे थोड़ा-सा झुके, फिर अपने हाथों को धरती पर रखा और धावक की तरह एक पैर पीछे खींचकर आकाश में जोरदार छलाँग लगा दी। उनकी छलाँग के वेग से वृक्ष और झाड़ियाँ उखड़ गए और उनसे झड़े फूल, हनुमान पर आ गिरे मानो उन्हें आशीर्वाद दे रहे हों। उनकी पूँछ, पताका की भाँति, उनके सिर के ऊपर से मुड़ी हुई लहरा रही थी। वायुदेव के इस विलक्षण पुत्र को मार्ग देने के लिए बादल भी हट गए। इस आश्चर्यजनक करतब को देखने के लिए समुद्र के जीव-जंतु सागर की सतह पर आ गए। हनुमान अपने ऊपर आकाश को छू रहे थे और नीचे, टिमटिमाते समुद्र को देख रहे थे।

जंबूद्वीप (भारत) और लंका के बीच में, मैनाक नाम का एक पर्वत था। समुद्र के देवता वरुणदेव ने जब हनुमान को ऊपर से गुज़रते हुए देखा तो उनके मन में उस राम-दूत की सहायता करने का विचार आया। वरुणदेव ने मैनाक पर्वत को, जो सागर में डूबा हुआ था, थोड़ा ऊपर उठने को कहा ताकि आंजनेय उसके ऊपर ठहरकर कुछ देर विश्राम कर सकें। मैनाक ने तत्काल आज्ञा का पालन किया। अचानक हनुमान ने मैनाक पर्वत के सुनहरे शिखर को सागर से ऊपर उठते देखा। शिखर ने उनका मार्ग रोक लिया था। पर्वत ने मनुष्य का रूप धारण किया और हनुमान से आग्रह किया कि वे मैनाक व समुद्र-देवता का सत्कार स्वीकार करें तथा अपनी यात्रा पर आगे बढ़ने से पूर्व कुछ देर विश्राम कर लें।

कर्त्तव्य के प्रति निष्ठा के कारण हनुमान ने पर्वत का आग्रह अस्वीकर कर दिया और उसे कहा कि उनके पास बहुत कम समय है और उन्हें अपना कार्य समाप्त करके यथाशीघ्र लौटना है। इसलिए हनुमान ने पर्वत द्वारा किए गए स्वागत को स्वीकारते हुए सिर्फ़ उसे एक बार स्पर्श किया और फिर तेज़ी से आगे चले गए क्योंकि उन्हें सूर्य के अस्त होने से पहले, लंका पहुँचने की जल्दी थी। मैनाक पर्वत समुद्र के नीचे चला गया और उसने फिर से अपना पहले वाला स्थान ले लिया।

इसके बाद देवताओं ने हनुमान की परीक्षा लेने का निर्णय किया। उन्होंने सर्पों की माता सुरसा को हनुमान का मार्ग रोकने तथा उनके बल की परीक्षा लेने को कहा। सुरसा ने तत्काल अपना आकार बढ़ाया और कमर पर हाथ रखकर हनुमान का मार्ग रोककर खड़ी हो गई।

"देवताओं का यह आदेश है कि कोई प्राणी मेरे मुख में प्रवेश किए बिना इस दक्षिणी समुद्र को पार नहीं कर सकता। उन्होंने आज, तुम्हें मेरा भोजन बनाकर भेजा है, इसलिए मैं अब तुम्हें खाऊँगी।" यह भी एक कारण था कि अब तक कोई प्राणी रावण के निवास तक नहीं पहुँच पाया था।

ऐसा कहकर सुरसा ने अपना भयंकर मुख खोला और हनुमान को निगलने लगी। हनुमान ने सुरसा से विनम्रतापूर्वक यह कहकर कि वे राम के दूत हैं और उन्हें एक अत्यंत आवश्यक कार्य से आगे जाना है, सुरसा से जाने की अनुमति माँगी। हनुमान ने सुरसा को यह वचन भी दिया कि कार्य पूरा होने के बाद, वे स्वयं उसके पास वापस आ जाएँगे। परंतु सुरसा ने हठ किया और कहा कि आगे बढ़ने से पहले हनुमान को उसके मुख में प्रवेश करना पड़ेगा। हनुमान को उसकी नासमझी पर बहुत गुस्सा आया और उन्होंने अपना आकार दो गुना बढ़ा लिया। सुरसा ने भी अपना मुख खोल दिया। हनुमान ने फिर से अपना आकार दो गुना बढ़ाया तो सुरसा ने भी अपना मुख दो गुना अधिक फैला लिया। यह देखकर बुद्धिमान हनुमान ने तुरंत अपना आकार घटाकर अँगूठे जितना किया और तेज़ी से सुरसा के मुख में प्रवेश करके उसके नथुनों से बाहर निकल आए!

"मैंने आपकी शर्त पूरी कर दी है कि कोई आपके मुख में प्रवेश किए बिना आगे नहीं जा सकता। अब आप कृपया मुझे जाने दीजिए!" हनुमान ने कहा।

हनुमान की बुद्धि और सूझबूझ देखकर देवता प्रसन्न हो गए और उन्होंने सुरसा से हनुमान का मार्ग छोड़ देने के लिए कह दिया। सुरसा ने कहा, "हे उच्चात्मा हनुमान! अपने मार्ग पर आगे बढ़ो तथा राम की सीता से मिलवाने में सहायता करो!"

हनुमान ने सुरसा को प्रणाम किया और बादलों को पीछे छोड़ते हुए पवन गति से आकाश मार्ग में उड़ गए।

उस समय, सिंहिका नाम की एक राक्षसी भी समुद्र में रहती थी जो प्राणी की पानी पर पड़ने वाली परछाईं को पकड़कर शिकार करती थी। उसने हनुमान को ऊपर से उड़ते देखा तो यह सोचकर बहुत ख़ुश हुई कि देवताओं ने उसके लिए बढ़िया भोजन का प्रबंध किया है। उसने जैसे ही हनुमान की परछाईं को पकड़ा तो हनुमान को लगा कोई उन्हें पानी के भीतर खींच रहा है। वे यह सोच ही रहे थे कि उनके साथ क्या हो रहा है कि तभी वह राक्षसी उन्हें निगलने के लिए पानी से बाहर निकल आई। हनुमान ने तुरंत अपना आकार बढ़ा लिया किंतु उस राक्षसी ने भी अपना मुख फैला लिया और हनुमान पर झपटी। तब हनुमान ने अपना आकार घटा लिया और उसके मुख में प्रवेश कर गए तथा उसके अंगों को अपने नाख़ूनों से फाड़ दिया। फिर उन्होंने भीतर ही अपना आकार बढ़ाया और उस राक्षसी के शरीर के टुकड़े करके, बाहर निकल गए जिससे उसकी मृत्यु हो गई। समुद्र की

मछलियों ने झटपट आकर उसके मृत शरीर को खाना आरंभ कर दिया।

हनुमान ज्यों ही फिर से आकाश में उड़े, देवताओं और दिव्यात्माओं ने उनकी प्रशंसा की। "आपने इस भयंकर जीव का वध करके सचमुच बहुत अच्छा कार्य किया है। जिसके पास दृढ़ता, सही दृष्टि, समझ और कौशल है, वह किसी भी कार्य में असफल नहीं हो सकता। हे वायुपुत्र, आपका उद्देश्य पूर्ण हो और आप शीघ्र लौटकर आएँ!"

इसके बाद शीघ्र ही, हनुमान को समुद्र के हृदय में आभूषण-सा चमकता हुआ लंका द्वीप दिखाई पड़ा। वह वनों, नदियों तथा जलप्रपात व फूलों के उपवनों से घिरा हुआ था। लंका नगरी तीन शिखर वाले त्रिकूट पर्वत के उच्चतम शिखर के बिलकुल नीचे समतल स्थान पर बसी हुई थी और ऐसा लगता था मानो वह बादलों पर स्थित है। दरअसल यह शिखर, कथाओं में विख्यात मेरु पर्वत का ही एक अंश था। कहते हैं, एक बार पवित्र नाग वासुकि का, जिसके ऊपर विष्णु विश्राम करते हैं, वायुदेव के साथ मुक़ाबला हो गया। अपनी शक्ति का प्रदर्शन करने के लिए वासुकि ने स्वयं को मेरु पर्वत के आस-पास लपेट लिया और वहाँ से हिलने से मना कर दिया। वायुदेव को बहुत क्रोध आया और उन्होंने पूरी शक्ति से बहना आरंभ किया जिसके कारण पूरे विश्व में भगदड़ मच गई। देवतागण भागे-भागे विष्णु के पास पहुँचे और उनसे हस्तक्षेप करने की याचना की। विष्णु ने वासुकि को मेरु पर्वत को छोड़ देने का आदेश दिया। ज्यों ही सर्प ने अपनी एक कुंडली खोली, उसी समय वायु ने पर्वत का एक टुकड़ा, जो ऊपर दिखाई दे रहा था, तोड़ दिया और उसे उड़ाकर समुद्र में फेंक दिया। वह टुकड़ा दक्षिणी समुद्र में गिरा और समय के साथ यही त्रिकूट पर्वत कहलाया। उसी दौरान, ऋषि विश्रवा का पुत्र कुबेर एक नगर का निर्माण करना चाहता था। उसके पिता ने देवताओं के शिल्पकार विश्वकर्मा को त्रिकूट पर्वत के ऊपर नगर का निर्माण करके को कहा। यह बहुत सुंदर शहर था और इसे 'लंका' नाम दिया गया। विश्रवा का एक पुत्र था - रावण। उसे ब्रह्मा से अनेक वरदान प्राप्त थे और इस कारण वह अत्यंत अहंकारी हो गया। उसने अपने भाई कुबेर के विरुद्ध युद्ध छेड़ दिया और उसे लंका से भगाकर वहाँ अपना आधिपत्य स्थापित कर लिया।

हनुमान एक पहाड़ी शिखर पर उतरे और उन्होंने वहीं से उस शानदार लंका नगरी को देखा। सूर्यास्त के समय उसकी छतें स्वर्णमंडित लग रही थीं। रावण की नगरी का वैभव देखकर हनुमान स्तब्ध रह गए। उन्होंने सोचा कि वह बाहर से इतनी सुंदर है तो भीतर से कितनी भव्य होगी। उन्होंने देखा कि लंका समुद्र से घिरी होने के कारण चारों ओर से सुरक्षित थी। उसमें चार द्वार थे जो चार दिशाओं में खुलते थे और उसकी चारदीवारी सोने की बनी हुई थी। लंका की मोर्चाबंदी, अत्यंत दृढ़तापूर्वक की गई थी तथा उसके चारों ओर खाइयाँ और खंदकें थीं, जिनमें विषैले सर्प तैरते थे। पर्वत की ढलान, वृक्षों व पल्लवित झाड़ियों से आच्छादित थी और उसके भवन संध्या-प्रकाश में चमक रहे थे। हनुमान ने देखा कि वहाँ के मार्ग साफ़, सफ़ेद थे जिनके किनारों पर हरी और स्वादिष्ट घास लगी हुई थी। पर्वत के ऊपर स्थित होने के कारण लगता था मानो लंका बादलों के बीच हवा में तैर रही हो। हनुमान के चेहरे से टकराने वाले वायु के झोंके में मिर्च, लौंग और मसालों की सुगंध आ रही थी। मारुति फुर्ती से एक शिला से दूसरी शिला पर छलाँग लगाते हुए उत्तरी द्वार

तक पहुँच गए। उसकी दीवारों के चारों ओर बनी खाई में आदमखोर मछलियाँ तैर रही थीं।

पत्थर से बने द्वार-तोरणों के नीचे हाथी खड़े थे और भयभीत करने वाले राक्षस धनुर्धर, छतों व बुर्जियों पर तैनात थे। हनुमान ने सोचा, यदि राम अपनी वानर सेना के साथ किसी तरह समुद्र पार करके यहाँ तक पहुँच भी गए तो क्या उनके लिए इस नगर के प्राचीर को पार कर पाना संभव होगा। उन्होंने सोचा, "यहाँ तक कि मेरे पिता वायुदेव के लिए भी इस नगर में छिपकर प्रवेश करना कठिन होगा।" परंतु फिर उन्होंने सोचा कि उनका तात्कालिक कार्य सीता का पता लगाना और उसका समाचार अपने स्वामी को देना है। भीषण राक्षस पहरेदार होते हुए, उनके लिए अपने मौजूदा रूप में लंका में प्रवेश करना असंभव था। वे इस बात पर विचार करने लगे कि सीता को खोजने का कार्य किस तरह पूर्ण किया जाए। वे अँधेरा होने की प्रतीक्षा करने लगे। जो शीघ्र ही, लंका नगरी पर अँधकार का आवरण छा गया। फीका चंद्रमा अपने कुछ सहयोगी तारों के साथ आकाश में तैर रहा था और लंका नगरी किसी स्वप्न की भाँति उसके ऊपर छाई हुई थी। हनुमान ने अपना आकार घटाकर बिल्ली जितना कर लिया और उत्तरी द्वार से अंदर प्रवेश करने लगे। "बिल्ली, रात के समय, कहीं भी घूम सकती है," उन्होंने सोचा।

लंकिनी नाम की एक योद्धा युवती, किसी समय ब्रह्मलोक की रक्षक रह चुकी थी। उसके अहंकारी हो जाने पर ब्रह्मा ने उसे शाप दिया था कि उसे देवताओं की नगरी को छोड़ना तथा राक्षसों की नगरी का रक्षक बनकर रहना होगा। उसे एक वानर द्वारा पराजित होने के बाद ही शाप से मुक्ति मिलेगी। वह लंका के द्वार पर सजगता से पहरा दे रही थी जबकि शेष सभी लोग आराम से सो रहे थे। वह कमर पर हाथ रखकर मारुति के सामने उसका मार्ग रोककर खड़ी हो गई।

"वनवासी, तुम कौन हो?" उसने पूछा। "रावण की शक्ति द्वारा सुरक्षित और सभी ओर से घिरे इस द्वार से मेरी अनुमति के बिना कोई भीतर प्रवेश नहीं कर सकता।"

हनुमान ने लंकिनी से उल्टा प्रश्न पूछा। "हे दयालु देवी, आप कौन हैं? आप मुझे रोकने के लिए इतनी आतुर क्यों हैं?"

लंकिनी, हनुमान के विनम्र व्यवहार अथवा छद्‌म वेश से प्रभावित नहीं हुई और बोली, "वानर, मैं लंका नगरी का मानवीकृत रूप हूँ और लंका में घुसने वालों को रोकना ही मेरा दायित्त्व है। मरने के लिए तैयार हो जाओ क्योंकि मैं अब तुम्हें मार डालूँगी।"

लंकिनी की बात से घबराए बिना हनुमान ने धीरे से कहा, "मैं इस नगरी को सिर्फ़ देखने आया हूँ क्योंकि मैंने यहाँ के अनेक अद्‌भुत किस्से सुने हैं।"

लंकिनी की आँखों से ज्वाला निकल रही थी और उसके बलशाली हाथों में अनेक प्रकार के अस्त्र-शस्त्र थे। वह हनुमान के मधुर वचनों से प्रभावित नहीं हुई और उपहास करते हुए बोली, "वानर, मुझे पराजित किए बिना तुम अपने उद्देश्य में सफल नहीं हो सकते!" यह कहकर लंकिनी ने हनुमान के गाल पर मुक्का जड़ दिया।

इससे हनुमान को गुस्सा आ गया और उन्होंने बिना कुछ कहे अपनी बाईं मुट्ठी बंद की और एक ज़ोरदार वार किया जिससे लंकिनी धरती पर गिर पड़ी।

हनुमान के प्रहार तथा अपने सम्मान पर लगी चोट से स्तब्ध लंकिनी ने कहा, "हे वानर श्रेष्ठ! कृपया मुझे छोड़ दीजिए। मैं यहाँ से हट जाती हूँ और आपको प्रवेश करने की अनुमति देती हूँ। संसार के रचयिता ब्रह्मा ने जब मुझे यहाँ नियुक्त किया था तो ये शब्द कहे थे, 'एक दिन एक वानर तुम्हें पराजित करके नीचे गिरा देगा। जिस दिन ऐसा हो, तो समझ लेना कि इस नगर और यहाँ के राजा रावण का सर्वनाश निकट है!' मैं समझ गई हूँ कि ब्रह्मा द्वारा की गई भविष्यवाणी के सत्य होने का समय आ चुका है। आप नगर में प्रवेश करके अपना कार्य पूरा कीजिए। आपको राजा जनक की धर्मनिष्ठ पुत्री अवश्य मिल जाएगी।" यह कहकर लंकिनी सदा के लिए लंका छोड़कर चली गई।

लंका के पहरेदारों के विषय में एक अन्य कथा आती है। रावण, भगवान शिव का इतना महान भक्त था कि एक बार शिव और पार्वती दोनों लंका में रहने के लिए आए थे, जिसके कारण लंका अभेद्य हो गई। जब इंद्र के नेतृत्व में देवताओं ने ब्रह्मा से रावण के अत्याचार की शिकायत की तो ब्रह्मा ने लंका जाकर शिव-पार्वती से उनके द्वारा लंका को दी सुरक्षा वापस लेने की प्रार्थना की। तब शिव ने वानर रूप में जन्म लेने और रावण के विनाश में महत्त्वपूर्ण भूमिका निभाने के लिए अपनी सहमति प्रदान की तथा पार्वती ने काली का रूप धारण कर लिया और उनकी प्रतिमा को द्वारा पर स्थापित किया गया। लंका में प्रविष्ट होते समय, हनुमान ने त्रिनेत्रधारी देवी का मंदिर देखा, जिसमें देवी ने अनेक दिव्य अस्त्र-शस्त्र पकड़े हुए थे तथा उनके निकट आठ योगिनियाँ मौजूद थीं। देवी ने हनुमान को चुनौती दी और सृष्टि की माता के रूप में अपने समस्त भयावह स्वरूपों को प्रकट कर दिया। हनुमान ने भी समस्त देवताओं की ऊर्जा से युक्त अपने दिव्य रूप को प्रकट करके उत्तर दे दिया। देवी ने हनुमान को पहचान लिया कि वे भगवान शिव के पुत्र के रूप हैं और उन्हें प्रणाम किया। मारुति ने देवी से प्रार्थना की कि वे उस द्वीप को छोड़कर चली जाएँ क्योंकि उनके रहते, कोई उस द्वीप को अपने अधीन नहीं कर सकता। देवी माँ वह स्थान छोड़ने पर सहमत हो गईं और उन्होंने हनुमान को आदेश दिया कि शरद ऋतु के समय नौ रातों तक होने वाली उनकी पूजा (नवरात्रि) वसंत ऋतु के समय भी की जानी चाहिए। हनुमान ने उनकी बात स्वीकार कर ली। उसके बाद, देवी सदा के लिए लंका से विदा हो गईं।

*प्रभु मुद्रिका मेलि मुख माहीं।*
*जलधि लाँघि गये अचरज नाहीं।।*

—तुलसीदास कृत *हनुमान चालीसा*

ॐ *श्री हनुमते नमः*

ॐ

*कपीश्वराय नमः*

## अध्याय 13

# पवन-पुत्र

## सीता की खोज

*उल्लंध्य सिन्धो, सलिलं, सलिलम्,*
*या शोकवाहनिम, जनकात्मजाय,*
*अदाय तेनैव ददः लंकाम्,*
*नमामि तम, प्रांजलिर-अंजनेयम्।*

*मैं आंजनेय को प्रणाम करता हूँ,*
*जिन्होंने समुद्र के ऊपर से छलाँग लगाई,*
*और जनक-पुत्री सीता का दुख दूर किया*
*और लंका नगरी को जला दिया।*

*—श्री हनुमत स्तोत्र*

नगर प्रहरी से छुटकारा पाने के बाद, हनुमान सरलता से प्राचीर पर पहुँच गए और उन्होंने वहीं से नींद में लिप्त लंका नगरी का अवलोकन किया, जो उनके नीचे कालीन की भाँति बिछी हुई थी। शहर का निर्माण अत्यंत सावधानीपूर्वक किया गया था। उसके मार्ग बहुत साफ़ थे। चारों ओर शानदार भवन बने हुए थे, जिनसे खिलखिलाती हँसी और विभिन्न वाद्य यंत्रों का संगीत सुनाई पड़ रहा था। उनकी जालीदार खिड़कियाँ में हीरे जड़े थे, जो चंद्रमा के प्रकाश में झिलमिला रहे थे। चंद्रमा की चाँदी जैसी रोशनी में लंका के महल दमक रहे थे। स्वच्छ व साफ़ सड़कों पर गुलाब की पँखुड़ियाँ बिखरी हुई थीं और उन पर चंदन का तेल छिड़का हुआ था। मार्ग के दोनों ओर विभिन्न आकृतियों व आकारों की भव्य इमारतें खड़ी थीं। हनुमान इन मार्गों पर छिपकर आगे बढ़ते रहे। वह शरद ऋतु की अंतिम पूर्णिमा थी तथा चंद्रमा अपने पूर्ण वैभव के साथ आकाश में प्रकाशमान था। अर्द्ध-रत्रि के समय निशाचर, शिकार का माँस खाने व रक्तपान के लिए बाहर निकलते हैं। लंका में, वह समय मनोरंजन और आमोद-प्रमोद मनाने, मदिरापान करने, संभोग करने और प्रसन्न रहने का था। हनुमान को सब तरह की विलासितापूर्ण आवाज़ें, वीणा एवं तुरही का संगीत तथा ढोलक

के मंद स्वर, बातचीत और राक्षसों के ताली पीटने की आवाज़ें सुनाई दे रही थीं। इसके साथ ही ब्राह्मणों द्वारा किए जा रहे वैदिक मंत्रोच्चारण के मधुर स्वर भी सुनाई दे रहे थे, जिन्हें इसी कार्य के लिए रखा गया था। हनुमान ने राक्षस योद्धाओं को देखा, जो हाथ में मशाल लिए रात्रि में गश्त लगा रहे थे। उनमें से कुछ ने शानदार और राजसी चिह्न-युक्त वस्त्र पहने हुए थे, कुछ ने पंखों से बने वस्त्र पहने थे, कुछ ने प्राकृतिक, सड़ी-गली चर्म लपेटी हुई थी और कुछ सिर मुँडाकर नंगे घूम रहे थे। उनके हाथों में लाठियाँ, छुरे, भाले और बरछे थे। इन योद्धाओं ने रावण के पुत्र इंद्रजित के साथ मिलकर आकाश और पाताल दोनों को अपने अधीन कर लिया था।

अपनी दैविक विजय-यात्राओं के दौरान रावण ने अनेक वैदिक देवताओं को परास्त कर दिया था और वह उनसे अपने सेवक की तरह काम करवाता था। उसने इनमें से दो सबसे ख़तरनाक देवताओं के साथ बहुत दुर्व्यवहार किया और उन्हें लंका के दक्षिणी छोर पर बंदी बना लिया। दक्षिण दिशा सबसे अशुभ प्रमुख दिशा मानी जाती है। नगर के निरीक्षण के दौरान जब हनुमान दक्षिणी छोर पर आए तो उन्हें एक चट्टान के साथ, कुरूप व काले रंग की आकृति बंधी हुई दिखाई पड़ी। हनुमान उसके पास गए और पूछा कि वह कौन है तथा बेड़ियों से क्यों बँधा हुआ है।

"मैं मृत्यु का राजा, काल हूँ और रावण ने मुझे इस पेटी से बाँध रखा है और ये रुद्र मंत्र से अभिमंत्रित है।"

हनुमान स्वयं रुद्र के अवतार थे। उन्होंने जैसे ही समीप जाकर पेटी को छुआ, वह तुरंत खुल गई और काल उस बंधन से मुक्त हो गया। काल ने प्रसन्न होकर हनुमान को वरदान दिया कि जो व्यक्ति हनुमान का स्मरण करेगा, उसे काल का भय नहीं रहेगा।

उस समय हनुमान ने एक करुण पुकार सुनी। वह आवाज़ का पीछा करते हुए आगे गए तो उनकी भेंट अनिष्टकारी ग्रह शनि से हुई। उसे भी रावण ने बंदी बना रखा था। रावण ने उसे बाँधकर पैरों से छत पर चमगादड़ की तरह उलटा लटका रखा था। उसका मुँह दीवार की ओर था ताकि उसकी कुदृष्टि, किसी पर न पड़े। मारुति ने उसकी बेड़ियाँ काटकर उसे भी मुक्त कर दिया।

कृतज्ञतापूर्वक शनि ने हनुमान से कहा कि यद्यपि, नीलम द्वारा उसके दुष्प्रभाव से बचा जा सकता है, श्याम वर्ण के भगवान विष्णु समस्त नीलमणियों में श्रेष्ठ हैं, इसलिए विष्णु के सभी भक्त, शनि के कोप से सुरक्षित रहेंगे। उसके बाद शनि ने हनुमान को वरदान दिया कि उनकी पूजा करने वाले लोगों को शनि नहीं सताएगा और उन्हें "संकट मोचन" की उपाधि प्रदान की। हालाँकि बाद की कथाएँ दर्शाती हैं कि जब द्वेषपूर्ण ग्रह शनि ने भलाई करने वाले को भी सताया तो हनुमान को फिर से उसके साथ कठोरता से निपटना पड़ा था।

हनुमान ने नगर के बीच में पहुँचकर देखा कि एक छोटी दीवार से सोलह प्रकार के गुलाबी स्वर्णिम रंगों का बड़ा-सा वृत्त बना हुआ था, जिसने राक्षसराज के महलों और उद्यानों को घेरा हुआ था। वे दीवार के ऊपर से कूदकर उद्यान में पहुँच गए। स्वर्णिम स्तंभों पर दीपक चमक रहे थे और मार्ग पर रत्नों के चूरे से बनी बजरी बिछी हुई थी।

आस-पास छोटे-छोटे मंदिर बने थे, जिनसे अगरबत्ती की सुगंध आ रही थी। मंदिरों के चारों ओर कुंज एवं मंडप बने हुए थे। उद्यान के बीच में एक आवर्ताकार स्थान था, उसके ऊपर स्वर्णिम गुंबद एवं रत्नजड़ित दीवारें तथा हीरे बिखरे पड़े थे। हनुमान टोपीदार प्रहरियों तथा ख़तरनाक निशाचर पक्षियों से, जो परेशान किए जाने पर चिल्लाने के लिए प्रशिक्षित थे, बचते हुए वहाँ से निकल गए। उन्होंने महल के चारों ओर घूमकर देखा। उन्हें बड़े-से प्रांगण में रावण का विख्यात पुष्पक विमान खड़ा दिखाई पड़ा, जो उसने अपने भाई कुबेर से छीना था। वह फूलों से बना हुआ था और बहुत सुंदर था। वह वसंत-रथ, मन की गति से चलता था और धरती से दो अंगुल ऊपर हवा में खड़ा रहता था। हनुमान उस पर चढ़ गए और उसे अंदर से देखने लगे। उसे पूरी तरह देखने के लिए एक माह चाहिए था। उसके अंदर पहाड़, उद्यान और पुष्प तथा स्वर्ण के बने आसन थे और वह सब कुछ था, जिसकी कल्पना की जा सकती है। उसके अंदर एक तरणताल और छींटे उड़ाता फव्वारा भी था!

अंत में, हनुमान ने विमान से उतरकर महल के भीतर मैदान का निरीक्षण करने का निर्णय किया क्योंकि यह स्पष्ट था कि सीता उस विमान में नहीं थीं। उन्होंने एक और बहुत बड़ा आंगन देखा जहाँ रावण की सेना रहती थी। उन्होंने रावण के सेनापतियों के महलों के अंदर झाँका। वहाँ बड़ी संख्या में घोड़े और हाथी खड़े थे।

उसके बाद हनुमान ने अपनी नाक के सहारे चलने का फैसला किया क्योंकि विभिन्न प्रकार के व्यंजन और पेय पदार्थों की सुगंध ने उनके नथुनों पर धावा बोल दिया था। वे निडर होकर उस कक्ष के भीतर चले गए जहाँ से वह स्वादिष्ट सुगंध आ रही थी। वहाँ की स्वर्णिम दीवारें अनमोल रत्नों से जड़ित थीं। वह महल अत्यंत सुदंर राजकुमारियों ने भरा हुआ था, जिन्हें रावण उठा लाता था। पूरा महल स्वर्णिम दीपकों से इस तरह प्रकाशित था मानो दिन का समय हो। वहाँ का दृश्य पूर्ण आमोद-प्रमोद और विलासिता से युक्त था। सैकड़ों कामुक स्त्रियाँ अस्त-व्यस्त अवस्था में घूम रही थीं। कुछ बाल खोलकर बिखरे हुए रत्नों के बीच कालीन पर लेटी हुई थीं, कुछ नृत्य कर रही थीं एवं कुछ मदिरापान में डूबी हुई थीं। उनके माथे की बिंदी उनके प्रेमी के हाथों फैल जाती, कमरबंद ढीले हो जाते, वस्त्र मसल जाते थे और मालाएँ कुचल जाती थीं। उनके भारी वक्ष के बीच झूलते मोती, दीप-प्रकाश में जगमगा रहे थे और भारी-भारी स्वर्ण बालियाँ कानों में लटकी हुई थीं। कुछ स्त्रियाँ, अपने व अपने प्रेमियों के तन पर चंदन का लेप लगा रही थीं और कुछ अपने प्रेमियों के गले में बाँहे डाले हुए थीं। वे सभी अर्द्ध-मादक अवस्था में थीं और उनकी श्वास से लौंग से बनी मदिरा की गंध आ रही थी। वे सभी आकर्षक, सुसज्जित, सुगंध से भरीं, घुमावदार आँखों एवं लंबी पलकों व तिरछी नज़रों वाली थीं और अपने रूप से पुरुषों को रिझाने में पारंगत थीं। रावण ने संसार के विभिन्न स्थानों की सबसे सुंदर स्त्रियों को पकड़कर लंका में रखा हुआ था। ऐसा लग रहा था कि अपने विमान में बैठकर संसार-भर के नागाओं, गंधर्वों, दैत्यों तथा ऋषियों की कुँवारी कन्याओं को पकड़ना ही रावण का मुख्य कार्य था! अपने हरण के समय, वे सब रोई व चिल्लाई थीं और आत्म-हत्या करने का प्रण किया था, किंतु अंत में वे सब उसके घातक आकर्षण के सामने हार गईं क्योंकि रावण, प्रेम-क्रीड़ा में पारंगत होने के लिए भी प्रसिद्ध था। रावण को, उन कन्याओं ने, जिन्हें वह

ज़बरदस्ती उठा लाता था तथा उनके माता-पिता ने, अनेक बार को शाप दिया था। हनुमान ने उन सभी को देखा और सहज ही जान लिया कि उनमें कोई भी स्त्री सीता नहीं है। उनकी कल्पना में, सीता कांतिहीन और दुर्बल थीं, जो अपने पति की प्रतीक्षा में बैठी, बादलों से झाँकते पूर्णिमा के चंद्रमा की भाँति दिख रही थीं।

हनुमान सफ़ेद पत्थर पर चढ़े और मणिकार व चमकती स्वर्ण सीढ़ी पर कूदते हुए कक्ष के अंत तक जा पहुँचे जो चाँदी से मंडित था। उसके अंत में हरिताश्म द्वार था, जिसमें जंबुमणि के दस्ते लगे हुए थे। यह रावण के शयनकक्ष का प्रवेश द्वार था। हनुमान ने धीरे से द्वार का दस्ता घुमाया और अंदर चले गए। वह कक्ष स्वर्णिम दीपकों के प्रकाश और सोती हुई स्त्रियों से भरा था। प्रत्येक स्त्री, दूसरी से अधिक सुंदर थी। वे सब मदिरापान, नृत्य और संगीत से भरी शाम के बाद गहरी नींद में सो रही थीं। उनके सुगंधित बाल खुले हुए और रत्न बिखरे हुए थे। कमरबंद ढीले हो गए थे और उनके रेशमी वस्त्र इधर-उधर गिरे पड़े थे।

अचानक हनुमान ने निशाचरों के राजा रावण को देखा जो स्फटिक, हाथीदाँत, चंदन और स्वर्ण के बने बिस्तर पर सो रहा था। वह बिस्तर असाधारण रूप से सुंदर था और हनुमान उसे कुछ पल देखते और उसकी प्रशंसा करते रहे। उसके ऊपर प्रभुत्व की श्वेत छतरी लगी हुई थी। राक्षसराज अपने बिस्तर पर गहरी नींद में सो रहा था। वह अत्यंत तेजस्वी था और उसकी बाँहें विशाल व बलशाली थीं। उसका चौड़ा सीना श्वेत रेशम से ढँका था। उसके दस सिर थे, जो बहुत सुंदर थे और उसके कानों में लंबी, भारी स्वर्ण बालियाँ लटकी हुई थीं। वह श्वेत वस्त्र पहने, आराम से सो रहा था। एक ओर मेज़ पर रात का बचा हुआ स्वादिष्ट भोजन पड़ा था। हनुमान उसके निकट गए और उन्होंने वहाँ से कुछ फल उठाकर खा लिए। वानर होने के कारण, उन्होंने पके हुए भोजन की ओर ध्यान नहीं दिया। अपना स्वादिष्ट भोजन करने के बाद, हनुमान शेष कक्ष का निरीक्षण करने लगे।

चार सुंदर स्त्रियाँ रावण के बिस्तर के चारों कोनों पर खड़ी उसे धीरे-धीरे पंखा झाल रही थीं। अनेक आकर्षक स्त्रियाँ परित्यक्त अवस्था में उसके आस-पास सोई हुई थीं। उनमें से कुछ ने हाथ में वाद्य यंत्र पकड़े हुए थे जो शायद उन्होंने सोने से पूर्व रावण के लिए बजाए होंगे। अचानक हनुमान ने एक सबसे सुंदर स्त्री को अलग शय्या पर सोते हुए देखा। वह इतनी सुंदर थी कि एक पल के लिए हनुमान को लगा कि वही सीता है, किंतु फिर उन्होंने सोचा कि सीता न तो इस तरह आभूषणों से सज्जित होंगी और न ही वह इतने आराम से सो सकती हैं। हनुमान ने जान लिया कि वह स्त्री लंका की रानी, मय की पुत्री और रावण की मुख्य पत्नी, मंदोदरी होगी जो अपनी सुंदरता और शुचिता के लिए विख्यात थी।

बहुत पहले, रावण ने सुना था कि शिव की पत्नी, पार्वती संसार की सबसे सुंदर स्त्री हैं। उन्हें प्राप्त करने की इच्छा से रावण ने शिव को प्रसन्न करने के लिए कठोर तपस्या की। शिव ने प्रसन्न होकर उसे वरदान माँगने को कहा। रावण ने तुरंत पार्वती को माँग लिया! शिव को विवश होकर उसे पार्वती को लंका ले जाने की अनुमति देनी पड़ी। जब पार्वती ने रावण को अपनी ओर आते देखा तो उन्होंने रावण को सबक़ सिखाने का निर्णय किया।

उन्होंने एक मादा मंडूक को पकड़ा और उसे सुंदर स्त्री में बदलकर उसका नाम मंदोदरी रख दिया। रावण ने जब मंदोदरी को देखा तो वह उसे पार्वती समझकर अपने साथ लंका ले गया और अपनी रानी बना लिया। अन्य मादा मंडूकों की भाँति, मंदोदरी भी रावण के साथ केवल वर्षा ऋतु के समय ही रति क्रिया करती थी, किंतु वह अत्यंत निष्ठावान थी और उसने सदा रावण को बिना शर्त अपना पूर्ण सहयोग दिया।

एक अन्य कथा के अनुसार, मंदोदरी, सीता की माता हैं। एक बार रावण ने एक विशाल यज्ञ किया जिसमें उसने ऋषियों के रक्त की आहुति दी। रावण ने हज़ारों ऋषियों के सिर काटकर, उनके रक्त को एक मर्तबान में रखा और उसे मंदोदरी को सँभालकर रखने के लिए दे दिया। रात्रि के समय, प्यास से व्याकुल होकर मंदोदरी की नींद खुली तो उसने भूल से उस मर्तबान में रखा रक्त पी लिया। शरीर में ऋषियों का रक्त प्रविष्ट होने के बाद, मंदोदरी गर्भवती हो गई। नियत समय पर, उसने एक कन्या को जन्म दिया। उस समय, यह भविष्यवाणी हुई कि वह कन्या रावण की मृत्यु का कारण बनेगी। अपने पति से अत्यधिक प्रेम होने के कारण, मंदोदरी ने उस कन्या को समुद्र में फेंक दिया। जल के देवता वरुणदेव ने उस कन्या को बचा लिया और उसे देवी पृथ्वी को सौंप दिया। यही वह कन्या थी जो विदेहराज जनक को एक यज्ञ के आरंभ में खेत में हल चलाते समय मिली थी। जनक ने इस कन्या का नाम सीता रख दिया क्योंकि वह खेत में हल चलाने से बनी लकीर में से प्राप्त हुई थी।

हनुमान ने जब पहली बार कक्ष में प्रवेश किया था तो, उन्हें कामुक मुद्रा में लेटी आकर्षक स्त्रियों को देखने में शर्म महसूस हो रही थी। परंतु, बाद में उन्हें महसूस हुआ कि असाधारण सुंदरियों के बीच घूमने के बाद भी उनका मस्तिष्क पूरी तरह विरक्त और अप्रभावित था। वानर जाति संयम रखने के लिए विख्यात नहीं है! परंतु अन्य वानरों से अलग, हनुमान ब्रह्मचारी थे। उन्होंने किसी स्त्री के साथ पत्नी जैसा व्यवहार करने के विषय में कभी नहीं सोचा।

समय नष्ट किए बिना, हनुमान, चित्र दीर्घा से होते हुए अन्य कई स्थानों पर गए किंतु उन्हें सीता नहीं मिलीं। वह निराश हो गए और उन्हें समझ में नहीं आ रहा था कि सीता को कहाँ खोजें। उन्हें यह भी संदेह हुआ कि कहीं रावण ने सीता की हत्या न कर दी हो। जितनी जगह संभव हो सकता था, वे सीता को खोजने का प्रयास कर चुके थे। उन्होंने सोचा कि इस दुखद समाचार के साथ राम के पास लौटने से अच्छा होगा कि वे अपने प्राण त्याग दें। यह विचार मन में आते ही उनकी आँखों में आँसू आ गए। जिस क्षण वे यह सोच रहे थे कि उन्हें कार्य पूर्ण किए बिना वापस लौटना पड़ेगा, उन्हें एक उद्यान दिखाई पड़ा, जो उन्होंने अभी तक नहीं देखा था। उसमें वैसे तो अनेक प्रकार के वृक्ष थे, किंतु अशोक के पेड़ अधिक संख्या में थे। उन्होंने चारदीवारी पर छलाँग लगाई और उद्यान को देखने लगे। वह उद्यान सुगंधित फूलों से लदे अनेक प्रकार के वृक्षों से भरा था। उन पेड़ों पर फूलों से लदी लताएँ लिपटी हुई थीं और सब तरफ़ ठीक उसी तरह की ताज़ी व शानदार सुगंध व्याप्त थी, जैसी महल के भीतर कृत्रिम इत्र से आ रही थी। वहाँ रत्नों से मंडित, एक अत्यंत सुंदर तालाब था और उसकी सतह कमल के फूलों से ढँकी हुई थी।

वह उद्यान जिस अच्छे ढंग से व्यवस्थित था, उससे पता लगता था कि वह रावण का सबसे प्रिय स्थान था। हनुमान, छलाँग लगाकर एक अशोक वृक्ष पर चढ़ गए तथा स्वयं को उसके घने पत्तों में छिपा लिया और वहीं से उद्यान का निरीक्षण करने लगे। रात बीतने वाली थी और उन्हें सीता का अभी तक पता नहीं लग पाया था। पक्षियों ने उठकर चहचहाना और आकाश में उड़ना शुरू कर दिया था और वे हनुमान की चपलता से परेशान होकर गुस्से से चहक रहे थे। त्रिकूट पर्वत से सूर्य नीचे उतरकर लंका में प्रवेश कर गया और उसने लंका की स्वर्णिम दीवारों को मानो प्रज्ज्वलित कर दिया था। मंदिर की घंटियाँ बजने लगीं और रावण के शयनकक्ष में चारण, लंकापति को जगाने के लिए राजा की स्तुति गाने लगे।

राम ने हनुमान को बताया था कि सीता को फूल बहुत पसंद थे, इसलिए हनुमान को इस बात की आशा थी कि सीता घूमती हुई उस मनमोहक वाटिका में आ सकती हैं। ऐसा लग रहा था कि पल्लवित झाड़ियों और झरनों व तालाबों से युक्त वह वाटिका, सीता के लिए ही बनाई गई थी। अस्त होते चंद्रमा के प्रकाश में, हनुमान को सफ़ेद स्तंभों वाला एक मंदिर दिखाई दिया। उसकी सीढ़ियाँ मूँगे की बनी थीं जिनके ऊपर स्वर्ण की पर्त चढ़ी थी। वह मंदिर चंद्रमा की रोशनी में चमक रहा था। हनुमान, जैसे ही उसके पास गए, उन्हें वहाँ एक स्त्री दिखाई पड़ी। उन्हें विश्वास हो गया कि वे ही राम की पत्नी सीता हैं। वे दूज के चाँद की तरह कांतिहीन और म्लान दिखाई दे रही थीं। वे उपवास रखने के कारण बहुत दुर्बल हो गई थीं। उन्होंने गंदे-से पीले वस्त्र पहने हुए थे और उनके तन पर कोई आभूषण नहीं था। उनकी सुंदर आँखों में आँसू थे, जो लगातार ज़मीन पर गिर रहे थे। दुख उनका साथी बन गया था। उनके लंबे काले केश एक चोटी में बँधे थे, जो उनकी जाँघ पर लटक रही थी। सीता, जिनका आज तक दुख से सामना नहीं हुआ था, अब सिर्फ़ दुख के साथ रहती थीं। वे गंदी और अस्त-व्यस्त अवस्था में धुएँ से ढँकी अग्निशिखा जैसी लग रही थीं। हनुमान तुरंत जान गए कि वे राम की पत्नी और विदेह की राजकुमारी सीता ही हैं। उन्हें चारों ओर से राक्षसियों ने घेर रखा था। हनुमान को अयोध्या की रानी को ऐसी बुरी दशा में देखकर बहुत दुख हुआ। अब तक जिनकी रक्षा कमल-लोचन राम करते थे, आज उन्हीं की रक्षा वक्र आँखों और विकृत शरीर वाली राक्षसियाँ कर रही थीं! वे भयंकर राक्षसियों से घिरी हुई थीं जिनमें से कुछ की एक आँख थी या एक कान था और कुछ के कान ही नहीं थे, तो कुछ की नाक उनके माथे पर लगी हुई थी। कुछ के बाल थे, कुछ गंजी थीं, कुछ कुबड़ी तो कुछ के चेहरे बकरी, लोमड़ी, ऊँट और घोड़े जैसे थे। कुछ के कान इतने बड़े थे कि उनका पूरा शरीर ढँक गया था, तो किसी की तीन आँखें थीं। कुछ के पेट लटके हुए और फड़फड़ाते हुए होंठ और रेती जैसी कर्कश आवाज़ थी। कुछ धूर्त और कुछ निर्दय दिखाई दे रही थीं। वे सब बहुत ही कुरूप और डरावनी थीं। रावण ने उन्हें विशेष रूप से चुनकर वहाँ भेजा था ताकि वे सीता को डराकर रावण की इच्छा पूर्ण करवा सकें। इन भयानक राक्षसियों से घिरीं सीता, वृक्ष के नीचे बैठी अपने चेहरे को हाथों में थामे, हताशा की प्रतिमा लग रही थीं।

हनुमान ने सोचा, "यह निश्चय ही सीता हैं। आभूषणों का अभाव और गंदे वस्त्र तथा दुर्बल और कमज़ोर होने के बाद भी उनकी सुंदरता छिप नहीं रही है। राम ने जैसा

बताया था - उत्कृष्ट भँवें, मनोहर, गोल स्तन, बेरी के समान लाल होंठ, मोर के समान नीला कंठ, पतली कमर, कमल की पंखुड़ी जैसे नेत्र - ये सब विशेषताएँ उनके दुख के आवरण में से भी स्पष्ट दिखाई दे रही हैं।"

सीता, दुखी अवस्था में टूटी आशा की प्रतिमा की भाँति, तपस्विनी रूप में नीचे बैठी थीं। हालाँकि उन्हें क्रूरतापूर्वक उनके पति से अलग कर दिया गया था, लेकिन उनका मन सिर्फ़ अपने पति में रमता था। उनके होंठ हर पल 'राम, राम' का मंत्र जपते थे। राम को इसी स्त्री की तलाश थी। हनुमान ने स्पष्ट देखा कि तन, मन और आत्मा से सीता, सिर्फ़ राम की हैं।

"ये सिर्फ़ राम के लिए हैं और राम सिर्फ़ इनके लिए हैं। ये दोनों, एक-दूसरे से अत्यधिक प्रेम करते हैं, और इसीलिए दोनों अब तक जीवित हैं। आकाश के समस्त तारे टूटकर नीचे गिर सकते हैं, धरती फट सकती है, अग्नि ठंडी हो सकती है और जल नीचे से ऊपर की ओर प्रवाहित हो सकता है, किंतु सीता कभी राम से विमुख नहीं हो सकतीं!" हनुमान ने मन में राम को प्रणाम किया और धीरे-से कहा, "प्रभु, मैंने सीता को खोज लिया है!"

हनुमान, विदेहकुमारी की दुर्दशा देखकर बहुत दुखी थे। "नियति सर्वशक्तिमान है," उन्होंने मन में सोचा, "अन्यथा इस निर्दोष स्त्री को इस प्रकार कष्ट क्यों भोगना पड़ता। इनकी रक्षा तो राम जैसे उत्कृष्ट पति और लक्ष्मण कर रहे थे। इनके पति ने इनके लिए जनस्थान में हज़ारों राक्षसों का वध किया था क्योंकि रावण की बहन, इन्हें परेशान कर रही थी और अब उसी रावण ने इन्हें बंदी बना लिया है। इतनी भयानक राक्षसियों ने इन्हें घेर रखा है तथा इनके पास रोने के लिए एकांत स्थान भी नहीं है। इन्हें यह वाटिका भी मनोहर नहीं लग रही। इनकी दृष्टि इनके हृदय में है और इनका हृदय राम के पास है।"

हनुमान अभी सोच ही रहे थे कि वे सीता के सामने किस तरह जाएँ कि तभी उन्हें महल के भीतर से संगीत का आवाज़ सुनाई पड़ी। वह ब्रह्म मुहूर्त का समय था। सुबह होते ही, वेदों के उच्चारण द्वारा चारण, लंका के राक्षसराज को जगाते थे। भोर के स्वागत के लिए ढोल और वीणा बजने लगीं। सर्वत्र हो रहे यज्ञ व अनुष्ठानों से निकलती धूपबत्ती की सुगंध पूरे नगर में फैल गई थी। घी के दीपकों से रावण का सत्कार किया गया। सुबह उठते ही, रावण के मन में सबसे पहले सीता का विचार आया। वह सीता के अतिरिक्त कुछ और नहीं सोच पाता था। यद्यपि, उसके महल में तीनों लोकों से लाई गईं अनेक सुंदर स्त्रियाँ मौजूद थीं जो उसकी इच्छा पूर्ण करने को सदा तत्पर रहती थीं, उसका मन उसी एक स्त्री में रमा हुआ था, जो उसे देखती नहीं थी तथा उसका तिरस्कार भी करती थी! रावण ने अपने जीवन में किसी स्त्री द्वारा इतना विरोध नहीं झेला था। उसे हर प्रकार की स्त्री के साथ व्यवहार का बहुत अनुभव था। सीता द्वारा किए जा रहे विरोध से रावण की क्षुधा बढ़ती जा रही थी। यह उसके लिए चुनौती थी और वह उस दुर्ग को किसी भी मूल्य पर अपने अधीन करना चाहता था। उसे विश्वास था कि कोई भी स्त्री अधिक समय उसका विरोध नहीं कर सकती और कुछ समय बाद सीता भी अन्य स्त्रियों की भाँति उसकी इच्छा के सामने झुक जाएगी। रावण बलपूर्वक भी अपनी इच्छा पूरी कर सकता था लेकिन उसे

शाप मिला हुआ था कि यदि उसने किसी स्त्री के साथ, बिना उसकी सहमति के संभोग किया तो उसके सिर के टुकड़े हो जाएँगे, इसलिए वह सीता के साथ ऐसा नहीं कर सकता था। प्रतिदिन सुबह सोकर उठते ही, अशोक वाटिका उसे आकर्षित करती थी और वह कोई अन्य कार्य करने से पहले, सीधा वहीं आता था।

जैसे ही तुरही व करताल की ध्वनि निकट आ गई, आंजनेय ने ऊपर देखा कि रावण सुंदर स्त्रियों के दल के साथ आ रहा था। उनमें से अधिकतर रात के नशे के कारण अभी तक नींद में थीं, परंतु वे सब पंखे, स्वर्णिम दीपक, मसनद तथा मदिरा के घड़े लेकर तेज़ी से अपने स्वामी के पीछे चल रही थीं। वह जैसे ही उस वृक्ष के निकट पहुँचा, जिसका सहारा लेकर सीता बैठी थीं, उसने वहाँ उपस्थित राक्षसियों को वहाँ से हट जाने को कहा और अपनी परिचारिकाओं को दूर खड़े रहने का निर्देश दिया ताकि वे उसके प्रणय निवेदन को न सुन सकें! हनुमान वृक्ष से थोड़ा नीचे उतर आए ताकि लंकेश को निकट से देख सकें। उन्होंने स्वयं को छिपा लिया और पत्तों के बीच से देखने लगे। उन्होंने रावण को सिर्फ़ सोते हुए देखा था। वह इस समय और भी शानदार लग रहा था। उसने श्रेष्ठ क़िस्म के सफ़ेद वस्त्र पहने हुए थे, जो उसके पीछे बादल की तरह लहरा रहे थे और उसने बहुत-से शानदार आभूषण पहन रखे थे जो किसी भी स्त्री को रिझाने के लिए पर्याप्त थे।

रावण की पदचाप सुनकर सीता भय और घृणा से काँपने लगीं। इतनी बुरी स्थिति के बावजूद, उनका सौंदर्य बादलों में पूर्णिमा के चंद्रमा की भाँति चमक रहा था। उनकी एक चोटी बाएँ कंधे पर लटकी हुई थी। वे अपने वस्त्रों के दीन अवशेष से स्वयं को ढँकने लगीं। उन्होंने अपने हाथ आगे की ओर मोड़कर अपने वक्षस्थल को रावण की पैनी और कामुक दृष्टि से बचाने का प्रयास किया।

सीता द्वारा स्वयं को ढँकने के दीन प्रयासों को देखकर रावण ने कहा, "मिथिला की राजकुमारी! तुम अपने सौंदर्य को मेरी दृष्टि से छिपाने का प्रयास क्यों कर रही हो? मुझे विश्वास है कि तीनों लोकों में तुमसे अधिक सुंदर और कोई नहीं है। तुम मुझसे आँखें चुराकर मुँह क्यों फेरती हो? तुम्हें सर्वश्रेष्ठ रेशमी वस्त्र और मूल्यवान आभूषण पहनने चाहिए, फिर भी तुम नीचे बैठती हो, मैले, गंदे वस्त्र पहनती हो, कुछ खाती नहीं हो, और अपने हाथों को मोड़कर मुझसे अपना सौंदर्य छिपाती हो। इसके बाद भी मेरे महल की समस्त स्त्रियाँ तुम्हारे सामने लज्जित हो जाती हैं। मैं तुम्हारी एक मुस्कान के लिए इन सबको छोड़ सकता हूँ! मैंने तुम्हारा हरण सिर्फ़ इसीलिए किया था क्योंकि मैं तुम्हारी अविश्वसनीय सुंदरता पर मोहित हो गया था। मैं तुमसे प्रार्थना करता हूँ कि तुम मेरे निवेदन को स्वीकार कर लो। तुम्हारा पति कायर है, अन्यथा वह तुम्हें यहाँ से छुड़ाने के लिए बहुत पहले आ गया होता। उसकी प्रतीक्षा में अपना यौवन और सौंदर्य नष्ट मत करो। मुझे स्वीकार कर लो। मैं तुम्हें अपनी रानी बना लूँगा और यदि तुम चाहोगी, तो ये पूरा संसार तुम्हें दे दूँगा! तुम्हारे सुंदर बाल कड़े हो गए हैं, तुम्हारे वस्त्र मैले और फटे हुए हैं और तुम भूखी व दुर्बल हो, फिर भी मैं तुम्हारी ओर आकर्षित हो रहा हूँ। मुझे रात-दिन तुम्हारा चेहरा दिखता है। क्या तुम्हें पता नहीं चल रहा कि मैं तुम्हारे प्रेम में दीवाना हो गया हूँ? तुमसे मिलने के बाद, मेरी अन्य रानियों को देखने की भी इच्छा नहीं होती। यौवन और सौंदर्य

बहुत कम समय के लिए मिलते हैं। इन्हें व्यर्थ दुखी होकर नष्ट मत करो। आओ, दुखी होना छोड़ो और मेरे प्रेम को स्वीकार करो। उठो और सुंदर रेशम व साटन के वस्त्र पहन लो। आभूषण पहनो और इत्र लगाओ। तुम्हारे ज्वलंत यौवन के लिए यह फ़र्श उपयुक्त नहीं है। तुमने मुझे और मेरे वैभव को देखा है। इसकी तुलना में राम के पास क्या है? वह सिर्फ़ एक भिक्षुक है, जो वल्कल वस्त्र पहनता है और जिसके पास कहने के लिए अपना राज्य तक नहीं है। तुम मेरी बात का विश्वास करो कि तुम उसे अब कभी नहीं देख पाओगी। तुम्हें मेरा यह कृत्य शायद अनुचित लगता होगा, किंतु राक्षसों के नियमानुसार, किसी अन्य पुरुष की पत्नी को अपना लेना पूरी तरह स्वीकार्य है। तुम स्वयं को इस तरह क्यों कष्ट दे रही हो? मैं बड़ी सरलता से अपनी इच्छा पूरी कर सकता हूँ, किंतु मैंने धैर्य रखा हुआ है क्योंकि मैं चाहता हूँ कि तुम स्वेच्छा से मेरे पास आओ। मैं सिर्फ़ तुम्हारा शरीर नहीं, बल्कि तुम्हारा प्रेम पाना चाहता हूँ। मैंने ये सब पहले कभी किसी अन्य स्त्री से नहीं कहा। परंतु तुम्हारा समय और मेरा धैर्य समाप्त हो रहा है। मैंने तुम्हें सोचने के लिए एक वर्ष का समय दिया था और वह अवधि अब समाप्त होने वाली है!"

रावण के इस उग्र भाषण के दौरान सीता ने एक बार भी उसकी ओर नहीं देखा। यद्यपि, वे उससे डरती थीं और उसकी कामुक बातों से परेशान थीं, उन्होंने अपने फटे-पुराने वस्त्रों के साथ अपने जीर्ण-शीर्ण स्वाभिमान को भी कसकर पकड़ रखा था। सीता ने बिना आँख उठाए, नीचे से एक तिनका उठाया और उसे अपने सामने रखकर इस तरह बात कि मानो वे लंकेश से बात कर रही हों! यह उनके व्यवहार का चित्रात्मक अनुस्मारक था कि उन्हें रावण की कोई चिंता नहीं थी!

घृणा के गहन भाव में भरी सीता ने कहा, "मूर्ख हो तुम! मैं रघुकुल के राम की पत्नी हूँ। मेरे विषय में मत सोचो। अपनी पत्नियों पर ध्यान दो। दूषित हृदय वाले राजा की यह नगरी लंका और इसका समस्त राक्षस कुल, मेरे पति के क्रोध की ज्वाला में भस्म हो जाएँगे! राम सद्गुणों के भंडार हैं। मैं उनकी पत्नी होने के नाते, किसी अन्य पुरुष की ओर कैसे देख सकती हूँ? यदि तुम अपनी और अपने कुल की रक्षा करना चाहते हो तो राम को प्रसन्न करने का प्रयास करो। उनके सामने जो समर्पण कर देता है, वे उसके प्रति उदारता एवं करुणा का भाव रखते हैं। परंतु यदि तुम समर्पण नहीं करोगे तो वे जितने उदार हैं, उतने ही कठोर भी हैं। उनके बाण सर्प की भाँति तुम पर प्रहार करेंगे और तुम्हें नष्ट कर देंगे! याद करो, उन्होंने जनस्थान में किस प्रकार तुम्हारी सेना का अकेले ही संहार कर दिया था। तुम अपने कुल का नाश क्यों करवाना चाहते हो? यदि कोई शासक अपनी इच्छाओं का दास हो जाए तो उसका पूरा राज्य नष्ट हो जाता है। लंका का विनाश निश्चित है। तुम कितने मूर्ख हो, जो मुझे धन और आभूषणों का लालच दे रहे हो? मेरे लिए राम वैसे ही हैं, जैसे प्रकाश के लिए सूर्य है। यदि तुम मुझे राम को वापस लौटा दोगे, तो तुम्हें मेरी कृपा मिल सकती है किंतु मेरा प्रेम पाने की आशा मत करो क्योंकि वह पूर्ण पूरी तरह राम के लिए है! तुमने उनकी प्रिय पत्नी का हरण किया है, वे क्यों तुम्हारा वध नहीं करेंगे? तुम स्वयं को साहसी कहते हो, परंतु तुम वेश बदलकर आश्रम में घुसे और तुमने उस समय मेरा हरण किया, जिस समय मेरे पति वहाँ नहीं थे! क्या

कोई साहसी व्यक्ति ऐसा करता है? शीघ्र ही, मेरे स्वामी यहाँ पहुँचकर मुझे मुक्त करवाएँगे और अपने बाणों से तुम्हारा नाश करेंगे। इसलिए सावधान रहो! तुम और तुम्हारा वंश पूरी तरह समाप्त हो जाओगे!"

सीता की बात सुनकर रावण को क्रोध आ गया। वह बोला, "मैं तुमसे जितना अधिक विनम्र होकर बात करता हूँ, तुम उतनी ही अधिक असह्य हो जाती हो। तुम्हारे प्रति मेरा प्रेम और तुम्हारा स्त्री होना ही सिर्फ़ कारण हैं कि मैंने तुम्हारा वध नहीं किया। मैंने तुम्हें सोचने के लिए बारह मास का समय दिया है। उसमें से अब केवल दो माह शेष रह गए हैं। उसके बाद तुम्हें या तो मेरे साथ सोना पड़ेगा अथवा मेरा नाश्ता बनना पड़ेगा!"

सीता अंदर से घबरा गईं किंतु उन्होंने क्रोधित स्वर में उत्तर दिया, "अभागे, दुष्ट! निश्चय ही, अब तेरे दिन गिनती के रह गए हैं। क्या यहाँ कोई नेक व्यक्ति नहीं है, जो तुझे समझा सके? मुझे आश्चर्य होता है कि जब तू मुझे कामुक नज़र से देखता है तो तेरी ये भद्दी आँखें नष्ट क्यों नही हो जातीं। ऐसे शब्द बोलते हुए तेरी जिह्वा नष्ट क्यों नहीं हो जाती?"

रावण ने गुस्से से धधकती आँखों से सीता की ओर देखा और कहा, "अरे स्त्री! तू एक ऐसे पुरुष के प्रति समर्पित है, जो दुर्भाग्य से ग्रस्त और संसाधनों से वंचित है। मैं आज ही तुझे समाप्त कर दूँगा। तू दया की पात्र नहीं है!"

ऐसा कहकर रावण सीता की रक्षा हेतु तैनात राक्षसियों की ओर मुड़ा और कठोरतापूर्वक बोला, "यह सुनिश्चित करना तुम्हारा दायित्त्व है कि यह स्त्री आज दिन समाप्त होने से पूर्व मेरी इच्छा को स्वीकार कर ले। इसे डराओ, फुसलाओ और यदि कोई तरीक़ा काम न करे तो बल का प्रयोग करो अथवा जो तुम्हें ठीक लगे लेकिन इसे मेरी इच्छा के लिए तैयार करो!" ऐसा कहकर, गुस्से में भरा रावण, अपने महल की ओर चला गया, जहाँ उसकी अनेक पत्नियाँ सेवा-सत्कार के लिए उसकी प्रतीक्षा कर रही थीं, जो उसे अब बिलकुल पसंद नहीं आती थीं।

कुछ स्त्रियों को, जो रावण के पीछे आई थीं, सीता के लिए दुख हो रहा था। परंतु उनमें रावण से कुछ कहने का साहस नहीं था। उनमें से कुछ ने इस अवसर का लाभ उठाते हुए रावण के गले में अपनी कोमल बाँहें डालकर उसे रिझाने तथा सीता का स्थान लेने का प्रयास किया, किंतु रावण ने उन्हें झिड़क दिया और भारी-भरकम क़दमों से फ़र्श को हिलाता वहाँ से चला गया।

*राम रसायन तुम्हरे पासा।*
*सदा रहो रघुपति के दासा।।*

—तुलसीदास कृत हनुमान चालीसा

ॐ *श्री हनुमते नमः*

ॐ

*सीता शोकविनाशकाय नमः*

# अध्याय 14

# संकट मोचन

## कष्ट के विनाशक

*मर्कटेय महोत्सा:,*
*सर्वशोक विनाशका,*
*शत्रून् संहार, मम रक्षा,*
*श्रीयम् दपाय-मे प्रभो।*

*हे ईश्वर! मैं आपसे समस्त*
*शुभाशीष की प्रार्थना करता हूँ,*
*आप वानरों में श्रेष्ठ हैं,*
*आप समस्त दुखों को हरने वाले हैं,*
*मेरी संकटों से रक्षा कीजिए।*

*—हनुमत स्तुति*

राक्षसियाँ, जो रावण के आगमन के समय सो रही थीं, अब पूरी तरह जाग गईं थीं और दिए गए आदेश का पालन करने के लिए तैयार थीं। उन्होंने इतने समय तक स्वयं को सीता को हानि पहुँचाने से रोका हुआ था क्योंकि यही रावण की इच्छा थी, किंतु अब उन्हें मनचाहे तरीक़े से काम करने की छूट थी। वे सब सीता की ओर भागीं। वे विरूपित और कुरूप थीं। किसी का एक कान था या दो कान थे, जो कमर तक लटके हुए थे, किसी की एक आँख अथवा तीन आँखें थीं और कुछ के सिर और पैर हाथी, घोड़े या गाय जैसे थे। कुछ के विशाल सिर या विशाल मुँह, विशाल जिह्वा और मुड़े हुए नाख़ून थे। वे सब हँसती हुई सीता पर टूट पड़ीं और अपनी तीखी बातों से सीता को परेशान करने लगीं।

"तुम कैसी मूर्ख स्त्री हो, जो रावण जैसे महान पुरुष की बात नहीं मानती। वे अपनी पत्नी मंदोदरी को भूलकर तुम्हें अपनी मुख्य रानी बनाने को तैयार हैं। तुम कितनी मूर्ख हो जो उनका इतना अच्छा प्रस्ताव ठुकरा रही हो। उन्हीं के आदेश से वृक्षों पर फूल आते हैं और बादल वर्षा करते हैं। यदि वे न चाहें, तो सूर्य और चंद्रमा चमकना छोड़ दें। उनकी

बात न मानकर तुम बहुत बड़ी मूर्खता कर रही हो!"

सीता ने क्रोध में भरकर उत्तर दिया, "तुम लोग मुझे घटिया और पाप से भरी सलाह दे रहे हो। यद्यपि मेरे पति इस समय असहाय हैं तथा राज्य से वंचित हैं, फिर भी मैं उन्हीं के प्रति निष्ठावान रहूँगी। यदि तुम चाहो तो मुझे मारकर खा जाओ, किंतु मैं अपने प्रण का त्याग नहीं करूँगी!"

एक अन्य राक्षसी ने ज़ोर से घोषणा की, "मैंने जिस दिन से इसे देखा है, तभी से मेरी इच्छा इसका स्वादिष्ट वक्षस्थल और बेरी जैसे होंठ और इसका यकृत व तिल्ली खाने की है। आओ, हम सब मिलकर दावत उड़ाएँ। मदिरा ले आओ और फिर हम इसके टुकड़े करके इसे मज़े से खाएँगे!" ऐसा कहकर उसने बोटी चाटी और अपने काले, मोटे होंठ से लार टपकाने लगी। सीता डर और घृणा से पीछे हट गईं तथा बुरी तरह रोने लगीं।

पत्तों में छिपे बैठे हनुमान, उन राक्षसियों के हाथों सीता को इस तरह परेशान होता देख अपने क्रोध को रोक न सके। परंतु वे जानते थे कि अभी सामने आने का उचित समय नहीं था।

सीता पीड़ित हिरण की तरह विलाप कर रही थीं। रावण के आने से पूर्व, उनके मन में जितनी भावनाएँ दबी हुई थीं, वे सब बाहर आ गईं और वे हृदय-विदारक ढंग से रोने लगीं। "हे राम! हे लक्ष्मण! आप कहाँ हैं? आप मुझे मुक्त करवाने कब आएँगे? मेरा यह हृदय अवश्य ही लौह धातु से निर्मित है, तभी यह इतना दुखी होने के बाद भी फटता नहीं है! मैं कितनी अभागी और दुष्ट हूँ, जो अपने पति से अलग होने और कष्ट सहने के बाद भी जीवित हूँ। मुझे अब यह विश्वास हो गया है कि नियत समय से पूर्व मृत्यु भी नहीं आती, अन्यथा मैं अपने प्रिय राम से अलग होकर, इस कामुक पुरुष के महल में, इन भयानक प्राणियों के बीच भी कैसे जीवित हूँ?" ऐसा कहकर सीता फ़र्श पर गिर पड़ीं और फूट-फूटकर रोने लगीं।

संदेह से ग्रस्त होने के कारण, सीता फिर उठीं। "मेरे पति को किस तरह पता लगेगा कि मैं यहाँ हूँ और वे किस प्रकार समुद्र लाँघकर यहाँ पहुँचेंगे? मेरी मृत्यु निकट है। परंतु मैं भयभीत नहीं हूँ। इस दुष्ट रावण के प्रलोभनों में फँसने से मर जाना बेहतर है! ऐसा प्रतीत होता है कि मुझे कमल-नयन राम को देखने से पूर्व यम के दर्शन हो जाएँगे!"

सीता के दुखभरे वचन तथा राक्षसियों के क्रूर शब्द सुनकर, त्रिजटा नाम की एक वृद्ध राक्षसी सीता के पास आई। उसने अन्य राक्षसियों को वहाँ से दूर कर दिया और फिर उसने उन्हें एक स्वप्न सुनाया जो उसने देखा था।

"सुनो राक्षसियों! मैंने कुछ देर पहले एक स्वप्न में, राम को स्वर्णिम पालकी में बैठकर आते देखा था। उन्होंने श्वेत वस्त्र और दिव्य मालाएँ पहनी थीं। इसके बाद सीता का अपने पति से मिलन हो गया। मैंने देखा कि रावण का सिर मुँडा हुआ था और वह अपने विमान से नीचे गिर रहा था। उसके शरीर से तेल टपक रहा था, उसने काले वस्त्र पहने थे और उसके गले में लाल वस्त्र लिपटा हुआ था। मैंने यह भी देखा कि गधों से जुते रथ में बैठी एक स्त्री उसे खींच रही थी। वह पूरी तरह मदहोश था और उसकी बुद्धि

काम नहीं कर रही थी। काले वस्त्र पहने वह स्त्री, उसे दक्षिण दिशा में ले जा रही थी। उसका पुत्र, इंद्रजित तथा भाई कुंभकर्ण भी उसके पीछे जा रहे थे। केवल उसका सबसे छोटा भाई, विभीषण पीछे रह गया था। मैंने देखा कि राम का दूत बनकर आया एक चपल वानर लंका को जला रहा था।"

"इसलिए मैं तुम लोगों से अनुरोध करती हूँ कि सीता का ध्यान रखो। देखना, इसे कोई हानि न पहुँचे अन्यथा तुम्हारा भी वही हाल होगा, जो रावण और उसके कुल का होने वाला है!"

यह सुनकर, राक्षसियाँ वहाँ से हट गईं और अपने-अपने स्थान पर लौट गईं। सीता वृक्ष के नीचे अकेली रह गईं। वे अपने बंधन के अंतिम छोर तक पहुँच गई थीं और उससे अधिक आगे जाना संभव नहीं था। वे शारीरिक व मानसिक रूप से अत्यंत दुर्बल महसूस कर रही थीं और उन्होंने रावण के दोबारा आने से पूर्व अपने प्राणांत करने का निर्णय कर लिया।

इससे पहले कि रावण उन्हें परेशान करके मार दे, सीता ने अपनी कमर पर बँधा वस्त्र निकालकर पेड़ से लटक जाने का फैसला कर लिया। हालाँकि, उसी क्षण सीता को अपने शरीर में कुछ अच्छे संकेत होते महसूस हुए। उनकी बाईं आँख, बाँह और जाँघ फड़कने लगीं। इन्हें स्त्री के संदर्भ में अत्यंत शुभ माना जाता है, इसलिए सीता ने फिर से साहस जुटाया और स्वयं को वह निराशाजनक प्रयास करने से रोक लिया।

हनुमान अपने स्थान पर बैठे सब कुछ देख रहे थे। उन्हें लगा कि स्वयं को प्रकट करने और राम की पत्नी को सांत्वना देने का यही उचित समय है।

उन्होंने सोचा, "मुझे सीता को खोजने तथा शत्रु के बल का अनुमान लगाने के लिए कहा गया है, किंतु यदि मैंने जाने से पूर्व सीता को सांत्वना नहीं दी तो मैं अपने दायित्त्व में सफल नहीं माना जाऊँगा। यह भी संभव है कि राम के यहाँ पहुँचने से पहले ही, जनक-पुत्री अपने प्राणों का अंत कर लें। यदि मैं अपने वानर रूप में नीचे कूदा तो ये डर जाएँगी क्योंकि ये इन राक्षसियों के कारण पहले से भयभीत हैं।"

हनुमान ने इस मामले पर गंभीरता से विचार किया और सीता के भय को कम करने की योजना बना ली। उन्होंने बहुत मधुर स्वर में राम के जीवन की कथा को गाना आरंभ कर दिया और अंत में कहा कि वे स्वयं राम के दूत बनकर आए हैं। सीता इस कथा को सुनकर बहुत प्रसन्न हुईं और उत्सुक होकर इधर-उधर देखने लगीं कि वह आवाज़ कहाँ से आ रही थी। अपने बिखरे बालों को ठीक करते हुए उन्होंने वृक्ष के ऊपर देखा और उस प्राणी को खोजने का यत्न करने लगीं जो उनके पीड़ित हृदय में आशा की किरण लेकर आया था। वे घने पत्तों के पीछे हनुमान को नहीं देख सकीं। उनकी दृष्टि चारों ओर घूम रही थी लेकिन उन्हें कोई दिखाई नहीं दिया। इस बीच, राक्षसियों ने सीता को मनाने के प्रयास छोड़ दिए थे। कुछ रावण को बताने चली गईं और शेष राक्षसियाँ, वृक्ष के नीचे भद्दी मुद्राओं में गहरी नींद सो रही थीं।

हनुमान ने इसे उचित समय जानकर धीरे-से नीचे की शाखा पर छलाँग लगाई जहाँ

से उन्हें देखा जा सकता था। आख़िर में, सीता की उत्सुक दृष्टि राम-दूत हनुमान पर पड़ गई, जो उनके लिए आशा व प्रसन्नता के संदेशवाहक बनकर आए थे। उन्होंने सफ़ेद बाल और लाल मुँह के एक छोटे-से प्यारे वानर को निकट से देखा जो उन्हें पत्तों के बीच से देख रहा था। हनुमान की आँखें तरल स्वर्ण की भाँति थीं और वे सीता को देखकर मुस्करा रहे थे। यूँ तो उन्हें देखकर नहीं लगता था कि वे किसी तरह की हानि पहुँचा सकते हैं, किंतु सीता के मन में संदेह था। पिछले कुछ माह में सीता को इतनी बार परेशान किया व छला जा चुका था कि उन्हें प्रत्येक वस्तु एवं व्यक्ति पर संदेह होने लगा था। सीता को लगा कि वे स्वप्न देख रही हैं, इसलिए उन्होंने सहायता के लिए राम को पुकारा।

"इस भ्रम का क्या कारण हो सकता है? यह निश्चय ही उस दुष्ट रावण की कोई नई चाल है।"

हनुमान समझ गए कि सीता क्या सोच रही हैं। उन्हें लगा कि अब उन्हें सीता के समक्ष प्रकट हो जाना चाहिए। वे धीरे-से नीचे कूदे और हाथ जोड़कर सीता के समक्ष खड़े हो गए। उन्होंने अपने हाथ उठाए और सीता की प्रशंसा करने लगे।

"हे सुंदर अंगों वाली देवी, आप कौन हैं? आप कोई देवी हैं या अप्सरा हैं? मुझे बताइए कि आप किसके लिए दुखी हो रही हैं? मुझे बताइए, क्या आप सचमुच राम की पत्नी सीता हैं, जिन्हें रावण उठाकर ले गया था?"

ये शब्द सुनकर सीता बहुत प्रसन्न हुईं और उन्होंने कहा, "हाँ, मैं महराज दशरथ की पुत्र-वधू और राम की पत्नी हूँ। मेरे पिता विदेह नरेश हैं तथा मेरा नाम सीता है। मैं अपने पति के साथ वन में गई थी, जहाँ रावण ने मेरा हरण कर लिया और मुझे यहाँ ले आया। रावण ने मुझे उसकी इच्छा मान लेने के लिए दो माह का समय और दिया है। यदि उससे पहले राम यहाँ नहीं आए तो मैं अपना जीवन समाप्त कर लूँगी। परंतु मुझे बताओ कि मेरे लिए राम नाम का अमृत लाकर मुझे नया जीवन देने वाले, तुम कौन हो?"

हनुमान ने ध्यान से सीता की बात सुनी और फिर विनम्रतापूर्वक कहा, "हे देवी! मैं यहाँ आपके पति का दूत बनकर आया हूँ। आपके पति जीवित हैं और स्वस्थ हैं और वे मुझसे आपका हाल-चाल जानने के लिए मेरी प्रतीक्षा कर रहे हैं। वे आपके लिए रात-दिन दुखी होते हैं और उन्होंने मुझे दूत बनाकर आपके पास यह कहने को भेजा है कि वे शीघ्र ही, रावण को मारकर आपको यहाँ से मुक्त करने के लिए आएँगे।"

आंजनेय के मुख से ऐसे सुखदायी वचन सुनकर सीता के भीतर ख़ुशी की लहर दौड़ गई। वे कई महीनों से निराशा के अंधेरे में जी रही थीं और उन्होंने अपनी मुक्ति की आशा लगभग छोड़ दी थी। परंतु ज्यों ही हनुमान थोड़ा निकट गए तो सीता को, जो रावण द्वारा अनेक बार छली गई थीं, फिर से संदेह होने लगा कि कहीं रावण वेश बदलकर उन्हें पथभ्रष्ट न कर रहा हो। सीता का मुँह सूखने लगा और उनके हाथ-पैर दुर्बल पड़ने लगे। वे जिस शाखा को पकड़कर खड़ी थीं, उसे छोड़कर फ़र्श पर बैठ गईं।

"हे रात्रि वनपाल! मैं जानती हूँ कि तुम अनेक रूप धारण कर सकते हो। तथापि, मेरा मन कहता है कि तुम रावण नहीं हो। मैं इसे ठीक से स्पष्ट तो नहीं कर सकती,

किंतु मेरे मन में खुशी जागृत हुई है, जो मुझे आश्वस्त करती है कि तुम वही हो, जो तुम होने का दावा कर रहे हो। यदि ऐसा है, तो ईश्वर तुम्हारा भला करें। मुझे राम के विषय में फिर से बताओ। मैं दोबारा सुनना चाहती हूँ, चाहे वह स्वप्न ही क्यों न हो! राम का विचार जब संपूर्ण ब्रह्मांड को प्रसन्न करता है, तो मुझे क्यों नहीं करेगा?"

सीता के मन को शांत करने के लिए हनुमान ने उन्हें लेटकर प्रणाम किया और ऊपर नहीं देखा।

"हे देवी! आप डरिए मत मुझे आपके प्रिय पति ने आपको दिलासा देने के लिए ही भेजा है। वे शीघ्र ही वीर लक्ष्मण के साथ यहाँ पहुँचेंगे। वे सदा आपके विषय में विचार एवं बात करते हैं। उन्होंने वानरों के राजा सुग्रीव के साथ संधि की है और मैं सुग्रीव का मंत्री हनुमान हूँ।"

अंत में, सीता को भरोसा हो गया कि हनुमान सचमुच राम के दूत हैं। इसके बाद सीता ने हनुमान से लक्ष्मण तथा राम के लक्षण बताने को कहा। हनुमान द्वारा लक्षण बताए जाने पर सीता बहुत प्रसन्न हुईं।

"राम के चौड़े कंधे, मज़बूत बाँहें, मनोहर आकृति और उनकी आँखें कमल की पंखुड़ियों के समान हैं। उनकी आवाज़ मेघों के गर्जन की तरह गहन है तथा उनका वर्ण गहरा नीला है। वे अत्यंत भव्य लगते हैं और जो उनसे मिलता है, प्रभावित हो जाता है। उनका आचरण पूरी तरह शुद्ध है। वे सत्य व सदाचार के प्रति पूर्ण रूप से समर्पित हैं। उनके भाई लक्ष्मण, बल और रूप में राम के समान हैं तथा उनका वर्ण सोने जैसा है। ऋष्यमूक पर्वत पर सुग्रीव से हुई भेंट से पहले, वे आपको खोजते हुए पृथ्वी पर भटक रहे थे। जब राम ने आपके द्वारा धरती पर गिराए गए आभूषण देखे तो वे ख़ुशी से झूम उठे। मैंने उन्हें किसी तरह सँभाला था। हे देवी! रघुवंशी राम भी आपके लिए उसी प्रकार व्याकुल हैं, जिस तरह आप यहाँ उनके लिए परेशान हैं। आप बिलकुल मत डरिए। पुरुषों में सिंह के समान वीर राम निश्चय ही यहाँ आएँगे और आपको मुक्त करवाएँगे। अब आप मुझे बताइए कि मैं लौटने से पहले, आपकी क्या सेवा कर सकता हूँ?"

यद्यपि राम का मानसिक कष्ट जानकर सीता बहुत व्याकुल हुईं किंतु उन्हें यह सुनकर बहुत अच्छा लगा कि उनकी याद में उनके पति दुखी हो रहे हैं। वे अपने पति का समाचार सुनने के लिए व्याकुल थीं और उन्होंने हनुमान से हरण के बाद की पूरी कथा विस्तार से सुनाने को कहा। सीता ने पूछा कि बाद में, राम ने क्या किया, वे कहाँ गए और उन्हें लंका पहुँचने में कितना समय लगेगा। हनुमान ने जो कुछ बताया, सीता ने तुरंत उन बातों को आत्मसात कर लिया। हनुमान भी अपने प्रभु राम के विषय में बात करके प्रसन्न थे। उन्होंने बताया, वानरों ने किस प्रकार रावण को सीता का हरण करके ले जाते हुए तथा उन्हें आभूषण नीचे गिराते हुए देखा था। हनुमान ने सीता को खोजने तक की समस्त घटनाएँ कह सुनाईं। यह सब कहने के बाद, हनुमान हाथ जोड़कर सीता के सामने खड़े हो गए। सीता बहुत प्रसन्न हुईं। अब उन्हें पूरी तरह विश्वास हो गया था कि राम ने ही हनुमान को भेजा है। सीता के गालों पर, दुख की जगह, ख़ुशी के आँसू बहने लगे। बाद में, हनुमान ने सीता को राम की चिन्हित मुद्रिका भी दिखाई, जो राम ने उन्हें सीता को

विश्वास दिलाने के लिए दी थी। सीता ने अपने पति की मुद्रिका लेकर उसे हाथ से दबाया और अपनी छाती से लगा लिया। वे इतनी प्रसन्न थीं कि कुछ बोल नहीं पाईं। उनके हाव-भाव ऐसे थे मानो कई माह से वर्षा न होने के बाद किसी प्यासे पौधे को पानी मिल गया हो। सीता ने कृतज्ञता-भरी आँखों से उस छोटे-से वानर को देखा, जो उनके बंजर हृदय में आशा की नई किरण लेकर आया था।

"तुम सचमुच वानरों में श्रेष्ठ हो! उस विशाल सागर को पार करके, बिना किसी की दृष्टि में आए, तुमने लंका में प्रवेश कैसे किया? तुम सामान्य वानर नहीं हो! ईश्वर तुम पर कृपा करें। अब तुम मुझे मेरे प्रभु के विषय में और कुछ बताओ। क्या वे इतने लंबे विरह के कारण मेरे प्रति अनासक्त हो गए हैं अथवा वे मेरे लिए उसी प्रकार दुखी हैं जैसे मैं उनके लिए व्याकुल हूँ?"

हनुमान ने सीता को दो कथाएँ सुनाईं, जो सिर्फ़ उन्हें और राम को पता थीं तथा जो राम ने हनुमान को गुप्त रूप से सुनाई थीं ताकि सीता को पूरी तरह यह विश्वास हो जाए कि हनुमान राम के ही दूत हैं।

विवाह के उपरांत जब राम और सीता रथ में बैठकर जा रहे थे तो राम ने धीरे से सीता के पैर पर अपना पैर रगड़ा था। वे यह जानकर डर गए कि सीता के कमल-समान पैर हलकी-सी रगड़ से लाल हो गए थे। वन में रहते समय, राम ने सीता से पूछा, "प्रिय राजकुमारी! तुम्हें याद होगा जब मैंने विवाह के बाद रथ में अपना पैर, तुम्हारे पैर पर रगड़ा था तो वह सूज गया तथा लाल हो गया था। ऐसा कैसे हुआ कि अब तुम्हें इन पत्थरों और काँटों पर चलने में कोई परेशानी नहीं होती?"

हनुमान ने एक अन्य घटना का उल्लेख भी किया जो राम-सीता के विवाह के तुरंत बाद हुई थी। राम ने सीता को उनके पैरों की मालिश करने के लिए कहा। ऐसा करने से पहले सीता ने अपनी रत्न-जड़ित चूड़ियाँ उतार दीं। राम ने जब कारण पूछा तो वे बोलीं, "प्रभु! मैंने सुना है कि जब विश्वामित्र आपको गौतम ऋषि के आश्रम में ले गए थे तो आपने पैर से एक पत्थर को स्पर्श किया था, जो बाद में अहिल्या नाम की स्त्री में बदल गया। अहिल्या को यह शाप मिला हुआ था कि जब तक आप उसे पैर से स्पर्श नहीं करेंगे, वह पत्थर बनी रहेगी। मुझे यही चिंता हो रही थी कि यदि आपने मेरी रत्न-जड़ित चूड़ियों को अपने पैरों से स्पर्श कर दिया तो उनका क्या होगा?"

इन बातों को सुनकर, जो सिर्फ़ उन्हें व राम को पता थीं, सीता भाव-विभोर हो उठीं और फिर उन्हें विश्वास हो गया कि मारुति निश्चित रूप से राम के दूत हैं।

हनुमान उन दोनों की अंतरंग बातों को जानकर स्वयं को सौभाग्यशाली मान रहे थे। उन्होंने एक बार फिर सीता को धीरज बँधाया, "आपके स्वामी यहाँ सिर्फ़ इसलिए नहीं आए हैं क्योंकि उन्हें आपके स्थान की जानकारी नहीं है। उनका मन सदा आप में रमा रहता है, इसलिए कृपया उस दृष्टि से आप निश्चिंत रहें। वे एक गुफा में रहते हैं और न अधिक खाते हैं और न ही सोते हैं। उन्हें अन्य किसी बात की चिंता नहीं है और वे सदा विचारों में खोए रहते हैं। यदि उन्हें थकानवश थोड़ी नींद आ भी जाए, तो वे रोते हुए उठ

बैठते हैं और 'सीता! सीता!' पुकारने लगते हैं। उन्हें जब भी आपकी पसंद की कोई वस्तु दिखाई दे जाती है, तो वे आह भरते हैं और फिर उन्हें सांत्वना दे पाना कठिन हो जाता है। मैं ज्यों ही लौटूँगा, वे वानरों और भालुओं की विशाल सेना लेकर यहाँ आ जाएँगे। आप बिलकुल मत डरिए। कृपया निराश न हों। आपकी मुक्ति निकट है!"

यह सुनकर सीता हर्षित हो गईं कि राम भी उनसे मिलने के लिए उन्हीं की तरह आतुर हैं। "प्रिय वानर! तुम्हारे शब्दों को सुनकर मुझे प्रसन्नता और दुख दोनों हो रहे हैं। उनके दुख के विषय में सोचकर, मैं भी दुखी हो जाती हूँ। सुख और दुख दोनों ही मनुष्य के पूर्वजन्म के कर्मों का परिणाम हैं। कृपया मेरे स्वामी को बताना कि मेरे पास समय बहुत कम है। मेरे जीवन के केवल दो माह शेष हैं। उसके बाद, मैं उस निशाचर का भोजन बन जाऊँगी। रावण के भाई विभीषण और एक अन्य राक्षस अविंध्य ने उसे मेरा हरण करने के दुष्परिणाम के विषय में चेताया था और मुझे राम को लौटाने के लिए भी कहा था। परंतु रावण का अंत निकट आ रहा है और इसीलिए उसे अच्छा परामर्श पसंद नहीं आता। कृपया मेरे स्वामी को बताना कि उनके बिना मेरे लिए यह जीवन असहनीय हो गया है।"

इस करुण याचना को सुनकर हनुमान का हृदय द्रवित हो गया और वे बोले, "हे देवी! कृपया आप दुखी न हों। आप मेरी पीठ पर सवार हो जाइए। मैं इसी क्षण आपको राम के पास ले चलता हूँ। आप बिलकुल न डरें!"

सीता नन्हें वानर के प्रस्ताव को सुनकर भावुक हो गईं और उन्हें हँसी भी आई। वे हनुमान को शिशु वानर समझ रही थीं और उन्हें हनुमान की शक्ति का अनुमान नहीं था।

"प्रिय वानर!" वे बोलीं, "तुमने सदाचारवश यह असंभव बात कही है। तुम्हारे जैसा नन्हा प्राणी मुझे अपनी पीठ पर बैठाकर इतना विशाल समुद्र कैसे पार कर सकता है?" यह सुनकर हनुमान ने सीता के भीतर विश्वास जागृत करने का निर्णय किया और सीता के सामने अपना आकार बढ़ाना आरंभ किया।

"यदि मैं चाहूँ तो इस पूरी लंका नगरी को सागर पार ले जा सकता हूँ, इसलिए मुझे किसी इस बात का भय नहीं है। मैं आपको सरलता से उस पार ले जा सकता हूँ!"

हनुमान का अति विशाल आकार देखकर सीता स्तब्ध रह गईं और बोलीं, "मैं यह समझ गई हूँ कि तुम कोई साधारण वानर नहीं हो, और वायुदेव के पुत्र हो। परंतु मुझे लगता है कि मेरा तुम्हारे साथ जाना उचित नहीं है। जब ये दुष्ट राक्षस मुझे तुम्हारे साथ जाता देखेंगे तो वे तुम्हारा पीछा करेंगे और ऐसा करते हुए मैं नीचे समुद्र में गिर जाऊँगी। इसके अतिरिक्त, इस दुष्ट रावण ने मेरा हरण करके कई माह से मुझे यहाँ रखा हुआ है। ऐसे में मेरे पति के लिए यही उचित होगा कि वे स्वयं यहाँ आएँ और रावण को मारकर मुझे ले जाएँ अन्यथा उनकी कीर्ति कलंकित हो जाएगी। मैंने सदा अपने पति को हृदय में स्थान दिया है, इसलिए मैं स्वेच्छा से किसी अन्य पुरुष को स्पर्श नहीं करना चाहती। रावण ने बलपूर्वक मुझे स्पर्श किया, किंतु उस समय मैं असहाय थी। इसलिए, हे वीर वानर! राम को तीव्र गति से यहाँ लेकर आओ क्योंकि मुझे तुम्हारे साथ जाना उचित नहीं लगता!"

हनुमान उनकी बात से सहमत हो गए और बोले कि उन्होंने सीता को राम से पति

से मिलवाने की उत्सुकतावश वह अनुचित सुझाव दिया था। वे सीता द्वारा किसी अन्य पुरुष को स्पर्श न करने की विवशता को समझते थे। इसके बाद, हनुमान ने सीता से प्रार्थना की कि वे भी उन्हें कोई ऐसा चिह्न दें जिससे वे राम को विश्वास दिला सकें कि उनकी भेंट सचमुच सीता से हुई थी।

उस भेंट के प्रमाण के रूप में सीता ने हनुमान को अपने बालों का आभूषण चूड़ामणि दिया और कहा, "इस आभूषण को देखकर मेरे पति को जीवन के तीन सबसे महत्त्वपूर्ण लोगों का ध्यान आ जाएगा - मेरे पिता, उनके अपने पिता और मैं। यह आभूषण विवाह के समय मुझे, मेरे पिता ने दहेज के रूप में राम के पिता की उपस्थिति में दिया था।" ऐसा कहकर, सीता ने वह आभूषण हनुमान को सौंप दिया जिसे उन्होंने सावधानी से अपने वस्त्रों में छिपा रखा था।

इसके बाद सीता ने हनुमान को दो घटनाएँ बताईं जो केवल उन्हें एवं राम को पता थीं।

रुँधे गले से सीता ने कहा, "उन्हें उस समय का स्मरण करवाना जब हमने चित्रकूट पर्वत के पास एक नदी में स्नान किया था और उन्होंने मेरी गोद में सिर रखकर विश्राम किया था। उन्हें नींद आ गई थी और उसी समय एक कौवे ने आकर मेरे वक्षस्थल पर चोंच मारी थी। मैंने उसके ऊपर मिट्टी का ढेला फेंककर उसे उड़ाने का प्रयास किया किया, किंतु वह नहीं गया और बार-बार चोंच मारता रहा। मैं रोने लगी तो राम उठ गए और मेरा उपहास करने लगे। उसके बाद उन्होंने मुझे सँभाला और हम एक-दूसरे की बाँहों में वहाँ लेट गए तथा हमें नींद आ गई। परंतु वह दुष्ट कौवा अवसर की प्रतीक्षा कर रहा था। नीचे उतरा तथा फिर से मेरे वक्ष पर चोंच मारने लगा। गर्म रक्त की बूँदें मेरे पति के चेहरे पर गिरीं तो वह उठ गए। उन्हें क्रोध आ गया और वे इधर-उधर देखने लगे। तभी उन्हें वह शरारती कौवा दिखाई पड़ गया। उन्होंने उस कौवे को पहचान लिया। वह इंद्र का पुत्र जयंत था। राम ने तुरंत नीचे से कुशा उठाई और उसके भीतर मंत्र द्वारा ब्रह्म की शक्ति का आह्वान करके, उसे कौवे पर छोड़ दिया। वह कौवा डर के वहाँ से उड़ गया किंतु वह अस्त्र उसका पीछा करता रहा। जब उसे कहीं शरण नहीं मिली तो वह लौटकर राम के पास आया और उनसे अपना अस्त्र वापस लेने की विनती करने लगा। राम ने कहा कि ब्रह्मास्त्र का आह्वान करने पर वह कुछ न कुछ क्षति करने के बाद ही लौटता है। राम ने अपने ब्रह्मास्त्र से कौवे की दाहिनी आँख फोड़ दी और फिर उसे प्राणदान दे दिया। हनुमान! ऐसा कैसे हो सकता है कि वह पुरुष जिसने मुझे हानि पहुँचाने वाले एक कौवे पर ब्रह्मास्त्र छोड़ दिया, वह इस राक्षस द्वारा मेरा हरण किए जाने पर शांत बैठा है?"

इसके बाद, सीता ने कहा, "राम को वह क्षण भी स्मरण करवाना जब उन्होंने मेरे मस्तक पर लाल बिंदी लगाई थी और एक लाल पत्थर का चूरा करके उपहास में मेरे गाल पर भी लाल बिंदी लगा दी थी!"

हनुमाने को ये दो घटनाएँ, जो सिर्फ़ राम व सीता को पता थीं, सुनाते हुए सीता की आँखों में आँसू आ आए। आँसुओं के कारण रुँधे गले से सीता ने कहा, "तुमने मुझे, मेरा जीवन लौटाया है, मैं तुम्हें क्या पुरस्कार दूँ? मैं अपने तुच्छ जीवन को समाप्त करने ही

वाली थी कि तुम आ गए और मेरे भीतर आत्म-विश्वास तथा आशा की किरण जगा दी। तुम सचमुच मेरे पुत्र के समान हो। हे नेक वानर! तुम मेरे स्वामी से कहना कि मैं एक माह तक जीवित नहीं रह सकूँगी। यदि वे एक माह पूरा होने से पहले नहीं आए, तो मैं अपना जीवन समाप्त कर लूँगी ताकि वह दुष्ट रावण मुझे स्पर्श न कर सके।”

इस उत्तेजना-भरी याचना को सुनकर हनुमान ने सीता को फिर से विश्वास दिलाया कि राम उनके अतिरिक्त अन्य किसी के विषय में नहीं सोचते। “आप घबराइए मत देवी! राम तथा उनके भाई शीघ्र ही यहाँ आकर राक्षसों को मारकर आपको मुक्त करवाएँगे। मैंने स्वयं अपनी आँखों से देखा है कि राम आपके बिना कितने अकेले हैं, इसलिए आप निश्चिंत रहिए। आपको पता लगने से पूर्व, राम यहाँ अपनी वानर सेना लेकर आ जाएँगे और इन भयानक निशाचरों को पूरी तरह समाप्त कर देंगे!”

हनुमान ने सीता का आभूषण लेकर अपनी छाती से लगा लिया। उसके बाद उन्होंने तीन बार सीता की परिक्रमा की और फिर उन्हें प्रणाम करके वहाँ से जाने की आज्ञा माँगी।

“आप प्रसन्न रहिए! मैं शीघ्र ही राम और वानर सेना के साथ लौटूँगा तथा इन राक्षसों को मारकर आपको यहाँ से मुक्त करवाऊँगा। आप निराश न हों। कृपया आशा बनाए रखें क्योंकि इस संसार में ऐसा कोई नहीं है, जिसे राम परास्त नहीं कर सकते!” ऐसा कहकर हनुमान ने एक बार फिर सीता को प्रणाम किया और जाने की अनुमति माँगी।

हनुमान ने सीता के चरण स्पर्श किए। सीता ने उन्हें आशीर्वाद देते हुए कहा, “हे आंजनेय! इस संसार में जब तक राम और सीता का नाम रहेगा, तब तक तुम्हारा नाम और यश भी रहेगा। हम ऐसी किसी पूजा को स्वीकार नहीं करेंगे, जिसमें तुम्हारा उल्लेख न हो।” सीता ने हनुमान के सिर पर हाथ रखकर उन्हें आशीर्वाद दिया और उन्हें लौटने की अनुमति प्रदान की।

आत्मा का परमात्मा से मिलन ही समस्त आध्यात्मिक लालसा का उद्देश्य है। चौदहवीं अथवा पंद्रहवीं शताब्दी के एक संस्कृत पाठ, अध्यात्म रामायण में सीता को जीवात्मा बताया गया है, जो राम रूपी परमात्मा से अलग हो गई है। इस अत्यंत सुंदर व्याख्या में, हनुमान को भक्ति द्वारा अहंकार (रावण) को नष्ट करते तथा जीवात्मा व परमात्मा का पुनर्मिलन दर्शाया गया है।

*सब सुख लहै तुम्हारी शरना।*
*तुम रक्षक काहू को डरना।।*

—तुलसीदास कृत *हनुमान चालीसा*

ॐ *श्री हनुमते नमः*

ॐ

*वज्रकाय नमः*

अध्याय 15

# बजरंगबली

## लंका दहन

*श्री राम भक्तकुला, मौलिं-अचिन्त्य-वीर्यम्,*
*श्री राम सेवक जनवना लोला चित्तम्*
*श्री राम नाम जपालिना हृदं कुमारम्,*
*वन्दे प्रभंजन सुतमं रघुराम दासम्।*

*हे अंजना पुत्र! राम के दूत, आपकी जय हो!*
*राम भक्तों में सर्वश्रेष्ठ, अविश्वसनीय शक्तियों वाले,*
*जिनका मन सदा राम की सेवा से*
*और राम का नाम लेने से प्रसन्न होता है।*

*—हनुमान स्तुति*

हनुमान की इच्छा सीता को छोड़कर जाने की नहीं थी और सीता को भी हनुमान से अलग होना अच्छा नहीं लग रहा था क्योंकि हनुमान ने ही उन्हें इतने माह के कष्टपूर्ण समय के बाद जीने के लिए कारण और आशा प्रदान की थी। हनुमान ने निर्णय किया कि हालाँकि उन्होंने सीता को खोजने का अपना प्रमुख उद्देश्य पूरा कर लिया है, फिर भी उन्हें सीता को साहस बँधाने के लिए कुछ करना चाहिए। उन्हें रावण पर इतना क्रोध आ रहा था कि उन्होंने जाने से पूर्व, उसकी प्रिय वाटिका को उजाड़ने का मन बना लिया। उन्होंने इस विनाश को यथाक्रम तरीक़े से पूरा किया।

किसी भयानक तूफ़ान की भाँति, उन्होंने प्रत्येक वृक्ष को उखाड़ कर अपने विशाल पैरों के नीचे रौंद डाला। उन्होंने सरोवरों को गंदा कर दिया और वहाँ की चट्टानों को मसलकर रावण को सुखदायी लगने वाली उस वाटिका को नष्ट कर दिया। लताओं को पेड़ों से अलग कर दिया, मंदिर तोड़ दिया, सरोवरों में अशोक वृक्ष के भूरे पत्ते बिखेर दिए और उनके जल को मथकर मटमैला बना दिया। छोटी पहाड़ियों को मसलकर चूरा कर दिया तथा रावण का प्रिय उपवन उजाड़कर पूरी तरह बर्बाद कर दिया। उपवन को उजाड़ने

के बाद हनुमान वाटिका के तोरणद्वार पर चढ़ गए। उन्हें कुछ होने की प्रत्याशा थी। उन्हें अधिक समय प्रतीक्षा नहीं करनी पड़ी। वाटिका में बहुत हलचल होने लगी थी। पक्षी भयभीत होकर शोर मचाने लगे तथा हिरण व मोर करुण पुकार करते और चिल्लाते, इधर-उधर भागने लगे। राक्षसियाँ भी हनुमान की तूफ़ान जैसी आवाज़ सुनकर उठ गईं। वे दौड़कर सीता के पास गईं और उनसे पूछा कि वह विशालकाय वानर कौन है जिसने वाटिका को नष्ट कर दिया है। सीता ने कहा कि उन्हें इस विषय में कोई जानकारी नहीं है। वे फिर रावण के पास पहुँचीं और उसे सारी बात बताई। उन्होंने रावण से कहा कि उन्हें संदेह है कि सीता को उस वानर के विषय में पता है किंतु वह बता नहीं रही है। उन्होंने रावण को यह भी बताया कि वानर ने सीता वाले स्थान को छोड़कर, सारी वाटिका उजाड़ दी है।

रावण ने जब अपनी प्रिय वाटिका के विनाश के बारे में सुना तो वह बहुत क्रोधित हो गया तथा उसने महल के प्रहरियों को उस प्राणी को पकड़ने का आदेश दिया। रावण की सेना हनुमान के पास पहुँची। वे उस समय भी वाटिका के तोरणद्वार पर बैठे थे। सैनिकों को अपनी ओर आते देख, हनुमान बड़े ख़ुश हुए। उन्होंने अपनी पूँछ को ज़ोर से धरती पर पटका, जिसकी भीषण आवाज़ से पूरी लंका गूँज उठी। चारों ओर से सैनिक, हनुमान की ओर दौड़े और उनके ऊपर विभिन्न प्रकार के अस्त्र-शस्त्रों से आक्रमण करने लगे। उन्होंने अपना आकार बढ़ा लिया और पहलवान की भाँति अपने कंधे थपथपाकर गर्जना करते हुए बोले, “मैं राम का सेवक, हनुमान हूँ। एक सहस्त्र रावण मिलकर भी मेरा मुक़ाबला नहीं कर सकते। मैं लंका को नष्ट करके ही लौटूँगा।” फिर उन्होंने तोरण से निकली हुई एक शलाका तोड़ ली और उससे राक्षसों को मारने लगे। वे सब अपने प्राण बचाकर वहाँ से भागे।

रावण को विश्वास नहीं हुआ कि एक वानर ने उसके सैनिकों को परास्त कर दिया। उसने अपने सेनापति के पुत्र, जंबुमाली को वानर को पकड़कर लाने का आदेश दिया। जंबुमाली अपने दो पहिए वाले रथ पर सवार हुआ जिसे सफ़ेद रंग के तीन पहाड़ी टट्टू खींचते थे। उसके पास स्वर्णिम फूलों से से सजा, लाल रंग का धनुष था। हनुमान ने जल्द ही सैनिकों को परास्त कर दिया और फिर मंदिर की मीनार पर चढ़कर उसे तोड़ने लगे। सैनिकों ने उन्हें भगाने की कोशिश की, किंतु हनुमान ने एक स्तंभ उखाड़कर सैनिकों पर दे मारा। इसके बाद, वे गूँजती हुई तेज़ आवाज़ में बोले, “राम की जय! जय श्री राम!”

उसी समय जंबुमाली ने हनुमान पर हज़ारों बाणों से आक्रमण कर दिया। उसने कुछ बाण हनुमान के मुख पर चलाए थे। हनुमान ने एक वृक्ष उखाड़कर जंबुमाली पर फेंका, किंतु उस राक्षस ने उसे अपने बाणों से काट दिया। क्रोध में आकर, हनुमान ने अपनी शलाका से जंबुमाली की छाती पर प्रहार किया। उस शलाका ने राक्षस की छाती को भेद दिया और वह मारा गया।

यह समाचार सुनकर रावण क्रोध से उन्मत्त हो गया और उसने अपने मुख्यमंत्री के सात पुत्रों को उस वानर को मार डालने का आदेश दिया। हनुमान हवा में उछले और उन सातों के बाणों से बच निकले। इसके बाद, हनुमान ने उन सातों के सिरों पर चट्टान फेंककर उन्हें मार गिराया। हनुमान ने रावण द्वारा भेजे गए पाँच और सेनापतियों को भी

परास्त कर दिया। महल तक जाने वाले लंका के मुख्य राजमार्ग पर रक्त की धाराएँ बहने लगीं, जिनमें मृतकों के क्षत-विक्षत शरीर, कटे हुए पाँव एवं हाथ बह रहे थे। रावण इस अप्रत्याशित घटना से अचंभित था तथा अपनी पत्नी मंदोदरी द्वारा विरोध किए जाने के बावजूद, उसने अपने सबसे छोटे पुत्र अक्षय कुमार को भेजा और हनुमान को बंदी बनाकर लाने का आदेश दिया। आठ अश्वों वाले सुंदर रथ में सवार होकर राजकुमार, अपनी शक्ति को सिद्ध करने के उद्देश्य से महल से चल पड़ा। उसने स्वर्ण कवच पहना हुआ था तथा वह उदित होते सूर्य के समान लग रहा था। उसने हनुमान पर अनेक रक्तरंजित बाण चलाए जो ज्वाला-से प्रतीत हो रहे थे। हनुमान उसकी प्रशंसा किए बिना न रह सके क्योंकि वह बिलकुल अपने पिता रावण का प्रतिरूप था। हनुमान उसके साथ लड़ना नहीं चाहते थे, किंतु उनके पास युद्ध के अतिरिक्त कोई विकल्प नहीं था। हनुमान ने उसका रथ नष्ट करके उसे मैदान से डराकर भगा देने का निर्णय किया। वे हवा में उछले और अक्षय कुमार के अश्वों पर कूद गए तथा उन्हें मुक्का मारकर नीचे गिरा दिया और उसका रथ नष्ट कर दिया। राजकुमार भी हवा में उठा और उसने हनुमान पर बाण चलाने आरंभ कर दिए। हनुमान का मन अक्षय कुमार के प्रति प्रशंसा से भरा था, किंतु वे किसी तरह की उदारता नहीं दिखा सकते थे। उन्होंने अक्षय कुमार को पैरों से पकड़कर कई बार घुमाया और उसे इस तरह दूर उछाला कि वह जीवित बच जाए और वहाँ से भाग जाए। परंतु राजकुमार गिरा और मारा गया। उसके बाद, हनुमान फिर से तोरणद्वार पर चढ़ गए तथा रावण द्वारा भेजे जाने वाले अगले व्यक्ति की प्रतीक्षा करने लगे।

रावण को विश्वास नहीं हुआ कि उसका प्रिय पुत्र उस भयानक प्राणी के हाथों मारा गया। उसे राजकुमार को युद्ध में भेजने पर बहुत दुख हुआ। फिर उसने निर्णय किया कि वह अपने ज्येष्ठ व साहसी पुत्र इंद्रजित को भेजकर, उस वानर को जीवित पकड़ेगा ताकि उससे पूछा जा सके कि वह कौन है और इस तरह विनाश क्यों कर रहा है। उसे संदेह हुआ कि वह कोई असाधारण वानर है, और इसीलिए उसकी सेना स्थिति को सँभाल नहीं पा रही है। रावण, नगर की दीवार के नीचे बनी सुरंग से होकर, गुप्त द्वार तक पहुँचा, जो वन में स्थित एक गुप्त उपवन में खुलता था। वहाँ एक वट-वृक्ष के नीचे बैठा, उसका पुत्र इंद्रजित साधना कर रहा था। रावण कुछ पल शांत खड़ा रहा। बाद में इंद्रजित उठा और उसने अपने पिता को प्रणाम किया। रावण ने कहा, "पुत्र! तुम हमारे कुल के गौरव और उसकी आशा हो। तुम अजेय हो! तुम न केवल अस्त्रविद्या में निपुण हो, बल्कि सभी तरह की मायावी शक्तियों में भी पारंगत हो। एक विशालकाय वानर ने उपद्रव मचाया हुआ है और उसने हमारे अनेक श्रेष्ठ योद्धाओं को मार डाला है। मुझे लगता है कि वह कोई असाधारण वानर है तथा उसे सामान्य अस्त्र-शस्त्रों से परास्त नहीं किया जा सकता। इसलिए, तुम जाओ और अपनी शक्तियों का प्रयोग करके, उसे जीवित पकड़कर लाओ!"

"पिताजी, आप निश्चिंत रहिए! मैं उसे पकड़कर आपके पास ले आऊँगा!"

ऐसा कहकर मंदोदरी का पुत्र इंद्रजित अपने दिव्य रथ में बैठ निर्भय होकर चल दिया। उसके कौवे जैसे बाल थे और उसने नीले व पीले रंग के रेशमी वस्त्र पहने हुए थे। वह गहरे लाल वर्ण का था और उसने बालों में पीला फूल लगाया हुआ था। उसकी

हरी आँखों के बीच में, बिल्ली-सी पुतलियाँ थीं तथा उसकी कमर पर स्वर्ण-माला, नौ बार लिपटी हुई थी। उसके एक हाथ में नीले रंग की फ़ौलादी ढाल थी और दूसरे में स्वर्णिम सर्पों से युक्त धनुष था। उसकी कमर में चाँदी की म्यान में तलवार लटकी हुई थी। इंद्र को परास्त करने के कारण, उसे इस बात का पूर्ण विश्वास था कि एक वानर को पकड़ने में उसे कोई परेशानी नहीं होगी। उसे पता था कि वह कोई साधारण वानर नहीं था और उसे सामान्य अस्त्र-शस्त्रों से नहीं मारा जा सकता। इंद्रजित भी, हनुमान की भाँति, एक ऊँचे स्थान पर चढ़ गया। उसने एक बाण लिया और उसे नागपाश नाम के मंत्र से अभिमंत्रित करके हनुमान पर छोड़ दिया। वे वास्तव में सर्पों की बनी हुई रस्सियाँ थीं। बाण के प्रहार से हनुमान नीचे गिर पड़े। उनके हाथ-पैर अदृश्य रूप से बँध गए और वे हिल पाने में असमर्थ थे।

आंजनेय को पाश की मायावी शक्ति का पता चल गया, जिसने उन्हें बाँध रखा था और फिर उन्होंने शांत रहने का निर्णय किया। इंद्रजित की मूर्ख सेना उस सूक्ष्म पाश को नहीं देख पाई और उन्होंने सचमुच की रस्सियाँ लाकर हनुमान को बाँध लिया। उन रस्सियों ने जैसे ही हनुमान के शरीर को स्पर्श किया, मंत्रों का सूक्ष्म प्रभाव समाप्त हो गया। इंद्रजित अपनी सेना की भूल को देखकर क्रोधित हो गया किंतु उसे समझ नहीं आया कि हनुमान ने स्वयं को मुक्त करने का प्रयास क्यों नहीं किया। उसने इस मामले से हाथ झाड़ लिए और वन में लौटकर साधना में व्यस्त हो गया। हनुमान स्वयं भी रावण के समक्ष प्रस्तुत होना चाहते थे, इसलिए उन्होंने रावण के सैनिकों को, स्वयं को लंका की सड़कों पर घुमाने से नहीं रोका। कुछ लोग हनुमान को अपशब्द बोल रहे थे, तो कुछ उन पर पत्थर फेंक रहे थे और कुछ उनका उपहास कर रहे थे। हनुमान ने कोई प्रतिक्रिया नहीं की। सैनिकों ने उन्हें घसीटा, परेशान किया और पीड़ा दी, किंतु हनुमान ने सारा अपमान सहन कर लिया।

आख़िरकार हनुमान को दशानन रावण के समक्ष लाया गया, जो अपने वस्त्रों व आभूषणों में बहुत शानदार लग रहा था। उसने अत्यंत कोमल रेशमी वस्त्र धारण किए हुए थे जो सागर में उठने वाली लहरों के समान लग रहे थे। वह मृगचर्म से ढँके सिंहासन पर बैठा था, जो एक लंबे भीतरी मिट्टी से भरी स्वर्ण वेदिका के बीच में रखा था। उसने गहरे लाल रंग के फूल और चमचमाते स्वर्ण के बने दस मुकुट पहन रखे थे। उसके गले में एक मोटी, भारी कड़ियों वाली माला पहनी थी, जिसमें हीरे की आँखों तथा माणिक्य के बने खुले होंठ एवं लंबे, चमकदार, हस्तिदंत के बने स्वर्णिम शैतानी मुख लटक रहे थे। उसकी हरी आँखें विचित्र ढंग से चमक रही थीं। उसने घूरकर हनुमान की ओर देखा। कुछ देर के लिए मारुति उसके रूप से प्रभावित हो गए थे और उन्हें लगा, यदि रावण क्रूर न होता तो वह तीनों लोकों पर शासन करने में समर्थ था।

हनुमान के पीले भूरे नेत्रों को देखकर, रावण के मन में एक अज्ञात भय उत्पन्न हो गया। उसे वह घटना याद हो आई जब उसने अपने इष्टदेव भगवान शिव के पास जाने का यत्न किया था और शिव के वृष ने उसे रोका था। इससे रावण को इतना क्रोध आया कि उसने चिल्लाकर कहा, "नंदी, तुम बंदर हो! तुमने मुझे रोकने का साहस कैसे किया?"

इसके बदले में नंदी ने रावण को शाप दिया, "सावधान रावण! तुमने मुझे बंदर बोला

है और एक दिन एक बंदर ही तुम्हारे पतन का कारण बनेगा!"

यह सुनकर रावण को और क्रोध आ गया और घमंड के चलते, उसने शिव के निवास स्थान कैलाश पर्वत के नीचे अपनी उँगली रखी और उसे एक ओर झुका दिया। पार्वती भयभीत हो गईं। उन्हें दिलासा देने और रावण का घमंड चूर करने के लिए शिव ने अपने पैर के अँगूठे से पर्वत को नीचे दबा दिया जिसके कारण रावण की उँगली पर्वत के नीचे कुचल गई! तब शिव को शांत एवं प्रसन्न करने के लिए रावण ने "शिव तांडव स्तोत्र" नामक असाधारण स्तुति की रचना की।

तुलसीदास ने रावण के दरबार में हनुमान के प्रवेश का इस प्रकार वर्णन किया है: "वानर ने रावण के दरबार की भव्यता को देखा। यहाँ तक कि देवता और दिग्पाल भी हाथ जोड़कर सहमे हुए उसके बदलते हुए हाव-भाव को देख रहे थे।"

परंतु हनुमान विशालकाय मूर्ति की भाँति खड़े रहे। वे शक्तिशाली राक्षसराज को देखकर परेशान नहीं थे!

"जिस तरह गरुड़ सर्पों को देखकर भयभीत नहीं होते, उसी प्रकार हनुमान भी रावण को देखकर भयभीत नहीं हुए!"

रावण, हनुमान का अपमान करना चाहता था और इसलिए उसने हनुमान को बैठने के लिए आसन नहीं दिया जो कि, अन्यथा एक दूत का अधिकार होता है। शेष सभी लोगों के पास आसन थे। हनुमान को लगा कि यह अपमान उनका नहीं, अपितु उनके स्वामी का था। उन्होंने सर्पों के शत्रु और भगवान विष्णु के वाहन, गरुड़ का स्मरण किया और उनका मंत्र पढ़ा। उनका शरीर, जो अब तक सर्पों से बँधा हुआ था, तत्काल नागपाश से मुक्त हो गया। हनुमान ने अपने शरीर को झटका और फिर अपनी पूँछ को लंबा करना आरंभ कर दिया। उन्होंने पूँछ को बढ़ाकर उसे घुमाते हुए अपने लिए, रावण से भी अधिक ऊँचा कुंडलीदार आसन बना लिया। फिर वे गर्व से अपने बनाए हुए आसन पर बैठ गए और उस ऊँचे स्थान से नीचे रावण को देखने लगे!

एक क्षण के लिए ज्यों ही रावण ने हनुमान की ज्वलंत आँखों में देखा तो उसे लगा कि नंदी द्वारा दिए गए शाप के पूरा होने का समय आ चुका है, परंतु फिर उसने उस घटना को अधिक महत्त्व न देते हुए अपने मंत्री से कहा कि वह उस वानर से लंका आने का कारण पूछे। मंत्री ने कहा, "वानर! यदि तुम सत्य बोल दोगे तो तुम्हें भयभीत होने की आवश्यकता नहीं है। क्या तुम्हें देवराज इंद्र ने भेजा है? इस अभेद्य दुर्ग में प्रवेश करने और उस वाटिका को उजाड़ने का तुम्हारा उद्देश्य क्या है? यदि तुम सत्य कहोगे तो तुम्हें छोड़ दिया जाएगा!"

हनुमान ने रावण के प्रश्नों का दृढ़ता और साहस के साथ उत्तर दिया। उनका उद्देश्य केवल रावण का हृदय-परिवर्तन करना था ताकि वह सीता को छोड़ दे और युद्ध को टाला जा सके।

मारुति ने ध्यान से रावण को देखा और कहा, "मैं अयोध्या के राजकुमार और पुरुषोत्तम भगवान राम का दूत हूँ। मैं यहाँ तुमसे बात करने आया हूँ। तुमने राम की प्रिय

पत्नी का हरण कर लिया है और उन्होंने मुझे सीता का पता लगाने के लिए कहा है। मैंने तुम्हारी वाटिका को सिर्फ़ इसलिए उजाड़ा ताकि मुझे तुम्हारे समक्ष लाया जा सके। मुझे पाश से बाँधा या अस्त्रों से मारा नहीं जा सकता। मैंने स्वयं को केवल इसलिए बँधने दिया क्योंकि मैं तुमसे मिलना चाहता था। तुम उच्च कोटि के धर्मज्ञ हो और तुम्हें पता है कि किसी अन्य व्यक्ति की संपत्ति को चुराना कितना हानिकारक होता है। अपने कठोर तप से तुमने अनेक वरदान प्राप्त किए हैं जिनमें से एक यह भी है कि तुम्हें देवता, दैत्य, यक्ष या कोई अन्य दिव्य प्राणी नहीं मार सकता, किंतु तुमने इस सूची में मनुष्य को नहीं जोड़ा। याद रखो, राम मनुष्य हैं और उन्हें वानरों का सहयोग प्राप्त है और वानर भी तुम्हारी सूची में सम्मिलित नहीं हैं! इसलिए मैं तुमसे कहता हूँ कि विवेक से काम लो और सीता को उनके पति को लौटा दो, अन्यथा मेरे स्वामी तुम्हें और तुम्हारे पूरे वंश को निर्दयता से समाप्त कर देंगे! वे बल में भगवान विष्णु के समान हैं और तुमने उनके साथ जो दुर्व्यवहार किया है, उसके लिए वे तुम्हें कभी क्षमा नहीं करेंगे। मेरी बात मान लो और सीता को छोड़ दो तथा स्वयं को एवं अपने राज्य को बचा लो! सीता तुम्हारे और तुम्हारे वंश के नाश का कारण बनेंगी। उन्हें मुक्त करके अपनी रक्षा कर लो, क्योंकि तुम ऐसा कर सकते हो!"

अपने सभी उत्तरों में हनुमान ने इस बात पर ज़ोर दिया कि वे स्वयं किसी भी कार्य को करने में असक्षम थे और राम ही वास्तव में उनकी शक्ति और प्रेरणा का स्रोत हैं!

रावण की आँखें क्रोध से लाल हो गईं। उनमें से लाल एवं स्वर्णिम ज्वाला फूटने लगी। उसने वानर को मार डालने का आदेश दिया। परंतु तभी रावण के छोटे भाई विभीषण ने हस्तक्षेप करते हुए कहा, "भैया, आप तो जानते हैं कि धर्म के अनुसार, दूत की हत्या करना अनुचित है। यदि आपने ऐसा दुष्कर्म किया तो इससे निश्चित ही आपके यश व कीर्ति पर कलंक लगेगा।"

यह सुनकर रावण को और गुस्सा आ गया। उसने कहा कि ऐसे वानर को, जिसने नगर को इतनी क्षति पहुँचाई है और उसके पुत्र को मार डाला, मृत्युदंड ही मिलना चाहिए। विभीषण ने रावण को अपने निर्णय पर पुनर्विचार करने की प्रार्थना की और कहा कि राम व लक्ष्मण को लंका लाने और उन्हें पकड़ने का एकमात्र तरीक़ा यही है कि इस वानर को उनके पास लौटने दिया जाए।

रावण ने विचार किया और फिर वह इस बात से सहमत हो गया, परंतु वह वानर को क्षत-विक्षत करके दंडित करने पर अड़ा रहा। "वानर को अपनी पूँछ सबसे प्रिय होती है, इसलिए इसकी पूँछ में तुरंत आग लगा दी जाए और इसे अपने मित्रों व संबंधियों के पास जली हुई पूँछ के साथ अपमानजनक स्थिति में वापस भेजा जाए!"

रावण ने आदेश दिया कि वानर की पूँछ में आग लगाकर उसे नगर में घुमाया जाए ताकि लंकावासियों को, जिन्हें किसी को भी प्रताड़ित होते देखना अच्छा लगता था, उस वानर को देखकर आनंद आए।

राक्षस इस आदेश को सुनकर बहुत प्रसन्न हुए क्योंकि उन्हें इसमें बड़ा आनंद आ रहा था। जिस समय हनुमान को घसीटकर दरबार में लाया जा रहा था, वे सभी राक्षस

चिल्ला रहे थे, "इसे मार दो! इसे जला दो! इसे खा जाओ!" वे सब प्रसन्न होकर हनुमान की पूँछ पर टूट पड़े और उसे जलाने से पहले, उसके ऊपर तेल में डूबे चिथड़े लपेटने लगे। उनके ऐसा करते समय, हनुमान ने अपनी पूँछ को लंबा करना शुरू कर दिया।

हनुमान की पूँछ बढ़ती जा रही थी। वह इतनी लंबी हो गई कि उसने लंका नगरी को चारों ओर से दस बार लपेट लिया। राक्षस परेशान होकर गोल-गोल भाग रहे थे और पूँछ पर कपड़ा लपेटने की कोशिश कर रहे थे। लंका के समस्त वस्त्र-भंडारों से कपड़ा लेने के बाद भी, वे हनुमान की विशाल पूँछ पर पूरी तरह कपड़ा नहीं लपेट पाए। पूँछ, लगातार लंबी होती जा रही थी! अंत में लंका के पुरुषों ने अपने वस्त्र और स्त्रियों ने अपनी साड़ियाँ भी दे दीं। जब वे थक गए और लंका का सारा कपड़ा समाप्त हो गया, तो उन्हें समझ नहीं आया कि वे क्या करें।

हनुमान हँसने लगे और फिर उन्होंने अपनी पूँछ पर कपड़ा लिपट जाने दिया। उसके बाद, राक्षस तेल से भरे विशाल कड़ाह लाए और हनुमान की पूँछ को तेल में डुबाकर उसमें आग लगा दी। हनुमान प्रसन्न हो गए और उन्होंने पूँछ को झटका देकर अपने आस-पास खड़े सभी राक्षसों को मार डाला! इसके बाद उन्होंने स्वयं को नियंत्रित करके बँध जाने दिया और नगर में घूमने लगे। ऐसा करते हुए, उन्होंने अपने दिमाग़ में पूरे नगर का मानसिक चित्र बना लिया और उन सब चीज़ों को भी ध्यान से देखा, जो उन्हें पहले रात्रि के अंधकार में घूमते समय दिखाई नहीं पड़ी थीं।

राक्षस, अपनी पत्नियों के साथ, लंका की गलियों में खड़े होकर उत्सुकता से यह दृश्य देखने लगे। कुछ राक्षसियाँ प्रसन्न होकर सीता के पास दौड़ीं और उन्हें सारा हाल सुना दिया। यह सुनकर सीता को बहुत दुख हुआ। उन्होंने आँखें बंद करके अग्निदेव से प्रार्थना की कि वे हनुमान की पूँछ के ताप को कम कर दें। इसके बाद, हनुमान को यह देखकर आश्चर्य हुआ कि उनकी पूँछ में लगी आग से उन्हें कोई क्षति नहीं पहुँच रही थी!

अपने मस्तिष्क में नगर का मानसिक चित्र बनाने के बाद, हनुमान ने अपनी माँस-पेशियों को झटका दिया और सरलता से बेड़ियों को तोड़ दिया। वे जलती हुई पूँछ के साथ नगर के प्राचीरों पर कूदने लगे। उन्हें लगा कि लंका को नष्ट करने से रावण का घमंड कम हो सकता है। "इस आग को, जिसे मुझे दंड देने के लिए लगाया गया है, अपना आहार नहीं मिल रहा है, इसलिए मैं इसे भोजन प्रदान करूँगा।"

अपनी रुद्र-समान विनाशकारी लीला को प्रदर्शित करते हुए, हनुमान ने उल्कापिंड की भाँति लंका की इमारतों की छतों पर कूदना आरंभ कर दिया। एक घर से दूसरे पर कूदते हुए, वे क्रमबद्ध तरीक़े से प्रत्येक घर को जलाते गए। अंत में, पूरी लंका नगरी को आग की लपटों ने घेर लिया। उन्होंने केवल विभीषण का महल और सीता की अशोक वाटिका को छोड़ दिया था। शीघ्र ही आग की लपटों ने लंका को श्मशान में बदल दिया। चारों ओर अफरा-तफरी मच गई।

लोग चिल्लाते हुए इधर-उधर भाग रहे थे, स्त्रियाँ और बच्चे रो रहे थे, घोड़े और हाथियों ने भगदड़ फैला दी थी। वायु के प्रवाह से आग पूरी लंका में फैल गई। आग की

लपटें आकाश को छू रही थीं, मानो वह अग्नि पूरे संसार का विनाश कर देगी।

स्वर्ण के बने जालीदार तथा मोतियों व रत्नों से जड़ित महल, तेज़ आवाज़ के साथ टूटकर गत्ते के बने घरों की तरह नीचे आ गिरे। इमारतों पर चढ़ी सोने की पर्त पिघलने लगी और पिघले हुए सोने की धाराएँ समुद्र की ओर बहने लगीं। सड़कों के किनारे बने घर ढह गए तथा उनके द्वार और झंझरियाँ टूटकर धुआँ बन गए। आग से बचकर भाग रहे लोगों की घबराहट भरी चीख़-पुकार वायु में फैल गई थी। पूरी लंका जलती हुई मशाल लग रही थी। वह ज़बरदस्त दृश्य था।

राक्षस चिलाए, "निश्चित ही यह सिर्फ़ वानर नहीं, बल्कि रुद्र है जो महाकाल का रूप धरकर आया है!" हनुमान नगर की प्राचीर के ऊपर बैठकर अपने कारनामे को प्रसन्नता से देख रहे थे। उन्हें जब यह विश्वास हो गया कि उन्होंने लंका को पूरी तरह नष्ट कर दिया है, तब उन्होंने समुद्र में कूदकर अपनी पूँछ में लगी आग बुझाई और स्वयं को ठंडा किया।

यही एक घटना है, जहाँ हमें हनुमान का वानर स्वभाव देखने को मिलता है और जहाँ वे अनियंत्रित विनाश करते हैं। जब उनका क्रोध थोड़ा शांत हुआ तो उन्हें अपने किए पर पछतावा भी होता है।

"यह मैंने क्या किया?" उन्होंने मन में सोचा। "क्रोध में व्यक्ति कोई भी अपराध कर बैठता है। सच्चा साधु वही है, जो उत्तेजित होने की स्थिति में भी क्रोध न करे और प्रतिशोध का भाव न जागृत होने दे। मैंने अवश्य ही पाप किया है। यदि इस आग में सीता भी जल गई होंगी तो मेरे स्वामी उनके बिना एक क्षण भी जीवित नहीं रह पाएँगे मेरी यात्रा असफल हो जाएगी। समूची लंका राख का ढेर बन गई है। क्या यह संभव है कि सीता अब तक जीवित हैं? उनके तप और पति के प्रति पूर्ण निष्ठा के बल पर यह संभव है कि अग्नि ने उन्हें स्पर्श तक न किया हो।"

वे दुख में डूबे यह सब सोच ही रहे थे कि उन्होंने कुछ दिव्य लोगों को अपने ऊपर से बातें करते हुए जाते देखा। "यह कितने आश्चर्य की बात है कि सारी लंका आग की लपटों में है, किंतु वह वाटिका, जहाँ सीता बैठी हैं, पूरी तरह सुरक्षित है!"

यह सुनकर हनुमान बहुत ख़ुश हुए और तुरंत लपककर अशोक वाटिका में यह देखने के लिए जा पहुँचे कि क्या यह सचमुच सत्य था। वहाँ पहुँचकर उन्होंने देखा कि वे सीता को जिस स्थिति में छोड़ गए थे, वे बिलकुल उसी तरह वृक्ष के नीचे बैठी थीं। दोनों एक-दूसरे को देखकर बहुत प्रसन्न हुए और सीता ने हनुमान से एक और दिन वहीं रुकने की प्रार्थना की।

"हे वानर! तुम्हारे दर्शन मात्र से मेरे मन को सांत्वना मिलती है। यदि तुम चले जाओगे तो मुझे संदेह और बहुत दुख होगा कि तुम वापस कब आओगे। क्या अन्य वानर भी तुम्हारी तरह छलाँग लगाकर समुद्र पार करने में सक्षम हैं? मेरे स्वामी इस कार्य को कैसे करेंगे?"

हनुमान ने उन्हें फिर से धैर्य बँधाया और यह आश्वासन दिया कि सुग्रीव कोई सामान्य वानर नहीं है और वह भी असाधारण कार्य करने में समर्थ है। उन्होंने सीता को यह भी

कहा कि वे बहुत जल्द समुद्र पार से आने वाले वानर समूहों को देख पाएँगी। इसके बाद सीता ने अनिच्छापूर्वक हनुमान को लौटने की अनुमति दे दी।

*सूक्ष्म रूप धरि सियहिं दिखावा।*
*बिकट रूप धरि लंक जरावा।।*

—तुलसीदास कृत *हनुमान चालीसा*

ॐ *श्री हनुमते नमः*

ॐ

*पिंगलाक्षाय नमः*

## अध्याय 16

# शूर

## निष्ठावान सेवक

*यस्यस्ति रामकरुणामृता वैभवेन,*
*लोकावसान समयावधि दीर्घ-आयुर,*
*तम वीर पुरुषा कलग्रणिमअज्ञेयम्,*
*वन्दे प्रभंजनासुतं रघुराम दासम्।*

*हे पवन-पुत्र! राम के सेवक, आपकी जय हो,*
*हे आंजनेय, आप निश्चय ही अत्यंत बलशाली हैं,*
*जो राम की महिमा और उनके आशीर्वाद से,*
*इस संसार के रहने तक जीवित रहेंगे!*

*—रघुरामदासशतकम*

देवतागण, हनुमान के साहसिक कार्य से अत्यंत प्रसन्न हुए और परमपिता ब्रह्मा ने स्वयं लिखकर हनुमान को राम के लिए एक पत्र दिया जिसमें लंका में किए गए कार्य का विवरण था। उनके द्वारा साहसिक कार्यों के इस उल्लेख में यह भी वर्णित है कि सीता ने अपने आभूषण के साथ, राम की मुद्रिका भी लौटा दी थी। इस तरह मारुति के पास राम को देने के लिए तीन मूल्यवान चीज़ें थीं। देवताओं तथा सीता से प्राप्त प्रशंसा के बाद, हनुमान को अपनी उपलब्धियों पर थोड़ा गर्व हो जाना स्वाभाविक था।

वे राम के पास लौटने को उत्सुक थे। वे उस नगरी की अंतिम झलक पाने के लिए पीछे मुड़कर देखने लगे। वह शानदार लंका नगरी, जो आकाश-हृदय पर चमचमाते मोती के झुमके जैसी लगती थी, अब जर्जर पड़ी थी। उसे देखकर हनुमान को बहुत ख़ेद हुआ और पीड़ा भी महसूस हुई, किंतु फिर उन्हें लगा कि रावण उस दंड का अधिकारी था। वे लंका के सर्वोच्च शिखर पर चढ़ गए और अपना आकार बढ़ा लिया। उन्होंने अपना मन राम पर केंद्रित किया जिन्हें वे देखने को व्याकुल थे। उन्होंने राम नाम का शक्तिशाली मंत्र जपना आरंभ कर दिया और फिर उस शिखर से समुद्र के उत्तरी छोर की दिशा में ज़ोरदार

छलाँग लगा दी। आकाश में उड़ते हुए हनुमान किसी पंखयुक्त पर्वत के समान प्रतीत हो रहे थे। उन्होंने उत्तर दिशा में जाते समय अपने नीचे समुद्र को उफनते देखा और अपनी गति बढ़ा दी। वे लाल रंग के बादलों के बीच में से आसानी से निकल गए। आकाश में किसी बाण की भाँति, हनुमान द्रुत गति से जा रहे थे। मुख्य भूमि तक पहुँचते-पहुँचते, उन्हें प्यास लग आई। उन्हें नीचे एक आश्रम दिखाई दिया जिसके निकट एक सरोवर भी था। वे नीचे उतर आए। वहाँ एक साधु बैठा था जो ध्यान में लीन था। हनुमान उसके पास पहुँचे और विनम्रतापूर्वक उससे सरोवर से जल पीने की अनुमति माँगी। योगी ने सिर हिलाकर स्वीकृति दे दी। हनुमान ने अपनी तीनों मूल्यवान चीज़ें योगी के पास रखीं और पानी पीने के लिए सरोवर के पास चले गए। सरोवर से जल पीते समय एक साधारण वानर आया और उसने राम की मुद्रिका उठाकर साधु के घड़े में डाल दी। जब मारुति लौटे तो उन्होंने देखा मुद्रिका वहाँ नहीं थी। उन्होंने साधु से उसके बारे में पूछा। योगी ने मुँह से कुछ नहीं कहा, बल्कि उस घड़े की ओर संकेत कर दिया। जब हनुमान ने घड़े में हाथ डाला तो वे स्तब्ध रह गए। वह घड़ा राम की जैसी मुद्रिकाओं से भरा था। हनुमान ने योगी से कहा कि वह असली मुद्रिका पहचानने में उनकी सहायता करे। अंत में योगी ने अपना मौन तोड़ा और कहा कि वे सभी मुद्रिकाएँ राम की हैं। हनुमान को इस बात पर बहुत आश्चर्य हुआ। योगी ने बताया कि प्रत्येक त्रेता युग में, हनुमान आते थे और और इस सरोवर से पानी पीते थे और कोई बंदर आकर मुद्रिका घड़े में डाल देता था। हनुमान ने स्तब्ध होते हुए दुर्बल स्वर में पूछा, "घड़े में कितनी मुद्रिकाएँ हैं?"

साधु ने मुस्कराते हुए उत्तर दिया, "तुम स्वयं क्यों नहीं गिन लेते?"

हनुमान ने मुद्रिकाएँ गिनने का प्रयास किया तो उन्हें पता लगा कि वे असंख्य थीं! तब उन्हें एहसास हुआ कि उनमें कोई विशिष्ट बात नहीं है। ईश्वर की रचना में, एक के बाद एक युग आते हैं। उनसे पहले भी अनेक युग आए थे और उनके बाद भी अनेक युग आएँगे। हनुमान के भीतर अपनी उपलब्धियों को लेकर जो थोड़ा दर्प उत्पन्न हुआ था, उसे नष्ट करने के लिए यह पर्याप्त था! बाद में, वे राम से मिले तो उन्होंने देखा कि मुद्रिका पहले से ही उनकी उँगली में थी। राम ने मुस्कराते हुए यह स्वीकार किया कि अपने भक्त के मन में उत्पन्न दर्प को नष्ट करने के लिए उन्होंने स्वयं योगी का रूप धारण किया था। हनुमान उनके चरणों में गिर पड़े और राम से याचना की कि वे दोबारा कभी उनके भीतर घमंड उत्पन्न न होने दें। राम ने हनुमान को यह वरदान भी दिया।

उसके बाद हनुमान फिर से आकाश में उड़े और अपनी यात्रा पर आगे बढ़ गए। जब वे उस स्थान के निकट पहुँचने वाले थे, जहाँ उन्होंने अपने मित्रों को छोड़ा था, तो उन्होंने गर्जना करके अपने आगमन का संकेत दिया।

"आह! हनुमान की गर्जना से स्पष्ट है कि वे अपने उद्देश्य में सफल होकर लौटे हैं," वानरों ने कहा। हर्षातिरेक में, वे सब एक पेड़ से, दूसरे तथा एक शिखर से, दूसरे शिखर पर उछलते रहे, जैसा कि वानर स्वाभाविक रूप से करते हैं। अपने नायक का स्वागत करने के लिए उनमें होड़ लग गई। हनुमान, महेंद्र पर्वत पर उतर आए, जहाँ से उन्होंने जाते समय छलाँग लगाई थी। शेष सभी वानर हर्षित होकर उनके आस-पास एकत्र हो गए तथा

प्रशंसा स्वरूप कंद-मूल एवं फल के छोटे-छोटे उपहार प्रस्तुत करने लगे। उन्होंने हनुमान को बैठाकर उन्हें घेर लिया तथा उनके सामने प्रश्नों की झड़ी लगा दी। हनुमान ने जांबवंत तथा राजकुमार अंगद को प्रणाम किया और उन्हें पूरी कथा सुनाई। वानरों ने ख़ुश होकर उन्हें गले लगा लिया और अपनी पूँछ उठाकर ख़ुशी से एक चट्टान से दूसरी पर उछलने लगे।

अंगद ने हनुमान की प्रशंसा करते हुए कहा, "हनुमान! आपके समान दूसरा कोई नहीं है। आपने हमें जीवनदान दिया है और आपके कारण ही राम एवं सीता का पुनर्मिलन हो पाएगा।"

हनुमान को प्रसन्न हो रहे वानरों के समक्ष अनेक बार उस कथा को दोहराना पड़ा। वानरों ने प्रत्येक विवरण को बहुत ध्यान से सुना। अंगद ने कहा कि अब उन्हें तुरंत लंका पहुँचकर, विदेह की राजकुमारी को मुक्त करवाकर उन्हें प्रभु राम को लौटा देना चाहिए। जांबवंत ने इस प्रस्ताव को अस्वीकार करते हुए कहा कि सीता को मुक्त करवाना, प्रभु राम का कर्त्तव्य है और उनके ऊपर सिर्फ़ सीता को खोजने का दायित्त्व था। वे जितनी जल्दी राम को संदेश देंगे, उतना ही अच्छा होगा।

उन सबने निर्णय किया कि जांबवंत सही कह रहे हैं और फिर पूरा सैन्य दल वहाँ से लौट गया। उनके उत्साह से उनके पैरों को मानो पंख लग गए और उन सबने किष्किंधा तक की यात्रा आधे समय में पूर्ण कर ली। वे सब शीघ्र पहुँचने और राम को शुभ समाचार देने के लिए अत्यधिक उत्सुक थे। नगर के प्रवेशद्वार पर मधुवन नाम का एक उद्यान था, जो रसदार फलों और फूलों के वृक्षों से भरा था। वह मधुमक्खियों का आवास था, जो फूलों का रस एकत्र करने और अपने छत्ते बनाने के लिए वहाँ घूमती रहती थीं। वह सुग्रीव का उद्यान था और उसके चाचा उस उद्यान के प्रहरी थे।

वानरों ने अंगद से प्रार्थना की और वहाँ के फलों तथा शहद खाने की अनुमति माँगी। अंगद ने उनकी बात मान ली। उन्हें तो यही चाहिए था! उन्होंने उद्यान को नष्ट कर दिया और ढेर-सा शहद पीकर मदहोश हो गए जिसे देखकर प्रहरी को बुरा लगा। वानरों को सामान्य तौर पर नियंत्रित करना कठिन होता है और इन वानरों ने, जो बड़ी मात्रा में शहद पीकर उसी रंग के हो गए थे, एक-दूसरे पर मधुमक्खी के छत्ते फेंककर तथा फलों को तोड़कर और बुरी तरह ध्वंस मचाकर, उस उद्यान को उजाड़ दिया।

सुग्रीव का चाचा उस उद्यान का प्रहरी था। उसने वानरों को बहुत रोका किंतु उन्होंने उसकी एक न सुनी। पूरा उद्यान मदहोश वानरों से भरा हुआ था जो नशे में इधर-उधर घूम रहे थे। अंत में उसने वानरों को धमकी दी कि वह यह पूरी बात सुग्रीव को बता देगा। सुग्रीव उस समय राम और लक्ष्मण के साथ बैठा हुआ था। जब प्रहरी ने पूरी घटना उसे बताई और वानरों को दंड देने के लिए कहा तो उसकी आशा के विपरीत सुग्रीव ने उसे चिंता न करने के लिए कहा, बल्कि वह प्रसन्न दिखाई पड़ रहा था।

राम की ओर देखकर सुग्रीव ने कहा, "प्रभु, मुझे लगता है कि इन वानरों ने आपका कार्य पूरा कर लिया है और इसीलिए इन्होंने राजा का उद्यान उजाड़ने का साहस कर लिया है। इसमें कोई संदेह नहीं है कि हनुमान ने सीता को खोज लिया है!"

यह सुनकर राम और लक्ष्मण बहुत प्रसन्न हुए। सुग्रीव ने अपने चाचा को मधुवन लौट जाने तथा हनुमान एवं अन्य वानरों को तुरंत उनके समक्ष प्रस्तुत होने को कहा।

वह तुरंत मधुवन गया और अंगद को प्रणाम करके बोला, "आप राजकुमार हैं और मुझे सुग्रीव ने कहा था कि आपको पेट-भर शहद पीने दूँ। मैंने और मेरे सैनिकों ने आपको ऐसा करने से रोका, इसके लिए कृपया हमें क्षमा कर दीजिए। आपको तत्काल किष्किंधा पहुँचने का आदेश दिया गया है।"

यह सुनते ही, गुलेल से निकले पत्थर की भाँति, अंगद ने हवा में छलाँग लगाई। हनुमान तथा शेष वानर भी उसके पीछे चल पड़े। उन्हें आता देख, सुग्रीव ने राम से कहा, "मुझे विश्वास है कि हनुमान ने सीता का पता लगा लिया है। उनके अतिरिक्त कोई अन्य इस कार्य को पूर्ण नहीं कर सकता। वे बुद्धिमान, साहसी और समर्थ हैं। इसके अतिरिक्त, यदि अंगद ने अपना दायित्त्व पूर्ण न किया होता, तो वह उस मधुवन को कभी न उजाड़ता, जो मुझे मेरे दादाजी ने प्रदान किया था।"

राम के पास पहुँचने से पहले ही हनुमान चिल्लाए, "मैंने सीता को देख लिया!" उन्होंने इस बात को इस तरह इसलिए बोला क्योंकि वे जानते थे कि राम का हृदय आशा से परिपूर्ण था और जब तक वह "देखा" शब्द नहीं सुनेंगे उनका कष्ट दूर नहीं होगा। हनुमान नहीं चाहते थे कि राम को एक क्षण भी और कष्ट हो और इसीलिए वे चिल्लाए थे, "मैंने सीता को देख लिया!"

हनुमान उस स्थान के निकट उतरे जहाँ सुग्रीव और राम बैठे हुए थे। हनुमान ने राम को सिर झुकाकर प्रणाम किया। उन्होंने बताया कि सीता का पता लग गया है और वे स्वस्थ हैं तथा उनका मन अपने पति के प्रति समर्पण से परिपूर्ण है। इस बीच, अंगद और अन्य वानर भी अपनी बात कहना चाहते थे। वे सब हनुमान के मुख से सुनी कथा को दोहराने के लिए उत्सुक थे और उसे राम को सुनाने के लिए परस्पर धक्का-मुक्की कर रहे थे। राम ने उनकी ओर स्नेहपूर्वक देखा और कहा, "मुझे विश्वास है तुम सबने बहुत अच्छा कार्य किया है, किंतु इस समय मैं सीता के विषय में जानना चाहता हूँ। उसने क्या कहा? क्या उसने मेरे लिए कोई संदेश या चिह्न भेजा है?"

यह सुनकर सब वानरों ने हनुमान की ओर देखा और उनसे आगे की कथा सुनाने की विनती करने लगे।

हनुमान ने राम को प्रणाम किया और फिर लंका पर विजय की पूरी कथा सुनाई। उन्होंने राम की प्रिय व अकेली पत्नी सीता से हुई भेंट के विषय में भी बताया, जो अपने प्रिय पति से मिलने के लिए व्याकुल थीं।

"हे वीर राजकुमार! आपकी पत्नी को उस निशाचर रावण ने एक वाटिका में बंदी बना रखा है। वे असहाय हैं और हर समय आपके विचारों में खोई रहती हैं। वे कठोर फ़र्श पर सोती हैं और उनका रूप शरद ऋतु से पूर्व कुम्हलाए कमलपुष्प की भाँति हो गया है। उन्होंने मुझे दो घटनाएँ बताईं जो सिर्फ़ आपको पता हैं।" हनुमान, राम के पास गए और उनके कान में धीरे से कहा, "एक घटना जयंत कौवे के बारे में है जिसने सीता के

वक्ष पर चोंच मारी थी और दूसरी लाल बिंदी से संबंधित है जो आपने मज़ाक में, उनके गाल पर लगा दी थी। उन्होंने मुझे आपको यह आभूषण भी देने के लिए कहा है जो वे अपने बालों में पहनती थीं। इसे, उन्होंने राक्षसियों की नज़र से बचाकर सँभाल रखा था। मैंने उन्हें अपनी पीठ पर बैठाकर वापस लाने का प्रस्ताव भी दिया था किंतु उन्होंने इस तरह गोपनीय ढंग से भाग निकलने के लिए मना कर दिया। उन्होंने कहा है कि वे अपने पति के आने की प्रतीक्षा करेंगी ताकि वे उन्हें सताने वाले राक्षस को मारकर उन्हें मुक्त करवाएँ। अंत में, उन्होंने मुझे आपको यह बताने को कहा है, 'हे दशरथ पुत्र! मैं इस दुष्ट के चंगुल में फँसी हुई हूँ और मैं एक माह से अधिक जीवित नहीं रहूँगी!'"

हनुमान जिस समय यह बात बता रहे थे, तब पूरे समय राम की आँखों से आँसू बहते रहे। उन्होंने सीता के आभूषण को अपनी छाती से लगा लिया। उनके भीतर मानो स्मृतियों की बाढ़-सी आ गई। वे बोले, "इस आभूषण को देखकर मेरा हृदय पिघल रहा है। यह हमारे विवाह के समय मेरे श्वसुर राजा जनक ने सीता को दिया था और उसकी माता ने यह उसके सिर पर बाँधा था। यह अत्यंत मूल्यवान आभूषण है, जो जनक को देवराज इंद्र ने दिया था। मुझे याद है, सीता इस आभूषण को अपने सिर पर धारण करके कितनी सुंदर दिखती थी। हनुमान, तुम मुझे उनसे हुई भेंट की प्रत्येक बात फिर से बताओ। उसके विषय में सुनकर मेरा मन नहीं भर रहा। सीता ने कहा है कि वह मेरे बिना एक माह से अधिक जीवित नहीं रह सकेगी, किंतु मैं तो अपनी प्रिय पत्नी के बिना एक क्षण भी जीवित नहीं रह सकता!"

"वायुपुत्र के अतिरिक्त कौन है, जो इस महत्त्वपूर्ण कार्य को पूरा कर सकता था? तुमने न सिर्फ़ सागर को लाँघकर सीता को सांत्वना दी है, बल्कि लंका नगरी को भी नष्ट कर दिया! श्रेष्ठ सेवक वही है जो न सिर्फ़ अपने स्वामी द्वारा बताए गए कार्य को पूरा करता है, अपितु अपनी बुद्धि का प्रयोग करके, उससे अधिक कुछ करता है।"

(वाल्मीकि के शब्दों में) "हे हनुमान! किसी भी जीव ने, चाहे कोई देवता, मनुष्य या ऋषि ने, मुझ पर इतना उपकार नहीं किया जितना तुमने किया है। मैं तुम्हारे समक्ष तुच्छ महसूस कर रहा हूँ क्योंकि इस समय मेरे पास तुम्हें इस उपकार के बदले में देने के लिए कुछ नहीं है।"

राम ने कहा, "सुनो पुत्र! मैंने इस बात पर विचार किया है और मैं इस निष्कर्ष पर पहुँचा हूँ कि मैं तुमसे कभी उऋण नहीं हो सकता! मैं इस समय तुम्हें गले लगाने के अतिरिक्त कुछ नहीं कर सकता।"

ऐसा कहकर राम ने हनुमान को अपनी छाती से लगा लिया। अपने स्वामी का स्नेह देखकर हनुमान की आँखें भर आईं। वे राम के चरणों में गिर पड़े और बोले, "हे प्रभु! आपने मुझे सर्वोच्च उपहार दे दिया है। मुझे और क्या चाहिए?"

राम ने लक्ष्मण को देखकर कहा, "हमें जब यह पता लग चुका है कि सीता कहाँ है तो हमें एक क्षण भी व्यर्थ नहीं करना चाहिए।"

राम ने फिर सुग्रीव से पूछा कि क्या उसके पास समुद्र को पार करने की कोई युक्ति

है। सुग्रीव ने राम से कहा कि निराश होने की कोई बात नहीं है। उसके वानर आसानी से समुद्र पर सेतु बना देंगे, जिसकी सहायता से सभी आसानी से समुद्र पार कर सकेंगे। राम ने तब सुग्रीव से अपनी सेना को लंका कूच करने का आदेश देने को कहा क्योंकि उनके पास केवल एक माह का समय शेष था!

दक्षिण की ओर अपनी यात्रा आरंभ करने से पूर्व, राम ने एक बार फिर हनुमान से लंका की किलेबंदी, उसके प्रवेश द्वारों की संख्या और रावण के पास मौजूद अस्त्र-शस्त्रों के विषय में पूछा।

हनुमान ने उत्तर दिया, "प्रभु! लंका चारों ओर से समुद्र से घिरी हुई है, जो अपने आप में एक प्राकृतिक किलाबंदी है। वह घने वन और नदी से घिरे एक ऊँचे पर्वत पर निर्मित है। उसमें खाइयों और दीवारों की कृत्रिम किलेबंदी भी है। हीरों से जड़ी ऊँची स्वर्णिम दीवारों ने नगर को चारों ओर से घेरा हुआ है। इन दीवारों के आस-पास अथाह खाइयाँ बनी हुई हैं, जिनमें विषैले साँप और मगरमच्छ रहते हैं। प्रत्येक द्वार पर एक पुल है जिसकी सहायता से उन खाइयों को पार किया जा सकता है। उत्तरी द्वार वाला पुल सबसे अधिक सुरक्षित व मज़बूत है। नगर के चार मुख्य द्वार हैं, जिन पर मज़बूत दरवाज़े हैं और उन्हें बड़ी-बड़ी शलाकाओं से रोका गया है। द्वार के प्रवेश पर विशाल शिलाप्रक्षेपक स्थापित हैं, जो अति विशाल तीर और पत्थर फेंकने में सक्षम हैं। प्रत्येक द्वार पर लौह-कीलों से युक्त सैकड़ों विशाल पैने फ़ौलादी अस्त्र रखे हैं। रावण स्वयं अपनी सेना का जब-तब निरीक्षण करता रहता है। इसलिए, लंका में प्रवेश करना अत्यंत कठिन है।"

"भीतर, लंका में मदमस्त घोड़ों और हाथियों का जमावड़ा है। पूर्वी द्वार पर हज़ारों राक्षस, विषैले तीर और तलवारों के साथ तैनात रहते हैं। दक्षिणी द्वार पर पैदल सेना, घोड़े, हाथियों व रथों के साथ तैनात है। इसी तरह लाखों राक्षस, तलवार और ढाल के साथ पश्चिमी द्वार पर रहते हैं। रावण के लाखों सैनिक उत्तरी द्वार पर भी हैं। केंद्रीय सैन्य बैरकों में, सैकड़ों हज़ारों सैनिक पहरा देते हैं। मैंने इन पुलों, द्वारों और दीवारों को तोड़ दिया है तथा अनेक महल नष्ट कर दिए। वास्तव में, पूरी वानर सेना को लंका ले जाने की आवश्यकता नहीं है। हम कुछ ही लोग जाकर सीता को वापस ला सकते हैं क्योंकि मैंने लंका की अधिकांश किलेबंदी ध्वस्त कर दी है। हालाँकि, यह संभव है कि उनकी दोबारा मरम्मत की जा चुकी हो। यदि आप चाहें, तो सभी वानरों को साथ ले जा सकते हैं। हमें आपके आदेश की प्रतीक्षा है!"

राम ने तुरंत सुग्रीव को आदेश दिया कि सूर्य की स्थिति के अनुसार, उन्हें शुभ मुहूर्त में प्रस्थान करना चाहिए। यह अत्यंत शुभ समय है जिसे "अभिजीत" कहते हैं और इस समय आरंभ किए गए प्रत्येक कार्य में सफलता मिलती है।

"आज अत्यंत शुभ दिवस है और यह शुभ घड़ी है, इसलिए हमें और विलंब नहीं करना चाहिए। मेरी दाहिनी आँख की पलक फड़क रही है, जो सर्वाधिक शुभ लक्षण है। नील नामक वानर के नेतृत्व में एक लाख वानरों की सेना को आगे भेजकर उपयुक्त मार्ग निर्धारित किया जाए। नील को फलदार तथा कंद-मूल और शहद एवं शुद्ध जलयुक्त मार्ग से सेना का नेतृत्व करने दिया जाए। हमें सावधान रहना होगा क्योंकि शत्रु हमारे जल स्रोत

में विष मिला सकता है। यदि कोई दुर्बल और वृद्ध हो तो उसे यहीं किष्किंधा में रहना दिया जाए क्योंकि हमारे सामने अत्यंत कठिन लक्ष्य है। सर्वश्रेष्ठ सेनापतियों को, सेना के बाईं और दाहिनी ओर से रक्षा का दायित्त्व दिया जाए। बलशाली जांबवंत तथा कुछ अन्य योद्धाओं को पीछे से रक्षा का कार्यभार सौंपा जाएगा। मैं स्वयं, हनुमान की पीठ पर और लक्ष्मण, अंगद की पीठ पर सवार होकर बीच में रहेंगे ताकि हम जल्दी आगे बढ़ सकें!"

सुग्रीव ने तत्काल राम के निर्देशानुसार आदेश जारी कर दिए और वानरों के वर्गीकृत समूह, भीषण उत्साह के साथ आगे बढ़ने लगे। वे सब दक्षिण दिशा में चल पड़े। कुछ वानर, सेना को चारों ओर से सुरक्षा देने के उद्देश्य से सब दिशाओं में कूदते हुए चल रहे थे। कुछ, शाखाओं को तोड़कर मार्ग बनाते हुए आगे बढ़ रहे थे। वे सभी उत्साहपूर्वक चिल्लाते और शोर मचाते हुए फल एवं सुगंधित शहद खाते चलते रहे। नील उनकी सेना का प्रधान सेनापति था। वह उन पर नियंत्रण रखता था ताकि वे मार्ग में गाँवों से गुज़रते हुए किसी प्रकार की शरारत न करें। वह विशाल सेना आगे बढ़ते हुए समुद्र में उठे ज्वार के समान लग रही थी। दक्षिणी सागर की ओर चलते समय, मार्ग में उन्होंने अनेक पर्वतों, नदियों और मरुस्थलों को पार किया।

वानर समूहों में ज़बर्दस्त उत्साह था और वे पेड़ों पर कूदते, शोर मचाते और अपनी पूँछ लहराते हुए अत्यंत हर्ष के साथ आगे बढ़ रहे थे। वे उछलते, कूदते, शाखाओं पर झूलते, वृक्षों पर लटकते, पुष्प-लताओं को हिलाते, एक-दूसरे के साथ मौज-मस्ती करते हुए तथा फल व शहद खाते हुए बढ़ते गए। वे अत्यधिक उत्साहित थे। वे बिना थके दूरी तय करते चले गए और दक्षिणी सागर पर पहुँचने तक बीच-बीच में उन्होंने कई बार सरोवरों के निकट पड़ाव डाला तथा अनेक पर्वतों व वनों को पार किया।

इस बीच, लक्ष्मण ने राम को अनेक शुभ और अच्छे संकेत दिखाए तथा अपने भाई के उत्साह को बनाए रखा। आख़िरकार, वे महेंद्र पर्वत तक पहुँच गए। राम और लक्ष्मण पर्वत के ऊपर चढ़े तो उन्होंने देखा कि उनके सामने, जहाँ तक दृष्टि देख सकती है, हर तरफ़ उफनता हुआ सागर दिखाई पड़ रहा था।

राम ने वानरों को समुद्र-तट पर पड़ाव डालने का आदेश दिया ताकि इस बीच वे सागर पार करने के तरीक़े पर विचार कर सकें। वानरों के शोर ने सागर की आवाज़ को भी दबा दिया! हज़ारों हज़ार वानर वहाँ आ पहुँचे और सागर-तट पर पड़ाव डाल दिया। वास्तव में, वे स्वयं एक समुद्र की भाँति लग रहे थे। वे सागर में उठ रही तूफ़ानी लहरों को देखकर अचंभित थे और सोच रहे थे कि उस विशाल सागर को कैसे पार करेंगे!

उस भयंकर समुद्र को देखकर राम ने अपने भाई से कहा, "लक्ष्मण! कहते हैं, समय के साथ दुख कम हो जाता है, किंतु मेरे साथ तो इसका विपरीत हो रहा है। अपनी प्रिय पत्नी से दूर रहकर प्रति पल मेरा कष्ट बढ़ रहा है। सीता द्वारा दिया गया समय तेज़ी से बीत रहा है। प्रत्येक क्षण अनमोल है और मुझे नहीं पता कि हम किस तरह इस विशाल सेना को सागर पार ले जाएँगे। मैं सिर्फ़ इसलिए जीवित हूँ क्योंकि मैं जानता हूँ कि सीता जीवित है!" लक्ष्मण ने राम को धीरज बँधाया। उन्होंने वह रात्रि तट पर व्यतीत कर दी।

अपने चेहरे पर हवा को महसूस करते हुए राम ने कहा, “हे मंद पवन, कृपया मेरी प्रिय पत्नी के चेहरे को भी स्पर्श करो और फिर लौटकर मेरा स्पर्श करो ताकि उसका गर्म स्पर्श तुम्हारे साथ आ सके। जब उसे इस सागर के ऊपर से ले जाया गया होगा तो उसने मुझे बार-बार पुकारा होगा। मुझे उसकी असहाय स्थिति के बारे में सोचकर बहुत पीड़ा हो रही है। अब जबकि मुझे पता है कि वह कहाँ है, मैं उसे देखने के लिए अत्यंत व्याकुल हूँ। मुझे उसकी मुस्कान देखनी है, उसके चेहरे के भाव देखने हैं और उसकी मधुर आवाज़ सुननी है। वह पहले ही पतली थी। अब तो निरंतर व्रत से वह अवश्य ही दुर्बल व क्षीण हो गई होगी। मैं उस दिन की अधीरता से प्रतीक्षा कर रहा हूँ, जब मैं उस दुष्ट रावण को मारकर सीता को गले से लगा सकूँगा!”

*रघुपति कीन्ही बहुत बड़ाई।*
*तुम मम प्रिय भरतहि सम भाई।।*

—तुलसीदास कृत *हनुमान* चालीसा

ॐ *श्री हनुमते नमः*

ॐ

*महात्मने नमः*

## अध्याय 17

# महात्मा

## रावण की युद्ध-परिषद्

*शत्रुच्छेदैक-मन्त्रम्*
*सकलमुपनिषद्वाक्य सम्पूज्य मन्त्रम्*
*संसारोत्तर मन्त्रम्*
*समुचित समये*
*संगनिर्याण मन्त्रम्।*

*शत्रुओं का नाश करने वाला एकमात्र मंत्र*
*उपनिषदों में वर्णित सभी प्रकार के*
*सत्य को समाहित करने वाला मंत्र*
*भव-सागर को पार करवाने वाला एकमात्र मंत्र,*
*हमें मृत्यु के समय बचाने वाला एकमात्र मंत्र।*

*—श्री हनुमत स्तोत्र*

हनुमान द्वारा लंका को पहुँचाई गई भारी क्षति को देखकर रावण को बहुत दुख हुआ। उसने अपने सलाहकारों को बुलाया और उनसे आगे की योजना बनाने को कहा। उसके गुप्तचरों ने उसे वानर सेना के आगमन की सूचना दे दी थी। उसे विश्वास था कि राम समुद्र पार करने में सफल हो जाएँगे। रावण ने अपनी युद्ध-परिषद् को बुलवाया और कहा, "एक क्षुद्र वानर ने हमारे अभेद्य और भव्य दुर्ग को नष्ट कर दिया है और हमारे कुछ सर्वश्रेष्ठ योद्धा मारे गए हैं। हमें आगे क्या करना चाहिए? शत्रु के तट तक पहुँचने से पूर्व, हमें जल्द कोई निर्णय लेना होगा क्योंकि उनका यहाँ पहुँचना निश्चित है।"

दुर्भाग्य से, रावण यह नहीं जान पाया कि उसके आस-पास चाटुकारों और चापलूसों का जमघट था। उन्हें रावण के पहले से वर्धित अहंकार को बढ़ाने के अतिरिक्त, कुछ नहीं आता था। रावण के एक सेनापति ने आत्मविश्वास से कहा, "हे शक्तिशाली शासक! आपने स्वर्ग से लेकर पाताल तक, सब पर विजय प्राप्त कर ली है। तीनों लोकों में ऐसा कोई

नहीं है, जो आपके नाम से काँपता न हो। आपको राम से डरने की क्या आवश्यकता है? उसकी सेना में सिर्फ़ बंदर और भालू हैं। आपका पुत्र इंद्रजित तो अजेय है। आपको तो अपने स्थान से हिलने की भी जरूरत नहीं है। वह अकेला ही, शत्रु के सागर पार करने से पहले, उनकी सेना का संहार कर देगा। यही सर्वोत्तम मार्ग है।"

रावण के प्रधान सेनापति प्रहस्त ने कहा, "स्वामी, आप सिर्फ़ मुझे आदेश दें और मैं स्वयं समुद्र पार जाकर वानरों की सेना को समाप्त कर दूँगा।"

"एक वानर द्वारा हमारे नगर पर किया आक्रमण सहन नहीं किया जा सकता," एक अन्य राक्षस ने कहा। "मैं राम और उसकी सेना को आज ही समाप्त करके रात्रि तक वापस लौट आऊँगा। आप केवल आदेश दीजिए!"

रावण की सेना के अनेक वीर योद्धाओं ने यही दावा किया और सबने यही कहा कि वे अकेले जाकर राम की सेना को नष्ट कर सकते हैं।

अपने सर्वोच्च योद्धाओं द्वारा कहे इन सांत्वनापूर्ण वचनों से रावण का आत्मविश्वास बढ़ गया। उसने उनकी बात का अनुमोदन करते हुए उन सबकी ओर देखा।

उनकी अहंकारी बातों को सुनने के बाद, रावण के भाई विभीषण ने कहा, "प्रिय भैया! हमें ऐसे खोखले दावों से भ्रमित नहीं होना चाहिए। शत्रु की ताक़त को कम आँकना उचित नहीं है। जब से सीता आई है, यहाँ अनेक अपशकुन हो चुके हैं। राजन, आपके दरबार में बहुत-से चाटुकार हैं, जो आपको कुटिल सलाह द्वारा प्रसन्न रखते हैं। सीता को लौटा दीजिए और स्वयं की तथा अपने राज्य की रक्षा कीजिए। हम सब लोग शांति एवं सौहार्द के साथ रहना चाहते हैं। आप, राम को साधारण शत्रु मत समझिए! वह ख़तरनाक प्रतिद्वंद्वी हैं।"

रावण ने विभीषण की सलाह को तिरस्कारपूर्ण ढंग से अस्वीकार कर दिया। "मुझे अनाड़ी बंदरों के सहयोग से चल रहे राम जैसे सामान्य मनुष्य की ओर से कोई ख़तरा दिखाई नहीं पड़ता। हमारी प्रशिक्षित और शक्तिशाली सेना के समक्ष वे असहाय हो जाएँगे।" ऐसा कहकर उसने अपने भाई को अपमानजनक तरीक़े से शांत कर दिया।

सब लोग किसी ऐसी योजना पर विचार करने लगे जिससे रावण, प्रतिशोध ले सके। रावण ने मायावी बेंजकाया को आदेश दिया कि वह सीता का रूप धारण करके मृत होने का ढोंग करे। ऐसा करने के बाद, उसके शव को सागर में राम के पड़ाव की दिशा में बहा दिया गया। वह शव जब राम के पास पहुँचा तो उनका रंग पीला पड़ गया क्योंकि उन्होंने शव के गले में पड़े सीता के हार को पहचान लिया था।

"रावण ने अवश्य ही सीता को मार डाला और शव को पानी में बहा दिया," राम ऐसा कहकर, पीड़ा से धरती पर गिर पड़े।

परंतु हनुमान को लगा कि कुछ गड़बड़ है। उन्होंने वानरों को कहा कि वे चिता बनाकर शव को उसके ऊपर रख दें और फिर उसे अग्नि दे दें। जैसे ही आग की लपटों ने बेंजकाया के शरीर को जलाना आरंभ किया, वह उठ बैठी और समुद्र की ओर भागने लगी! हनुमान ने उसे पकड़ लिया और फिर पूरा नाटक, राम के सामने बताने के लिए कहा।

राम को पूरी बात बताने के बाद बेंजकाया, हनुमान के चरणों में गिर पड़ी। उसने हनुमान से आग्रह किया कि वे उससे विवाह कर लें क्योंकि अब उसके लिए लंका लौटना संभव नहीं था। हनुमान ने विवाह करने से मना कर दिया किंतु उसे किष्किंधा में रहने की अनुमति दे दी। इस तरह, बेंजकाया ने अपना शेष जीवन किष्किंधा में रक्षक के रूप में प्रशंसा-गीत गाते हुए व्यतीत कर दिया!

जब रावण को पता लगा कि उसकी चालाकी पकड़ी गई, तो उसने अपने युद्ध-परिषद् को स्थगित कर दिया। अपने महल में लौटने के बाद, वह अपने भाई द्वारा कहे शब्दों पर विचार करने लगा किंतु सीता के प्रति आसक्ति होने के कारण वह विभीषण का प्रस्ताव स्वीकार नहीं कर पाया। वास्तव में, वह रात-दिन सीता के अतिरिक्त और कुछ नहीं सोच पाता था। वह सीता के विषय में जितना अधिक विचार करता, सीता को किसी भी तरह अपने पास रखने का उसका संकल्प उतना ही अधिक दृढ़ होता जाता था।

रावण ने जान लिया कि अब युद्ध होना निश्चित है। उसने एक अन्य युद्ध-परिषद् बुलाई। दस सिर वाला राक्षसराज रावण अपने स्वर्णिम रथ पर सवार होकर राज्य के सभाकक्ष में पहुँचा, जहाँ दुंदुभि बजाकर उसका स्वागत किया गया। उसके सर्वश्रेष्ठ सैन्य-दल अपने राजा के सम्मान में मार्ग के दोनों ओर खड़े थे। उसने अपने सेनापतियों सहित छोटे भाई कुंभकर्ण, जो वर्ष में छह माह सोता था, को जगाकर अपने सामने उपस्थित करने का आदेश दिया। वे सब एक-एक करके आए और रावण को प्रणाम किया।

रावण ने प्रधान सेनापति प्रहस्त को आदेश दिया कि सेना के चारों अंगों को - घुड़सवार, हाथी सवार, रथ और पैदल सैनिक - चारों द्वारों पर तैनात किया जाए और किसी भी क्षण आक्रमण के लिए तैयार रखा जाए। इसके बाद, उसने राक्षसों की उस सभा से बात की जो हर तरह से उसे प्रसन्न करने को आतुर रहती थी।

"तुम सभी को पता होगा कि मैंने राम की पत्नी सीता का हरण किया है। ऐसा लगता है कि मय दानव ने अपनी भरपूर जादुई युक्तियों द्वारा सीता जैसी मनोहर स्त्री का निर्माण किया है। सीता के गौर वर्ण तथा आकर्षक रूप को देखकर मैं उसके प्रेम का दास हो गया हूँ और अब मैं स्वयं अपना स्वामी नहीं रहा। हनुमान की बात से ऐसा लगता है कि राम और लक्ष्मण ने अपनी वानर सेना के साथ पहले ही समुद्र-तट पर पड़ाव डाल दिया है। मैं जानता हूँ कि हमें कुछ लापरवाह बंदरों का नेतृत्व कर रहे उन मनुष्यों से डरने की जरूरत नहीं है। फिर भी, हमें किसी भी परिस्थिति के लिए तैयार रहना चाहिए और इसलिए हमें उन दुष्ट भाइयों को मारने की तत्काल कोई योजना बनानी होगी।"

रावण का भाई कुंभकर्ण नींद से जगाए जाने के कारण पहले से ही चिढ़ा हुआ था और जब उसे रावण की सीता के प्रति आसक्ति के विषय में पता लगा तो वह भीषण गर्जना करता हुआ क्रोध में भर उठा।

"किसी अन्य पुरुष की पत्नी का हरण करने से पूर्व तुमने किसी से सलाह नहीं ली थी! तुम्हें उस समय हमसे परामर्श करना चाहिए था। एक राजा द्वारा धर्म के विरुद्ध किया गया आचरण, निश्चित ही दुष्परिणाम लाता है! चूंकि मैं तुम्हारा भाई हूँ, इसलिए जो भूल

तुमने की है, मैं उसे ठीक करने का प्रयास करूँगा! उन्हें आने दो, मैं उनसे निपट लूँगा! राम और लक्ष्मण को मारने के बाद, मैं उन बंदरों का भोजन करूँगा! मुझे विश्वास है कि राम के जाने के बाद, सीता तुम्हारी इच्छा स्वीकार कर लेगी! लेकिन यह याद रखो, मैं इस कार्य को उचित नहीं मानता!"

रावण को अपने भाई द्वारा कही स्पष्ट बात की बिलकुल चिंता नहीं थी, किंतु वह शांत रहा। वह जानता था कि उसकी सेना के साथ कुंभकर्ण का होना अनिवार्य है, इसलिए उसने शांति बनाए रखी।

इसके बाद महापार्श्व नाम के एक अन्य बलशाली सेनापति ने कहा, "हे त्रिलोक अधिपति! वह कौन है, जो आपको परास्त करने का साहस कर सकता है? वह कौन है, जो शहद का घट पाने के बाद उसे पीने से मना कर देगा? यदि आवश्यक हो तो बल का प्रयोग कीजिए, किंतु सीता को आपकी बात माननी ही होगी। इस बीच, हम सब मिलकर आपके शत्रु का संहार कर देंगे!"

रावण ने फिर अपना रहस्य उन सबको बताया। "बहुत पहले, मैंने पुंचिकस्थला नाम की एक अप्सरा का बलात्कार किया था। वह भयभीत हिरण की भाँति भागती हुई ब्रह्मा के पास पहुँची। ब्रह्मा को पता था कि मैंने क्या किया है, इसलिए उन्होंने मुझे शाप दिया कि यदि तुमने किसी स्त्री की इच्छा की विरुद्ध, मर्यादा का उल्लंघन किया तो तुम्हारे सिर के सौ टुकड़े हो जाएँगे। यही कारण है कि मैंने बलपूर्वक विदेह की मनोहर राजकुमारी के साथ संभोग नहीं किया है। परंतु इसमें कोई संदेह नहीं है कि राम को मेरी शक्तियों का एहसास नहीं है, इसलिए वह स्वयं चलकर मृत्यु-पाश में फँसने आ रहा है। मुझे देवता भी पराजित नहीं कर सकते, तो फिर बंदरों और भालुओं की सहायता लेने वाले उस सामान्य मनुष्य का क्या कहना!" ऐसा कहकर वह भीषण गर्जना के साथ हर्षपूर्वक खड़ा हो गया। उसके दोनों भाइयों के अतिरिक्त पूरा दरबार उसके साथ उठ खड़ा हुआ और उन सबने बंदर व भालुओं के झुंड द्वारा रावण को परास्त करने के हास्यास्पद दृश्य पर ज़ोरदार ठहाका लगाया! परंतु रावण, ब्रह्मा से मिले वरदान को भूल गया। उसने वरदान में सभी प्रकार के दिव्य एवं दैत्य श्रेणी के प्राणियों से सुरक्षा माँगी थी। अपने अहंकार के चलते, उसने मनुष्यों और वानरों को अपना प्रतिद्वंद्वी मानने से ही मना कर दिया और अब वही अपने उद्देश्य के साथ तेज़ी से उसकी ओर बढ़ रहे थे।

कहते हैं, पुंचिकस्थला ने रावण से प्रतिशोध लेने का प्रण किया और यही कारण था कि उसके पुत्र हनुमान ने रावण की अनमोल नगरी को नष्ट कर दिया। हनुमान ने सिर्फ़ रावण का ही नहीं, अपितु उसके समूचे कुल का नाश करने में अत्यंत महत्त्वपूर्ण भूमिका निभाई थी।

रावण तथा अन्य लोगों की दंभपूर्ण बातें सुनकर विभीषण ने अंतिम बार उसे बचाने का प्रयास किया। "भैया, मैं आपसे प्रार्थना करता हूँ कि उन वानरों के लंका पर आक्रमण करने से पहले, सीता को लौटा दीजिए। आपने देखा कि सिर्फ़ एक वानर आपके इस शानदार नगर में क्या कर गया। जब उसके जैसे हज़ारों वानर भीतर घुस आएँगे तो सोचिए कि हमारा क्या होगा! सीता एक घातक सर्प है, जो आपके हृदय से लिपट गई है। वह

आपकी मृत्यु का कारण बनेगी! इससे पहले कि आप और आपके लोग, पूरी तरह समाप्त हो जाएँ, सीता को लौटा दीजिए!"

इसके बाद विभीषण ने अन्य मंत्रियों को संबोधित करते हुए कहा, "यह मंत्री का कर्त्तव्य है कि वह राजा को बुद्धिमत्तापूर्ण परामर्श दे और यदि संभव हो, तो उसके द्वारा की गई भूल के परिणाम से उसकी रक्षा करे। तुम सब लोग मिलकर इनका पतन और अपने कुल का नाश क्यों चाहते हो?"

रावण का पुत्र इंद्रजित, कठोर स्वर में बोला, "राक्षसों के कुल में, मेरे ये छोटे चाचा ही ऐसे हैं जिनमें साहस, शौर्य, बल और धैर्य का अभाव है। इनका स्वभाव हमसे बिलकुल अलग है। ये कायर हैं और यदि आपने इनकी बात सुनी तो आपका नाम धूल में मिल जाएगा। ये हमें डरा क्यों रहे हैं? यहाँ तक कि वज्रधारी इंद्र भी मेरे हाथों पराजित हो चुका है! मैंने उसके हाथी को धरती पर गिराकर उसकी समस्त अप्सराओं को भयभीत कर दिया था! क्या आपको लगता है, मैं दो साधारण मनुष्यों को परास्त नहीं कर सकता?"

विभीषण ने अपने भतीजे की बात को बिना विद्वेष भाव के सुना। "पुत्र, मुझे लगता है कि तुम उचित और अनुचित में भेद नहीं कर पा रहे हो। तुम अभी छोटे हो और तुम्हारी बुद्धि स्थिर नहीं है। यद्यपि तुम अपने पिता के प्रति स्नेहवश ऐसा कह रहे हो, किंतु वास्तव में तुम उनकी भूल के लिए उन्हें प्रोत्साहित करके हानि पहुँचा रहे हो!"

रावण अपने भाई के सदाचार भरे शब्द सुनकर क्रोधित हो गया।

"ईर्ष्या करने और क्षति पहुँचाने हेतु, गुप्त रूप से कार्य करने वाले किसी संबंधी की अपेक्षा किसी शत्रु के साथ रहना बेहतर है! मुझे आग और अस्त्र-शस्त्रों से भय नहीं लगता, किंतु अपने निकट संबंधी अधिक ख़तरनाक हैं। मधुमक्खियाँ, फूल के पराग की अंतिम बूँद चूसकर उड़ जाती हैं, इसी तरह अपात्र लोग भी किसी संबंध के लाभकारी न रहने पर, उसका त्याग कर देते हैं। तुम, मेरे भाई हो, किंतु संसार-भर में फैली मेरी कीर्ति से प्रसन्न नहीं हो! यदि तुम मेरे भाई न होते तो इस समय तुम जीवित न होते। तुम्हें धिक्कार है! तुम, हमारे कुल पर कलंक हो!"

विभीषण वहाँ ठहरकर अधिक अपशब्द नहीं सुनना चाहता था। वह बोला, "आप मेरे बड़े भाई हैं, इसलिए मैं आपका सम्मान करता हूँ। मैंने जो कुछ कहा, आपके हित के लिए कहा। मीठे बोल द्वारा आपको प्रसन्न करने वाले लोगों को खोजना बहुत सरल होता है, किंतु राजा के सामने शुद्ध सत्य बोलने वाले लोग बहुत कम होते हैं। मुझे ख़ेद है कि मैं अब आपका अन्याय सहन नहीं कर सकता। आपको चाटुकारों और मूर्खों ने घेर रखा है। मृत्यु के पाश में फँसा व्यक्ति, अपने हितैषी द्वारा दी गई नेक सलाह पर ध्यान नहीं देता। परंतु मैं आपके मंगल की कामना करता हूँ। ईश्वर करें, आप समृद्ध बने रहें। जहाँ तक मेरा प्रश्न है, मैं अधर्मी के साथ नहीं रह सकता!" ऐसा कहकर विभीषण अपने चार अन्य मंत्रियों के साथ हवा में उड़ा और सागर पार जाकर राम के पड़ाव के ऊपर मँडराने लगा।

कहते हैं, वे तीनों भाई - रावण, कुंभकर्ण और विभीषण तीन प्रकार के गुण अथवा प्रकृति को दर्शाते हैं - सत्त्व, रज और तम। विभीषण, सतोगुण अर्थात् सामंजस्य और

अच्छाई का प्रतीक था। रावण, रजोगुण अथात आवेश का तथा कुंभकर्ण, तमोगुण अर्थात निष्क्रियता, आलस्य एवं उदासीनता का प्रतीक था।

*तुम्हरो मंत्र विभीषण माना।*
*लंकेश्वर भय सब जग जाना।।*

—तुलसीदास कृत हनुमान चालीसा

*ॐ श्री हनुमते नमः*

ॐ

*भक्तवत्सलाय नमः*

## अध्याय 18

# भक्तवत्सल

## राम ने आश्रय दिया

*अंजना-नंदनं वीरं जानकी-शोकनाशनं।*
*कपीशं-अक्ष हन्तारं वंदे लंका-भयंकरं।।*

*अंजना के प्रिय पुत्र को प्रणाम*
*जिन्होंने सीता का दुख दूर किया,*
*वानरों के राजा, जिनके दृष्टिपात से ही*
*सैकड़ों का नाश हो जाता है,*
*और जो लंका की विकट नगरी पर*
*विजय प्राप्त कर सकते हैं।*

*—हनुमान की स्तुति*

आकाश में लघु पर्वतों के समान मँडराते पाँच राक्षसों को देखकर, सुग्रीव को संदेह हो गया। उसे लगा कि दशानन ने उन्हें मारने के लिए उन राक्षसों को भेजा था।

विभीषण ने हवा में उड़ते हुए कहा, "मैं रावण का छोटा भाई, विभीषण हूँ। मैंने उसे बार-बार समझाया कि वह सीता को राम को लौटा दे, किंतु मेरी बात उसकी समझ में नहीं आई। इसलिए मैं राम की शरण में आ गया हूँ!"

यह सुनकर सुग्रीव, दौड़कर राम के पास गया और उन्हें सावधान किया कि वे उस पर विश्वास न करें क्योंकि वह भी राक्षस है।

"इन निशाचरों पर कभी विश्वास नहीं करना चाहिए। यह रावण का भाई है। यह रावण का भेजा हुआ गुप्तचर भी हो सकता है, जो हमारी शक्ति व दुर्बलताओं को जानने आया हो। यह अर्द्ध-रात्रि में हमारे ऊपर आक्रमण भी कर सकता है क्योंकि इसके साथ चार बलशाली राक्षस और भी हैं। यह हमारे साथ मिल जाएगा और फिर उस उलूक की भाँति, जिसने सही अवसर की प्रतीक्षा की और फिर कौवों का पूरा वंश समाप्त कर दिया,

रात्रि होने पर हम सबको मार डालेगा। मुझे लगता है कि इससे पहले ये हमें कोई हानि पहुँचाए, हमें इसे और इसके साथियों को मार डालना चाहिए।"

अन्य सभी वीर वानर जैसे अंगद, नील इत्यादि भी विभीषण को संदेह की दृष्टि से देख रहे थे और उन्होंने भी यही सलाह दी कि विभीषण पर तथा उसकी हरकतों का ध्यान रखा जाए और किसी भी तरह का संदेह होने पर, उसकी सूचना तत्काल राम को दी जाए।

राम ने प्रश्न-भरी दृष्टि से हनुमान को देखा जो हमेशा की तरह शांत थे। राम द्वारा पूछे जाने पर आंजनेय ने कहा, "मुझे विभीषण, देखने से कपटी नहीं लगता। उसकी मुखाकृति और आवाज़ उन्मुक्त एवं सौम्य है। मेरे विचार से इसने यह निर्णय कर लिया है कि इसके भाई जैसे निकृष्ट व्यक्ति के साथ रहना धर्म के विरुद्ध है। इसके अतिरिक्त, इसने अवश्य ही आपके गौरव एवं धर्मनिष्ठा के विषय में सुना होगा। इसीलिए यह अलग हो गया है। कोई गुप्तचर इस तरह अपने आने की घोषणा नहीं करता, जैसा कि इसने की है। रावण के दरबार में भी केवल यही था, जिसने रावण के सामने, मेरा पक्ष लिया था और वाटिका उजाड़ने के बाद भी, रावण से मुझे न मारने की प्रार्थना की थी। प्रभु, यह मेरा विनम्र मत है, अब आप जो चाहें, निर्णय ले सकते हैं।"

राम उस विषय पर हनुमान के मत को सुनकर बहुत प्रसन्न हुए और बोले, "यद्यपि मैं जानता हूँ कि आप सभी लोग पूरी तरह मेरे प्रति समर्पित हैं और इसीलिए आप मुझे यह परामर्श दे रहे हैं, किंतु मैं सदाशय हनुमान की बात से सहमत हूँ। इसके अतिरिक्त, मैंने यह प्रण लिया हुआ है कि मैं अपने समक्ष समर्पण करने वाले अथवा अपनी शरण में आए किसी भी व्यक्ति को निराश नहीं करूँगा। उसकी नीयत कुछ भी हो, यदि वह मैत्री भाव से मेरे पास आता है, तो उसे स्वीकार करना मेरा कर्त्तव्य है।"

विवेकशील सुग्रीव ने, एक बार फिर, रावण के भाई को, जिसका विश्वासघाती और अविश्वसनीय होना निश्चित था और जो तत्काल मृत्यु दंड का अधिकारी था, अपने साथ सम्मिलित करने के ख़तरे से राम को सावधान किया।

राम ने मुस्कराते हुए कहा, "कोई धार्मिक व्यक्ति भी राक्षसों के कुल में जन्म ले सकता है। हमारे ग्रंथ, हमें द्वार पर सुरक्षा माँगने आए शत्रु का भी स्वागत करने की शिक्षा देते हैं। अपने प्राण देकर भी, ऐसे व्यक्ति की रक्षा करनी चाहिए। यदि मैंने इसे शरण नहीं दी, तो मुझसे बहुत बड़ा अपराध हो जाएगा।"

ऐसा कहकर राम ने प्रायः कही जाने वाली बात दोहराई, "मैं समस्त जीवों की, जो मेरे पास आकर सुरक्षा माँगते हैं, रक्षा करने का वचन देता हूँ। यदि रावण स्वयं भी आ जाए, तो मैं यही करूँगा! हे सुग्रीव! विभीषण को तत्काल मेरे समक्ष प्रस्तुत किया जाए और उसे मेरे बराबर का स्थान दिया जाए।"

सुग्रीव ने कहा, "प्रभु! आप अत्यंत उदात्त हैं। मुझे विश्वास है कि वह गुप्तचर है। उसे मार डालना अधिक सुरक्षित है।"

राम ने मुस्कराते हुए उत्तर दिया, "मैं जानता हूँ कि तुम यह बात स्नेहवश बोल रहे हो, किंतु धर्म का नियम यही है कि शरणार्थी को कभी निराश नहीं करना चाहिए।

मेरा यह सिद्धांत है कि जो भी मेरे पास आकर कहेगा कि वह मुझसे जुड़ना चाहता है, मैं उसकी सहायता करूँगा। मेरे लिए उसके चरित्र का कोई महत्त्व नहीं है। जाओ, और उसे यहाँ लेकर आओ।"

सुग्रीव ने राम को प्रणाम किया और विभीषण को सुरक्षा का आश्वासन दिया। यह सुनते ही विभीषण तुरंत नीचे तट पर उतर आया और राम के चरणों में गिर पड़ा।

"मैं रावण का छोटा भाई विभीषण हूँ और आपके चरणों में शरण चाहता हूँ क्योंकि आप संसार के समस्त प्राणियों को शरण देने में सक्षम हैं। मैं अपने नगर, मित्रों और संबंधियों को त्यागकर आपके पास आया हूँ। अब आप ही मेरे सब कुछ हैं। मेरा जीवन और कल्याण आपके हाथ में है। मैंने अपने सुख, दुख और अपना जीवन भी आपके शुभ चरणों में अर्पित कर दिया है। कृपया मुझे अपने निष्ठावान दास के रूप में स्वीकार कीजिए।"

विभीषण की निष्ठा देखकर राम भावुक हो गए। वे उसे देखकर धीरे-से मुस्कराए और उसका स्वागत किया तथा अपने पास रहने की अनुमति प्रदान कर दी। उसके बाद, राम ने उससे रावण की शक्ति और उसकी दुर्बलताओं के विषय में पूछा।

विभीषण ने अत्यंत हर्ष के साथ इस अनुग्रह को स्वीकार कर लिया। "मैं आपको रावण तथा उसके सेनापतियों के विषय में अनेक बातें बता सकता हूँ। मेरे भाई को यह वरदान मिला है कि उसे देव, दानव, गंधर्व अथवा सर्प या पक्षी नहीं मार सकते। मेरा दूसरा भाई कुंभकर्ण, असाधारण योद्धा है। प्रधान सेनापति प्रहस्त, अजेय है। रावण के ज्येष्ठ पुत्र, इंद्रजित के पास अभेद्य कवच है और वह स्वयं गोह-चर्म पहनता है जिसे बाण भी नहीं भेद सकते। अग्निदेव से मिले वरदान के कारण, इंद्रजित अदृश्य रहकर युद्ध कर सकता है। रावण की सेना में कई हज़ार राक्षस हैं, जो माँस व रक्त पर जीवित रहते हैं तथा स्वेच्छा से रूप बदल सकते हैं। रावण, स्वयं युद्ध में देवताओं को भी पराजित कर चुका है।"

राम ने ये सब बातें बहुत ध्यान से सुनीं और फिर मुस्कराते हुए कहा, "मैं निश्चय ही रावण के कारनामों से परिचित हूँ, जो मुझे अनेक लोगों ने सुनाए हैं। परंतु, मैं तुम्हें वचन देता हूँ कि मैं उस राक्षस को, जिसने मेरी पत्नी को चुराया है, मारे बिना वापस अयोध्या नहीं लौटूँगा। इसके बाद, मैं तुम्हें लंका का राजा बना दूँगा! वह भागकर किसी भी लोक में कहीं भी चला जाए, रावण को मेरे बाणों के कोप से अब कोई नहीं बचा सकता। मैं इस कार्य को पूर्ण किए बिना, अयोध्या नहीं जाऊँगा। मैं अपने तीनों भाइयों के नाम की शपथ लेकर यह बात कहता हूँ।"

विभीषण ने राम के चरण पकड़ लिए और उन्हें आश्वासन दिया कि वह इस महान कार्य में उन्हें हर संभव सहायता प्रदान करेगा। "मैं धर्म की शपथ लेता हूँ कि मैं अपनी क्षमतानुसार, आपकी पूरी सहायता करूँगा, किंतु एक कार्य है, जो मैं नहीं करूँगा - मैं अपने लोगों को नहीं मारूँगा!"

राम ने विभीषण को गले लगा लिया और लक्ष्मण को समुद्र से जल लाने के लिए कहा, जिससे वे राक्षसों के राजा के रूप में विभीषण का अभिषेक कर सकें। लक्ष्मण तुरंत

समुद्र से जल ले आए और समस्त वानरों की उपस्थिति में, विभीषण के सिर पर डालकर उसका अभिषेक कर दिया और उसे निशाचरों का राजा घोषित कर दिया!

इस बीच, रावण ने अपना गुप्तचर भेजकर सुग्रीव से मित्रता स्थापित करने तथा उसे राम का कार्य छोड़कर, किष्किंधा लौट जाने के लिए प्रेरित करने का प्रयास किया। उसके गुप्तचर ने बंदर का रूप धारण करके सुग्रीव को प्रसन्न करने की कोशिश की। जब उसे लगा कि उसे सुग्रीव का विश्वास प्राप्त हो गया है तो उसने सुग्रीव को एक ओर ले जाकर कहा कि उसका स्वामी, रावण है और वह उसके भाई, बाली का मित्र होने के कारण सुग्रीव से भी मैत्री करना चाहता है। उसने सुग्रीव को कहा कि वह अपनी सेना लेकर किष्किंधा लौट जाए। ऐसा करने से उसे सदा के लिए रावण का अनुग्रह प्राप्त हो जाएगा। यह सुनकर सुग्रीव को इतना गुस्सा आया कि वह उस गुप्तचर के ऊपर चढ़ बैठा और उसका लगभग दम घोंट दिया। यह हलचल देखकर अन्य वानर भी वहाँ आ गए और जब उन्हें अपने बीच गुप्तचर के होने का पता लगा तो उन्होंने उसे मारकर, उसके टुकड़े करने का प्रयास किया। किंतु वह चिल्लाता हुआ राम के पास भागा और दूत होने के नाते, उसने राम से उसकी रक्षा करने की प्रार्थना की। राम ने तुरंत वानरों को उसे छोड़ने का आदेश दिया। वह भय से काँपता हुआ भागा और उसने जाकर सारी बात रावण को बताई।

इसके बाद, राम ने विभीषण से समुद्र पार करने की योजना के विषय में पूछा। विभीषण ने उनसे कहा कि इसके लिए उन्हें सागर देवता से बात करनी चाहिए ताकि वे सेना को सागर पार जाने के लिए समुद्र पर सेतु बनाने में उनकी सहायता करें।

“इस समुद्र का अस्तित्व ही सागर बंधुओं के कारण है, जो इक्ष्वाकु कुल के हैं और इस नाते आपके पूर्वज हैं। इसलिए, वे अवश्य आपकी सहायता करेंगे।”

राम ने जब ये नेक सलाह सुनी तो वे पूर्व दिशा की ओर मुख करके, कुशासन पर अपने हाथ का तकिया बनाकर तट पर लेट गए और सागर देवता का ध्यान करने लगे। जब तीन दिन और तीन रात तक ध्यान में लीन रहने के बाद भी सागर देवता प्रकट नहीं हुए तो राम को क्रोध आ गया। उन्होंने लक्ष्मण से कहा, “देखा लक्ष्मण! मेरे विनम्र निवेदन के बाद भी यह घमंडी सागर प्रकट नहीं हो रहा। इस संसार में विनम्रता और सहनशीलता को व्यक्ति की दुर्बलता समझा जाता है। परंतु, मैं आज इस समुद्र को, इसकी संपन्नता से वंचित कर दूँगा। मैं अपने बाणों से इसे पूरी तरह सुखा दूँगा और ये फिर सूखा ही रहेगा, जिसके बाद मेरी सेना बिना कठिनाई के इसे पार कर लेगी!”

ऐसा कहकर, राम ने अपने धनुष से बाण छोड़ दिया जिससे समुद्री जीवों में हलचल पैदा हो गई। उसमें पर्वत जितनी ऊँची लहरें उठने लगीं। पीड़ा से पूरी पृथ्वी काँपने लगी। आकाश काला हो गया और बिजली कड़कने लगी तथा आकाश में उल्कापिंड चमचमाने लगे। भीषण कष्ट से समुद्र कराहने व काँपने लगा। तभी लक्ष्मण ने राम की बाँह पकड़कर उन्हें दूसरा बाण चलाने से रोक लिया। परंतु धनुष पर चढ़ाने के बाद उसे चलाना आवश्यक था।

“इसे विपरीत दिशा में छोड़ दीजिए,” हनुमान ने कहा। राम ने उस बाण को उत्तर दिशा में छोड़ दिया और जहाँ वह बाण गिरा, वह स्थान अब थार रेगिस्तान कहलाता है!

जल में हलचल होती देखकर, सागर देवता लाल वस्त्र तथा मोतियों व लाल फूलों की माला पहने समुद्र में से बाहर निकले। सागर के गले में पड़े माणिक्यों की चमक ने राम के क्रोध से उत्पन्न अंधकार को दूर कर दिया। सागर देवता के बाल समुद्री शैवाल से ढँके हुए थे और उनके लंबे, सफ़ेद बालों एवं दाढ़ी से पानी लगातार गिर रहा था। वे एक लहर पर सवार होकर सागर की सतह पर आ गए। वे धीरे-धीरे तट पर पहुँचे और हाथ जोड़कर विनम्रतापूर्वक राम के सामने खड़े हो गए। उन्होंने अनेक आभूषण पहने हुए थे।

वे राम के निकट आकर बोले, "प्रभु, आप सदाशयता एवं दया के धाम हैं। मैं पहले ही, आपके सम्मुख इसलिए नहीं प्रकट हुआ क्योंकि मैं अपने स्वभाव के विरुद्ध नहीं जा सकता। जैसा कि आप जानते हैं पृथ्वी, अग्नि, वायु और जल की अपनी-अपनी विशेषताएँ हैं। मैं इनका विरोध नहीं कर सकता। मैं अथाह हूँ और मुझे कोई पार नहीं कर सकता। परंतु, मैं आपके वानरों को अपने ऊपर सेतु बनाने की अनुमति दे दूँगा और पत्थरों को डूबने नहीं दूँगा। मैं आपको सुरक्षित मार्ग भी दूँगा ताकि पानी में रहने वाले मगरमच्छ एवं अन्य सरीसृप आपको क्षति न पहुँचाएँ। आप सेतु बनाने का कार्य नल और नील नामक वानरों को दीजिए। उन्हें यह वरदान मिला है कि उनके द्वारा पानी पर डाला गया पत्थर तैरता रहेगा।" ऐसा कहकर सागर देवता समुद्र में विलीन हो गए।

नल और नील आगे आए और उन्होंने राम को कहा कि वे वानरों को सेतु निर्माण के लिए आवश्यक सामग्री जुटाने का आदेश दें।

राम का आदेश पाकर वानर बहुत ख़ुश हुए और वे तुरंत वन से वृक्ष तथा चट्टान उखाड़कर तट पर खींच लाए तथा समुद्र में फेंकने लगे। दोनों भाई, नल और नील, शानदार अभियंता थे और उन्होंने वानरों द्वारा लाए गए वृक्षों तथा चट्टानों को सही स्थान पर लगा दिया।

उत्साह से भरे वानर, वृक्ष और बड़े-बड़े पत्थर लाते रहे। वे अपने कंधों पर पहाड़ियों जितनी चट्टानें ढोकर लाते और उन्हें समुद्र में फेंक देते। परंतु वे यह देखकर निराश हो गए कि यद्यपि चट्टानें पानी पर तैरती थीं, किंतु वे पानी की सतह पर बिखरकर एक-दूसरे से अलग हो जाती थीं। हनुमान ने शीघ्र ही एक शानदार युक्ति सोची। उन्होंने पत्थरों के ऊपर, एक-एक पत्थर छोड़कर "र" और "म" लिखना आरंभ कर दिया तथा दो पत्थरों की बीच की दरार को "आ" की मात्रा की तरह प्रयोग किया।

मारुति बोले, "प्रभु का नाम सबसे बड़ा मंत्र है तथा राम मंत्र की अखंडित पंक्ति से वह सेतु पूरा हो जाएगा!"

हनुमान के निरीक्षण में सारा कार्य संतोषजनक ढंग से चल रहा था और वे स्वयं सबसे अधिक कार्य कर रहे थे। परंतु बीच में यह देखकर उत्साह कम होने लगा कि पत्थर फिर से अलग होकर विभिन्न दिशाओं में बिखर जाते थे! हनुमान ने इसका कारण खोजने का निश्चय किया। उन्होंने समुद्र में गोता लगाया तो देखा कि मछलियाँ उन पत्थरों को अलग कर देती थीं। उन्होंने अपनी पूँछ को ज़ोर से पानी पर झटका तो मछलियों को पक्षाघात हो गया।

उसके बाद उन्होंने मछलियों की रानी, स्वर्ण-मत्स्य के पास जाकर इसका कारण पूछा।

उसने कहा, "मुझे रावण ने पत्थरों को तितर-बितर करने को कहा है। उसने हनुमान को ध्यान से देखकर मोहित स्वर में कहा, "तुम कौन हो? तुम अत्यंत बलशाली, मनोहर और बुद्धिमान लगते हो। राम और रावण के बीच के इस युद्ध से तुम्हारा क्या संबंध है? तुम मुझसे विवाह कर लो और जीवन का आनंद लो। हम दोनों मिलकर, ऊपर के संसार की परेशानियों से निश्चिंत होकर, समुद्र पर शासन करेंगे!"

हनुमान ने उत्तर दिया, "मेरे बल, सौंदर्य और विवेक का क्या लाभ, यदि ये दूसरों के काम न आ सकें? जो अपनी क्षमताओं का उपयोग केवल संचय के लिए करता है, वह मूर्ख है। जहाँ तक मेरा प्रश्न है, मैं तो केवल अपने स्वामी - राम के लिए जीवित हूँ। उनके बिना मेरे जीवन का कोई औचित्य नहीं है।" ऐसा कहकर, हनुमान ने स्वर्ण-मत्स्य का प्रस्ताव अस्वीकार कर दिया। मत्स्य रानी हनुमान के निस्वार्थ भाव से प्रसन्न हो गई और उसने सभी जीवों को सेतु बनाने में सहायता करने का आदेश दिया। इसके बाद, मछलियाँ, सर्प, ऊदबिलाव और सभी समुद्री जीवों ने पत्थरों को जोड़े रखने में सहयोग दिया तथा लंका तक बनने वाला सेतु आकार लेने लगा।

हनुमान, दूसरों की अपेक्षा दो गुना कार्य कर रहे थे। वे प्रत्येक पत्थर को सही जगह पर रखने के साथ-साथ लगातार राम नाम का जादुई मंत्र भी जप रहे थे और उससे यह कार्य द्रुत गति से चल रहा था। वह सेतु सौ योजन लंबा और दस योजन चौड़ा था। पहले ही दिन उसका पाँचवाँ भाग तैयार हो गया। इस तरह नल और नील के मार्गदर्शन में वानरों ने सिर्फ़ पाँच दिन में समुद्र पर सेतु बनाकर तैयार कर दिया! आज भी इस सेतु के कुछ अवशेष समुद्र में धनुषकोडि-तट से, जो श्रीलंका के सबसे निकट एक आधुनिक नगर है, थोड़ी दूरी पर देखे जा सकते हैं।

राम, उन तैरते हुए पत्थरों का चमत्कार देखकर हैरान रह गए और उन्होंने वानरों से पूछा कि यह उन्होंने कैसे किया। उन्होंने बताया कि वह राम के ही नाम का चमत्कार था जिसे हनुमान ने प्रत्येक पत्थर पर खोदकर लिखा था। राम को कौतुहल हुआ और उन्होंने सोचा कि यदि उनके नाम से ऐसा हो सकता है तो निश्चित ही वे स्वयं भी उस चमत्कार को कर सकते हैं। वे तट के दूसरे भाग में गए और पानी में पत्थर फेंकने लगे। परंतु उन्हें बहुत निराशा हुई कि एक भी पत्थर पानी पर नहीं तैरा और सभी पत्थर डूब गए। उन्होंने मुड़कर देखा तो हनुमान पीछे खड़े शांतिपूर्वक यह सब देख रहे थे। राम को थोड़ा संकोच हुआ। उन्होंने हनुमान से इसका कारण पूछा कि उनके पास, उनके नाम जैसी शक्ति क्यों नहीं है।

हनुमान का उत्तर उनकी निष्ठा के अनुसार था।

"प्रभु!" वे बोले, "आप जिस भी वस्तु को हाथ में थाम लेंगे वह बच जाएगी और आप जिसे छोड़ देंगे, वह स्वाभाविक तौर पर नीचे ही गिरेगी। जो पत्थर आपके हाथ से छूट जाएगा, उसका डूबना तो निश्चित है!"

अब राम भी, लक्ष्मण के साथ सेतु के निकट खड़े होकर कार्य देखने लगे। कहते हैं

कि एक छोटी-सी गिलहरी राम की सहायता करने को उत्सुक थी। वह बार-बार पानी में कूदती, फिर रेत में लोट लगाती और फिर अपने शरीर पर चिपकी रेत को सेतु के ऊपर झाड़ आती थी। उसके लिए, इतना ही प्रयास कर पाना संभव था। हनुमान ने उसे धीरे से उठाया और पूछा कि वह क्या कर रही है। उस छोटी-सी गिलहरी ने बलशाली हनुमान को उत्तर दिया, "यह सेतु चट्टानों के टुकड़ों से बना है। प्रभु के पैर इस पर चलते हुए छिल जाएँगे, इसलिए मैं इसके ऊपर रेत की नरम पर्त बिछा रही हूँ ताकि उन्हें चलने में कठिनाई न हो!" हनुमान को यह सुनकर बहुत आश्चर्य हुआ क्योंकि उस छोटे-से जीव की निष्ठा उन्हें अपनी निष्ठा से अधिक प्रतीत हो रही थी। हनुमान उसे राम के पास ले गए। उन्होंने उसे अपनी गोद में बैठाया। राम ने स्नेहपूर्वक उसकी पीठ पर अपनी तीन उँगलियाँ फेरीं। तभी से, भारतीय गिलहरियों की पीठ पर आज भी राम की उँगलियों के चिह्न के रूप में, तीन धारियाँ अंकित होती हैं। राम ने उसका भय दूर करते हुए कहा कि उसका प्रयास भी वानरों की भीषण उपलब्धियों के समान ही मूल्यवान है। उसके द्वारा लाई गई रेत भी वानरों द्वारा लाई गईं चट्टानों जितनी ही अनमोल है। इस तरह, उस छोटी-सी गिलहरी ने राम के हृदय में स्थान बना लिया।

एक अन्य रोचक कथा में हनुमान का शनि नामक दुष्ट ग्रह के साथ संबंध दर्शाया गया है। कहते हैं, शनि प्रत्येक व्यक्ति के जीवनकाल में साढ़े सात वर्ष के लिए कम-से-कम, एक बार अवश्य आता है। जिस दौरान सेतु का निर्माण कार्य चल रहा था, ठीक उसी समय हनुमान की कुंडली में शनि के आगमन का समय हो गया। हनुमान ने शनि से आग्रह किया कि वह उनकी कुंडली में अपने आगमन को सीता को वापस लाने तक स्थगित कर दे। यद्यपि, एक बार हनुमान ने शनि को रावण के बंदीघर से मुक्त किया था, फिर भी शनि अपनी दुष्ट प्रवृत्ति के कारण अड़ा रहा। इस कारण हनुमान को प्रकृति का नियम मानना पड़ा। चूंकि हनुमान, सेतु के लिए पत्थर उठाने और वृक्ष उखाड़ने के कार्य में व्यस्त थे तथा शनि जैसे उन्नत ग्रह को अपने पैरों में स्थान देना उन्हें उचित नहीं जान पड़ा, इसलिए हनुमान ने शनि को अपने सिर पर बैठने की अनुमति दे दी।

शनि प्रसन्नतापूर्वक हनुमान के सिर पर बैठकर सारा क्रियाकलाप देखता रहा। इस बीच, हनुमान भारी-भरकम चट्टानों और पत्थरों को अपने सिर पर रखकर सहज भाव से निर्माण के स्थान पर ले जाते रहे। कुछ देर बाद, शनि के लिए अपने ऊपर उन भारी पत्थरों के बोझ को सँभालना असंभव हो गया और उसने नीचे उतरने की इच्छा व्यक्त की। हनुमान ने शनि से कहा कि उसे अपनी साढ़े सात वर्ष की अवधि पूरी करनी पड़ेगी। शनि अपनी मुक्ति के लिए गिड़गिड़ाने लगा और बोला कि हनुमान के सिर पर साढ़े सात मिनट की अवधि भी उसके लिए साढ़े सात वर्ष के समान हो गई है। हनुमान मुस्कराए और शनि को छोड़ दिया। तभी से, ऐसी मान्यता है कि जिन लोगों पर शनि के साढ़े सात वर्ष की अवधि का दुष्प्रभाव होता है, उन्हें हनुमान की पूजा करने से निश्चय ही उससे मुक्ति मिल जाती है।

निर्माण के चौथे दिन तक, वानरों ने दक्षिण भारत के सभी पर्वत और चट्टान उखाड़ दिए थे और अब उत्तर दिशा की ओर, वहाँ के पर्वत शिखरों को उखाड़ने के लिए

जाने लगे। हनुमान, हिमालय की ओर उड़ गए जहाँ उन्हें द्रोणाचल नाम का अत्यंत ऊँचा शिखर दिखाई दिया। परंतु, वे उसे उखाड़ नहीं पाए और बाद में उन्हें पता लगा कि वह शालिग्राम नाम के काले पत्थर का बना हुआ था, जिसे विष्णु की पूजा के लिए प्रयोग किया जाता है। हनुमान ने पर्वत से कहा कि वे विष्णु के अवतार, राम की सहायता के लिए उसकी सहायता चाहते हैं और स्वयं राम, अपने चरणों से उसका स्पर्श करेंगे। यह सुनकर द्रोणाचल ने हनुमान को उसे उठाने की अनुमति दे दी किंतु मार्ग में हनुमान को नल और नील मिले, जिन्होंने बताया कि सेतु निर्माण का कार्य पूरा हो गया है, इसलिए राम ने सभी वानरों को कहा है कि वे जिस भी पर्वत शिखर को लेकर आ रहे हों, उसे वहीं छोड़कर तुरंत अपने स्थान पर लौट आएँ। उस समय अनेक वानर, पर्वत शिखरों को लेकर आ रहे थे। राम का आदेश सुनकर उन सबने अपने-अपने पर्वत शिखर समूचे दक्षिण भारत में छोड़ दिए। इसी कारण, उस भूमि की वर्तमान भू-स्थिति का गठन हुआ। हालाँकि, हनुमान उस समय सुदूर उत्तर में ही थे और जब उन्हें राम का आदेश प्राप्त हुआ तो उन्होंने द्रोणाचल पर्वत को यमुना नदी के तट के निकट वृंदावन के वन में छोड़ दिया। राम की पूजा से वंचित रह जाने के कारण पर्वत को बहुत दुख हुआ और उसने हनुमान को राम के पास ले जाने का उनका वचन याद दिलाया।

मारुति दुविधा में पड़ गए। वे पर्वत को दिया वचन तोड़ दें अथवा राम के आदेश का उल्लंघन करें! वे वापस उड़कर राम के पास गए और उन्हें पूरी बात सुनाई। राम ने उन्हें यह कहकर सांत्वना दी, “उस पर्वत के पास जाओ और उससे कहो कि अभी हमारा मिलने का समय नहीं हुआ है। मैं द्वापर युग में कृष्ण के अवतार में फिर जन्म लूँगा और तब अपने मित्रों के साथ उस पर्वत पर खेलूँगा। मैं उसे अपनी कनिष्ठ उँगली पर भी उठाऊँगा। तब मुझे गोवर्धन के नाम से जाना जाएगा और उसी रूप में मेरी पूजा होगी।”

हनुमान ने यह संदेश पर्वत को दे दिया, जिसे सुनकर वह संतुष्ट हो गया तथा द्वापर युग में भगवान के कृष्ण रूप में आने की प्रतीक्षा करने लगा।

राम, सेतु पार करने से पहले, अपने उद्यम में सफलता हेतु शिवलिंग की स्थापना करके उसकी पूजा करना चाहते थे। नल और नील ने एक दिन में, एक छोटा मंच तैयार कर दिया जिसके ऊपर शिवलिंग की स्थापना होनी थी। हनुमान तुरंत कैलाश पर्वत की ओर चल पड़े, जहाँ उन्हें आशा थी कि वे स्वयं भगवान शिव से पूजा के लिए शिवलिंग प्राप्त कर सकेंगे। हालाँकि, वे अपेक्षित समय तक वापस नहीं आ सके। पुजारी ने राम को बताया कि पूजा की शुभ घड़ी जाने वाली थी। तब राम ने स्वयं, रेत का अत्यंत सुंदर शिवलिंग बनाया और वह उचित समय पर बनकर तैयार भी हो गया। यह देखकर सभी वानर उत्साह से भर उठे। इसी बीच आंजनेय, शिव द्वारा दिए पत्थर का एक अत्यंत सुंदर शिवलिंग लेकर लौट आए किंतु उन्हें यह देखकर बहुत निराशा हुई कि पूजा का कार्यक्रम उनके बिना ही पूरा हो गया था। हनुमान को हताश देखकर, राम ने उनसे कहा कि वे रेत का शिवलिंग हटाकर, कैलाश से लाया गया शिवलिंग स्थापित कर दें। आंजनेय ने बहुत प्रयास किया, किंतु वे उस रेत के शिवलिंग को हटाने में सफल नहीं हो सके। उन्होंने उस शिवलिंग को अपनी पूँछ में लपेटकर उखाड़ने का भी प्रयास किया किंतु ऐसा करते समय,

उनकी पूँछ भी टूट गई। राम ने स्नेहपूर्वक हनुमान की पूँछ पर हाथ फेरकर उसे फिर से पहले जैसा सुंदर बना दिया।

राम ने कहा, "हे वायुपुत्र! निराश न होओ। यदि हमने शिवलिंग की पूजा उचित समय पर न की होती तो हम अपने कार्य में सफल नहीं हो पाते। इसलिए मैं तुम्हारी प्रतीक्षा नहीं कर सका। मेरे द्वारा स्थापित शिवलिंग को तोड़ा नहीं जा सकता। मैं तुम्हें तुम्हारे लाए हुए शिवलिंग को भी इस मंच के पूर्व में स्थापित करने की अनुमति देता हूँ। इसका मुख्य द्वार इसी ओर होगा। जो व्यक्ति, मेरे बनाए शिवलिंग की पूजा करने आएगा, उसे पहले तुम्हारे लाए हुए शिवलिंग की पूजा करनी होगी।" यह सुनकर हनुमान बहुत प्रसन्न हुए। वह स्थान, जहाँ राम ने वह शिवलिंग स्थापित किया था, रामेश्वरम कहलाता है और वह आज भी एक प्रसिद्ध तीर्थ स्थल है।

शिवलिंग की स्थापना के विषय में एक अन्य बड़ी विचित्र कथा है जो भारतीय संस्कृति की इस विशेषता को दर्शाती है कि यदि आवश्यकता पड़े, तो हम अपने शत्रु को भी श्रेय देने की क्षमता रखते हैं। कहते हैं, राम को शिवलिंग की पूजा के लिए एक ब्राह्मण की आवश्यकता थी। उन्होंने हनुमान से कहा कि वे उड़कर लंका जाएँ और रावण से, जो भगवान का शिव का भक्त और ब्राह्मण भी था, शिवलिंग की पूजा करवाने की प्रार्थना करें। रावण ने इस प्रस्ताव को स्वीकार कर लिया किंतु उसने कहा कि उसके लिए सीता को भी चलना होगा, क्योंकि पूजा करवाने वाले व्यक्ति की पत्नी का भी पूजा में साथ बैठना आवश्यक है। इसके बाद, सीता को अशोक वाटिका से लाया गया और फिर रावण अपने पुष्पक विमान में, सीता एवं हनुमान को साथ लेकर आया था। राम ने रावण से शिवलिंग का उचित स्रोत पूछा तो उसने कैलाश का नाम लिया। हनुमान को कैलाश भेजा गया किंतु वे समय पर नहीं लौट सके। रावण ने पूजा को निर्धारित समय पर आरंभ करने पर ज़ोर दिया तो फिर सीता ने रेत का शिवलिंग तैयार किया। रावण ने पूरे विधि-विधान के साथ पूजा सम्पन्न करवाई और यहाँ तक कि राम के संकल्प को - रावण का वध और सीता की मुक्ति - लयबद्ध ढंग से पढ़ा! शेष कथा वैसी ही है, जैसे ऊपर बताई गई है।

सेतु तैयार था और शिवलिंग की स्थापना पूर्ण हो चुकी थी। देवतागण भी उसका निरीक्षण करने के लिए आए। वह सेतु ऊपर से देखने पर किसी स्त्री के बालों में निकली मनोहर और सुंदर माँग की भाँति लग रहा था! अब उसे पार करने का क्षण आ गया था। राम और लक्ष्मण ने शंखनाद किया और फिर युद्ध की देवी, दुर्गा को प्रणाम किया। हनुमान ने युद्ध का आह्वान करके वानरों के हृदय में आत्मविश्वास भर दिया। सुग्रीव ने राम को हनुमान की पीठ पर बैठने के लिए कहा और लक्ष्मण अंगद की पीठ पर सवार हो गए। वे आगे चलते गए और उनके पीछे नाचते-कूदते वानरों के समूह चल रहे थे। वे बीच-बीच में हवा में उछलकर समुद्र में छलाँग लगाते और कुछ पल पानी में तैर लेते थे। उनके शोर में समुद्र का शोर भी दब गया था! ऐसा लग रहा था, मानो सेना द्वारा सेतु पार करते समय, समुद्र ने अपनी श्वास रोक ली हो!

उनके गंतव्य पर पहुँचने से पहले, रावण ने दो अस्त्र चलाकर सेतु के दोनों छोर नष्ट कर दिए। राम और उनकी सेना बीच में ही फँस गए। वे न तो लंका पहुँच सकते थे और

न ही वापस जंबूद्वीप लौट सकते थे। हनुमान ने तत्काल एक युक्ति बताई। उन्होंने अपना आकार बढ़ाकर उस अंतराल को भर दिया तथा अपने दोनों हाथ लंका तट पर तथा पैर सेतु के छोर पर टिका दिए। वानर उनकी पीठ पर चढ़कर रावण की नगरी में प्रवेश कर गए। जब राम हनुमान की पीठ से गुज़रे तो मारुति ने कहा, "मैं सचमुच अत्यंत भाग्यशाली हूँ जो मेरे स्वामी के चरण मेरी पीठ पर पड़े हैं।"

अंत में उन्होंने शत्रु के प्रदेश में पैर रख दिया। वानरों के उत्साह और निष्ठा एवं उनके निश्छल प्रेम को देखकर राम भावुक हो उठे। सुग्रीव ने फल, कंद-मूल तथा साफ़ पानी से परिपूर्ण स्थान पर पड़ाव डालने की तैयारी कर ली। राम ने वहाँ अनेक अपशकुन देखे, जिनके पृथ्वी के लिए भीषण परिणाम हो सकते थे। उन्होंने सुग्रीव से कहा कि उन्हें उस मनोहर स्थान पर मन बहलाने की अपेक्षा तुरंत लंका की ओर प्रस्थान कर देना चाहिए। यह सुनकर, वानर समूहों ने उस स्थान को छोड़कर, आगे बढ़ना जारी रखा। शीघ्र ही उन्हें लंका के प्राचीर दिखाई देने लगे। रात्रि का समय होने के बावजूद, वे सैन्य विन्यास बनाकर आगे बढ़ते गए। धीरे-धीरे पूर्णिमा का चंद्रमा उदय हो गया और उसके प्रकाश में पर्वत की ओर पड़ाव डाले बैठी वानरों की भारी सेना दिखाई देने लगी।

राम ने दृष्टि उठाकर लंका के सोने व चाँदी के बुर्ज देखे तो उन्हें उस घृणा की नगरी में प्रेम के बंधन में बंदी बनी अपनी प्रिय पत्नी सीता की याद आ गई। वे बैठकर बहुत देर तक सीता के विचार में डूबे रहे। अंत में, वे उठे और फिर उन्होंने सुग्रीव एवं अपने सेनापतियों से अगले दिन की योजना पर विचार करना आरंभ कर दिया।

*राम दुआरे तुम रखवारे।*<br>
*होत न आज्ञा बिनु पैसारे।।*

—तुलसीदास कृत *हनुमान चालीसा*

ॐ *श्री हनुमते नमः*

ॐ

*महातेजसे नमः*

## अध्याय 19

# महातेजस्वी

## लंका की घेराबंदी

*देहदृष्ट्या तु दासोहम्,*
*जीवदृष्ट्या त्वदंशकम्।*

*यदि मैं अपने शरीर के दृष्टिकोण से देखूँ,*
*तो मैं आपका सेवक हूँ,*
*यदि मैं अपने अहंकार के दृष्टिकोण से देखूँ*
*तो मैं आपका अंश हूँ।*

इस बीच, रावण द्वारा भेजे गए गुप्तचर ने लौटकर उसे शत्रु के बारे में सूचना दी और यह भी बताया कि अस्त्रों से सेतु के ध्वस्त हो जाने के बाद, किस तरह हनुमान ने उन्हें समुद्र पार करवाया। यह सुनकर रावण को थोड़ी निराशा हुई और उसने स्वयं शत्रु के पड़ाव का निरीक्षण करने का निर्णय किया। वह अपने महल के बुर्ज पर चढ़ गया, जो एक के ऊपर एक खड़े दस नारियल पेड़ों जितना ऊँचा था। उसने दीवार के ऊपर से झुककर देखा तो वह हैरान रह गया कि उसके दुर्ग के सामने की समस्त भूमि, हर रूप और आकार के वानरों से भरी हुई थी। उसने गुप्तचरों को बुलाया और उनसे पूछा कि उनका सेनापति कौन है।

एक वानर की ओर संकेत करते हुए उन्होंने कहा, “वह मोटी गर्दन और स्वर्णिम बालों वाला विशाल वानर, जो अत्यंत वाचाल है और हमारी ओर मुख किए है, वह सूर्य का पुत्र सुग्रीव है। वह पीले बालों वाला वानर, जो सिंह की भाँति गर्जना करता हुआ अपनी पूँछ को बार-बार फटकार रहा है, अंगद है। उस वीर सेना से घिरा हुआ वानर नील है, जिसने यह सेतु बनाया है। वह सफ़ेद वानर केसरी-पुत्र हनुमान है, जिसे वायु-पुत्र भी कहते हैं। जैसा कि आप जानते हैं, यही वानर समुद्र पार कर लंका दहन करके गया था। यह स्वेच्छा से अपना रूप बदल सकता है और अत्यंत बलशाली और मनमोहक है। जिस प्रकार वायु की दिशा को परिवर्तित नहीं किया जा सकता, उसी तरह इसे भी इसके मार्ग से हटा पाना असंभव है। बचपन में, इसने सूर्य को उदय होते देखा तो उसे फल समझकर

पकड़ने के लिए इसने तीन सौ योजन की छलाँग लगाई थी। आपको यह भी पता है कि यह पूर्ण रूप से राम के प्रति समर्पित है और अपने शत्रु के लिए विपत्ति से कम नहीं है।"

उसके बाद, गुप्तचर ने वानर सेना के अन्य सेनापतियों के विषय में रावण को बताया। "हे राजन! उन काले रंग के ख़तरनाक भालुओं को देखिए जो पहाड़ पर रहते हैं। उनका नेता वह बूढ़ा, गंदा-सा भालू जांबवंत है, जिसने असुरों के विरुद्ध युद्ध में इंद्र की सहायता की थी। उसके सैनिक अत्यंत ख़तरनाक हैं। वे बड़े-बड़े पर्वतों पर भी चढ़ सकते हैं और अत्यंत निडर हैं। वे सब वीर, शक्तिशाली और जुझारू हैं तथा राम के लिए अपने प्राण न्योछावर करने को तत्पर रहते हैं!"

"राजन, उस जटाधारी नीले वर्ण वाले साहसी राजकुमार को देखिए। उसकी कमल जैसी आँखें हैं। वह वेदों के आरंभिक ज्ञाता, इक्ष्वाकु कुल का वंशज है। यह ब्रह्मास्त्र के प्रयोग में पारंगत है तथा आपने जनस्थान से, इसी की पत्नी सीता का हरण किया है। इसके बाण पृथ्वी को काट सकते और आकाश को चीर सकते हैं। इसे ध्यान से देखिए क्योंकि यही आपका प्रमुख शत्रु राम है। यह आपका वध करने के लिए आगे बढ़ रहा है!"

"राम की दाईं ओर गौर वर्ण, चौड़ी छाती, भूरी आँखों तथा घुंघराले बालों वाला राम का छोटा भाई लक्ष्मण है। यह अपने भाई के प्रति पूरी तरह समर्पित है। यह शस्त्रों के प्रयोग में सबसे आगे है और राम के शत्रुओं को क्षमा नहीं करता। यह अपने भाई के लिए, हर समय प्राण देने के लिए तत्पर है। ध्यान से देखिए, राजन! राम के पास आपका भाई विभीषण भी खड़ा है, जिसे उन्होंने पहले ही लंका का राजा मनोनीत कर दिया है! वह आपसे नाराज़ है और आपके शत्रु के साथ मिल गया है!"

रावण अपने गुप्तचरों पर क्रोधित हो गया, जो उसके शत्रु की सेना का इतना गुणगान कर रहे थे। "तुम लोग मुझसे किस प्रकार बात कर रहे हो? तुम मुझ पर आश्रित हो। मैं तुम्हें शत्रु का गुणगान करने के लिए मृत्युदंड दे सकता हूँ। मेरे सामने से दूर हो जाओ और मुझे फिर कभी अपना मुँह मत दिखाना!"

ऐसा कहकर रावण ने उन्हें चले जाने का आदेश दिया और कुछ गुप्तचरों को राम की उस दिन की योजना का पता लगाने के लिए भेज दिया। परंतु उन्हें भी विभीषण ने पहचान लिया और यदि राम बीच में हस्तक्षेप न करते, तो वानरों ने उन्हें बहुत कष्ट दिया होता। परंतु राम ने उन्हें छोड़ दिया। वे लोग राम का गुणगान करते हुए लौट आए।

रावण ने सीता को लुभाने के लिए अंतिम चाल चली! उसने अपने दरबार के जादूगर को बुलाया और उसे राम के सिर तथा उनके प्रसिद्ध कोदंड धनुष का प्रतिरूप तैयार करने को कहा। जादूगर ने वे दोनों चीज़ें बना दीं और फिर वह उन्हें लेकर रावण के साथ अशोक वाटिका पहुँच गया, जहाँ सीता निराशा की प्रतिमा बनी बैठी थीं।

सीता को राम का सिर दिखाते हुए रावण ने कहा, "तुम्हारा वह बेकार पति लंका के द्वार के सामने पड़ाव डालते समय मेरे सेनापति के हाथों मारा गया। इससे स्पष्ट है कि तुम्हारे आध्यात्मिक गुणों का उसे कोई लाभ नहीं मिला। उसके साथ लक्ष्मण तथा उसके सेनापति भी मारे गए।"

रावण ने अपनी हरे रंग की चमचमाती आँखों से सीता को घूरा और बोला, "मुझे लगता है कि तुम्हें मेरी बात पर विश्वास नहीं हो रहा। मुझे इस बात का पता था और इसीलिए मैं यह प्रमाणित करने के लिए राम का सिर लाया हूँ!"

उसने जादूगर को अपने पास बुलाया। वह तुरंत एक डंडे पर टँगा राम का सिर लेकर आ गया। उस भयानक वस्तु को सीता के सामने रख दिया गया। उसके बाद, रावण ने धनुष लेकर सीता के सामने फेंक दिया और कहा, "यह राम का प्रसिद्ध धनुष है। निश्चय ही, तुमने इसे पहचान लिया होगा।" वह आगे की ओर झुका और सीता के कान में धीरे-से बोला, "क्या अब तुम्हें मेरी रानी बनना स्वीकार है?"

सीता उस कृत्रिम सिर को देखकर चिल्ला पड़ी, "हे मेरे प्रिय प्रभु! क्या आप मुझे छोड़कर चले गए? ज्योतिषियों ने तो आपकी अत्यंत लंबी आयु की भविष्यवाणी की थी। युद्ध कौशल में पारंगरत होने के बावजूद आपकी असमय मृत्यु कैसे हो गई? आप मेरी ओर क्यों नहीं देखते? आप मेरी बात का उत्तर क्यों नहीं देते?"

सीता ने रावण की ओर मुड़कर कहा, "मुझे भी उसी अस्त्र से मार डालो जिससे मेरे पति का वध हुआ है और मेरे शरीर को रणभूमि में उनके शरीर के ऊपर रख दो। वे जहाँ जाएँगे, मैं उनके साथ रहूँगी।" यह कहकर सीता नीचे गिर पड़ी और रोने लगीं।

उसी समय रावण का एक सेनापति वहाँ आया और उसने एक अत्यंत महत्त्वपूर्ण विषय पर चर्चा के लिए रावण से सभागर में उपस्थित होने की प्रार्थना की। सीता को देखकर बहुत आश्चर्य हुआ कि रावण के वहाँ से हटते ही, वे जादुई सिर और धनुष भी ग़ायब हो गए।

उसी समय विभीषण की पत्नी वहाँ आई और उसने सीता को बताया कि वह रावण की चाल है तथा उसके पति जीवित हैं और लंका पर आक्रमण की तैयारी कर रहे हैं। सीता ने विभीषण की पत्नी का आभार व्यक्त किया और उससे रावण की योजना का पता लगाने और यह जानने को कहा कि चूंकि अब राम ने नगर के बाहर ही पड़ाव डाला हुआ था तो क्या रावण सीता को लौटाने के विषय में विचार कर रहा है। विभीषण की पत्नी शीघ्र ही लौट आई और उसने सीता को स्थिति से अवगत करवाया।

"मिथिला की राजकुमारी! रावण अपने जीवित रहने तक तुम्हें छोड़ने को तैयार नहीं है। वह भयभीत होकर तुम्हें नहीं छोड़ेगा। वह तुम्हारे प्रति अत्यधिक आसक्त हो चुका है। परंतु तुम घबराओ मत, क्योंकि तुम्हारे पति शीघ्र ही दशानन को मारकर तुम्हें यहाँ से मुक्त करवाकर ले जाएँगे!"

इस बीच, राम ने लक्ष्मण तथा कुछ अन्य सेनापतियों के साथ सुवेल पर्वत पर चढ़कर लंका नगरी को निकट से देखने का निर्णय किया जो त्रिकूट पर्वत पर बसी हुई थी। अचानक उन्होंने दुर्ग के प्राचीर पर रावण को देखा जो आभूषणों एवं लाल रंग के वस्त्रों में खड़ा वानरों के शिविर का निरीक्षण कर रहा था और उसके दोनों ओर सुंदर स्त्रियाँ खड़ीं, उसे पंखा झल रही थीं।

यह देखकर सुग्रीव स्वयं को रोक नहीं पाया और वह अचानक एक शिखर से दूसरे

पर कूदता हुआ रावण के पास पहुँच गया।

"मैं राम का सेवक और उनका मित्र, सुग्रीव हूँ। मैं आज तुम्हें नहीं छोड़ूँगा!" यह कहकर, सुग्रीव ने रावण के ऊपर छलाँग लगा दी और उसका मुकुट छीनकर नीचे फेंक दिया।

रावण को बहुत आश्चर्य हुआ। वह बोला, "मैं अभी तुम्हारी इस सुंदर गर्दन को तुमसे अलग कर देता हूँ।" यह कहकर रावण ने सुग्रीव को पकड़ा और नीचे गिरा दिया। सुग्रीव गेंद की तरह वापस उछला और वहाँ उनके बीच एक छोटी-सी मुठभेड़ हो गई। सुग्रीव को अपनी भूल का एहसास हो गया और वह तत्काल कूदकर सुवेल पर्वत पर लौट आया। वानरों ने अपने नेता का जयघोष किया, किंतु राम ने सुग्रीव को इस तुच्छ कृत्य के लिए धीरे-से डाँटा तथा उसे दोबारा ऐसा न करने के लिए कहा। यदि वह पकड़ा या मारा जाता तो उनके लिए, इसका परिणाम अत्यंत ख़तरनाक हो सकता था।

राम ने सुग्रीव से कहा कि वह अंगद को शांतिदूत बनाकर रावण को अपने राज्य व लोगों की रक्षा करने का एक अंतिम अवसर दे। ऐसा करना धर्मपरायण युद्ध के नियमों के अनुसार है। हनुमान ने कहा कि धरती की कोई शक्ति अब रावण को अपना मन बदलने पर विवश नहीं कर सकती। परंतु राम ने कहा कि उन्हें अपनी ओर से धर्म के मार्ग से विचलित नहीं होना चाहिए और वे उस राक्षस को अंतिम क्षण तक, यदि वह चाहे तो हृदय परिवर्तन का अवसर देना चाहते हैं।

अंगद रावण को निकट से देखने के लिए आतुर था और उसे जैसे ही वहाँ जाने का आदेश मिला, वह लपककर दरबार में पहुँच गया, जहाँ रावण अपने मंत्रियों के साथ बैठा बात कर रहा था।

सूर्य की रोशनी में जब अंगद राक्षसराज के सामने उतरा तो वह चमकता हुआ स्वर्ण का गोला लग रहा था।

"तुम कौन हो?" रावण ने पूछा।

"मैं बाली का पुत्र और अयोध्या के युवराज राम का दूत हूँ।" रावण ने जैसे ही सुना, वह उठा और उसने अंगद का गर्मजोशी से स्वागत किया।

"प्रिय पुत्र! तुम मेरे अच्छे मित्र बाली के पुत्र हो। तुम मेरे भी पुत्र के समान हो। परंतु मुझे यह बात समझ में नहीं आई कि तुमने ऐसे व्यक्ति के साथ मित्रता क्यों की, जिसने तुम्हारे पिता को अनुचित ढंग से मार डाला था। तुम मेरे साथ रहो। मैं तुम्हें अपने पुत्र, इंद्रजित की तरह रखूँगा और सभी सुख-सुविधाएँ दूँगा। तुम एक नेक पिता की संतान हो, इसलिए तुम्हें ऐसे निम्न वर्ग के व्यक्ति के साथ मैत्री नहीं करनी चाहिए!"

"राक्षसराज! मुझे परामर्श देने वाले तुम कौन होते हो, जबकि तुम स्वयं पाप में लिप्त हो! मैं तुम्हें केवल राम का संदेश देने आया हूँ। उन्होंने तुम्हें अंतिम चेतावनी दी है। तुम या तो विदेह की राजकुमारी को लौटा दो अन्यथा महल के द्वार से बाहर निकलो और राम के साथ निर्णायक युद्ध करो। तुम सम्मान से जीना चाहते हो या लज्जित होकर मरना चाहते हो - यह तुम्हारी इच्छा है!"

यह संदेश सुनकर रावण क्रोधित हो गया। उसने उस शांतिदूत को, जिसके प्रति उसने कुछ क्षण पहले अपना शाश्वत प्रेम व्यक्त किया था, पकड़कर तुरंत मृत्युदंड देने का आदेश दे दिया!

"मैं कोई दीपक का प्रकाश नहीं, जो तुम्हारे शब्दों की आँधी में बुझ जाऊँगा!" रावण ने कहा।

वह नीचे झुका और अंगद को निकट से घूरने लगा। उसकी आँखों से अंगार निकल रहे थे। उसकी भँवें तन गईं। उसने भय से काँपते अंगद को पकड़ना चाहा लेकिन अंतिम क्षण में वह दूर हट गया और अपने सुरक्षाकर्मियों को उसे पकड़ने के लिए कहा।

अंगद ने अपनी ओर आते चार प्रहरियों को पकड़ लिया और उन्हें लेकर महल की दीवार पर कूदा और उन चारों को ज़मीन पर पटक दिया। उसने फिर महल के बुर्ज पर छलाँग लगाई और उसके दो टुकड़े कर दिए। वह वहीं खड़ा होकर क्रुद्ध साँड़ की तरह गरजा और फिर धीरे-से राम एवं अन्य वानरों के सामने उतर आया। वे सब उसका करतब देखकर बहुत प्रसन्न हुए। उसके बाद उसने रावण के दरबार में हुई बात उन्हें सुना दी।

"हनुमान ने सत्य कहा था," राम ने सोचा, "रावण न तो सीता को लौटाएगा और न ही, जब तक उसे विवश नहीं किया जाता, सम्मानजनक युद्ध के लिए सामने आएगा।"

हनुमान ने वानरों तथा भालुओं को ज़ोर से चिल्लाने और शोर करके राक्षसों को युद्ध के लिए आमंत्रित करने का आदेश दे दिया। उनके द्वारा निकाले गए भयंकर स्वर ने लंकावासियों को डरा दिया। वे लोग कामुक व्यभिचार भरे जीवन के अभ्यस्त थे और उन्हें लड़ना बिलकुल पसंद नहीं था। उन्होंने अपनी आवाज़ उठाई और रावण से सीता को लौटाने तथा उन्हें शांतिपूर्वक ढंग से रहने देने का अनुरोध किया।

"यदि हमारे राजा ने हमारी इच्छा नहीं स्वीकार की," वे बोले, "तो हमारा जीवन समाप्त हो जाएगा।"

रावण यह सुनकर गुस्सा हो गया। "वे सिर्फ़ वानरों और भालुओं का समूह हैं," वह चिल्लाया। हम उनके सिर अपनी दीवारों पर पुरस्कार की भाँति लटकाएँगे। उनके शरीर की चमड़ी, तुम्हारी पत्नियों के लिए वस्त्र का कार्य करेगी और उनका माँस तुम्हारे बच्चों के लिए भोजन बनेगा। अपने रथों पर सवार हो जाओ, अपने कुत्तों को खोल दो। आओ, हम मिलकर राम के दल को यहाँ से भगा दें!"

राम ने सुग्रीव को अपने सेनापतियों को चुनने के लिए कहा, जिन्हें विभिन्न द्वारों से आक्रमण करना था।

शीघ्र ही, दीवारों और खाइयों के बीच की ख़ाली जगह वानरों से पट गई। वास्तव में, उन्होंने लंका के चारों ओर एक ठोस दीवार बना ली थी। जब यह समाचार रावण ने सुना तो उसने तुरंत अपनी सेना को आदेश दिया कि शत्रु को द्वार के भीतर आने से रोका जाए। वह स्वयं दुर्ग की प्राचीर पर चढ़ा तो देखकर हैरान रह गया कि सामने का पूरा मैदान वानरों से भर गया था, जो युद्ध के आतुर हो रहे थे। घास के हरे मैदान भूरे रंग के दिखाई दे रहे थे। अचानक उसने राम को देखा जो हनुमान की पीठ पर बैठकर

वानरों को किलेबंदी तोड़ने और नगर पर धावा बोलने के लिए प्रेरित कर रहे थे। उसने कभी इस बात की कल्पना नहीं की थी कि एक साधारण मनुष्य वानरों के दल के साथ उसके अनमोल नगर के इतने निकट आ जाएगा और अब ऐसा लग रहा था कि वह शीघ्र ही द्वार के भीतर भी प्रवेश कर जाएगा। उसी क्षण लक्ष्मण ने अपना धनुष लंका की दिशा में साध लिया, रावण ने भी अपनी गदा उठा ली और उसके सेनापतियों ने अपनी तलवारें निकाल लीं। रावण ने द्वार खोलने तथा अपने सैकड़ों कुत्तों को छोड़ने का आदेश दे दिया तथा उनके पीछे भयानक राक्षस, अपने रथों पर सवार होकर चल पड़े। उसे विश्वास था कि उसकी प्रशिक्षित सेना आसानी से वानर दल को समाप्त कर देगी। लंका का विशाल उत्तरी द्वार खुला और राक्षसों की सबसे युवा एक-तिहाई सेना बाहर की ओर भागी।

वानर डरकर पीछे हट गए किंतु हनुमान ने आक्रमण में उनका नेतृत्व करते हुए राक्षसों के अगुआ पर बड़ी-सी चट्टान फेंककर उसे गिरा दिया। यह देखकर वानरों का साहस बढ़ गया और वे हाथों में डंडे और पत्थर लेकर निशाचरों की सेना पर क़ाबू पाने हेतु आगे भागे। भालुओं ने कुत्तों को भयभीत और अश्वों को चौंका दिया। वानर, राक्षसों के रथों पर कूद गए और उन्हें लातों और मुक्कों से मारा तथा काट लिया। राक्षस इस प्रकार के युद्ध के लिए बिलकुल तैयार नहीं थे।

वानर खाइयों को पत्थरों और वृक्षों की शाखाओं से पाटने लगे ताकि सेना उसे आसानी से पार कर सके। उसके बाद उन्होंने विभिन्न स्थानों से, दीवार पर चढ़ना आरंभ कर दिया। वे वृक्षों, लट्ठों और पत्थरों को अस्त्र-शस्त्र की तरह हाथों में लिए लंका की सड़कों पर कूदने-चिल्लाने लगे, "राम की विजय हो! राक्षसों का अंत हो!" शीघ्र ही सर्वत्र, कूदते, चिल्लाते और विध्वंस मचाते वानरों का झुंड दिखाई पड़ने लगा।

निशाचरों की सेना ने वानरों को आगे बढ़ने से रोकने का प्रयास किया। वे सब स्वर्णिम कवच पहने हुए और हाथों में तलवार एवं धनुष-बाण लिए हुए थे। वे रक्त जमा देने वाली गर्जना करते हुए आगे दौड़े और वानरों पर टूट पड़े। उन्होंने वानरों पर जलती सलाखों, भालों, बरछों और कुल्हाड़ियों से हमला कर दिया वानरों ने बदले में वृक्ष, चट्टान तथा अपने नाख़ूनों व दाँतों से धावा बोल दिया!

रावण के युवा सेनापति विशाल घोड़ों, हाथियों और रथों पर सवार होकर आगे भागे। सभी अश्वों व हाथियों ने सोने की जीन पहनी हुई थीं और उनके सवारों के शरीर पर सोने व चाँदी के आवरण थे जबकि वानरों के शरीर पर बालों के अतिरिक्त कुछ नहीं था!

चूंकि राम के पास रथ नहीं था, इसलिए वे हनुमान के कंधे पर तथा लक्ष्मण, अंगद के कंधे पर सवार थे। शीघ्र ही रणभूमि धूल से ढँक गई। भूमि पर वानरों और राक्षसों की रक्तिम धाराएँ बहने लगीं। वातावरण में ढोल, बिगुल तथा युद्ध की चीख़-पुकार के स्वर गूँज रहे थे। पताकाएँ फट गईं थीं, रथ ध्वस्त हो गए थे और अस्त्र-शस्त्र यहाँ वहाँ बिखरे पड़े थे। वानर राक्षसों को नोंच-खसोट रहे थे, उनके ऊपर कूद रहे थे, जिससे राक्षसों की हड्डियाँ चटक रही थीं, माँस छितर रहा था और आँखें बाहर निकल आईं थीं।

रावण लंका के सर्वोच्च स्थान पर खड़ा विनाश के इस दृश्य को देख रहा था। उसकी सेना को दुर्ग के भीतर धकेल दिया गया था और उसे भय था कि नंदी द्वारा की गई

पुरातन भविष्यवाणी सत्य होने वाली थी। वह वानरों के हाथों परास्त हो रहा था। हनुमान ने रावण को देखा तो वे एक छलाँग में उसके सिर पर जा चढ़े। उन्होंने रावण के दसों सिरों पर नृत्य किया और उसके सभी मुकुट नीचे गिरा दिए। वानर शोर मचाकर अपनी सहमति दर्शा रहे थे जबकि राक्षसों के सिर लज्जा से झुक गए थे। इससे पहले कि रावण, हनुमान को पकड़ पाता, वे कूदकर फिर से रणभूमि में लौट आए।

पहले दिन का युद्ध रात्रि तक चलता रहा, जो ऐसा समय था जब निशाचर अधिक शक्तिशाली हो जाते हैं। रात्रि के अंधकार में आकाश स्वर्णिम नोंक वाले बाणों की चमक से जगमगा रहा था। रात्रि होने से निशाचर बहुत प्रसन्न थे।

रावण ने कहा, "युवा राक्षसों को आराम करने दो। अनुभवी राक्षसों को तैयार करो।"

राक्षस योद्धा, अग्नि के समक्ष नतमस्तक होकर विजय की कामना करने लगे। उन्होंने अपने धनुष पर टंकार दी उन्होंने कवच पहने और गले में पुजारी द्वारा विजय हेतु अभिमंत्रित मालाएँ डाल लीं। रावण ने अपने सेनापति प्रहस्त को सोमरस की कुछ बूँदें पिलाईं और उसे आशीर्वाद दिया। प्रहस्त की आँखों से छोटी-छोटी लपटें निकलने लगीं। उसने रावण को प्रणाम किया और कहा, "मैं वानरों को भगाकर राम को अकेला कर दूँगा और फिर उसके माँस का भक्षण करूँगा।"

उसने रावण को प्रणाम करके उसका आशीर्वाद लिया और फिर अपने रथ पर सवार होकर चल पड़ा। उसके रथ के पहिए सोने के थे जो घूमते हुए द्विज सूर्यों का आभास देते थे। चौंसठ सींगों वाले सर्प, उसके रथ को खींचते थे जो तलवारों और काँटेदार बरछियों से सुसज्जित था। उसकी पताका के लाल रेशमी वस्त्र पर पन्नों का सर्प और पुखराज का सिंह सिला हुआ था। प्रहस्त ने अपने हाथ-पैर खोले तथा अपनी लाल आँखों को घुमाने लगा। उत्तरी द्वार खुला और अनुभवी राक्षसों की सेना का दल बाहर निकल आया। उनके पीछे हाथों और पैरों में घंटियाँ बाँधे सैनिक चलने लगे। वे पशुओं के पीछे दौड़े तो वे सब डर के भागने लगे। नल ने अकेले ही, प्रहस्त के रथ का सामना किया। उसने स्वयं को हज़ारों बाणों से बचाकर प्रहस्त के रथ पर एक बड़ी-सी चट्टान फेंकी, जिससे उसका रथ पलट गया। राक्षस रथ से बाहर निकल आया और अपनी गदा लेकर नल पर झपटा। नल उस वार से बच गया। उसने रथ का एक पहिया उखाड़ा और प्रहस्त की छाती पर वार किया। प्रहस्त के हाथ से गदा छूट गई और वह नीचे गिरकर मर गया। वह अर्द्ध-रात्रि का समय था। राक्षसों ने लज्जा से अपने बाल नोंच लिए और वे सब सेनापति के बिना लंका लौट आए।

वानरों और भालुओं ने अपने मृतकों को उठाया तथा वन में ले जाकर उनका संस्कार किया। अनेक राक्षस भी मारे गए थे किंतु रावण नहीं चाहता था कि किसी को मृत राक्षसों की सही संख्या का पता लगे, इसलिए उसने उन सबके शवों को समुद्र में फेंकने का आदेश दिया।

रावण ने तुरंत अपने पुत्र, इंद्रजित तथा अपने मुख्य सेनापतियों को वानर सेना से लड़ने के लिए कहा। उन्होंने लक्ष्मण एवं अन्य लोगों को द्वंद्व की चुनौती दी। इंद्रजित ने अंगद से, लक्ष्मण ने विरुपाक्ष से तथा हनुमान ने जंबुमाली के साथ युद्ध किया। ये दोनों

रावण के सबसे विश्वसनीय सेनापति थे।

अंगद रावण के पुत्र, इंद्रजित को परास्त करने का इच्छुक था। इंद्रजित का वास्तविक नाम मेघनाद था किंतु युद्ध में इंद्र को पराजित करने के बाद उसका नाम इंद्रजित पड़ गया था। वह बहुत बढ़िया जादूगर तथा मायावी कलाओं में पारंगत था। वह रावण का करामाती पुत्र था जो अपनी इच्छा से कोई भी रूप धारण कर सकता था। कहते हैं, केवल उसकी माता, मंदोदरी को उसके असली रूप का पता था। अंगद ने इंद्रजित को घायल कर दिया और उसके घोड़ों व सारथी को मार डाला। राम ने अंगद के पराक्रम की प्रशंसा की क्योंकि वे सब इंद्रजित की शक्ति से परिचित थे। इस बीच, रावण का चालाक पुत्र हवा में उछला और बादलों में ओझल हो गया। अपने स्थान से उसने नागपाश चलाकर दोनों भाइयों को बाँध लिया। वह नागपाश, राम एवं लक्ष्मण की गर्दन के चारों ओर लिपट गया जिससे उनका दम घुटने लगा और वे मूर्छित हो गए। इंद्रजित के घातक बाणों के कारण राम और लक्ष्मण उन जादुई रस्सियों से बँधे हुए थे तथा उनके शरीर रक्त में भीगे हुए थे। उनके तन में प्राणों का संचार लगभग समाप्त होने लगा था और बीच-बीच में उनके शरीर में हलका-सा झटका महसूस होता था। वानर सेना घबरा गई। अपने नायकों की ऐसी दयनीय स्थिति देखकर वे सब बुरी तरह निराश हो गए। वे आकाश में उछलकर इंद्रजित की एक झलक पाने का प्रयास कर रहे थे किंतु वह उन्हें कहीं दिखाई नहीं पड़ा। उन्हें केवल उसका उपहास-भरा अट्टहास सुनाई देता रहा। केवल विभीषण ही इंद्रजित को देख पा रहा था किंतु नागपाश के सामने वह भी असहाय था। इंद्रजित बहुत हर्षित हुआ क्योंकि उसे विश्वास था कि उसने दोनों भाइयों को मार डाला है। वह वानर सेना में विध्वंस मचाकर, अपने पिता के पास लौट आया और उसने रावण को कोसल बंधुओं की मृत्यु का शुभ समाचार सुनाया।

इधर, सभी वानर दोनों भाइयों के आस-पास एकत्र हो गए और दुखी होने लगे। उन्हें लगा कि युद्ध का प्रथम दिन इतना बुरा बीता, जो उनके लिए अपशकुन है। परंतु, विभीषण ने उन्हें समझाया कि वे दुखी न हों क्योंकि राम व लक्ष्मण की मृत्यु नहीं हुई थी। उसने वानरों को दोनों भाइयों की देखभाल करने को कहा। उसे विश्वास था कि वे दोनों केवल मूर्छित हुए हैं। जांबवंत ने सबको बताया कि राम स्वयं विष्णु के अवतार हैं और उन्हें कोई नहीं मार सकता।

*भीम रूप धरि असुर संहारे।*
*रामचंद्र के काज सँवारे।।*

—तुलसीदास कृत हनुमान चालीसा

ॐ *श्री हनुमते नमः*

ॐ

*रावण-मर्दनाय नमः*

## अध्याय 20

# वात्मज

## युद्ध जारी है

*न मुखे नेत्रायोवापि*
*ललाटे च भ्रुवोस्तता,*
*अन्येश्वपि च गात्रेषु,*
*दोषा संविवित क्वचित्।*

*मुझे उनके चेहरे अथवा नेत्रों, मस्तक,*
*भँवों अथवा उनके शरीर के किसी भी*
*अंग में कोई दोष दिखाई नहीं पड़ता।*

*—वाल्मिकी रामायण*

राम की मृत्यु का समाचार सुनकर रावण बहुत प्रसन्न हुआ। उसने तुरंत आदेश दिया कि सीता को विमान में बैठाकर वह दृश्य दिखाया जाए ताकि उसे स्वयं विश्वास हो जाए। "सीता को कहो कि वह अपने पति को भूल जाए और मेरे पास आ जाए क्योंकि अब उसके पास मेरा प्रेम स्वीकार करने तथा मेरी पत्नी बनने के अतिरिक्त कोई विकल्प शेष नहीं है!"

सीता को राक्षसियों की बात पर विश्वास नहीं हुआ इसलिए उन्हें बलपूर्वक विमान में बैठाकर रणभूमि में ले जाया गया। वे रण में हुए विनाश और इतनी बड़ी संख्या में मारे गए वानरों को देखकर रोने लगीं। उन मृत वानरों और शवों के उस सागर के बीच, उन्होंने अपने प्रिय पति को और उनके भाई को निष्क्रिय एवं रक्तरंजित अवस्था में लेटे देखा। सीता को कुछ भी स्पष्ट नहीं दीख रहा था क्योंकि उनकी आँखों से आँसुओं की धार लगी हुई थी।

सीता ने रोना और अपने भाग्य को कोसना आरंभ कर दिया।

"ऐसा कैसे हो सकता है कि मेरे राम, जिन्होंने जनस्थान पर अकेले ही सब राक्षसों को मार डाला था, रावण के उस दुष्ट पुत्र के बाणों का सामना नहीं कर सके? हमारे

गुरु वसिष्ठ ने यह भविष्यवाणी की थी कि राम अनेक अश्वमेध यज्ञ करेंगे और राजा के रूप में बहुत ख्याति अर्जित करेंगे। मैं कभी विधवा नहीं बनूँगी और मेरे पुत्र वीर होंगे। ये सारी बातें ग़लत कैसे सिद्ध हो सकती हैं? मेरे पैरों पर बने कमल-चिह्न किस काम के हैं, जो यह दर्शाते हैं कि मुझे रानी बनना है? मेरे शरीर पर उच्च श्रेणी की स्त्री के सभी बारह लक्षण विद्यमान हैं। मेरा शरीर सुडौल है, मेरे दाँत एक समान हैं, मेरी नाभि मेरे पेट के भीतर है। मेरा वक्ष उन्नत है, मेरी त्वचा व केश मुलायम हैं। मेरा वर्ण मोती जैसा है और मेरी एड़ियाँ चलते समय धरती को स्पर्श करती हैं। इन सबके के बावजूद मुझ पर यह संकट आ गया है!"

एक राक्षसी ने, जो अन्य से अधिक दयावान थी और जिसने सीता के साथ मैत्री कर ली थी, सीता को दिलासा देते हुए बोली, "देवी, तुम रोओ मत! तुम्हारे स्वामी की मृत्यु नहीं हुई है, बल्कि इन दोनों में से किसी की मृत्यु नहीं हुई है। देखो, वे वानर किस तरह उनके शरीर की देखभाल कर रहे हैं। वे उन दोनों के ठीक होने की प्रतीक्षा कर रहे हैं। उनके चेहरे पर अब भी चमक है जो मरने के बाद नहीं होती है। इस अवसर का लाभ उठाओ और अपने स्वामी को देख लो, जिनसे तुम इतने समय से दूर हो। दुख मत करो और साहस रखो!"

यह सुनकर सीता रोमांचित हो गईं। उन्होंने ध्यान से दोनों को देखा तो यह मान लिया कि वह राक्षसी ठीक ही कह रही थी। सीता ने हाथ जोड़कर राम को प्रणाम किया और लौट आईं।

"अब केवल पक्षीराज गरुड़ ही इन रस्सियों को काटकर दोनों भाइयों को मुक्त कर सकते हैं," जांबवंत ने कहा।

हनुमान शांतिपूर्वक खड़े रहे क्योंकि उन्हें विश्वास था कि राम और लक्ष्मण जीवित हैं। वे पूर्व दिशा की ओर मुख करके गरुड़ मंत्र का जाप करने लगे। गरुड़, भगवान विष्णु के वाहन हैं और सर्पों के शत्रु हैं। हनुमान ने जाप समाप्त ही किया था कि अचानक आकाश में तूफ़ानी गति से हवा चलने लगी जिसके प्रभाव से समुद्र में ऊँची-ऊँची लहरें उठने लगीं। वृक्ष, सूखी टहनियों की तरह उखड़कर समुद्र में गिरने लगे और पशु-पक्षी इधर-उधर भागने लगे। तभी उन्होंने पक्षीराज गरुड़ को देखा जो तूफ़ान से लदे आकाश के बीच से दहकती हुई ज्वाला के समान तेज़ी से आ रहे थे। वह तूफ़ान उन्हीं के विशाल पंखों से उत्पन्न हुआ था। उन्हें देखते ही, सारे सर्प जिन्होंने राम और लक्ष्मण को बाँध रखा था, भयभीत होकर भागने लगे। दोनों भाई हड़बड़ाकर उठ बैठे मानो गहरी नींद से जागे हों। गरुड़ उनके निकट आए और अपने पंखों से दोनों के चेहरों को स्नेहपूर्वक सहलाया, जिससे उनके घाव तुरंत भर गए और चेहरों की आभा लौट आई। उनकी कांति और विभूति पहले से दोहरी हो गई।

गरुड़ ने उन्हें बड़े प्रेम से गले लगाया तो राम बोले, "जब आपने मुझे अपने पंखों से छुआ तो मुझे ऐसा लगा मानो मेरे पिता मुझे दुलार कर रहे हों। आपकी कृपा से हम इस घातक नागपाश से बच गए हैं। कृपया बताएँ कि आप कौन हैं?"

गरुड़ ने कहा, "मैं विनता का पुत्र गरुड़ हूँ और मैं भगवान विष्णु का वाहन हूँ। मैं सदा आपके साथ हूँ और आपके जाने बिना भी आपके निकट रहता हूँ। ये सर्प इंद्रजित के मायावी मंत्रों से बाणों में परिवर्तित हो गए थे। केवल मैं ही आपको इस पाश से मुक्त कर सकता था। मैं उनका पुराना शत्रु हूँ और इसीलिए मुझे देखते ही वे सब भाग गए। हे राम, आप चिंता मत कीजिए! यह निश्चित है कि आप और आपके भाई, शत्रुओं का नाश कर देंगे तथा आपका भविष्य अत्यंत उज्ज्वल है। आपकी धर्मपरायणता ही आपकी शक्ति है तथा आपके शत्रु कितनी भी धूर्तता करें, किंतु आपकी विजय निश्चित है। कृपया मुझे जाने की अनुमति दीजिए। आपको जब भी मेरी आवश्यकता हो, मुझे याद करें, मैं तत्काल उपस्थित हो जाऊँगा।"

राम व लक्ष्मण के चमत्कारी स्वास्थ्य लाभ को देखकर वानर प्रसन्नता से चीख़ने-चिल्लाने लगे। वे ख़ुशी से पूँछ पटकने, नगाड़े पीटने तथा मिट्टी के ढोलक बजाने लगे और नाचने-कूदने लगे। रावण उनकी आवाज़ें सुनकर दुविधा में पड़ गया। "ये सब राम की मृत्यु पर इतने प्रसन्न कैसे हो रहे हैं?" उसने सोचा। उसने अपने गुप्तचरों को भेजकर सचाई जानने को कहा और उसे दोनों भाइयों के चमत्कारी ढंग से जीवित बचने का समाचार सुनकर बहुत आश्चर्य हुआ।

रावण ने अपने सर्वश्रेष्ठ सेनापति व प्रचंड नेत्रों वाले धूम्राक्ष को एक बड़ी सैन्य टुकड़ी को साथ लेकर शत्रु की सेना को समाप्त करने भेजा। उसकी आवाज़ रेंकते हुए गधे के समान थी और वह गधों से जुते रथ पर सवार था जिसकी लगाम सोने की और उनके सिर भेड़िए और सिंह से मिलते थे। वह कुछ राक्षसों के साथ, जो कवच पहने हुए ऊपर तक अस्त्र-शस्त्रों से सुसज्जित थे, पश्चिमी द्वार से बाहर निकला जहाँ हनुमान पहरा दे रहे थे। वानर दल युद्ध के लिए आतुर था और वे राक्षसों की सेना के आते उन पर टूट पड़े। धूम्राक्ष ने, जो सबसे आगे था, अपने बाणों की वर्षा से वानरों को तितर-बितर कर दिया। क्रोध में आकर हनुमान ने एक बड़ी शिला उठाकर धूम्राक्ष के रथ पर दे मारी। रथ और उसमें जुते गधे, शिला के नीचे कुचले गए किंतु धूम्राक्ष अंतिम क्षण में बच निकला। हनुमान राक्षसों पर शिलाएँ और वृक्ष फेंकने लगे। उन्होंने सेनापति पर धावा बोल दिया। धूम्राक्ष ने पैने काँटों वाली विशाल गदा उठाई और हनुमान के सिर पर वार किया। हनुमान उस वार से बच गए। उन्होंने अपने प्रतिद्वंद्वी पर बहुत बड़ी चट्टान फेंकी। उससे राक्षस का अंत हो गया। उसके मूर्छित होकर नीचे गिरते ही शेष राक्षस, यह समाचार देने रावण को यह समाचार देने।

इसके बाद, रावण ने अपने अगले योद्धा और हीरे के समान दाँतों वाले वज्रदंत को रणभूमि में भेजा। उसके हीरे जैसे दाँत बहुत लंबे और पैने थे तथा उसके निचले होंठ पर लटके हुए थे। अनेक हाथियों, घोड़ों, गधों व ऊँटों पर सवार सैनिक उसके साथ थे। उसने अत्यंत सुंदर बाजूबंद पहने थे और उसके मुकुट पर कवच की पर्त थी। उसकी सेना दक्षिणी द्वार से बाहर निकली जहाँ राजकुमार अंगद तैनात खड़ा था। वह तुरंत उस राक्षस का सामना करने के लिए आगे बढ़ गया। वहाँ वज्रदंत और वानरों की सेना के बीच घमासान युद्ध हुआ। उसने अंगद पर हज़ार बाणों की वर्षा कर दी और अंगद ने भी उसके

ऊपर वृक्ष फेंका। फिर उसने वज्रदंत का रथ तोड़ दिया और उसे नीचे उतरकर समान स्तर पर आकर लड़ने को विवश कर दिया। राक्षस के पास विशाल तलवार और ढाल थी जबकि अंगद के हाथ में केवल एक वृक्ष था। दोनों एक-दूसरे के आस-पास घूमते रहे और वार करने के लिए अवसर की प्रतीक्षा करते रहे। जैसे ही राक्षस नीचे गिरा, अंगद ने उछलकर उसकी तलवार छीन ली और उसका सिर धड़ से अलग कर दिया। राक्षसों की घबराई हुई सेना वापस दुर्ग की ओर दौड़ी और सारा समाचार रावण को सुनाया।

रावण का अगला सेनापति अकंपन था। वह अपने रत्न-जड़ित विशाल स्वर्ण रथ पर सवार होकर अपनी सेना को लेकर रणभूमि में पहुँच गया। उसने वानर सेना को बहुत क्षति पहुँचाई और उनके सारे प्रमुख सेनापति घबराकर भाग गए। यह देखकर हनुमान युद्ध में कूद गए। हनुमान का बलशाली रूप और निर्भय व्यवहार देखकर वानर प्रसन्न हो गए और भागकर उनके पीछे आ खड़े हुए। अकंपन ने हनुमान का स्वागत बाण वर्षा से किया। हनुमान ने बिना घबराए, एक शिला तोड़ी और अकंपन पर दे मारी किंतु राक्षस ने उसे अपने बाणों से चूर-चूर कर दिया। इससे हनुमान को क्रोध आ गया और वे एक विशाल वृक्ष उखाड़कर अकंपन की ओर दौड़े। अकंपन भी उनके ऊपर लगातार बाण चलाता रहा। हनुमान ने वह वृक्ष उठाकर ज़ोर से अकंपन के सिर पर पटक दिया जिससे उसकी तत्काल मृत्यु हो गई। शेष राक्षस सेना पूरी तरह अस्त-व्यस्त हो गई। हनुमान की अति विशाल काया देखकर राक्षस अपने खुले बाल लिए, भय से चीख़ते हुए वहाँ से भाग निकले। प्रसन्नता से भरे वानरों ने हाथों में टहनियाँ और पत्थर लेकर उनका पीछा किया।

रावण को धीरे-धीरे यह महसूस हो रहा था कि उसका सामना किसी साधारण शत्रु से नहीं है। एक के बाद एक, उसके वीर सेनापति मारे जा रहे थे। अब उसने अपने प्रधान सेनापति को बुलाया जिसने उसे राम से युद्ध करने की सलाह दी थी और उसे शत्रु को परास्त करने का आदेश दिया। वह रत्नों से सजे अपने अति विशालकाय रथ पर बैठकर हज़ारों कवचधारी सैनिकों के साथ ढोल और तुरही की भयंकर आवाज़ें करता हुआ दुर्ग से बाहर निकल आया। वे सब अपनी तलवारें, भाले, दुधारी तलवारें, बरछे, मुद्‌गर, गदा, फौलादी सलाखें, कुल्हाड़े और धनुष-बाण लेकर वानरों पर टूट पड़े, जबकि बेचारे वानरों के पास वृक्षों और शिलाओं के अतिरिक्त कुछ नहीं था।

उनका सामना सुग्रीव के सेना के प्रधान सेनापति नील से हुआ। दोनों की ज़बरदस्त भिड़ंत हुई। नील ने आँखें बंद करके उसकी बाणों की वर्षा सहन कर ली और फिर उसने एक विशाल वृक्ष फेंककर राक्षस के रथ और धनुष को तोड़ डाला। राक्षस अपना मुद्‌गर लेकर नील की ओर दौड़ा और उसके सिर पर ज़ोर से प्रहार किया। उस प्रहार से नील लहुलुहान हो गया, लेकिन फिर भी उसने एक बड़ी शिला उठाकर राक्षस के सिर पर मारी जिससे उसका सिर चूर-चूर हो गया। अपने प्रधान सेनापति की मृत्यु से राक्षसी सेना हताश हो गई और वापस लंका की ओर भाग गई।

रावण ने अब स्वयं रणभूमि में उतरने का निर्णय किया। उसकी पत्नी मंदोदरी ने उसे अपने निर्णय पर पुनर्विचार करने का और राम के साथ संधि करने का आग्रह किया जिसे सुनकर रावण को क्रोध आ गया।

"रावण ने कभी किसी के सामने, सिर नहीं झुकाया और वह अब भी ऐसा नहीं करेगा। घबराओ मत मंदोदरी! मैं आज संध्याकाल तक उन कोसल बंधुओं को मारकर अपने सेनापतियों की हत्या का प्रतिशोध लूँगा।"

रावण, पर्वत जैसे दिखने वाले अजेय योद्धाओं की विशाल सेना लेकर रणभूमि में जा पहुँचा। उसकी सेना को आगे बढ़ता देखकर, राम ने सुग्रीव से उनके सेनापतियों के विषय में पूछा। विभीषण ने रावण के विभिन्न सेनापतियों के बारे में बताया, "वह श्वेत छत्र वाले रथ में निशाचरों का राजा, रावण है। उसके साथ बाघ, ऊँट, हाथी और घोड़ों के सिर और घूमती आँखों वाले अनेक रूपों में भूत और पिशाच भी हैं। उसने मुकुट धारण किया हुआ है और उसके कानों में विशाल बालियाँ झूल रही हैं। वह इंद्र को परास्त करके उसके दर्प को ध्वस्त कर चुका है।"

राम बहुत देर तक रावण की ओर देखते रहे और बोले, "वह सचमुच शानदार दिखता है। क्या चमक है! बिलकुल दोपहर के सूर्य की भाँति! उसके भीतर एक वीर नायक के सभी लक्षण विद्यमान हैं। परंतु मुझे उस पर दया आ रही है क्योंकि वह मृत्यु के निकट बढ़ रहा है!"

रावण अपनी ओर आते वानरों पर बाणों की वर्षा कर रहा था। उसे देखकर सुग्रीव स्वयं को रोक न पाया और उसने एक शिला तोड़कर रावण के ऊपर फेंकी, किंतु रावण ने उसे अपने बाणों से छिन्न-भिन्न कर दिया। फिर रावण ने सुग्रीव के ऊपर अपना भाला फेंका जिसके प्रहार से सुग्रीव धरती पर गिर पड़ा। यह देखकर वानर सहायता के लिए राम के पास दौड़े तो राम ने अपना धनुष बाण उठाकर रावण का स्वयं सामना करने का निर्णय किया। लक्ष्मण ने उन्हें रोका और राम से आग्रह किया कि वे युद्ध में उन्हें जाने दें। राम ने लक्ष्मण की बात मान ली क्योंकि उन्हें लगा कि रावण के साथ निकट से युद्ध करने का समय अभी नहीं आया था।

इस बीच, हनुमान रावण के रथ की ओर दौड़े और बोले, "तुम्हें बहुत-से वरदान प्राप्त हैं किंतु ऐसा एक भी नहीं है जो वानरों से तुम्हारी रक्षा कर सके। अब मैं तुम्हें अपने दाहिने हाथ से सबक़ सिखाता हूँ।"

रावण ने उत्तर दिया, "एक बार प्रयास करके देखो। तुम रावण पर वार करने के लिए स्थायी रूप से प्रसिद्ध हो जाओगे और फिर मैं तुम्हारा अंत करूँगा।"

हनुमान ने अपनी मुट्ठी उठाई और रावण की छाती पर वार किया। रावण उस वार से चकरा गया और फिर उसने भी हनुमान पर उसी तरह का प्रहार किया।

रावण ने कहा, "बहुत बढ़िया बंदर! तुम एक प्रशंसनीय प्रतिद्वंद्वी हो।"

हनुमान ने उत्तर दिया, "मेरी वीरता को धिक्कार है कि तुम अभी तक जीवित हो। तुम एक बार फिर मुझ पर वार क्यों नहीं करते, ताकि मैं तुम्हें यमलोक पहुँचा दूँ!"

रावण की आँखें ज्वाला उगलने लगीं। उसने अपनी दाहिनी मुट्ठी से पूरी शक्ति के साथ हनुमान की छाती पर प्रहार किया। हनुमान को पीड़ा से कराहता देख, राक्षसराज वहाँ और अधिक नहीं रुका तथा वह राम के प्रधान सेनापति नील के सामने पहुँच गया।

उसने नील पर अनेक बाण चलाए। नील, अग्निदेव का पुत्र था। उसने अत्यंत फुर्ती के साथ अपना आकार छोटा कर लिया और रावण के रथ के ऊपर जा चढ़ा और फिर रावण के मुकुट पर कूद गया। वह इसी तरह इधर-उधर कूदता हुआ रावण के बाणों से बचता रहा। राम और लक्ष्मण, उसके करतब देखकर बहुत हैरान हुए। अंत में रावण ने नील पर आग्नेयास्त्र चला दिया जिसके प्रहार से वह नीचे गिर गया। परंतु अग्निपुत्र होने के कारण आग्नेयास्त्र के प्रहार से नील की मृत्यु नहीं हुई। नील को मृत हुआ मानकर रावण, लक्ष्मण की ओर चल पड़ा। उन दोनों के बीच भी घमासान युद्ध हुआ। अंत में रावण ने एक शक्तिशाली मंत्र से अभिमंत्रित एक भाला लक्ष्मण पर फेंका। वह लक्ष्मण की छाती में लगा जिससे वे मूर्छित होकर गिर गए।

क्रोध में आकर हनुमान ने रावण की छाती पर पूरी शक्ति से मुक्का मारा जिससे रावण अपने रथ से नीचे गिरकर अचेत हो गया। हनुमान ने लक्ष्मण को उठाया और उन्हें राम के पास ले आए। शीघ्र ही दोनों की मूर्छा दूर हो गई। राम ने अब रावण से स्वयं युद्ध करने का निर्णय किया। गरुड़ जिस तरह विष्णु के ऊपर सवार होते हैं, उसी प्रकार हनुमान ने राम को अपने कंधे पर बैठा लिया।

विशालकाय हनुमान की पीठ पर सवार होकर राम ने रावण पर आक्रमण कर दिया और कहा, "तुम कहीं भी चले जाओ, किंतु अब तुम मेरे हाथ से जीवित नहीं बचोगे।"

रावण ने इसके उत्तर में स्वर्णिम नोंक वाले बाणों की वर्षा कर दी, जिसने राम और हनुमान को ढँक लिया। हनुमान की यह स्थिति देखकर, राम को बहुत क्रोध आया और उन्होंने एक अत्यंत शक्तिशाली बाण रावण की छाती पर मारा जिससे वह चकरा गया और उसका धनुष उसकी दुर्बल पकड़ से छूट गया। राम ने अगले बाण से रावण का मुकुट काट दिया और उसे रथ से नीचे गिरा दिया। रावण को स्तब्ध और निरस्त्र अवस्था में देखकर राम को उस पर दया आ गई और उन्होंने रावण को लंका जाकर कुछ देर आराम करके नए रथ पर सवार होकर आने के लिए कहा।

रावण अपने खंडित दर्प, टूटे धनुष, ध्वस्त मुकुट, युद्ध में मारे गए घोड़ों और सारथी तथा राम के बाणों से छलनी शरीर को लेकर लंका लौट आया।

*आपन तेज़ सम्हारो आपै।*
*तीनों लोक हाँक तें काँपै।।*

—तुलसीदास कृत *हनुमान चालीसा*

ॐ *श्री हनुमते नमः*

ॐ

*दैत्यकुलांतकाय नमः*

# अध्याय 21

# दैत्यकुलांतक

## कुंभकर्ण

*जीवन के समस्त संकट दूर हो रहे हैं,*
*सभी बाधाएँ समाप्त हो रही हैं,*
*निष्ठावानों के सुखदाता, हमारी रक्षा कीजिए!*

—तुलसीदास कृत *रामचरितमानस*

रावण के साथ जो कुछ अभी हुआ था, वह उससे पूरी तरह हताश हो चुका था। वह राम द्वारा छोड़ दिए जाने की उदारता की प्रशंसा न करके, अपमान और प्रतिशोध के भाव से भरा हुआ था। वह अपने स्वर्णिम सिंहासन पर बैठकर विचार करने लगा और अपने जीवन की उन सब पीड़ाजनक घटनाओं को याद करने लगा जब उसने अनेक लोगों को अपमानित किया था और उन लोगों ने उसे शाप दिए थे। उसे ब्रह्मा के वचन याद आए जब उन्होंने उसे मनुष्यों से सावधान रहने की चेतावनी दी थी क्योंकि उसने वरदान में मनुष्यों से सुरक्षा की माँग नहीं की थी! उसे पुंचिकस्थला और शिव के वाहन नंदी तथा कई अन्य के दिए शाप भी याद आए। उसके मंत्रीगण, आस-पास आकर खड़े हो गए और उसके आदेश की प्रतीक्षा करने लगे। अंत में वह उन निराशाजनक विचारों को त्यागकर उठ गया और बोला कि अब कुंभकर्ण को नींद से जगाने के अतिरिक्त कोई विकल्प नहीं है। उसे नौ दिन पहले परिषद् की बैठक के लिए बुलाया गया था जिसके बाद वह दोबारा जाकर सो गया था।

कुंभकर्ण को नियत अवधि से पूर्व उठाने में राक्षसों को डर लग रहा था। परंतु राजा के आदेश का पालन होना आवश्यक था। ज्यों ही वे कुंभकर्ण के भूमिगत आवास के निकट पहुँचे, उसके नथुनों से निकलती श्वास ने उन्हें वापस पीछे उड़ा दिया! उसका मुख जँभाई लेती गुफा की भाँति था और उसके खर्राटों से शहतीर भी काँपते थे। उसकी श्वास में से नौ दिन पूर्व गहरी नींद में सोने से पहले पेटभर कर पी गई मदिरा एवं रक्त की गंध आ रही थी। उसे जगाने के लिए राक्षस अपने साथ गाड़ियाँ भर-भरकर भैंस व शूकर का माँस तथा बाल्टियाँ भरके रक्त व मज्जा और पीपे भर के मदिरा लाए थे। उन्होंने कुंभकर्ण के भौंडे तन पर चंदन का लेप किया तथा इत्र एवं मालाएँ डालीं। उन्होंने उसे जगाने के लिए भीषण शोर

किया जबकि कुछ ने शंख, बिगुल और तुरही बजाकर आवाज़ें निकालीं। कुछ ने उसे डंडों और सलाखों से उठाने का प्रयास किया किंतु अपने शरीर के साथ किए जा रहे अत्याचार से अनभिज्ञ, कुंभकर्ण मज़े से सोता रहा! उसके बाद उन्होंने उसके कान पर काटा, उसके बाल खींचे और उसके पेट पर ऊपर-नीचे कूदने लगे। अंत में, वह दैत्य थोड़ा-सा हिला और उसने एक ज़ोरदार जँभाई ली। जो लोग उस समय कुंभकर्ण की दाढ़ी नोंच रहे थे, वे उसके गुफा जैसे मुख में गिर गए और उसके मुख बंद करने से पूर्व, उन्हें जल्दी से बाहर निकालना पड़ा। सिर्फ़ नौ दिन की नींद लेने के बाद उसे जल्दी जगाने पर वह बुरी तरह क्रोधित हो गया और ज़ोर से चिल्लाया। इससे पहले कि वह, उन लोगों को पकड़कर खाने लगता, वे सब डर के वहाँ से भाग निकले। परंतु जब उसने अपने सामने भोजन के पर्वत-से ढेर रखे देखे तो वह थोड़ा शांत हो गया और झटपट खाने लगा। राक्षसों ने धीरे-से उसके पास आकर उसे सूचित किया कि उसका भाई, रावण तत्काल उससे मिलना चाहता है। कुंभकर्ण वहाँ रखे घड़ों को चाट गया और भोजन से भरी गाड़ियों को खींचकर लाने वाले भैंसों को भी खा गया। इसके बाद, वह राजा से मिलने जाने के लिए वस्त्र पहनने लगा। उसके हर क़दम से धरती काँपती थी। उसका विशालकाय तन पूरे मार्ग की चौड़ाई घेर रहा था।

उसे देखकर रावण बहुत प्रसन्न हुआ और उसने कुंभकर्ण को, जिस बीच वह गहरी नींद में सो रहा था, लंका में हुए घटनाक्रम के विषय में सूचित किया। रावण द्वारा वानर सेना के विवरण को सुनकर कुंभकर्ण बहुत हँसा और बोला, "मेरे प्रिय भाई! मैंने सिर्फ़ दस दिन पूर्व तुम्हें स्त्री के प्रति आकर्षण के दुष्परिणामों के बारे में चेताया था, किंतु तुमने मेरी बात नहीं मानी। जो राजा धर्म के नियमों का पालन करता है और विवेकशील लोगों के परामर्श पर ध्यान देता है, उसे सदा अपने सत्कर्मों के सुपरिणाम मिलते हैं, किंतु जो उस परामर्श की उपेक्षा करता है तथा अपनी दूषित बुद्धि के अनुसार कार्य करता है, उसे अपने कर्मों के परिणाम भुगतने पड़ते हैं। मैंने और विभीषण ने तुम्हें यह बात समझाई थी किंतु तुमने उसे नहीं माना। अब भी देर नहीं हुई है। इस मूर्खतापूर्ण युद्ध को रोक दो और राम से मैत्री कर लो। मैंने सुना कि तुम्हारे श्रेष्ठ सेनापति मारे जा चुके हैं और तुम सार्वजनिक तौर पर अपमानित हो चुके हो। क्या तुम अपना सिर धड़ से अलग हो जाने तक नहीं रुकोगे?"

क्रोध से रावण के होंठ थर्राने लगे और उसकी आँखें जलते हुए कोयले के समान दहकने लगीं। वह कुंभकर्ण पर चिल्लाया, "बड़े भाई को पिता की तरह सम्मान देना चाहिए। तुमने मुझे परामर्श देने का दुस्साहस कैसे किया? जो हो गया, वह हो गया। मैंने जो कुछ किया है, मुझे उस पर कोई पछतावा नहीं है। यदि तुम मुझसे प्रेम या मेरा सम्मान करते हो तो मुझे बताओ कि अब क्या करना चाहिए? मेरे द्वारा पूर्व में हुई असावधानियों की चर्चा करने की अपेक्षा उनके परिणाम को सुधारने का प्रयास करो!"

कुंभकर्ण समझ गया कि उसके शब्द, साँड़ के सामने लाल रंग के वस्त्र जैसा प्रभाव दिखा रहे थे, इसलिए उसने रावण को शांत करने के लिए मधुर वचनों का प्रयोग किया।

"चिंता मत करो, भाई! मैं सिर्फ़ उनके बीच चलकर ही उन्हें मसल दूँगा। मैं उन नन्हें राजकुमारों के टुकड़े कर दूँगा। मुझे एक बार उनसे मिलने दो। मैं उन्हें अपने हाथों

से ही चीर दूँगा। मुझे अस्त्र-शस्त्र की आवश्यकता नहीं है। चिंता छोड़ो और अपने कक्ष में जाकर अपनी पत्नियों के साथ आनंद मनाओ। एक बार राम मारा गया, तो फिर सीता तुम्हारी हो जाएगी।"

यह सुनकर रावण प्रसन्न हो गया और उसने कुंभकर्ण को बहुत-से अनमोल हार पहनाए तथा आशीर्वाद देकर विदा कर दिया।

उस रात, राम ने दीवारों के पीछे चलती कुंभकर्ण की स्याह और भयावह छाया को देखा। वह चलती-फिरती मृत्यु के समान लग रही थी। कुंभकर्ण की आँखें बैलगाड़ी के पहियों की तरह और उसके दाँत हस्तिदंत के समान दीख रहे थे। उसने कांस्य का कवच और सोने का मुकुट पहना हुआ था। उसका कमरबंद पुल बाँधने की जंजीर जितना मोटा था। वह युद्ध के लिए दो हज़ार पीपे मदिरा और कई हज़ार पीपे भैंस का गर्म रक्त पीकर आया था। उसमें विकट का उत्साह था और हाथ में ज्वाला उगलता फ़ौलादी भाला था। उसके आगे चलने वाले व्यक्ति के हाथ में काले रंग का ध्वज था जिस पर मृत्यु-चक्र बना हुआ था। कुंभकर्ण के पीछे राक्षस, उत्साहित और शोर मचाते चल रहे थे जिनके हाथों में त्रिशूल, भाले और बर्छियाँ थीं। लंका के द्वार से आने के बजाय, जब वह दीवार को लांघकर रणभूमि में उतरा। वह विशाल, काले बादल जैसा दीख रहा था। उसे देखते ही वानर डर के भाग खड़े हुए।

कुंभकर्ण को देखकर राम ने विभीषण से पूछा, "यह विशालकाय व्यक्ति कौन है, जो अभी आया है?"

विभीषण ने उत्तर दिया, "वह ऋषि विश्रवा का पुत्र और रावण का छोटा भाई, कुंभकर्ण है। उसकी भूख इतनी ज़बरदस्त है कि जब वह शिशु था, उस समय भी नाश्ते में हज़ारों प्रकार के जीव खाता था और उतने ही फिर से दोपहर और फिर रात्रि के भोजन में भी खाता था। उसे बीच-बीच में भी कुछ खाने को चाहिए होता था। अंत में समस्त प्राणियों ने ब्रह्मा से प्रार्थना की। परमपिता ब्रह्मा ने कुंभकर्ण को शाप दिया कि वह अपना शेष जीवन सोता रहेगा। परंतु फिर रावण ने अपने भाई की ओर से हस्तक्षेप किया तो ब्रह्मा ने अपने शाप में सुधार करते हुए कहा कि कुंभकर्ण छह माह तक सोएगा और फिर एक दिन के लिए उठेगा तथा अपनी भूख को शांत करके फिर से छह माह के लिए सो जाएगा! यदि उसे इस तरह का शाप न दिया जाता तो उसने बहुत पहले धरती के समस्त प्राणियों को खाकर समाप्त कर दिया होता। वह आसानी से एक ही बार में हमारी पूरी सेना खा सकता है!"

ब्रह्मा ने यह वचन दिया था कि वह छह माह के बाद जिस दिन भी उठेगा, उस दिन उसे देवता भी परास्त नहीं कर सकेंगे। परंतु यदि किसी अन्य दिन, उसे नींद से जगाया गया तो वह मारा जाएगा!

अपने भाई को अपने पक्ष में युद्ध लड़वाने की उत्सुकता में रावण इस चेतावनी को भूल गया और उसने अपने भाई को छह माह से पूर्व जगाकर बुला लिया था।

कुंभकर्ण ने दीवार लांघी और चलते हुए पर्वत के समान आगे बढ़ने लगा। उसकी आँखों की पुतलियाँ रथ के पहियों के समान घूम रही थीं। जब उसने विभीषण को राम की सेना की ओर से लड़ते देखा तो उसे बहुत गुस्सा आया और वह उसके ऊपर ज़ोर से चिल्लाया।

"रावण का दोष कुछ भी हो, किंतु फिर भी वह हमारा भाई है। शत्रु के पक्ष में युद्ध करने से, तुम अपने परिवार का विरोध किया है। मुझे, तुम्हारे विश्वासघात के कारण तुमसे घृणा हो रही है!"

ऐसा कहकर वह विभीषण की ओर दौड़ा। विभीषण तुरंत राम के पीछे छिप गया। कुंभकर्ण को आगे बढ़ता देख उसकी बादल जैसी विशाल आकृति से घबराकर वानर इधर-उधर भागने लगे।

अंगद ने भय से भागते वानरों को रोकने और उन्हें समझाने का प्रयास किया कि कुंभकर्ण सिर्फ़ युद्ध की मशीन है जिसे लड़ना सिखाया गया है और वे सब मिलकर उसे आसानी से पराजित कर सकते हैं। वे उसके ऊपर पत्थर, वृक्ष और शिलाएँ फेंकने लगे किंतु वे कुंभकर्ण से टकराकर ऐसे गिर रहे थे मानो पंख, चट्टान से टकरा रहे हों। वानरों ने उसके ऊपर कूदने और उसे काटने की भी चेष्टा की लेकिन उसने उन सबको मक्खियों की तरह भगा दिया। वास्तव में, उसने उनके ऊपर ध्यान ही नहीं दिया और अपने पैरों के नीचे उन्हें रौंदता चला गया। जो वानर डर कर भाग रहे थे, अंगद ने उन सबको रोकने की कोशिश की और उनसे लौटकर उस राक्षस का सामना करने को कहा लेकिन वे सब इतने भयभीत थे कि वे नहीं रुके। हनुमान ने ऊपर से कुंभकर्ण के सिर पर पर्वत शिखर, शिलाएँ और वृक्ष फेंके लेकिन उसने उन सबको आसानी से अपने अस्त्र से रोक लिया। अब हनुमान नीचे उतर आए और उन्होंने उसकी छाती पर ज़ोरदार प्रहार किया। उस वार से एक पल को कुंभकर्ण को झटका लगा किंतु उसने भी पलटकर अपने हथियार से हनुमान की छाती पर वार किया। वह प्रहार इतना तेज़ था कि हनुमान पीड़ा से चीख़ उठे जिससे राक्षस अत्यंत प्रसन्न हुए और वानरों को बहुत निराशा हुई।

हनुमान शीघ्र ही सँभल गए और एक जोरदार छलाँग लगाकर, कुंभकर्ण के कंधों पर चढ़ गए तथा उसका एक कान काट लिया। कुंभकर्ण दर्द से करहाने लगा।

सभी वानर योद्धाओं ने कुंभकर्ण को घेर लिया और वे उसे मारने लगे किंतु उस विशालकाय राक्षस ने उन सब पर प्रहार किया और उन्हें धरती पर गिरा दिया। वानर समूह क्रोधित हो गया और वे सब मिलकर कुंभकर्ण पर हर तरफ़ से टूट पड़े और उसे अपने दाँतों व नाख़ूनों से काटने-नोंचने लगे। वे सब टिड्डियों की भाँति उसके सूँड़ जैसे पैरों पर चढ़ गए और उसे नोंचने-खसोटने लगे। कुंभकर्ण ने उन्हें उठाया और मुँह में डाल लिया। कुछ उसके नथुनों के रास्ते वापस निकलकर बच निकले और कुछ कानों से बाहर आ गए। इसके बाद अंगद ने उसे चुनौती दी, किंतु उस राक्षस ने हाथ के एक ही वार से अंगद को मूर्छित कर नीचे पटक दिया।

इसके बाद, सुग्रीव आगे आया और उसने कुंभकर्ण को ललकारा। कुंभकर्ण ने क्रोध में भरकर उसपर अस्त्र से वार किया। यदि वह सुग्रीव के लग जाता तो उसकी निश्चित ही मृत्यु हो जाती, किंतु हनुमान ने उस अस्त्र को बीच में पकड़ लिया और, यद्यपि वह पर्वत जितना भारी था, उसके दो टुकड़े कर डाले। यह देखकर वानर बहुत ख़ुश हुए और आगे की ओर भागे। कुंभकर्ण ने एक भारी शिला का टुकड़ा तोड़कर सुग्रीव पर दे मारा जिससे वह मूर्छित होकर गिर पड़ा। कुंभकर्ण ने सुग्रीव को उठाया और उसे अपनी काँख

में दबाकर चल पड़ा। हनुमान सोचने लगे कि क्या उन्हें अपना आकार बढ़ाकर सुग्रीव को छुड़ाना चाहिए। परंतु फिर उन्हें लगा कि सुग्रीव होश में आकर स्वयं को बचाए तो अच्छा होगा अन्यथा वह कुंभकर्ण के हाथों पराजित होने पर निराश हो जाएगा। शीघ्र ही, सुग्रीव को होश आ गया और उसने ज़ोर से राक्षस के कानों को नोंचा और उसकी नाक पर काट लिया तथा नाख़ूनों से उसकी जाँघें खसोंट लीं। कुंभकर्ण ने चीख़ते हुए सुग्रीव को नीचे पटक दिया। इससे पहले कि वह राक्षस उसे फिर से पकड़ता, सुग्रीव पीड़ा से तड़पता हुआ राम के पास जा पहुँचा। इतनी देर में, कुंभकर्ण को भूख लगने लगी और उसने वानरों, राक्षसों और भालुओं को खाना आरंभ कर दिया। वानरों, भालुओं और राक्षसों को हाथों में भरकर वह उन्हें अपने विशाल मुख में ठूँसने लगा।

वानर सेना में घबराहट को देखकर लक्ष्मण ने कुंभकर्ण पर बाण चलाकर उसे रोकने का प्रयास किया किंतु उनके बाण उसके विशाल शरीर पर कवचरहित स्थानों पर मौजूद कड़े और घुँघराले बालों को भी नहीं भेद सके। कुंभकर्ण ने लक्ष्मण की उपेक्षा करते हुए कहा, "मैं तुम्हारे भाई को मारने के बाद तुमसे निपटूँगा।" ऐसा कहकर वह आगे चला गया। लक्ष्मण ने उसे आगे नहीं जाने दिया और उस पर बाणों की बौछार करते रहे। आख़िरकार, कुंभकर्ण के हाथ से उसकी गदा छूट गई, किंतु वह भीमकाय रोलर की भाँति मार्ग में पड़ने वाली प्रत्येक वस्तु को रौंदता चला गया। यद्यपि, उसके पास कोई अस्त्र नहीं था, उसने अपने हाथों और मुट्ठी के प्रहार से ही वानर सेना में भयंकर विध्वंस मचा दिया। अंत में, उसका सामना राम से हुआ, जिन्हें देखकर उसने इतनी भीषण गर्जना की कि सब वानर मूर्छित होकर गिर पड़े।

राम ने मुड़ी हुई नोंक वाला एक बाण चलाया जो कुंभकर्ण के कवच को भेदकर उसकी छाती में घुस गया। कुंभकर्ण के घाव से रक्त बहने लगा। उसे इतना क्रोध आया कि उसके मुख से ज्वाला निकलने लगी। यद्यपि वह घाव घातक सिद्ध होने वाला था, परंतु राम के प्रति घृणा ने उसे जीवित रखा और वह पीड़ा व क्रोध से चीख़ता हुआ राम की ओर बढ़ा।

लक्ष्मण ने राम से कहा, "यह जीव पूरी तरह निर्बुद्धि हो गया है। इसे यह भी पता नहीं लग रहा कि यह हमारे लोगों को मार रहा है या अपनी सेना का संहार कर रहा है। बेहतर होगा कि हमारे वानर इसके शरीर पर चढ़कर इसे परेशान करें ताकि यह धरती पर चलने वालों को न मार सके।"

इस आदेश को सुनकर वानर बहुत ख़ुश हुए और वे हर तरफ़ से कुंभकर्ण के ऊपर चढ़ गए और उसे अपनी हरकतों से परेशान कर दिया। इस बीच, विभीषण गदा लेकर अपने भाई के सामने आ गया। कुंभकर्ण ने उसे देखकर कहा, "इससे पूर्व कि मैं तुम्हें मार डालूँ, मेरे मार्ग से हट जाओ। मैं नींद और भूख के अभाव एवं अपने शरीर पर लगे हज़ारों घावों से इतना परेशान हूँ कि मैं मित्र और शत्रु में भेद नहीं कर पा रहा हूँ। परंतु, मुझे पता कि तुम मेरे छोटे भाई हो। केवल तुम ही हो, जिसने रावण के विरुद्ध खड़ा होकर सत्य और धर्मपरायणता का पक्ष लेने का साहस किया है। हमारे कुल का अंत करने के लिए सिर्फ़ तुम उत्तरदायी हो। तुम राम की कृपा के कारण हम लोगों में श्रेष्ठ कहे जाओगे और हमारी परंपरा को थामे रखोगे।"

यह सुनकर विभीषण की आँखों में आँसू भर आए और वह रणभूमि के एक कोने में चला गया।

कुंभकर्ण ने एक विशाल शिला उठाई और राम पर फेंकी। राम ने उसे पाँच बाण मारकर चूर कर दिया और कहा, "वीर राक्षस! मैं राजा दशरथ का पुत्र राम हूँ। मुझे ठीक से देख लो क्योंकि शीघ्र ही तुम्हारी आँखें कुछ नहीं देख पाएँगी!"

कुंभकर्ण हँसा और बोला, "मैं कोई तुच्छ राक्षस नहीं हूँ जिसे तुम सरलता से मार दोगे। मैं देवताओं का विनाशक, कुंभकर्ण हूँ।" यह कहकर उसने अपनी गदा उठाई और हज़ारों वानरों को मार गिराया। राम ने वायुदेव का आह्वान किया और एक चौड़े फाल का बाण चलाकर कुंभकर्ण का वह हाथ काट डाला जिसमें उसने गदा पकड़ी हुई थी। गदा समेत हाथ कटकर गिरने से बहुत-से वानर उसके नीचे दबकर मर गए। वह दैत्य फिर भी नहीं घबराया और उसने अपने दूसरे हाथ से एक वृक्ष उखाड़ा और राम की ओर फेंका। राम ने एक और बाण चलाकर कुंभकर्ण का दूसरा हाथ भी काट दिया। उस हाथ के गिरने से दोबारा बहुत-से राक्षस और वानर नीचे दब गए। उसके बाद भी वह राक्षस आगे बढ़ता गया और चिल्लाया, "मुझे कोई नहीं मार सकता। मुझे कोई नहीं रोक सकता!" उसने अपने विशाल पैरों से सैकड़ों वानरों को लात मारी, उन्हें रौंदा और मसल डाला। इसके बाद, राम ने दो अर्द्धचंद्र बाण चलाकर कुंभकर्ण के दोनों पैर भी काट दिए।

कुंभकर्ण फिर भी नहीं रुका और अपने कटे पैरों के ठूँठ के सहारे रगड़ता हुआ आगे चलता रहा। उसका विशाल मुख आग उगल रहा था। राम ने उसके खुले मुख में स्वर्णिम बाण भर दिए, जिससे वह न तो बोल सकता था और न ही उसे बंद कर सकता था। अंत में, राम ने एक अत्यंत तीखा बाण चलाकर कुंभकर्ण का भीमकाय सिर काट दिया। मुकुट व सुंदर कर्णकुंडल से सजा उसका विशाल सिर, भीषण आवाज़ के साथ धरती पर गिरा। उसकी धमक से सेतु पर बनी अनेक इमारतें तथा सुरक्षा दीवार के बहुत-से अंश टूटकर गिर गए।

वहाँ से दूर, लंका में रावण ने यह भीषण आवाज़ सुनी तो वह भयभीत हो गया। वह कल्पना भी नहीं कर सकता था कि उसका विशालकाय भाई मारा जा सकता है। कुंभकर्ण का विशाल सिर पर्वत से नीचे लुढ़कता हुआ रक्तरंजित समुद्र में जा गिरा। उसके गिरने से सागर में विकट लहरें उठीं और बहुत-से विशाल मत्स्य मारे गए। सूर्योदय होने को था और पूर्व की ओर मुख करके खड़े राम की छाया बन रही थी। वानरों व राक्षसों के शव तथा उनके कटे सिरों व हाथ-पैरों से पटी रणभूमि में, संसार के लिए आतंक तथा रावण की अंतिम आशा कुंभकर्ण, रक्त व मज्जा के सरोवर में मृत पड़ा था!

*साधु संत के तुम रखवारे।*
*असुर निकंदन राम दुलारे।।*

—तुलसीदास कृत *हनुमान चालीसा*

ॐ *श्री हनुमते नमः*

ॐ

*लक्ष्मणप्राणदाताय नमः*

अध्याय 22

# लक्ष्मण प्राणदाता

## लक्ष्मण के रक्षक

*श्रीराम के चरण कमलों को हृदय में रखकर,*
*पवनपुत्र हनुमान आत्म-विश्वास के साथ चल पड़े।*

—तुलसीदास कृत *रामचरितमानस*

राक्षस भागकर लंका लौटे और रावण को यह सामाचार सुनाया।

"हे राजन!" वे बोले, "विनाश के संदर्भ में, मृत्यु के देवता यम को चुनौती देने वाले आपके भाई का सिर और उसके हाथ-पैर कट गए हैं। उसका सिर समुद्र में आधा डूबा पड़ा है और उसके धड़ से लंका का मुख्य द्वार बंद हो गया है!"

अपने प्रिय भाई की मृत्यु का समाचार सुनकर रावण मूर्छित हो गया। जब उसे होश आया तो वह भागकर प्राचीर के पास गया और उसने वहाँ से देखा कि उसके भाई के अंगों ने द्वार को अवरुद्ध किया हुआ था। उसने अपना सिर पकड़ लिया और उस क्षति पर शोक करने लगा। उसे विश्वास नहीं हुआ कि एक साधारण मनुष्य ने उसके विशालकाय भाई को मार डाला था।

"यह सारी मेरी भूल है। मैंने विभीषण को निकाल दिया। वह मेरी अंतरात्मा था और मेरा प्रिय भाई कुंभकर्ण भी, जो मुझसे इतना प्रेम करता था, मारा गया।"

रावण सिर झुकाकर रोने लगा। उसे इस प्रकार रोता देख, उसके चारों छोटे पुत्र आए और उसे समझाने लगे।

"पिताजी! आप इस प्रकार दुखी क्यों हो रहे हैं? परमपिता ब्रह्मा ने स्वयं आपको अभेद्य कवच, धनुष-बाण और सहस्त्र गधों के मुख वाले पिशाचों से जुता रथ दिया हुआ है। आपको भयभीत होने की क्या आवश्यकता है? आज हम युद्धभूमि में जाएँगे और आपके शत्रु का संहार कर देंगे।"

उसके सभी पुत्र हवा में उड़ सकते थे और मायावी थे। वे रणभूमि में पहुँच गए और उनमें शक्ति प्रदर्शन करने की होड़ लग गई। ज्वाला उगलते बरछे व छुरे लेकर वे वानरों के

बीच घुस गए और विध्वंस मचाने लगे। यद्यपि, वे सब वीर थे, उन्हें एक-एक करके अंगद और हनुमान ने मार डाला। अंगद ने नरांतक को तथा हनुमान ने देवांतक व त्रिशिरा को मारा तथा लक्ष्मण ने अतिकाय के साथ भीषण युद्ध करके उसे मार डाला।

जो वीर सुबह अत्यंत उत्साह के साथ आए थे, वे सभी कटे हुए वृक्षों की भाँति रणभूमि में मृत पड़े थे। रावण इस समाचार को सहन नहीं कर सका। वह सोचने लगा कि उसने जो कुछ राम के विषय में सुना था, वह है - कि वे नारायण के अवतार हैं और उन्होंने पृथ्वी पर रावण को मारने के लिए ही अवतार लिया है - क्या वह सत्य है! उसे लंका की सुरक्षा की चिंता सताने लगी और उसने आदेश दिए कि वानरों को नगर के भीतर घुसने से रोकने के लिए सभी सावधानियाँ बरती जाएँ।

वह जिस समय, सिर झुकाए निराशा में डूबा बैठा था, उसका करामाती पुत्र एवं मनपसंद पत्नी मंदोदरी का पुत्र, इंद्रजित वहाँ आ गया और उसे प्रसन्न करने का प्रयास करने लगा। रावण ने इंद्रजित की शांत आँखों में देखा तो उसे बहुत राहत मिली।

"पिताजी!" वह बोला, "मेरे होते हुए आपको चिंता करने की क्या आवश्यकता है? आज सूर्य और चंद्रमा तथा समस्त देवतागण मेरी असीमित शक्तियों को देखेंगे। मैं इसी क्षण जाता हूँ और आपके शत्रुओं को दंड देता हूँ। आज सूर्यास्त होने से पूर्व आपकी विजय होगी!"

यह सुनकर रावण बहुत प्रसन्न हुआ। उसने अपने पुत्र को स्नेहपूर्वक देखा। उसकी त्वचा और बाल सुनहरे थे और उसकी आँखों में सुनहरे धब्बे थे। उसके कवच और शिरस्त्राण के अतिरिक्त, उसका कमरबंद और जूते भी सोने के थे। वह अपनी माता के समान सुंदर था। उसकी बात सुनकर रावण हर्षित हो गया।

"धरती पर ऐसा कोई नहीं है, जो मेरे पुत्र को परास्त कर सके। मेरा आशीर्वाद तुम्हारे साथ है।"

इंद्रजित ने अपने पिता को प्रणाम किया और उसने अपने मनोहर उद्यान में जाकर अग्नि प्रज्ज्वलित की तथा अपने इष्ट अग्निदेव को आहुति अर्पित की। इसके तुरंत बाद, अग्नि में से चार बाघों वाला एक स्वर्ण रथ प्रकट हुआ। वह शानदार रथ, दैत्यों व हिरणों की सुनहरी मुखाकृतियों से सुसज्जित था। उसकी पताका पर नीलम की आँखों वाला सिंह बना हुआ था। इंद्रजित ने अपना अदृश्य कवच पहना और मायावी रथ पर सवार हो गया और सब प्रकार के अस्त्र-शस्त्रों के साथ तत्काल अपनी विशाल सेना को लेकर, जिसमें हाथी, घोड़े और गधे सम्मिलित थे, निकल पड़ा।

विभीषण ने अपनी आँखें मलीं और नीले आकाश की ओर देखा किंतु उसे भी इंद्रजित दिखाई नहीं दिया। राम एवं अन्य वानरों को, बादलों के बीच से रथ के पहियों की चरमराहट सुनाई तथा स्वर्णिम शस्त्रों के चमक दिखाई पड़ रही थी। उन्हें पताका की घंटियों और बाघों के गरजने का शोर भी सुनाई दिया, किंतु कहीं कोई योद्धा नज़र नहीं आ रहा था।

इंद्रजित ने आकाश से वानरों के ऊपर बाणों की वर्षा करनी आरंभ कर दी जिससे

हज़ारों की संख्या में वानर गिरने लगे। कुछ ही देर में, पूरी रणभूमि में वानरों के शव बिखरे पड़े थे। वानर सेनापतियों ने अपना सर्वोच्च प्रयास किया किंतु वे इंद्रजित को देख नहीं सके क्योंकि वह मायावी युद्ध लड़ने में पारंगत था। वे अदृश्य शत्रु से किस प्रकार लड़ते? जादुई बादलों के बीच से उन्हें रथ की आवाज़ और धनुष की टंकार सुनाई दे रही थी। कभी-कभी उन्हें उसका सुनहरा कवच और उसके सुनहरे भाले की चमक भी नज़र आती थी किंतु वह स्वयं दिखाई नहीं पड़ रहा था।

हनुमान और जांबवंत को छोड़कर एक के बाद एक सभी वीर वानर, इंद्रजित के घातक बाणों का शिकार हो गए। तभी आकाश मार्ग से एक जलती हुई कुल्हाड़ी आई जिसने सुग्रीव को मार गिराया। उसने तैंतीस अर्द्धचंद्राकार बाणों से अंगद को मार दिया तथा फ़ौलादी कुंडे से नील की छाती भेद दी। हीरे की आकृति वाले दस बाणों ने भालुओं के राजा जांबवंत को भी मार दिया। एक काँटेदार भाले से विभीषण का कंधा छिल गया। हनुमान ने बादलों में छलाँग लगा दी। उन्हें अपना शत्रु नहीं दिखाई दिया, किंतु प्रकाश की गति से अपनी ओर आती एक तेज़ चमचमाती तलवार नज़र आई। उन्होंने उसे पकड़ लिया। परंतु वह तलवार, एक युवती में परिवर्तित हो गई जो दया के लिए पुकार रही थी। हनुमान ने जैसे ही उसे छोड़ा, वह फिर से तलवार में बदल गई और उसने प्रहार करके हनुमान को नीचे गिरा दिया। पूरा मैदान मृतकों से भरा हुआ था।

राम अपने मित्रों के शवों के बीच खड़े होकर अदृश्य शत्रु पर बाण चला रहे थे किंतु उसका कोई लाभ नहीं था। अंत में, वहाँ सिर्फ़ राम और लक्ष्मण रह गए। इंद्रजित उनके ऊपर लगातार बाण-वर्षा करता रहा। उनके शरीर पर कोई ऐसा स्थान नहीं बचा जहाँ पर घाव न हुआ हो।

राम ने लक्ष्मण को सावधान रहने को कहा। राम ने अभी इतना कहा ही था कि इंद्रजित ने एक विष-बुझा बाण चलाया जो लक्ष्मण के कंधे पर लगा। उनकी त्वचा तुरंत नीली होने लगी और वे मूर्छित होकर भूमि पर गिर पड़े। एक और बाण से राम भी मूर्छित हो गए। अपने दिन भर के कार्य से हर्षित इंद्रजित ने लंका जाकर अपने पिता को यह समाचार सुनाकर प्रसन्न कर दिया। उसके बाद वह रथ से उतरकर अपने उद्यान में लौट गया। उसके उतरते ही बाघों सहित उसका रथ, अग्नि के गोले में समा गया और ग़ायब हो गया। इंद्रजित वट-वृक्ष के नीचे बैठकर समाधि में लीन हो गया।

रात हुई तो विभीषण हिलने लगा। उसने दोनों हाथों से भला पकड़ा और उसे बाहर खींच लिया। वह पीड़ा से काँप रहा था। वह धीरे-से उठा और उसने मृत वानरों से भरी रणभूमि को देखा। वह जानता था कि हनुमान मर नहीं सकते, इसलिए वह मैदान में उन्हें ढूँढ़ने लगा। आख़िरकार, उसे धुँधला-सा सफ़ेद रंग दिखाई पड़ा। वह उस दिशा में गया तो देखा कि हनुमान घायल अवस्था में बैठे थे। वे दोनों ने मिलकर रणभूमि में घूमने लगे तो उन्हें जांबवंत दिखाई पड़ा जो मृत्यु के बहुत निकट था। विभीषण ने उसे पानी पिलाया और पूछा, “हे भालूराज! क्या तुम जीवित हो?”

“मैं जीवित हूँ किंतु मुझे कुछ दिखाई नहीं पड़ रहा। मुझे बताओ, क्या हनुमान जीवित हैं?”

विभीषण क्रोध में गुर्राया और बोला, "तुम्हें राम की कोई चिंता नहीं है, तुम सिर्फ़ उस सफ़ेद वानर के लिए चिंतित हो!"

जांबवंत ने कहा, "यदि हनुमान जीवित होंगे, तो हमारी सेना भी जीवित रहेगी। यदि वे मर गए तो हम सब समाप्त हो जाएँगे।"

उसके बाद वे तीनों मैदान में घूमते हुए अचेत पड़े राम और लक्ष्मण के पास पहुँच गए। वे उस दृश्य को देखकर बहुत उदास हुए। कुछ देर के बाद राम को होश आया। परंतु लक्ष्मण फिर भी अचेत और निष्प्राण अवस्था में लेटे हुए थे। यह देखकर राम बहुत दुखी हुए।

"यदि लक्ष्मण मर गया तो मेरी जीने की इच्छा नहीं रहेगी। मुझे सीता के समान दूसरी पत्नी मिल सकती है किंतु लक्ष्मण जैसा भाई नहीं मिल सकता। मैं इसके बिना अयोध्या नहीं लौट सकता। मैं माता सुमित्रा को क्या उत्तर दूँगा? मैं भी इसके साथ परलोक चला जाऊँगा। अपने प्रिय भाई के बिना मेरे जीवन का कोई अर्थ नहीं है।"

विभीषण ने राम से कहा कि वे हताश न हों। वह बोला कि रावण के राजवैद्य को तुरंत बुलाना होगा क्योंकि उसे बहुत-सी रहस्यमयी औषधियों एवं जड़ी-बूटियों के विषय में पता है। रात्रि हो चुकी थी। हनुमान, बिना कुछ कहे, तत्काल उड़कर लंका गए और वहाँ उन्होंने गहरी निद्रा में सो रहे राजवैद्य को जगाया। विभीषण ने हनुमान को बताया था कि हालाँकि राजवैद्य भी राक्षस है, किंतु वह पहले एक चिकित्सक है जो अपने कर्त्तव्य के प्रति निष्ठावान है और अपने पास आए प्रत्येक व्यक्ति को, चाहे वह मित्र हो या शत्रु, अपनी ओर से श्रेष्ठ उपचार देता है। हनुमान ने वैद्य को सारी बात बताई।

इससे पहले कि राजवैद्य कुछ सोच पाता, हनुमान ने उसे उठाया और लाकर विभीषण के समक्ष प्रस्तुत कर दिया। विभीषण ने उससे लक्ष्मण को होश में लाने का उपचार पूछा। वैद्य ने लक्ष्मण को ध्यान से देखा और कहा, "अब केवल मृतसंजीवनी बूटी ही लक्ष्मण को बचा सकती है। उससे मृत व्यक्ति भी जीवित हो जाता है। लक्ष्मण के पूरे शरीर में विष फैल चुका है। यदि सूर्योदय से पूर्व उपचार नहीं हुआ तो इनकी अवश्य ही, मृत्यु हो जाएगी।"

राम एवं अन्य लोग यह सुनकर खुश हो गए कि उसे उपचार मालूम था। उन्होंने वैद्य को तुरंत औषधि लगाने के लिए कहा।

वह बोला, "मुझे ख़ेद है, वह औषधि मेरे पास नहीं है। वह हिमालय पर्वत पर कैलाश और मानसरोवर के मध्य, द्रोणगिरि शिखर पर पाई जाती है। वह पर्वत जड़ी-बूटियों से भरा पड़ा है और चारों ओर से चमकता है। उस शिखर के ऊपर चार चमकती हुई बूटियाँ हैं। मृतसंजीवनी बूटी, मृत व्यक्ति को पुनर्जीवित कर सकती है, विशाल्यकरणी बूटी, अस्त्र-शस्त्रों से हुए घावों को ठीक कर देती है, सुवर्णकरणी बूटी से तन की स्वाभाविक कांति लौट आती है तथा संधनी नाम की बूटी से कटे हुए अंगों और टूटी अस्थियों को जोड़ा जा सकता है। यदि आप में से कोई, वहाँ जाकर इन चारों औषधियों को ला सकता है तो मैं यहाँ पड़े सभी मृत एवं घायल लोगों को ठीक कर दूँगा, किंतु वह बूटियाँ चंद्रमा के अस्त होने एवं सूर्योदय से पूर्व लानी होंगी। प्रत्येक क्षण मूल्यवान है। यदि कोई उन बूटियों को ले आए

तो राजकुमार लक्ष्मण तथा अन्य लोगों के प्राण बच सकते हैं।"

यह सुनकर सभी हनुमान की ओर आशा भरी दृष्टि से देखने लगे। जांबवंत ने कहा, "हे अंजनि पुत्र! केवल तुम लक्ष्मण और अपने असंख्य मित्रों के प्राण बचा सकते हो। तुम तत्काल उस औषधियों से भरे पर्वत शिखर पर जाओ और उन जादुई बूटियों को ले आओ।"

जांबवंत के भीतर, दूसरे लोगों को उनका सामर्थ्य स्मरण करवाने की शानदार क्षमता थी। उसके शब्दों को सुनकर लोगों को लगता था कि वे कुछ भी कर सकते हैं। बहुत कम लोगों में यह क्षमता होती है। हम में से अधिकतर लोग दूसरों की निंदा अथवा उनका उपहास करने का प्रयास करते हैं और इस तरह हम सामने वाले को उसकी वास्तविक स्थिति की अपेक्षा तुच्छ बना देते हैं!

हनुमान ने, एक क्षण का विलंब किए बिना, अपना आकार बढ़ाया और वे इतने ऊँचे हो गए कि वहाँ खड़े लोग उनका सिर देख नहीं पा रहे थे। उसके बाद, राम का नाम लेकर उन्होंने त्रिकूट पर्वत पर छलाँग लगाई और फिर वहाँ से वे एक विशाल बादल की तरह हिमालय की दिशा में उड़ गए। उन्होंने प्रकाश की गति से, समुद्र पार कर लिया और फिर किष्किंधा, दंडक एवं विंध्य पर्वतों को पार करते हुए आर्यावर्त में प्रवेश कर गए। कोसल राज्य के ऊपर से उड़ते हुए, अयोध्या के लोगों ने उन्हें भूल से उड़ने वाला दैत्य समझ लिया। उन्होंने भरत से रक्षा करने की प्रार्थना की। भरत ने बाण चलाकर हनुमान को नीचे उतरने पर विवश कर दिया।

"तुम कौन हो?" भरत ने कठोरता से पूछा। जब मारुति ने भरत को अपना परिचय दिया और अपने उद्देश्य के विषय में बताया तो भरत की आँखें भर आईं। भरत ने हनुमान को गले से लगा लिया और बोले, "मैं राम का दुर्भाग्यशाली भाई भरत हूँ। मुझे उनके विषय में समाचार सुनकर खुशी हुई है, किंतु लक्ष्मण के बारे में सुनकर मुझे बहुत दुख हो रहा है। काश, मैं आपकी कुछ सहायता कर पाता, किंतु मैं अयोध्या को छोड़कर नहीं जा सकता।"

हनुमान ने कहा, "यदि आप मुझे शीघ्र द्रोणगिरि पहुँचने में सहायता कर सकें और मेरे नष्ट हुए समय की क्षतिपूर्ति कर दें, तो भी पर्याप्त होगा!"

भरत ने राम के नाम का जाप करके अपने धनुष पर बाण का संधान किया। फिर उन्होंने मारुति से उस बाण के फल पर बैठने को कहा। मंत्र पढ़कर भरत ने ज्यों ही वह बाण चलाया, वह अत्यंत तीव्र गति से बादलों को चीरता हुआ सीधा द्रोणगिरि पर्वत के पठार में जा पहुँचा।

इस बीच, रावण के गुप्तचरों ने उसे, हनुमान के बचाव कार्य की सूचना दे दी थी। यह सुनते ही, रावण ने अपने मित्र कालनेमि को बुलाया जो एक शानदार जादूगर था। उसने कालनेमि को द्रोणगिरि पहुँचकर हनुमान को, किसी भी तरह, बूटियाँ लाने से रोकने का आदेश दिया।

कालनेमि हनुमान से पहले पर्वत पर पहुँच गया। उसने वहाँ एक आश्रम बना लिया और स्वयं वृद्ध तपस्वी का रूप धरकर, तप में लीन होने का ढोंग करने लगा। हनुमान को

बहुत ज़ोर से प्यास लगी थी। उन्होंने नीचे देखा तो उन्हें सरोवर के निकट एक आश्रम दिखाई दिया। उन्होंने नीचे उतरकर पानी पीने का निर्णय किया। उन्हें वहाँ एक योगी को बैठे देख आश्चर्य हुआ और उन्होंने उससे विनम्रतापूर्वक पानी पीने की अनुमति माँगी। योगी ने हनुमान का स्वागत किया और यह भविष्यवाणी की कि उन्हें अपने प्रयास में सफलता मिलेगी। फिर उसने हनुमान को अपने घड़े में से पानी दिया। उस पानी में पहले से विष मिला हुआ था। हनुमान ने उस रखे हुए जल को पीने से मना कर दिया और सरोवर में स्नान करने और वहीं से जल पीने की अनुमति माँगी। योगी ने उनकी बात मान ली और कहा कि वह उन्हें एक मंत्र देगा जिसकी सहायता से वे उन चमत्कारी बूटियों को आसानी से पहचान लेंगे। हनुमान को यह जानकर आश्चर्य हुआ कि योगी को उनके वहाँ आने के उद्देश्य के बारे में पता था और फिर वे सरोवर पर चले गए। उन्होंने ज्यों ही पानी में पैर रखा, एक मगरमच्छ ने उनका पैर पकड़ लिया और पानी के भीतर खींचने लगा। हनुमान को लगा कि वह जीव बहुत बड़ा और शक्तिशाली था। समय बीत रहा था, इसलिए हनुमान ने पूरी शक्ति लगाकर अपना पैर छुड़ा लिया। उसके बाद उन्होंने मगरमच्छ का मुँह पकड़कर उसे खोला और दो भागों में चीरकर दूर उछाल दिया। मगरमच्छ के मरते ही उसके शरीर में से एक सुंदर अप्सरा निकली और बोली, "हे पवनपुत्र! आपकी जय हो! मैं वास्तव में एक अप्सरा हूँ जिसे एक तपस्वी ने मगरमच्छ बनने का शाप दिया था। उसने मुझे बताया था कि पवनपुत्र के हाथों मरने के बाद ही मुझे मुक्ति मिलेगी। मैं आपकी अत्यंत आभारी हूँ, किंतु आपको सावधान करना चाहती हूँ कि आप संकट में हैं। वह व्यक्ति जो यहाँ योगी बनकर बैठा है, वास्तव में एक मायावी राक्षस है। उसका नाम कालनेमि है और उसे रावण ने आपको बूटियाँ ले जाने से रोकने के लिए यहाँ भेजा है। आप सावधान रहिए और उसके घड़े का पानी ग्रहण मत कीजिए।" ऐसा कहकर, वह अप्सरा अदृश्य हो गई।

हनुमान योगी की कुटिया के पास गए और उसे प्रणाम किया। उन्होंने योगी के सामने जल रहे दीपक को उठाया और अचानक उसके सिर पर दे मारा। फिर उन्होंने उसे धरती पर पटककर मार डाला। उसके मरते ही, वह कुटिया तथा अन्य सभी चीज़ें, जो उसने माया से रची थीं, ग़ायब हो गईं। हनुमान रात्रि के अंधकार में उस पर्वत शिखर पर अकेले खड़े थे।

इस बीच, रावण को भय लगा कि हनुमान समय पर लौट सकते हैं। इसलिए उसने चंद्रमा को समय से पहले ही अस्त होने और सूर्य को उदय होने की आज्ञा दी। चंद्रमा को तेज़ी से क्षितिज की ओर डूबता देखकर मारुति को चिंता होने लगी। वह समझ गए कि यह भी रावण की कोई चाल है। वे भागकर क्षितिज तक पहुँचे और चंद्रमा को अपने मुँह में रख लिया तथा सूर्य को अपनी काँख में दबा लिया!

समय तेज़ी से बीत रहा था। हनुमान ने बिना एक क्षण गँवाए, द्रोणगिरि पर्वत शिखर पर छलाँग लगा दी। उनहोंने, उसके ऊपर से गुज़रते समय देखा कि समूचा पर्वत शिखर दिव्य तेज़ से जगमगा रहा था। वे समझ गए कि यही वह स्थान है जहाँ बूटियाँ उगती होंगी, किंतु वे जैसे ही नीचे उतरे, बूटियों की चमक ग़ायब हो गई। उन्हें जिन बूटियों की तलाश थी, वे उन्हें नहीं मिलीं क्योंकि वैद्य ने केवल एक ही पहचान बताई थी कि वे

बूटियाँ अंधकार में चमकती हैं। ऐसा लगता था कि वे बूटियाँ जाना नहीं चाहती थीं और इसीलिए उन्होंने स्वयं को छिपा लिया था। हनुमान को उन बूटियों के स्वभाव पर बहुत गुस्सा आया और उन्होंने वह पूरा पर्वत शिखर तोड़कर अपने साथ ले जाने का निर्णय किया क्योंकि सूर्योदय का समय हो रहा था और उनके प्रिय लक्ष्मण के प्राण संकट में थे। कुछ सोच-विचार करने का समय नहीं था। उन्होंने तुरंत अपना आकार बढ़ा लिया। उनका सिर आकाश को छूने लगा। फिर उन्होंने उस शिखर को यूं उखाड़ लिया मानो किसी टहनी से फूल तोड़ा हो और फिर वे पूरा पर्वत लेकर लंका उड़ चले, जहाँ सभी उनके आगमन की आशा लिए बैठे थे। सभी देवता, पक्षी, पशु, सरीसृप और मछलियों ने देखा कि हनुमान एक हाथ में पर्वत उठाए जंबूद्वीप के ऊपर से समुद्र पार करके लंका जा रहे हैं। वे सभी इस शानदार दृश्य को देखकर आश्चर्यचकित हो गए।

हनुमान ने एक विशाल बाज की भाँति रणभूमि की परिक्रमा की और धीरे-धीरे नीचे उतरने लगे। उन बूटियों में इतनी शक्ति थी कि जैसे ही मृतसंजीवनी बूटी की सुगंध, लक्ष्मण की नाक में पहुँची, वे हिले और करवट लेने लगे मानो गहरी नींद में हों। शेष सभी वानरों की हालत में भी सुधार होने लगा। हनुमान रणभूमि के ऊपर चक्कर लगा रहे थे क्योंकि उन्हें समझ नहीं आ रहा था कि वे उस मूल्यवान बोझ को कहाँ रखें। राजवैद्य सुषेण ने उन्हें पर्वत को रखने का उचित स्थान बताया। फिर उसने झटपट पहाड़ पर चढ़कर जीवनदायक बूटी खोज ली।

"मुझे अब केवल दिव्य खरल व मूसल चाहिए, जो रावण अपने आंतरिक कक्ष में रखता है," वह बोला।

हनुमान तुरंत रावण के निवास की ओर चल पड़े। रावण को पता था कि सुषेण को मूसल व खरल की आवश्यकता पड़ेगी, और इसलिए उसने वह अपनी शय्या के निकट, आँखों के सामने रख लिया। मारुति ने देखा कि मंदोदरी रावण के निकट सो रही थी, तो उन्होंने रावण का ध्यान भंग करने की युक्ति सोच ली। वे रावण की शय्या के नीचे घुस गए और उन्होंने रावण के बालों को पलंग के डंडे से बाँध दिया। फिर उन्होंने मूसल-खरल उठाया और द्वारा की ओर भागे। रावण भी हड़बड़ाकर उठा और हनुमान के पीछे भागने लगा लेकिन उसके बाल पलंग से बँधे हुए थे। उसने अपने बालों की गाँठ खोलने की कोशिश की किंतु वह उसमें सफल नहीं हुआ क्योंकि हनुमान ने उसमें यह जादू कर दिया था कि मंदोदरी द्वारा रावण के सिर पर लात मारने के बाद ही वह गाँठ खुल सकेगी!

रावण हड़बड़ाकर अपनी पत्नी को जगाने लगा। यह देखकर हनुमान हँसने लगे। उसने अपने सिर को मंदोदरी के समक्ष झुकाया और उससे अपने सिर पर लात मारने की प्रार्थना करने लगा। हनुमान बहुत हँसे और फिर उन्होंने दौड़कर वह खरल उठाकर सुषेण को दे दिया।

सुषेण ने तत्काल बूटी को खरल में पीसा और लक्ष्मण के शरीर पर लगा दिया। बूटी का रस लक्ष्मण की त्वचा में समा गया और फिर उसने रक्त में मिलकर इंद्रजित के विष का प्रतिकार कर दिया। कुछ ही पल में, लक्ष्मण उठ बैठे मानो गहरी नींद से जागे हों और पहले से भी अधिक स्फूर्तिवान दीखने लगे।

अचानक राम ने देखा कि आकाश से चंद्रमा और सूर्य दोनों ही ग़ायब थे।

"इन ब्रह्मांडीय ग्रहों को क्या हुआ?" राम ने पूछा।

हनुमान ने सकुचाते हुए अपना मुँह खोलकर चंद्रमा को तथा काँख में से सूर्य को मुक्त कर दिया। उन दोनों के आकाश में जाते ही राम और लक्ष्मण ने हनुमान को गले से लगा लिया। उनके पास हनुमान का आभार व्यक्त करने के लिए शब्द नहीं थे।

जांबवंत ने मारुति से कहा कि अब वे उस पर्वत शिखर को वापस उसके स्थान पर रख आएँ क्योंकि यदि वह रणभूमि में ही रखा रहा तो राक्षस भी उसका लाभ ले लेंगे। हनुमान, उस शिखर को लेकर फिर से हिमालय गए और उसे जगह पर रखकर सुबह होने से पूर्व समुद्र पार करके लंका लौट आए। यह पूरी घटना केवल राम, विभीषण, जांबवंत, हनुमान और राजवैद्य सुषेण को, जिसे बाद में वापस उसके घर पहुँचा दिया गया था, पता थी।

राम इतने प्रसन्न हुए कि उन्होंने हनुमान को गले से लगाकर उन्हें आशीर्वाद दिया और कहा, "तुम्हारे बिना न राम होते, न सीता और न ही रामायण! तुम्हें सदा ईश्वर का आशीर्वाद प्राप्त हो और तुम अमर हो जाओ!"

कोई यह सोच सकता है कि ऐसा कैसे हुआ कि बूटी के प्रभाव से एक भी राक्षस जीवित नहीं हुआ। ऐसा इसलिए हुआ क्योंकि रावण ने यह आदेश दिया था कि सभी मृत राक्षसों के शवों को समुद्र में फेंक दिया जाए ताकि कोई उनकी गिनती करके रावण की कीर्ति को कलंकित न कर सके।

वानर स्वस्थ होकर बहुत प्रसन्न हुए। उस पूरे दिन कोई राक्षस युद्ध के लिए नहीं आया क्योंकि उन्हें विश्वास था कि उनके नायक मर चुके थे। रात होने तक वानरों ने विजय का संकल्प ले लिया था। सुग्रीव के कहने पर पूरा वानर दल जलती हुई लाठियाँ और मशालें लेकर दुर्ग के अंदर घुस गया और वहाँ विध्वंस मचाना आरंभ कर दिया। उत्तेजित वानरों ने एक घर से दूसरे पर और एक महल से दूसरे महल पर कूदना तथा उन्हें जलाना शुरू कर दिया। इस तरह एक बार फिर लंका आग की लपटों से घिर गई। लोगों की चीख़-पुकार और धुएँ की दुर्गंध से रावण की नींद खुल गई। उसे विश्वास नहीं हुआ कि वानर सेना राम के बिना युद्ध कर रही है। उसने सोचा कि उसके भाई कालनेमि ने निश्चय ही, हनुमान को बूटी लाने से रोक दिया होगा, तो फिर वानर इतने प्रसन्न क्यों थे और अपने स्वामी के बिना उनकी लंका की चारदीवारी में घुसने की हिम्मत कैसे हुई? तभी उसके मंत्रियों ने उसे समाचार दिया कि राम और लक्ष्मण जीवित हैं तथा युद्ध के लिए तैयार हैं। रावण ने यह सुना तो उसने तुरंत कुंभकर्ण के पुत्र कुंभ और निकुंभ को बुलाया तथा उनसे युद्ध में जाने और अपने पिता की मृत्यु का बदला लेने के लिए कहा।

दोनों निशाचर भाई, तत्काल अपने पिता के हत्यारों से युद्ध करने चल पड़े। वे दोनों अत्यंत शक्तिशाली योद्धा थे तथा उनके सामने वानर, पतझड़ में पत्तों की भाँति गिरने लगे। अंगद सहित वानरों के तीन सेनापति अचेत हो चुके थे। यह देखकर सुग्रीव आगे बढ़कर कुंभ का सामना करने लगा।

"मैं तुम्हारी शस्त्र विद्या से प्रभावित हूँ। तुम्हारे भीतर, तुम्हारे पिता और चाचा दोनों के गुण हैं - एक की दृढ़ता तथा दूसरे की निपुणता! मैं तुम्हें मारना नहीं चाहता क्योंकि तुम निश्चय ही अपने कुल के भूषण हो। परंतु हम दोनों परस्पर विरोधी हैं, इसलिए मेरे पास कोई अन्य विकल्प नहीं है। आओ और मेरे साथ युद्ध करो।"

कुंभ, सुग्रीव द्वारा की गई प्रशंसा से प्रसन्न हुआ किंतु उसे यह कटाक्ष पसंद नहीं आया कि सुग्रीव युद्ध में उससे बेहतर है। वह गरजता हुआ सुग्रीव पर झपटा और उन दोनों के बीच द्वंद्व आरंभ हो गया। उनके युद्ध से पृथ्वी हिलने लगी और वृक्षों से पत्ते झड़ने लगे। अंत में, एक शक्तिशाली प्रहार से सुग्रीव ने कुंभ को धरती पर गिराकर मार डाला।

अपने वीर भाई की मृत्यु देखकर, निकुंभ वानरों की ओर दौड़ा तथा उसने सैकड़ों की संख्या में वानरों को मार डाला। वानरों की दुर्दशा देखकर हनुमान उसकी सहायता के लिए आ गए और उन्होंने निकुंभ की छाती पर वार किया। निकुंभ ने हनुमान पर एक विशाल लौह मूसल दे मारा। सबने सोचा कि उस प्रहार से हनुमान गिर जाएँगे किंतु वे देखकर स्तब्ध रह गए कि हनुमान की अभेद्य छाती से टकराकर मूसल के असंख्य टुकड़े हो गए। इसके बाद, हनुमान उस पर झपटे और कुछ देर लड़ने के बाद, उन्होंने निकुंभ को धरती पर गिरा दिया। फिर वे उसकी छाती पर चढ़कर बैठ गए और दम घुटने से उसकी मृत्यु हो गई। वानरों में हर्षोल्लास छा गया।

यह समाचार सुनने के बाद, रावण को समझ नहीं आया कि वह क्या करे। उसे विश्वास नहीं हुआ कि टहनियाँ और पत्थर लिए उन लंबी पूँछ और पेड़ पर रहने वाले वानरों के सामने उसकी सेना के शक्तिशाली और आधुनिक अस्त्र-शस्त्र विफल हो गए थे। उनमें से कोई भी तलवार या धनुष नहीं चला सकता था और फिर भी वे उसकी सेना पर हावी थे।

अंत में, रावण अपने प्रिय पुत्र मेघनाद के पास गया उससे, एक बार फिर रणभूमि में जाकर राम व लक्ष्मण को मारने के लिए कहने लगा।

इंद्रजित ने कहा, "पिताजी! आपके लिए मैंने उन्हें एक बार मार दिया, किंतु ऐसा प्रतीत होता है कि समस्त प्रकृति उनकी सहायता कर रही है, अन्यथा वे जीवित कैसे बच सकते हैं? याद कीजिए, अपनी युवावस्था में, आपने सिर्फ़ धर्म के सहारे पूरे विश्व पर शासन किया है, किंतु अब आप केवल अधर्म के सहारे शासन कर रहे हैं। वे सब देवता, जो आपके नाम से काँपते हैं और उन संतों के शाप, जिनकी आपने हत्या की है, इस युद्ध में आपके विरुद्ध हो गए हैं और युद्ध में आपका अंत हो जाएगा। आपने अपने अन्याय से पूरी प्रकृति को पीड़ा पहुँचाई है। यह आपकी भूल ही है, जिसने हमें बर्बाद कर दिया है। असहाय लोगों के भय और क्रोध ने पशुओं की सेना का रूप ले लिया है। जिस दिन आपने सीता का हरण किया था, उसी दिन आपने मृत्यु को अपनी गोद में शरण दे दी थी। धर्म, राम के साथ है। केवल धर्म के द्वारा ही संसार पर शासन किया जा सकता है। जो लोग धर्म के विरुद्ध जाते हैं, वे एक न एक दिन नष्ट हो जाते हैं। परंतु, मैं आपका पुत्र हूँ और आपकी आज्ञा का पालन करूँगा। मैंने आपको कोसल बंधुओं को मारने का वचन दिया है और मैं उसे अवश्य पूरा करूँगा।"

रावण ने कहा, "तुम मेरे प्रिय पुत्र हो और तुमने देवताओं पर भी विजय प्राप्त की है। जिस तरह तुमने देवलोक में युद्ध किया था, उसी तरह अब तुम पृथ्वी पर मेरे लिए युद्ध करो।"

*लाए सजीवन लखन जियाए।*
*श्रीरघुबीर हरषि उर लाए।।*

—तुलसीदास कृत हनुमान चालीसा

ॐ *श्री हनुमते नमः*

ॐ

*परायाय नमः*

## अध्याय 23

# कपींद्र

## इंद्रजित-वध

*धरती तुम्हारा आसन होगा,*
*वृक्षों की छाल तुम्हारे वस्त्र होंगे,*
*कंद, मूल और फल ही तुम्हारा भोजन होगा,*
*यह मत सोचो कि ये सब चीज़ें प्रतिदिन मिल जाएँगी,*
*ये भी केवल उचित ऋतु के समय ही प्राप्त होंगी।*

—तुलसीदास कृत *रामचरितमानस* में,
राम कहते हैं सीता से।

इसके बाद इंद्रजित ने राम के साथ छल करने का नया तरीक़ा सोचा। उसने अपनी मायावी शक्ति से सीता की जीवंत छवि तैयार की और अपने रथ में बैठाकर शत्रुओं से घिरी रणभूमि में ले गया। वानर आगे बढ़कर उससे मिलने का प्रयास करने लगे। उनके आगे हनुमान एक विशाल शिला लेकर चल रहे थे। अचानक, वे सीता की दयनीय व ऐसी दुर्दशा देखकर रुक गए। सीता ने वही गंदा-सा पीला वस्त्र पहना हुआ था, जो उन्होंने अंतिम बार सीता को पहने देखा था, लेकिन उनके शाश्वत सौंदर्य की आभा में कोई कमी नहीं आई थी। वे अकेली और उदास बैठी थीं मानो उन्हें आस-पास होने वाली किसी बात की चिंता नहीं थी। हनुमान, सीता के दुखी चेहरे से अपनी दृष्टि नहीं हटा पाए। उन्हें नहीं पता था कि इंद्रजित, सीता को रथ में बैठाकर वहाँ क्यों लाया था। हनुमान ऐसी स्थिति में इंद्रजित पर आक्रमण करने का साहस नहीं कर सके क्योंकि उन्हें डर था कि कहीं सीता को चोट न लग जाए। हनुमान को देखकर इंद्रजित ने सीता के बाल पकड़े और उन्हें अपनी तलवार से डराने लगा। वे ज़ोर से चिल्लाईं, "राम! राम!" और फिर बुरी तरह रोने लगीं।

विदेह की राजकुमारी के साथ ऐसा क्रूर व्यवहार होता देख, हनुमान की आँखों से रक्त के आँसू टपकने लगे। "अरे क्रूर! मिथिला कुमारी ने तेरा क्या बिगाड़ा है, जो तू उन्हें इस तरह सता रहा है? कोई बर्बर भी ऐसा व्यवहार नहीं करता और तू ऋषि विश्रवा का पुत्र होने का दावा करता है!"

यह सुनकर इंद्रजित ने उपहासपूर्ण अट्टहास किया और वह राम के निकट चला गया। फिर उसने राम को कहा कि वे ध्यान से देखें, वह किस प्रकार उस स्त्री का अंत करने वाला है जो राक्षसों के विनाश का तथा उसके पिता के मोह का मुख्य कारण बन गई है। फिर उसने सीता को बालों से पकड़कर उठाया और उनका सिर काट दिया। वह ज़ोर से हँसा और बोला, "देखो राम! मैंने तुम्हारी प्रिय पत्नी को मार डाला। अब इसे पाने का तुम्हारा समस्त प्रयास विफल हो गया। युद्ध समाप्त हो गया है। अपने देश वापस लौट जाओ!" यह वीभत्स दृश्य देखकर राम ने जीने की इच्छा त्याग दी। वे धरती पर गिर पड़े और रोते हुए अपनी पत्नी की मृत्यु का शोक मनाने लगे।

हनुमान से यह सहन नहीं हुआ। वह एक विशाल शिला लेकर इंद्रजित के पीछे दौड़े। सब वानर भी उनके पीछे भागे। उनके बीच भीषण युद्ध हुआ किंतु इंद्रजित रणभूमि से अदृश्य हो गया। हनुमान तुरंत समझ गए कि वह सब राम को परास्त करने के लिए इंद्रजित द्वारा रची गई चाल थी। वे तुरंत मक्खी का रूप धारण करके अशोक वाटिका पहुँचे जहाँ सीता सिर झुकाए बैठी थीं। हनुमान आश्वस्त हो गए कि सीता जीवित हैं। वे तत्काल राम के पास लौटे और उन्हें शुभ समाचार सुना दिया।

इसी बीच, विभीषण आ गया और उसने वहाँ हो रही हलचल के विषय में जानना चाहा और पूछा कि राम इतने उदास क्यों हैं। उसने पूरी बात सुनी तो वह ज़ोर से हँसा और बोला, "आप इस बात पर कैसे विश्वास कर सकते हैं? क्या आपको रावण के मन में सीता के प्रति मोह का पता नहीं है? वह सीता के लिए अपने देश, अपने पुत्रों और अपनी प्रजा की भी बलि देने के लिए तैयार है। आपके मन यह विचार भी कैसे आया कि वह उस स्त्री को मार डालेगा जो उसके पिता को इतनी प्रिय है? यह सारी योजना उस मायावी इंद्रजित की बनाई हुई है। उसने यह स्वांग इसलिए रचा था, ताकि वह यज्ञ कर सके जिसके संपन्न होने के बाद, वह अजेय हो जाएगा। यदि उसने वह अनुष्ठान पूर्ण कर लिया तो उसे परास्त करना असंभव होगा। फिर उसे कोई नहीं मार सकेगा। हमें एक क्षण भी नष्ट नहीं करना चाहिए। आप मेरे साथ लक्ष्मण को भेज दीजिए। मैं इन्हें उस स्थान पर ले जाऊँगा, जहाँ मेरे भाई का वह पथभ्रष्ट पुत्र यज्ञ कर रहा है। ब्रह्मा ने उसे यह वरदान दिया है कि उस यज्ञ को पूर्ण करने के बाद वह अजेय एवं पूरी तरह सुरक्षित हो जाएगा। यही कारण है कि उसने आपको भ्रमित करके यह विश्वास दिला दिया कि सीता की मृत्यु हो गई है!"

राम ने तुरंत लक्ष्मण को विभीषण के साथ जाकर यज्ञ रोकने का आदेश दिया। लक्ष्मण तैयार हो गए और उन्होंने चलने से पहले राम का आशीर्वाद लिया। उनके साथ विभीषण, हनुमान और कुछ अन्य वानर भी थे।

विभीषण ने हनुमान को कहा कि वह कुछ मंत्र पढ़ेगा जिससे इंद्रजित का अदृश्य उद्यान दिखाई देने लगेगा। अचानक पर्वत वाली दिशा में अंधकार छा गया मानो उसके ऊपर किसी ने काले रंग का विशाल छत्र रख दिया हो। तभी लक्ष्मण को प्राचीन, टेढ़े वृक्षों वाला उद्यान दिखाई दिया जो अंधकार व छाया में डूबा हुआ था। विभीषण उस उद्यान की ओर बढ़ा जहाँ इंद्रजित दिव्य शक्तियों के आस्वान हेतु काले जादू का अनुष्ठान कर रहा

था। यज्ञस्थल और वानरों की सेना के बीच इंद्रजित की अपनी सेना तैनात थी। हनुमान ने तत्काल युद्ध आरंभ करके शत्रु को उसमें उलझा दिया और इस बीच विभीषण, लक्ष्मण को अपने साथ गुप्त उद्यान में ले गया जिसे केवल कोई राक्षस ही देख सकता था। "अग्निदेव, उसे बाघों से युक्त एक जादुई रथ देने वाले हैं जिससे वह अजेय हो जाएगा। जल्दी करो! हमें इस अनुष्ठान को रोकना है।"

विभीषण ने लक्ष्मण को स्पर्श किया तो उन्हें भी इंद्रजित दिखाई देने लगा। वह उद्यान के भीतर हवन-वेदी के समक्ष घुटनों के बल बैठकर अपने इष्टदेव का आह्वान कर रहा था। वह काली धातु की कलछी से घी की आहुति दे रहा था और मंत्रोच्चारण कर रहा था। उसकी पीठ उनकी ओर थी। उसके निकट बलि हेतु एक काली बकरी बँधी हुई थी जो दयनीय रूप से मिमिया रही थी। इंद्रजित ने गहरे लाल रंग के वस्त्र पहने थे और उसके बाल बिखरे हुए थे। उसने अपने भाले से धरती को पीटा तो भीतर से हज़ारों सर्प निकल आए और वेदी के निकट रखे उसके बाणों पर लिपट गए। इंद्रजित ने कुल्हाड़ी से बकरी की गर्दन पर एक सटीक प्रहार किया और वह कटकर ख़ून के तालाब में लुढ़क गई। उसने कलछी को बकरी के रक्त से भरा और ऊपर उठाकर वह अंतिम आहुति के लिए तैयार हो गया। जैसे-जैसे अग्नि की लपटें ऊँची उठ रही थीं, पीले रंग के गुर्राते, गरजते बाघ दिखाई देने लगे, जो अजेय रथ को खींचकर बाहर कूदने के लिए तैयार थे। विभीषण के संकेत करते ही लक्ष्मण ने कलछी पर बाण मारा और अंतिम आहुति से पूर्व ही उसके दो टुकड़े कर दिए।

लक्ष्मण के बाण से बाज जैसा स्वर निकला, जो सर्पों का जानी दुश्मन होता है और सभी नाग पीछे हटकर दोबारा पाताल लोक में चले गए, जहाँ से वे आए थे। पवित्र यज्ञ-कुंड से अग्निदेव प्रकट हुए और उनके मुख से सप्त जिस्वा वाली अग्नि निकली। उन्होंने आँखें घुमाकर आस-पास का दृश्य देखा। एक रहस्यमयी मुस्कान के साथ उनका रूप धुँधला हो गया और वे दोबारा वेदी में समा गए। अब रथ या बाघ का वहाँ कोई चिह्न शेष नहीं था।

इंद्रजित क्रोध में भरकर पीछे घूमा और विभीषण पर गुर्राया। "देशद्रोही! तुमने मेरे साथ विश्वासघात किया है। तुम स्वयं को मेरा चाचा कहते हो और फिर भी तुमने मेरे सब रहस्य शत्रु को बता दिए। तुम्हारी सहायता के बिना ये इस स्थान को कभी नहीं खोज सकते थे। तुमने मेरे पिता का नमक खाया और शत्रु के साथ मिल गए! तुम हमारे कुल पर कलंक हो! शत्रु के तलवे चाटकर, वहाँ का स्वामी बनने से अपने देश में दास बनकर रहना बेहतर है। जो व्यक्ति अपने लोगों को छोड़कर अपने शत्रु के साथ मिल जाता है, वह देशद्रोही कहलाता है। मैं लक्ष्मण को मारने से पूर्व तुम्हें मारूँगा! पुराने मित्रों की मृत्यु के बाद, तुम्हारे नए मित्र भी तुम्हारा साथ छोड़ देंगे!"

विभीषण ने उत्तर दिया, "तुम मेरे दुष्ट भाई की दुष्ट संतान हो और मेरा, तुम दोनों से कोई संबंध नहीं है। इतने वर्षों से मेरा भाई पापकर्मों में लिप्त है। उसके क्रोध और अहंकार से सब परिचित हैं। मैं उसे सहन करता रहा क्योंकि मैं उस समय असहाय था। यद्यपि मेरा जन्म राक्षस कुल में हुआ, मेरा स्वभाव सदा से मनुष्य जैसा था। मैंने तुम लोगों को इसलिए त्याग दिया, क्योंकि मैं अधर्म का साथ देते-देते थक गया हूँ और

अब मैं सदाचार के मार्ग पर चलना चाहता हूँ। तुम मूर्ख, आवेगी और अहंकारी हो, किंतु सावधान रहो! तुम और तुम्हारे पिता अभिशप्त हो और साथ ही, तुम्हारी यह शानदार लंका नगरी भी!"

इतनी देर में जांबवंत और उसकी भालू सेना भी वहाँ आ गए और उन्होंने हनुमान के साथ मिलकर इंद्रजित की सेना को परेशान करना शुरू कर दिया। वहाँ हलचल इतनी बढ़ गई कि इंद्रजित को विवश होकर अपने चाचा के साथ चल रही मौखिक लड़ाई को रोककर गुप्त सुरंग से खुले वन में बाहर आना पड़ा। राक्षसकुमार वह अनुष्ठान बाधित होता देखकर अत्यंत क्रोधित हो गया। वह बाहर निकला तो मृत्यु के देवता के समान दिखाई पड़ रहा था। उसने चाँदी का कवच पहना था और हाथ में चाँदी की तलवार पकड़ी थी। चाँदी के शिरस्त्राण और चाँदी के धनुष से प्रकाश निकल रहा था। चाँदी के बाणों का तरकश तथा चाँदी का छुरा एक ओर लटक रहे थे। वह अत्यंत सुंदर ढंग से सजे रथ पर सवार हुआ। उसे भी चाँदी-से श्वेत घोड़े खींच रहे थे। उसके बाल पीछे की ओर उड़ रहे थे और उसका धनुष तैयार था। उसने देखा कि लक्ष्मण, हनुमान के कंधे पर बैठे हैं और वे हाथ में धनुष लेकर वार करने के लिए तैयार हैं। इंद्रजित ने लक्ष्मण को अपशब्द कहे और सूर्यास्त होने से पूर्व उन्हें मार देने का प्रण किया।

लक्ष्मण ने चिढ़कर कहा, "रावणपुत्र! अपने अहंकार को ठीक से सिद्ध करो। तुमने अभी तक का पूरा युद्ध अदृश्य रहते हुए, छिपकर लड़ा है। यह वीरों का नहीं, बल्कि कायरों और चोरों का तरीक़ा है! अपने अहंकार को यहाँ खुले स्थान पर सिद्ध करो। मैं तुम्हारे सामने खड़ा हूँ और फिर देखते हैं कि कौन अधिक बलशाली है।"

इंद्रजित ने कहा, "आज तुम मेरी शक्ति देखोगे। मुझे सिर्फ़ युद्ध का एक अवसर चाहिए!"

"ठीक है," लक्ष्मण ने कहा।

इंद्रजित ने तत्काल, लक्ष्मण पर बाण चलाने आरंभ कर दिए। उसके घातक बाणों ने लक्ष्मण के तन पर गहरे घाव कर दिए जिनसे रक्त बहने लगा।

"सुमित्रानंदन! आज गीदड़ों और गिद्धों को शानदार भोजन मिलने वाला है। मृत्यु के लिए तैयार हो जाओ!"

"अरे मानव माँसाहारी! खोखली बातें न कर। उन्हें क्रियान्वित करके दिखा!"

ऐसा कहकर, दोनों एक दूसरे पर सुनहरे पंखों वाले लंबे और पैने घातक तीर चलाने लगे। इंद्रजित अपने रथ से कूदा और उसने लक्ष्मण पर एक हज़ार बाण चलाए जिन्हें लक्ष्मण ने बीच में ही काट दिया। इसके बाद लक्ष्मण ने इंद्रजित पर सात बाण चलाए और उसका कवच काट दिया, जिसके कारण वह सितारों के समूह की तरह नीचे आ गिरा। दोनों ही धनुर्धर समान रूप से अच्छे थे और दोनों ही इतने फुर्तीले थे कि वे एक दूसरे को बाण चलाते हुए नहीं देख पाते थे। वे इतनी द्रुत गति से बाण चला रहे थे कि आकाश में अंधेरा छा गया। इंद्रजित ने एक विषैला भाला उठाकर लक्ष्मण पर मारा, किंतु उन्होंने उसे बीच में ही काट दिया। इंद्रजित ने फिर से अपना धनुष उठाया, लेकिन इससे पहले कि वह तीर

चला पाता लक्ष्मण ने उसका धनुष काट डाला। इसके बाद, रावण-पुत्र ने एक दैत्य-बरछा फेंका जो विछिन्न हो गया और उसके टुकड़े से लक्ष्मण का पूरा शरीर बिंध गया। परंतु, इंद्रजित में इस तरह के उन्मुक्त युद्ध का सामर्थ्य नहीं था। उसने हमेशा अदृश्य रहकर ही युद्ध लड़े थे और इसलिए, शीघ्र ही वह लक्ष्मण के दृढ़ आक्रमण के सामने कमज़ोर पड़ने लगा। विभीषण ने लक्ष्मण को अधिक आक्रामक ढंग से युद्ध करने का सुझाव दिया क्योंकि उनका बलशाली शत्रु अब दुर्बल होने लगा था।

लक्ष्मण आगे बढ़े तो इंद्रजित ने हँसते हुए उपहास किया, "क्या तुम हमारा पिछला युद्ध भूल गए हो जब मैंने तुम्हें और तुम्हारे भाई को धरती पर गिरा दिया था? इस बार, मैं तुम्हें इतनी सरलता से बचने नहीं दूँगा और तुम्हें शीघ्र ही यमपुरी पहुँचा दूँगा!"

ऐसा कहकर इंद्रजित ने सात बाण लक्ष्मण पर और दस बाण हनुमान पर चलाए। उसके बाद, उसने अपने चाचा पर सौ तीर चलाए। इस तरह, उनके बीच फिर से भीषण युद्ध आरंभ हो गया जो कई घंटों तक चलता रहा और सब उसे आश्चर्यचकित होकर देखते रहे। विभीषण ने अन्य वानर सेनापतियों को कहा कि वे युद्ध देखने में समय नष्ट न करें और इस बीच इंद्रजित की सेना को मार भगाने का प्रयास करें।

दोनों धुरंधरों के मध्य निर्णायक युद्ध चल रहा था। उनके शानदार अभिमंत्रित बाण आकाश में उल्काओं की भाँति उड़ते थे और पृथ्वी को डिगा देने वाली भीषण गर्जना के साथ परस्पर टकराकर नष्ट हो जाते थे। पशु-पक्षी इधर-उधर भागने लगे और वायु ने भी मानो भय से अपनी श्वास रोक ली थी। लक्ष्मण ने चार चाँदी की नोंक वाले बाण चलाकर इंद्रजित के रथ के अश्वों को मार गिराया। अश्वों के मरने से रथ तेज़ी से घूमने लगा और इसी बीच, लक्ष्मण ने एक अर्द्धचंद्राकार बाण चलाकर सारथी का सिर धड़ से अलग कर दिया। एक पल के लिए इंद्रजित लड़खड़ाया, किंतु फिर बिना घबराए, उसने दोबारा धनुष उठाया और लक्ष्मण की सेना पर एक सहस्त्र बाण चला दिए।

सारे वानर शीघ्र ही लक्ष्मण के पीछे जा छिपे। अंधकार मे छिपकर, इंद्रजित अपनी नगरी में गया और दूसरा रथ लेकर लौट आया। वह जिस फुर्ती से लौटा था, उसे देखकर लक्ष्मण चकित रह गए। परंतु, कुछ ही पलों में, लक्ष्मण ने इंद्रजित का दूसरा रथ भी ध्वस्त कर दिया। वह निशाचर अपने भाले को सिर के ऊपर उठाकर ज़ोर-ज़ोर से घुमाने लगा जिसके कारण वह जलता हुआ पहिया लग रहा था। लक्ष्मण ने उसके भाला चलाने की प्रतीक्षा नहीं की, बल्कि उसे सौ बाण मारकर नष्ट कर दिया। रात्रि होने वाली थी। तभी विभीषण ने लक्ष्मण को सुझाव दिया कि वे जल्दी इंद्रजित को मार दें क्योंकि अंधेरा होने पर वह अधिक बलशाली हो जाएगा।

अंत में, लक्ष्मण ने महर्षि अगस्त्य द्वारा दिया बाण निकाला जो इंद्र की शक्ति से ऊर्जान्वित था। उन्होंने उस बाण से प्रार्थना की, "यदि यह सत्य है कि दशरथनंदन, राम कभी धर्म के मार्ग से च्युत नहीं हुए हैं, यदि यह सत्य है कि वे सदैव निष्ठावान व सत्यमार्गी रहे हैं तथा वे अद्वितीय हैं, तो इस बाण से रावण-पुत्र इंद्रजित की मृत्यु हो जाए!"

यह कहकर, लक्ष्मण ने वह अभिमंत्रित बाण इंद्रजित पर छोड़ दिया। वह बाण वज्रशिरा की भाँति सीधा अपने लक्ष्य तक पहुँच गया। इससे पहले कि इंद्रजित उसे अपने

बाण से काट पाता, लक्ष्मण के बाण ने इंद्रजित का सिर काट दिया, जो नीचे गिरकर चाँदी के कमल-पुष्प सा लग रहा था। पर्वतों के पीछे डूबते दीप्तिमान सूर्य जैसे मंदोदरी के गौरवशाली पुत्र का सिर कट चुका था।

इंद्र को परास्त करने वाला, स्वयं इंद्र के अस्त्र से मारा गया! एक पल के लिए उसका शरीर दोबारा खड़ा हो गया, किंतु फिर वह धड़ाम से धरती पर गिर गया। मृत्यु के बाद, उसका शरीर अपने वास्तविक राक्षसी स्वरूप में लौट आया। उसमें अब कोई सौंदर्य नहीं था। लंबे एवं बाहर को निकले दाँतों के साथ उसका चेहरा गुर्राता हुआ लग रहा था। उसकी मृत्यु से देवता अति प्रसन्न हुए क्योंकि इंद्रजित उन सबके लिए महाविपत्ति का रूप था। वानर हर्ष से चिल्लाने लगे और इस शोर को राम तथा रावण, दोनों ने सुना। राक्षस सेना ने अपने अस्त्र-शस्त्र वहीं छोड़ दिए और भयभीत होकर भाग खड़ी हुई।

वानरों व भालुओं ने एक-दूसरे को गले लगा लिया। विभीषण, हनुमान तथा जांबवंत लौटकर राम के पास आए तथा उन्हें उस शानदार युद्ध का समाचार दिया जिसका अंत रावण के विख्यात पुत्र के वध के साथ हुआ था। राम ने अपने भाई को गले लगाया और शानदार विजय के लिए उनकी प्रशंसा की। उन्होंने तत्काल वैद्य बुलवाकर, उसे लक्ष्मण के घावों पर मरहम लगाने को कहा।

इंद्रजित का ढँका हुआ शव, लंका के राजमहल में ले जाया गया, किंतु किसी में रावण को कुछ बताने का साहस नहीं था। अंत में, रावण के मंत्री शुक ने कहा, “लक्ष्मण ने आपके पुत्र को मार डाला!”

रावण दुखी होकर नीचे फ़र्श पर बैठ गया। फिर वह उठकर रोने लगा और बोला, “मेरे पुत्र! मेरे प्रिय पुत्र! इस संसार में तुम्हारे समान कोई दूसरा नहीं था। तुम किसी को भी पराजित कर सकते थे, फिर भी तुम एक दुर्बल-से मनुष्य के हाथों मारे गए! यह कैसे संभव है? मुझे, तुम्हारे बिना यह पूरी धरती रिक्त नज़र आती है। मेरे लिए अब जीवन में कोई रस शेष नहीं है। तुम, मुझे और अपनी माता एवं अपनी प्रिय पत्नी को छोड़कर कहाँ चले गए?”

इंद्रजित की पत्नी का नाम सुलोचना था। वह अनंत नामक दिव्य सर्प की, जिसके ऊपर भगवान विष्णु शयन करते हैं, पुत्री थी। हम यह पहले से जानते हैं कि राम, भगवान विष्णु के और लक्ष्मण, अनंत के अवतार थे।

जब सुलोचना को पता लगा कि उसका प्रिय पति अपने पिता के ही अवतार के हाथों मारा गया है, तो वह बहुत दुखी हुई। वह भागती हुई रावण के सभागार में गई और कहा कि रावण ही उसके पति की मृत्यु का कारण था। रावण को ज़बरदस्त आघात लगा था। उसे यह विश्वास नहीं हो रहा था कि उसका अजेय पुत्र मारा गया। वह अपने पुत्र के शव से ऐसे बातें करता रहा मानो वह जीवित हो। इंद्रजित, जिसने एक बार इंद्र को बेड़ियों में बाँध, उसे बंदी बनाकर, अपने पिता के समक्ष प्रस्तुत कर दिया था, वही इंद्रजित, स्वयं इंद्र की शक्ति से अभिमंत्रित बाण द्वारा मारा गया था। इंद्रजित की माता मंदोदरी और पत्नी सुलोचना, उसके शव पर गिरकर रोने लगे। अंत्येष्टि के समय, सुलोचना ने अपने पति की चिता पर बैठकर स्वयं को अग्नि के सुपुर्द कर दिया था।

इस बीच, रावण प्रलाप करने और डींग मारने लगा। वह भूल गया कि अपने पुत्रों की मृत्यु का वही उत्तरदायी था। उसका शोक, शीघ्र ही क्रोध में परिवर्तित हो गया, जैसा कि उसके साथ सामान्य तौर पर होता था और उसने सचमुच सीता को मार डालने का निर्णय किया क्योंकि उसे लगा कि सीता के कारण ही यह सब हो रहा था। वह भूल गया कि इस सबका कोई अन्य नहीं, बल्कि वह स्वयं उत्तरदायी था। अपने क्रूर और अनुचित कृत्य के कारण, जैसा कि विभीषण ने भविष्यवाणी की थी, उसके कुल का नाश हो गया था। उसकी आँखों से अश्रु तरल अग्नि के समान बहने लगे। वह तलवार उठाकर अशोक वाटिका की ओर दौड़ा। सीता अब भी सिर्फ़ राम के प्रति समर्पित थीं। उसके मंत्रियों के साथ उसकी पत्नियाँ भी पीछे भागीं। उन्होंने अब से पहले रावण को इतना क्रोध में कभी नहीं देखा था। वह शुक्र ग्रह की ओर बढ़ते किसी दुष्ट उल्का की भाँति हाथ में तलवार लिए सीता की ओर भागा। सीता ने उसे देखा तो वह समझ गईं कि इस बार वह प्रेमपूर्ण शब्दों के साथ नहीं, बल्कि घृणा की तलवार लेकर आया था और जितनी सहजता से उसने सीता के समक्ष प्रेम प्रस्ताव रखा था, वह उसी सहजता से उन्हें मारना चाहता था। दुष्ट लोगों का मन कितनी आसानी से बदल जाता है! एक दिन वे प्रेम दर्शाते हैं और अगले दिन घृणा करने लगते हैं। सीता ने मान लिया कि राम की मृत्यु हो गई है, इसलिए वे भी मरने के लिए तैयार थीं।

सौभाग्य से, रावण का एक मंत्री, जो शेष मंत्रियों से अधिक बुद्धिमान था, रावण के पास आया और बोला, "स्वामी! आप यह पापकर्म कैसे कर सकते हैं? आपने यही बुरा किया जो इनका हरण कर लिया। अब ये असहाय हैं और आपकी दया पर निर्भर हैं। इस असहाय व अरक्षित स्त्री को अकेला छोड़ दीजिए और अपना क्रोध उनके ऊपर निकालिए, जिन्होंने आपके पुत्र को मारा है। आज कृष्ण पक्ष का चौदहवां दिन है। कल अमावस्या है और हम निशाचरों के लिए सबसे शुभ समय है। तब आपको राम पर आक्रमण करना चाहिए तथा दोनों भाइयों को मारने के बाद आप विजयी होकर सीता को अपना सकते हैं!"

सीता के सौभाग्य से, रावण को यह सुझाव अच्छा लगा। वह रुक गया और सोचने लगा। इसके बाद, बिना किसी से कुछ कहे, वह मुड़ा और अपने सभागार में लौट गया।

*सहस बदन तुम्हरो जस गावैं।*
*अस कहि श्रीपति कंठ लगावैं।।*

—तुलसीदास कृत *हनुमान चालीसा*

ॐ *श्री हनुमते नमः*

ॐ

*बंद-मोक्षदाय नमः*

अध्याय 24

# महाबल

## पाताल की यात्रा

*वैदेही को अपनी माता और*
*राम को अपना पिता समझना,*
*जिस तरह, जहाँ भी सूर्य का प्रकाश होता है,*
*वहीं दिन होता है, उसी प्रकार,*
*जहाँ भी राम का वास हो, वहीं अयोध्या होगी।*

—तुलसीदास कृत *रामचरितमानस* में,
सुमित्रा कहती हैं, लक्ष्मण से।

रावण, अपने सबसे प्रिय पुत्र की मृत्यु से पूर्ण रूप से निराश हो गया था। उसे समझ में नहीं आ रहा था कि वह क्या करे। उसे फिर अचानक अपने दो अन्य पुत्रों - महिरावण और अहिरावण की याद आई, जो सात लोकों में सबसे निम्न, याने पाताल लोक पर शासन करते थे। उनका जन्म मंदोदरी से ही हुआ था किंतु उनकी सर्पाकृति इतनी भयावह थी कि उन्हें देखकर रावण डर गया और उन्हें समुद्र में फेंक दिया। वहाँ सिंहिका नाम की एक सर्प राक्षसी उन्हें अपने साथ नागलोक ले गई तथा उनका पालन-पोषण किया। उन दोनों ने महाकाली की घोर तपस्या की और अनेक दिव्य शक्तियाँ प्राप्त कर लीं। उन्हें यह वरदान भी मिला कि उनका पिता रावण, जिसने उन्हें अपमानित करके त्याग दिया था, एक दिन उन्हें सहायता के लिए बुलाएगा। उन्होंने पाताल लोक के राजा की पुत्री से विवाह कर लिया और फिर वहाँ के राजा बन गए। रावण को जब उनका विचार आया तो उसने पाताल लोक जाकर उनसे सहायता माँगी।

उन दोनों ने कहा, "अपने शत्रु को कम मत आँकिए। वह विष्णु का अवतार हैं। यही बेहतर होगा कि उनके साथ संधि कर लीजिए।"

दोनों भाई देवी काली के महान भक्त थे। रावण ने उनके साथ भी धूर्तता की और कहा ऐसा बोलकर दो सुंदर एवं साहसी राजकुमारों के सिर की बलि द्वारा वे देवी को

प्रसन्न करने का अवसर खो रहे हैं!

"यदि तुम ये बलि दे दो, तो सोचो तुम्हें कितनी शक्तियाँ प्राप्त हो सकती हैं!" वह बोला।

यह सुनकर महिरावण और अहिरावण ने अपने पिता की सहायता करने का निर्णय किया। इस बीच, विभीषण ने, जो सदा सतर्क रहता था, रावण की पाताल-यात्रा के विषय में सुना। उसने हनुमान को सावधान रहने को कहा क्योंकि वे दोनों निशाचर काला जादू तथा इंद्रजाल में पारंगत थे तथा लोगों को मूर्ख बनाने के लिए कोई भी रूप धारण कर सकते थे। हनुमान ने विभीषण को निश्चिंत रहने को कहा और बोला कि वे राम व लक्ष्मण पर कोई संकट नहीं आने देंगे।

हनुमान ने अपनी पूँछ को बहुत लंबा कर लिया और उसे शिविर को चारों घुमाकर दुर्ग बना लिया। इसके बाद, वे स्वयं सामने बैठ गए ताकि कोई उनकी अनुमति के बिना भीतर प्रवेश न कर सके। कुछ देर में, दोनों मायावी भाई वहाँ पहुँचे किंतु उन्हें शिविर में घुसकर राम-लक्ष्मण का हरण करने का कोई मार्ग नहीं मिला। उन्होंने जादू से सभी वानर प्रहरियों को सुला दिया। परंतु, हनुमान जाग रहे थे और द्वार पर पहरा दे रहे थे। तब, उन्हें एक युक्ति सूझी। महिरावण ने विभीषण का रूप धारण कर लिया और फिर उसने हनुमान से पूँछ उठाकर उसे भीतर जाने देने के लिए कहा। हनुमान ने, स्वाभाविक रूप से, जानना चाहा कि इतनी रात को विभीषण कहाँ गया था क्योंकि हनुमान सोच रहे थे कि विभीषण भीतर ही होगा। विभीषण ने हनुमान को कहा कि समुद्र-तट पर स्नान करने गया था। हनुमान को विभीषण का रात्रि को स्नान करने जाना विचित्र लगा किंतु उन्होंने अपनी पूँछ उठाकर उसे भीतर जाने दिया। महिरावण ने अंदर जाकर अपनी माया से सबको मूर्छित कर दिया। जिस समय हनुमान ने अपनी पूँछ उठाई थी, उसी समय अहिरावण भी अदृश्य रूप से शिविर में प्रवेश कर गया। इसके बाद, दोनों भाइयों ने आसानी से राम और लक्ष्मण को कंधे पर उठाया और वहीं से सुरंग बनाकर उन्हें अपने साथ पाताल लोक ले गए।

माया का प्रभाव समाप्त होने पर वानर उठे तो उन्होंने देखा की राम और लक्ष्मण वहाँ नहीं थे। शिविर में हलचल मच गई और वे सब यह समाचार देने हनुमान के पास भागे।

सुग्रीव ने हनुमान से पूछा, "क्या रात में किसी अनजान व्यक्ति ने तुम्हारी पूँछ से बनाए इस दुर्ग में प्रवेश किया था?"

"केवल विभीषण भीतर गए थे," हनुमान ने उत्तर दिया।

यह सुनकर विभीषण ने आगे बढ़कर कहा, "मैं तो रात में दुर्ग से बाहर नहीं गया। मैं पूरा समय भीतर ही था। वे अवश्य ही अहि और महिरावण होंगे जिनके बारे में मैंने तुम्हें सावधान किया था। वे ही राजकुमारों को पाताल लोक ले गए होंगे। हनुमान, सिर्फ़ तुम ही उन्हें वापस ला सकते हो! विलंब न करो। तत्काल जाओ!"

"आप चिंता न करें। उस निशाचर ने उन्हें जहाँ भी छिपाया होगा, मैं पता लगाकर उन्हें शीघ्र ही वापस ले आऊँगा," हनुमान ने उत्तर दिया।

उसी समय, उन्होंने वह सुरंग देखी जो अहि-महिरावण ने बनाई थी। हनुमान ने

बिना कुछ सोचे, उसके भीतर छलाँग लगा दी। वह सुरंग एक वन में खुलती थी। वहाँ उन्होंने दो पक्षियों के बीच संवाद सुना। मादा पक्षी उदास थी और नर उसे प्रसन्न करने का प्रयास कर रहा था।

"प्रिय!" वह बोला, "तुम मुझसे नाराज़ मत होओ। कल रात अहिरावण और महिरावण पाताल के काली मंदिर में दो मनुष्यों की बलि देंगे। मैं तुम्हें वचन देता हूँ कि बलि संपन्न होने के बाद, मैं तुम्हारे लिए मनुष्य के माँस के कुछ स्वादिष्ट टुकड़े अवश्य लाऊँगा।"

यह सुनकर हनुमान तुरंत समझ गए कि दोनों राक्षस भाइयों ने राम-लक्ष्मण को तहख़ाने में बंदी बना रखा है। वे अपनी विख्यात पवन गति से पाताल लोक पहुँचे, जो उन असुरों का निवास स्थान था। वहाँ उन्होंने एक विशाल दुर्ग देखा। वे उसके भीतर प्रवेश करने का तरीक़ा सोचने लगे। उन्होंने अपना आकार घटाकर द्वार के बीच की जगह से घुसने का निर्णय किया। तभी कुछ स्त्रियाँ बाहर निकलीं और हनुमान ने उन्हें कहते सुना कि काली को बलि चढ़ाने के लिए दो आकर्षक राजकुमार लाए गए हैं। हनुमान यह जानने के लिए उत्सुक थे कि उनके स्वामी को कहाँ बंदी बनाकर रखा गया है।

दुर्ग के भीतर घूमते हुए हनुमान ने अचानक देखा कि द्वार पर एक वानर पहरा दे रहा था। वे उसके पास गए और उससे भीतर जाने की अनुमति माँगी।

"तुम कौन हो और यहाँ क्यों आए हो?" युवा वानर ने हनुमान से पूछा।

"मैं अपने स्वामी राम और उनके भाई को छुड़ाने आया हूँ जिन्हें तुम्हारे स्वामी अहि-महिरावण यहाँ लेकर आए हैं।"

"तुम्हें भीतर जाने से पूर्व मुझसे युद्ध करना पड़ेगा। परंतु, ध्यान रहे कि मैं हनुमान का पुत्र मकरध्वज हूँ और मुझे परास्त करना सरल नहीं है!"

यह सुनकर हनुमान ज़ोर से हँसने लगे। "तुम अत्यंत मूर्ख हो जो मुझे इस तरह की कहानी सुना रहे हो। मैं ही हनुमान हूँ और मैं सनातन ब्रह्मचारी हूँ। मेरी न पत्नी है और न ही संतान!"

यह सुनकर युवा वानर हनुमान के चरणों के गिर गया और उनसे आशीर्वाद माँगने लगा।

"आपके दर्शन से मेरा जीवन सफल हो गया," वह बोला।

हनुमान ने उसे झटके से दूर किया और कहा, "तुम अवश्य ही कोई राक्षस हो, जिसे अहिरावण ने मेरे मार्ग में बाधा उत्पन्न करने के लिए तैनात किया है। अब उठो और मुझे बताओ कि राम एवं लक्ष्मण को कहाँ छिपा रहा है अन्यथा मैं तुम्हें मार डालूँगा।"

हनुमान ने मकरध्वज से उसकी जन्म की कथा सुनाने को कहा, जो उसे देवर्षि नारद ने सुनाई थी।

"जब आप सीता का पता लगाकर समुद्र के ऊपर से जा रहे थे, तो आपके पसीने की एक बूँद समुद्र में गिर गई थी। उसे एक मादा मगरमच्छ ने निगल लिया और वह आपके उस अंश से गर्भवती हो गई। वह मगरमच्छ एक मछली पकड़ने वाले के जाल में

फँस गई, और फिर उसे मेरे स्वामी दरबार में ले आए। जब उसका पेट काटा गया तो, मैं उसके भीतर से निकला। उन्होंने मुझे स्वीकार कर लिया और यहाँ द्वार पर तैनात कर दिया। इसलिए मेरा नाम मकरध्वज (आधा मकर, आधा वानर) पड़ गया।"

"यह सचमुच बहुत रोचक कथा है," हनुमान ने कहा। "मुझे लगता है, यदि यह कथा तुम्हें नारद मुनि ने सुनाई है तो यह अवश्य ही सत्य होगी। मुझे तुमसे मिलकर बहुत प्रसन्नता हुई, किंतु मेरे पास अभी बिलकुल समय नहीं है, इसलिए तुम मुझे जल्दी से बताओ कि तुम्हारे स्वामी ने उन राजकुमारों को कहाँ छिपाया है। क्या तुम्हें पता था कि वह राम और लक्ष्मण को पकड़कर यहाँ लाया है?"

"मुझे नहीं पता कि वे कौन हैं किंतु मैं यह जानता हूँ कि वह दो संन्यासियों को मूर्छित अवस्था में लाया था और उन्हें मंदिर ले जाने के लिए बंदी बनाकर रखा गया है। कल सुबह, देवी काली के समक्ष, उन दोनों की बलि दी जाएगी," मकरध्वज ने कहा।

हनुमान बोले, "मुझे तुरंत उन दोनों को मुक्त करवाना होगा।"

"पिताजी, आप मुझे क्षमा करें किंतु दुर्ग में प्रवेश करने के लिए आपको मुझसे युद्ध करना पड़ेगा और मुझे बाँध देना होगा ताकि मेरे स्वामी, मुझ पर विश्वासघात करने का संदेह न करें। आपकी तरह, मेरी भी अपने स्वामी के प्रति निष्ठा है," युवा वानर ने निर्भय होकर कहा।

उसके बाद, पिता और पुत्र के बीच युद्ध हुआ, जिसमें हनुमान ने मकरध्वज को परास्त करके उसे बाँध दिया और फिर उस मंदिर में गए जहाँ राम एवं लक्ष्मण की बलि दी जानी थी। मकरध्वज ने हनुमान को यह भी बताया था कि उसके स्वामी को मारने से पूर्व मंदिर की पाँच विभिन्न दिशाओं में रखे पाँच दीपकों को बुझाना होगा। स्पष्ट था कि उन निशाचरों के प्राण उन दीपकों में थे और सिर्फ़ उनका सिर काटने से उन्हें समाप्त नहीं किया जा सकता था।

हनुमान ने उसे धन्यवाद दिया और मक्खी का रूप धरकर, वे द्वार के छिद्र में से भीतर घुस गए। फिर वे काली मंदिर में गए और छोटे-से वानर रूप में स्वयं को, देवी काली की प्रतिमा के भीतर छिपा लिया।

धीरे-धीरे मंदिर में लोग देवी को अर्पित करने हेतु विभिन्न प्रकार की पूजा-अर्चना की सामग्री लेकर आने लगे। कुछ देर में, अहि और महिरावण कोसल राजकुमारों को मूर्छित अवस्था में लेकर आए और उन्हें काली के चरणों में डाल दिया। वे दोनों धीरे-धीरे मूर्छा से बाहर आ रहे थे। दोनों असुरों ने देवी से उन मनुष्यों की बलि स्वीकार करने की प्रार्थना की, ताकि उनकी सभी मनोकामनाएँ पूर्ण हो जाएँ। हनुमान को क्रोध आ गया। उन्होंने देवी के सामने रखी सामग्री को खाना शुरू कर दिया, जिसे देखकर वहाँ उपस्थित सभी लोग हैरान हो गए।

"देवी अवश्य ही हमें बहुत पसंद करती हैं," उन्होंने सोचा। "हमने, इससे पहले, कभी इन्हें मिठाई खाते नहीं देखा।" उन्होंने और मिठाई लाने का आदेश दिया और हनुमान ने वे सब मिठाइयाँ भी खाकर समाप्त कर दीं।

दोनों असुरों ने अत्यंत पवित्र स्वर में कहा, “अब हम आपको इन दोनों मनुष्यों का रक्त भेंट करेंगे।” यह कहकर एक ने राम की तथा दूसरे ने लक्ष्मण की चोटी पकड़ी और उनके सिर काटने की तैयारी करने लगे। इसी बीच, हनुमान देवी की प्रतिमा के अंदर से बोलने लगे।

“सब कुछ यहाँ छोड़ दो और यहाँ से चले जाओ। मंदिर को ख़ाली कर दो। मैं स्वयं इन मनुष्यों को खाऊँगी!”

दोनों भाई काली के इन शब्दों को सुनकर चकित हो गए। परंतु उन्होंने तत्काल मंदिर को ख़ाली करवा दिया और द्वार बंद करके बाहर चले गए।

हनुमान देवी की प्रतिमा के अंदर से निकले और राम व लक्ष्मण को प्रणाम किया। उनकी मूर्छा लगभग समाप्त हो गई थी। शीघ्र ही दोनों को पूरी तरह होश आ गया। हनुमान ने सिर झुकाकर राम को प्रणाम किया और उन्हें सारी कथा संक्षेप में सुना दी क्योंकि समय कम था तथा सभी लोग उत्सुकता से उनकी प्रतीक्षा कर रहे थे।

ज्यों ही वे मंदिर के द्वार से बाहर निकले, बाहर खड़े असुरों ने उन्हें देख लिया। उन्हें समझ में आ गया कि उनके साथ छल किया गया है। वे हनुमान पर झपटे। हनुमान ने दोनों राजकुमारों को नीचे उतारा और असुर भाइयों से लड़ने लगे। परंतु भरपूर प्रयास करने के बाद भी वे उन्हें परास्त नहीं कर पा रहे थे। राम और लक्ष्मण, जो कि अब पूरी तरह अपनी मूर्छा से बाहर आ गए थे, हनुमान की सहायता के लिए आगे आ गए। परंतु दोनों असुर भाई, अजेय प्रतीत हो रहे थे। प्रत्येक वार के साथ, वे पहले से भी अधिक बलशाली हो जाते थे। वे हनुमान के चेहरे पर अचरज के भाव देखकर उपेक्षापूर्ण ढंग से हँसने लगे। फिर अचानक हनुमान को अपने पुत्र के शब्द याद आए। उन्होंने राम व लक्ष्मण से कहा कि वे असुर भाइयों को रोके रहें। ऐसा कहकर, हनुमान स्वयं दोबारा मंदिर की ओर भागे। वहाँ उन्होंने मकरध्वज के बताए अनुसार पाँच दीपक रखे देखे। उन्होंने तुरंत पंचमुख रूप धारण किया और पाँचों दीपकों को एक साथ बुझा दिया। उनके इन पाँच मुखों में से तीन विष्णु के अवतार थे - वराह (शूकर), नरसिंह (अर्द्धनर-अर्द्ध सिंह तथा हयग्रीव-अश्व)। हनुमान का चौथा मुख, विष्णु के वाहन गरुड़ का और पाँचवां, उनका अपना मुख था। दीपकों को बुझाने के बाद, हनुमान ने लौटाकर अहि एवं महिरावण को सरलता से मार दिया। उन्होंने शेष असुरों को भी मार डाला जो उन्हें रोकने का प्रयास कर रहे थे।

उन असुर भाइयों की अभेद्यता का वर्णन करने वाली एक अन्य कथा से मिलती है। राम, लक्ष्मण और हनुमान जितनी बार भी अहि-महिरावण को मारते थे, दोनों भाई फिर से जीवित होकर लड़ना आरंभ कर देते थे। हनुमान दुविधा में पड़ गए और फिर वे उनके अमरत्व का रहस्य जानने के लिए उड़कर वापस नगर में गए। वहाँ उन्हें एक नाग कन्या मिली, जो महिरावण की रानी थी। उसने हनुमान को इस शर्त पर रहस्य बताने की बात कही कि दोनों भाइयों के मरने के बाद, राम को उससे विवाह करना पड़ेगा। हनुमान ने उसकी शर्त मान ली किंतु उसके सामने भी एक शर्त रख दी कि राम जिस शय्या पर बैठेंगे, यदि वह टूट गई तो राम विवाह के लिए बाध्य नहीं होंगे। नाग कन्या ने वह शर्त मान ली और फिर हनुमान को बताया कि उसके पति के प्राण सात विशाल मक्खियों में बसे हैं,

जो तीस योजन दूर एक छत्ते में रहती हैं। उन मक्खियों द्वारा तैयार पराग से दोनों असुर जीवित रहते हैं। हनुमान उड़कर उस स्थान पर गए और छह मक्खियों को मार डाला। उन्होंने सातवीं मक्खी को इस शर्त पर छोड़ दिया कि वह रानी के कक्ष में घुसकर उसके पलंग को खोखला कर देगी। उसके बाद, उन्होंने लौटकर राम व लक्ष्मण के साथ असुरों को आसानी से मार दिया। हनुमान ने राम को सारा रहस्य बता दिया। राम हनुमान द्वारा दिए गए वचनानुसार उस रानी के कक्ष में गए। वे जैसे ही उसके पलंग पर बैठे, पलंग टूट गया। राम ने रानी को आशीर्वाद दिया और उसे अगले युग - द्वापर युग में अपनी पत्नी बनाने का वचन दिया।

इसके बाद हनुमान, राम और लक्ष्मण को अपने कंधे पर बैठाकर वापस उड़ चले। वे जब बंदी बने मकरध्वज के ऊपर से जा रहे थे तो राम ने हनुमान से उसके विषय में पूछा। हनुमान ने उनसे कहा कि वह एक वानर है जो उनका पुत्र होने का दावा करता है। राम ने नीचे उतर कर उसे बंधन मुक्त किया। उन्होंने उसे पाताल का राजा भी बना दिया और कहा कि वह धर्मानुसार शासन करे ताकि असुरों ने जिस वैदिक धर्म नष्ट कर दिया था, वह फिर से स्थापित हो सके।

मकरध्वज ने राम के चरण पकड़कर उनसे और अपने पिता से आशीर्वाद लिया।

इसके बाद हनुमान राम और लक्ष्मण के साथ लंका लौट आए। उनके आने से सभी वानरों की आशा फिर से सजीव हो उठी, जो उनके लौटने की प्रतीक्षा कर रहे थे।

*भूत पिशाच निकट नहिं आवै।*
*महाबीर जब नाम सुनावै।।*

*—तुलसीदास कृत हनुमान चालीसा*

ॐ *श्री हनुमते नमः*

ॐ

*सत्यसंदाय नमः*

अध्याय 25

# रुद्र-पुत्र

## निर्णायक युद्ध

*पक्षी और हिरण मेरे परिचारक होंगे,*
*वन मेरा नगर और वृक्ष की छाल मेरे निर्मल वस्त्र होंगे,*
*हे प्रभु, आपके संग पर्णकुटीर स्वर्ग के समान लगेगी,*
*और सब कुछ सुखमय होगा।*

—तुलसीदास द्वारा रचित *रामचरितमानस* में
सीता कहती हैं राम से।

रावण यह सोचकर हर्षित हो रहा था कि अब तक तो उसके पुत्रों ने काली के समक्ष कोसल बंधुओं की बलि चढ़ा दी होगी कि तभी उसे अपने किले के बाहर शोरगुल सुनाई पड़ा। वह यह जानने के लिए कि बाहर क्या हो रहा है, प्राचीर पर चढ़ा तो उसने देखा कि राम और लक्ष्मण वानरों के बीच उत्सव मना रहे थे। उसे विश्वास नहीं हुआ। नियति एक के बाद एक, उसे मित्रों और उसकी आशाओं से वंचित करती जा रही थी। परंतु उसने स्वयं को सँभाला और अपने अंतिम सेनापति को युद्धभूमि में भेजने का निर्णय किया। अगले दिन उसने कुछ चुने हुए सैनिकों की टुकड़ी, जो अपने साहस के लिए प्रसिद्ध थी, युद्धभूमि में भेज दी। उनके साथ कुछ बचे हुए सेनापति - महोदर, महापार्श्व और विरुपाक्ष भी चले गए। उन सभी को अजेय योद्धा माना जाता था।

सूर्योदय के साथ ही वह अभागी सेना, अपने समय के सर्वोत्कृष्ट हथियारों से लैस होकर पश्चिमी द्वार पर एकत्रित हो गई। उनकी गोलाबारी से घना धुआँ निकल रहा था। सड़ा माँस खाने वाले पक्षी, आकाश में मँडरा रहे थे और सियार चीख़ रहे थे। लंका नगरी के ऊपर, राख के बादल तैर रहे थे। स्वर्णिम दीवारों के बाहर धमाके के साथ इंद्रजित के मनोहर कुंज में विस्फोट हुआ। पश्चिमी द्वार खुला और वहाँ का पुल गड़गड़ाता हुआ नीचे आ गिरा। दीवारों पर तैनात पहरेदारों ने देखा कि भालू और बंदर उनकी ओर ताक रहे थे, परंतु वे राक्षस घबराए नहीं और उन्होंने चरचराती आवाज़ के साथ अपनी तलवारें

खींच लीं। दोनों सेनाएँ भयंकर तरीक़े से भिड़ गईं और रक्त मानो नदी की तरह बहने लगा। अब राम ने वानरों को एक ओर हटने के लिए कहा। वे उनसे अकेले ही निपटने लगे जैसा कि उन्होंने जनस्थान पर सेना के साथ किया था।

बाण-वर्षा ने सेना को पूरी तरह ढँक लिया और वह दिखाई नहीं दे रही थी। इसके बाद राम ने गंधर्व नाम का अस्त्र उठाया, जिसके प्रयोग से ऐसा दृष्टि भ्रम उत्पन्न हो गया कि चारों ओर सैकड़ों राम दिखाई देने लगे। एक घंटे के भीतर राम ने रावण की उस सैन्य टुकड़ी को समाप्त कर दिया।

इस बीच, रावण के तीनों शानदार सेनापति, सुग्रीव और अंगद के साथ द्वंद्व कर रहे थे। अत्यंत कड़े मुकाबले के बाद, सुग्रीव ने विरुपाक्ष और महोदर को तथा अंगद ने महापार्श्व को मार डाला।

उन तीनों मृतकों की पत्नियाँ ज़ोरदार विलाप करने लगीं जो धीरे-धीरे समस्त लंका में फैल गया। उन्होंने अपने सब कष्टों के लिए शूर्पणखा को दोषी ठहराया। लंका का प्रत्येक घर शोक में डूब गया। वे घर, जहाँ से किसी समय में, सिर्फ़ संगीत एवं आमोद-प्रमोद के स्वर सुनाई देते थे, अब विलाप और सिसकियों के शोर से गूँज रहे थे।

रावण ने जब यह समाचार सुना तो उसका मन पूर्वाभास और उदासी से भर उठा। उसने अपने दरबार के ज्योतिषियों से परामर्श किया, जिन्होंने उसकी कुंडली पढ़कर यह निर्णय सुनाया कि ग्रहों की स्थिति उसके पक्ष में नहीं थी। भारतीय ज्योतिष नवग्रह कहे जाने वाले नौ ग्रहों से संचालित होता है। रावण ने सोचा कि उन ग्रहों की स्थिति बदलने से वह अपने भाग्य को बदल सकता है। वह अपने उड़ने वाले रथ पर सवार हुआ और आकाश में जाकर उसने सभी नवग्रहों को बंदी बना लिया। फिर वह उन्हें अपनी राजधानी में ले आया तथा जंज़ीरों में बाँध दिया। उसके बाद, उसने कुछ अनुष्ठान करने शुरू किए, जिनके सफल होने पर ग्रहों की स्थिति उसके पक्ष में बदल सकती थी।

विभीषण सदा चौकन्ना रहता था। उसने जैसे ही रावण की यज्ञशाला से, जहाँ वह यज्ञ हो रहा था, धुआँ उठता देखा तो तुरंत हनुमान को सावधान करते हुए यज्ञ रोकने के लिए कहा। वह हनुमान और वानरों की टोली को गुप्त मार्ग से रावण की यज्ञशाला तक ले गया। उन्होंने देखा कि दशानन आँखें मूँदे यज्ञ-वेदी के पास बैठा मंत्रोच्चारण कर रहा था। सभी वानर कर्णभेदी स्वर निकालते हुए सभागार में घुस गए और वहाँ विध्वंस मचा दिया। उन्होंने यज्ञाग्नि को बुझा दिया और आस-पास रखे पात्रों को लात मारी तथा ज़मीन पर बने गूढ़ चित्रों को मिटा दिया। रावण गहरे ध्यान में था। वह इस शोरगुल से विचलित नहीं हुआ।

"हमें इसे किसी भी क़ीमत पर रोकना होगा," विभीषण ने कहा, "अन्यथा यह अपना भाग्य बदलने में सफल हो जाएगा।"

हनुमान ने एक योजना बनाई। उन्होंने वानरों से कहा कि वे भीतरी कमरों में जाकर रावण की पत्नियों को डराएँ। वानरों ने, अत्यंत तत्परता से, रावण की रानियों और उप-पत्नियों पर हमला कर उनके बाल खींचे, मुँह नोंच लिए तथा वस्त्र फाड़ डाले।

वे रोती हुईं, दौड़कर रावण के पास उसकी यज्ञशाला में पहुँची। इतने पर भी रावण ने अपनी आँखें नहीं खोलीं। अब वानरों ने मंदोदरी को घेर लिया और वे खींसे निपोरने तथा वक्षस्थल पीटने लगे और गुर्राकर उसे धमकाने लगे। मंदोदरी की दयनीय चीख़-पुकार सुनकर रावण ने आँखें खोलीं और उसकी सहायता के लिए दौड़ा। रावण के वहाँ से हटते ही, हनुमान दौड़कर यज्ञ-स्थल पर पहुँचे और बंदी बनाए नवग्रहों को मुक्त कर दिया।

रावण द्वारा अपना भाग्य पलटने के प्रयास को सफलतापूर्वक रोक देने के लिए, सभी ग्रह सदा के लिए हनुमान के कृतज्ञ हो गए। इसी कारण माना जाता है कि हनुमान का इन ग्रहों पर यथेष्ट नियंत्रण है। जिनके ग्रहों की दशा प्रतिकूल होती है, वे लोग हनुमान की पूजा करते हैं। कुछ चित्रों में हनुमान को एक स्त्री को अपने पैरों के नीचे रौंदते हुए दिखाया गया है। यह स्त्री पनवती, याने कष्टकारी ज्योतिषीय प्रभावों का मानवीकृत रूप समझी जाती है।

अपनी मृत्यु से एक दिन पूर्व रावण ने विजय प्राप्त करने का अंतिम प्रयास किया था। वह अपने गुरु के पास गया और उनसे कोई ऐसा तरीक़ा बताने को कहा जिससे वह अमावस्या की रात्रि के बाद होने वाले युद्ध में विजयी हो सके। उसके गुरु ने उसे देवी काली का एक और यज्ञ करने की सलाह दी ताकि वह अजेय हो सके। गुरु ने उसे यह कहकर सावधान भी किया कि वह ऐसा कुछ न करे जिससे देवी उसकी विरोधी हो जाएँ क्योंकि जो भी उनकी आराधना करता है, देवी उसकी रक्षा करने में समर्थ हैं। उसने सब ब्राह्मणों को एकत्र किया, जिन्हें उसने बंदी बना रखा था और जो सब तरह के तांत्रिक अनुष्ठानों के ज्ञाता थे। उसने उन्हें देवी काली के सर्वाधिक हिंसक रूप का आह्वान करने का आदेश दिया। उसने सोचा, यदि देवी उसके पक्ष में हो गईं तो उसकी विजय निश्चित थी। उन ब्राह्मणों को एक विशिष्ट श्लोक का एक हज़ार बार उच्चारण करना था, प्रत्येक उच्चारण के साथ अग्नि में उचित आहुति देनी थी और साथ ही, रावण की इच्छापूर्ति के लिए देवी से प्रार्थना करनी थी।

विभीषण को रावण की इस योजना की पूर्वसूचना मिल गई। उसने तुरंत हनुमान को यह बात बता दी। हनुमान ने ब्राह्मण का रूप धारण किया और जाकर अनुष्ठान की तैयारी में अन्य ब्राह्मणों की सहायता करने लगे। यह देखकर ब्राह्मण प्रसन्न हुए क्योंकि उन्हें सामान्य तौर पर, लंका में इस तरह की सहायता नहीं मिलती थी। उन सेवाओं के बदले ब्राह्मणों ने हनुमान को वरदान माँगने को कहा। हनुमान ने बड़े नाटकीय ढंग से कहा कि उन्हें सेवा के बदले में कुछ नहीं चाहिए। परंतु ब्राह्मणों ने ज़ोर देकर हनुमान से वरदान माँगने को कहा। तब हनुमान ने अत्यंत भोलेपन से उनसे कहा कि देवी को प्रसन्न करने हेतु पढ़े जाने वाले अंतिम मंत्र का एक अक्षर बदल दिया जाए। ब्राह्मण तत्काल उस बदलाव के गंभीर प्रभाव को समझ गए। वे समझ गए कि एक अक्षर को बदलने मात्र से पूरे मंत्र का अर्थ बदल जाएगा तथा देवी से आशीर्वाद मिलने के बजाय, अनुष्ठान में व्यवधान उत्पन्न हो जाएगा! उन्होंने एक-दूसरे को अर्थपूर्ण ढंग से देखा, किंतु वे अपने वचन से बाध्य थे और इसलिए उन्होंने हनुमान की बात मान ली।

वह अनुष्ठान पूरी रात चलता रहा, किंतु ग़लत मंत्र के कारण एक सहस्त्र एक मंत्र पूर्ण हो जाने के बाद भी देवी प्रकट नहीं हुईं। ब्राह्मणों ने इधर-उधर देखा किंतु वह नन्हा

ब्राह्मण ग़ायब हो गया था। रावण को बहुत गुस्सा आया और उसने ब्राह्मणों से पूछा कि उनसे कहाँ भूल हुई। उन्होंने उत्तर दिया कि देवी उसके अधार्मिक कृत्यों से रुष्ट हैं, इसीलिए उन्होंने उसकी प्रार्थना अस्वीकार कर दी है।

यह अरुचिकर बात सुनकर रावण अत्यंत क्रोधित हो गया और तलवार उठाकर ब्राह्मणों को मारने के लिए दौड़ा, किंतु उसकी पत्नी मंदोदरी ने उसे यह घृणित कृत्य करने से रोक लिया।

मंदोदरी ने रावण को राम से संधि करने का सुझाव दिया। "ब्राह्मणों ने क्या किया है? उन्होंने तो केवल सत्य कहा है। आपके सब भाई, हमारे पुत्र, मित्र, मंत्रीगण और सेनापति मारे जा चुके हैं। क्या आप यह उपद्रव अपने समस्त लोगों के मारे जाने तक नहीं रोकेंगे? हमारे पास अब जीने के लिए क्या शेष है? जहाँ तक मेरा प्रश्न है, मैं अपने प्रिय पुत्रों की मृत्यु के बाद जीवित नहीं रहना चाहती! क्या आप अब भी विवेक से काम नहीं लेंगे?"

उसने प्रार्थना की, याचना की, परंतु रावण पीछे हटने को तैयार नहीं था और उसने मंदोदरी की बात को अनसुना कर दिया। फिर वह कोसल बंधुओं को मारने की नई योजना बनाने लगा। "मंदोदरी ने जो कुछ कहा है, वह सत्य है। मेरे सभी प्रियजन मुझे छोड़कर जा चुके हैं। कल मुझे अपने शत्रुओं से अकेले ही युद्ध करना होगा। परंतु, मैंने किसी के आगे सिर नहीं झुकाया और अब भी नहीं झुकाऊँगा!"

मंदोदरी ने रावण की सभी रानियों को उपवास और पूर्ण शुचिता का प्रण लेने और पूरी रात सावधान रहने को कहा ताकि देवी उनके पति की रक्षा करें। जांबवंत को भी यह बात पता लगी। वह जानता था कि कर्म से ही नहीं, अपितु केवल विचार से भी व्यभिचार हो जाए तो ऐसा प्रण निष्फल हो जाता है। उसने हनुमान से कहा कि वे अपना सर्वोत्कृष्ट रूप धारण करके रावण की पत्नियों के महल की खिड़की के पास से निकलें। रावण की पत्नियों ने जब हनुमान के सुगढ़ अंग और उनकी आकर्षक चाल देखी तो उनके मन में हनुमान के आलिंगन में बँधने की इच्छा जागृत हो उठी! इस मानसिक व्यभिचार ने रावण की रक्षा हेतु उनके प्रण की शक्ति को क्षीण कर दिया और इस कारण रावण भी राम के बाणों से असुरक्षित हो गया।

ग्रहों की स्थिति बदलने का प्रयास करने के लिए किए जा रहे उस यज्ञ में व्यवधान पड़ने के बाद, रावण को महसूस हुआ कि व्यक्ति अपनी नियति को नहीं बदल सकता! उस रात जब वह उदास स्थिति में अपने शयनकक्ष की ओर जा रहा था तो, माया के रचयिता मय दानव की पुत्री मंदोदरी ने अपनी बाँहें उसके गले में डाल दीं।

"स्वामी!" वह बोली, "आपको कल युद्ध के लिए जाना है। क्या आप अपना विचार नहीं बदल सकते?"

उसने धीरे-से मंदोदरी को स्वयं से दूर किया और कहा, "प्रिय, तुम जानती हो कि मुझे जाना है, परंतु मेरा विश्वास करो। मैं तुम्हें निराश नहीं करूँगा।"

"आपने मुझे कभी निराश नहीं किया, स्वामी। जिस दिन से हमारा विवाह हुआ है, आपने मुझे हमेशा सुख प्रदान किया है। मैं यह कैसे भूल सकती हूँ?"

"तुम मेरा विश्वास करो," रावण बोला, "तुम एक बार फिर विश्वास और आशा करो - सिर्फ़ एक और बार! मैं तुम्हें निराश नहीं करूँगा।"

"आप मेरे पति हैं। मुझे पता है कि आप मुझे निराश नहीं करेंगे।"

रावण ने मंदोदरी का हाथ थामा और कहा, "विदा लेता हूँ, प्रिय!"

वह उदास दृष्टि से रावण को अंतिम बार दुर्ग के प्राचीर पर चढ़ते हुए देखने लगी। वह *सामवेद* की ऋचाएँ गाने लगा, जिनमें वह पारंगत था और जिन्हें गाकर उसने एक बार महादेव शिव को इतना प्रसन्न कर दिया था कि उन्होंने उसकी समस्त इच्छाएँ पूर्ण कर दी थीं। वायु की सरसराहट, लहरों का स्वर तथा वृक्षों की चरचराहट समेत समस्त प्रकृति मानो गायन में सुर से सुर मिलाकर, उसका साथ दे रही थी। वह अपने पैर उठाता, रखता नाच रहा था। उसकी श्वास तेज़ चल रही थी, किंतु वह शांत था। उसने अपना सिर पीछे किया, हाथों को हिलाया और घूम गया। वायु उसके चारों ओर घूम रही थी तथा देवतागण भी उसे देखने आ पहुँचे। उसकी आकृति के आस-पास नीले रंग की लपटें, लंका से भी ऊपर उठ रही थीं और उसके लंबे खुले बालों में विद्युत चटचटा रही थी। राम और उनके साथी, नीचे से रावण के बलशाली व्यक्तित्व की छवि को, संगीत पर झूमते-नाचते देखकर मोहित हो गए।

आख़िरकार, अर्द्धरात्रि होने पर अमावस्या के समय, हवा रुक गई, लहरें शांत हो गईं और रावण निर्णायक युद्ध के लिए नीचे उतर आया।

उसने अपने अंतिम सेनापतियों को युद्ध के लिए तैयार होने का आदेश दिया तो पहली बार, उसके स्वर में भय का पुट था। उसने स्वयं युद्ध में जाकर अपने प्रियजनों की मृत्यु का प्रतिशोध लेने का निर्णय किया। उसने काले इस्पात से बना अपना रात्रि कवच पहना और शिरस्त्राण धारण किया जिसने उसके मुख को छिपा लिया। उसके रथ के सुनहरे वस्त्र पर लंका की युद्ध-पताका फहरा रही थी। पताका के दंड पर दस बाण बँधे हुए थे जो उसके राज्य की दस दिशाओं को दर्शाते थे। उसका रथ, ढालों व पीतल की पत्तियों से सुरक्षित था। उसमें रखे आधुनिक अस्त्र व आभूषण जगमगा रहे थे। उसमें श्रंगी की नोंक वाले बाण, सीधी लंबी तलवार और एक अष्टभुजा गदा रखी थी। रथ के द्वार के निकट पहुँचते ही, रावण उसमें बाघ की फुर्ती से कूदकर चढ़ गया और लगाम स्वयं सँभाल ली। वह मार्ग से होकर गुज़रा तो आस-पास खड़े राक्षसों ने शोर मचाया तथा तालियाँ बजाईं। उसने बाहर निकलने के लिए पाँचवां द्वार चुना, जो माया का द्वार था। वह अर्द्धरात्रि के काले आकाश में, विशाल काले राजहंस की भाँति प्रकट हुआ।

वानर चारों द्वारों पर तैनात थे, किंतु रावण आकाश-स्थित मायावी एवं पाँचवें द्वार से बाहर आया और जोरदार आवाज़ के साथ सबके बीच में उतर गया। कहते हैं, उसके द्वार से बाहर निकलते ही वायु बहने लगी। अमावस्या होने के कारण सब तरफ़ गहन अंधकार था। उल्लू बोल रहे थे और सियार चीखने लगे। बादलों से रक्त की बूँदें टपकने लगीं तथा अश्व लड़खड़ाकर गिरने लगे। रावण के चेहरे का तेज़ समाप्त हो रहा था और उसका स्वर कर्कश होने लगा। उसकी बाईं आँख और हाथ फड़कने लगे। ये सब मृत्यु के संकेत थे।

उसने इन अपशकुनों की चिंता नहीं की तथा अपने शेष सेनापतियों के साथ तेज़ी से वानरों की सेना के बीच में से गुज़रा। उसे थोड़ी दूरी पर, राम के धनुष की सुनहरी नोंक दिखाई दे रही थी। राम धरती पर निर्भय खड़े थे। रावण वानर-दल को धकेलता हुआ उन्मत्त होकर युद्ध कर रहा था। उसके क्रोधपूर्ण आक्रमण को सहन करने का साहस किसी में नहीं था। जिस प्रकार ग्रीष्म ऋतु के आगमन पर सरोवर सूखने लगता है, उसी तरह वानर सेना की संख्या भी कम होती जा रही थी। वे बड़ी संख्या में मर रहे थे। रावण ने उनकी ओर ज़रा भी ध्यान नहीं दिया क्योंकि वह राम तक पहुँचना चाहता था। राम ने जब रावण को अपनी ओर आते देखा तो उन्होंने सभी पशुओं को अपने पीछे चले जाने को कहा क्योंकि यही वह क्षण था, जिसकी उन्हें प्रतीक्षा थी और वे अपने शत्रु का सामना अकेले करना चाहते थे।

रावण ने अपने सारथी को राम के पास चलने का आदेश दिया। वह राम के साथ हुई अपनी पहली मुठभेड़ को भूल जाना चाहता था जिसमें राम ने उसे उदारतापूर्वक छोड़ दिया था। राम ने अपना कोदंड धनुष हाथ में पकड़ा हुआ था और लक्ष्मण उनके साथ खड़े थे। रावण ने जब राम को देखा तो उसे लगा कि उसके सामने भगवान नारायण खड़े हैं और देवराज इंद्र उनके साथ खड़े हैं। चूंकि रावण रथ पर सवार था, हनुमान ने राम को उठा लिया ताकि वे भी रावण के समान स्तर पर आ जाएँ। उसके बाद जो युद्ध आरंभ हुआ, उसमें हनुमान बड़ी कुशलता से रावण के चलाए प्रत्येक अस्त्र से बच जाते थे और राम को खरोंच तक नहीं आती थी! राम ने बाण से रावण का सिर काट दिया किंतु उन्हें यह देखकर बहुत आश्चर्य हुआ कि उस स्थान पर तत्काल एक नया सिर निकल आया। ऐसा अनेक बार हुआ। राम के स्तब्ध चेहरे को देखकर रावण उपहास करता व हँसता रहा। इस बात से परेशान होकर, राम ने युद्ध की कमान लक्ष्मण को सौंप दी और स्वयं विभीषण से सलाह लेने चले गए।

विभीषण ने कहा, "मैं विश्वास के साथ तो नहीं कह सकता किंतु ऐसा कहते हैं कि रावण के उद्यान में एक सरोवर है जिसमें किसी समय पर, जब जयंत उसके उस सरोवर के ऊपर से अमृत ले जा रहा था, तो अमृत की एक बूंद सरोवर में गिर गई थी। उस सरोवर में उगने वाले कमल के फूलों में तन को संजीवित करने और घातक घावों को तक भर देने की शक्ति है। रावण हर बार घायल होने पर अवश्य ही, कमल के फूलों को खाता होगा और उसी से वह पुनर्जीवन प्राप्त करता है।"

हनुमान ने तुरंत मक्खी का रूप धारण किया और उस सरोवर का पता लगा लिया। उन्होंने उसमें उगे सारे कमल-पुष्प खा लिए और सरोवर के जल को भी शीघ्रातिशीघ्र ख़ाली कर दिया। ऐसा करने के बाद, वह जिस तेज़ी से गए थे, उसी तेज़ी से लौट आए।

इस बीच, लक्ष्मण ने रावण पर अनेक अग्नि बाण चलाए क्योंकि वे उसे परास्त करना चाहते थे। रावण ने उन सबको आसानी से रोक लिया और उन्हें बीच में से चीर दिया। फिर वह लक्ष्मण के ऊपर से उड़ता हुआ राम के समक्ष पहुँच गया और उनके ऊपर अनेक बाण चलाए। राम ने भी प्रत्युत्तर में बाण चलाए और जल्दी ही, सारा आकाश दोनों के द्वारा चलाए जा रहे विभिन्न तरह के बाणों से भर गया। दोनों के बाण गिद्ध के पंखों से

सजे और बहुत ही पैने थे तथा अत्यंत तेज़ गति से चलते थे। दोनों योद्धा समान रूप से कुशल थे और विभिन्न प्रकार के अस्त्रों के प्रयोग में पारंगत थे। रावण के बाणों के फल पर सिंह, बाघ, हंस, गिद्ध, सियार व भेड़िये बने हुए थे। राम ने उसके सभी बाणों को आसानी से अपने बाणों द्वारा काट दिया जिसे देखकर वानरों को बहुत ख़ुशी हुई। इसके बाद, लक्ष्मण ने आगे बढ़कर एक बाण से हवा में फहराती, रावण की शानदार पताका काट दी। लक्ष्मण को अब तक अपनी भाभी का करुण चेहरा याद था, जब सीता ने पंचवटी में लक्ष्मण को अपनी कुटिया के बाहर राम के पीछे जाने के लिए कहा था। वह दृश्य ध्यान में आते ही, लक्ष्मण ने अपने बाण से रावण के सारथी का सिर काट डाला। उसके बाद, उन्होंने पाँच तीखे बाण चलाकर रावण का विशाल धनुष काट दिया, जो हाथी की सूँड़ जैसा दिखता था। इसके बाद, विभीषण ने अपनी विशाल गदा से रावण के अश्वों पर वार करके उन्हें मार डाला। रावण को बहुत गुस्सा आया और उसने विभीषण पर शक्ति नामक अस्त्र का प्रयोग कर दिया। परंतु लक्ष्मण ने बीच में आकर उसकी रक्षा कर ली। रावण ने मन में निश्चय किया कि अब राम के धृष्ट भाई को समाप्त करने का समय आ चुका है। कांस्याग्नि की भाँति चमचमाती हरी आँखों वाले और सिंह के समान गरजते हुए रावण ने मय दानव का मायावी शक्तियों से बना भाला लक्ष्मण की ओर फेंका। वह भीषण आवाज़ करता हुआ किसी ख़तरनाक उल्कापिंड की भाँति अपने लक्ष्य की ओर बढ़ गया। राम ने जब उसे अपने प्रिय भाई की ओर जाते देखा तो उन्होंने तुरंत यह संकल्प किया, "तुम्हारा प्रयास निष्फल हो जाए। लक्ष्मण को मारने का तुम्हारा प्रयास विफल हो जाए।" यद्यपि राम के इस संकल्प से उस अस्त्र की मारने की शक्ति समाप्त हो गई, तथापि वह इतना शक्तिशाली था कि उसने लक्ष्मण को आहत करके मूर्छित कर दिया।

लक्ष्मण को रक्त के तालाब में पड़ा देख, राम बुरी तरह घबरा गए। उन्होंने दौड़कर लक्ष्मण को छाती से लगा लिया यद्यपि, रावण तब भी अपने शक्तिशाली बाणों से राम के ऊपर प्रहार करता रहा। उन्होंने चिल्लाकर हनुमान व सुग्रीव को बुलाया और लक्ष्मण की देखभाल करने को कहा क्योंकि वे उस दशानन राक्षस को समाप्त किए बिना वहाँ से जाने वाले नहीं थे। उन्हें रावण से अनेक बातों का प्रतिशोध लेना था।

"यह स्पष्ट है कि इस संसार में हम दोनों नहीं रह सकते। वह मरेगा अथवा मेरे प्राण जाएँगे। तुम सब लोग पर्वत पर अपना स्थान ले लो और ध्यान से देखो, क्योंकि जब तक यह संसार रहेगा, जब तक समुद्र के ऊपर यह पृथ्वी टिकी रहेगी और जब तक पृथ्वी पर प्राणी रहेंगे, तब तक इस युद्ध की चर्चा होती रहेगी!"

रावण के विरुद्ध राम के मन में जो क्रोध पिछले ग्यारह माह से उफन रहा था, अब उठकर सतह पर आ गया। वे उन्मत्त हाथी की तरह युद्ध करने लगे।

उसके बाद, उन दोनों के बीच भीषण संग्राम हुआ। चूंकि राक्षस निशाचर होते हैं, इसलिए वे सुबह होने के साथ दुर्बल होने लगते थे। रावण की शक्ति भी क्षीण होने लगी थी। राम व रावण का यह युद्ध, उनकी पिछली मुठभेड़ से भी अधिक भयंकर था तथा देखने वालों को, सिर्फ़ धनुष की टंकार और बाण छूटने पर तालियों की आवाज़ सुनाई देती थी। अंत में राम के ज्वलंत धनुष से चले सुनहरी नोंक वाले बाणों से घायल होने के बाद, रावण

रणभूमि छोड़कर भाग गया। राम ने प्रसन्नतापूर्वक अपने भाई की ओर देखा जो मूर्छित पड़ा था। उन्होंने सुग्रीव के राजवैद्य से लक्ष्मण को बचाने के प्रयास करने का आग्रह किया।

"यदि मेरा भाई मारा गया तो फिर मुझे इस युद्ध में हार या जीत से कोई अंतर नहीं पड़ता। मुझे न राज्य चाहिए और न ही अपना जीवन। सीता को मुक्त करवाने की मेरी इच्छा भी अब समाप्त हो गई है। सीता जैसी पत्नी तो शायद फिर मिल सकती है, किंतु लक्ष्मण जैसा भाई, मुझे फिर कभी नहीं मिलेगा। इसका जन्म मेरे साथ हुआ और यह छाया की तरह मेरे साथ रहता है। इन दुख के दिनों में यही मेरा सहारा रहा है।" ऐसा कहकर, राम रोते हुए लक्ष्मण के शरीर पर गिर पड़े।

वैद्य ने कहा, "प्रभु! लक्ष्मण के चेहरे का तज़ गया नहीं है, इसलिए मुझे विश्वास है कि ये अभी जीवित हैं। इनकी त्वचा पर कालापन नहीं है, जो मृत्यु का संकेत होता है। इनकी हथेलियाँ अब तक गुलाबी व नर्म हैं। इसके अतिरिक्त, इनके तन पर दीर्घायु होने के सभी लक्षण विद्यमान हैं। इसलिए आप कृपया दुखी न हों!"

वैद्य ने हनुमान को तत्काल हिमालय से मृतसंजीवनी तथा विशाल्यकारिणी नाम की बूटियाँ लाने के लिए कहा जिससे व्यक्ति की मूर्छा तुरंत दूर हो जाती है। वैद्य का वाक्य पूर्ण होने से पहले, हनुमान उत्तर दिशा की ओर उड़ चुके थे, किंतु पहले की भाँति वे फिर से बूटी को नहीं पहचान सके और दोबारा पूरा पर्वत ले आए ताकि वैद्य आवश्यकतानुसार, बूटियों का प्रयोग कर सके। वैद्य बूटियों को पीसकर ज्यों ही लक्ष्मण की नाक के निकट ले गया, वे उसकी सुगंध से उठ गए मानो गहरी निद्रा से जागे हों। उनके चेहरे पर थकान अथवा ऊर्जा के लोप का कोई लक्षण नहीं था। उन्हें पूरी तरह स्वस्थ देखकर राम बहुत प्रसन्न हुए। उन्होंने रोते हुए लक्ष्मण को गले से लगा लिया और बोले, "मेरे प्रिय भाई! तुम्हारे बिना मेरा जीवन बेकार है। मेरे लिए सीता या राज्य का कोई अर्थ नहीं है।"

यह सुनकर लक्ष्मण बोले, "हे राम, आपने आज रावण को मारने और विदेह की राजकुमारी को मुक्त करवाने का प्रण लिया है। अब आपका यही लक्ष्य होना चाहिए। मेरी चिंता मत कीजिए। रावण को युद्ध के लिए चुनौती दीजिए। आपको सूर्योदय होने से पूर्व उसका वध करना है।"

इसके बाद, दोनों ने हनुमान को गले से लगा लिया और दूसरी बार लक्ष्मण के प्राण बचाने के लिए उन्हें आशीर्वाद दिया।

*संकट कटै मिटै सब पीरा।*
*जो सुमिरै हनुमत बलबीरा।।*

—तुलसीदास कृत *हनुमान चालीसा*

ॐ *श्री हनुमते नमः*

ॐ

*धूम्रकेतवे नमः*

## अध्याय 26

# विरूप

## रावण-वध

*रणभूमि में राम की समस्त महिमा प्रदर्शित हो रही थी,*
*उनके अतुल्य बल और उनके अपार सौंदर्य के रूप में,*
*उनके कमल-समान चेहरे पर परिश्रम की बूँदें थीं,*
*उनके अनुपम नेत्र एवं तन रक्त से सना था,*
*अपने दोनों हाथों में उन्होंने धनुष व बाण पकड़े हुए थे,*
*उनके आस-पास भालू एवं वानर एकत्रित थे।*

—तुलसीदास कृत *रामचरितमानस*

राम को पता था कि उनके भाई ने सत्य कहा था किंतु वे दिवास्वप्न में चले गए और एक क्षण के लिए उन्हें ऐसा लगा कि वे रावण को परास्त नहीं कर सकेंगे। उन्हें थका हुआ और गहन चिंतन में देखकर, महर्षि अगस्त्य उनके पास आए और उन्हें "आदित्य हृदयम्" नाम की महान ऋचा देकर बोले, "यह ऋचा सूर्यदेव की स्तुति है और इससे सभी बाधाएँ दूर हो जाती हैं।"

"हे सूर्यवंश के राजकुमार, बलशाली राम!" अगस्त्य ने कहा, "इस प्राचीन मंत्र को सुनिए, जिससे आप युद्ध में अपने सभी शत्रुओं को परास्त कर सकेंगे। इस ऋचा के इष्ट सूर्यदेव हैं और यदि उत्साहपूर्वक इसका उच्चारण किया जाए, तो यह आपके शत्रुओं का नाश करने और आपको विजय एवं अनंत सुख प्रदान करने में सक्षम है। यह निश्चित रूप से सभी पापों को नष्ट करके समस्त चिंताओं को दूर करती है। इसलिए, आप इस ऋचा के साथ सुनहरे गोलाकार सूर्यदेव की अर्चना कीजिए क्योंकि समस्त दिव्य प्राणियों की समग्रता के, वही एकमात्र प्रतिनिधि हैं।"

अगस्त्य मुनि सर्वज्ञ थे और जानते थे कि राम, नारायण का अवतार हैं किंतु उन्हें यह भी पता था कि वे अपनी दिव्यता से अनभिज्ञ हैं। इसीलिए अगस्त्य मुनि ने, सामान्य प्राणी के गुरु के समान, राम को उस मंत्र की दीक्षा प्रदान की। इस पवित्र ऋचा के

निष्ठापूर्ण उच्चारण से न केवल सभी तरह की भौतिक बाधाएँ, अपितु सनातन सत्य की खोज करने वाले के मार्ग की भी समस्त बाधाएँ दूर हो जाएँगी। अगस्त्य मुनि ने राम को कहा कि यदि वे सूर्य की ओर देखकर उस ऋचा का उच्चारण करेंगे तो उनकी युद्ध में निश्चय ही विजय होगी। यह सुनकर, राम को उत्साह आ गया और वे सूर्य की ओर देखकर पूर्ण श्रद्धा और निष्ठा के साथ मंत्र का उच्चारण करने लगे।

"हे विजय के स्वामी! पूर्व दिशा के स्वामी! पश्चिम दिशा के स्वामी! आप असीमित हैं! आप देदीप्यमान हैं! आप सुनहरे अंगों वाले एवं ब्रह्मांड के रचयिता हैं! आप समस्त प्राणियों के कर्मों के साक्षी हैं! मैं आपको बारंबार प्रणाम करता हूँ!"

राम स्वयं सूर्यवंशी थे, इसलिए ज्यों ही उन्होंने तीन बार मंत्र का उच्चारण किया, सूर्यदेव अपनी समस्त आभा के साथ राम के ऊपर दीप्तिमान होने लगे, मानो राम के निर्णय की प्रशंसा कर रहे हों। उन्होंने राम को तत्काल उस कार्य को पूर्ण करने का आग्रह किया, जो राम ने उस समय अपने हाथ में लिया हुआ था!

संध्याकाल के समय रावण ने भी अपने इष्ट, भगवान शिव से प्रार्थना की और फिर युद्ध में जाने की तैयारी करने लगा।

आदित्य हृदयम् का उच्चारण करने के बाद, राम उत्साह से भर उठे और उन्होंने रावण को बाहर निकलने के लिए चुनौती दी। उसने वल्कल वस्त्र पहने थे तथा जटा धारण की हुई थी और वह पैदल चल रहा था।

वह उपेक्षापूर्ण दृष्टि से देखता हुआ तपस्वी के समान आगे बढ़ रहा था। अचानक आकाश में कोई तारा टूटा। राम ने देखा कि वह एक चमकता हुआ विमान था, जिसमें चाँदी के रंग के दस अश्व जुते थे। उसमें रखे अस्त्र-शस्त्र जगमगा रहे थे। उसकी पंखुड़ियाँ घूम रही थीं और पहिये चमक रहे थे। वह वाहन धीरे-से राम के निकट उतरा। उसके सारथी ने नीचे उतरकर राम को प्रणाम किया और कहा, "मैं इंद्र का सारथी मातली हूँ। ये इंद्र के युद्धाश्व हैं और आकाश में धुँध के समान दौड़ते हैं। हे सूर्यवंशी, मुझे इंद्र ने आपको विजय दिलाने में सहायता हेतु यहाँ भेजा है।"

"आपका स्वागत है।" यह कहकर राम रथ पर सवार हो गए।

मातली ने अश्वों को स्पर्श करके, उन्हें चलने का संकेत दिया। वे अपनी चाँदी की जगमगाती नालों के साथ आगे चल पड़े।

रावण भी उन्हें रोकने के लिए अपने रथ में आगे बढ़ा। उन दोनों के बीच भयंकर युद्ध आरंभ हो गया। इस निर्णायक दृश्य को देखने के लिए आकाश में देवतागण एकत्र हो गए। सभी पशुओं व राक्षसों ने भी इस अंतिम दृश्य को देखने के लिए सुरक्षित स्थान ग्रहण कर लिए।

दोनों सारथी अपने-अपने रथों को कौशल व अचंभित करने वाले ढंग से चला रहे थे। राम और रावण ने एक-दूसरे पर विभिन्न शक्तिशाली मंत्रों से युक्त घातक बाण चलाए। रावण द्वारा चलाए अचूक नाग बाण अपने खुले मुख से विष उगलते राम की ओर आते थे, किंतु राम के गरुड़ बाण उन्हें बीच में ही समाप्त कर देते थे। हवा में उड़ते बाणों

से आकाश में अंधेरा छा गया और उनके परस्पर टकराने से विद्युत की गड़गड़ाहट जैसी भयंकर आवाज़ें पैदा होती थीं। राम का कोप देखने के लिए सारा संसार एकत्र हो गया था। सूर्य का तेज़ क्षीण पड़ गया और समुद्र अपनी विशाल लहरों के साथ इस भयावह दृश्य को देखने के लिए उमड़ने लगा। सामान्य तौर पर, राम की त्योरियाँ बहुत कम चढ़ी हुईं नज़र आती थीं, किंतु उस दिन उन्हें उस अवस्था में देखकर रावण भी घबरा गया। पशु-पक्षी डरकर इधर-उधर भागने लगे। वाल्मीकि कहते हैं, जिस तरह समुद्र की तुलना सिर्फ़ समुद्र से, आकाश की तुलना सिर्फ़ आकाश से की जा सकती है, उसी तरह राम-रावण युद्ध की तुलना केवल राम व रावण के युद्ध से ही की जा सकती है!

अंत में, रावण ने अपना शूलयुक्त भाला उठाया। उसकी नोंक अत्यंत पैनी थी और वह ज्वाला उगल रहा था मानो राम की छाती भेदने को उतावला हो। उसने वह भाला राम के ऊपर छोड़ दिया।

वह चिल्लाया, "रघुवंशी! यह तुम्हें और तुम्हारे भाई को नष्ट कर देगा!"

राम ने उसे काटने के लिए अनेक बाण चलाए किंतु वे सब रावण के भाले से निकलती अग्नि में भस्म हो गए। राम ने तत्काल रथ में रखा, इंद्र द्वारा भेजा भाला उठाया और उसे रावण के अस्त्र के ऊपर चला दिया। दोनों अस्त्र बीच हवा में टकराए और रावण का भाला, शक्तिहीन हो हज़ारों टुकड़ों में टूटकर बिखर गया। रावण ने एक अन्य अस्त्र चलाकर राम की पताका ध्वस्त कर दी। राम ने हनुमान से कहा, "हे वायुपुत्र! तुम तुरंत एक और पताका लाओ और स्वयं उस पर विराजमान होकर शत्रु को आतंकित करो!"

हनुमान ने तुरंत साल वृक्ष की एक डाल तोड़ी और उसे रथ में लगाकर स्वयं उसके ऊपर बैठ गए। उस स्थान से उन्होंने चारों ओर दृष्टि घुमाई और अत्यंत उग्र व भयंकर गर्जना की।

राम ने रावण से कहा, "तुमने सीता का हरण किया, जब वह आश्रम में अकेली व असहाय थी और ऐसा करके तुम स्वयं को वीर कहते हो। वह तुम्हारे पशुबल के समक्ष कैसे टिक पाती? तुम चोर तथा कामी पुरुष व कायर से अधिक कुछ नहीं हो। परंतु सावधान हो जाओ! आज सूर्यास्त से पूर्व, तुम्हारा सिर, भूखे गिद्धों का भोजन बनेगा और भेड़िये तुम्हारे रक्त से अपनी प्यास बुझाएँगे!" यह कहकर, राम ने रावण पर सैकड़ों बाण चला दिए।

राम के अविरत उत्साह एवं बाणों की वर्षा को देखकर रावण थोड़ा हतोत्साहित होने लगा उसे मूर्छा आने लगी। अपने स्वामी की स्थिति को देखते हुए, रावण का सारथी, कुशलता से उसे राम से दूर ले गया। ज्यों ही रावण की मूर्छा दूर हुई, वह अपने सारथी को अपशब्द कहने लगा और उसे रथ को तेज़ी से युद्धभूमि के मध्य ले जाने के लिए कहा।

"रावण कभी अपने शत्रुओं को पीठ नहीं दिखाता," वह बोला। "वह अपने शत्रुओं को समाप्त किए बिना नहीं लौटता!"

"स्वामी," उसके सारथी ने कहा, "अपने स्वामी की रक्षा करना सारथी का कर्तव्य है। हमारे अश्व थक गए थे तथा आपको भी थकान एवं मूर्छा आ रही थी। मुझे अपशकुन होते दिखाई पड़े, इसलिए मैंने आपको वहाँ से दूर ले आना उचित समझा।"

रावण ने उसकी निष्ठा से प्रसन्न होकर उसे अपना कंगन भेंट कर दिया। सारथी ने अपने स्वामी के आदेशानुसार, अश्वों को चाबुक लगाई और उन्हें फिर से राम के सामने ले आया।

राम ने मातली से रथ को किसी अच्छे स्थान पर ले चलने का अनुरोध किया। उसने अश्वों को सीधा रावण के रथ के सामने दौड़ाया और उनके परस्पर टकरा जाने से पल-भर पूर्व उन्हें बाईं ओर मोड़ दिया। वहाँ से निकलते समय, राम ने एक बाण मारा जो रावण के कंधे में गहरा धँस गया। स्वयं को गिरने से बचाने के लिए रावण को अपना ध्वज दंड पकड़ना पड़ा। दोनों रथ एक बार फिर आमने-सामने आ गए। शेष सेना चित्रित आकृति की भाँति खड़ी उस शानदार दृश्य को देखकर मुग्ध हो रही थी। रावण ने इंद्र की दिव्य पताका को गिराने का प्रयास किया किंतु वह सफल नहीं हो पाया, जबकि राम ने अपने बाण से रावण की पताका को काट दिया। राम को आहत करने के अपने सभी वार विफल जाते देख, रावण अपने होंठ काटने लगा और आँखों से तेज़ चिंगारियाँ छोड़ने लगा। इसके विपरीत, राम लक्ष्य को भेदने में सफल होने पर मुस्करा रहे थे।

इसके बाद, दोनों के बीच पुनः घमासान युद्ध हुआ। मातली ने राम से कहा कि सूर्यास्त होने से पूर्व उन्हें दशानन का अंत कर देना चाहिए। तब राम ने अपने धनुष पर विषैले नाग के समान एक बाण चढ़ाया और विशाल बालियाँ पहने हुए अपने शत्रु का दीप्तिमान सिर काट दिया। परंतु, सबके सामने यह आश्चर्यजनक दृश्य था कि रावण के पहले वाले सिर के स्थान पर एक नया सिर निकल आया। इस तरह हर बार, सिर काटने के बाद, उसी स्थान पर नया सिर निकल आता था।

रावण के दस सिर प्रचुर अहंकार के प्रतीक थे। हम लोगों का एक सिर होता है, लेकिन हमारे लिए अपने अहंकार पर नियंत्रण पाना अत्यंत कठिन हो जाता है, तो ऐसे व्यक्ति के विषय में सोचिए जिसके दस सिर हों! जितनी बार भी उसका अहंकारी सिर कटता था, उसकी जगह एक नया दंभी सिर प्रकट हो जाता था। हमारे साथ भी ऐसा ही होता है। जब हमारे अहंकार को किसी स्थान पर चोट पहुँचती है तो हम तत्काल, स्वयं को महत्त्वपूर्ण सिद्ध करने हेतु कोई अन्य स्थान अथवा परिस्थिति खोजने लगते हैं।

यद्यपि, राम का चेहरा शांत था, उन्हें चिंता होने लगी थी और वे अपने धनुष से निरंतर बाण छोड़ते जा रहे थे। तब विभीषण ने धीरे-से राम के निकट आकर उनके कान में कहा कि ब्रह्मा ने रावण को एक ब्रह्मास्त्र दिया था और उसे केवल उसी अस्त्र से मारा जा सकता है। वह अस्त्र, मंदोदरी के कक्ष में छिपाया हुआ है और उसके बिना यह युद्ध अनंत काल तक चलता रहेगा। हनुमान तुरंत वृद्ध ब्राह्मण का वेश बनकर लंका पहुँच गए और लड़खड़ाते हुए मंदोदरी के समक्ष उपस्थित हो गए। वह ब्राह्मण को देखकर प्रसन्न हो गई और उसका स्वागत-सत्कार करने लगी। ब्राह्मण रूप में आए हनुमान ने मंदोदरी से कहा कि विभीषण ने राम को उस दिव्यास्त्र के विषय में बता दिया है जिससे उसके पति का वध हो सकता है। हनुमान ने मंदोदरी को उस अस्त्र को किसी अन्य सुरक्षित स्थान पर छिपाने की सलाह भी दी।

मंदोदरी घबरा गई और वह भागकर उस अस्त्र को स्फटिक स्तंभ से निकाल लाई,

जहाँ उसने वह अस्त्र छिपा रखा था। उसी समय हनुमान अपने असली रूप में आ गए और अस्त्र छीन लिया तथा मंदोदरी को रोता छोड़कर वहाँ से उड़ गए।

हनुमान ने वह अस्त्र राम के हाथ में देते हुए धीरे-से कहा, "प्रभु! याद कीजिए, आप कौन हैं। रावण का अंत समय आ गया है। यह ब्रह्मास्त्र चलाकर उसे जल्दी मार दीजिए। उसके सिर पर नहीं, बल्कि उसकी छाती पर वार कीजिएगा!"

रावण की मृत्यु का निर्धारित क्षण आ गया था। परंतु कहते हैं, जब राम ने रावण की छाती की ओर देखा तो उन्हें, उसके हृदय में सीता प्रतिष्ठापित हुई नज़र आईं और उन्होंने सीता के हृदय में स्वयं को देखा। वे दुविधा में पड़ गए। ऐसे में, वे क्या करते? उन्होंने प्रतीक्षा की और जिस क्षण रावण के हृदय में राम के प्रति क्रोध उत्पन्न हुआ और सीता, वहाँ से ओझल हुईं, उसी क्षण राम ने ब्रह्मा का आह्वान किया तथा वह सुनहरी नोंक वाला अस्त्र सीधा रावण की छाती पर चला दिया।

वह अस्त्र मनुष्यों व देवताओं दोनों के लिए सर्वशक्तिशाली था और बहुत कम मनुष्यों को उस अस्त्र की शक्तियों का ज्ञान दिया जाता था क्योंकि उसकी विध्वसंक शक्ति इतनी अधिक थी कि जिसने स्वयं पर नियंत्रण करना नहीं सीखा, वह इस अस्त्र का ज्ञान पाने का पात्र नहीं था। इसलिए, प्राचीन भारत में, विज्ञान केवल उन लोगों को सिखाया जाता था, जिनमें सदाचार व नैतिकता के गुण होते थे और जो मानवता की भलाई के लिए उसका प्रयोग करने में समर्थ थे!

वह बाण समस्त तत्त्वों के सार से निर्मित था। ब्रह्मांडीय विनाश की अग्नि के समान प्रज्ज्वलित तथा समय की शक्ति के समान घातक, वह बाण राम के धनुष से विद्युत-शिखा की भाँति छूटा और सीधा रावण की छाती में घुस गया। वह रावण के शरीर को भेदकर पार निकल गया और धरती में समा गया तथा फिर से मुड़ा और विनीत सेवक की भाँति राम के हाथ में लौट आया! बाण लगते ही, राक्षसराज के निर्बल हाथ से उसका अजेय धनुष छूट गया तथा उसका दीप्तिमान शरीर वज्र की भाँति रथ से नीचे गिर पड़ा। उसे गिरता देख, सारे निशाचर भय से चीख़ते-चिल्लाते चारों दिशाओं में भागने लगे।

इस दृश्य को देख रहे देवताओं ने आकाश से पुष्प-वर्षा की और सूर्यदेव भी बादलों के पीछे से निकल आए। रावण के प्राण तेज़ी से निकल रहे थे। राक्षसों का बलशाली राजा, जिसने अपने बाहुबल से समस्त संसार पर शासन किया था, अब रणभूमि में मृत पड़ा था और वहाँ से गुज़रने वाले प्रत्येक गिद्ध व सियार का शिकार बन चुका था।

वीरता और बल में जिसके समान कोई न था, पूरा संसार जिससे भयभीत रहता था तथा इसी कारण उसका नाम "रावण" (भयभीत करने वाला) पड़ा था, *सामवेद* के श्रेष्ठ उच्चारण से जिसने महादेव शिव को प्रसन्न कर लिया था, वह रावण भविष्यवाणी के अनुरूप एक मनुष्य के हाथों मारा गया। पर-पुरुष की पत्नी के प्रति वासना और उन सब स्त्रियों के शाप, जिनके साथ उसने बलात्कार किया था, रावण के अंत का कारण बन गए। मृत्यु के बाद भी उसकी चमक कम नहीं हुई थी। मृत्यु होने पर भी, वह अस्त हुए सूर्य की भाँति शानदार दिख रहा था।

लक्ष्मण, सुग्रीव और अन्य सभी ने राम के आस-पास एकत्र होकर उन्हें बधाई दी। विभीषण को अचानक पश्चाताप हुआ और वह अपने गौरवशाली भाई के ऐसे दुखदायी अंत पर रोने लगा। राम ने उसे यह कहकर सांत्वना दी कि रावण की मृत्यु, एक वीर योद्धा की भाँति हुई थी।

"प्राचीन वीर इसी मार्ग पर चलते हैं," राम ने कहा। "एक क्षत्रिय के लिए जीने और मरने दोनों का एक सही तरीक़ा होता है और रावण ने जीने का नहीं किंतु युद्धभूमि में मरने का सही ढंग चुना है। विभीषण! सारी शत्रुता मृत्यु के साथ समाप्त हो जाती है। अब जाओ और नियमानुसार, जो भी अंतिम संस्कार किए जाने चाहिए, वह करो क्योंकि तुम्हारे सिवाय अब यह कार्य करने वाला कोई शेष नहीं है।"

रावण की सर्वप्रिय रानी और वीर इंद्रजित की माँ, मंदोदरी भागती हुई रणभूमि में आई। उसके बाल खुले हुए थे और उसके चेहरे से अश्रुधारा बह रही थी। वह अपने मृत पति के शरीर पर गिरकर रोने लगी।

"मेरे स्वामी! आपके ऊपर यह विपदा कैसे आ गई? एक साधारण मनुष्य किस प्रकार आपको मार सकता है? ये राम अवश्य ही कोई दिव्य पुरुष हैं। इन्होंने जब खर और दूषण को अकेले मार डाला था, तभी आपको समझ लेना चाहिए था कि ये कोई सामान्य मनुष्य नहीं हैं। मैंने जब यह सुना था कि इन्होंने समुद्र पर सेतु बानाया है तो मैं समझ गई थी कि वे कोई साधारण मनुष्य नहीं हैं। मुझे अब पता है कि राम कौन हैं। वे स्वयं भगवान नारायण हैं - पुरुषोत्तम! इन्होंने संसार की रक्षा हेतु साधारण मनुष्य का रूप धारण किया है और स्वयं देवताओं ने वानरों का रूप धरा है। आपको, किसी साधारण मनुष्य ने नहीं, बल्कि नारायण ने मारा है। आप इस तरह धरती पर धूल में कैसे लेटे हुए हैं, जबकि आपको सबसे आरामदायक और नर्म शय्या पर लेटने की आदत है? आप मुझ अभागे प्राणी से बात क्यों नहीं करते? एक बार आपने इंद्रियों पर पूर्ण संयम रखते हुए घोर तपस्या की थी और आज उन्हीं इंद्रियों ने अनियंत्रित अश्वों की भाँति, आपको घसीटकर मृत्यु तक पहुँचा दिया है। सीता सदाचारिणी स्त्री है जो पूर्णतः अपने पति के प्रति समर्पित है। आपको उसका सम्मान करना चाहिए था, किंतु आपने उसका अपमान किया। आपको राम के बाणों ने नहीं, अपितु सीता के निराशा व लज्जा युक्त अश्रुओं ने मारा है। उसके पास ऐसा क्या है जो मेरे पास नहीं है? मैं जन्म से उसके समान हूँ, वह सौंदर्य में मुझसे श्रेष्ठ नहीं है, तथापि वासना के अधीन होकर आपने अपने भयंकर अंत को आमंत्रित किया। आप जिस दिन उसे लंका लेकर आए थे, उसी दिन आप अपनी मृत्यु यहाँ ले आए थे। अब वह तो अपने स्वामी से मिलकर, प्रसन्नतापूर्वक रहेगी जबकि मुझे दुखी रहते हुए, आपके बिना शय्या पर अकेले सोना पड़ेगा। आपकी मुस्कान कहाँ चली गई स्वामी? मेरी ओर देखते हुए आपकी आँखों में जो प्रेम उमड़ता था, वह कहाँ चला गया? मुझे अपने सौभाग्य पर कितना गर्व था! मैं असुरों के शिल्पकार की पुत्री तथा राक्षसराज की पत्नी हूँ और मेरा पुत्र संसार में सबसे बलशाली योद्धा था। मैं यह किस तरह स्वीकार करूँ कि मृत्यु ने एक झटके में मुझसे मेरी सभी प्रिय चीज़ें छीन ली हैं?"

इस तरह, दुख मनाती हुई मंदोदरी अपने पति के मृत शरीर पर गिरकर मूर्छित हो

गई। अन्य स्त्रियों को उसे वहाँ से ले जाना पड़ा। वह बार-बार मुड़कर अपने पति के चेहरे के अंतिम दर्शन हेतु आ जाती थी, जिसे वह फिर कभी नहीं देख पाएगी। मंदोदरी वहाँ से हटने के लिए तैयार नहीं हो रही थी और वहीं रावण के पास बैठकर उसका सिर अपनी गोद में रखकर उससे मधुर शब्दों में बात करने लगी।

रावण की हज़ारों सुंदर स्त्रियाँ भी मंदोदरी के पीछे आ पहुँची, जिन्हें उनके विख्यात सौंदर्य के चलते, संसार भर से लाया गया था और जिन्हें सूर्य ने भी कभी नहीं देखा था क्योंकि उन्हें कभी बाहर नहीं निकलने दिया गया। वे सब भागकर उस वीभत्स रणभूमि में आ गईं और रावण के रक्तरंजित शव पर सिर रखकर दयनीय ढंग से विलाप करने लगीं।

"भगवान ब्रह्मा ने हमारे स्वामी को अमरता का वरदान दिया था और आज इन्हें एक साधारण मनुष्य ने मार दिया! आपने हमारी बात क्यों नहीं मानी? हमारे परामर्श के बाद भी आपने सीता का हरण कर लिया। वही हमारे राक्षस कुल के विनाश की उत्तरदायी है। यदि उसे राम को लौटा दिया जाता तो यह सब नहीं होता। आपने विभीषण की बात को भी अस्वीकार कर दिया। विधि निश्चय ही सर्वशक्तिमान है। यही निश्चित हो गया था कि राजाओं में सर्वश्रेष्ठ रावण, वानरों एवं भालुओं के सहयोग से एक मनुष्य के हाथों मारा जाएगा!"

जिस समय शेष वानर उत्सव मना रहे थे, हनुमान राम के निकट आए और बोले, "रावण अधर्मी था, किंतु वह अत्यंत विद्वान था। उसके मरने से पहले, हमें उसके ज्ञान का लाभ उठाना चाहिए।" राम और लक्ष्मण दोनों, रावण के पास गए। लक्ष्मण उसके सिर की ओर खड़े होकर बोले, "मैंने सुना कि तुम बहुत विद्वान हो। हम विजयी हुए हैं, इसलिए तुम्हें मरने से पहले, अपना ज्ञान हमें दे देना चाहिए!"

रावण ने पीड़ाजनक ढंग से चुपचाप अपना सिर दूसरी ओर घुमा लिया और लक्ष्मण की बात का कोई उत्तर नहीं दिया।

तब राम आगे आए और मरणासन्न राजा रावण के पैरों के सामने घुटने टिकाकर धीरे-से बोले, "रावण! मैंने तुम्हें दुर्भावनावश नहीं, अपितु अपनी पत्नी की रक्षा हेतु मारा है। परंतु मैं तुम्हारे प्रचुर ज्ञान का सम्मान करता हूँ और मुझे हार्दिक प्रसन्नता होगी यदि तुम अपनी मृत्यु से पूर्व वह ज्ञान हमारे साथ बाँट सको ताकि यह संसार उस ज्ञान से वंचित न रह जाए!"

रावण ने अपनी आँखें खोलीं और कहा, "मैं तुम्हें अपना शिष्य स्वीकार करता हूँ। राम! तुमने मेरे पैरों के पास बैठकर अत्यंत विनम्रता से शिष्य की भाँति बात की है। मैं अपना ज्ञान तुम्हें देने को तैयार हूँ।"

उसके बाद, वहाँ एकत्र लोगों को बहुत आश्चर्य हुआ, जब रावण ने मंदोदरी की गोद में अपना सिर रखकर अपने शत्रु राम को दर्शन, राजनीति, अर्थशास्त्र, ललित कला, नृत्य, संगीत, नाट्य एवं शासन कला की बारीकियाँ बताईं। इस तरह कुछ देर के लिए एक खलनायक, गुरु तथा एक नायक, शिष्य बन गया!

रावण की श्वास रुकने लगी थी और वह केवल फुसफुसा पा रहा था। आख़िरकार,

वह बलशाली वीर शांत हो गया। उसकी निष्ठावान रानी ने रावण का निर्जीव सिर कसकर पकड़ा हुआ था और उसकी आँखों से आँसुओं की गर्म बूँदें लगातार, रावण के चेहरे पर गिर रही थीं।

राम ने विभीषण को रावण का अंतिम संस्कार करने को कहा। उसके लिए चंदन तथा विभिन्न प्रकार की सुगंधित लकड़ियों और बूटियों की चिता तैयार की गई। उसके शरीर को कृष्ण मृग के चर्म में लपेटा गया और फिर उसके कंधों पर दही एवं घृत डाला गया। उसके बाद उसकी जाँघों के बीच लकड़ी का खरल फँसाया गया। उसके शव पर विभिन्न प्रकार के रेशमी वस्त्र और मालाएँ डाली गईं। फिर उसके ऊपर भुना हुआ अन्न बिखेरा गया। सबने उसे उठाकर सुगंधित लकड़ी की चिता पर लिटाया। विभीषण ने अत्यंत आदर के साथ अपने भाई के पार्थिव शरीर को अग्नि दी। उसने संस्कार से संबंधित सभी अनुष्ठान पूरे किए तथा दिवंगत आत्मा को श्रद्धांजलि अर्पित की। उसके बाद, विभीषण ने राम को प्रणाम किया और कहा कि उनकी इच्छानुसार, सभी संस्कार पूर्ण कर दिए गए हैं।

राम ने इंद्र के रथ को प्रणाम किया तथा मातली को धन्यवाद दिया और उन्हें वापस भेज दिया। उसके बाद, उन्होंने लक्ष्मण और सुग्रीव को कहा कि वे विभीषण को नगर के भीतर ले जाएँ तथा उसका राज्याभिषेक करें। राम स्वयं उनके साथ नहीं गए क्योंकि उनके चौदह वर्ष पूरे नहीं हुए थे। लक्ष्मण, विभीषण को अपने साथ लंका ले गए और उसे राजसिंहासन पर बैठाकर उसके सिर पर प्रतिष्ठित जल डालकर अभिषेक किया और विभीषण को लंका का राजा घोषित कर दिया। नए राजा का अभिवादन करने के लिए वहाँ बहुत कम लोग रह गए थे। किसी समय घनी आबादी वाली एवं समृद्धशाली लंका, उजाड़ व सुनसान नगरी में परिवर्तित हो गई थी। यहाँ तक कि अंत में, राजसी वैभव भी उस महान राज्य से विमुख हो गया।

राम और रावण का महान युद्ध चौथे दिन, अमावस्या की प्रथम रात्रि के उपरांत, ग्रीष्म अयनांत के निकट समाप्त हो गया, जिस समय सूर्य दिशा बदलकर उत्तर की ओर अपनी यात्रा आरंभ करता है।

*सब पर राम तपस्वी राजा।*
*तिन के काज सकल तुम साजा।।*

—तुलसीदास कृत *हनुमान चालीसा*

ॐ *श्री हनुमते नमः*

ॐ

*उत्तमाय नमः*

अध्याय 27

# उत्तम

## अग्नि परीक्षा

*सीता ने अग्नि में प्रवेश किया,*
*तो वह चंदन के समान शीतल थी,*
*वे अपने प्रभु का ध्यान कर रही थीं,*
*कोसलराज की जय हो, जिनके चरणों की*
*भगवान शिव सदा वंदना करते हैं,*
*मेरी उन राम के प्रति सच्ची निष्ठा है।*

—तुलसीदास कृत *रामचरितमानस*

हालाँकि, राम के मन में सबसे पहले सीता का विचार आया होगा, किंतु उन्होंने उसे नियंत्रित कर लिया और अपने हृदय के सबसे प्रिय विषय पर ध्यान देने से पहले, उन्होंने रावण की अंत्येष्टि तथा विभीषण के राज्याभिषेक एवं लंकावासियों के हित के कार्य पूरे किए।

राम ने हनुमान को कहा कि वे सीता के पास जाकर उनका हाल पता करें तथा उन्हें शुभ समाचार सुनाएँ। हनुमान यह जानकर बहुत प्रसन्न हुए कि उन्हें रुचिकर कार्य करने को मिला था।

वे पलक झपकते अशोक वाटिका में जा पहुँचे। उनके तन के सफ़ेद बाल हर्ष से लहरा रहे थे। उन्होंने सीता को राक्षसियों से गिरे हुए उदास मुद्रा में बैठे देखा क्योंकि किसी ने उन्हें अब तक यह समाचार नहीं दिया था।

हनुमान ने हाथ जोड़कर सीता को प्रणाम किया और उन्हें शुभ समाचार सुनाया। “देवी! आप प्रसन्न हो जाइए। राम और लक्ष्मण पूरी तरह कुशल व प्रसन्न हैं तथा मुझे आपके पास सुभ संदेश सुनाने के लिए भेजा है। आपके पति ने दशानन का वध कर दिया है! लंका का शासन अब विभीषण के पास है, जो शीघ्र ही आपके पास आएँगे।” यह सुनकर सीता इतनी प्रसन्न हो गईं कि उनके मुख से कोई शब्द नहीं निकला।

अंत में उन्होंने काँपते स्वर में कहा, "प्रिय वानर, मुझे नहीं पता कि मैं यह शुभ समाचार देने के लिए किस तरह तुम्हारा आभार व्यक्त करूँ! सोना, चाँदी, मूल्यवान रत्न और न ही तीनों लोकों का राज्य इस संदेश के बराबर हो सकता है, जो तुमने मुझे दिया है।"

"माते! आपके ये स्नेहपूर्ण वचन ही मेरे लिए सबसे मूल्यवान उपहार हैं। आपके इन शब्दों से मुझे समस्त देवी-देवताओं का आशीर्वाद प्राप्त हो गया है।"

सीता ने अतिशय भावुकता में हनुमान से कहा, "वायुपुत्र! तुम सदैव वीरता, बल, बुद्धि, ओजस, साहस, कौशल, धैर्य, दृढ़ता, स्थिरता और विनम्रता के केंद्र माने जाओगे। तुम्हारे भीतर ये सब तथा अनेक और शानदार गुण विद्यमान रहेंगे!"

सीता के सामने मृदुल भाव से खड़े हनुमान ने कहा, "देवी! मेरा विश्वास कीजिए, मैंने आपकी दयनीय स्थिति के विषय में विचार करते हुए असंख्य रातें जागते हुए काटी हैं और यह मेरा सौभाग्य है कि आपको यह शुभ समाचार देने के लिए हमारे स्वामी ने मुझे चुना है। माता! यदि आप मुझे अनुमति दें तो मैं इन राक्षसियों को अभी मार डालता हूँ जो आपको इतने समय से परेशान कर रही हैं।"

सीता ने मधुर स्वर में कहा, "स्वामी के आदेश की अनुपालना के लिए सेवक को दोष क्यों दिया जाए? इसके अतिरिक्त, यह मेरा भाग्य था कि मुझे यह कष्ट भोगना था। मैंने अवश्य ही, पूर्वजन्म में कोई पाप किया होगा, जिसका दंड मुझे इस रूप में मिला है। प्रत्येक व्यक्ति को पूर्व में किए कर्मों का फल भोगना पड़ता है। इसलिए, प्रिय वानर, इन्हें छोड़ दो। सभी से भूल होती है। ग़लती करना मनुष्य का स्वभाव है। सदाचारी लोग बुराई के बदले बुराई नहीं करते। यह मेरा कर्त्तव्य है कि मैं इन्हें, इनके आचरण के लिए क्षमा कर दूँ, क्योंकि इन्होंने वह सब कुछ अपने स्वामी के कहने पर किया था।"

हनुमान ने सीता को प्रणाम किया और राक्षसियों को छोड़ दिया। उन्होंने सीता से राम के लिए कोई संदेश देने को कहा। सीता ने कहा कि वे जाकर राम से कहें कि उनके मन में राम से मिलने के लिए तीव्र इच्छा है। हनुमान ने फिर से उन्हें प्रणाम किया और कहा, "आप निश्चय ही रघुवंशी राम को शीघ्र देख सकेंगी।"

हनुमान ने हवा में छलाँग लगाई और राम के पास लौटकर कहा,"मिथिला की राजकुमारी को आपकी विजय का समाचार मिल गया है। आपका नाम सुनते ही वे अत्यंत प्रसन्न हो गईं और उनकी आँखों में आँसू आ गए। वे दुख से दुर्बल व पीली पड़ गई हैं और उन्होंने मुझसे आपको यह संदेश देने के लिए कहा है कि वे आपसे मिलने की इच्छुक हैं। आप कृपया उनके पास चले जाइए।"

यह सुनकर राम की आँखों में आँसू उमड़ आए किंतु वे कुछ पल के लिए विचारों में डूब गए। अंत में उन्होंने विभीषण से कहा कि जब सीता शुभ स्नान कर लें एवं सुंदर वस्त्रादि पहन लें, उसके बाद वह जाकर सीता को ले आए।

विभीषण ने अशोक वाटिका में जाकर सीता को राम का संदेश दे दिया। सीता ने उत्तर दिया, "मैं इस क्षण अपने पति से मिलना चाहती हूँ और मुझे स्नान करने तथा

सजने-सँवरने में समय नष्ट नहीं करना है।"

विभीषण ने सीता से कहा कि राम के आदेश का पालन करना उसका कर्त्तव्य है तथा वह सीता को उस स्थिति में राम के पास नहीं ले जा सकता। सीता ने अपनी अधीरता को नियंत्रित किया और फिर विभीषण की पत्नी को अनुमति दे दी कि वह उन्हें स्नान करवा दे तथा चंदन का लेप लगाकर, मूल्यवान वस्त्र पहना दे। उन्होंने पीले रंग के रेशमी वस्त्र पहने तथा सिर पर ताजे व सुगंधित फूलों का मुकुट धारण किया। वे लक्ष्मी से भी अधिक सुंदर लग रही थीं। इसके बाद, वे अत्यंत सजीली पालकी में बैठ गईं, जो उनके लिए पहले से तैयार खड़ी थी। वे राम के समक्ष आ गईं। राम तब भी विचारों में डूबे हुए थे और उनकी दृष्टि धरती पर टिकी हुई थी।

सभी वानर और राक्षस पालकी के चारों ओर उस सुंदरी की झलक पाने को एकत्र हो गए, जिसके लिए इतना कष्ट उठाया गया था और राक्षसों के पूरे कुल का विनाश कर दिया गया! विभीषण ने उन्हें पीछे धकेलकर वहाँ से हटने के लिए कहा क्योंकि राम अपनी पत्नी से अकेले में मिलना चाहते थे और वैसे भी आम लोगों के लिए राजपरिवार की स्त्री को देखना अनुचित था।

राम ने विभीषण को झिड़कते हुए कहा, "स्त्री की रक्षा, किसी दीवार या पर्दे से नहीं, अपितु उसकी शुचिता व मर्यादा से होती है। वे जहाँ खड़े हैं, उन्हें वहाँ खड़ा रहने दो और यदि वे सीता को देखना चाहें, तो भी कोई बात नहीं है। उन्हें विदेह की राजकुमारी के सौंदर्य को मन-भर के देख लेने दो। इसके अतिरिक्त, सीता को देखना उनका अधिकार है, जिन्होंने सीता के लिए युद्ध किया है और अपने प्राण गँवाए हैं। सीता से कहो, वे पालकी से बाहर निकलकर अकेले मेरे पास आएँ।"

लक्ष्मण, हनुमान और विभीषण सभी को राम के विचित्र व्यवहार पर आश्चर्य हो रहा था। विभीषण, सीता को लेकर आए। सीता ने राम से पर्दा करने के उद्देश्य से अपना चेहरा ढँका हुआ था। जिस प्रकार चकोर पक्षी चंद्रमा से टपकती अमृत की बूँदों का पान करता है, उसी प्रकार सीता ने अपना घूँघट हटाया और अपने प्रियतम के चेहरे को प्रेमपूर्वक देखने लगीं। उन्होंने राम का चेहरा कई माह से नहीं देखा था और उन्हें देखते ही, सीता को लगा कि उनके अंगों का खोया बल वापस आ गया तथा चेहरे की आभा लौट आई।

राम ने मुँह फेरकर अस्वाभाविक रूप से, कठोर स्वर में कहा, "मैं जिस कार्य को पूरा करने निकला था, वह हो गया है। मैंने अपने सम्मान पर लगा कलंक मिटा दिया है और इक्ष्वाकु कुल की कीर्ति को सुरक्षित रखा है। मैंने अपने अपमान को भी धो दिया है और जिसने तुम्हारा अपहरण किया था, उसे भी मार दिया है। मैं हनुमान को, जिसने समुद्र पार छलाँग लगाकर लंका को ध्वस्त किया तथा विभीषण को भी, जो अपने भाई को त्यागकर मेरी शरण में आया था, पुरस्कार दे चुका हूँ। मैं सुग्रीव तथा अन्य सभी वानरों का, जिन्होंने इस कार्य में मेरी सहायता की, आभार व्यक्त कर चुका हूँ।"

सीता एक वर्ष से इस क्षण की प्रतीक्षा कर रही थीं, जब उनके पति उन्हें मुक्त करवाकर उन्हें अपनी बाँहों में लेंगे और दिलासा देंगे तथा पति से मिलकर सीता ने जो

पीड़ा व दुख सहा है, उसे वे भूल जाएँगी। उन्हें समझ नहीं आया कि राम, जिन्होंने पहले कभी कठोर स्वर में बात नहीं की, इस समय ऐसी वाणी का प्रयोग क्यों कर रहे थे तथा वे उनसे दृष्टि न मिलकार इन सब घटनाओं का उल्लेख क्यों कर रहे थे। सीता ने राम को स्नेहमयी आँखों से देखा जो थोड़ी-थोड़ी अश्रुपूरित होने लगी थीं। राम का हृदय पीड़ा व प्रेम से फटा जा रहा था किंतु वे अपने स्वाभाविक मनोभाव को नियंत्रण में रखकर उसी तरह कठोर स्वर में बोलते रहे।

"यह मत समझना कि मैंने यह युद्ध तुम्हारे लिए लड़ा है। मैंने यह युद्ध केवल आत्म-सम्मान व अपने कुल की प्रतिष्ठा को बचाने के लिए लड़ा है। रावण जैसे दुष्ट व्यभिचारी के नगर में, ग्यारह माह रहने के बाद, क्या तुम मुझसे इस बात का विश्वास करने की अपेक्षा रखती हो कि रावण ने तुम्हारे साथ बलात्कार नहीं किया होगा, जबकि तुम इतनी सुंदर व आकर्षक हो? उस कामुक दुष्ट रावण ने तुम पर कुदृष्टि डाली और वह तुम्हें अपनी बाँहों में उठाकर ले गया था। तुम्हारे बारे में शीघ्र ही ये अफ़वाहें फैल जाएँगी, इसलिए मैं अब तुम्हें स्वीकार नहीं कर सकता। जानकी! तुम अपनी इच्छा से कहीं भी जाने के लिए स्वतंत्र हो। मैं अब तुम्हें देख नहीं सकता। कष्टप्रद आँखों में, जिस प्रकार सूर्य का प्रकाश चुभता है, उसी प्रकार तुम्हें देखने से मुझे पीड़ा हो रही है। मैंने तुम्हें मुक्त करके अपना दायित्त्व पूरा कर दिया है और अब मेरे ऊपर कोई ऋण शेष नहीं है। मैं उच्च कुल का हूँ, इसलिए तुम्हें वापस लेकर जाना मुझे शोभा नहीं देता। क्या उच्च कुल में जन्मा कोई पुरुष किसी ऐसी स्त्री को वापस स्वीकार करेगा, जो ग्यारह माह किसी अन्य पुरुष के घर में रह चुकी हो?"

अपने पति से, जिसने आज तक प्रेमपूर्ण शब्दों के अतिरिक्त कुछ नहीं कहा, ऐसे क्रूर वचन सुनकर सीता उस बेल की भाँति हिलने लगीं, जिससे उसका सहारा छीन लिया गया हो। उनकी आँखों से आँसू गिरने लगे और वे मुरझाए फूल-सी दिखने लगीं। इस मार्मिक दृश्य के साक्षी वहाँ खड़े संवेदी लोगों की उपस्थिति ने स्थिति को और भी गंभीर बना दिया। सीता को लगा कि उनका हृदय रावण द्वारा उनका अपहरण करने पर टूटा था, किंतु अब उन्हें यह एहसास हुआ कि इस भयानक व कटु अनुभव के सामने वह पीड़ा कुछ भी नहीं थी।

आख़िरकार, सीता ने लड़खड़ाती आवाज़ में कहा, "आप मुझसे इतने कठोर शब्दों में बात क्यों कर रहे हैं? इस तरह की भाषा एक सामान्य व्यक्ति, किसी वेश्या से करता है और न तो आप, साधारण व्यक्ति हैं और न ही मैं वेश्या हूँ। यदि आपको मुझ पर संदेह था तो आप मुझे ढूँढ़ने ही क्यों आए और आपने हनुमान को अपनी मुद्रिका देकर क्यों भेजा? आपने हनुमान से यह क्यों नहीं कहा कि आपको मेरी अब कोई आवश्यकता नहीं है? आपने समुद्र पार करने और रावण को मारने का कष्ट क्यों उठाया? आपने यहाँ आकर अपना और अपने साथियों का जीवन संकट में डाला। आप यह कष्ट उठाने से बच जाते। मैंने अपना जीवन वहीं उसी समय समाप्त कर लिया होता और फिर, मुझे आपके ये कठोर वचन भी नहीं सुनने पड़ते। यदि मेरा हरण करते समय उस पापी ने मुझे छुआ, तो वह भी सिर्फ़ इसलिए कि उस समय मैं दुर्बल व असहाय थी और अपनी रक्षा

नहीं कर सकती थी। उसके लिए आप मुझे दोष क्यों दे रहे हैं? ऐसा लगता है, इतने वर्ष मेरे साथ रहने के बाद भी आप मुझे समझ नहीं पाए। मेरा प्रेम, मेरे विचार, एक पल के लिए भी आपसे विमुख नहीं हुए। जनक की पुत्री होने के कारण मेरा नाम जानकी अवश्य है, किंतु मैं वास्तव में, पृथ्वी की संतान सीता हूँ। मेरे विषय में इस तरह के निष्कर्ष पर पहुँचने से पूर्व क्या आपको मेरे उच्च कुल का ध्यान नहीं आया? क्या आपके लिए मेरे प्रेम और सतीत्व का कोई अर्थ नहीं है? यदि ऐसा है, तो आप यहाँ क्यों आए हैं? आपको मुझे मेरे हाल पर छोड़ देना चाहिए था। अब सिर्फ़ एक ही स्थान है, जहाँ मैं जाना चाहती हूँ और वह स्थान है अग्नि!"

सीता ने लक्ष्मण को देखकर कहा, "लक्ष्मण, मेरे लिए एक चिता तैयार करो। मुझे जो पीड़ा भीतर से जला रही है, उसका अब केवल यही एकमात्र उपचार है। मुझ पर मिथ्या आरोप लगाया गया है, इसलिए मैं अब और जीना नहीं चाहती। मेरे पति ने इतने लोगों के सामने मेरा त्याग किया है और मुझे स्वेच्छा से कहीं भी जाने के लिए कह दिया है। अब मेरे जाने के लिए सिर्फ़ एक ही स्थान शेष है और वह यमलोक है!" सीता इतनी भावुक हो गईं कि उनका गला रुँध गया और वे इसके आगे कुछ न कह सकीं।

लक्ष्मण ने गुस्से से राम की ओर देखा, जो मूर्ति के समान अपना सिर झुकाए खड़े थे। किसी में राम से बात या तर्क करने का साहस नहीं था। राम ने हाथ से संकेत किया तो लक्ष्मण अनिच्छा से चिता तैयार करने लगे।

राम का चेहरा भावशून्य था। उनकी भयानक ढंग से त्योरियाँ चढ़ी हुईं थीं। सीता ने उनकी तीन बार परिक्रमा की और फिर धीरे-धीरे जलती हुई चिता की ओर चल पड़ीं। वे उसके सामने हाथ जोड़कर खड़ी हो गईं और बोलीं, "यदि यह सत्य है कि मेरे मन में अपने पति के अतिरिक्त अन्य किसी का विचार नहीं आया तो प्रत्येक घटना की साक्षी यह पवित्र अग्नि, मेरी रक्षा करे। यदि मेरी निष्ठा में, सद्‌गुणों के भंडार मेरे पति राम के प्रति मन, वचन और कर्म से कोई कमी नहीं आई तो अग्निदेव मेरी रक्षा करें। यदि सूर्यदेव, चंद्रदेव तथा मेरी माता पृथ्वी और चारों दिशाओं के दिग्पाल जानते हैं कि मेरा चरित्र निष्कलंक है, तो अग्निदेव मेरी रक्षा करें।"

यह कहकर, सीता ने अग्नि की तीन बार परिक्रमा की और फिर वे वहाँ उपस्थित भयग्रस्त दर्शकों के सामने अग्नि के बीच में कूद गईं। वहाँ खड़े सभी वानरों और राक्षसों ने विरोध में शोर मचाया। पीले रेशमी वस्त्र तथा स्वर्णाभूषणों से सजी सीता, अग्नि के मध्य पिघलते स्वर्ण के समान प्रतीत हो रही थीं। राम ने अपना मुँह फेर लिया क्योंकि उनसे वह दयनीय दृश्य देखना सहन नहीं हुआ। उनका हृदय विदीर्ण हो रहा था तथा आँखों से निरंतर आँसू बह रहे थे, किंतु उन्होंने सीता को, जो उन्हें अपने जीवन से भी अधिक प्रिय थीं, बचाने के लिए कुछ नहीं किया।

उसी समय, हवा में दो रथ प्रकट हुए और गंधर्वों ने सुगंधित फूलों की वर्षा की। ब्रह्मा नीचे आए और उन्होंने राम से कहा, "सीता के इस तरह आत्म-दाह करने पर भी, आप इस तरह चुपचाप कैसे खड़े रह सकते हैं? क्या आपको पता नहीं कि आप आदियुगीन पुरुष नारायण हैं और सीता, आपकी सनातन संगिनी लक्ष्मी हैं? आपका जन्म रावण को

मारने तथा पृथ्वी पर शांति स्थापित करने के लिए हुआ था। आपका कार्य पूर्ण हो गया है और धर्म की स्थापना हो गई है।"

ब्रह्मा ने अपनी बात समाप्त ही की थी कि उस जलती चिता में से, सीता को हाथों में उठाए अग्निदेव प्रकट हुए। सीता ने लाल वस्त्र पहने हुए थे और वे सुबह के सूर्य की तरह प्रकाशमान लग रही थीं। यहाँ तक कि उनकी माला भी आग में नहीं जली थी।

अग्निदेव ने राम को सीता को सौंपते हुए कहा, "ये आपकी पत्नी और विदेह की राजकुमारी हैं जो पूरी तरह निष्कलंक हैं। इनकी निष्ठा में मन, वचन अथवा दृष्टि से कभी कमी नहीं हुई है। मेरी बात का विश्वास कीजिए और स्त्रियों में श्रेष्ठ अपनी पत्नी, सीता को स्वीकार कीजिए!"

अग्निदेव अभी बोल ही रहे थे कि तभी देवराज इंद्र, सीता के निकट प्रकट हो गए। उन्होंने सितारों से सजा धुँधलके का पतला दुशाला ओढ़ रखा था। वे नंगे पैर, धरती से एक अंगुल ऊपर खड़े थे। उनके शरीर की कोई छाया नहीं थी और वे अपने कृष्ण वर्ण वाले नेत्रों को कभी नहीं झपकाते थे।

इंद्र ने राम को प्रणाम किया और कहा, "हे नारायण! आप आदियुगीन पुरुष हैं। आपका जन्म राम के रूप में पृथ्वी को रावण के अत्याचार से बचाने के लिए हुआ था। सीता आपकी दिव्य संगिनी, लक्ष्मी हैं। आप दोनों कभी अलग नहीं हो सकते, इसलिए इन्हें स्वीकार कर अपने साथ अपने देश ले जाइए और शांतिपूर्वक राज्य कीजिए।"

इंद्र ने राम से वरदान माँगने को कहा क्योंकि उन्होंने रावण को, जो बहुत समय से इंद्र के मार्ग का शूल था, मारकर बहुत बड़ा उपकार किया था। राम ने तुरंत उन सब वानरों के प्राण वापस माँग लिए जिन्होंने उनकी सहायता हेतु अपने प्राण गँवाए थे।

"इन सब लंबी पूँछ वाले वानरों तथा भालुओं के घाव भर जाएँ और ये फिर से, जीवन एवं उत्साह से भरकर खड़े हो जाएँ। इन वानरों के निवास-स्थान पर प्रचुर मात्रा में फल एवं फूल उग जाएँ!"

इंद्र को यह प्रार्थना स्वीकार करने में बहुत प्रसन्नता हुई तथा सभी घायल व मृत पड़े वानर एवं भालू उठ खड़े हुए, मानो गहरी नींद से जागे हों।

राम ने अपनी पत्नी का हाथ, अपने हाथों में लिया तो उनकी आँखों से आँसू बहने लगे। "मैं जानता हूँ कि मेरी पत्नी निर्मल बर्फ़ की भाँति शुद्ध व निष्कलंक है। मैंने इसके ऊपर एक क्षण के लिए भी संदेह नहीं किया, किंतु यदि सीता ने यह अग्नि-परीक्षा न दी होती तो लोग इनके और मेरे विषय में भला-बुरा कहते रहते। वे कहते कि दशरथ का पुत्र, अपनी पत्नी के प्रेम में इतना मुग्ध हो गया कि उसने सीता को, इतने समय तक पर-पुरुष के निवास पर रहने के बाद भी, स्वीकार कर लिया। मेरे साथ सीता, उसी तरह रहती है, जिस तरह सूर्य के साथ प्रकाश रहता है। जिस प्रकार कोई सत्पुरुष अपना यश नहीं त्याग सकता, उसी तरह मैं सीता को नहीं त्याग सकता। यदि मैंने कठोर वचन कहे और इन्हें आत्म-दाह करते हुए चुपचाप खड़ा देखता रहा, तो यह केवल सबके सामने उन्हें निष्कलंक सिद्ध करने के लिए था।"

ऐसा कहकर, राम ने सीता का चेहरा ऊपर उठाया और उनकी मनोहर आँखों में देखा, जैसा कि वे इतने समय से करने के इच्छुक थे। जब सीता ने राम को उलाहना-भरी, अश्रुपूरित दृष्टि से देखा तो राम ने उन्हें धीरे-से झिड़का, जिसे कोई नहीं सुन सका। "हे पृथ्वी कन्या! मेरी प्यारी सीता! तुमने एक क्षण के लिए भी यह कैसे सोच लिया कि तुम्हारे ऊपर संदेह कर सकता हूँ? तुम्हें क्या लगता है कि मैं, तुम्हारे मनोहर रूप की झलक पाने के लिए नहीं, अपितु इस देश के एक छोर से दूसरे छोर तक पैदल घूमने निकला हूँ? तुम्हें क्या लगता है, यदि मुझे तुमसे मिलने की इच्छा न होती, तो मैं अपना जीवन संकट में डालकर राक्षसराज रावण के क्रोध का सामना क्यों करता? प्रिये! मैंने तुम्हें त्याग देने की बात इसलिए कही ताकि कोई दूसरा कभी मेरी पत्नी पर कोई आरोप न लगा सके।"

यह प्रेमपूर्ण वचन सुनकर, सीता को थोड़ी शांति मिली और उन्होंने राम को प्रेम-विह्वल नेत्रों से देखा। वे दोनों बहुत देर तक जगत से अंजान, एक-दूसरे की आँखों में देखते रहे। वहाँ उपस्थित सभी लोग, राम व सीता को देखकर बहुत प्रसन्न हुए।

इसके बाद, वहाँ भगवान शिव प्रकट हुए तथा उन्होंने भी राम को कहा कि संसार को रावण के अत्याचार से मुक्ति दिलवाने के लिए पूरा संसार राम का ऋणी है। उन्होंने राम को अपने जीवन में, सफलतापूर्वक कोसल देश का राजा बनाने का आशीर्वाद दिया।

राम, सीता और लक्ष्मण जिस समय वहाँ खड़े थे, तभी उन्होंने अपने पिता दशरथ को देखा, जिन्हें एक हवाई विमान में वहाँ लाया गया था ताकि उन सभी का पुनर्मिलन हो सके।

गंधर्वों ने राम से कहा कि अब वे तुरंत अयोध्या लौट जाएँ क्योंकि उनके चौदह वर्ष के वनवास की अवधि पूर्ण होने वाली है तथा भरत, अत्यंत उत्सुकता से उनके आगमन की प्रतीक्षा कर रहे हैं।

वानरों एवं राक्षसों के बीच वैर समाप्त करने के उद्देश्य से हनुमान ने यह सुझाव दिया कि सुग्रीव के पुत्र का विवाह, विभीषण की पुत्री से कर दिया जाए। सभी लोग इस विचार से सहमत थे और उन दोनों का विवाह हो गया। राम और सीता ने दोनों को आशीर्वाद दिया।

*अष्ट सिद्धि नव निधि के दाता।*
*अस बर दीन जानकी माता।।*

—तुलसीदास कृत हनुमान चालीसा

*ॐ श्री हनुमते नमः*

ॐ

*सहस्रवदनाय नमः*

## अध्याय 28

# सहस्रवदन

## अयोध्या वापसी

*हे सुग्रीव, सुनो! यह नगरी इतनी पवित्र है*
*तथा यह प्रदेश इतना सुंदर है कि यद्यपि,*
*लोग वैकुंठ को सबसे सुंदर स्थान मानते हैं,*
*वह भी मुझे अयोध्या के समान प्रिय नहीं है।*

—तुलसीदास कृत *रामचरितमानस*

विभीषण हाथ जोड़कर राम के पास आया और उनसे लंका नगरी में प्रवेश करने की प्रार्थना करने लगा, जहाँ उनके राजसी स्वागत की सब तैयारियाँ पूर्ण हो गई थीं।

"प्रभु! मैंने अनेक प्रकार के स्नान एवं तैल व सुगंधित द्रव्य तैयार किए हैं, जिनसे आपका ताज़ा महसूस करेंगे। विभिन्न प्रकार के वस्त्र व मालाएँ भी रखी हुई हैं। वापस जाने से पहले, कृपया आप ये सब पहन लीजिए।"

राम मुस्कराए और बोले, "तुम ये सब वस्तुएँ सुग्रीव को दे दो क्योंकि मेरा मन तो अपने प्रिय भाई भरत में रमा हुआ है। अयोध्या वापस लौटने का मार्ग बहुत लंबा व कठिन है। चौदह वर्ष भी समाप्त होने वाले हैं और भरत ने यह प्रण किया है कि यदि मैं निर्धारित समय तक वापस नहीं लौटा तो वह अपना जीवन समाप्त कर लेगा।"

विभीषण ने कहा, "स्वामी! मैं एक ही दिन में अयोध्या पहुँचने में आपकी सहायता करूँगा। मेरे भाई रावण ने अपने भाई कुबेर से, ज़बरदस्ती उसका पुष्पक विमान छीन लिया था। वह अत्यंत अनमोल है। आप कुछ दिन मेरा सत्कार स्वीकार कीजिए और फिर आप उस विमान से अयोध्या लौट सकते हैं।"

राम उसकी निष्ठा से भावुक हो उठे और बोले, "विभीषण, मैं जानता हूँ कि तुम्हारे मन में मेरे लिए बहुत स्नेह है, किंतु अयोध्या लौटकर अपने भाइयों, माताओं तथा राज्य के लोगों से मिलना चाहता हूँ जो मेरे आगमन की उत्सुकता से प्रतीक्षा कर रहे हैं। तुम चाहो तो, हनुमान को रावण के महल की आश्चर्यजनक वस्तुओं को दिखाने भीतर ले जा

सकते हो और हम लोग इस बीच युद्ध के बाद थोड़ा विश्राम कर लेंगे।" यह कहकर राम ने सीता का हाथ थामा और उन्हें लेकर समुद्र-तट पर चले गए। वहाँ निकट बैठकर सीता ने राम को लंका में भोगी पीड़ाओं के विषय में विस्तार से बताया।

हनुमान लंका नगरी के रहस्य जानने को बहुत उत्सुक थे। विभीषण उन्हें सुनसान पड़ी सड़कों से राजमहल ले गया। वह उन्हें एक गुप्त द्वार से भंडारगृह में ले गया। उसके द्वार पर विभिन्न प्रकार की विचित्र व पेचीदा बनावट वाले एक हज़ार एक ताले लगे हुए थे। उनकी चाबी के छिद्र अलग-अलग माप के थे, किंतु विभीषण ने उन सबको एक ही चाबी से खोल दिया! वह द्वार एक विशाल कक्ष में खुलता था, जिसके भीतर काँच के गुंबदों में रखे दीपक जल रहे थे। हनुमान ने देखा कि वह कक्ष, त्रिकूट पर्वत के अंतरतम स्थान को खोदकर बनाया गया था। उसकी दीवारों में अनेक खाने बने हुए थे जिनके ऊपर उत्कृष्ट सन, अति सुंदर रेशम तथा बाघ, तेंदुए, सिंह और भेड़ियों की खालें रखी हुई थीं। वहाँ पत्थर की बनी अनेक पुस्तकें और गुप्त ख़ज़ाने का मानचित्र भी था। इत्र की अत्युत्तम शीशियाँ और सोने व चाँदी के आभूषणों के ढेर लगे हुए थे।

विभीषण ने कहा, "यह हमारे कुल का प्राचीन व अनमोल ख़ज़ाना है। इस तहख़ाने में आरंभिक समय से एकत्र प्राचीन विद्या रखी हुई है। यह तहख़ाना देवताओं के शिल्पकार विश्वकर्मा ने बनाया था। राक्षसों के पास ऐसी बहुत-सी विद्याएँ है जिन्हें समाप्त नहीं होने दिया जा सकता। आप, पहले और अंतिम बाहरी प्राणी हैं जिसने यह सब देखा है।"

हनुमान ने उत्सुकता से कक्ष के चारों ओर देखा और पूछा, "आपने मुझ पर यह अनुग्रह क्यों किया है?"

विभीषण ने उत्तर दिया, "वह इसलिए क्योंकि आप ही मेरे प्रथम व एकमात्र विजातीय मित्र हैं। इसके अतिरिक्त, आप बुद्धिमान और निष्ठावान हैं। आप प्रत्येक कार्य को पूरे मन से करते हैं और आपके मन में कोई स्वार्थ नहीं है। मैं आपको मित्र रूप में पाकर बहुत प्रसन्न हूँ। मुझे पता है कि आपका हृदय केवल राम में रमता है और आप उनके साथ चले जाएँगे किंतु ध्यान रखिए कि आपका यहाँ सदैव स्वागत है और आप, जब चाहें, यहाँ आ सकते हैं।"

हनुमान ने विभीषण को धन्यवाद दिया और कक्ष पर फिर से ताला लगाकर वापस लौट आए जहाँ राम, सीता तथा लक्ष्मण अन्य वीर वानरों और भालुओं के साथ उनकी प्रतीक्षा कर रहे थे।

राम ने विभीषण से वह विमान लाने को कहा जो उन्हें एक ही दिन में अयोध्या पहुँचा सकता था क्योंकि वे अपने भाइयों और माताओं से मिलने के लिए बेचैन थे। विभीषण लंका गया और वहाँ से पुष्पक विमान लेकर लौट आया।

वह फूलों से सजा एक शानदार रथ था जिसे श्वेत हंस खींचते थे। सोने व चाँदी से दमकता वह रथ, एक छोटे-से नगर के समान था जिसमें हर प्रकार और मौसम के फूल खिलते थे। उसके ढाँचे के ऊपर इंद्रधनुष से रंगीन गाँठें बनी हुई थीं। उसके भीतर ग्रीष्मकालीन घर और सरोवर तथा भोजनशालाएँ थीं। उसमें बैठने के आसन, शैय्या और

रसोईघर भी थे जहाँ हर प्रकार के भोजन की व्यवस्था थी। वह रथ मन की गति से चलता था और उसे रावण ने बलपूर्वक अपने भाई कुबेर से छीन लिया था। वह रथ हज़ार पहियों पर दौड़ता हुआ बाहर आ गया तथा उसके ऊपर सभी ध्वज फहरा रहे थे और वायु से हिलने वाली घंटियाँ बज रही थीं। विभीषण ने उसके सामने आकर राम को प्रणाम किया और उनसे रथ पर सवार होने का आग्रह किया।

राम, लक्ष्मण और सीता बिना कुछ और बात किए रथ पर सवार हो गए। यद्यपि पुष्पक विमान महल के समान विशाल था, तथापि राम अपनी पत्नी सीता के निकट बैठे। उन्होंने हनुमान, विभीषण, सुग्रीव और अन्य सभी वानरों को अश्रुपूरित दृष्टि से देखा और बोले, "मुझे नहीं पता कि मैं आपके स्नेह और निष्ठा के लिए आपका किस तरह आभार व्यक्त करूँ। सुग्रीव! तुम कृपया अपनी सेना लेकर वापस किष्किंधा लौट जाना। मेरा आशीर्वाद सदा तुम्हारे साथ है। मेरे प्रिय पुत्र अंगद, मैं तुम्हारे साहस को नहीं भूल सकता। हनुमान, मैं तुम्हारे लिए क्या कहूँ! तुम्हारे कारण ही, हम दोनों को जीवन मिला। अब कृपया हमें अपने नगर लौटने की अनुमति दो। मैंने इतना लंबा वनवास काटा है लेकिन अब मेरा हृदय लौटने के लिए व्याकुल है।"

सुग्रीव ने राम को प्रणाम किया और कहा, "स्वामी, आप कृपया हमें अपने साथ अयोध्या चलने की अनुमति दे दीजिए। हम वचन देते हैं कि हम वहाँ किसी प्रकार का विध्वंस नहीं मचाएँगे, जैसा कि हम स्वाभाविक तौर पर करते हैं। हम आपका राज्याभिषेक देखने के लिए उत्सुक हैं।"

राम को उनके साथ चलने की आतुरता तथा वहाँ शांतिपूर्वक रहने के उनके वचन को सुनकर हँसी आ गई और वे बोले, "मुझे इस बात से बहुत प्रसन्नता होगी कि जिन लोगों ने मेरी सबसे अधिक सहायता की है, वे मेरे पैतृक नगर मेरे साथ चलें। सुग्रीव, तुम अपने साथियों से कहो कि वे रथ में बैठ जाएँ।"

विभीषण तथा अन्य राक्षसों ने भी यही इच्छा व्यक्त की। राम ने उनको भी सहर्ष अनुमति दे दी और वे सब पुष्पक पर सवार हो गए, तथा उसके बाद भी उसमें इतनी जगह थी कि एक और सेना आ सकती थी!

राम का समस्त पशु-पक्षियों के प्रति प्रेम उनका गुण था। उनके जीवन-वर्णन के पृष्ठों में वानर, भालू और पक्षियों का उल्लेख मिलता रहता है मानो वह उनके लिए स्वाभाविक बात थी। अपने पशु व पक्षी मित्रों के प्रति स्नेह तथा सम्मान उनके चरित्र की विलक्षण विशेषता है।

राम ने हनुमान से पूछा कि उन्हें अपने अनमोल सेवाओं के बदले क्या पुरस्कार चाहिए। हनुमान ने उत्तर दिया, "प्रभु! आप मुझे शेष जीवन अपनी सेवा करने की अनुमति दे दीजिए!" राम ने मुस्कराते हुए उनकी बात मान ली।

चार सफ़ेद हंसों ने उस दिव्य विमान को सहजता से हवा में उठा लिया। वह जब ऊपर उठा तो आकाश से पुष्प-वर्षा हुई। वानर ख़ुशी से चीख़ने लगे और विमान के किनारे से नीचे धरती को झाँकने लगे, जो तेज़ी से पीछे छूटती जा रही थी।

राम ने सीता को मार्ग में पड़ने वाले अनेक रोचक स्थल दिखाए जहाँ से वे अपनी लंबी और पीड़ादायक खोज करते हुए लंका पहुँचे थे। सीता वह सब देखकर बहुत प्रसन्न हुईं। सबसे पहले, उन्होंने सीता को रणभूमि दिखाई जहाँ रावण का वध हुआ था। उसके बाद, उन्होंने सीता को नल द्वारा बनाया वह शानदार सेतु दिखाया जिसके ऊपर से उन्होंने समुद्र पार किया था। वे बीच-बीच में इस बात को दोहराते रहे कि यह सब सीता के लिए किया गया था मानो वे पहले बोले गए अपने कठोर वचनों की भरपाई कर रहे हों।

"विदेह राजकुमारी! इस भड़कते, उफनते सागर को देखो जिसमें विष्णु के अधिकार क्षेत्र में पड़ने वाले सब प्रकार के सरीसृप और मछलियाँ रहते हैं। अब हम सागर-तट पर उतरेंगे ताकि तुम उस शिव मंदिर में पूजा कर सको जो मैंने स्थापित किया था।"

वह विमान, धीरे-से सेतु के दूसरे छोर पर उतर गया ताकि राम और सीता उस मंदिर में पूजा कर सकें, जो उन्होंने और हनुमान ने वहाँ स्थापित किया था। उस समय, उन्होंने भगवान त्रिनेत्र को यह वचन दिया था कि वे अपनी पत्नी सीता के साथ लौटकर श्रद्धा-सुमन अर्पित करेंगे।

"यहाँ, इसी स्थान पर महादेव भगवान शिव ने मुझ पर कृपा की थी और रामेश्वर (राम के ईश्वर) के रूप में मेरी पूजा-अर्चना स्वीकार की थी। यह स्थान, जहाँ सेतु बनाया गया था, सेतुबंध के नाम से प्रसिद्ध होगा और तीनों लोकों में पूज्य होगा। इस स्थान को अत्यंत पवित्र माना जाएगा तथा यहाँ आने से सभी पापों का नाश होगा। इसी स्थान पर मेरी पहली बार विभीषण से भेंट हुई थी।"

वे सब एक बार फिर विमान में बैठे। उन्होंने वहीं से संकेत द्वारा सीता को सुग्रीव की किष्किंधा नगरी दिखाई गई। सीता ने विमान को नीचे उतारने के लिए कहा ताकि वे सुग्रीव की पत्नियों तारा एवं रुमी को तथा अन्य वानरों की पत्नियों को भी साथ ले जा सकें।

विमान नीचे उतरा और सभी स्त्रियाँ भी सहर्ष उस समूह में सम्मिलित हो गईं। बाद में, राम ने ऋष्यमूक पर्वत दिखाया, जहाँ उनकी हनुमान से पहली बार भेंट हुई थी।

"वह कमल-पुष्पों से भरा, पंपा सरोवर है जहाँ मुझे तुम्हारी बहुत याद आती थी। यहीं हम महान संत शबरी से मिले थे।"

"देखो सीता! वह पंचवटी में हमारा आश्रम है, जहाँ से तुम्हारा अपहरण हुआ था। वह हमारी कुटिया है, जो लक्ष्मण ने हमारे लिए गोदावरी नदी के निकट पत्तियों से बनाई थी। तुम्हारे अपहरण के तुरंत बाद, हमने यह स्थान छोड़ दिया था क्योंकि तुम्हारे बिना वहाँ रहना असहनीय था।" यह कहकर राम कुछ पल के लिए शांत हो गए और बीते दुख को स्मरण करने लगे। सीता भी राम के कंधे पर अपना सिर रखकर रोने लगीं।

"यह चित्रकूट का मनोहर वन है, जहाँ हमने सुखद समय बिताया और जहाँ भरत हमसे मिलने आया था। अब हम भरद्वाज मुनि के आश्रम पहुँच गए हैं, जहाँ गंगा, यमुना और सरस्वती का पवित्र संगम होता है।"

राम ने पुष्पक विमान से नीचे उतरने की प्रार्थना की। भरद्वाज मुनि, राम व सीता से मिलकर बहुत प्रसन्न हुए। राम को यह सुनकर बहुत खुशी हुई कि अयोध्या में सब

कुशल-मंगल है। मुनि ने उन्हें बताया कि उन्हें अपनी दिव्य शक्तियों के बल पर सीता के हरण तथा उनके समस्त दुखों की और रावण के वध की पूर्ण जानकारी थी। भरद्वाज ने राम से अनुरोध किया कि वे उस दिन वहीं आश्रम में ठहरें तथा अगले दिन सुबह चले जाएँ। राम ने हनुमान से यह बात कही।

"मैं ऋषिवर का आग्रह अस्वीकार नहीं कर सकता, इसलिए तुम नंदीग्राम जाकर भरत को सारा समाचार बता दो और यह भी कहना कि मैं कल सुबह अयोध्या पहुँच जाऊँगा। यदि तुम्हें भरत का चेहरा देखकर ज़रा-सा भी ऐसा आभास हो कि उसे मेरे आगमन की बात से हताशा हो रही है अथवा वह अयोध्या का राज्य अपने पास रखने का इच्छुक है, तो तुरंत लौटकर मुझे बताना। मैं उसके मार्ग में नहीं आऊँगा। सर्वश्रेष्ठ व्यक्ति भी, कभी न कभी, सुख व वैभव के प्रलोभन में आ जाता है।"

अयोध्या जाते समय, हनुमान एक क़बीले के मुखिया, गुह्य के पास रुके, जिसने राम को वन जाते समय गंगा पार करवाने में सहायता की थी। फिर वे उड़कर नंदीग्राम पहुँच गए और उन्होंने ऊपर से भरत को देखा। भरत के बाल जटा रूप में सिर पर बँधे हुए थे और उनकी काली लंबी दाढ़ी उग आई थी। उन्होंने केवल वल्कल व कृष्ण मृग के चर्म-वस्त्र पहने थे। वे अत्यंत दुर्बल हो गए थे क्योंकि पिछले चौदह वर्ष से वह अपने भाई राम की तरह केवल कंद मूल व फल पर जीवित थे। उन्होंने अपने भाई के लौटने तक राज्य की सुरक्षा का प्रण लिया था तथा उस कार्य को अपनी क्षमतानुसार अच्छे ढंग से निभाया था। वे अयोध्या से बाहर स्थित नंदीग्राम नाम के एक छोटे-से गाँव से राज्य का कार्य चलाते थे। उन्होंने राम की पादुकाएँ सिंहासन पर रखी हुई थीं और उन्हीं से आदेश पाकर वह सब कार्य करते थे। वे स्वयं को केवल राजा का प्रतिनिधि मानते थे। वे सिर्फ़ इसी उद्देश्य के लिए जीवित थे। वास्तव में वे किसी ब्रह्मर्षि जैसे दिखाई पड़ते थे, जो आँखें आधी मूँदकर, गहन ध्यान में लीन बैठे रहते थे। उनके होंठ निरंतर "राम, राम!" जपते थे। उनकी स्थिति को देखकर मारुति को बहुत प्रसन्नता हुई। हनुमान ने ब्राह्मण के वेश बनाया और विनम्र भाव से भरत के पास पहुँचे क्योंकि उन्हें पता था कि वे अत्यंत श्रेष्ठ व्यक्ति के समक्ष खड़े थे, जो स्वयं धर्म का रूप था, जिसने अपनी इंद्रिय पर संयम पा लिया था और जिसे भौतिक सुखों की कोई इच्छा नहीं थी तथा जिसके मन में केवल राम का ही विचार समाया था!

हनुमान ने भरत का ध्यान आकृष्ट करने के लिए ज़ोर से राम का नाम पुकारा। भरत ने तुरंत अपनी आँखें खोलीं और हनुमान की ओर आश्चर्य से देखा।

हनुमान बोले, "राजकुमार! मैं आपके पास आपके भाई राम का समाचार लाया हूँ, जिनके लिए आपने यह रूप धारण किया है और जिनके लिए आपने समस्त सुखमय जीवन के विचारों का त्याग कर दिया है, जिनका आप अन्यथा भोग कर सकते थे। वे, जिनके विरह में आप दिन-रात दुखी होते हैं, जिनकी आप हर समय स्तुति गाते हैं, रघुकुल के गौरव, सदाचारी लोगों पर उपकार करने वाले, संतों के उद्धारक सुरक्षित लौट आए हैं। युद्ध में अपने शत्रुओं को परास्त करने के बाद, देवताओं द्वारा यशोगान अर्जित के उपरांत प्रभु राम अपनी पत्नी सीता और भाई लक्ष्मण के साथ वापस आ रहे हैं। उन्होंने मुझे आपके पास यह समाचार देने के लिए भेजा है कि वे शीघ्र ही यहाँ पहुँचने वाले हैं।"

भरत की परीक्षा लेने के उद्देश्य से हनुमान ने कहा, "परंतु, आपको यह सुझाव देना मेरा कर्तव्य है। आपकी माता ने इतनी कठिनाई से आपके लिए जो राज्य प्राप्त किया है, आप उसे छोड़ क्यों रहे हैं? आपको सिंहासन स्वीकार करने में ग्लानि का अनुभव क्यों हो रहा है? इस तरह का त्याग केवल दुर्बल करते हैं!"

ब्राह्मण की बात सुनकर भरत को क्रोध आ गया।

"दुष्ट ब्राह्मण, यहाँ से चले जाओ! मैं भी, अपने भाई की तरह, धर्म का रक्षक हूँ। मुझे मरना स्वीकार है, किंतु मैं अपनी महत्त्वाकांक्षा की वेदी पर धर्म की बलि नहीं दे सकता!"

यह सुनकर हनुमान बहुत प्रसन्न हुए और उन्होंने भरत के सामने अपना असली रूप प्रकट कर दिया तथा राम के आगमन का शुभ समाचार भी सुना दिया।

भरत को पिछले चौदह वर्ष से इसी क्षण की प्रतीक्षा थी। यह समाचार सुनकर वे ख़ुशी से अचेत हो गए। उन्होंने स्वयं को सँभाला और हनुमान को गले लगाकर बोले, "मुझे नहीं पता कि आप कौन हैं किंतु आपने मेरे जीवन का सर्वश्रेष्ठ समाचार सुनाया है, इसलिए आप मेरे सबसे अच्छे मित्र हैं। कई वर्ष पूर्व, मेरे भाई वन में चले गए थे और मैं इतने वर्षों से उन्हीं के लौटने की प्रतीक्षा कर रहा हूँ। मुझे बताइए कि मैं आपको क्या पुरस्कार दूँ?"

भरत का ऐसा समर्पण देखकर हनुमान की आँखों में आँसू आ गए। उन्हें लगता था कि उनसे अधिक राम को कोई प्रेम नहीं करता था, किंतु अब उन्हें पता लगा कि ऐसे अनेक लोग हैं, जिनके मन में राम के प्रति वैसा ही प्रेम भाव है। "मैं वायुपुत्र, वानर हनुमान हूँ और रघुपति का गौरवमयी सेवक हूँ।"

यह सुनकर भरत उठे और हनुमान को गले से लगा लिया। उनकी आँखों से निरंतर आँसू बह रहे थे और उनसे अपनी प्रसन्नता सँभल नहीं रही थी।

"हे वानर! अब मुझे याद आया कि वह तुम्हीं थे, जो लक्ष्मण को बचाने हेतु जादुई बूटी लाते समय यहाँ ठहरे थे। तुम्हारे दर्शन मात्र से ही मेरे समस्त दुख दूर हो गए हैं क्योंकि मैंने राम के सखा को गले लगाया है। अब तुम मुझे राम के अनुभवों के विषय में बताओ। क्या मेरे भाई ने अपने इस दास का कोई उल्लेख किया था?"

भरत की विनम्रता देखकर हनुमान स्तब्ध रह गए।

"स्वामी, राम के लिए आप उनके अपने जीवन के समान ही प्रिय हैं। विश्वास कीजिए, यह पूरी तरह सत्य है!" हनुमान घास पर भरत के साथ बैठ गए और उन्हें राम के जीवन से संबंधित विवरण सुनाने लगे। अंत में, उन्होंने भरत को बताया कि राम इस समय भरद्वाज मुनि के आश्रम में हैं तथा शीघ्र ही अयोध्या पहुँच जाएँगे।

भरत ने शत्रुघ्न एवं अन्य सभी को बुलाया और उन्हें राम के आगमन के लिए नगर में तैयारियाँ करने को कहा। इतने वर्षों से जो अयोध्या नगरी निर्जीव थी, वह अचानक सजीव हो उठी। एक बार फिर राजमहल की प्राचीर पर पताकाएँ व ध्वज फहराने लगे। संगीतकारों ने फिर से अपनी वीणाओं को साध लिया। वृक्षों पर फिर से, फूल खिल गए। सड़कों पर गुलाब जल और अक्षत छिड़का गया और उन्हें शुभ आकृतियों से सजाया गया। एक बार फिर फ़व्वारे चलने लगे और जलधाराएँ बहने लगीं। हवा में फिर हँसी और

प्रसन्नता गूँजने लगी। नगरवासियों ने सुंदर वस्त्र धारण किए, जो उन्होंने पिछले चौदह वर्षों से अलमारियों में बंद रखे थे और उन्हें पहनकर सड़कों पर निकल आए। स्त्रियाँ, सोने की थालियों में दही, ध्रुव घास, हल्दी का लेप, फल, फूल तथा पवित्र तुलसी की मंजरियाँ और कई शुभ वस्तुएँ रखकर सूमह-गान करती हुई घूमने लगीं। पूरा नगर अपने स्वामी के आगमन की प्रतीक्षा करने लगा। नंदीग्राम से लेकर नगर तक का राजमार्ग रंगीन चूर्ण और गुलाब जल से बनी शुभ आकृतियों से सजा दिया गया। राम की पादुकाएँ सजावट वाले सफ़ेद हाथी पर रखी गई थीं और उसके ऊपर श्रेष्ठता के प्रतीक के रूप में, श्वेत छत्र लगा हुआ था। भरत और शत्रुघ्न ने अपनी दाढ़ी व बाल कटवाए और राजकुमारों वाले वस्त्र पहन लिए।

विधवा रानियाँ जल्दी से उठीं और उन्होंने भरत से, राम की कुशलता के विषय में पूछा। भरत ने उन्हें बताया कि राम शीघ्र ही पहुँचने वाले हैं।

सब कुछ तैयार था और सब लोग उत्सुकता से प्रतीक्षा कर रहे थे। तभी पुष्पक विमान नंदीग्राम पहुँच गया, जहाँ भरत ने चौदह वर्ष से निष्ठा की लौ जला रखी थी। स्त्रियाँ घरों की छतों से रथ को उतरते हुए देखने के लिए एकत्र हो गईं। वह रथ कुछ देर हवा में ही मँडराता रहा क्योंकि उस बीच राम उत्साहित वानरों व राक्षसों को विभिन्न परिचित स्थान दिखा रहे थे।

"वह, मेरे पिता की नगरी और सूर्यवंश के राजाओं का दुर्ग अयोध्या है। यह नगर मुझे विष्णु के धाम, वैकुंठ से भी अधिक प्रिय है। यहाँ के नगरवासी भी मुझे अत्यंत प्रिय हैं। यहाँ सरयू नदी है जिसकी गोद में अयोध्या नगरी बसी हुई है और वहाँ मेरे प्रिय भाई भरत व शत्रुघ्न हैं जो मुझे नीचे से ही प्रणाम कर रहे हैं। वे मेरी माताएँ हैं - कौशल्या, कैकेयी और सुमित्रा, जो राजमहल के प्राचीर पर खड़ी हैं।"

विमान को देखते ही, हनुमान चिल्लाए, "श्री रामचंद्र आ गए!" नगरवासियों ने उस स्वर को और तेज़ कर दिया तथा "जय श्री राम!" के नारे लगने लगे।

विमान के उतरते ही राम नीचे आ गए और अपना धनुष बाण छोड़कर, अपने गुरुओं वसिष्ठ एवं वामदेव तथा अन्य ब्राह्मणों के चरणों में गिर पड़े।

भरत आगे पहुँचे और उन्होंने राम को प्रणाम किया। राम ने जब भरत से उनकी कुशलता जाननी चाही तो भरत कुछ नहीं बोल सके।

"मैं दुख के सागर में डूब रहा था, किंतु अब आपके दर्शन हो गए तो सब ठीक हो गया है।"

भाइयों का यह भावुक मिलन देखकर वानरों की आँखों में आँसू आ गए। भरत ने राम की पादुकाएँ उठाईं जिनके सहारे उन्होंने चौदह वर्ष शासन किया था और उन्हें धीरे-से राम के पवित्र चरणों में पहना दिया।

उन्होंने कहा, "मैं आपका राज्य आपको लौटाता हूँ, जिसकी देखभाल करने का दायित्त्व मुझे दिया गया था। यह मेरे ऊपर भारी बोझ था किंतु मैंने इसकी सावधानीपूर्वक रक्षा की है। आज मेरी माता के नाम पर लगा कलंक भी धुल गया है और मैंने उनके पापों

का प्रायश्चित पूरा कर लिया है। अब आप कृपया हमें राज्याभिषेक करने दें जो चौदह वर्ष पूर्व हो जाना चाहिए था।"

भरत का भ्रातृ-स्नेह देखकर सुग्रीव और विभीषण भावुक हो गए और उन्हें अपने भाइयों, बाली तथा रावण के दुर्व्यवहार के बारे में सोचकर बहुत कष्ट हुआ।

राम ने भरत की बात मान ली और पुष्पक विमान को उसके असली स्वामी, कुबेर को लौटा दिया। फूलों से सजा वह रथ, धीरे-से हवा में उठा और फिर राम की तीन बार परिक्रमा करने के बाद उत्तर दिशा की ओर चला गया। इसके बाद, राम ने नगर के प्रत्येक व्यक्ति से भेंट की जिससे वे सब अत्यंत प्रसन्न हो गए। उसके बाद, वे राजमहल गए जहाँ उनकी माताएँ उनकी प्रतीक्षा कर रही थीं। उन्होंने राम को अश्रुपूरित नेत्रों से गले लगा लिया।

लक्ष्मण की पत्नी का नाम उर्मिला था। निद्रा देवी ने उसे यह वरदान दिया था कि वह अपने पति के वनवासकाल के दौरान चौदह वर्ष तक सोती रहेगी। कहते हैं, इस अवधि के दौरान लक्ष्मण बिलकुल नहीं सोए ताकि वे रात-दिन अपने भाई कि सेवा कर सकें! जैसे ही राम और लक्ष्मण अयोध्या की सीमा पर पहुँचे, उर्मिला की नींद खुल गई और वह अपने पति से मिलने के लिए तैयार हो गई।

राम और लक्ष्मण ने भी अपनी जटाएँ कटवा दीं और वल्कल वस्त्र त्याग दिए। तीनों माताओं ने उन्हें परंपरागत स्नान करवाया। उनके तन से वन्य जीवन का प्रत्येक निशान हटा दिया तथा तैल, चंदन और हल्दी का लेप किया। उसके बाद उन्हें दूध, दही, मक्खन व सुगंधित जल से स्नान करवाया गया। उन्हें पीले रेशमी वस्त्र पहनाए और मालाएँ एवं रत्नजड़ित स्वर्णाभूषण पहनने को दिए। कौशल्या, सुमित्रा और कैकेयी ने जानकी को बड़े प्रेम से स्नान करवाया। सीता को मनोहर वस्त्र पहनाए और उनके तन का प्रत्येक अंग, आभूषणों से सजा दिया। कौशल्या ने वानरों की पत्नियों के केश भी सजाए, जिससे उन्हें अत्यंत प्रसन्नता हुई।

इसके बाद, सारथी सुमंत्र, राजसी रथ ले आया और राम तथा सीता उसमें बैठ गए और फिर उन्हें वहाँ से मुख्य महल ले जाया गया। भरत ने सुमंत्र से अनुमति लेकर रथ की लगाम स्वयं सँभाल ली। शत्रुघ्न ने राम के सिर पर श्वेत छत्र पकड़ा और लक्ष्मण एवं विभीषण उनके दोनों ओर खड़े होकर श्वेत पंखा झलने लगे। हनुमान उनके चरणों में बैठे हुए थे। उनके पीछे सुग्रीव, हाथी पर सवार होकर आ रहा था। मार्ग के किनारे खड़े नगरवासी ख़ुशी से मतवाले हो रहे थे और "जय श्री राम! जय सीता! जय लक्ष्मण!" की जय-जयकार करते जा रहे थे। वे लोग, ऐसा करते-करते राजमहल आ पहुँचे जहाँ अनेक शताब्दियों से इक्ष्वाकु वंश के राजा शासन करते आए थे। राम ने चौदह वर्षों में पहली बार नगर में प्रवेश किया था। उन्होंने जान-बूझकर इतने वर्ष किसी नगर में प्रवेश करना स्वीकार नहीं किया था। उन्होंने किष्किंधा और लंका को भी भीतर से नहीं देखा था।

राम ने भरत से कहा कि विभीषण और सुग्रीव को अपनी पत्नियों के साथ रहने के लिए राजमहल के सर्वश्रेष्ठ कक्ष दिए जाएँ। भरत ने सुग्रीव से कहा कि वे अपने वानरों

को भूमि की समस्त पवित्र नदियों एवं समुद्रों से जल लाने के लिए कहें, जिससे राम का राज्याभिषेक किया जा सके। उनके इस आदेश का पालन करते हुए, पाँच सौ वानर तत्काल पाँच सौ विभिन्न स्रोतों से जल ले आए! महर्षि वसिष्ठ, सूर्यवंश के कुल गुरु थे और वे ही इस पूरे कार्यक्रम के प्रभारी थे।

उन्होंने राम को सीता संग इक्ष्वाकु कुल के रत्नजड़ित सिंहासन पर बैठाया। सभी महान ऋषियों ने धरती के समस्त पावन समुद्रों व नदियों से से लाए गए जल को राम के ऊपर डाला और साथ ही वैदिक ऋचाएँ भी पढ़ीं। शत्रुघ्न ने राम के ऊपर श्वेत छत्र थामा हुआ था। लक्ष्मण और भरत उनके दोनों ओर खड़े थे। सुग्रीव तथा विभीषण राजसी चँवर डुला रहे थे। हनुमान उनके चरणों में बैठे थे तथा उन्होंने अपना पैर राम के पायदान की तरह प्रयोग किया हुआ था। इसके बाद, वसिष्ठ ने राम को मूल्यवान रत्नों से जड़ा मुकुट पहनाया, जो स्वयं ब्रह्मा ने बनाया था।

वायुदेव ने स्वयं राम को एक स्वर्णिम हार भेंट किया, जिसमें सोने के सौ कमल तथा मोतियों की अत्यंत आकर्षक माला गुँथी हुई थी। इस मनोहर दृश्य को देखने के लिए आकाश में देवतागण और गंधर्व भी उपस्थित थे।

इसके बाद, राम ने योग्य ब्राह्मणों को एक लाख गाय और घोड़े भेंट किए। उन्होंने सुग्रीव को रत्नजड़ित स्वर्णमाला दी तथा बाली के पुत्र, अंगद को हीरे व अन्य मूल्यवान रत्नों से बने सुंदर बाजूबंद का एक जोड़ा प्रदान किया। फिर उन्होंने सीता को मोतियों का हार दिया जो उन्हें समुद्र देवता वरुणदेव ने दिया था, जिसमें चंद्रमा की किरणों जैसी चमक थी। राम ने सीता को अनेक शानदार वस्त्र व आभूषण भी दिए। सभी वानरों तथा राक्षसों को भी शानदार उपहार दिए गए। उन्होंने हनुमान को कोई उपहार नहीं दिया।

सीता ने हनुमान को स्नेहमयी दृष्टि से देखा और फिर अपने पति की ओर देखा। राम समझ गए कि सीता के मन में क्या विचार चल रहा था। उन्होंने सीता से कहा, "जानकी, तुम अपना मोतियों का हार उसे देने के लिए स्वतंत्र हो, जिससे तुम सबसे अधिक प्रसन्न हो। इसे किसी ऐसे व्यक्ति को भेंट करो, जिसमें महानायक के सभी गुण जैसे निष्ठा, सत्य, कौशल, शिष्टाचार, दूरदर्शिता, बल और बुद्धि विद्यमान हों।"

सीता ने राम द्वारा दिया मोतियों का वह मूल्यवान हार बिना पल भर सोचे वायुपुत्र के गले में डाल दिया। हनुमान ने सीता को सादर प्रणाम किया और अपने स्थान पर लौट आए।

हनुमान ने फिर वह हार अपने गले से उतारा और उसे ध्यान से देखने लगे। उन्होंने उसे सूँघा, खरोंचा तथा अपनी नाक व कान के निकट लगाया मानो कुछ सुनने का प्रयास कर रहे हों। उन्होंने उसके प्रत्येक मोती को अपने दाँतों से तोड़ दिया और उसके चमकीले टुकड़ों के भीतर झाँकने के बाद उसे व्यर्थ समझकर फेंक दिया! उनके इस विचित्र व्यवहार को देखकर सभी लोग डर गए। "यह रानी का कैसा अपमान है?" किसी ने कहा। "एक वानर से और क्या अपेक्षा की जा सकती है?" एक अन्य व्यक्ति बोला।

सीता को भी हनुमान का यह व्यवहार अच्छा नहीं लगा। वे हनुमान से इतना प्रेम

करती थीं जिन्होंने उनके लिए इतना कुछ किया था। सीता ने हनुमान से ऐसा करने का कारण पूछा।

हनुमान ने आश्चर्यचकित होकर उत्तर दिया, "मेरे लिए केवल राम का नाम मूल्यवान है। कोई भी ऐसी वस्तु जिसमें राम का नाम नहीं है, मेरे लिए बेकार है। मैंने उन मोतियों को ध्यान से देखा कि कहीं उनमें राम का नाम हो, फिर मैंने उन मोतियों को सूँघा कि उसमें कहीं राम की सुगंध हो, परंतु उन मोतियों में कुछ नहीं था। वह साधारण मोतियों का हार था और मेरे जैसा वानर उस हार का क्या करेगा? मैं निश्चित रूप से स्वयं को भाग्यशाली मानता हूँ कि आपने उसे भेंट देने के लिए मुझे चुना परंतु, मैं उसे पहन नहीं सकता, इसलिए कृपया मुझे क्षमा करें।"

हनुमान की बात सुनकर वहाँ खड़े लोग हैरान रह गए। सीता ने उनसे पूछा, "हनुमान! तुम्हारे तन का क्या? क्या यह पंच तत्त्वों से नहीं बना है? क्या इसमें राम हैं?"

हनुमान ने सुग्रीव को उनके हृदय के निकट अपना कान लगाने को कहा। सुग्रीव ने जब ऐसा किया तो वह आश्चर्यचकित हो गया क्योंकि हनुमान के हृदय में से निरंतर "राम, राम" की आवाज़ आ रही थी।

इसके बाद, इस विवाद को स्थायी रूप से अंत करने के लिए, कहते हैं राम के उस महान भक्त ने अपने नाख़ूनों से अपनी छाती चीर दी। वहाँ उपस्थित समस्त जनता यह देखकर स्तब्ध रह गई कि हनुमान की छाती के भीतर भी राम और सीता विद्यमान थे! सबने आश्चर्य से श्वास भरी और चिल्लाने लगे, "जय श्री राम! जय हनुमान!"

राम अपने सिंहासन से नीचे उतरकर आए और उन्होंने हनुमान को स्नेहपूर्वक गले लगा लिया और उनके घाव पर अपना हाथ रख दिया। उनके स्पर्श करते ही हनुमान का घाव चमत्कारी ढंग से भर गया। इसके बाद उन्होंने हनुमान से कोई भी उपहार माँगने को कहा।

हनुमान ने उत्तर दिया, "प्रभु! मेरे मन में सदैव आपके प्रति अगाध प्रेम बना रहे। आपके प्रति मेरी निष्ठा स्थायी हो। मेरा मन किसी अन्य चीज़ की ओर आकृष्ट न हो। जब तक आपकी कथा इस पृथ्वी पर रहेगी, तब तक मेरे शरीर में प्राण रहें। मैं सदा आपके समक्ष रह सकूँ। जहाँ भी आपका नाम लिया जाए और आपके भजन गाए जाएँ, मैं वहाँ उपस्थित रह सकूँ। मुझे केवल यही वरदान चाहिए।" राम ने आंजनेय के सिर पर हाथ रखा और उन्हें वे सभी वरदान प्रदान कर दिए।

"वानर शिरोमणि, तथास्तु! इसमें कोई संदेह नहीं है कि जब तक पृथ्वी पर यह कथा रहेगी, तुम्हरा यश और तुम्हारे शरीर में प्राण रहेंगे। मेरी यह कथा संसार समाप्त होने तक रहेगी। यदि मैं उन सेवाओं के विषय में सोचूँ, जो तुमने मुझे, सीता और लक्ष्मण को प्रदान की हैं, तो मुझे यहीं इसी क्षण अपने प्राण तुम्हारे लिए न्योछावर कर देने चाहिए। परंतु मैं सदैव तुम्हारा ऋणी रहना चाहता हूँ! यद्यपि, कोई भी व्यक्ति केवल संकट के समय ही उऋण होना चाहता है, किंतु मैं यह प्रार्थना करता हूँ कि मेरे जीवन में कोई ऐसा अवसर न आए जब मुझे तुम्हारी सेवाओं से उऋण होना पड़े!"

राम ने हनुमान को गले लगाकर उन्हें बारंबार आशीर्वाद दिया।

इसके बाद, राम ने सबको अनमोल उपहार भेंट किए। कोई नहीं छूटा। यहाँ तक कि कुबड़ी मंथरा को भी, जो इस सबका कारण थी और जिसने कैकेयी के मन में राम के लिए विष घोला था तथा उन्हें अयोध्या से बाहर भेज दिया था, राम ने उपहार दिए। पूरा दिन नगरवासियों और वानरों ने जी-भर के खाया-पिया और आनंद मनाया। उस रात चौदह वर्ष के बाद, पहली बार लक्ष्मण अपनी पत्नी उर्मिला की बाँहों में सोए थे।

राम चाहते थे कि प्रतिशासक का कार्यभार लक्ष्मण को मिले किंतु लक्ष्मण ने स्पष्ट तौर पर यह भूमिका निभाने से मना कर दिया और इस बात पर ज़ोर दिया कि यह कार्य भरत को ही दिया जाए।

सभी वानर बहुत प्रसन्न थे। वे लोग अपने घर को भूल चुके थे और अपने स्वामी के साथ रह रहे थे। आख़िरकार, एक दिन राम ने उन्हें बुलाकर अपने घर लौटने तथा अपने-अपने दायित्त्वों का निर्वहन करने और अपनी निष्ठा बनाए रखने को कहा। राम ने एक-एक रत्नजड़ित दुशाला सुग्रीव और विभीषण को भेंट किया। सुग्रीव तथा उसका वानर-दल, दुखी मन से किष्किंधा लौट आए। विभीषण तथा उसके लोग भी लंका वापस चले गए। हनुमान ने राम के साथ रहना पसंद किया क्योंकि वे राम से अलग होना सहन नहीं कर सकते थे।

आज भी राम राज्य का गौरवशाली काल, समूचे विश्व में विख्यात है। वहाँ किसी को पशु, सर्प या रोग का भय नहीं था। कोई चोरी नहीं करता था क्योंकि सबके पास पर्याप्त धन उपलब्ध था। वहाँ असमय मृत्यु नहीं होती थी और नगर में कोई विधवा स्त्री नहीं थी। प्रत्येक प्राणी प्रसन्न था और सबकी धर्म के प्रति निष्ठा थी। लोग जर्जर अवस्था को प्राप्त किए बिना, अपनी पूर्ण आयु जीते थे। संन्यासी के अतिरिक्त, कोई हाथ में लाठी में नहीं पकड़ता था और नृत्य के दौरान समय निर्धारित करने के अतिरिक्त 'आघात' शब्द का कोई अर्थ नहीं था। स्वयं पर विजय पाने को ही असली विजय माना जाता था। राज्य में समृद्धि थी, लोग पूरी तरह ख़ुश थे और वे राम को ईश्वर का अवतार मानते थे।

नगर में प्रकृति का प्राचुर्य था। वनों के वृक्ष फलों व फूलों से लगे थे। हाथी और बाघ साथ में, मिलकर रहते थे। शहद-भरी मधुमक्खियाँ उड़ती और मधुर स्वर करती फिरती थीं। धरती पर फसलों की चादर बिछी थी तथा नदियाँ स्वच्छ जल से भरी रहती थीं।

*संकट कटै मिटै सब पीरा।*
*जो सुमिरै हनुमत बलबीरा।।*

*—तुलसीदास कृत हनुमान चालीसा*

*ॐ श्री हनुमते नमः*

ॐ

*शुभांगाय नमः*

# अध्याय 29

# शुभांग

## धर्म की विजय

*सौंदर्य के धाम, राम की जय हो,*
*दया निधान, शरणागतों के रक्षक,*
*तरकश तथा धनुष-बाण से सुसज्जित,*
*अपनी बलशाली भुजाओं द्वारा विजयी!*

—तुलसीदास कृत *रामचरितमानस*

अयोध्या लौटने के शीघ्र बाद, हनुमान ने राम से प्रार्थना की वे उनके साथ उनकी माता से मिलने हिमालय चलें, जो वहाँ तपस्विनी का जीवन जी रही थी तथा सदैव ध्यान एवं प्रार्थना में लीन रहती थी। राम ने उनकी बात मान ली और वे लोग अंजना के आश्रम में गए। अंजना राम को देखकर बहुत प्रसन्न हुई और उसने राम का स्वागत किया तथा उन्हें विशेष आसन पर बैठाया। इसके बाद, उसने अपने पुत्र को रावण के साथ हुए युद्ध की सारी घटनाओं तथा उसमें हनुमान की भूमिका के बारे में पूछा। आश्चर्य की बात थी कि वह उस कथा को सुनकर प्रभावित नहीं हुई। जब हनुमान ने अपनी भूमिका के विषय में बताया तो अंजना की भँवें तन गईं और उसका चेहरा काला पड़ने लगा। अंत में, उसने क्रोध में आकर अपने मन की बात कह डाली।

"तुम मेरे पुत्र होने के योग्य नहीं हो। तुमने अपनी माता के दूध का अपमान किया है। ऐसा लगता है कि तुम्हें जन्म देना और दूध पिलाना व्यर्थ गया है। क्या तुम स्वयं लंका को ध्वस्त करके और रावण को मारकर, वह युद्ध नहीं रोक सकते थे? फिर तुम स्वयं ही सीता को मुक्त करके उन्हें राम के पास वापस ले आते। राम इतना कष्ट उठाने से बच जाते! मुझे लगता है मेरा दूध व्यर्थ गया है। मैं तुम्हारे कारण लज्जित हो रही हूँ!"

हनुमान को अपनी माता की फटकार सुनकर आनंद आ रहा था। उन्होंने प्रेमपूर्वक कहा कि उन्होंने केवल राम व सीता द्वारा दिए गए आदेशों का पालन किया था।

"यदि मैंने विदेहकुमारी को मुक्त करवा दिया होता तो एक दास के रूप में यह मेरी

धृष्टता कहलाती। सीता का भी यही मत था कि उनके पति को स्वयं दशानन का वध करके उन्हें मुक्त करवाना चाहिए और एक राजा के रूप में अपने सम्मान की रक्षा करनी चाहिए!"

यह सुनकर अंजना थोड़ी शांत हो गई और बोली, "ओह! फिर मुझे ख़ुशी है कि मेरा दूध व्यर्थ नहीं गया।"

वहाँ उपस्थित सभी लोगों, विशेष रूप से लक्ष्मण को, यह सोचकर बड़ा अचरज हो रहा था कि अंजना के दूध में ऐसी क्या विशेषता है जिसका वह बार-बार उल्लेख कर रही है। लक्ष्मण के बिना पूछे ही अंजना ने उनके मन में उठा प्रश्न समझ लिया और बोली, "मैं यह सिद्ध कर दूँगी कि मेरा दूध सचमुच बहुत विशेष है।"

ऐसा कहकर, अंजना ने अपने स्तन दबाए। उनमें से दूध की एक पतली धार निकली और हवा में लहराती हुई सामने वाले पर्वत शिखर पर गिरी। उसके गिरने कर्णभेदी गड़गड़ाहट हुई और लोग यह देखकर चकित रह गए कि वह पर्वत शिखर टूटकर दो भागों में बिखर गया!

वह हँसी और बोली, "क्या अब आपको मेरी बात पर विश्वास हो गया है? मारुति का पोषण इसी शक्तिशाली दूध से हुआ है। क्या आपको इसकी शक्ति पर संदेह है?"

अंजना के साथ कुछ समय बिताने के बाद पूरा दल लौट गया। राम ने सीता के साथ, तथा अपने भाइयों व मंत्रियों और सदैव निष्ठावान हनुमान के सहयोग से, अयोध्या पर अनेक वर्ष शासन किया। इस दौरान मारुति से जुड़ी अनेक कथाएँ मिलती हैं जिनसे उनके अनोखे व्यक्तित्व का पता लगता है। वे सदैव राजसी युगल के चरणों में बैठते थे और उनके द्वारा कहे गए प्रत्येक शब्द को बहुत ध्यान से सुनते थे। उनकी निष्ठा से प्रसन्न होकर राम-सीता के दिव्य युगल ने उन्हें अपने अवतार का रहस्य सुनाया।

राम ने कहा, "हे वानर! मैं जो मैं कह रहा हूँ, उसे ध्यान से सुनो क्योंकि तुमने यह सिद्ध कर दिया है कि तुम इस गूढ़ सत्य को जानने के पात्र हो। मैं पुरुषोत्तम, शाश्वत, अपरिवर्तनशील और अनंत परमात्मा हूँ। मैं ही परम चेतना तथा अविभाज्य हूँ। प्रत्येक वस्तु, चेतना के अतिरिक्त और कुछ नहीं है।"

इसके बाद सीता ने कहा, "मैं प्रकृति, ब्रह्मांड का तत्व हूँ तथा समस्त वस्तुओं का परम स्वरूप हूँ। मैं ही समय व स्थान का उद्गम हूँ और सभी वस्तुएँ मुझ में स्थित हैं। राम परम श्रेष्ठ हैं और मैं उनकी शक्ति का प्रत्यक्ष रूप हूँ। मैं ही रचना, पालन और संहार के प्रत्यक्ष कृत्यों का सिद्धांत हूँ। वास्तव में, अभी तक जितनी भी घटनाएँ हुई हैं, वे सब ईश्वर की लीलाएँ हैं। उन्हें राम की श्रेष्ठ अवस्था नहीं समझा जाना चाहिए, जो अपरिवर्तनीय, सनातन एवं अविनाशी है।"

राम ने आगे कहा, "हम दोनों को मिलाकर यह ब्रह्मांड बना है। हम एक-दूसरे के अस्तित्व को मान्यता देते हैं और हमें एक-दूसरे के साथ रहने में प्रसन्नता होती है। मैं परमात्मा हूँ और सीता जीवात्मा है। रावण, अहंकार है, जो हम दोनों को अलग करता है। भक्ति के द्वारा हमारा मिलन संभव है। तुम भक्ति का अवतार हो और इसीलिए यह गुप्त सत्य तुम्हें बताया गया है।"

हनुमान ने इस प्रवचन को बहुत ध्यान से सुना। अगले दिन, जब वे दरबार में पहुँचे तो राम ने उनसे पूछा।

"तुम कौन हो?"

मारुति समझ गए कि यह प्रश्न उनकी परीक्षा लेने के लिए पूछा गया है। उन्होंने उत्तर दिया, "शरीर के दृष्टिकोण से मैं आपका सेवक हूँ, मन एवं बुद्धि के दृष्टिकोण से मैं आपका अंश हूँ, परंतु आत्मा के दृष्टिकोण से मैं आपका ही रूप हूँ!"

हनुमान का सुंदर स्पष्टीकरण सुनकर राम और सीता मुग्ध हो गए।

भरत और शत्रुघ्न, कभी-कभी हनुमान को अपने महल में ले जाते थे और उनसे बार-बार राम की आश्चर्यजनक बातें सुनते थे क्योंकि उन घटनाओं को सुनने से उनका मन नहीं भरता था। परंतु हनुमान किसी के पास भी अधिक समय नहीं रुकते थे। उन्हें सदा राम के चरणों में लौटने की जल्दी रहती थी। वे राम की प्रत्येक आवश्यकता का पहले ही पूर्वानुमान लगा लेते थे और उस कार्य को किसी अन्य के करने से पहले ही कर देते थे।

हनुमान के इस स्वभाव सीता और राम के अन्य भाई, उनसे चिढ़ने लगे क्योंकि उनके पास करने के लिए कोई कार्य शेष नहीं रह गया। आख़िरकार, राम के तीनों भाई, सीता के पास गए और उनसे हनुमान की शिकायत की और कहा कि हनुमान के अत्यधिक सतर्क रहने के कारण किसी के पास करने को कोई काम नहीं रह गया है। वे सब भी राम की सेवा करना चाहते हैं। सीता को यह बात माननी पड़ी क्योंकि यह बात सत्य थी, इसलिए उन सबने मिलकर राम के कार्यों की सूची बनाई और सबको कुछ न कुछ कार्य सौंप दिया गया। इस तरह, अब हनुमान के पास करने के लिए कुछ नहीं रह गया। यह कार्यसूची अनुमोदन एवं मुहर लगने हेतु राम के समक्ष प्रस्तुत की गई।

राम ने जब देखा कि उस सूची में हनुमान का नाम नहीं है तो उन्हें संदेह हुआ। परंतु, वे कुछ नहीं बोले। अगले दिन, जब दरबार लगा तो हनुमान ने हमेशा की तरह राम के पैर दबाने आरंभ कर दिए। लक्ष्मण ने तुरंत उन्हें यह कहकर टोक दिया कि वह कार्य किसी और को दिया गया है। फिर उन्होंने हनुमान के सामने वह सूची रख दी। हनुमान को यह देखकर बहुत निराशा हुई कि उनका नाम उस सूची में नहीं था। लक्ष्मण ने हनुमान से कहा कि यदि कोई कार्य छूट गया हो तो वे उसे कर सकते हैं। मारुति ने उस सूची को ध्यान से पढ़ा और देखा कि राम के सुबह उठने से लेकर रात को सोने तक प्रत्येक कार्य किसी न किसी को सौंपा जा चुका था। अंत में, उन्हें एक शानदार युक्ति सूझी।

"इसमें जँभाई सेवा का तो उल्लेख ही नहीं है!" हनुमान ने कहा।

"जँभाई सेवा क्या होती है?" लक्ष्मण ने पूछा।

"आपको पता ही होगा कि जब भी कोई जँभाई लेता है तो वह अपने खुले मुँह के सामने चुटकी बजाता है ताकि खुले मुँह में कोई दुरात्मा प्रवेश न कर सके। इसलिए मैं यह चुटकी बजाने का कार्य ले लेता हूँ ताकि मेरे प्रभु की उँगलियों को कष्ट न हो!"

"हाँ, क्यों नही!" लक्ष्मण ने कहा।

"तो मुझे यह बात लिखित में चाहिए और उसके ऊपर मेरे प्रभु की मुहर भी होनी

चाहिए!" लक्ष्मण ने तुरंत यह कार्य करवा दिया परंतु उन्होंने हनुमान की इस माँग के परिणाम पर विचार नहीं किया!

जँभाई किसी भी क्षण आ सकती है, इसलिए मारुति को हर समय राम के साथ रहना पड़ता था! वे हमेशा राम के निकट बैठकर आँखें उनके चेहरे पर टिकाए रखते ताकि जँभाई आने की स्थिति में चुटकी बजाने का अवसर निकल न जाए! उस दिन, उन्होंने भोजन भी बाएँ हाथ से किया ताकि उनका दाहिना हाथ चुटकी बजाने के लिए स्वतंत्र रहे! रात को उन्होंने राम और सीता के साथ शयनकक्ष में प्रवेश करने का प्रयास किया किंतु सीता ने उन्हें ऐसा करने की अनुमति नहीं दी और कहा कि वे जाकर विश्राम करें। इस बात से हनुमान उदास हो गए क्योंकि रात के समय अधिकतर लोगों को जँभाई आती है और वे अपने हिस्से का कार्य पूरा करना चाहते थे। परंतु वे क्या करते? वे राम के शयनकक्ष के ठीक ऊपर के बुर्ज पर जाकर बैठ गए और अपनी आँखें बंद करके राम का नाम लेने लगे ताकि उन्हें नींद न आ जाए। इस बीच, वे अपने दाहिने हाथ से चुटकी बजाते जा रहे थे ताकि राम को आने वाली जँभाई पहले ही रुक जाए। इधर, कक्ष के भीतर राम को जँभाई का ज़बरदस्त दौरा पड़ गया जो रुकता ही नहीं था। एक के बाद एक लगातार जँभाई आने से राम का मुँह बुरी तरह दुखने लगा क्योंकि वे मुँह बंद ही नहीं कर पा रहे थे। वे थककर बिस्तर पर गिर पड़े। सीता डर गईं और उन्होंने तुरंत वैद्य, मंत्रियों और राजगुरु वसिष्ठ को बुलाया। कोई कुछ नहीं कर सका। तभी वसिष्ठ ने देखा कि वहाँ एक व्यक्ति कम था। वे तुरंत हनुमान को खोजने के लिए चल पड़े। उन्हें पता था कि हनुमान कहीं दूर नहीं होंगे। उन्होंने हनुमान को बुर्ज पर बैठकर राम का नाम जपते तथा चुटकी बजाते देखा। फिर उन्होंने हनुमान को उठाया और राम के पास लेकर आए। राम की स्थिति देखकर मारुति बहुत दुखी हुए और चुटकी बजाना भूल गए। इसका तत्काल प्रभाव हुआ। राम की जँभाई रुक गई। सबको बात समझ में आ गई। सीता और राम के भाइयों को इस बात का पश्चाताप हुआ कि उन्होंने राम के महान भक्त के साथ बहुत अन्याय किया था। वे सब राम के चरणों में गिर पड़े और उन्हें वचन दिया कि उत्साही हनुमान को उनकी इच्छा से कार्य करने दिया जाएगा।

हनुमान जितना राम से स्नेह करते थे, उतना ही प्रेम उन्हें सीता से भी था और वे सीता के भी सभी कार्यों को बड़ी सावधानी से देखते थे। प्रत्येक सुबह, वे सीता को मस्तक पर लाल बिंदी और माँग में सिंदूर लगाते देखते थे जो भारत में विवाहित स्त्रियों का विशेषाधिकार है। एक दिन उन्होंने सीता से इसका कारण पूछ लिया।

"मैं यह कार्य, सभी विवाहित स्त्रियों की भाँति, अपने पति के अच्छे स्वास्थ्य के लिए करती हूँ," सीता ने मधुर मुस्कान के साथ कहा। प्रभु के विनीत सेवक, हनुमान ने सोचा, "यदि सीता जैसी सदाचारिणी स्त्री को भी प्रभु राम की भलाई के लिए सिंदूर लगाना पड़ता है, तो मुझ जैसे सामान्य वानर को तो इससे अधिक करना चाहिए।" यह सोचकर, वे बाज़ार गए और वहाँ से एक बोरी सिंदूर ले आए। उन्होंने उसमें थोड़ा तेल मिलाकर लेप बना लिया और उसे अपने पूरे शरीर पर लगा लिया। वे उसी रूप में दरबार में पहुँच गए और राम के चरणों में अपना स्थान ले लिया। उनके विचित्र रूप को देखकर सभी

हँसने लगे। राम को भी उन्हें देखकर आनंद आया और फिर उन्होंने हनुमान से उसका कारण पूछा। हनुमान ने आँखों में आँसू भरकर कहा, "प्रभु! आपके इस दास के तन पर जितने बाल हैं, आप उतने वर्ष जिएँ!" सीता ने तुरंत उनके विचित्र व्यवहार का कारण बूझ लिया और अपने पति के कान में धीरे-से बता दिया। राम और सीता, हनुमान के हृदय की शुचिता को देखकर भावुक हो गए। राम ने सिंहासन से उतरकर हनुमान को गले लगा लिया और बोले, "आज मंगलवार है और जो भी मेरे इस प्रिय भक्त को इस दिन तेल व सिंदूर अर्पित करेगा, उसे आशीर्वाद मिलेगा तथा उसकी सभी इच्छाएँ पूर्ण होंगी!" तभी से, हनुमान की प्रतिमाओं पर लाल सिंदूर लगाया जाता है।

चूंकि सीता की अपनी कोई संतान नहीं थी, वे अपना सारा मातृ प्रेम हनुमान पर छिड़कती थीं। सामान्य तौर पर, हनुमान राम का बचा हुआ जूठा भोजन ही खाते थे। एक दिन सीता ने हनुमान के लिए कुछ विशेष बनाने का निर्णय किया। उन्होंने हनुमान को अपने पास बैठाकर अपने हाथ से बनाई हुई सभी चीज़ें उन्हें खिलाईं। हनुमान बहुत भूखे थे और सीता उन्हें जितना भोजन परोसतीं, उनकी भूख उतनी ही अधिक बढ़ती जाती थी। सीता परेशान हो गईं क्योंकि उन्होंने जितना भी भोजन पकाया था, वह सारा समाप्त हो गया। तब उन्हें समझ में आया कि उनका "पुत्र" तो वास्तव में भगवान महेश्वर का अवतार है, जो प्रलय के समय पूरी सृष्टि को निगल सकते हैं! सीता घूमकर धीरे-से हनुमान के पीछे गईं और उनकी पीठ पर पाँच अक्षरों वाला भगवान शिव का मंत्र (ॐ नमः शिवाय) लिख दिया। ऐसा करके उन्होंने हनुमान के वास्तविक रूप को स्वीकार कर लिया! हनुमान, तत्काल तृप्त हो गए और उन्हें डकार आ गई। उन्होंने उठकर कुल्ला कर लिया।

एक दिन हनुमान बाज़ार में घूम रहे थे जब एक मूर्ख व्यापारी ने उन्हें पुकारा। "मारुति! जब तुमने लंका नगरी जलाई तो वह कैसी लग रही थी?"

हनुमान ने कहा कि वे उस बात को शब्दों में नहीं बता सकते किंतु करके दिखा सकते हैं। उन्होंने व्यापारी से कहा कि वह उनकी पूँछ पर कपड़ा लपेटकर, उसे तेल में भिगोकर आग लगा दे। व्यापारी ने ज्यों ही ऐसा किया, हनुमान ने तुरंत उसकी दुकान जला दी। फिर उन्होंने तालाब में जाकर अपनी पूँछ की आग बुझा ली।

अगले दिन, वह व्यापारी राम के दरबार में गया और उसने हनुमान की शिकायत की।

"आपके वानर ने मेरी दुकान जला दी!"

राम ने हनुमान से उनके व्यवहार का स्पष्टीकरण माँगा तो हनुमान ने सारी बात बता दी। राम ने व्यापारी से पूछा कि क्या यह सत्य है तो उसने उसे स्वीकारा किंतु यह भी कहा, "परंतु मुझे यह उम्मीद नहीं थी कि यह वानर मेरी ही दुकान जला देगा!"

"ओह! तो तुम्हें किसी और की दुकान जलने से प्रसन्नता होती?"

व्यापारी ने लज्जा से सिर झुका लिया और राम ने मामले को ख़ारिज कर दिया।

हनुमान कभी-कभी साधारण वानर बनकर अयोध्या के उद्यानों पर धावा बोल देते थे। कोई उन्हें कुछ कहने का साहस नहीं करता था क्योंकि लोग इसी दुविधा में रहते कि वह कोई साधारण वानर है या फिर राम के प्रिय वानर, हनुमान हैं। वे रसीले फल खाने,

नियमित रूप से एक विशेष उद्यान में जाते थे। कुछ लोग उस उद्यान की रखवाली करते थे ताकि फल पक जाने पर उन्हें तोड़ सकें। वे लोग इस वानर की हरकतों से बहुत परेशान थे तो उन्होंने एक दिन उसे फंदा लगाकर पकड़ लिया और राजदरबार में ले गए। राम ने हनुमान को पहचान लिया किंतु ऐसे दिखावा किया मानो वे उसे जानते नहीं हैं। उन्होंने उद्यान वाले लड़कों से कहा कि वे वानर को अपने साथ ले जाएँ और जो चाहे उसे दंड दें। हनुमान अपने बल से फंदा तोड़कर भाग गए, किंतु राम के पास लौटने से पूर्व उन्होंने अपने पूरे शरीर पर कोड़ों के बड़े-बड़े निशान बना लिए और उदास चेहरा लेकर लड़खड़ाते हुए दरबार में आ गए। उनकी ऐसी दशा देखकर राम का मन ग्लानि से भर उठा और उन्होंने हनुमान को गले लगा लिया। तब हनुमान ने हँसकर कहा, "आपने मेरे साथ मज़ाक किया, तो मैंने भी आपके साथ यह चाल खेली!"

एक दिन, दरबार में राम की हनुमान को छेड़ने की इच्छा हुई। उन्होंने सबसे पूछा कि कौन उनका सबसे निष्ठावान सेवक है। स्वाभाविक तौर पर, सब ने अपने-अपने दोनों हाथ उठा लिए, किंतु हनुमान ने अपने हाथों के साथ अपनी पूँछ भी उठा ली जो वास्तव में, वानरों के लिए हाथ के समान होती है। अन्य दरबारी हनुमान से चिढ़ते थे, तो उन्होंने हनुमान के विवाह का प्रस्ताव प्रस्तुत करने का निर्णय किया, जबकि वे जानते थे कि हनुमान ने आजीवन ब्रह्मचर्य का व्रत लिया है। मज़ाक की तरह आरंभ हुई बात ने आज्ञाकारिता की गंभीर परीक्षा का रूप ले लिया।

"मारुति! अब युद्ध समाप्त हो चुका है। क्या अब तुम्हें ब्रह्मचारी जीवन त्यागकर विवाह नहीं कर लेना चाहिए?" राम ने हनुमान को चिढ़ाते हुए कहा।

हनुमान को पता था कि राम उनके साथ मज़ाक कर रहे हैं, इसलिए उन्होंने भी मज़ाक में उत्तर दे दिया, "प्रभु! ऐसी कौन सुंदरी होगी, जो मुझसे विवाह करना तो दूर, मेरी ओर देखना भी पसंद करेगी?"

राम ने तुरंत उत्तर दिया, "यदि मैं किसी को खोज लूँ, जो तुमसे विवाह के लिए तैयार हो जाए, तो क्या तुम्हें स्वीकार है?"

हनुमान दुविधा में पड़ गए। उनके सामने उनके ब्रह्मचर्य व्रत तथा उनके स्वामी की आज्ञा के बीच नैतिक संकट खड़ा हो गया। "यदि वह स्त्री पूरी तरह मान जाए तो मुझे लगता है कि मुझे स्वीकार करना होगा क्योंकि यह आपकी भी इच्छा है।"

किसी ने कहा, "चूंकि वर विरूपित है, इसलिए कन्या कुबड़ी हो सकती है। मैं, हनुमान के लिए रानी कैकेयी की दासी, मंथरा के नाम का प्रस्ताव करता हूँ!"

हनुमान स्तब्ध रह गए और बोले, "प्रभु! उस स्त्री ने आपको चौदह वर्ष के लिए वन में भेज दिया था! सोचिए, वह मेरा क्या हाल करेगी?"

राम ने हँसते हुए कहा, "चिंता मत करो। वह अब सुधर गई है। हम कल उसे दरबार में बुलाएँगे देखते हैं, शायद वह मान जाए!"

हनुमान उस रात, मंथरा के कक्ष में गए और उसे उस दिन सुबह दरबार में हुई चर्चा के विषय में बताया। आश्चर्यजनक रूप से, वह इस बात को सुनकर बहुत ख़ुश हुई

और उसने विवाह के लिए हामी भी भर दी। यदि उसे कोई पुरुष नहीं मिल सका, तो वानर सबसे बढ़िया विकल्प था। मारुति ने उसे बहुत समझाया किंतु उसने हठ नहीं छोड़ा। अंत में, हनुमान को गुस्सा आ गया। उन्होंने अपना आकार बढ़ाकर अपनी पूँछ उसके गले में लपेट दी और कहा कि उनसे विवाह करने का यही परिणाम होगा! वह भयभीत हो गई और उसने वचन दिया कि अगले दिन दरबार में बुलाए जाने पर वह विवाह के लिए मना कर देगी। अगले दिन जब वह सुबह दरबार पहुँची तो राम ने उसके सामने यह प्रस्ताव रखा। सभा में प्रत्याशित मौन छा गया। हनुमान ने मंथरा को घूरा तो उसने तुरंत विवाह करने से मना कर दिया। हनुमान ने राहत की साँस ली और राम की ओर देखा तो राम भी उन्हें शरारती ढंग दे देख रहे थे। तब हनुमान को एहसास हुआ कि उनके साथ मज़ाक किया गया था।

एक दिन राम और सीता में स्नेह भरा तर्क छिड़ गया कि हनुमान की निष्ठा दोनों में किसके प्रति अधिक है। उन्होंने हनुमान से सीधे यह प्रश्न कर लिया। हनुमान भी चालाकी से यह कहकर बच निकले कि उनकी निष्ठा सीता-राम के प्रति संयुक्त रूप से है। सीता ने तत्काल हनुमान से एक घड़े में पानी लाने को कहा क्योंकि उन्हें बहुत ज़ोर से प्यास लगी थी। तभी राम ने गर्मी से मूर्छित होने का स्वांग किया और हनुमान से पंखा झलने को कहा। वे दोनों प्रत्याशा से देखने लगे कि हनुमान किसकी बात पहले मानते हैं। बुद्धिमान हनुमान ने अपने हाथ लंबे कर लिए और एक हाथ से पानी ले आए तथा दूसरे से पंखा झलने लगे। इससे उनके दोनों स्वामी प्रसन्न हो गए।

एक बार देवर्षि नारद, जो महान विष्णु भक्त माने जाते हैं, घूमते हुए अयोध्या आ गए। उन्होंने हनुमान से पूछा कि क्या राम अपने सर्वश्रेष्ठ भक्तों का हिसाब रखते हैं। हनुमान को इसका पता नहीं था, इसलिए नारद स्वयं राम के पास चले गए। राम ने उन्हें एक बहुत बड़ा बही-खाता दिखाया, जिसके प्रत्येक प्रथम पृष्ठ पर नारद का नाम सबसे ऊपर लिखा था। यह देखकर नारद बहुत प्रसन्न हुए किंतु हनुमान का नाम न पाकर वे दुविधा में पड़ गए। उन्होंने हनुमान को यह बात बताई तो हनुमान ने कहा, "आप उनसे कहिए कि वे आपको अपना छोटा गुटका भी दिखाएँ।"

नारद लौटकर राम के पास गए और उनसे छोटा गुटका दिखाने को कहा। उसमें हर जगह हनुमान का नाम पहले था और नारद का कहीं नाम नहीं था। स्वाभाविक था कि नारद ने राम से दोनों का अंतर पूछा। राम ने कहा कि बड़े खाते में उन सबके नाम हैं जो हर समय भगवान को याद करते हैं, जबकि छोटे गुटके में उन लोगों के नाम हैं जिनको प्रभु हर समय याद करते हैं! यह सुनकर नारद का अहंकार चूर हो गया क्योंकि वे हमेशा स्वयं को भगवान का सबसे बड़ा भक्त समझते थे।

इसके बाद, नारद ने भगवान के नाम की महिमा दर्शाने के लिए एक और नाटक रचा। एक बार काशी का राजा अपने पूरे दल के साथ अयोध्या जा रहा था। नारद ने उसे मार्ग में रोक लिया क्योंकि वे सदा ही भगवान की लीला हेतु स्थितियाँ खड़ी करते रहते थे। उन्होंने राजा से कहा कि राजदरबार पहुँचने पर वह विश्वामित्र को छोड़कर सभी को प्रणाम करे। राजा ऐसा करने का बिलकुल इच्छुक नहीं था किंतु उसने वचन दे दिया था।

विश्वामित्र अपने क्रोधी स्वभाव के लिए प्रसिद्ध थे। राजा का व्यवहार देखकर उन्हें गुस्सा आ गया और उन्होंने राम से उसकी शिकायत की। राम ने अपने तरकश से तीन बाण निकाले और काशी नरेश को सूर्यास्त से पहले मारने का प्रण कर लिया। राजा को यह समाचार मिला तो वह घबराकर नारद के पास पहुँचा और उनसे रक्षा की गुहार लगाई क्योंकि इसमें उसका कोई दोष नहीं था। नारद ने बड़ी प्रसन्नतापूर्वक उत्तर दिया कि राम के हाथों मरने से बेहतर क्या हो सकता है! यह सुनकर राजा बिलकुल प्रभावित नहीं हुआ और वह राम के क्रोध से बचने के लिए नदी की ओर भागा। नारद उसके पीछे गए और उसे निश्चिंत रहने को कहा। उन्होंने राजा से कहा कि वह उनकी वीणा पर बैठ जाए और फिर वे उसको कंचन पर्वत ले जाएँगे।

"वहाँ उस पर्वत पर ऐसा कौन है जो मुझे राम के क्रोध से बचा सकता है?" राजा ने पूछा।

"हनुमान की माता, अंजना वहाँ तपस्या कर रही हैं। तुम उनके चरणों में गिरकर प्रार्थना करो। जब तक वे तुम्हें बचाने का वचन न दें, तब तक उठना मत!" नारद ने कहा।

नारद के आदेशानुसार, राजा अंजना के चरणों में गिर पड़ा और उनसे रक्षा करने की याचना करने लगा। अंजना ने उसे अपनी शरण में ले लिया और आश्वासन दिया कि उनके रहते, कोई राजा को क्षति नहीं पहुँचा सकता। उसके बाद उन्होंने राजा से उस व्यक्ति का नाम पूछा जिससे डरकर वह भाग रहा था।

राजा ने धीरे-से कहा, "राम ने सूर्यास्त से पहले मेरा वध करने का प्रण किया है!"

"राम!" अंजना चिल्लाईं, "वे तो दया के धाम हैं! तुमने ऐसा क्या अपराध कर दिया जो उन्हें इस तरह की प्रतिज्ञा लेनी पड़ी?"

बेचारे राजा ने अंजना को पूरी घटना सुना दी। अंजना ने फिर अपने पुत्र को स्मरण किया क्योंकि वह राजा को बचाने का वचन दे चुकी थी। हनुमान तुरंत अपनी माता से मिलने आ गए।

हनुमान को देखकर उनकी माता बहुत खुश हुईं और उन्हें बताया कि वे बहुत बड़ी दुविधा में फँस गई हैं और हनुमान से मदद करने की प्रार्थना की। हनुमान ने पूरी बात जाने बिना ही माता को वचन दे दिया कि कुछ भी हो, वे उसे पूरा करेंगे। अंजना ने हनुमान को रहस्य बताने से पहले उनसे तीन बार वचन देने को कहा। हनुमान उस कथा को सुनकर बहुत हैरान हुए किंतु वे अपनी माता को वचन दे चुके थे इसलिए उनके पास उसे पूरा करने के अतिरिक्त कोई अन्य विकल्प नहीं था। वे तत्काल काशी नरेश को अयोध्या के बाहर बह रही सरयू नदी के पास ले गए। उन्होंने राजा से नदी के जल में कमर तक डूबकर निरंतर राम नाम का जाप करने को कहा।

"याद रहे, मैं जब तक न कहूँ, जल से बाहर नहीं निकलना और बिना रुके 'राम, राम' बोलते जाना है।"

राजा दुखी था किंतु इसे मानने के अतिरिक्त कोई अन्य रास्ता नहीं था। हनुमान शीघ्र ही राम के पास पहुँचे और उन्हें प्रणाम किया।

राम ने हनुमान की ओर देखा और पूछा, "तुम्हें कुछ चाहिए?"

हनुमान ने कहा, "प्रभु, कृपया मुझे यह वरदान दीजिए कि जो भी व्यक्ति आपका नाम ले, मैं उसकी रक्षा कर सकूँ।"

"प्रिय मारुति! मैं यह वरदान तुम्हें पहले ही दे चुका हूँ। तुम यह फिर से क्यों माँग रहे हो?"

हनुमान ने ज़ोर देकर राम से वह वरदान दोबारा देने को कहा तो राम ने हँसते हुए उनकी बात मान ली। अब आंजनेय नदी तट पर लौट आए और वहाँ अपनी गदा लेकर काशी नरेश की रक्षा के लिए खड़े हो गए, जो अत्यंत निष्ठापूर्वक और ज़ोर-ज़ोर से राम का नाम जप रहा था। शीघ्र ही, यह समाचार फैल गया कि जिसे राम ने सूर्यास्त से पहले मारने की प्रतिज्ञा की है, उसकी रक्षा स्वयं हनुमान कर रहे हैं!

राम को जल्दी ही राजा के स्थान का पता लग गया और वे ऋषि विश्वामित्र को साथ लेकर नदी-तट पर आ गए। हनुमान ने उन्हें आते देखा तो राजा से कहा कि कुछ भी हो जाए, वह राम का नाम लेना बंद न करे। राम ने अपना बाण धनुष पर चढ़ाया और राजा पर चला दिया। परंतु उस बाण ने राजा की परिक्रमा की और तरकश में लौट आया। राम उस बाण की आवाज़ सुनकर हैरान रह गए, "प्रभु! मैं किसी ऐसे व्यक्ति को नहीं मार सकता जो हनुमान की उपस्थिति में आपका नाम जप रहा हो।"

राम ने उसकी बात नहीं मानी और राजा पर दूसरा बाण चलाया। वह बाण भी लौट आया और बोला, "राजन! आपने अपने भक्त हनुमान को यह वचन दिया है कि जो भी आपका नाम लेगा, वे उसकी रक्षा करेंगे। हम आपके वचन की मर्यादा बचाने के लिए आपकी सहायता कर रहे हैं।"

इस बार विश्वामित्र क्रोधित हो गए तो राम ने अपना तीसरा बाण धनुष पर चढ़ा लिया। हनुमान ने काशी नरेश को सावधान करते हुए कहा कि वह बिना साँस लिए राम का नाम जपता रहे। ठंड से राजा के दाँत किटकिटा रहे थे किंतु वह निरंतर मंत्र जाप करता रहा।

राम अपना तीसरा बाण छोड़ने ही वाले थे कि तभी उनके कुल गुरु वसिष्ठ वहाँ आ गए और हनुमान से विनती करने लगे कि वे हट जाएँ ताकि राम अपनी प्रतिज्ञा पूरी कर सकें।

"राम के हाथों मरने से राजा को स्वर्ग मिलेगा, इसलिए उन्हें रोकने का प्रयास मत कीजिए।"

हनुमान ने कहा, "परंतु मैं तो राम द्वारा दिए गए वचन की रक्षा कर रहा हूँ कि जो भी उनका नाम लेगा, मैं उसकी रक्षा कर सकता हूँ!"

वसिष्ठ दुविधा में पड़ गए कि इस समस्या को कैसे सुलझाया जाए। उन्होंने कहा कि इसका समाधान केवल विश्वामित्र ही कर सकते हैं। वे विश्वामित्र के पास गए और उनसे काशी नरेश को क्षमा करने और राम को उनकी प्रतिज्ञा से मुक्त करने की विनती करने लगे। विश्वामित्र ने कहा कि वे राजा को इस शर्त पर क्षमा कर सकते हैं यदि वह वचन

दे कि भविष्य में फिर कभी किसी का, विशेषकर किसी ऋषि का, अपमान नहीं करेगा।

हनुमान ने अपने शरणार्थी को नदी से बाहर निकल कर ऋषि के चरणों में गिरकर, उनसे क्षमा माँगने को कहा। राजा ठंड से इतनी बुरी तरह काँप रहा था कि वह बड़ी कठिनाई से नदी से बाहर निकल पाया। उसने राम का नाम जपते हुए ऋषि के चरणों में प्रणाम किया। उसने ऋषि के चरण पकड़ लिए और उनसे क्षमा माँगने लगा। यह सारा नाटक नारद मुनि ने रचा था और वे अब भी इस पूरे दृश्य को देखकर बड़े आनंदित हो रहे थे।

वसिष्ठ ने राम को अपना तीसरा बाण वापस तरकश में रखने को कहा। ऐसा करते ही, सूर्य भी पश्चिम में अस्त हो गया। हनुमान अपने स्वामी के चरणों में गिरकर क्षमा माँगने लगे। वे केवल संसार को प्रभु नाम की महिमा बताना चाहते थे।

इस विषय पर एक अन्य कथा आती है जिसका यहाँ उल्लेख किया जाना चाहिए।

काशी के राजा का नाम ययाति था। वह राम भक्त था। एक बार, वह आखेट पर गया और वहाँ उसकी भेंट ऋषि विश्वामित्र से हो गई किंतु वह आखेट की जल्दी में, उन्हें प्रणाम करना भूल गया। आशा के अनुसार, ऋषि ने उसे शाप दे दिया, "मैं तुम्हारा सिर अपने चरणों में झुकाकर रहूँगा!"

ययाति ऋषि के पीछे दौड़ा और उनसे क्षमा माँगते हुए कहा कि वह निर्दोष है तथा आखेट में ध्यान होने के कारण उसने ऋषि पर ध्यान नहीं दिया। विश्वामित्र शांत नहीं हुए। अयोध्या लौटकर उन्होंने यह बात राम को बताई।

"राम! यदि तुम मेरे सच्चे शिष्य हो तो, जिसने मेरा अपमान किया है, उसका सिर मेरे चरणों में झुकाना तुम्हारा कर्त्तव्य है!"

"प्रभु, वह कौन है जिसने आपका अपमान करने की धृष्टता की है? आप मुझे उसका नाम बताइए। मैं तुरंत आपकी इच्छा पूर्ण करूँगा।"

राम ने जब ययाति का नाम सुना तो वे हैरान रह गए क्योंकि वे जानते थे कि ययाति उनका सच्चा भक्त था, किंतु उन्होंने मामले पर गंभीरता से विचार करने के बाद यह निर्णय किया कि अपने गुरु की आज्ञा का पालन करना उनका कर्त्तव्य है। उन्होंने अपने मंत्री को काशी भेजा और ययाति को युद्ध के लिए तैयार होने को कहा। राजा को समझ नहीं आया कि वह क्या करे। उसने सोचा कि अपने प्रभु की आज्ञा का पालन करना उसका कर्त्तव्य है, इसलिए वह अयोध्या की ओर चल पड़ा ताकि राम को काशी आने का कष्ट न करना पड़े। मार्ग में, उसे नारद मुनि मिले जो सदा भगवान की लीला देखने के इच्छुक रहते थे। मुनि जानते थे कि पूरा जीवन परमात्मा की लीला है और वे हमेशा इस जीवन के नाटक को रोचक मोड़ देते रहते थे।

"राजन!" नारद ने कहा, "मैं देख रहा हूँ कि आप अयोध्या की ओर जा रहे हैं ताकि भगवान को आपके पास आने का कष्ट न उठाना पड़े। परंतु आप इतनी जल्दी पराजय क्यों स्वीकार कर रहे हैं? क्या आप अपना जीवन नहीं बचाना चाहते?"

बेचारे राजा ने सिर हिलाते हुए कहा कि उसे समझ नहीं आया कि वह इस संकट

की घड़ी में क्या करे। उसे आशा है कि वह राम को इस बात के लिए समझा पाएगा कि वह निर्दोष है।

नारद बोले, "राम यह बात जानते हैं किंतु उन्होंने अपने गुरु के आदेश पर यह प्रतिज्ञा ली है, इसलिए मेरा सुझाव है कि आप अयोध्या न जाएँ।"

"फिर मुझे क्या करना चाहिए?" परेशान होकर राजा ने पूछा।

"आप कंचन पर्वत पर जाइए और वहाँ आंजनेय की माता, अंजना की शरण लीजिए। अब केवल वही आपकी सहायता कर सकती हैं।"

"अब मज़ा आएगा!" नारद ने सोचा और फिर वे अंजना के आश्रम की ओर चल पड़े।

ययाति भी शीघ्रातिशीघ्र अंजना के आश्रम पहुँच गया और उसके चरणों में गिरकर शरण माँगने लगा। अंजना ने उसे निर्भय रहने को कहा और आश्वस्त किया कि उस स्थान पर कोई उसे हानि नहीं पहुँचा सकता। उसने फिर अपने पुत्र के विषय में सोचा और उसे सहायता के लिए बुलाया।

हनुमान अपनी माता द्वारा भेजी गई मानसिक तरंगों से विचलित हो गए और तुरंत आश्रम पहुँच गए।

हनुमान ने अपनी माता तथा काशी नरेश को प्रणाम किया। उन्होंने तुरंत ययाति को पहचान लिया कि वह राम का महान भक्त था और फिर उन्होंने अपनी माता से पूछा कि उन्हें क्यों याद किया। अंजना ने हनुमान को सारी बात बताई। हनुमान ने राजा की रक्षा का वचन दिया। इसके बाद उन्होंने राजा से पूछा कि उसका शत्रु कौन है। 'राम' का नाम सुनकर दोनों अंजना और हनुमान चकित रह गए। उन्हें समझ नहीं आया कि वे क्या करें, किंतु अंजना ने कहा कि उसके वचन की रक्षा के लिए यदि आवश्यक हो, तो हनुमान को राम से युद्ध भी करना पड़ेगा। नारद भी अपनी वीणा बजाते हुए और अत्यंत प्रसन्न मुद्रा में वहाँ आ गए।

राम और विश्वामित्र भी वहाँ आ पहुँचे। हनुमान ने राजा को अपने पीछे कर लिया और राम से बोले कि उन्होंने अपनी माता को राजा की रक्षा का वचन दिया जिसे वे अवश्य पूरा करेंगे।

भक्त और भगवान एक-दूसरे को देख रहे थे। आख़िरकार, राम ने अपना अग्निबाण निकाला और हनुमान पर छोड़ दिया। आंजनेय ने उसे एवं राम के अन्य सभी बाणों को सहजता से सहन कर लिया। उनके ऊपर किसी बाण का कोई प्रभाव नहीं हो रहा था। राम ने अंत में अपना प्रसिद्ध बाण निकाला और कहा, "मेरे पास अब इसका प्रयोग करने के अतिरिक्त कोई विकल्प शेष नहीं है। राजा ययाति को मुझे सौंप दो और यह सिद्ध करो कि तुम मेरे सच्चे भक्त हो क्योंकि मुझे अपने गुरु को दिया वचन निभाना है।"

हनुमान ने उत्तर दिया, "प्रभु! मैं निश्चय ही आपका सच्चा भक्त व शिष्य हूँ इसलिए मुझे भी अपनी माता को दिया वचन निभाना है। मेरा वक्ष आपके सामने है। मुझ पर बाण चलाइए।"

यह कहकर उन्होंने अपनी छाती सामने कर दी और राम मंत्र का जाप करने लगे।

राम का बाण छूटा और मारुति की छाती को चीरकर उनके हृदय में विलीन हो गया। वहाँ सबको यह देखकर आश्चर्य हुआ कि हनुमान के हृदय के भीतर राम व सीता की छवि विद्यमान थी।

नारद ने राजा से कहा कि वह भागकर विश्वामित्र के चरणों में अपना सिर रख दे। अपने प्राण बचाने का यही उचित अवसर था। हालाँकि, ययाति सामने आने से डर रहा था, उसने नारद मुनि की बात मान ली और विश्वामित्र के चरणों में सिर झुकाकर उससे अंजाने में हुए किसी भी अपराध के लिए क्षमा माँगने लगा।

राम घूमकर ययाति का सिर काटने ही वाले थे, किंतु नारद ने रोक दिया और कहा, "प्रभु, कृपया ययाति को मत मारिए। आपके गुरु की इच्छा पूर्ण हो गई है। उन्होंने आपके केवल ययाति का सिर उनके चरणों में झुकाने की माँग की थी और वह माँग पूरी हो गई है। इसलिए अब आप अपने गुरु के आदेश के उल्लंघन के दोषी नहीं हैं।"

राम ने प्रश्न-भरी दृष्टि से विश्वामित्र को देखा। वे जल्दी में किए गए कृत्य के लिए पछता रहे थे और राजा को बहुत देर पहले क्षमा कर चुके थे। उन्होंने कहा,"नारद ने ठीक कहा है। राजा ने अपना सिर मेरे चरणों में झुका दिया है, इसलिए आप यह मान लीजिए कि मेरे आदेश का पालन हो गया है।"

राम ने अपना तीर वापस तरकश में रख लिया। फिर वे हनुमान को देखकर बोले, "आंजनेय! तुमने मुझे जीत लिया। तुम मेरे सच्चे भक्त हो। अपना वचन पूरा करने के लिए तुम मुझसे भी लड़ने के लिए तैयार हो गए। भविष्य में तुम 'वीर हनुमान' के नाम से जाने जाओगे।"

हनुमान ने राम को प्रणाम किया और कहा, "प्रभु, वास्तव में जिस दिन से आपकी कृपा दृष्टि मुझ पर पड़ी है, आपने मुझे जीत लिया है। आप सदा मेरे हृदय में वास करते हैं और दरअसल, आपने स्वयं ही अपना बाण रोककर मेरी रक्षा की है। मैंने कुछ नहीं किया।"

हनुमान की एक अन्य कथा आती है, जिससे भगवान के नाम की महिमा सिद्ध होती है।

कहते हैं, एक बार राम ने कुवचन नाम के व्यक्ति को, जिसने उनके पूर्वजों का अपमान किया था, मारने के लिए अपना धनुष उठा लिया। वह व्यक्ति तुरंत हनुमान की शरण में गया। उसका अपराध जाने बिना ही हनुमान ने उसे रक्षा का वचन दे दिया।

हनुमान ने जब राम को धनुष बाण हाथ में लेकर आते देखा तो वे समझ गए कि उनके साथ छल हुआ है। चूंकि उन्होंने वचन दे दिया था, वे कमर पर हाथ रखकर राम और कुवचन के बीच खड़े हो गए।

राम का नाम जपते हुए, हनुमान ने अपनी पूँछ से कुवचन के चारों ओर एक सुरक्षा चक्र बना दिया। वह चक्र राम नाम से गूँज रहा था। राम ने बहुत प्रयास किया किंतु वे उस चक्र को नहीं तोड़ सके।

"राम से बड़ा राम का नाम!" हनुमान ने कहा।

इस परेशानी को समाप्त करने के लिए देवताओं को हस्तक्षेप करना पड़ा। देवताओं ने राम को कुवचन को उनके पूर्वजों का अपमान करने के लिए मारने की अनुमति प्रदान कर दी, और साथ ही, हनुमान को राम नाम की महिमा से कुवचन को पुनर्जीवित करने की शक्ति प्रदान कर दी!

*और मनोरथ जो कोई लावै।*
*सोइ अमित जीवन फल पावै।।*

—तुलसीदास कृत *हनुमान चालीसा*

*ॐ श्री हनुमते नमः*

ॐ

*संसार-भयनाशनाय नमः*

# अध्याय 30

# वीर

## सीता का त्याग

*मैं बारम्बार आपसे वरदान माँगता हूँ,*
*कृपालु बनकर मुझे यह वरदान दीजिए –*
*आपके चरणकमलों में मेरी अटूट आस्था रहे,*
*और मुझे सदैव संतों की संगति प्राप्त हो।*

—तुलसीदास कृत *रामचरितमानस*

अपनी पुस्तक के अंतिम अध्याय में 'उत्तर कांड' में वाल्मीकि ने निशाचरों के राजा रावण के पूर्व इतिहास का उल्लेख किया है। इसी पुस्तक में राम द्वारा सीता को प्रताड़ित करने की कष्टप्रद घटना भी दी गई है। हमें ऐसा करने के पीछे महर्षि के उद्देश्य पर आश्चर्य हो सकता है। वे शायद सीता को अत्यधिक प्रेम करने वाले दो पुरुषों के विलक्षण व्यक्तित्व के ध्रुवीय अंतर की तुलना करना चाहते थे। एक कामुक प्रवृत्ति वाला शक्तिशाली राक्षस रावण था, जो पर-पुरुष की पत्नी के प्रति अपनी वासना को तृप्त करने के लिए अपने कुल, अपने भाइयों, मित्रों और यहाँ तक कि अपने पुत्रों को मरवाने के लिए भी तैयार था! दूसरी ओर, राम का दिव्य व्यक्तित्व है, जिन्होंने धर्मपत्नी के प्रति अपने प्रेम का दमन करके अपनी प्रजा के प्रति दायित्त्व को प्राथमिकता दी तथा धर्म-सिद्धांत की वेदी पर अपने सर्वप्रिय की बलि चढ़ाने को तैयार हो गए थे। इससे यह सिद्ध होता है कि राजा को सबसे पहले ईश्वर, फिर अपना देश तथा अंत में अपनी व्यक्तिगत इच्छा को स्थान देना चाहिए। रावण अपने समूचे कुल के साथ समाप्त हो गया जबकि अपने संत समान राजा के शासन में कोसल देश समृद्ध होता गया!

तपस्वीजन, सब स्थानों से राम और सीता को आशीर्वाद देने अयोध्या आते थे। राम उन्हें सोने के सिंहासन पर बैठाते और उनका सत्कार करते थे। एक बार राम ने रावण के इतिहास के बारे में पूछा कि वह इतना शक्तिशाली कैसे बन गया तथा उसके पुत्र मेघनाद की क्या कहानी थी, इत्यादि।

अगस्त्य ने रावण की पूरी कथा सुनाई। वह शिव का बहुत बड़ा भक्त था। उसने ब्रह्मा की कठोर तपस्या की और उनसे अनेक वरदान ले लिए। उसने अपने लिए सभी देवताओं, राक्षसों, पशुओं तथा गंधर्वों से सुरक्षा माँग ली किंतु वह मनुष्यों और वानरों को भूल गया। ये सब वरदान पाने के बाद, वह अहंकारी हो गया और देवताओं सहित, सभी से लड़ता रहता था। उसने अहंकार में कैलाश पर्वत को भी उठाने की कोशिश की थी, किंतु शिव ने अपने पैर के अँगूठे से पर्वत को दबाकर रावण का हाथ उसके नीचे दबा दिया था। उसके बाद ही, रावण ने 'शिव तांडव स्तोत्र' नाम की प्रसिद्ध स्तुति की रचना की, जिसे सुनकर शिव इतने प्रसन्न हो गए कि उन्होंने रावण का हाथ छोड़ दिया और उसे बहुत-से वरदान भी दिए।

रावण को वापस लौटते समय, एक आश्रम में अत्यंत सुंदर तपस्विनी दिखाई पड़ी। उसने कोई आभूषण नहीं पहने थे। वह वल्कल वस्त्र पहनकर और जटाओं को बाँधकर, गहन तपस्या में लीन थी। वह आभूषणों के बिना भी अत्यंत सुंदर लग रही थी। रावण उसका सौंदर्य देखकर मुग्ध हो गया। वह उसके पास गया और पूछा कि वह कौन है और तपस्या क्यों कर रही है।

उसने उत्तर दिया, "मेरा नाम वेदवती है और मैं देवताओं के गुरु बृहस्पति की पुत्री हूँ। मेरे पिता ने विवाह के सभी प्रस्ताव अस्वीकार कर दिए तथा इस बात पर बल दिया कि मैं तपस्या करूँ और भगवान विष्णु को वर के रूप में प्राप्त करूँ। मेरे माता-पिता को एक राक्षस ने मार डाला था और मैं तभी से, विष्णु को पति रूप में पाने के लिए कठोर तप कर रही हूँ।"

रावण ने उपहास करते हुए कहा, "तुम्हारे पिता मूर्ख थे और तुम भी मूर्ख हो जो उनके मूर्खतापूर्ण सुझाव को मानकर अपना यौवन नष्ट कर रही हो। मैं विष्णु जितना नहीं, बल्कि विष्णु से भी अधिक बड़ा हूँ और तुम मेरी पत्नी बनकर सुखी रहोगी।" ऐसा कहकर उसने उस स्त्री पर छलाँग लगा दी। वह अपने प्राण बचाने के लिए भागी किंतु रावण ने उसका पीछा किया और उसे बालों से पकड़ लिया।

उसने किसी तरह स्वयं को मुक्त करवा लिया और बोली, "दुष्ट राक्षस! मैं इस शरीर का अंत कर रही हूँ जिसे तूने अपने स्पर्श से गंदा कर दिया है। परंतु मैं दोबारा शरीर प्राप्त करूँगी, और तेरे पतन का कारण बनूँगी।" ऐसा कहकर उसने रावण के सामने अपने प्राणों का अंत कर लिया।

तपस्वियों ने राम से कहा, "उसी वेदवती ने सीता के रूप में जन्म लिया और आप स्वयं भगवान विष्णु के अवतार हैं।"

अगस्त्य ने राम को रावण की एक और कथा सुनाई जिसमें सीता के हरण का कारण बताया गया था। रावण ने अपने जीवन में अनेक अच्छे कार्य किए थे और इस तरह, वह स्वर्ग जाने का अधिकारी बन गया था। परंतु उसके अत्याचारों ने उसके सत्कर्मों का प्रभाव नष्ट कर दिया। सतयुग के दौरान, रावण ने सनत्कुमार नाम के एक महान तपस्वी से पूछा कि त्रिदेव में कौन-से देवता मोक्ष प्रदान कर सकते हैं। तपस्वी ने उसे बताया कि विष्णु ही

एकमात्र देवता हैं, जो मोक्ष प्रदान कर सकते हैं। उन्होंने यह भी कहा कि विष्णु के हाथों जिसकी मृत्यु होती है, उसे तत्काल मुक्ति मिल जाती है। यह सुनकर रावण की आँखों में चमक आ गई। उसने सनत्कुमार से पूछा कि विष्णु का अगला अवतार कब होगा ताकि वह कुछ ऐसा कर सके कि उसकी मृत्यु उनके हाथों हो सके। सनत्कुमार ने रावण को बताया कि त्रेता युग में भगवान विष्णु इक्ष्वाकु वंशज, राम के रूप में तथा उनकी पत्नी लक्ष्मी, विदेह नरेश की पुत्री के रूप में अवतार लेंगी और राम से विवाह करेंगी।

रावण ने इस बात पर विचार किया और निश्चय कि राम के रूप में विष्णु के हाथों मुक्ति पाने का एकमात्र तरीक़ा यही है कि वह उन्हें इतना क्रोध दिला दे कि राम उसे मारने के लिए विवश हो जाएँ। ऐसा करने का सबसे अच्छा तरीक़ा उनकी पत्नी का हरण करना था। अगस्त्य ने राम को बताया कि यही सीता के हरण का रहस्य था! उन्होंने राम को रावण के पुत्र मेघनाद और पत्नी मंदोदरी के पूर्वजन्मों के विषय में भी बताया। इस तरह, जटिल धागों को बुनकर नियति ने उनके जीवन का चित्रपट तैयार किया गया और उसे राम के समक्ष प्रस्तुत किया गया था।

राम ने अनेक वर्षों तक सीता के साथ, अपने कुशल मंत्रियों और प्रिय भाइयों के साथ राज किया। एक बार वे अपने तीनों भाइयों व हनुमान के साथ बैठे हुए थे, तो भरत ने उनसे प्रश्न करना चाहा, किंतु फिर भरत ने हनुमान को बोलने के लिए कहा क्योंकि राम उन्हें अधिक पसंद करते थे।

"प्रभु!" मारुति ने कहा, "भरत चाहते हैं कि आप सत्पुरुष और दुष्ट व्यक्ति के स्वभाव में अंतर को विस्तार से समझाएँ।"

राम ने उत्तर दिया, "सत्पुरुष और दुष्ट के सद्भाव में उतना ही अंतर होता है जितना चंदन की लकड़ी और कुल्हाड़ी में होता है। चंदन की लकड़ी उस कुल्हाड़ी को भी अपनी सुगंध दे देती है जो उसे काटती है! इसलिए चंदन को सब चाहते हैं और उसे देवताओं के सिर पर चढ़ाए जाने का सौभाग्य मिलता है। दूसरी ओर, कुल्हाड़ी की धार को आग में तपाया जाता है और उसे ठोक-पीटकर चपटा किया जाता है!"

"भैया! दान के समान कोई धर्म नहीं है और घृणा से बढ़कर कोई पाप नहीं है। लोग अनेक प्रकार के अच्छे और बुरे कर्म करते हैं, किंतु सच्चा सद्गुणी व्यक्ति प्रत्येक वस्तु को समभाव एवं प्रेम से देखता है।"

राम के भाई और हनुमान उनके वचन सुनकर मुग्ध हो गए।

राजमहल के निकट एक अशोक वाटिका थी, जो लंका की अशोक वाटिका से भी सुंदर थी। उसमें चंपक, कदंब, अशोक और चंदन के वृक्ष थे तथा आम और अनार जैसे फल लगते थे। अपना कार्य समाप्त करने के बाद, राम अपनी पत्नी के साथ उस वाटिका में टहलते थे। एक दिन, जब वे दोनों वहाँ बातें कर रहे थे तो राम ने ध्यान दिया कि उनकी पत्नी गर्भवती हैं। सीता ने लाल रंग के चमकते वस्त्र पहने थे और उनकी त्वचा शाश्वत सौंदर्य के साथ कांतिमान दीख रही थी। राम यह देखकर बहुत प्रसन्न हुए तथा वे सीता का हाथ पकड़कर उन्हें वाटिका-कुंज में ले गए और उन्हें आराम से रत्नजड़ित आसन पर

बैठाया। राम ने उन्हें अनेक फूलों के पराग से बना रस पिलाया, जिसे मधुमक्खियों ने स्पर्श भी नहीं किया था। उन्होंने अपने हाथ से रस का प्याला सीता के होंठों से लगाकर, वह रस उन्हें पिलाया। उन्होंने अपनी पत्नी का बहुत प्रेम से आलिंगन किया और उनसे पूछा।

"प्रिय! तुम कितनी सुंदर लग रही हो! मैं देख सकता हूँ कि तुम गर्भवती हो। हमारे जीवन में केवल एक पुत्र का अभाव है। मुझे इसमें कोई संदेह नहीं है कि हमारी संतान अत्यंत विलक्षण होगी। मुझे बताओ, प्रिय, मैं तुम्हें किस प्रकार प्रसन्न कर सकता हूँ? क्या तुम्हारी कोई इच्छा है, जो अभी पूरी नहीं हुई है? तुम जो चाहोगी, तुम्हें मिलेगा।"

यह सुनकर सीता ने कमल-सा चेहरा उठाया और धीरे-से कहा, "स्वामी! मैं स्वयं सबसे सौभाग्यशाली स्त्री मानती हूँ। आपकी पत्नी की इससे बड़ी क्या इच्छा हो सकती है कि वह सदा आपके साथ रहती है?"

परंतु राम ने ज़ोर देकर कहा, "प्रिय, यदि संभव हो तो, मैं तुम्हें और भी अधिक ख़ुश रखना चाहता हूँ। मुझे बताओ कि मैं तुम्हारे लिए क्या कर सकता हूँ। मैं तुम पर अपना सब कुछ न्योछावर करने को तैयार हूँ क्योंकि कहते हैं, गर्भवती स्त्री की सब इच्छाएँ पूर्ण करनी चाहिए।"

सीता ने उन्हें मुस्कराकर प्रेम-भरी दृष्टि से देखा और कहा, "क्या आपको वह चित्रकूट का वन याद है जहाँ हम लोग हाथ में हाथ डालकर घूमते थे? क्या आपको वहाँ के ऋषि-मुनि, उनकी पत्नियाँ तथा उनके आश्रमों में होने वाली शांति याद है? मैं एक बार फिर वहाँ जाकर उनसे मिलना चाहती हूँ तथा वन के कंद-मूल, फल खाना और गंगा का शुद्ध जल पीना और वहाँ एक-दो दिन रहना चाहती हूँ।"

राम ने अपनी पत्नी को प्रेम से देखा। वे सीता को किसी बात के लिए मना नहीं कर सकते थे। इतने वर्षों में उनका अपनी पत्नी के लिए प्रेम बढ़ गया था। उनके मन में, अन्य राजाओं की भाँति, कभी अतिरिक्त रानियाँ रखने की इच्छा जागृत नहीं हुई। वास्तव में, यह विचार ही उन्हें घिनौना लगता था। उनके लिए सीता सबसे आकर्षक स्त्री थीं और उन्होंने कभी किसी अन्य स्त्री को नहीं पसंद नहीं किया।

सीता का हाथ अपने हाथ में लेकर, राम ने उनकी छौने जैसी आँखों में देखा और बोले, "वैदेही! प्रिय, यदि यही तुम्हारी इच्छा है तो तुम वहाँ अवश्य जाओगी। मैं तुम्हें कल ही वहाँ भेजने का प्रबंध कर देता हूँ।"

सीता को वचन देकर, राम उन्हें वहाँ छोड़कर अपने साथियों के साथ बातें करने लगे और सीता अपने निवास पर चली गईं जहाँ उनकी नई दासी उनकी प्रतीक्षा कर रही थी। दरअसल, यह स्त्री रावण की बहन शूर्पणखा थी, जो अपने भाई की मृत्यु का प्रतिशोध लेने के उद्देश्य से दासी का वेश धारण करके महल में घुस गई थी।

उसने सीता से मित्रता कर ली और उसे देखने के बाद, उसने मज़ाक में पूछा कि रावण देखने में कैसा था।

सीता ने कहा, "मुझे नहीं पता कि वह कैसा दिखता था क्योंकि मैंने कभी उसका चेहरा नहीं देखा। लंका आते समय, एक बार उसकी परछाईं देखी थी जो समुद्र पर पड़ रही थी।"

दासी ने सीता को दीवार पर रावण की छवि बनाने के लिए कहा। सीता ने भी भोलेपन में उसकी छवि का चित्र बना दिया। सीता ज्यों ही कक्ष से बाहर निकली, शूर्पणखा ने उस चित्र को पूरा कर दिया और महल से बाहर निकल गई। उसने यह समाचार चारों ओर फैला दिया कि सीता के निजी कक्ष की दीवार पर रावण का चित्र बना हुआ है। निश्चय ही, लोग अपने राजा के अवगुण देखने को सदा तत्पर रहते हैं तो उस समाचार ने पूरी कहानी का रूप ले लिया जिसमें लोगों के अपने विवरण भी जुड़ते चले गए!

सीता को वाटिका में छोड़ने के बाद, राम अपने मित्रों से बात करने बाहर आँगन में चले गए थे। बातचीत के दौरान, उन्होंने अपने मित्र भद्र से पूछा, "भद्र, मुझे बताओ कि अयोध्यावासी, मेरे विषय में, मेरी पत्नी और मेरे भाइयों के बारे में क्या बातें करते हैं? राजा लोग हमेशा सामान्य जनता के लिए निंदा का विषय होते हैं और राजा के लिए यह जानना आवश्यक होता है कि वे लोग क्या सोचते हैं।"

भद्र ने हाथ जोड़कर कहा, "लोग सदा आपकी प्रशंसा करते हैं। कभी-कभी वे पहले के समय की बात करते हैं जब आपने दशानन को मारकर, वैदेही को छुड़ाकर असंभव कार्य कर दिखाया था। आपके कार्यों को सभी लोग बड़े उत्साह से याद करते हैं।"

"वे और क्या कहते हैं, भद्र? मुझे सब कुछ बताओ। तुम अपना मुँह क्यों छिपा रहे हो? क्या ऐसा कुछ है जो तुम्हें लगता है कि मुझे नहीं बताया जाना चाहिए? तुम घबराओ मत। मैं अच्छा और बुरा दोनों जानना चाहता हूँ। कोई राजा अपनी प्रजा के विचारों की उपेक्षा नहीं कर सकता, इसलिए मुझे सब कुछ स्पष्ट रूप से बताओ।"

भद्र ने धीमी और लड़खड़ाती आवाज़ में कहा, "लोग यह भी कहते हैं कि हालाँकि आपका उस राक्षस रावण को मारना प्रशंसनीय कार्य है, किंतु अपनी पत्नी के साथ आपका व्यवहार लज्जाप्रद है। एक राजा किसी ऐसी स्त्री को कैसे स्वीकार कर सकता है जिसे रावण ने अपनी गोद में बैठाया, और जो उसके पास इतने समय रहकर आई है? रानी अपना अनादर कैसे भूल सकती हैं? हमें भी अपनी पत्नी का ऐसा व्यवहार सहन करना पड़ेगा। वे स्वेच्छा से एक पुरुष से दूसरे के पास जाएँगी और हमें विवश होकर इसे स्वीकार करना पड़ेगा। 'यथा राजा, तथा प्रजा!' लोग अज्ञानतावश यही कहते हैं।"

अपने और अपनी निष्कलंक पत्नी के विरुद्ध ऐसा अपमानजनक आरोप सुनकर राम के चेहरे के भाव परिवर्तित हो गए। वे कुछ नहीं कह सके। उनके साथियों ने उन्हें दिलासा देते हुए कहा, "राजन! उच्च कुल के लोगों के विषय में बुरा बोलना सामान्य जनता का स्वभाव होता है। राजा को ऐसे निरर्थक आरोपों पर ध्यान नहीं देना चाहिए।"

राम ने उनकी कोई बात नहीं सुनी। अपने सहज और शिष्टाचारी तरीक़े से विदा लेकर, वे वाटिका में जा बैठे और विचारों में डूब गए। उन्होंने निश्चय किया कि कोई निर्णय लेने से पहले उन्हें इस मामले की जाँच करनी चाहिए। उस दिन उन्होंने सामान्य अयोध्यावासी जैसे वस्त्र पहने और नगर के गुप्त दौरे पर निकल पड़े। संयोग से, वे नगर की एक पीछे वाली गली में एक धोबी के घर के पास से गुज़रे तो उन्हें घर में से किसी पुरुष के गुस्से होने का स्वर सुनाई पड़ा। वे द्वार के निकट गए और बाहर खड़े होकर बातें सुनने लगे। पुरुष अपनी पत्नी को फटकार रहा था।

"मैंने तुम्हारे अनुचित व्यवहार की बातें सुनी हैं। तुम्हें इस मार्ग में आने वाले एक श्रेष्ठ पुरुष से बातचीत करते देखा गया है। तुम अपने घर वापस चली जाओ। मैं अब तुम्हें यहाँ नहीं रख सकता। मैं उच्च कुल का हूँ और किसी चरित्रहीन स्त्री को अपनी पत्नी बनाकर नहीं रख सकता। तुम जहाँ जाना चाहो, जा सकती हो।"

बेचारी स्त्री ने याचना की कि वह निर्दोष है और उसने केवल पुरुष द्वारा पूछी गई किसी बात का उत्तर दिया था। धोबी ने कठोर स्वर में उत्तर दिया, "क्या तुम्हें ऐसा लगता है कि मैं राम हूँ, जो ऐसा व्यवहार सहन करूँगा? वे राजा हैं और जो चाहे कर सकते हैं। जहाँ तक मेरा प्रश्न है, मैं ऐसी स्त्री को अपनी पत्नी बनाना नहीं स्वीकार कर सकता जो किसी अन्य पुरुष से बातचीत करती हो।"

राम कुछ क्षण के लिए मानो जड़ हो गए। उन्हें लगा वे वृक्ष हैं जिस पर वज्रपात हुआ है। लंका से लौटने के बाद, उनके हृदय में अंकुरित हुए आशा के पत्ते व कलियाँ जल गई थीं तथा स्वर्ग से गुहार लगातीं मूक व जली हुई, नंगी और काली शाखाएँ प्रकट हो गई थीं। उन्हें लगा उनका तन जल रहा था। वे किसी तरह लड़खड़ाते हुए महल लौट आए। वे अपने निजी कक्ष में पहुँचे और उन्होंने अपने भाइयों को तुरंत बुलवाया। उनके भाई उनके व्यवहार से स्तब्ध थे और वे तत्काल उपस्थित हो गए। राम द्वार की ओर पीठ किए खड़े, बाहर शीतकालीन उद्यान को देख रहे थे। उनका चेहरा पीला और आँखें भावशून्य थीं। उन्होंने मुड़कर अपने भाइयों को देखा। उनके हाथ हलके काँप रहे थे।

लक्ष्मण उनके समक्ष घुटने के बल बैठ गए और बोले, "भैया, क्या बात है? मुझे बताइए। आपका शत्रु कहाँ है? आप जानते हैं कि आपको केवल आदेश देना है और मैं तत्काल उसका पालन करूँगा।"

राम ने भाव शून्य स्वर में उत्तर दिया, "क्या तुम्हें पता है कि नगरवासी, मेरे और सीता के विषय में क्या बोल रहे हैं?"

सभी ने अपने सिर झुका लिए। राम ने कहा, "मुझे लग रहा है कि तुम सबको इस बात का पता था किंतु तुमने इतने वर्षों तक यह सत्य मुझसे छिपाया। लक्ष्मण! तुम तो इस बात के साक्षी हो कि मैंने अग्नि परीक्षा द्वारा सीता की शुचिता सिद्ध हो जाने तक उसे स्वीकार करने से मना कर दिया था। फिर भी, ये लोग इस तरह बोल रहे हैं मानो मैंने कोई बहुत बड़ा अपराध किया है। मेरा हृदय दुखी और आहत है। मैं दुख में डूबा जा रहा हूँ, तथापि राजा होने के नाते मुझे अपने कर्त्तव्य का भान है। राजा का सबसे पहला दायित्त्व, अपने लिए नहीं अपितु अपनी प्रजा के लिए होता है। सीता मुझे अपने प्राणों से भी अधिक प्रिय है, किंतु अपनी प्रजा के लिए मुझे सीता का त्याग करना होगा।"

"लक्ष्मण, तुम सुमंत्र के साथ सीता को रथ में बैठाकर गंगा पार तमसा नदी के निकट छोड़ दो, जहाँ हम बहुत समय साथ रह चुके हैं। कल सुबह ही उसने मुझसे वहाँ जाने के लिए कहा था। उसकी इच्छा भी पूरी हो जाएगी और उसे किसी प्रकार का संदेह नहीं होगा।"

लक्ष्मण आश्चर्य से उछल पड़े और बोले, "भैया, आप उनके साथ ऐसा नहीं कर सकते! वे आग से निकले कंचन की भाँति शुद्ध हैं। आप कृपया मुझे ऐसा करने के लिए

मत कहिए। आप और कुछ कहेंगे तो मैं करने को तैयार हूँ किंतु यह मुझसे नहीं होगा। क्या आपको नहीं पता कि उनके गर्भ में आपकी संतान पल रही है? आप यह करना कैसे सहन कर सकते हैं? क्या आप अपनी संतान के जन्म की प्रतीक्षा नहीं कर सकते?"

राम का चेहरा पत्थर-सा भावशून्य था। उन्होंने कठोर स्वर में कहा, "संतान के जन्म के बाद तुम कहोगे कि उसे बच्चे के स्तनपान की अवधि तक रुकने दीजिए, फिर तुम कहोगे कि बच्चे को पाँच वर्ष का हो जाने दीजिए और इस तरह यह अनिश्चित रूप से चलता रहेगा और अंत में राम, अपने आनंद के लिए अपनी प्रजा के साथ विश्वासघात का दोषी बन जाएगा।"

भरत और शत्रुघ्न ने भी अपनी याचना जोड़ दीं।

राम ने तेज़ और तीखे स्वर में कहा, "मैं किसी की कोई बात नहीं सुनना चाहता। मुझे किसी का सुझाव नहीं चाहिए। मैं तुम्हारा राजा हूँ और निर्विवाद आज्ञापालन की अपेक्षा रखता हूँ।"

कुछ पल की स्तब्धता के बाद, मौन छा गया। राम द्वारा अपने भावावेश को नियंत्रित करने के प्रयास के कारण उनके श्वास का स्वर भारी हो गया था और केवल वही स्वर सुनाई पड़ रहा था।

आख़िरकार, विवर्ण अवस्था में, चेहरे पर छद्मभाव के साथ राम ने कहा, "जाओ लक्ष्मण! सीता को गंगा किनारे, तमसा नदी के तट पर एकांत स्थान पर किसी आश्रम के समीप छोड़कर, वहाँ से तुरंत लौट आना। तुम्हें उससे बात करने के लिए रुकना नहीं है। उसे कुछ समझाना भी नहीं है। वह मेरे बारे में जो चाहे, उसे सोचने दो, अन्यथा उसका हृदय टूट जाएगा और वह मर जाएगी। मेरी ओर इस तरह आक्षेप भरी दृष्टि से मत देखो। जो भी मेरे निर्णय पर आपत्ति करेगा, वह मेरा शत्रु बन जाएगा। लक्ष्मण! उसे इसी क्षण ले जाओ। मेरे लिए उसे एक बार भी देख लेना अपराध है। मैं अपने ही आदेश का पालन नहीं कर सकूँगा। यदि मैंने उसकी छौने जैसी आँखों में विनती का भाव देख लिया तो मैं उसमें खो जाऊँगा और संसार भर की निंदा के बावजूद, मैं उसे यहाँ से जाने की अनुमति नहीं दे सकूँगा। इसलिए, इससे पहले कि मेरा हृदय मुझे धोखा दे जाए और मैं भावुक होकर अपना प्रण तोड़ दूँ, तुम उसे लेकर चले जाओ। तुम इतना झिझक क्यों रहे हो? मैं, यहाँ का नरेश, तुम्हें ऐसा करने की आज्ञा देता हूँ!"

राम के तीनों भाई एक शब्द भी न कह सके। लक्ष्मण अपने भाग्य को कोस रहे थे कि उन्हें इस कष्टदायक आज्ञा का पालन करना था।

राम की आँखों से आँसू बह रहे थे। वे लड़खड़ाते हुए बाहर उद्यान में एकांत स्थान पर चले गए, जहाँ से सीता को न देख सकें।

उन्होंने वह रात, उद्यान में ही तारों को देखते काट दी। यदि वे अपने कक्ष में जाकर अपनी प्रियतमा को बाँहों में ले लेते तो उन्हें पता था कि वे सीता को कभी नहीं भेज पाएँगे।

कौन जानता है कि उनके मस्तिष्क में कैसे कटु विचार चल रहे थे! परंतु उन्होंने अपना प्रण नहीं तोड़ा। धर्म उनका ईश्वर था और धर्म की रक्षा के लिए, वे अपनी पत्नी

और अजन्मी संतान की बलि देने को तैयार थे। उस रात सीता को अकेले सोना पड़ा। उन्हें अपने स्वामी की अनुपस्थिति पर आश्चर्य हो रहा था किंतु उन्होंने सोचा कि वे अवश्य किसी महत्त्वपूर्ण कार्य में उलझ गए होंगे। वे, बच्चे के समान, अगले दिन सुबह मिलने वाले उपहार के विषय में सोचकर ख़ुश हो रही थीं। उन्होंने अपने जीवन के कुछ सर्वश्रेष्ठ पल अपने पति के साथ वन में बिताए थे और वे एक और रात्रि ऋषियों की पत्नियों के साथ आश्रम में बिताने को लेकर बहुत उत्साहित थीं। उन्होंने आश्रमवासियों के लिए पहले से ही कुछ उपहार बाँध लिए थे और वे जाने को तैयार थीं कि तभी लक्ष्मण ने उनका द्वार खटखटाया।

सीता की ओर बिना देखे, भावरहित स्वर में लक्ष्मण ने कहा, "आपके पति और हमारे राजा ने मुझे यह आदेश दिया है कि मैं गंगा किनारे आश्रम जाने की आपकी इच्छा को पूर्ण करूँ। क्या आप चलने को तैयार हैं?"

सीता अत्यंत प्रसन्न हो गईं और वे लक्ष्मण के साथ बाहर प्रतीक्षा कर रहे रथ पर सवार हो गईं। दोनों, सुबह की धुंध में निकल पड़े। सुमंत्र और लक्ष्मण में से किसी ने भी सीता की ओर नहीं देखा। सीता अकेले ही प्रसन्न हो रही थीं। सीता ने मुड़कर अपने पीछे सो रहे नगर को देखा। उन्हें यह बिलकुल नहीं पता था कि वे उसे अंतिम बार देख रही थीं। सहसा, उनके हृदय में आशंका उत्पन्न हो गई।

उन्हें चारों ओर अपशकुन दिखाई दे रहे थे। उनके दाएँ अंग और आँख फड़क रही थी और उन्हें अचानक दुर्बलता का एहसास होने लगा।

सीता ने क्षुब्ध स्वर में पूछा, "सुमित्रानंदन! मुझे बताओ, क्या तुम्हारे भैया कुशल हैं? मैंने उन्हें कल रात से नहीं देखा है। वे कहाँ हैं? मुझे लग रहा है कि कुछ संदिग्ध घट रहा है।"

लक्ष्मण ने रुँधे गले से उत्तर दिया, "आपके पति बिलकुल ठीक हैं। यह उनका आदेश था कि आपको रात में बिलकुल परेशान न किया जाए क्योंकि आपको सुबह लंबी और कठिन यात्रा करनी थी। उन्होंने आपके लिए मंगलकामना भेजी है।" लक्ष्मण, इससे अधिक कुछ नहीं कह सके।

दोपहर तक वे गोमती नदी के तट पर पहुँच गए थे और उन्होंने एक आश्रम के निकट पड़ाव डाल दिया। अगले दिन सुबह, वे रथ में बैठकर आगे चले और शीघ्र ही पवित्र गंगा नदी के तट पर पहुँच गए। यहाँ पहुँचकर, लक्ष्मण स्वयं को सँभाल नहीं पाए और बच्चे की तरह रोने लगे।

"लक्ष्मण, तुम रो क्यों रहे हो?" सीता ने पूछा। "तुम्हें देखकर मुझे घबराहट हो रही है। मेरी यहाँ आने की बहुत इच्छा थी और अब जब तुम मुझे यहाँ ले आए हो तो तुम इस तरह रोकर मुझे दुखी कर रहे हो। क्या तुम्हें यह दुख राम से दो दिन अलग होने के कारण हो रहा है? फिर मेरा क्या होगा? मुझे कितना रोना चाहिए? मैं तो उनके बिना जीवित ही नहीं रह सकती। चलो, हम लोग जल्दी से आश्रम चलें और वहाँ सबको उपहार बाँटकर हम वापस लौट जाएँगे। मुझे भी असहज महसूस हो रहा है। मुझे डर लग रहा

है कि मेरे स्वामी परेशान हैं।"

लक्ष्मण ने अपने आँसू पोंछे और फिर वे एक नाव ले आए। उन्होंने उसमें सीता को बैठाया तथा नदी पार कर ली। उसके बाद, वे सीता के चरणों में गिर पड़े और फूट-फूटकर रोने लगे। सुमंत्र भी एक ओर अलग खड़ा हुआ चुपचाप रो रहा था। यह देखकर सीता सचमुच बहुत व्यग्र हो उठीं।

"लक्ष्मण, मुझे बताओ, क्या बात है? क्या मेरे प्रिय पति को कुछ हो गया है? वे हमारे साथ क्यों नहीं आए? मुझे आशा थी कि वे भी हमारे साथ आएँगे।" अंत तक, सीता का विचार राम पर ही केंद्रित था, जो उनके लिए सब कुछ थे। उन्होंने यह कल्पना नहीं की थी कि मार्ग में होने वाले सारे अपशकुन उन्हीं के संदर्भ में हो रहे थे।

लक्ष्मण ने आँसुओं से धुँधली पड़ी आँखों से, सीता को विनती-भरी नज़रों से देखा। "हे रानी! मुझे जो कुछ करना पड़ रहा है, कृपया मुझे उसके लिए क्षमा कीजिए। राम ने आपको यहाँ छोड़ देने का निंदनीय कार्य मुझे सौंपा है। मेरे लिए बेहतर होता कि मैं उनकी इस आज्ञा का पालन करने की अपेक्षा अपने प्राण त्याग देता।" यह कहकर लक्ष्मण, सीता के चरणों में गिर पड़े।

सीता ने झुककर धीरे-से लक्ष्मण को उठाया, "क्या हुआ लक्ष्मण? तुम क्या कहना चाहते हो? मेरे पति के इस अचानक लिए निर्णय का क्या कारण है?" सीता को अपने कानों पर विश्वास नहीं हो रहा था।

"देवी, चारों ओर आपके और राम के विषय में अफ़वाह फैल गई है। मैं आपको सब कुछ नहीं बता सकता। राम ने मुझे आपको बताने के लिए मना किया है। मैं केवल इतना ही कह सकता हूँ कि आपके ऊपर लगे कुटिल आरोपों को सुनकर उनका हृदय विचलित हो गया है। परंतु वे राजा हैं। वे धर्म के अवतार हैं। राजा का कर्तव्य अपनी प्रजा के हितों की रक्षा करना होता है। अयोध्या की महारानी! कृपया उन्हें और मुझे क्षमा कर दीजिए। मैं इससे अधिक कुछ नहीं कह सकता। रात होने वाली है। मैं आपको यहाँ अकेले छोड़कर कैसे जा सकता हूँ? राम ने मुझे कहकर भेजा है कि मैं आपकी सुरक्षा का प्रबंध किए बिना आपको एक क्षण के लिए भी अकेला न छोड़ूँ। हम दोनों केवल एक बार आपको अकेला छोड़ गए थे और तभी राक्षसराज आपका हरण कर ले गया था। अब यहाँ कौन आपकी देखभाल करेगा? मैं प्रार्थना करता हूँ कि आपकी माता, पृथ्वी आपकी रक्षा करें, आकाश आपका छत्र बने और यह पवित्र नदी आपकी समस्त इच्छाओं को पूर्ण करे। ध्यान रखिए, देवी कि आपके गर्भ में इक्ष्वाकु कुल की संतान है। हर क्षण, उसकी रक्षा करना आपका कर्त्तव्य है।"

लक्ष्मण को डर था कि सीता परेशान होकर अपने प्राणों का अंत न कर लें।

सीता किसी भयभीत हिरण की भाँति लक्ष्मण की बातें सुन रही थीं। उसके बाद, उन्होंने आश्चर्य-भरे स्वर में कहा, "मैंने क्या अपराध किया है, जिसके लिए मेरे पति ने बिना किसी कारण, मुझे दो बार प्रताड़ित किया है? निश्चय ही, मेरा जन्म दुख सहने के लिए हुआ है। दुख ही मेरा स्थायी साथी है। है। मुझे सहनशील बनकर, राम के असहाय

चेहरे को देखते रहना है। मैं सबको छोड़कर, अपने पति के साथ वन में गई, वन्य पशुओं एवं राक्षसों के बीच रही। मैंने जो किया, वैसा कोई स्त्री नहीं करती, और फिर भी उन्होंने मुझे त्याग दिया! वह राक्षस मुझे उठा ले गया, क्या यह मेरी भूल थी? जब ये तपस्वी मुझसे पूछेंगे कि मैंने क्या अपराध किया है, जिसके लिए मेरे पति ने मुझे त्याग दिया है तो मैं उन्हें क्या उत्तर दूँगी? मुझसे क्या भूल हुई है? मैं इस पवित्र नदी में कूदकर अपने प्राण त्याग देने का सरल मार्ग भी नहीं चुन सकती, अन्यथा मुझे इक्ष्वाकु वंश की उच्च वंशावली को खंडित करने का दोषी माना जाएगा। लक्ष्मण, तुम दुखी मत होओ। मुझे यहाँ छोड़कर तुम अपने राजा और मेरे पति के पास लौट जाओ और उन्हें कहना कि उनकी पत्नी ने उनके मंगल की कामना की है। एक स्त्री के लिए उसका पति भगवान होता है और मैंने भी उन्हें इसी रूप में माना है। ईश्वर करें कि राजधर्म का पालन करने से राम को सनातन कीर्ति प्राप्त हो। मेरे कष्ट से अधिक महत्त्वपूर्ण यह है कि उनका सम्मान अक्षुण्ण रहे। राम के अपयश का दोष, सीता पर कभी नहीं आना चाहिए। तुम अब जाओ, लक्ष्मण! तुम मेरे लिए भाई से भी बढ़कर हो। मेरे मन में तुम्हारे लिए अगाध सम्मान है। मैं तुम्हें किसी बात का दोषी नहीं मानती। शीघ्र ही रात हो जाएगी। अब तुम्हें जाना चाहिए ताकि मेरे स्वामी तुम पर क्रोधित न हों।"

लक्ष्मण ने एक बार फिर सीता के चरणों में गिरकर उन्हें प्रणाम किया। वे एक शब्द भी नहीं कह सके। वे धीरे-धीरे नाव की ओर गए और नदी पार लौट गए। उन्होंने मुड़कर सीता को देखा। वे अपनी माता, पृथ्वी के वक्ष पर लेटी रो रही थीं मानो उनका हृदय विदीर्ण हो जाएगा।

सीता ने दृष्टि उठाकर देखा। लक्ष्मण का रथ बहुत दूर जा चुका था। एक मोर द्वारा अपने साथी के लिए करुण पुकार सुनकर सीता की दुर्बल नसें काँप उठीं। गंगा शांत भाव से बह रही थी मानो उन्हें दिलासा दे रही हो। वे नदी के झिलमिलाते जल को देखकर मुग्ध हो गईं और सोचने लगीं कि वह जल उनके सिर के ऊपर किसी मरहम के समान बहता हुआ कैसा लगेगा, किंतु तभी उन्हें अपने भीतर हिलते हुए जीवन का एहसास हुआ। उन्हें पता था कि वे उस सरल मार्ग को नहीं चुन सकती थीं।

*जै जै जै हनुमान गोसाईं।*
*कृपा करहु गुरु देव की नाईं।।*

—तुलसीदास कृत *हनुमान चालीसा*

ॐ *श्री हनुमते नमः*

ॐ

*रामायण-प्रियाय नमः*

## अध्याय 31

# रामप्रिय

## रामायण

*जिस प्रकार किसी शब्द और*
*उसके अर्थ को अलग नहीं किया जा सकता,*
*और जिस प्रकार एक लहर को जल से*
*अलग नहीं किया जा सकता, उसी प्रकार,*
*पीड़ितों के शरणदाता राम और सीता हैं,*
*जिनसे मैं अतिशय प्रेम करता हूँ।*

—तुलसीदास कृत *रामचरितमानस*

सीता को जिस जगह छोड़ा गया था, वहाँ से महर्षि वाल्मीकि का आश्रम बहुत पास था। उस दिन सुबह जब ऋषि अपने नित्यकर्म के लिए नदी तट पर गए तो उन्होंने वहाँ दो सारस पक्षियों को संसर्ग करते देखा। उनके सहज प्रेम को देखकर ऋषि का मन प्रसन्न हो गया। उसी समय, व्याध ने तीर चलाया जो धर्म के विरुद्ध था। उस तीर ने नर-पक्षी को आहत कर दिया। क्रूरता से चलाए गए उस बाण से आहत, अपनी रति-क्रीड़ा के मध्य, वह पक्षी हृदय-विदारक चीख़ के साथ धरती पर गिर पड़ा। अपने प्रेमी से अलग होने पर, मादा-पक्षी दयनीय ढंग से रोने लगी। अपने पंखों से अपने वक्ष को पीटती हुई, वह घबराई और परेशान फड़फड़ाती रही। उसके दयनीय रुदन को सुनकर ऋषि के मन में करुणा की लहर उठी और उन्होंने व्याध को शाप दे दिया। शाप देने के बाद, उन्हें बहुत पछतावा हुआ। वे घबरा गए कि उस पक्षी के प्रति उनके मन में जागृत हुई करुणा के कारण उन्होंने अपने अहिंसा-व्रत को तोड़ दिया था। व्याध तो स्वयं अपने कर्मों से पीड़ित एक असहाय मनुष्य था। महर्षि को इस पूरी घटना का बहुत दुख हुआ। उन्हें बाद में यह एहसास हुआ कि उनके मुँह से वह शाप आठ अक्षरों वाली चार पंक्तियों के श्लोक के रूप में निकला था। वे उस श्लोक के सौंदर्य को देखकर चकित रह गए और उन्होंने अपने शिष्य को उस श्लोक को याद कर लेने के लिए कहा। उसके बाद, ऋषि नित्यकर्म पूरा करके आश्रम लौट आए। उस दिन संध्या के समय, दो युवा ब्रह्मचारी महर्षि के पास दौड़ते हुए आए और उन्हें बताया

कि नदी-तट पर एक सुंदर स्त्री परित्यक्त अवस्था में बैठी है। उसे देखकर ऐसा लगता है कि वह नदी में कूदकर अपने प्राण देने के बारे में सोच रही है। वाल्मीकि समझ गए कि वे राम की पत्नी सीता हैं, जैसा कि नारद ने उन्हें पहले बताया था। वे दौड़कर नदी-तट पर गए और सीता को अपने साथ आश्रम में ले आए। उन्होंने ऋषि पत्नियों को सीता की देखभाल करने को कहा क्योंकि उनके गर्भ में इक्ष्वाकु कुल का वंशज था।

बाद में, ध्यान में बैठते समय भी उन्हें दो सारस पक्षियों तथा व्याध को दिए गए अनैच्छिक शाप की घटना से कारण पछतावा होने लगा। ब्रह्मा उनके समक्ष प्रकट हुए और ऋषि से कहा कि उस घटना के लिए अधिक परेशान होने की आवश्यकता नहीं है क्योंकि उन्हें इसी घटना से राम और सीता की कथा लिखने की प्रेरणा प्राप्त होगी।

ब्रह्मा बोले, "ऋषिवर, आपको राम के जीवन की घटनाओं पर आधारित एक महाकाव्य लिखने की प्रेरणा मिलेगी। उनका समस्त जीवनचरित आपके सामने प्रकट हो जाएगा। आप उस महाकाव्य में जो कुछ लिखेंगे, वह आपके द्वारा साक्ष्य तथ्यों पर आधारित होगा। आप विष्णु के इस महान अवतार के जीवन की प्रत्येक गौरवमयी घटना को देख सकेंगे। इस महाकाव्य की रचना के लिए आप आदि कवि के रूप में प्रसिद्ध होंगे। राम की यह कथा, पृथ्वी पर पर्वतों व नदियों के रहने तक रहेगी। आपके यश का डंका धरती के ऊपर और नीचे समस्त लोकों में गूँजेगा।"

वाल्मीकि को यह आशीर्वाद देकर ब्रह्मा अपने लोक को लौट गए। इसके बाद वाल्मीकि ध्यान में बैठकर भगवान का चिंतन करने लगे और उनके मुख से अमर काव्य *रामायण-राम की कथा* की रचना हुई।

इस प्रकार, उन दो पक्षियों की नियति के फलस्वरूप, जो एक-दूसरे से बहुत प्रेम करते थे और अत्यंत क्रूरतापूर्वक अलग कर दिए गए थे, वाल्मीकि के मन में उत्पन्न दुख से *रामायण* लिखी गई। उन पक्षियों की कथा और राम-सीता की नियति की कथा में, जहाँ अगाध प्रेम के बावजूद उन्हें बार-बार एक-दूसरे से अलग होना पड़ा, समानता को समझने के लिए अधिक कल्पना की आवश्यकता नहीं है।

इस महाकाव्य को लिखने में बारह वर्ष का समय लगा और इस दौरान सीता के पुत्र बारह वर्ष के हो गए थे। उनकी देखभाल वाल्मीकि के आश्रम की एक महिला ने की। सीता ने आश्रम में आने के नौ माह के बाद, दो जुड़वाँ बच्चों को जन्म दिया। वाल्मीकि ने उनके नाम लव और कुश रखे। वे दोनों तपस्वियों की भाँति बड़े होने लगे। उन्हें अपने माता-पिता के विषय में जानकारी नहीं थी।

राम और सीता के जीवन पर आधारित चौबीस हज़ार श्लोकों वाले इस शानदार महाकाव्य की रचना करने के बाद, वाल्मीकि को विलक्षण स्मृति वाले किसी व्यक्ति की तलाश थी जो उस पूरे काव्य को याद कर सके। उसी समय, तपस्वियों के वेश में, लव-कुश उनके सामने आ गए। ऋषि जानते थे कि वे दोनों अत्यंत बुद्धिमान और संगीत में पारंगत थे, इसलिए वाल्मीकि ने लव-कुश को वह महाकाव्य सिखाने का निर्णय किया। वे दोनों सचमुच उस महाकाव्य को सीखकर उसमें अत्यंत सरलता से पारंगत हो गए। ऋषि-मुनियों के एक पावन सम्मेलन में, दोनों बालकों ने पूरा महाकाव्य अत्यंत सुंदर ढंग से एक स्वर में सुना

दिया। ऋषि-मुनि उनसे बहुत प्रसन्न हुए और दोनों को अनेक वरदान दिए।

उधर, सीता को त्याग देने के बाद, राम अंतर्मुखी एवं शोकाकुल हो गए थे। अपने आधिकारिक कार्य को निपटाने के बाद, वे अधिकांश समय अकेले व्यतीत करते थे। वे सीता की स्वर्ण प्रतिमा को रानी के सिंहासन पर बैठाकर अपना राजकार्य किया करते थे। उनकी प्रजा ने जब भी उनसे पुनर्विवाह करने की विनती की, उन्होंने स्पष्ट तौर पर मना कर दिया।

"मैंने तुम लोगों की सनक के कारण उस स्त्री को त्याग दिया, जिससे मैं प्रेम करता था। परंतु मैं उस स्त्री के प्रति, जो मेरे जीवन का अंग है, आजीवन निष्ठावान रहूँगा!"

राम ने राजसी जीवन की सुविधाएँ त्याग दीं और अपने महल में तपस्वी की भाँति रहने लगे। यद्यपि, वे स्वयं व्यक्तिगत सुख से वंचित थे, किंतु उन्होंने राज्य में सदैव शांति बनाए रखी और अपने नगरवासियों के घरों में पर्याप्त वस्तुओं की व्यवस्था करवाई।

राम की ऐसी मनोदशा देखकर, हनुमान ने हिमालय में जाकर रहने तथा राम का नाम जपने का निर्णय कर किया। हालाँकि ऐसा करने का तात्पर्य, अपने प्रिय राम से अलग होना था, फिर भी उन्हें दरबार के जटिल जीवन से आश्रम का जीवन अधिक सुखद लगता था। उन्होंने स्वयं को यह दंड इसलिए दिया क्योंकि वे उस वेदना को महसूस करना चाहते थे जो अपने पति से क्रूरतापूर्वक अलग किए जाने पर सीता ने भोगी होगी। वे तपस्या में लीन थे और उन्हें संसार में होने वाली गतिविधियों की अथवा सीता द्वारा वाल्मीकि के आश्रम में जुड़वाँ बालकों के जन्म की कोई जानकारी नहीं थी।

उसी समय, राम के पुत्रों के जन्म के बारह वर्ष बाद अगस्त्य मुनि अयोध्या आए। राम ने उनसे युद्ध के समय इतने लोगों की, विशेषकर रावण की जो कि ब्राह्मण था, मृत्यु के पाप से मुक्ति का उपाय पूछा। अगस्त्य ने उन्हें अश्वमेध यज्ञ करने का सुझाव दिया जो वैदिक परंपरा के अनुसार सबसे बड़ा यज्ञ माना जाता है। राम के गुरु वसिष्ठ ने इस सुझाव को अनुमोदित कर दिया तथा एक शुभ-चिह्न वाले अश्व को यज्ञ हेतु प्रतिष्ठित करके उसके सिर पर एक स्वर्ण मुकुट पहना दिया जिसमें एक शाही उद्घोषणा बँधी हुई थी। उसमें लिखा था कि जो राजा स्वयं को उस अश्व के स्वामी से अधिक शक्तिशाली समझता हो, वह उस अश्व को रोकने का प्रयास करे। जो राजा, अश्व के स्वामी का आधिपत्य स्वीकार करता हो, वह उसे आगे जाने दे। उस शाही अश्व को एक वर्ष तक पूरे देश में घूमने के लिए स्वतंत्र छोड़ दिया गया और राजा की सेना उसके पीछे चलती रही। यह प्रश्न भी उठा कि राम का कौन-सा भाई उस अश्व के साथ जाएगा। इसका समाधान भी राम ने कर दिया। उन्होंने कहा कि उनके वनवास के दौरान भरत ने बहुत-से कष्ट सहे हैं तथा लक्ष्मण को उस दौरान उनके साथ रहने का सौभाग्य मिला है, तो राम ने अपने सबसे छोटे भाई शत्रुघ्न और उसके पुत्र पुष्कल को यह आदेश दिया कि वे दोनों सेना के चार दल लेकर, कुछ वीर वानरों के साथ जिन्होंने युद्ध में उनकी सहायता की थी, शाही अश्व के साथ जाएँ।

शाही अश्व को एक वर्ष तक पूरे देश में घूमने दिया गया। भूमि के उन सब भागों पर, जहाँ वह अश्व निर्विरोध घूमता रहा, राम का प्रभुत्व होता गया। जो भी अश्व को रोकने का साहस करता, उसे राम की सेना से युद्ध करना पड़ता था। अश्व के अबाधित

रूप से लौट आने के बाद ही यज्ञ आरंभ हो सकता था।

उस समय, राम के मन में विचार आया कि आंजनेय की उपस्थिति से यज्ञ की गरिमा में वृद्धि हो सकती है। चूंकि हनुमान सदा राम के ध्यान में लीन रहते थे, उन्हें तुरंत पता लग गया कि उन्हें याद किया गया है। वे तत्काल राम के पास पहुँच गए और उनसे आदेश देने को कहा। राम ने हनुमान को शत्रुघ्न के साथ जाने और उनकी देखभाल करने को कहा। यज्ञ का समाचार आग की तरह सर्वत्र फैल गया। वह समाचार वाल्मीकि के आश्रम में पहुँचा और सीता को भी सुनाया गया।

यज्ञ का अश्व, देश के अनेक भागों में घूमता रहा और प्रत्येक स्थान पर वहाँ के राजा द्वारा उसका सम्मान किया गया। राम की सेना उसके पीछे चलती रही तथा वे लोग अनेक आश्रमों पर रुकते हुए वहाँ के ऋषि-मुनियों से आशीर्वाद लेते हुए आगे बढ़ते गए। अंत में, वे च्यवन ऋषि के आश्रम में पहुँच गए। शत्रुघ्न ने उन्हें प्रणाम किया तो ऋषि ने राम को विष्णु का अवतार बताकर उनकी बहुत प्रशंसा की। उन्होंने यह भी कहा कि वे अपने परिवार के साथ अयोध्या जाकर राम के दर्शन करना चाहते हैं। हनुमान ने शत्रुघ्न ने अनुमति माँगी ताकि वे ऋषि को अयोध्या पहुँचा सकें ताकि उन्हें पैदल जाने का कष्ट न उठाना पड़े। शत्रुघ्न ने उनकी बात मान ली। हनुमान ने अपना आकार बढ़ाया और ऋषि को सपरिवार एक पल में राम के पास पहुँचा दिया। च्यवन मुनि ने प्रसन्न होकर राम को आशीर्वाद दिया।

इसके बाद, वह अश्व और सेना चक्रांक नगरी पहुँचे जहाँ राजा सुबाहु का शासन था। वह भगवान विष्णु का अत्यंत महान भक्त था। उसका पुत्र दमन, आखेट पर निकला हुआ था। उसने अश्व को देखा तो बिना कुछ जाने, उसे पकड़ लिया। राम की सेना ने दमन पर धावा बोल दिया किंतु वह उसे परास्त नहीं कर सकी। उसके बाद, दमन और शत्रुघ्न पुत्र पुष्कल के बीच द्वंद्व हुआ। पुष्कल एक शानदार योद्धा था और उसने शीघ्र ही दमन को पराजित कर दिया। यह सुनकर राजा सुबाहु अपने भाई और भतीजे चित्रांग के साथ दुर्ग से बाहर आ गया। उनके बीच भीषण युद्ध हुआ जिसमें दोनों पक्षों की भारी क्षति हुई। अंत में, पुष्कल ने चित्रांग को मार डाला। सुबाहु ने हनुमान पर बाणों की वर्षा आरंभ कर दी। इस पर, हनुमान ने सुबाहु को अपनी पूँछ में बाँधकर धरती पर पटक दिया। इससे भी राजा नहीं घबराया और वह फिर से उठ खड़ा हुआ। तब हनुमान ने उसकी छाती पर छलाँग लगाकर उसे मूर्छित कर दिया। सुबाहु ने मूर्छित अवस्था में एक शानदार स्वप्न देखा जिसमें राम दिव्यासन पर बैठे थे और उनके चारों ओर गंधर्व खड़े थे। जब उसे होश आया तो उसने हनुमान को बुलाकर उनकी प्रशंसा की और अपनी सेनाओं को लौटा लिया। उसे याद आया कि उसे किसी ऋषि से एक बार सिर्फ़ इसलिए शाप मिला था क्योंकि उसने यह संदेह किया कि भगवान विष्णु मनुष्य रूप में अवतार ले सकते हैं। ऋषि ने यह भविष्यवाणी की थी कि सुबाहु का अज्ञान तब दूर होगा जब भगवान का दास उसकी छाती पर वार करेगा। सुबाहु ने शत्रुघ्न को अपने महल में आमंत्रित किया और उसका सम्मान किया। फिर उसने हनुमान को भी प्रणाम किया क्योंकि उन्हीं के कारण उसकी अज्ञानता दूर हुई तथा उसे भगवान के दर्शन हुए थे।

इसके बाद वह अश्व, देवपुर नगर पहुँचा जहाँ के राजा वीरमणि ने एक बार शिव को प्रसन्न करके उनकी सुरक्षा प्राप्त कर ली थी। उसके पुत्र रुक्मांगद ने यज्ञ का घोड़ा पकड़कर बाँध लिया। हनुमान और शत्रुघ्न ने उसे घोड़े को छोड़ने के लिए कहा। जब उसने ऐसा करने से मना कर दिया तो उन्हें विवश होकर युद्ध करना पड़ा। शीघ्र ही उसका पिता विशाल सेना लेकर अपने पुत्र की सहायता के लिए आ गया। हनुमान ने आगे बढ़कर उसे और उसके भाइयों को चुनौती दी। हनुमान का युद्ध करने का तरीक़ा बड़ा अनोखा था। वे सैनिकों को उनके रथ और घोड़ों सहित अपनी पूँछ में लपेटकर धरती पर पटक देते थे। वीरमणि ने अपनी सेना का संहार होते देखा तो उसने तुरंत भगवान शिव से प्रार्थना की। शिव तत्काल अपने भूत-पिशाचों के साथ अपने भक्त की रक्षा हेतु आ पहुँचे। शिव के सेवक वीरभद्र ने पुष्कल को पैरों से पकड़कर उसे इतनी ज़ोर से ज़मीन पर पटका कि वह मर गया। उन्मत्त ढंग से हँसते हुए शिव ने अपना त्रिशूल उठाया और राजकुमार का सिर काट डाला। अपने पुत्र की मृत्यु से क्रोधित शत्रुघ्न ने शिव को ललकारा। वह अत्यंत वीरतापूर्वक लड़ा, किंतु महादेव से उसका कोई मुक़ाबला नहीं था और छाती में तीर लगने से वह नीचे गिरकर मर गया। हनुमान को क्रोध आ गया और उन्होंने शिव पर धावा बोल दिया। उन्होंने शिव को, भगवान विष्णु के अवतार राम के भाई और उसके पुत्र के वध का दोषी ठहराते हुए, अपशब्द कहे। शिव ने हनुमान से कहा कि वे अपने भक्त को दिए वचन की रक्षा करने के लिए प्रतिबद्ध हैं। दोनों फिर से दुगुने उत्साह से लड़ने लगे। हनुमान ने शिव पर वृक्षों और पर्वतों को उखाड़कर फेंकना आरंभ कर दिया, जिसके उत्तर में शिव ने हनुमान की छाती पर अग्निबाण चलाए। अंत में, हनुमान ने शिव को भी अपनी पूँछ में बाँध लिया और उन्हें कई बार धरती पर पटका। यहाँ तक कि शिव का वृष, नंदी भी इस दृश्य को देखकर भयभीत हो गया। शिव ने स्वयं को मुक्त करने के बाद हनुमान से कहा कि वे उनसे प्रसन्न हैं और उन्हें वरदान माँगने को कहा। हनुमान ने शिव से मुस्कराते हुए कहा कि उनके पास राम की कृपा से सब कुछ है, परंतु उन्होंने शिव से शत्रुघ्न और उसके पुत्र की देखभाल करने प्रार्थना की ताकि इस बीच, वे द्रोण पर्वत पर जाकर वहाँ से संजीवनी बूटी ला सकें जिससे लक्ष्मण के प्राण बचे थे।

वे हिमालय पर्वत पर स्थित द्रोण शिखर को उखाड़ने ही वाले थे, तभी यक्षों ने उन्हें ऐसा करने से रोक दिया क्योंकि उस पर्वत शिखर पर उनका अधिकार था और उसी की शक्ति से वे अमर थे। हनुमान ने उनकी बात मान ली और बूटियों का थोड़ा अंश लेकर ही लौट गए। उन्होंने रणभूमि में लौटकर, वे बूटियाँ मृतकों तथा घायक सैनिकों की छाती पर रखी और उसी बूटी से उन्होंने पुष्कल का कटा सिर भी जोड़ दिया। हनुमान बोले, "यदि राम के प्रति मेरी निष्ठा अटूट है तो राजकुमार जीवित हो जाएँ!"

ऐसा कहते ही, पुष्कल स्वस्थ होकर उठ बैठा। हनुमान ने ऐसे ही शत्रुघ्न को भी जीवित कर दिया। स्वस्थ होते ही, पिता और पुत्र दोबारा शिव एवं वीरभद्र से युद्ध करने लगे। उन्हें कमज़ोर पड़ता देख, हनुमान ने शत्रुघ्न से राम का ध्यान करने को कहा क्योंकि अब केवल राम ही उन्हें बचा सकते थे। राम, अपने हाथ में मृग-श्रृंग लेकर तत्काल वहाँ प्रकट हो गए। सबने उन्हें प्रणाम किया तथा परमात्मा रूप में उनकी स्तुति की। राम ने

कहा कि उनमें और शिव में कोई भेद नहीं है। "वे मेरे हृदय में वास करते हैं और मैं उनके हृदय में रहता हूँ। केवल दुर्बुद्धि व्यक्ति ही हम दोनों को अलग समझता है।" शिव ने अपना हाथ मृतकों और घायलों के ऊपर रखकर सबको स्वस्थ व जीवित कर दिया। सबने मिलकर राम की स्तुति की। राजा वीरमणि ने यज्ञ का अश्व शत्रुघ्न को लौटा दिया और फिर वे अपनी यात्रा पर आगे बढ़ गए।

शाही सेना अश्व के पीछे चलते हुए हेमकूट पर्वत पर पहुँच गई। सहसा अश्व शक्तिहीन होकर नीचे गिर पड़ा। उसे दोबारा खड़ा करने के सब प्रयास विफल हो गए। शत्रुघ्न निकट के एक आश्रम में गया। वहाँ उसे एक ऋषि मिले जिनसे उसने ऐसा होने का कारण पूछा। ऋषि ने बताया कि उस अश्व को किसी आत्मा ने अपने वश में कर लिया है जो पहले ब्राह्मण था और किसी तपस्वी के शापवश आत्मा बन गया है। जब उसने शाप से मुक्ति का मार्ग पूछा तो तपस्वी ने कहा कि राम की कथा सुनने के बाद वह उस योनि से मुक्त हो जाएगा और ऐसा तब होगा जब वह राम द्वारा छोड़े गए यज्ञ के अश्व को अपने वश में कर लेगा। इसके बाद, हनुमान ने अश्व के निकट बैठकर उन्हें कान में बड़े प्रेम से राम की पूरी कथा सुनाई। कथा पूरी होने के बाद हनुमान ने उस भटकती हुई आत्मा का आह्वान किया और उसे अपने गंतव्य पर लौट जाने के लिए कहा। तभी एक दिव्यात्मा प्रकट हुई और उसने शाप से मुक्त करवाने के लिए हनुमान को धन्यवाद दिया। उसी क्षण अश्व उठ खड़ा हुआ और प्रसन्नतापूर्वक मैदान की घास चरने लगा।

अश्व को रोकने और उनके ऊपर आक्रमण करने वाला अगला व्यक्ति रावण का संबंधी विद्युनमाली था। वह धुआँ उत्पन्न करके सबके सामने से अश्व को चुरा ले गया। उसके बाद उसने उस धुएँ के बीच शत्रुघ्न और अन्य लोगों पर धावा बोल दिया। हनुमान ने शत्रुघ्न को राम नाम का जाप करने का सुझाव दिया ताकि वह निश्चित रूप से राक्षस पर विजय प्राप्त कर सके। शत्रुघ्न ने मोहास्त्र चलाकर राक्षस द्वारा फैलाए धुएँ को हटा दिया। इसके बाद, शत्रुघ्न ने आसानी से विद्युनमाली को मारकर अश्व को छुड़ा लिया।

इसके बाद, यज्ञ का अश्व घूमता हुआ कुंडलपुर नगर में पहुँच गया, जहाँ का राजा सुरथ, राम का एक महान भक्त था। उसने मृत्यु के देवता यमराज से यह वरदान प्राप्त किया था कि राम के दर्शन होने तक उसे कोई नहीं मार सकेगा। जब सुरथ को अपने नगर के बाहर विचरते उस अश्व के बारे में पता लगा तो उसने उसे पकड़ने का निर्णय किया ताकि वह राम के दर्शन कर सके। जब शत्रुघ्न को इस बात का पता लगा तो उसने अंगद को भेजकर सुरथ को अश्व छोड़ने का संदेश दिया। सुरथ ने अंगद को स्पष्ट तौर पर कह दिया कि जब तक उसे राम के दर्शन नहीं होंगे, वह अश्व को नहीं छोड़ेगा। अंगद ने राजा के प्रति सहानुभूति व्यक्त की परंतु उसे स्पष्ट शब्दों में यह भी कहा कि अश्व की रक्षा करना उसका कर्त्तव्य है और यदि सुरथ ने अश्व को नहीं छोड़ा तो उसे राम की सेना के कोप का सामना करना पड़ेगा। सुरथ ने कहा कि यदि ऐसा हुआ तो वह उन सबको बंधक बना लेगा और राम के दर्शन के बाद ही, उन्हें छोड़ेगा! अंगद ने लौटकर सुरथ का संदेश सुनाया और फिर युद्ध की तैयारी आरंभ हो गई।

राजा सुरथ अपने दस पुत्रों और सेना के साथ युद्ध के लिए चल पड़ा। सुरथ के

पुत्र, चंपक ने पुष्कल को बंदी बना लिया। हनुमान ने उसे युद्ध के लिए ललकारा और उसे मारकर मूर्छित कर दिया। फिर हनुमान ने जब सुरथ को देखा तो उन्होंने पहचान लिया कि वह राम का भक्त है। राजा ने हनुमान को बंदी बनाने का प्रण किया और हनुमान ने उसे मुस्कराते हुए कहा कि यदि उसने ऐसा कर लिया तो राम उन्हें मुक्त करवाने अवश्य आएँगे। इस बीच, वे सुरथ से लड़ते रहे और उसके सभी दिव्यास्त्रों का आसानी से सामना करते रहे। राजा को उस समय बहुत आश्चर्य हुआ जब हनुमान पर ब्रह्मास्त्र का भी कोई प्रभाव नहीं पड़ा। उसने तब इस महान भक्त को पकड़ने की एक चाल चली। उसने एक अस्त्र के ऊपर सब जगह राम का नाम लिखकर हनुमान पर छोड़ दिया। हनुमान ने इस अस्त्र का मान रखते हुए उसे प्रणाम किया और स्वयं को बंदी बन जाने दिया। हनुमान को बंदी बना लेने के बाद, सुरथ के लिए शेष सेना को परास्त करना आसान हो गया। हनुमान सहित सभी बड़े योद्धा बंदी बनाकर सुरथ के दरबार में लाए गए। राजा ने हनुमान को कहा कि वे राम का स्मरण करें और उन्हें वहाँ सहायता के लिए बुलाएँ। तब हनुमान ने राम की स्तुति करते हुए एक लंबी कविता की रचना की और उसमें अपनी गाथा बताते हुए राम को सहायता के लिए बुलाया। राम तत्काल कुंडलपुर के राजदरबार में प्रकट हो गए। सुरथ बहुत प्रसन्न हुआ और उसने राम के चरणों में गिरकर उनसे उसके लोगों को बंदी बनाने के लिए क्षमा माँगी। राम ने मुस्कराते हुए विष्णु के रूप में सुरथ को दर्शन दिए और उसे बाँहों में भर लिया। उन्होंने जैसे ही हनुमान और अपने अन्य लोगों की ओर देखा, उन सबके बंधन कटकर गिर गए। तब राजा सुरथ ने अपने समस्त नागरिकों के साथ राम और हनुमान की अर्चना की और उसकी इच्छा पूरी करने के लिए उनका आभार व्यक्त किया।

इसके बाद, अश्वमेध यज्ञ का घोड़ा घूमता हुआ नर्मदा के तट पर एक आश्रम में पहुँच गया। वहाँ एक पर्णकुटीर में अरण्यक नाम के ऋषि रहते थे जो सदैव राम की वंदना करते थे। जब शाही दल ने उन्हें प्रणाम किया तो ऋषि ने प्रसन्न होकर राम के गौरव पर प्रवचन दिया और लोमश ऋषि द्वारा प्राप्त ज्ञान का उपदेश भी दिया।

"एक ही ईश्वर हैं - राम; एक ही मार्ग है - राम की भक्ति; एक ही मंत्र है - राम का नाम; एक ही ग्रंथ है - राम की स्तुति!"

यह सुनकर सभी बहुत प्रसन्न हुए किंतु हनुमान रोमांचित हो उठे। ऋषि ने उन्हें सगोत्र रूप में पहचानकर गले से लगा लिया। दोनों परमानंद में डूब गए।

अचानक, वह अश्व वाल्मीकि के आश्रम की ओर चल पड़ा। उधर, कुछ बालकों के साथ, लव वन में खेल रहा था। उसने वह अश्व देखा और उसमें बँधी शाही घोषणा को पढ़ने के बाद, उसके मन में शक्ति प्रदर्शन की इच्छा जागृत हो गई। उसने अश्व को पकड़कर उसे बाँध लिया। राम की सेना ने लव को घोड़ा छोड़ देने के लिए कहा, किंतु लव ने मना कर दिया। सेना लड़ने के लिए आगे बढ़ी तो लव ने बाणों से उनके हाथ काट डाले। शत्रुघ्न को जब यह समाचार मिला तो उसने अपने सेनापतियों को युद्ध के लिए भेजा। सेनापति ने लव से बात करनी चाही तो लव ने उसे बताया कि घोड़े में बँधी घोषणा ने उसकी उत्सुकता को बढ़ा दिया और इसीलिए उसने यह चुनौती स्वीकार की है। इसके बाद उनके बीच युद्ध हुआ, जिसमें लव ने सेनापति और अधिकांश सैनिकों को मार

दिया। हनुमान और पुष्कल वहाँ आए तो लव ने पुष्कल को भी घायल करके मूर्छित कर दिया। हनुमान, लव को देखते ही पहचान गए कि भगवान राम का पुत्र है, किंतु राम का आदेश अश्व की रक्षा करने का था। हनुमान ने एक वृक्ष और एक शिला उखाड़कर लव के ऊपर फेंके, परंतु बालक लव ने उनके टुकड़े कर दिए। हनुमान ने लव को अपनी पूँछ में लपेटकर हवा में उछाल दिया, किंतु लव ने तुरंत अपनी माता का स्मरण करके स्वयं को बंधन-मुक्त कर लिया। उसके बाद, लव ने हनुमान पर इतनी ज़ोर से प्रहार किया कि वे नीचे गिर पड़े और बहुत आश्चर्यचकित हुए। फिर शत्रुघ्न को आना पड़ा और उसने बहुत कठिनाई से लव को घायल करके उसे बाँधा और रथ में अपने साथ ले गया।

लव के साथ वहाँ आए शेष बालक यह सब देखकर विस्मित हो रहे थे। जब उन्होंने लव को बंदी बनाकर ले जाते देखा तो वे दौड़कर गए और सीता को सूचित किया। यह सुनकर सीता बहुत परेशान हुईं तो उनके दूसरे पुत्र कुश ने कहा कि वे निश्चिंत रहें और वह जाकर अपने भाई को ले आएगा। उसके रणभूमि पहुँचने तक लव की मूर्छा दूर हो गई। अपने भाई को देखकर, लव ने स्वयं को छुड़ा लिया और वह रथ से नीचे कूद गया। दोनों भाइयों ने स्थिति को सँभाला और सेना का संहार करना आरंभ कर दिया। सैनिकों ने बताया कि वे राजा के सैनिक हैं तो दोनों बालक हँसने लगे और उन्होंने जल्द ही सेना को परास्त कर दिया। यहाँ तक कि हनुमान भी उनसे जीत नहीं सके। लव-कुश ने हनुमान को मारा नहीं, किंतु उन्हें नाग-पाश में बाँध लिया और फिर उन्हें पकड़कर पालतू बनाने के लिए अपनी माता के पास ले आए!

सीता अपने पुत्रों को देखकर बहुत प्रसन्न हुईं। उन्होंने हनुमान को तुरंत पहचान लिया और उन्हें बंदी बना देखकर वे भयभीत हो गईं। दोनों ने अपनी माता को बहुत ख़ुशी से पूरी घटना सुनाई कि किस तरह उन्होंने किसी राम नाम के राजा का शाही अश्व पकड़कर बाँध लिया और किस प्रकार उन्होंने बहुत-से सैनिकों सहित शत्रुघ्न और पुष्कल नाम के कुछ लोगों को भी मार दिया! यह सुनकर सीता रोने लगीं और बोलीं, "मेरे बच्चों! क्या तुम जानते हो, वे कौन हैं? वे तुम्हारे चाचा और उनके पुत्र हैं। यह वानर जिसे तुम बाँधकर लाए हो, क्या तुम्हें पता है कि ये कौन है? यही वीर हनुमान हैं, जो राम के सबसे महान भक्त हैं। इनमें असीम बल है।"

लव और कुश ने कहा, "माता, क्या आपको पता है कि उस अश्व के गले में क्या संदेश बँधा हुआ था? उसमें लिखा था, 'कोई भी क्षत्रिय यदि इस अश्व को पकड़ने का साहस करेगा तो उसे दंड भोगना पड़ेगा।' माता! हम जानते हैं कि हम क्षत्रिय हैं और इसीलिए हमें लगा कि यह हमारा कर्तव्य है कि हम उस अश्व को पकड़कर अपना सामर्थ्य सिद्ध करें।"

सीता ने उन्हें तुरंत उस अश्व छोड़ देने के लिए कहा क्योंकि वह उनके पिता का अश्व था। यह सुनकर दोनों बालक चकित रह गए क्योंकि उन्होंने अपने पिता के विषय में अधिक विचार नहीं किया जिन्होंने उनकी माता को त्याग दिया था। परंतु, उन्होंने अपनी माता की आज्ञा का पालन किया। इस बीच, सीता ने हनुमान से बातचीत की और तब हनुमान ने उन्हें बताया कि वे क्यों आए थे।

"इन बालकों ने तुम्हारे जैसे वीर को कैसे परास्त कर दिया?" सीता ने हनुमान से पूछा।

हनुमान ने उत्तर दिया, "माता! पुत्र, अपने पिता की आत्मा होता है। इन दोनों अनमोल बालकों के दीप्तिमान और तेजस्वी चेहरे बिलकुल मेरे प्रिय स्वामी के समान हैं। इसलिए जब इन्होंने मुझे पकड़कर बाँधा तो मुझे लगा कि मेरे प्रभु, मेरे साथ क्रीड़ा कर रहे हैं। मैं सब कुछ भूलकर उनके मधुर विचार में डूब गया और मुझे कुछ नहीं पता।" इस घटना में, वाल्मीकि ने महान भक्त हनुमान की विनम्रता और निष्ठा को अत्यंत सुंदर ढंग से चित्रित किया है।

सीता ने अपनी शुचिता के बल पर भगवान से प्रार्थना की और सभी मृत योद्धाओं को जीवित कर दिया। सभी लोग उठ बैठे तथा हनुमान और राम की शेष सेना, नैमिषारण्य लौट आए जहाँ वह यज्ञ होना था।

*और देवता चित्त न धरई।*
*हनुमत सेई सर्ब सुख करई।।*

—तुलसीदास कृत *हनुमान चालीसा*

ॐ *श्री हनुमते नमः*

ॐ

*शाश्वताय नमः*

अध्याय 32

# लोकबंधु

## अश्वमेध यज्ञ

*तुलसीदास के लिए राम की भक्ति उसी प्रकार है,*
*जिस प्रकार धान के खेतों के लिए वर्षा ऋतु!*

—तुलसीदास कृत *रामचरितमानस*

शत्रुघ्न और हनुमान के साथ अश्व के विजयी होकर लौटने के बाद, अश्वमेध यज्ञ अत्यंत विराट स्तर पर एक वर्ष तक चला।

इस बीच, सौ सिर वाले एक भयानक राक्षस, सहस्रमुख रावण ने देश में हाहाकार मचा रखा था। दरअसल, वह रावण का ही पुत्र था जो अपने पिता की मृत्यु के समय बहुत छोटा था। वयस्क होने के बाद, उसने कठोर तप किया और ब्रह्मा से यह वरदान माँग लिया कि उसकी मृत्यु केवल उसी स्त्री के द्वारा होगी, जो मन, वचन और कर्म से पूरी तरह पवित्र होगी। यह वरदान मिलने के बाद उसने लंका में अपने चाचा विभीषण और किष्किंधा में सुग्रीव को परेशान करना आरंभ कर दिया। उसका अगला लक्ष्य अयोध्या था और उसने इस उद्देश्य से कोसल राज्य में प्रवेश किया। उसे परास्त करने के लिए राम को अपनी सेना भेजनी पड़ी परंतु राम की सेना अपने शत्रु के समक्ष अशक्त सिद्ध हुई। जब अयोध्या के लोगों को राक्षस के वरदान का पता लगा तो वहाँ की स्त्रियाँ उसे आगे बढ़ने से रोकने के लिए प्रयास करने लगीं। परंतु पूरे नगर में एक भी स्त्री ऐसी नहीं थी, जो उस वरदान के मानदंड पर खरी उतर पाती! इस तरह, उनमें से कोई स्त्री राक्षस को नहीं रोक सकी। राम को पता था कि केवल सीता ही उस नगर को बचा सकती हैं किंतु वे जानते थे कि सीता उस नगर में प्रवेश करने के लिए तैयार नहीं होंगी, जिस नगर ने उनका त्याग कर दिया था। राम ने हनुमान को सीता के पास यह संदेश देकर भेजा कि राम बहुत अस्वस्थ हैं। यह सुनते ही, स्वाभाविक तौर पर, सीता दौड़कर अयोध्या आ गईं। वह राक्षस नगर के द्वार पर खड़ा था और उसने सीता का मार्ग रोक लिया। जब उसने सीता को भीतर घुसने से रोका तो वे क्रोधित हो गईं। उन्होंने घास का एक तिनका उठाया और उसे अपनी पवित्रता के बल से ऊर्जान्वित करके राक्षस पर छोड़ दिया, जिसके लगते

ही वह मारा गया। नगरवासियों ने सीता को अपना रक्षक मान लिया। परंतु सीता ने लोगों द्वारा दिए मान पर ध्यान नहीं दिया। उन्हें अपने पति के स्वास्थ्य की चिंता थी। जब उन्हें पता लगा कि राम बिलकुल स्वस्थ और प्रसन्न हैं, तो वे समझ गईं कि उनके साथ छल किया गया था।

उन्होंने हनुमान को देखकर कहा, "तुम्हारे कहने के कारण ही, मुझे अपने पति की मृत्यु का संदेह हो गया था। तुम राम के परलोक गमन के बाद भी जीवित रहोगे और मेरी तरह उनसे अलग होने की पीड़ा भोगते रहोगे!" यह कहकर, वे अपने आश्रम लौट गईं।

सीता की पवित्रता का सामर्थ्य देखकर, जो वहाँ के नगरवासियों में से किसी की भी पत्नी में नहीं था, अयोध्यावासी अपनी रानी सीता के दोबारा स्वागत के लिए उत्सुक हो उठे और उन्होंने राम से उन्हें वापस लाने की विनती की। राम की भी यही इच्छा थी किंतु उन्हें समझ नहीं आया कि वे ऐसा कैसे करें। इस बीच भी अश्वमेध यज्ञ चल रहा था।

वाल्मीकि ने सोचा कि लव-कुश के लिए अपने पिता से मिलने का यह अच्छा अवसर है। उन्होंने दोनों बालकों को यज्ञ में सम्मिलित होने तथा राम के समक्ष संपूर्ण *रामायण* गाकर सुनाने को कहा। बालकों ने ऐसा ही किया और उन्होंने सबके सामने अपनी मधुर आवाज़ में बीस सर्ग गाकर सुनाए। उन दोनों तपस्वी बालकों को देखकर और उनकी मधुर आवाज़ सुनकर अयोध्यावासी मंत्रमुग्ध हो गए। वे उन बालकों की राम से समानता देखकर भी स्तब्ध थे क्योंकि राम भी जब अनेक वर्ष पूर्व वल्कल वस्त्र पहने और जटाएँ बनाकर वन को गए थे, तो बिलकुल वैसे ही दिखाई देते थे। राम उन बालकों से बहुत प्रसन्न हुए। उन्होंने लक्ष्मण से बालकों को बीस हज़ार स्वर्ण मुद्राएँ तथा मूल्यवान वस्त्र भेंट करने को कहा परंतु बालकों ने यह कहकर वस्तुएँ लेने से मना कर दिया कि तपस्वी लोग कंद-मूल पर रहते हैं तथा उन्हें इन सब वस्तुओं की कोई आवश्यकता नहीं होती।

यह सुनकर राम चकित हो गए और उनसे पूछा, "यह कविता किसने लिखी है और इसमें कितने सर्ग हैं?"

बालकों ने उत्तर दिया, "इस महाकाव्य की रचना महर्षि वाल्मीकि ने की है जिसमें आपके जीवनचरित का वर्णन है। इस में बीस हज़ार श्लोक तथा छह कांड हैं। सातवां कांड, उत्तर कांड है जो अभी चल रहा है। आपकी अनुमति से हम यह संपूर्ण महाकाव्य, अश्वमेध यज्ञ के अनुष्ठानों के बीच में गाकर सुनाएँगे।"

"अनुमति है!" राम ने कहा।

राम और उनके भाइयों के साथ ऋषियों के दल, राजाओं तथा वानरों ने कई दिन तक राम की संपूर्ण कथा का श्रवण किया। उस गायन को सुनकर सभी मुग्ध हो गए। कथा समाप्त होने तक, राम को यह विश्वास हो गया कि दोनों बालक उनके और सीता के ही पुत्र हैं। इतने वर्षों से उनके भीतर दबी हुई भावनाएँ फिर से सक्रिय हो उठीं और उनके मन में सीता से मिलने की तीव्र इच्छा उत्पन्न हो गई। जिस दिन उन्होंने सीता का त्याग किया था, उसी दिन राम ने सीता को अपने हृदय के मंदिर में स्थापित करके उसकी चाबी फेंक दी थी। परंतु, इन दोनों बालकों ने, जो उनके जैसे दिखते थे और सीता की तरह मुस्कराते थे, उनके हृदय के द्वार तोड़कर उनके भीतर की भावनाओं का सागर फिर

से उन्मुक्त छोड़ दिया था। उसके प्रवाह की तीव्रता में राम को अपने बह जाने का संकट महसूस होने लगा था। उनकी मुस्कान से राम को सीता का मनमोहक चेहरा याद आने लगा। सीता को देखने की उत्कट इच्छा बढ़ती जा रही थी। उन्हें लगा कि निश्चय ही, उनकी नियति, उन्हें सुख के इन अंतिम क्षणों से वंचित नहीं रखेगी। नगरवासियों ने पहले ही राम को सीता को वापस बुलाने का अपना निर्णय बता दिया था। राम ने वाल्मीकि की कुटीर में अपने दूत भेजकर अपना अनुरोध भिजवा दिया।

"यदि अयोध्या की महारानी इस सभा के समक्ष शपथ लेकर अपने निर्दोष होने का प्रमाण देने के लिए तैयार है, तो मैं उन्हें स्वीकार करने को तैयार हूँ।"

वाल्मीकि ने उनकी बात मान ली।

अगले दिन सभी लोग तथा यज्ञ के आमंत्रित सभी अतिथिगण नैमिषारण्य की यज्ञशाला में अपने राजा और रानी के जीवन के नाटक और उसके अंतिम दृश्य को देखने के लिए एकत्र हो गए। प्रत्याशी दर्शकों की उस मौन सभा में वाल्मीकि ने पृथ्वी की पुत्री, सीता के साथ प्रवेश किया। सीता का सिर निष्ठा से झुका हुआ था, उनके हाथ प्रार्थना भाव से जुड़े हुए थे, उनकी आँखों में अश्रु तथा हृदय में राम थे। तपस्विनी की भाँति, वल्कल वस्त्रों में भी अत्यंत सुंदर लगने वाली अपनी महारानी को देखकर वहाँ एकत्र भीड़ सहज ही स्वागत करतल ध्वनि से करने लगी। राम द्वारा सीता का त्याग करते समय जिन लोगों ने कोई आपत्ति नहीं की थी, वे सब आज उन्हें फिर से स्वीकार करने को तत्पर थे।

वाल्मीकि ने सीता और उनके दोनों पुत्रों के साथ, जो अपने पिता की प्रतिच्छाया थे, यज्ञशाला में प्रवेश किया और कहा, "दशरथ पुत्र! आपने इस पवित्र स्त्री को लोकनिंदा के भय से मेरे आश्रम के निकट छोड़ दिया था। अपनी प्रजा के हित के लिए आपने अपनी पतिव्रता पत्नी को त्याग दिया, जिससे आप बहुत प्रेम करते थे। तथापि, ये अग्नि से भी अधिक पवित्र हैं। इनके स्पर्श से अग्नि भी ठंडी हो जाती है। यदि सीता दूषित हैं, तो मेरा सारी तपस्या व्यर्थ है। ये दोनों जुड़वाँ बालक आपकी संतान हैं और इन्होंने अपने शौर्य से यह सिद्ध भी कर दिया है। मैं आपको यह आश्वासन देता हूँ कि सीता कंचन की भाँति शुद्ध हैं और इनकी निष्ठा पूरी तरह केवल आपके प्रति है। आप अब इन्हें स्वीकार कर सकते हैं और आपके इस निर्णय के विरुद्ध कोई कुछ नहीं बोलगा!"

राम बोले, "देवताओं को साक्षी मानकर, सीता पहले भी लंका में अपनी पवित्रता सिद्ध कर चुकी है, किंतु फिर भी लोगों ने बातें बनाई और इनकी निंदा की और इसीलिए राजधर्म के अनुसार मुझे सीता का त्याग करना पड़ा। सीता ने बहुत पहले, वानरों और राक्षसों के समक्ष अग्नि परीक्षा दी थी। मैं यह वचन देता हूँ कि यदि, सीता उसी तरह एक बार फिर अयोध्यावासियों के सामने अग्नि परीक्षा दे देगी, तो मैं उसे अपनी पत्नी के रूप में तथा लव-कुश को अपने पुत्रों के रूप में स्वीकार कर लूँगा।"

यह कहते हुए, राम ने एक बार फिर अपनी प्रिय पत्नी की ओर देखा। आभूषणों एवं श्रंगार के बिना, वल्कल वस्त्रों में और सिर के ऊपर जटाजूट धारण किए उनकी रानी, अयोध्या की महारानी और उनके हृदय की स्वामिनी उनके सामने खड़ी थी। सीता की ओर देखते हुए उनका हृदय उन्हें कचोट रहा था। अनजाने में ही, उनका हाथ सीता की ओर

बढ़ गया। सीता ने भी बिना कुछ सोचे, अपने कोमल गुलाबी हाथ राम के हाथ पर रख दिए। श्रंगार के बिना भी, वे अत्यंत सुंदर दीख रही थीं। राम उनसे अपनी दृष्टि नहीं हटा सके। उन दोनों की दृष्टि और उनके हाथ परस्पर एक-दूसरे का आलिंगन कर रहे थे। उन्हें ऐसा महसूस हो रहा था मानो वे आँखों में तैर रहे प्रेम के सागर में डूब रहे थे। उन्होंने अपने हाथों में अनंतता एवं आँखों में असीमता को पकड़ रखा था।

उनके चारों ओर उत्सुक दर्शकों का घेरा बन गया था, किंतु राम और सीता उस घेरे के बीच में अकेले खड़े, एक-दूसरे को निहार रहे थे मानो अब उन्हें अलग होना स्वीकार नहीं था। वे दोनों बारह वर्ष से इस सुख से वंचित थे। परस्पर आँखों में देखते हुए, वे किसी अन्य लोक में पहुँच गए थे। समय थम गया था। एक-दूसरे को देखते हुए, उनका संपूर्ण जीवन, उनके सामने से किसी स्वप्न की भाँति गुज़र रहा था और फिर भी वे एक-दूसरे से दृष्टि नहीं हटा पा रहे थे।

आख़िरकार, सीता ने उस सम्मोहन को तोड़ा और धीरे-से कहा, “स्वामी! क्या मुझे सार्वजनिक रूप से अग्नि परीक्षा देने की अनुमति है?”

राम ने हामी भरी। तपस्विनी वाले वस्त्र पहने हुए, वधू की भाँति सुंदर लग रही, पृथ्वी-पुत्री सीता ने उस घेरे के बीच में प्रवेश किया और हाथ जोड़कर अपनी माता पृथ्वी को प्रणाम करके बोलीं, “हे माधवी! पृथ्वी माता! यदि आपको पता है कि मैंने अपने पति के अतिरिक्त एक क्षण के लिए भी, किसी अन्य पुरुष को प्रेम नहीं किया तो कृपया अपनी बाँहें खोलकर मुझे, अपनी पुत्री को स्वीकार कीजिए क्योंकि मैं अब अश्रुओं की इस घाटी में रहना सहन नहीं कर सकती। इस जीवन में दुख ही केवल मेरा साथी रहा है और अब माता, मैं आपकी बाँहों में चैन से रहना चाहती हूँ। जिस तरह आपने मुझे अपने गर्भ से निकालकर, मेरे पिता जनक के मैदान में स्थान दिया था, उसी तरह अब आप मुझे फिर से अपने हृदय में स्थान दे दीजिए!”

सीता ने अपनी बात अभी पूरी भी नहीं की थी कि भयंकर गड़गड़ाहट के साथ धरती फटी और उसकी दरार में से सुंदर फूलों से सजा एक आसन प्रकट हुआ। उसके ऊपर अपने प्राचुर्य से भरी, फूलों से सज्जित तथा हाथों में नौ प्रकार के अनाज के गट्ठर लिए देवी पृथ्वी विराजमान थीं।

देवी ने अपनी बाँहें खोलीं और सीता दौड़कर अपनी माता के साथ उनके आसन पर बैठ गईं। दर्शकों की मंत्रमुग्ध भीड़ के सामने, धरती का मुख एक बार फिर खुला और सीता एवं उनकी माता के साथ वह आसन धीरे-धीरे नीचे चला गया और धरती की गोद में समा गया। आकाश से देवतागण पुष्प-वर्षा कर रहे थे। भीषण गड़गड़ाहट और कराहती वायु के झोंके के साथ धरती की वह दरार बंद हो गई। इसके बाद, सभी लोग अपनी मुग्धावस्था से बाहर आ गए। प्रत्येक व्यक्ति के मुख से आह निकल रही थी।

सीता के ओझल होने के बाद, राम भी घबराहट की चपेट से बाहर आ गए। वे भागकर उस स्थान पर गए जहाँ सीता अदृश्य हुई थीं और उन्हें दयनीय ढंग से पुकारने लगे।

उन्होंने यज्ञशाला की जगह से सहारे के लिए एक लाठी उठा ली क्योंकि उनमें खड़े रहने का बल शेष नहीं था। उस स्थान पर खड़े होकर वे ज़ोर-ज़ोर से पुकारने लगे, "हे जानकी! हे वैदेही! हे सीता! तुम मुझे छोड़कर क्यों चली गईं, जबकि मैं तुम्हें वापस बुला रहा था? एक बार तुम्हें दुष्ट रावण ले गया तो मैं तुम्हें वापस लेकर आया और फिर मुझे तुम्हें फिर से स्वयं से दूर भेजना पड़ा। उस समय, मैं इस विरह को केवल इसलिए सहन कर पाया क्योंकि मुझे पता था कि तुम जीवित हो और किसी स्थान पर तुम्हारी देखभाल हो रही है। परंतु अब मैं जीवित नहीं रह सकता क्योंकि मुझे पता है कि मैं तुम्हें कभी नहीं देख सकूँगा। मुझे लगता है कि मुझे यह दंड तुम्हारा त्याग करने के कारण मिला है।"

उनका शोक क्रोध में परिवर्तित हो गया और वे उस लाठी को धरती पर पीटने लगे और बोले, "देवी पृथ्वी, आप मेरी पत्नी तुरंत लौटा दीजिए। मैं बहुत कष्ट भोग चुका हूँ। अब मैं सीता के बिना नहीं रह सकता। अन्यथा, आप एक बार फिर अपनी बाँहें खोलिए और मुझे भी स्वीकार कर लीजिए। मुझे यहाँ राजा बनकर रहने की अपेक्षा सीता के साथ धरती की गोद में रहना स्वीकार है। याद रखिए, मैं आपका दामाद हूँ, कृपया मुझ पर दया कीजिए। आप मेरी क्षमता को जानती हैं। यदि आपने मेरी इस उचित प्रार्थना को अस्वीकार कर दिया तो मैं आपको नष्ट कर दूँगा, आपके वन जला दूँगा, आपके पर्वतों को चकनाचूर कर दूँगा और प्रत्येक वस्तु को तरल बना दूँगा!"

राम के स्वर में क्रोध और पीड़ा को सुनकर समस्त लोक घबरा गए। किसी में उनसे कुछ कहने का साहस नहीं था।

अंत में, सृष्टि के रचयिता ब्रह्मा राम के पास आए और बोले, "राम! याद कीजिए, आप कौन हैं। मैं आपको आपके देवत्त्व की याद दिलाता हूँ। पवित्र सीता से आपकी दोबारा स्वर्ग में भेंट होगी क्योंकि वे आपकी ही पत्नी लक्ष्मी का अवतार हैं। दुख मत कीजिए। अपने पुत्रों के साथ सुख से रहिए तथा अपने जीवन की शेष कथा सुनिए जिसे कल सुबह आपके पुत्र आपको गाकर सुनाएँगे। यह एक शानदार ढंग से लिखा हुआ सुंदर महाकाव्य है जिसमें एक धर्मपरायण राजा के जीवन की कथा वर्णित है। आप इसे सुनने वाले प्रथम व्यक्ति हैं क्योंकि यह आपके लिए ही लिखी गई है। हे राम! आप न केवल राजाओं में, अपितु समस्त ऋषियों में भी श्रेष्ठ हैं।" यह कहकर, ब्रह्मा अंतर्ध्यान हो गए।

राम और उनके पुत्रों ने वह कष्ट भरी रात्रि, वाल्मीकि की कुटिया में सीता के लिए रोते हुए बिताई। वाल्मीकि उन तीनों को शांत करने का प्रयास करते रहे। एक मादा पक्षी के शोक से आरंभ हुई कविता से यही अपेक्षित है कि उसका अंत प्रेमी युगल के शोक से हो। जिस समय वाल्मीकि ने नर-पक्षी को बाण से घायल होकर मरते देखा था, उस समय उन्हें लगा मानो उस बाण ने स्वयं उन्हें ही बींध दिया था। अब कष्ट में फँसे राजा को असीम रात्रि की लंबी व अकेली अवधि के दौरान शोकाकुल होते देखकर, उन्हें कितना दुख हुआ होगा?

अगले दिन, एकत्रित भीड़ के सामने, राम ने दोनों बालकों को महाकाव्य का अंतिम अंश सुनाने को कहा। उसके बाद, उन्होंने वहाँ आए सभी लोगों, ब्राह्मणों, नगरवासियों, वानरों, भालुओं और लंका से आए निशाचरों को धन आदि वितरित किया। यज्ञ संपन्न

हो गया और लोग लौट गए। समारोह के लिए साफ़ किए उस स्थान पर फिर से जंगल उग आया।

राम अयोध्या लौट आए और उन्होंने अपना शेष जीवन तपस्वी की भाँति बिताया। उनके लिए सीता के बिना जीवन का कोई अर्थ नहीं था। उन्होंने पुनर्विवाह नहीं किया। वे सदा अपने साथ सीता की स्वर्ण प्रतिमा रखते थे और उसी के साथ उन्होंने अपने गुरुओं तथा प्रजा को प्रसन्न करने के लिए दस हज़ार अश्वमेध यज्ञ आयोजित किए। उनके शासनकाल को आदर्श माना जाता है। राज्य समृद्ध होता गया और वहाँ रहने वाले लोग भी हमेशा ख़ुश रहते थे। राम और सीता ने निरंतर अपने आँसू बहाकर इस गौरव का मूल्य चुकाया था। वे दोनों कष्ट भोगते रहे ताकि उनकी प्रजा प्रसन्न, समृद्ध और ख़ुशहाल रह सके। नगरवासियों ने यह कभी नहीं सोचा कि उनकी समृद्धि का मूल्य उनकी रानी ने अपना बलिदान देकर चुकाया था। सीता ने उनकी भूमि को अपने आँसुओं से सींचा था, उनकी प्रसन्नता को अपने दुख से ख़रीदा था। सीता यज्ञ की समिधा थीं, जो उन लोगों की दुर्भावना के साथ बँधी थीं। लोगों की विषैली जिह्वा के कारण, उन्हें वन भेजा गया था और उन्हीं के संदेह के कारण, सीता को धरती ने निगल लिया था! नगरवासी अपनी पत्नियों के साथ आनंद से रहते थे, जबकि उनका राजा प्रत्येक रात्रि को अपने कक्ष में अकेला, केवल स्मृतियों के साथ सोता था। राम ने शेष जीवन, अपना कर्त्तव्य, अपने स्वभाव के अनुसार धर्मपरायण रहकर बिताया और वे सबके साथ हँसी-ख़ुशी रहते थे। केवल लक्ष्मण जानते थे कि यह सिर्फ़ दिखावा है। वास्तव में, राम इस पछतावे से जल रहे थे कि उन्होंने अपनी पत्नी के साथ क्या किया! वे उस दिन की उत्सुकता से प्रतीक्षा कर रहे थे जब स्वर्ग में उनकी भेंट दोबारा से सीता से हो पाएगी।

अनेक वर्ष शासन करने के बाद, राम ने यह लोक त्याग देने का निर्णय किया। ब्रह्मा तथा अन्य देवतागण राम के पास आए और बोले, "हे राम! आपने पृथ्वी पर अपना कर्म पूरा कर लिया है तथा अब आपके वापस अपने धाम जाने का समय हो गया है।"

"तथास्तु," राम ने कहा। उन्हें पृथ्वीलोक को छोड़कर जाने में बहुत प्रसन्नता हो रही थी क्योंकि सीता के बिना उन्हें यहाँ कोई सुख नहीं था।

ब्रह्मा बोले, "हनुमान ने काल के लिए आपका द्वार बंद कर रखा है, इसलिए आप हनुमान को जाने के लिए कहिए।"

राम ने सिर झुकाकर प्रणाम किया। उन्होंने अपनी मुद्रिका को धरती के एक छिद्र में गिरा दिया और फिर हनुमान से कहा कि वे मुद्रिका को लेकर आएँ। मारुति, राम की मुद्रिका लाने के लिए तत्काल छिद्र में प्रवेश कर गए। वे उसे खोजते हुए नागलोक में पहुँच गए। वहाँ उन्होंने एक विशाल थाली में राम की मुद्रिका जैसी असंख्य मुद्रिकाएँ रखी देखीं।

नागराज ने हनुमान से कहा, "समय का चक्र चलता रहता है और जब भी त्रेता युग आता है तो भगवान विष्णु, राम के रूप में अवतार लेते हैं। जब पृथ्वी पर उनका समय पूरा हो जाता है तो उनकी मुद्रिका यहाँ गिर जाती है और वे उसे लाने के लिए तुम्हें भेजते हैं। यह इसलिए होता है ताकि तुम इस बात को स्वीकार कर सको कि पृथ्वी पर तुम्हारे स्वामी का समय पूरा हो गया है।" अपने स्वामी का अंत समय आने की बात सुनकर

हनुमान शोकाकुल हो गए किंतु उन्हें सनातन नियम का पालन करना था।

इस बीच जब हनुमान गए हुए थे, राम के महल में काल ने ब्राह्मण के रूप में प्रवेश किया। राम उसकी प्रतीक्षा कर रहे थे। उन्हें बहुत लंबे समय से काल की प्रतीक्षा थी। उन्होंने ब्राह्मण को स्वर्णासन पर बैठाया और पूछा कि वह क्या चाहता है।

"यदि आप मेरा और देवताओं का सम्मान करना चाहते हैं तो आपको यह वचन देना होगा कि हमारी यह भेंट गुप्त रहेगी। जो भी हमारे बीच में हस्तक्षेप करेगा, उसकी तत्काल मृत्यु हो जाएगी।"

"तथास्तु," राम ने कहा। "चूंकि हनुमान यहाँ नहीं है, इसलिए मैं लक्ष्मण को द्वारा पर खड़ा होने को कह देता हूँ जिससे कि बीच में कोई व्यवधान न उत्पन्न कर सके।"

राम ने लक्ष्मण को द्वार पर तैनात कर दिया और कहा कि कोई भी भीतर आए तो उसे मृत्युदंड दे दिया जाए। इसके बाद, उन्होंने ब्राह्मण से कहा कि वह स्वतंत्र होकर जो कहना चाहता है, कह सकता है क्योंकि अब उनके बीच में कोई व्यवधान उत्पन्न नहीं होगा।

"सुनिए राजन," काल ने कहा, "मुझे ब्रह्मा ने आपके धाम वापस ले जाने के लिए भेजा है। पृथ्वी पर आपका समय पूरा हो गया है। आपको जो कार्य करने थे, वे सब आपने पूर्ण कर लिए हैं। आप स्वयं विष्णु हैं! सनातन, अचल, सर्वव्यापी और सृष्टि के पालनहार हैं। मनुष्यों के बीच आपका समय पूरा हो गया है। अब अपने धाम लौटने का समय आ गया है।"

राम मुस्कराते हुए बोले, "मैं आपके आगमन से धन्य और आपके संदेश से प्रसन्न हुआ हूँ। मैं वैसा ही करूँगा जैसा आप कहेंगे।"

जिस समय वे लोग बात कर रहे थे, क्रोधी स्वभाव वाले ऋषि दुर्वासा वहाँ आ गए। वे तुरंत राम से मिलना चाहते थे। लक्ष्मण ने विनम्रतापूर्वक उनका मार्ग रोक लिया और उन्होंने कहा कि राम का आदेश है कि कोई भीतर न जाए क्योंकि उस समय राम किसी अन्य से व्यक्तिगत रूप से भेंट कर रहे थे। यह सुनकर दुर्वासा को क्रोध आ गया और वे चिल्लाए, "राम को तत्काल मेरे आगमन का समाचार दो, अन्यथा मैं तुम्हें, तुम्हारे भाइयों और तुम्हारे समस्त कुल एवं कोसल राज्य को शाप दे दूँगा और फिर कोई भी यह कथा सुनाने के लिए जीवित नहीं बचेगा!"

लक्ष्मण ने एक पल के लिए सोचा और फिर यह निर्णय किया कि अपने राज्य की रक्षा के लिए अपने जीवन का बलिदान देना उचित होगा, इसलिए वे भीतर चले गए और राम को ऋषि के आगमन का समाचार सुनाया। राम उन्हें देखकर बहुत भयभीत हो गए किंतु वे तत्काल सब कुछ छोड़कर ऋषि से मिलने बाहर चले गए।

उन्होंने ऋषि से विनम्रतापूर्वक पूछा कि वे क्या चाहते हैं। ऋषि ने राम को कहा कि उन्होंने अभी-अभी अपना सौ वर्ष से चल रहा उपवास समाप्त किया है, इसलिए वे भरपेट भोजन करना चाहते हैं। राम ने उनके भरपेट भोजन का प्रबंध कर दिया। दुर्वासा प्रसन्न हो गए और उन्होंने शाप देने के स्थान पर राज्य को अपना आशीर्वाद दिया और फिर अपने आश्रम लौट गए। राम को अपना वचन याद आया जो उन्होंने काल को दिया था और वे

तुरंत सिर झुकाकर भीतर गए। क्या यह उनका अंतिम यज्ञ होने वाला था? क्या उन्हें धर्म की वेदी पर अपने भाई का, अपने अंतरंग मित्र का बलिदान देना होगा?

लक्ष्मण समझ गए कि राम के दिमाग़ में क्या विचार चल रहा था। उन्होंने हँसकर कहा, "भैया! आप संकोच मत कीजिए। मुझे इसी क्षण मार दीजिए। मैं इसके लिए तैयार हूँ। मैंने सोचा कि पूरे राज्य को ऋषि का शाप लगवाने से बेहतर स्वयं मरना है। यदि आप धर्मपरायण हैं तो मुझे तत्काल मार दीजिए। अपने वचन का पालन न करने वाला नरक में जाता है। अपने पिता के वचन पूरा करने के लिए, आप राज्य का त्याग करने को तैयार हो गए थे। उसकी तुलना में मेरा क्या महत्त्व है!"

राम ने कुछ नहीं कहा। उन्होंने अपने मंत्रियों और पुरोहितों को बुलाकर उनसे परामर्श माँगा क्योंकि उन्होंने उस ब्राह्मण को वचन दिया था कि जो भी उनके बीच में बाधा उत्पन्न करेगा, उसे मार दिया जाएगा। उन्हें यह ध्यान नहीं रहा कि यह उनकी अंतिम परीक्षा थी।

पुरोहित और मंत्रीगण चुप रहे क्योंकि उन्हें पता था कि राजा के मन में कितनी पीड़ा थी। अंत में वसिष्ठ बोले, "यदि राजा अपना वचन पूरा नहीं करता तो धर्म भ्रष्ट होता है और राज्य के आदर्शों का पतन होता है। परंतु मृत्यु के स्थान पर राज्य से निर्वासित किया जा सकता है, इसलिए लक्ष्मण को निर्वासित करना आपका कर्त्तव्य है!"

लक्ष्मण सिर उठाकर निर्भय भाव से राम की आँखों में देखते रहे। राम ने लक्ष्मण की उनसे प्रेम करने वाली स्नेहमयी आँखों में देखा, उन्होंने लक्ष्मण के रूप को देखा जिसे वे बचपन से देखते आए थे और जो परछाईं की भाँति सदा राम के साथ रहता था। वे जानते थे कि अपनी छाया से अलग होकर किसी की मृत्यु नहीं होती, किंतु छाया का क्या? क्या शरीर से अलग होकर, वह भी समाप्त नहीं हो जाएगी? राम की आँखों से दर्द और लक्ष्मण की आँखों से प्रेम बह रहा था।

"इससे कुछ नहीं होता भैया," लक्ष्मण ने धीरे से कहा, "मुझे उसी कठोर भाव से जाने की आज्ञा दीजिए जिस भाव से आपने मुझे सीता को ले जाकर उन्हें वन में छोड़ने का आदेश दिया था।"

राम को बहुत पीड़ा हो रही थी। वे बार-बार बोल रहे थे, "सब समाप्त हो जाएगा, कुछ भी शेष नहीं रहेगा। समय सबसे बलवान है। समय की तेज़ धारा में सब कुछ बह जाएगा। मुझे अपना वचन पूरा करना है। मुझे केवल एक चीज़ का पालन करना है, जिसका मैंने आजीवन पालन किया है - धर्म! मेरी बार-बार परीक्षा ली गई किंतु मैं कभी उसमें असफल नहीं हुआ। मुझे अब भी असफल नहीं होना चाहिए।"

वे लक्ष्मण के सामने खड़े थे किंतु लक्ष्मण से आँखें नहीं मिला पा रहे थे। उन्होंने लक्ष्मण के सिर के ऊपर एक बिंदु पर अपनी दृष्टि को केंद्रित करते हुए पूरी तरह भावरहित आवाज़ में कहा, "मैंने सत्य और धर्म का सदैव पालन किया है और उन्हीं का सम्मान करते हुए, मैं तुम्हें सदा के लिए राज्य से निर्वासित करता हूँ। लक्ष्मण, तुम अपने अंत काल तक अब कभी कोसल राज्य में नहीं आ सकोगे!"

लक्ष्मण ने स्नेहपूर्वक अपने भाई को देखा जिनकी आज्ञा का उन्होंने सदा पालन किया

था और बोले, "प्रिय भैया, आप दुख मत कीजिए। मैंने आपको हमेशा प्रेम किया है और चुपचाप आपकी आज्ञा का पालन किया है। अब भी आपकी इच्छा का पालन होगा। मुझे जाने की अनुमति दीजिए! आप सदा प्रसन्न रहें! हम इस जीवन में फिर कभी नहीं मिलेंगे। आपसे अब स्वर्ग में भेंट होगी।"

ऐसा कहकर लक्ष्मण ने राम की तीन बार परिक्रमा की और बिना मुड़े महल के द्वार से बाहर निकल गए। वे सरयू नदी के तेज़ धारा के पास आ गए जो अयोध्या नगरी के चारों ओर वृत्ताकार में बहती थी। उनके लिए राम के बिना, जीवन की कल्पना करना कठिन था। ऐसे जीवन से मृत्यु बेहतर थी। उन्होंने उसके विषय में ऐसा विचार भी नहीं किया। वे सरयू के तट पर योग में लीन हो गए। उन्होंने अपनी प्राणवायु को रोक लिया और अपनी आत्मा को भीतर खींचकर उसे ब्रह्म में लीन कर लिया। इस तरह उन्होंने समाधि ले ली। देवराज इंद्र का रथ, विष्णु के चौथे अंश, लक्ष्मण को अपने साथ स्वर्ग ले गया जहाँ वे परमात्मा में विलीन हो गए।

उधर अयोध्या में, राम जानते थे कि लक्ष्मण उनके बिना जीवित नहीं रह सकेंगे और वे स्वयं भी उस निरर्थक जीवन को जीने के इच्छुक नहीं थे। उन्हें लगा कि अपने धार्मिक अनुशासन के प्रण पर अडिग रहने के कारण, एक-एक करके उनके प्रियजन उनसे बिछड़ते जा रहे थे। वे यही मानते थे कि जीवन एक स्वप्न है, नाटक है जिसमें उन्हें अपनी भूमिका निभाने के लिए कहा गया है। उनकी भूमिका पूर्ण हो चुकी थी। यह अंतिम दृश्य था और उन्हें पहले ही, मंच छोड़ने के लिए कहा जा चुका है। उन्होंने अपने मंत्रियों तथा पुरोहितों को बुलाकर, उन्हें अपना निर्णय बता दिया।

"मैं भरत को अयोध्या का राजा नियुक्त करता हूँ। कोसल राज्य का दक्षिणी भाग कुश का होगा तथा उत्तरी भाग लव को दिया जाएगा। मैं लक्ष्मण के पीछे जा रहा हूँ।"

भरत और शत्रुघ्न ने राम के बिना रहने से मना कर दिया और उन्होंने भी राम के साथ चलने का निर्णय कर लिया। बहुत-से नगरवासी, जिनके लिए उन्होंने अपना सर्वस्व त्याग दिया था, अपने प्रिय राजा के बिना वहाँ नहीं रहना चाहते थे। राम द्वारा संसार छोड़ने के निर्णय को सुनकर वानर, भालू तथा समुद्र-पार से विभीषण भी वहाँ आ गए और उन्होंने भी राम के साथ चलने का हठ किया। हनुमान भी नागलोक से लौट आए, जहाँ वे राम की मुद्रिका लेने गए थे।

राम ने विभीषण से कहा, "राक्षसराज! आप लंका में ही रहिए और अपना दायित्त्व पूरा कीजिए। धर्म के मार्ग पर शासन कीजिए। धरती पर जब तक लोग मुझे याद रखेंगे, तब तक आपका शासन भी चलेगा।"

वीर जांबवंत को देखकर राम बोले, "हे विवेकशील जांबवंत! आप यदुकुल में कृष्ण के रूप में मेरे वापस आने तक पृथ्वी पर रहेंगे। उस समय तक, आपकी पराजय नहीं होगी। आप जिस समय किसी से पराजित हो जाएँगे, तब आपको पता लग जाएगा कि मैं वापस आ चुका हूँ।"

राम ने शेष लोगों से कहा, "जो लोग मेरे साथ चलना चाहते हैं, वे आ सकते हैं।

इस दिन आप सब मेरे साथ स्वर्ग में प्रवेश कर सकेंगे।"

"मेरा क्या होगा?" हनुमान ने अश्रुपूरित नेत्रों से पूछा।

"आयुष्मान भव, हनुमान! जहाँ भी मेरी कथा होगी, जहाँ भी मेरा नाम स्मरण किया जाएगा, उसे सुनने के लिए तुम वहाँ उपस्थित रहोगे। सूर्य और चंद्रमा के रहने तक, जब तक पृथ्वी पर लोग रहेंगे, यह कथा कही जाती रहेगी और तुम उसे सुनने के लिए यहाँ रहोगे!"

अयोध्या के अधिकतर लोग प्रेम व निष्ठापूर्वक राम के साथ चले गए। यहाँ तक कि गाएँ, बकरियाँ, हाथी, वानर और भालू समेत पशु-पक्षी भी उनके साथ चले गए। अयोध्या की सड़कों पर पड़े पत्थर रोने लगे क्योंकि वे उनके साथ नहीं जा सकते थे। मार्ग के वृक्षों ने झुककर राम के सिर का स्पर्श किया। जो भी प्राणी चल-फिर सकता था अथवा नाच या लड़खड़ा सकता था, वह राम के साथ चला गया। पूरा जुलूस, अयोध्या के चारों ओर चाँदी-से कमरबंद के समान बहती पावन सरयू नदी के पास पहुँच गया। वहाँ सुमंत्र लाल रंग के चार अश्वों के साथ खड़ा था और उसने अश्वों को रथ से अलग कर दिया था। निषादराज गुह्य भी वहाँ उपस्थित था। राम सभी लोगों के साथ नदी के बर्फ़ीले पानी में उतर गए। धीरे-धीरे पानी की धारा आशीर्वाद के समान उनके सिर के ऊपर से बहने लगी।

हनुमान, तट पर परमानंद में डूबे आँखें मूँदे खड़े थे। तभी स्वर्ग का द्वार खुला और आकाश से पुष्प वर्षा होने लगी।

ब्रह्मा ने कहा, "हे विष्णु! अपने धाम में आपका स्वागत है। आप सब जीवों की आत्मा हैं - आप अजर, अमर और सनातन हैं। माया के इस रूप को त्यागकर अपने स्वरूप को प्राप्त कीजिए।"

उनकी बात समाप्त होते ही, जल में से भगवान विष्णु अपने अत्यंत मनोहर रूप में प्रकट हो गए। उनके हाथों में चक्र, शंख, गदा और पद्‌म सुशोभित हो रहे थे। जो लोग उनके साथ गए थे, वे सब भी दिव्य रूप में जल से बाहर प्रकट हो गए और मख़मली सांध्यप्रकाश में ब्रह्मांड की संगीत लहरियों के बीच, स्वर्ग की ओर प्रस्थान कर गए।

राम के अपने धाम लौट जाने के बाद, चौबीस हज़ार श्लोक पूरे हो गए। उधर, वीरान पड़ी अयोध्या नगरी में लव और कुश ने अदृश्य श्रोताओं के समक्ष महाकाव्य के अंतिम पद्यांश गाकर आदि कवि वाल्मीकि द्वारा रचित आदि काव्य *रामायण* का समापन कर दिया।

*अंत काल रघुबर पुर जाई।*
*जहाँ जन्म हरि-भक्त कहाई।।*

—तुलसीदास कृत *हनुमान चालीसा*

ॐ *श्री हनुमते नमः*

ॐ

*सत्यवचाय नमः*

# अध्याय 33

# तपस्वी

## द्वापर युग

*श्री राम रामेति रामेति रमे रामे मनोरमे।*
*सहस्रनाम तत्तुल्यं रामनाम वरानने।।*

राम नाम का जाप भगवान विष्णु के सहस्र नाम जपने के बराबर है।

सीता की भविष्यवाणी के अनुसार, हनुमान को राम का इस पृथ्वी से प्रयाण देखना पड़ा और उसके बाद होने वाली हृदय-विदारक पीड़ा को भी झेलना पड़ा। उसके बाद, वे हिमालय पर्वत में अपने वन्य आवास में लौट गए। समय के साथ उन्हें अपने सभी मित्रों व प्रियजनों की मृत्यु का समाचार मिलता रहा – उनकी माता, सुग्रीव, अंगद, विभीषण, लव और कुश। यही उनके चिरंजीवी होने का मूल्य था! परम सत्य को अनुभव करने हेतु वे पूरा समय हिमालय शिखर पर ध्यान में लीन रहे। उन्हें सीता द्वारा दिया गया परामर्श याद आया।

"राम पुरुषोत्तम हैं, सनातन हैं और सीता प्रकृति एवं ब्रह्मांडीय तत्व और जगत के स्वरूप की अभिव्यक्ति हैं। उन दोनों के मिलने से ही समूचा ब्रह्मांड बना है।" वे तत्व के अनंत रूपांतरण – जन्म व मृत्यु, सुख और दुख, अभिलाषा और निराशा, मिलन तथा विरह के साक्षी बने। इस समस्त परिवर्तन के मध्य वे आत्मा की निश्शब्दता में स्थिर बने रहे।

उन्हें ऐसा महसूस हुआ कि उन्हें अपने स्वामी के गौरवमयी चरित्र को, जिसे उन्होंने स्वयं देखा है, लिपिबद्ध करना चाहिए। जिस पर्वत शिखर के नीचे उनकी गुफा थी, वह चमकते हुए स्फटिक की सिल्लियों से बनी हुई थी। वे अपने हीरे के समान तेज़ नाख़ूनों से राम की कथा को उन पत्थरों पर उत्कीर्ण करने लगे। उन्होंने संस्कृत भाषा में अपने स्वामी व भगवान राम के गौरवशाली कर्मों को अपने ढंग से लिखना आरंभ कर दिया। उन्होंने उस कथा को बड़ी मेहनत से अपने नाख़ूनों से उन शिलाओं पर दर्ज किया। यह कार्य बहुत समय तक चलता रहा और उस कथा की गूढ़ता में खोए हनुमान को समयावधि का भान ही नहीं रहा।

एक दिन वाल्मीकि को पता लगा कि हनुमान ने शिलाओं पर नाख़ूनों से खोदकर राम के चरित्र को लिखा है। वे स्वयं उसे देखने के लिए उत्सुकतावश हिमालय पर्वत पर गए जहाँ हनुमान इस कार्य में लगे हुए थे। हनुमान निस्संदेह राम के जीवन की अधिकांश घटनाओं के साक्षी थे, किंतु क्या वे कवि भी थे? वाल्मीकि ने हनुमान से यह पूछा कि क्या सचमुच उन्होंने अपनी अलग *रामायण* तैयार की है। हनुमान, वाल्मीकि को अपने साथ ले गए और उन्हें एक शिला पर बैठा दिया जहाँ से वे उनकी लिखी *रामायण* को पढ़ सकते थे। वाल्मीकि उन शिलाओं को ऊपर से नीचे देखते हुए, हनुमान की लिखी राम कथा पढ़ते गए। उन्हें ठीक से पढ़ने के लिए वाल्मीकि को कई बार उन शिलाओं पर चढ़ना-उतरना पड़ा। वे उन्हें पढ़ते हुए कभी हँसने लगते तो कभी उनकी आँखों में आँसू आ जाते थे। हनुमान की असीम शक्ति और उनकी निष्ठा के अद्भुत विवरण को पढ़कर भावुक हो गए। वह निश्चय ही, प्रेम से प्रेरित उत्कृष्ट श्रेणी का कार्य था। उनके चेहरे पर ख़ुशी और उदासी के भाव आ-जा रहे थे। वे प्रसन्न इसलिए थे क्योंकि उन्हें कला के उस अत्युत्तम कार्य को पढ़ने का सौभाग्य प्राप्त हुआ था और उन्हें दुख इस बात का था कि हनुमान की *रामायण* उनके द्वारा लिखित *रामायण* से निस्संदेह श्रेष्ठ थी।

हनुमान ने विनम्रतापूर्वक उनकी उदासी का कारण पूछा। "हे महर्षि! क्या इसमें कुछ भूल हुई है? क्या मेरे काव्य में त्रुटियाँ अधिक हैं?"

वाल्मीकि ने हनुमान से कहा, "यह निश्चय ही शानदार कृति है। प्रत्येक छवि, प्रत्येक शब्द जीवंत एवं निष्ठा से परिपूर्ण है। इसकी किसी से न बराबरी है और न भविष्य में हो सकती है। मेरी कृति का, जो मैंने बारह वर्ष की लंबी अवधि में तैयार की थी, आपकी इस शानदार रचना से कोई मुक़ाबला नहीं है और इसलिए, मेरी रचना की सदा निंदा की जाएगी।"

एक पल के लिए हनुमान चकित रह गए, और फिर बोले, "क्या आप केवल इतनी सी बात से परेशान हैं?" उन्होंने वे शिलाएँ तत्काल तोड़ डालीं जिनके ऊपर उन्होंने रामकथा लिखी थी। इसके बाद, उन्होंने उन शिलाओं को अपने एक कंधे पर और महर्षि को दूसरे कंधे पर उठा लिया तथा समुद्र की ओर उड़ चले। समुद्र के बीच में पहुँचकर हनुमान ज़ोर से बोले, "ये प्रभु के चरणों में मेरी ओर से भेंट है!" ऐसा कहकर, उन्होंने वे शिलाएँ समुद्र में फेंक दीं। उनके गिरने से सागर में विशाल लहरें उठीं और फिर वे शिलाएँ समुद्र की गहराइयों में समा गईं। महर्षि वाल्मीकि, शर्म और ग्लानि से भरे, मूक बने देखते रह गए। उन्होंने सोचा, "बेहतर होता, यदि हनुमान ने मुझे समुद्र में फेंककर उस शानदार कथा को बचा लिया होता!"

हनुमान निश्चिंत और प्रसन्न दिखाई दे रहे थे। उसके बाद, उन्होंने वाल्मीकि को एक पल में उनके आश्रम पहुँचा दिया। "आप बिलकुल चिंता न करें," हनुमान ने कहा, "वह सब तो मैंने अपना समय काटने के लिए किया था!"

*रामायण* की कथा, त्याग पर आधारित है और हनुमान के व्यक्तित्व का यह पक्ष उनकी वाक्कला से कहीं अधिक महत्त्वपूर्ण माना जाता है। उनकी निस्वार्थ व करुणामयी निष्ठा, कथा सुनाने में नहीं, अपितु सदा अपने स्वामी के प्रति थी और इसीलिए उन्होंने

एक कवि के आहत स्वाभिमान को बचाने के लिए अपनी उत्कृष्ट कृति पानी में डुबो दी। वह प्रथम और सर्वश्रेष्ठ *रामायण* थी, जिसे *हनुमद् रामायण* कहा जाता है, जो मूल वेद की भाँति लुप्त हो गई और फिर टुकड़ों में प्राप्त हुई।

हनुमान ने वाल्मीकि को प्रणाम किया। महर्षि ने उन्हें आशीर्वाद देते हुए भविष्यवाणी की, "हे वायुपुत्र! मैं अगले युग में फिर से जन्म लेकर आपकी सेवा करूँगा। मैं आपकी स्तुति गाऊँगा और अन्य लोगों को भी उसकी शिक्षा दूँगा। मैं आपकी कही हुई कथा को आम लोगों की भाषा में फिर से कहूँगा ताकि सब लोग उसे समझ सकें।"

हनुमान ने मुस्कराकर कहा, "जय श्री राम!"

कहते हैं, संत तुलसीदास, जिन्होंने *रामचरितमानस* की रचना की, कोई अन्य नहीं बल्कि महर्षि वाल्मीकि ही थे, जिन्होंने अपनी इच्छा पूरी करने के लिए फिर से जन्म लिया।

कहते हैं, बाद में कालिदास के समय एक शिला बहकर तट पर आ गई थी और उसे सार्वजनिक स्थान पर प्रदर्शित किया गया था। वह कोई विलुप्त लिपि में लिखी गई थी जिसे फिर कालिदास ने पढ़ा और बताया कि यह हनुमान द्वारा लिखित *हनुमद् रामायण* का अंश है। कालिदास ने स्वयं को अत्यंत भाग्यशाली माना कि वे कम से कम हनुमान की उस अमर कृति का एक पद्य देख पाए।

हनुमान का हृदय राम से इतना ओत-प्रोत था कि उसका संगीत के रूप में बाहर निकलना निश्चित था। उन्होंने भगवान की स्तुति में अनेक पद लिखे और उन्हें लयबद्ध किया। वे उन पदों को अपनी शक्तिशाली आवाज़ में गाते थे तो उनका स्वर हिमालय की पहाड़ियों और घाटियों में गूँजता था। पक्षी अपनी उड़ान रोक देते थे तथा पशु भी हनुमान को गाते तथा बिना श्वास लिए निरंतर राम का नाम जपते हुए सुनने के लिए रुक जाते थे।

त्रेता युग, जिसमें राम का अवतार हुआ था, बहुत समय पहले पूरा हो गया था। वास्तव में, अगले युग, द्वापर युग का भी अंत होने को था, जिसमें विष्णु ने पृथ्वी पर कृष्ण के रूप में अवतार लिया था। कृष्ण ने अपने अनेक अनुचरों का अहंकार तोड़ने के लिए हनुमान को साधन बनाया। कृष्ण की अनेक पत्नियाँ थीं, किंतु सत्यभामा को लगता था कि कृष्ण उन्हें सबसे अधिक पसंद करते थे। सत्यभामा ने यह नहीं सोचा कि कृष्ण सभी को समान रूप से प्रेम करते थे। उन्हें अपनी कोई पत्नी विशेष रूप से पसंद अथवा नापसंद नहीं थी। वह स्वयं को बहुत सुंदर समझती थी और उसने एक बार कृष्ण से पूछा कि क्या वह सीता से अधिक सुंदर नहीं है, जिनसे कृष्ण अपने पिछले अवतार में इतना प्रेम करते थे। कृष्ण का वाहन गरुड़ था और सुदर्शन चक्र उनका अस्त्र था। उन सभी को अपने ऊपर बहुत घमंड हो गया था, इसलिए कृष्ण ने उन सबको सबक़ सिखाने का निर्णय किया। इनके साथ, कृष्ण नारद मुनि और तुंबरु को भी सबक़ सिखाना चाहते थे, जो स्वयं को बहुत बड़ा संगीतज्ञ समझते थे।

एक बार, दोनों देव मुनि कृष्ण के पास आए और उनसे पूछा कि उन दोनों में सर्वश्रेष्ठ संगीतकार कौन है। कृष्ण मुस्कराए और उन दोनों को हिमालय पर जाकर हनुमान का गायन सुनने को कहा। दोनों ने उनकी बात मान ली और हिमालय पहुँच गए जहाँ

उन्होंने हनुमान को गाते सुना। मारुति ने सहज विनम्रता के साथ कहा कि उन्हें संगीत की समझ नहीं है और वे तो केवल भगवान राम की स्तुति करते हैं। परंतु उनके आग्रह करने पर, हनुमान ने अपनी वीणा उठाकर गाना आरंभ कर दिया। नारद और तुंबरु उनका गायन सुनकर मुग्ध हो गए। हनुमान के स्वर में इतनी शक्ति थी कि उनके गायन से बर्फ़ पिघलने लगी और जब उन्होंने गाना बंद किया तो वह फिर से जमकर बर्फ़ बन गई। नारद और तुंबरु ने देखा कि वे दोनों भी बर्फ़ के साथ जम गए थे। उन्होंने हनुमान से उन्हें मुक्त करवाने की प्रार्थना की।

"आप दोनों स्वयं ही क्यों नहीं गा लेते ताकि यह बर्फ़ पिघल जाए और आप मुक्त हो जाएँ?" हनुमान ने कहा।

उन्होंने बहुत प्रयास किया किंतु उनके गायन से बर्फ़ नहीं पिघली। उन्हें महसूस हुआ कि उनका स्वर अहंकार से भरा था जबकि हनुमान विशुद्ध निष्ठा से गाते थे। तब उन्हें समझ में आया कि कृष्ण ने उन्हें हनुमान के पास क्यों भेजा था।

इसी तरह, एक बार नारद अपनी वीणा बजाते हुए कृष्ण को प्रणाम करने द्वारका चले गए। नारद महान भक्त थे, इसलिए कृष्ण ने उनका सत्कार किया और पूछा कि क्या वे कृष्ण को कुछ बताना चाहते हैं।

नारद ने कहा, "मैं दरअसल, आपको यह बताने आया था कि आपके वाहन, गरुड़ ने किस प्रकार मेरा अपमान किया है। मैं इंद्र की राजसभा में गया था और वहाँ, गरुड़ को छोड़कर, सबने मुझे प्रणाम किया। उसने मुझे कहा कि वह मेरे जैसे व्यक्ति को, जो सबके लिए परेशानियाँ खड़ी करता रहता है, प्रणाम के योग्य नहीं समझता! मैंने उसे शाप नहीं दिया क्योंकि मुझे पता है कि उसने यह बात अज्ञानतावश कही है, किंतु मुझे लगा कि मुझे यह बात आपको बता देनी चाहिए क्योंकि समय आ चुका है कि गरुड़ को पाठ पढ़ाया जाए।"

कृष्ण अपने स्वाभाविक रहस्यमयी अंदाज में मुस्करा दिए क्योंकि वे जानते थे कि उनके तीनों मनपसंद लोग दंभ से भरे हुए थे और उन्हें सबक़ सिखाना आवश्यक था। उन्होंने नारद से सत्यभामा को बुलाकर लाने को कहा। नारद को बड़ा आश्चर्य हुआ और वे सोचने लगे कि सत्यभामा, जो स्वयं अहंकार के लिए जानी जाती है, क्या सहायता कर पाएगी। परंतु, उन्होंने वही किया जो उनसे कहा गया था और वे सत्यभामा के निवास पर पहुँच गए। उन्होंने किसी से कहा कि सत्यभामा को उनके आने की सूचना दी जाए। तब उन्हें बताया गया कि सत्यभामा अपने श्रृंगार में बहुत व्यस्त है और अभी उनसे नहीं मिल सकेगी। स्वाभाविक था कि नारद चिढ़ गए और उन्होंने जाकर यह बात भी कृष्ण को बताई।

"नारद, आप चिंता मत कीजिए!" कृष्ण ने सामान्य ढंग से मुस्कराते हुए कहा, "यदि वह नहीं आती तो आप हिमालय चले जाइए और हनुमान से यहाँ आने को कहिए। जैसा कि आप जानते हैं कि वे त्रेतायुग में राम के अवतार के समय से वहाँ तपस्या कर रहे हैं।"

नारद फिर दुविधा में पड़ गए कि उन्हें हनुमान के पास क्यों भेजा जा रहा था जबकि

एक बार पहले हनुमान ने नारद का घमंड तोड़ा था। परंतु वे भगवान की लीला देखना चाहते थे, इसलिए वे हिमालय पर चले गए जहाँ हनुमान ध्यान में लीन थे।

नारद ने हनुमान के निकट जाकर ज़ोर से कहा, "मुझे भगवान कृष्ण ने आपको द्वारका बुलाने के लिए भेजा है!"

हनुमान गहरे ध्यान में लीन थे और उन्होंने आँखें भी नहीं खोलीं। नारद ने अपना संदेश ज़ोर से दोहराया तो मारुति ने आँखें खोलकर पूछा, "कृष्ण कौन है? मैं इस नाम के किसी व्यक्ति को नहीं जानता।" ऐसा कहकर, हनुमान ने आँखें मूँदी और फिर से समाधि में लीन हो गए।

नारद चकित हो गए और सोचने लगे। तब उन्हें समझ में आया कि हनुमान तो राम के भक्त हैं। उन्हें तो इस बात का भी नहीं पता है कि अब द्वापर युग चल रहा है। उनका संसार से कोई संपर्क नहीं था और शायद उन्हें कृष्ण के आगमन की भी सूचना नहीं थी। नारद को एक युक्ति सूझी। वे हनुमान के निकट गए और अपनी वीणा बजाते हुए राम नाम की धुन गाने लगे। हालाँकि हनुमान ध्यान की अत्यंत गहन अवस्था में लीन थे, राम का नाम सुनकर वे उठे और अनायास ही नारद के निकट आ गए। नारद ने राम की स्तुति आरंभ कर दी और वहाँ से चल पड़े। मारुति बंद आँखों से ही नारद के पीछे चलते गए। नारद चलते-चलते द्वारका पहुँच गए और उन्होंने गाना बंद कर दिया। इसके बाद, वे कृष्ण को समाचार देने चले गए। गाना बंद हो गया तो हनुमान ने आँखें खोलीं तो स्वयं को एक सुंदर उद्यान में खड़ा देख उन्हें बहुत आश्चर्य हुआ। उन्हें लगा कि उनके साथ छल किया गया है तो उन्होंने गुस्से में उद्यान को नष्ट करना शुरू कर दिया। जब उद्यान के रक्षक उन्हें रोकने आए तो हनुमान ने उन्हें भी मार भगाया। एक वानर द्वारा उद्यान उजाड़े जाने का समाचार कृष्ण को मिला तो उन्होंने गरुड़ को बुलाया और उस वानर को भगाने का आदेश दिया।

गरुड़ उद्यान में गया तो देखा कि एक वानर उसकी ओर पीठ किए बैठा, मज़े से फल खा रहा था।

"दुष्ट!" गरुड़ चिल्लाया, "तुम कौन हो? तुमने भगवान कृष्ण का उद्यान क्यों उजाड़ा है?"

हनुमान ने बिना मुड़े उत्तर दिया, "जैसा कि तुम देख रहे हो, मैं एक वानर हूँ और वही कर रहा हूँ जो सब वानर करते हैं!" ऐसा कहकर, हनुमान ने फल खाना जारी रखा। गरुड़ इस तरह का व्यवहार देखकर क्रोधित हो गया और उसने हनुमान पर आक्रमण कर दिया। हनुमान ने फुर्ती से गरुड़ को अपनी पूँछ में लपेटा और गला दबाकर उसका दम घोंटने लगे।

गरुड़ ने किसी तरह अपनी साँस बचाकर कहा, "मुझे भगवान कृष्ण ने भेजा है।"

"वह कौन हैं?" हनुमान ने अपनी पकड़ थोड़ी ढीली करते हुए कहा, "मैं केवल भगवान राम को जानता हूँ।"

"मूर्ख, वे दोनों एक ही हैं!" गरुड़ की साँस रुक रही थी।

"हो सकता है तुम सही कह रहे हो," हनुमान बोले, "किंतु मैं केवल राम की पुकार सुनता हूँ।"

हनुमान की गरुड़ को मारने की कोई मंशा नहीं थी, इसलिए उन्होंने उसका सिर समुद्र में डुबोया और फिर उसे दक्षिणी पहाड़ पर उछाल दिया।

समुद्र का बहुत सारा पानी गरुड़ में मुँह में चला गया। कुछ देर बाद जब गरुड़ को होश आया तो वह उदास चेहरा लेकर राजदरबार में कृष्ण के पास लौट आया। उसके पंखों से पानी टपक रहा था।

"मैं देख रहा हूँ कि तुम समुद्र में नहाकर आ रहे हो!" कृष्ण ने बड़े भोलेपन से कहा।

गरुड़ भगवान के चरणों में गिर पड़ा और बोला, "वह कोई साधारण वानर नहीं है। उसने मुझे अपनी पूँछ में बाँधकर समुद्र में फेंक दिया था।"

कृष्ण ने उसे दिलासा देते हुए कहा, "वह वानर, राम भक्त हनुमान है। तुम दक्षिण में मलय पर्वत पर जाओ और उसे दोबारा बुलाकर लाओ। इस बार उससे कहना कि श्री राम तुम्हें बुला रहे हैं!"

गरुड़ को अपनी गति पर भी बड़ा गर्व था। वह हनुमान को खोजने तेज़ी से उड़ता हुआ दक्षिणी पर्वत की ओर चला गया। उसने थोड़ा घबराते हुए हनुमान को कृष्ण का संदेश दिया। हनुमान उसे सुनकर बहुत प्रसन्न हुए। उन्होंने गरुड़ को कहा कि वह आगे चले और वे उसके पीछे आ जाएँगे। गरुड़ ने सोचा, "यह वानर बलवान अवश्य है किंतु यह निश्चय ही मुझसे गति में नहीं जीत सकता! यदि यह पहुँचा भी, तो पता नहीं कब तक द्वारका पहुँच पाएगा!" यह सोचकर गरुड़ मन ही मन मुस्कराया और अगले ही पल पूरी गति से द्वारका की ओर उड़ गया।

कृष्ण ने राम के रूप में हनुमान का स्वागत करने का निर्णय किया।

उन्होंने हनुमान को प्रसन्न करने के लिए अपनी पत्नी सत्यभामा से सीता का रूप धारण करके साथ चलने को कहा। सत्यभामा को यह देखकर आश्चर्य हुआ कि कृष्ण, हाथ में धनुष-बाण लेकर पहले ही राम का रूप धारण कर चुके थे। उसके बाद, कृष्ण ने अपने सुदर्शन चक्र को बुलाया और कहा कि वह द्वार पर पहरा दे क्योंकि वे किसी महत्त्वपूर्ण अतिथि से भेंट करने वाले थे। अहंकार से भरा, सुदर्शन चक्र द्वार पर खड़ा हो गया। इस बीच, सत्यभामा को श्रृंगार पूरा करके सीता का रूप धारण करने में बहुत समय लगा।

इधर, गरुड़ से बात करने के बाद, हनुमान ने राम का स्मरण किया और अगले ही पल में द्वारका पहुँच गए। वे राजकक्ष में प्रवेश करने ही वाले थे कि सुदर्शन चक्र ने उनका मार्ग रोक लिया। हनुमान व्यर्थ बातचीत में समय नहीं गँवाना चाहते थे, इसलिए उन्होंने सुदर्शन चक्र को पकड़ा और अपने मुँह में रख लिया और बिना विलंब किए, भीतर प्रवेश कर गए। राम और सीता को प्रतीक्षा करते देखकर हनुमान को विश्वास नहीं हुआ। उन्हें देखकर हनुमान चकित रह गए। वे भागकर आगे गए और उन्हें प्रणाम किया।

"प्रभु!" वे बोले, "अब मुझे समझ में आया कि मेरा ध्यान भंग करके मुझे इस

विचित्र स्थान पर क्यों बुलाया गया है। मैं इस परमानंद से भरे क्षण का बहुत लंबे समय से प्रतीक्षा कर रहा था।" तभी कृष्ण के बाईं ओर खड़ी सत्यभामा को देखकर हनुमान बोले, "प्रभु! मेरी पूज्य माता कहाँ हैं? आपके पास खड़ी यह स्त्री कौन है? यह वैदेही जैसी तो बिलकुल नहीं है।"

यह सुनकर सत्यभामा डर गई। वह स्वयं को सीता से उत्कृष्ट समझती थी। उसका सिर लज्जा से झुक गया।

कृष्ण ने तिरछी दृष्टि से सत्यभामा को देखा और फिर आगे बढ़कर हनुमान को गले लगाते हुए बोले, "मेरे प्रिय भक्त! क्या तुम्हें पता है कि यह द्वापर युग चल रहा है। तुम्हारे राम ने इस युग में कृष्ण के रूप में अवतार लिया है।"

ऐसा कहकर भगवान ने हनुमान को अपना कृष्ण रूप दिखाया। यह देखकर हनुमान बहुत प्रसन्न हुए और कृष्ण चरणों में गिरकर प्रणाम किया तथा उनसे उद्यान को उजाड़ने के लिए क्षमा माँगी। नारद इस रोचक दृश्य को देख रहे थे। उसी समय गरुड़ भी अपने पंख फड़फड़ाता, हाँफता हुआ वहाँ आ पहुँचा। हनुमान को कृष्ण के समक्ष खड़ा देखकर, उसका सिर भी लज्जा से झुक गया।

कृष्ण ने गरुड़ पर तिरछी दृष्टि डाली और हनुमान से पूछा, "कक्ष में प्रवेश करते समय, तुम्हें किसी ने रोका था?"

हनुमान ने शर्मिंदा होते हुए कहा, "हाँ! धातु से निर्मित कोई वस्तु द्वार पर भिनभिना रही थी और उसने मुझे रोकने का प्रयास किया था। मुझे आपसे मिलने की जल्दी थी, इसलिए मैंने उससे झगड़ा नहीं किया और उसे चुपचाप अपने मुँह में रख लिया था।"

यह कहते हुए, हनुमान ने सुदर्शन चक्र को मुँह से बाहर थूक दिया। सुदर्शन चक्र, निश्चय ही, बहुत निराश हो गया था। कृष्ण ने जान-बूझकर दूसरी ओर देखा ताकि उन तीनों को अधिक शर्मिंदा न होना पड़े। वे तीनों स्वयं को कृष्ण का नज़दीकी मानकर घमंडी हो गए थे और उन्हें सबक़ सिखाना आवश्यक था।

कृष्ण ने हनुमान से कहा, "हनुमान, मैंने संसार में एक बार फिर धर्म की स्थापना के लिए अवतार लिया है। इसके लिए मैंने कुरु वंश के पांडवों को चुना है। वे कुल पाँच भाई हैं और उनमें से दूसरा, जिसका नाम भीम है, वायुदेव का पुत्र होने के कारण तुम्हारा भी भाई है। उन्हें राज्य से निर्वासित कर दिया गया है और वे शीघ्र ही हिमालय पर पहुँचेंगे। तुम्हें भीम और अर्जुन से मिलने का अवसर मिलेगा। तुम्हें धर्मयुद्ध में उनकी सहायता के लिए पुकारा जाएगा। कुरुक्षेत्र की रणभूमि में हमारी फिर से भेंट होगी!"

हनुमान ने कृष्ण से आज्ञा ली और वे अपने पर्वतीय दुर्ग पर लौट आए।

कृष्ण ने गरुड़ पर हाथ रखा और उसे उठाया। उन्होंने निकट खड़े नारद मुनि को हास्य-भरी दृष्टि से देखा।

गरुड़ ने लज्जा से अपना सिर झुका लिया और नारद से उनका अपमान करने के लिए क्षमा माँगी।

"प्रभु!" गरुड़ बोले, "मैं समझ गया कि यह सब आपकी लीला है और आप मुझे सबक़ सिखाना चाहते थे कि मैं आपके भक्तों के साथ कभी दुर्व्यवहार न करूँ। मैं अब जान गया हूँ कि नारद आपके सर्वश्रेष्ठ भक्तों में से एक हैं!"

इस बीच, सुदर्शन चक्र भी समझ गया कि उसका घमंड तोड़ने के लिए भगवान ने यह लीला रची थी। वह भी बहुत लज्जित महसूस कर रहा था। कृष्ण ने फिर सत्यभामा को देखा किंतु वह उनसे आँखें नहीं मिला पाई और सिर झुकाकर नीचे देखने लगी। उसे समझ में आ गया कि उसका सौंदर्य, जिसका उसे बहुत घमंड था और जिसके सहारे वह सोचती थी कि कृष्ण को अपना दास बना लेगी, सीता के सौंदर्य के सामने कुछ नहीं था! उसे धीरे-धीरे अपने स्वामी की प्रभुता समझ में आ गई थी और यह भी समझ में आ गया था कि कृष्ण सर्वश्रेष्ठ हैं और वे किसी के दास नहीं हैं!

इन तीनों से संबंधित एक अन्य कथा है जिसमें हनुमान को इस तीनों का अहंकार तोड़ने का दायित्त्व मिलता है। कृष्ण की पत्नी सत्यभामा ने हिमालय में स्थित राम के पावन उद्यान से पुष्प लाने की माँग की। उस उद्यान की रक्षा हनुमान करते थे। कृष्ण ने पुष्प लाने गरुड़ को भेजा। वहाँ उसे हनुमान ने प्रवेश करने से रोक दिया।

"ये पुष्प केवल राम और सीता के लिए हैं!" हनुमान ने कहा।

गरुड़ ने हनुमान की बात पर ध्यान नहीं दिया और पुष्प लेने के लिए ज़बरदस्ती उद्यान में घुस गया। हनुमान ने गरुड़ को पकड़कर अपनी काँख में दबा लिया और वे इतनी तेज़ी से उड़कर द्वारका गए कि उनकी तीव्र चाल से तूफ़ान आ गया जिससे नगरवासी घबरा गए। हनुमान को हवा में उड़ता देखकर उन्हें लगा कि वह कोई राक्षस है। वे सब भागकर कृष्ण के पास गए और उनसे रक्षा करने की प्रार्थना की। हालाँकि कृष्ण जानते थे कि वह कौन है, किंतु उन्होंने हनुमान को रोकने के लिए अपना सुदर्शन चक्र छोड़ दिया। हनुमान ने चक्र को अपनी दूसरी कांख में दबा लिया और महल की छत पर उतर गए। कृष्ण ने लोगों को बताया कि वे रामभक्त हनुमान हैं और यदि उन्हें शांत नहीं किया गया तो वे द्वारका को भी उसी तरह नष्ट कर देंगे जैसे उन्होंने लंका को ध्वस्त किया था। कृष्ण ने सत्यभामा को सीता की तरह वस्त्र पहनने के लिए कहा, किंतु जब सत्यभामा ने तैयार होने में बहुत समय लगाया तो कृष्ण ने रुक्मिणी को सीता का रूप धारण करने के लिए कह दिया। रुक्मिणी ने तुरंत आँखें बंद करके कृष्ण से प्रार्थना की और उनसे पिछले युग में अपनी पत्नी जैसा रूप धारण करने की अनुमति माँगी। रुक्मिणी ने सिद्ध कर दिया कि वे सीता का सच्चा प्रतिरूप हैं।

कृष्ण ने भी राम का रूप धारण कर लिया और फिर दोनों हनुमान के पास गए। हनुमान ने उन्हें देखते ही प्रणाम किया तथा उनके चरणों में पुष्प अर्पित कर दिए।

कृष्ण ने मारुति का स्वागत किया और शरारती ढंग से उनसे पूछा कि उन्होंने कांख में क्या छिपा रखा है।

मारुति ने उत्तर दिया, "मेरे स्वामी के उद्यान में एक पक्षी आया था और वह पुष्प तोड़ने की कोशिश कर रहा था और जब मैं वहाँ पहुँचा तो एक धातु निर्मित पहिए ने मुझे

रोकने का प्रयास किया, इसलिए मैंने उन दोनों को अपनी कांख में दबा लिया।"

यह कहते हुए, हनुमान ने गरुड़ और चक्र को मुक्त करके कृष्ण के सामने रख दिया। दोनों का अहंकार चूर हो गया और वे शर्मिंदा होकर सिर झुकाए खड़े हो गए। इस बीच, सत्यभामा को पता लगा कि रुक्मिणी ने अत्यंत सरलता से सीता का रूप धारण कर लिया था। उसे यह भी समझ में आ गया कि यह सारा नाटक भगवान ने उसका दंभ तोड़ने के लिए रचा था।

*जो सत बार पाठ कर सोई।*
*छूटहि बंदि महा सुख होई।।*

—तुलसीदास कृत *हनुमान चालीसा*

ॐ *श्री हनुमते नमः*

ॐ

*वीराय नमः*

## अध्याय 34

# भीम

## महाभारत

*तव माया बस फिरउँ भुलाना।*
*ताते मैं नहिं प्रभु पहिचाना।।*

*आपकी माया के वशीभूत,*
*मैं, जीव, तो अपनी प्रकृति भी भूल गया हूँ*
*इसलिए, हे प्रभु, मैं आपको*
*मानव रूप में पहचान नहीं पाया।*

—तुलसीदास कृत *रामचरितमानस*

चिरंजीवी होने के कारण, हनुमान अनेक युगों तक जीवित रहे। उनका जन्म त्रेता युग में हुआ था और उसके बाद द्वापर युग आया। त्रेता में राम के रूप में अवतार लेने वाले भगवान विष्णु ने द्वापर में कृष्ण के रूप में फिर से अवतार लिया। कृष्ण की भविष्यवाणी के अनुसार, हनुमान ने द्वापर युग में अनेक जगह अपनी भूमिका निभाई और उन्हें पांडवों की रक्षा करने का अवसर भी मिला।

*भगवद्गीता* में कृष्ण ने कहा कि जब भी संसार में धर्म का पतन होगा, वे धर्म की रक्षा हेतु अवतार लेंगे और धर्म का पालन न करने वालों को दंड देंगे। अधर्म के विरुद्ध होने वाले युद्ध में, कृष्ण ने पांडवों का साथ दिया, जो उस समय शासन कर रहे कुरुवंश के वंशज थे। वे कुल पाँच थे और उन सबमें विलक्षण गुण थे। उनमें ज्येष्ठ युधिष्ठिर था जो कुरु राजसिंहासन का असली उत्तराधिकारी था। दूसरा भीम, तीसरा अर्जुन, तथा नकुल व सहदेव चौथे और पाँचवें थे। उनके चचेरे भाई तथा ज्येष्ठ पिता के पुत्र, संख्या में एक सौ थे, किंतु वे पांडवों को मार डालना चाहते थे ताकि उनसे सिंहासन का राज्याधिकार छीना जा सके। महर्षि व्यास द्वारा रचित *महाभारत,* पांडवों और कौरवों के बीच हुए युद्ध का कारण बनी घटनाओं की कथा है। इस युद्ध में कृष्ण ने पांडवों का साथ दिया और कौरवों को, जो संख्या में अधिक थे, पराजित कर दिया। *भगवद्गीता* युद्ध के आरंभ से

पूर्व कृष्ण द्वारा अर्जुन को दिया गया उपदेश है और यह हिंदू धर्म का सर्वश्रेष्ठ धार्मिक ग्रंथ माना जाता है।

प्रत्येक पांडव का जन्म किसी न किसी देवता से हुआ था। भीम, जो पाँचों में सबसे बलशाली था, वायुदेव का पुत्र था। इस दृष्टिकोण से, "वायु-पुत्र" होने के कारण हनुमान, भीम के भाई थे।

उन पाँचों भाइयों को जुए के खेल में छल से हराया गया था और उन्हें कौरवों द्वारा चौदह वर्ष के लिए वन में निर्वासित कर दिया गया था। इस बीच, अर्जुन, भगवान शिव को प्रसन्न करने और उनसे वरदान में दिव्यास्त्र प्राप्त करने के उद्देश्य से हिमालय के उच्च शिखरों पर कठोर तप करने चला गया। शेष चारों भाई, अपनी पत्नी द्रौपदी के साथ अर्जुन के पीछा करते हुए बहुत दूर निकल गए। उन्हें इस संकट भरे मार्ग पर लोमश ऋषि ले गए थे, जहाँ तेज़ हवाएँ चलती थीं और तूफ़ान आते रहते थे। ऐसे ही एक तूफ़ान के दौरान, द्रौपदी मूर्छित हो गई। युधिष्ठिर वहाँ से लौटना चाहता था, किंतु भीम ने आगे बढ़ने पर ज़ोर दिया और उसने अपने राक्षस-पुत्र घटोत्कच को बुलाया। वह थके हुए पांडवों को वायु-मार्ग से, नर व नारायण के निवास बद्रिकाश्रम ले गया। यहाँ उन्होंने छह दिन विश्राम किया। यहीं द्रौपदी ने सहस्त्र पत्तियों वाले कमल का फूल देखा जो हवा से बहता हुआ दूर जा रहा था। उस फूल के दिव्य सुगंध से द्रौपदी मोहित हो गई और उसने भीम को वैसे ही कमल पुष्प लाने के लिए कहा।

भीम सदा ही द्रौपदी की इच्छा पूर्ण करने को तत्पर रहता था। वह शोर करता हुआ, अपनी गदा से पेड़-पौधों को तोड़ता, वन के बीच से जा रहा था। उसने ज़ोर से अपना शंख बजाया और पहलवानों की भाँति अपनी जाँघ पर थपकी दी। हनुमान उसी वन में रहते थे। उन्होंने जब यह हलचल सुनी तो अपने भाई का दंभ तोड़ने का निर्णय किया।

काफ़ी दूर चलने के बाद, भीम एक ऊँची पहाड़ी पर चढ़ गया और उसने एक बहुत सुंदर केले का बाग देखा जो अनंत तक फैला हुआ था। वह उन्मत्त हाथी के समान उस बाग को रौंदने लगा और वृक्षों को उखाड़ने और तोड़ने के कारण वहाँ के सभी पशु-पक्षी घबराकर भागने लगे। सहसा, मार्ग के बीचोंबीच, भीम ने लाल आँखों वाले एक विशाल और सुनहरे वानर को देखा जो आराम से केले खा रहा था। भीम के चलने से हो रही हलचल को सुनकर वानर ने अपनी पूँछ को ज़मीन पर पटका जिससे ज़ोरदार गर्जना हुई। भीम ने भी यह आवाज़ सुनी और उसने इसे चुनौती समझ लिया। वह आगे बढ़ा और शीघ्र ही मार्ग के बीच में लेटे हुए वानर के सामने आ खड़ा हुआ।

"उनकी छोटी, किंतु मोटी गर्दन, उनके बँधे हुए हाथों के ऊपर टिकी हुई थी, नितंबों से ऊपर उनकी कमर विशाल व चौड़े कंधों के नीचे पतली थी और वे हाथ में पताका लिए दमक रहे थे। उनकी लंबे बालों वाली सीधी पूँछ छोर पर थोड़ी मुड़ी हुई थी। उनका चेहरा चंद्रमा के समान दीप्तिमान था और उनके लाल होंठ, ताम्र जैसी लाल जिह्वा, गुलाबी कान, तीखी भँवें थी और मुख में शानदार सफ़ेद दाँत चमक रहे थे। उनकी गर्दन पर भारी बाल वाली अयाल, पल्लवित अशोक गुच्छ की भाँति लहरा रही थी। वे केले के सुनहरे वृक्षों के मध्य दहकती अग्नि के समान देदीप्यमान हो रहे थे और मधु के समान पीले व निर्भय नेत्रों

से देख रहे थे।" *महाभारत* में व्यास ने हनुमान का यही विवरण दिया है।

हनुमान ने भीम को वन के प्राणियों के प्रति लापरवाह होने के लिए फटकारा, किंतु घमंडी भीम ने हनुमान से कहा कि वे उसका मार्ग छोड़कर एक तरफ़ हो जाएँ अन्यथा उन्हें भी उसके क्रोध का सामना करना पड़ेगा। हनुमान ने कहा कि वे अत्यंत दुर्बल और बूढ़े हैं इसलिए भीम यदि चाहे तो उनके ऊपर से कूदकर आगे जा सकता है।

भीम ने विरोध करते हुए कहा, "मैं मानता हूँ कि सभी प्राणियों में, ईश्वर का वास होता है। तुम्हारे जैसे वृद्ध एवं शक्तिहीन वानर में भी उनका वास है, इसलिए मैं यह काम नहीं करूँगा। अन्यथा, मैं तुम्हारे ऊपर से उसी सहजता से कूद जाता जैसे हनुमान समुद्र के ऊपर से कूदकर लंका चले गए थे।"

वृद्ध वानर की आँखों में एक पल के लिए चमक आ गई और फिर उन्होंने दुर्बल स्वर में पूछा, "हनुमान! वह कौन है?"

भीम ने निंदनीय ढंग से उत्तर दिया, "सभी जानते हैं कि हनुमान, भगवान राम के अनन्य भक्त थे। वे वायु-पुत्र होने के नाते मेरे भी भाई हैं! मैं पांडवों में दूसरा भाई भीम हूँ। दैत्य मेरे नाम से काँपते हैं और कवियों ने मेरे अदम्य बल पर कविताएँ लिखी हैं। इससे पहले कि मैं तुम्हें लात मारकर एक तरफ़ कर दूँ, तुम मेरे मार्ग से हट जाओ।"

हनुमान पर इस बात का कोई प्रभाव नहीं पड़ा और वे आराम से केला छीलने लगे। उन्होंने दुर्बल अवाज में कहा, "मैं बहुत थका हुआ हूँ और हिल नहीं सकता, किंतु यदि तुम चाहो तो मेरी पूँछ को खिसकाकर आगे जा सकते हो। यदि तुम्हें लगता है कि तुम ऐसा नहीं कर सकते तो एक केला खा लो, क्योंकि इससे तुम्हें बल मिलेगा!"

यह सुनकर भीम को क्रोध आ गया लेकिन वह पूँछ को लांघना या उसे छूना नहीं चाहता था, इसलिए उसने सोचा कि वह अपनी गदा से पूँछ को थोड़ा-सा उठाकर उसे और वानर को हवा में उछल देगा! उसने जब अपनी गदा को पूँछ के नीचे डाला तो उसे बड़ा आश्चर्य हुआ क्योंकि वह पूँछ लौह के समान कठोर थी। उसने जब झुककर पूँछ को उठाने का प्रयास किया तो वह स्वयं ही लड़खड़ा गया। उसने कई बार प्रयास किया। उसके चेहरे से पसीना टपकने लगा और माथे की नसें फूल गईं। तब उसे एहसास हुआ कि वह कोई साधारण वानर नहीं, अपितु कोई शक्तिशाली जीव है, जो उससे भी अधिक बलशाली है। उसका अहंकार चूर-चूर हो गया और वह हाथ जोड़कर वानर के समक्ष खड़ा हो गया। उसने वानर से उसकी पहचान बताने को कहा।

"आप निश्चित रूप से कोई साधारण वानर नहीं हैं, अपितु वानर के रूप में कोई देवता हैं। कृपया मुझे अपना नाम बताएँ।"

हनुमान खड़े हो गए और बोले, "मैं वायु-पुत्र हनुमान हूँ और तुम मेरे भाई हो। मैं यहाँ लेटकर तुम्हारी प्रतीक्षा कर रहा था क्योंकि मैं तुमसे मिलना चाहता था।"

यह सुनकर भीम बहुत प्रसन्न हुआ और दोनों भाई बड़े प्रेम से एक-दूसरे के गले लग गए। भीम ने हनुमान को बताया कि बचपन से वे उसके आदर्श रहे हैं और वह उन्हें देखना चाहता था। दोनों भाई फिर से गले लगे और तब हनुमान ने भीम से वन में घूमने

का कारण पूछा। भीम ने उन्हें बताया कि वह अपनी पत्नी द्रौपदी के लिए दिव्य सुगंधित पुष्प लेने आया है।

हनुमान बोले, "उस तरह के सुनहरे कमल-पुष्प यक्षराज कुबेर के सरोवर में खिलते हैं। वहाँ उनकी सुरक्षा की जाती है। उन पुष्पों को प्राप्त करने तुम्हें उनसे लड़ना पड़ सकता है।"

भीम ने उत्तर दिया, "मैं द्रौपदी के लिए पुष्प लाने के लिए किसी से भी लड़ सकता हूँ। मुझे विश्वास है कि आपके आशीर्वाद से मैं अवश्य सफल होऊँगा!" हनुमान ने भीम को आशीर्वाद दिया और कहा कि वह सरोवर पर जाकर उनका नाम लेगा तो वहाँ के प्रहरी यक्ष उसे ख़ुशी-ख़ुशी, जितने उसे चाहिए, उतने पुष्प दे देंगे।

भीम ने एक अन्य प्रार्थना की। "मैंने सदा आपके युवा रूप में कल्पना की है, जब आपने सीता को खोजने के लिए समुद्र पार किया था। कृपया मुझे दिव्य दृष्टि दीजिए कि मैं आपका वह रूप देख सकूँ।"

हनुमान ने कहा, "मेरा वह रूप त्रेता युग का है और अब द्वापर युग चल रहा है। हालाँकि मैं अमर हूँ किंतु मुझे वर्तमान युग के मानदंडों के अनुसार चलना पड़ता है। इसके अतिरिक्त, यदि मैं वह रूप धारण कर भी लूँ, जो मैंने समुद्र लांघते समय धारण किया था, तो तुम उसे सहन नहीं कर पाओगे।"

भीम फिर भी विनती करता रहा और अंत में हनुमान को उसकी बात माननी पड़ी। वह बात समाप्त होने से पूर्व, हनुमान ने वृद्ध और सफ़ेद दाढ़ी वाले वानर से अपना रूप बदलकर युवा और आकर्षक वानर का रूप धारण कर लिया। फिर उन्होंने अपना आकार बढ़ाना आरंभ कर दिया और वे भीम के सामने इतने ऊँचे हो गए कि उनका सिर आकाश को छूने लगा। भीम को हनुमान का सिर दिखाई नहीं दे रहा था क्योंकि वह सूर्य की भाँति चमक रहा था। भीम उस आभा को सहन नहीं कर पाया। उसने हनुमान के चरणों मे प्रणाम किया और उनसे अपने पहले वाले आकार में लौटने की विनती की। हनुमान अपने सामान्य आकार में आ गए और उन्होंने भीम को आशीर्वाद दिया तथा अकारण हिंसा से बचने का सुझाव दिया। उन्होंने भीम को कुबेर के सरोवर का रहस्य बताया और उसे वरदान भी दिया। हनुमान ने भीम से कहा कि यदि वह चाहे, तो वे कौरवों को मारकर पांडवों को उनका राज्य लौटा सकते हैं। भीम ने कहा कि सिर्फ़ उनसे भेंट हो जाने से ही उसे अपने सफल होने का विश्वास हो गया है। हनुमान ने युद्ध के दौरान अर्जुन और भीम का साथ देने का वचन दिया। यह कहकर, हनुमान अंतर्ध्यान हो गए। हनुमान से ज्ञान और अनुशासन का पाठ पढ़ने के बाद भीम सरोवर की ओर चल पड़ा और बिना किसी परेशानी के द्रौपदी के लिए पुष्प लेकर लौट आया।

हनुमान की पांडवों के मंझले भाई अर्जुन से भेंट पर भी एक रोचक कथा है। भगवान कृष्ण ने अर्जुन को कुरुक्षेत्र की रणभूमि में *भगवद्गीता* का उपदेश दिया था। *महाभारत* के युद्ध के समय अर्जुन की पताका पर स्वयं हनुमान विराजमान थे। इस घटना से जुड़ी एक रोचक कथा मिलती है।

चौदह वर्ष के वनवास के दौरान, अर्जुन तपस्या करने हिमालय पर्वत पर चला गया ताकि भगवान शिव को प्रसन्न करके उनसे दिव्यास्त्र प्राप्त कर सके क्योंकि वह जानता था पांडवों और कौरवों के मध्य युद्ध होना निश्चित था। एक दिन, वन में घूमते हुए अर्जुन ने एक विलक्षण वानर को देखा जो पेड़ के नीचे बैठकर तपस्या कर रहा था। वह वानर को देखकर चकित रह गया और उसके निकट बैठकर उसकी आँखें खोलने की प्रतीक्षा करने लगा। वानर ने जब आँखें खोलीं तो अर्जुन ने उससे पूछा कि वह कौन है और वहाँ तपस्या क्यों कर रहा है।

वानर ने उत्तर दिया, "वानर का स्वाभाविक आवास वन होता है। मैं भगवान राम का दास हनुमान हूँ। क्या अब तुम अपना परिचय दोगे?"

अर्जुन ने हनुमान के चरण छुए और कहा, "यह मेरा सौभाग्य है कि मेरी आपसे भेंट हुई। मैं पांडवों का मंझला भाई अर्जुन हूँ और यहाँ तपस्या करके भगवान शिव को प्रसन्न करने और उनसे दिव्यास्त्र प्राप्त करने आया हूँ। यह बहुत अच्छी बात है कि आपसे मिलना हो गया क्योंकि भगवान राम को लेकर मेरे मन में एक संदेह है। मैंने सुना है कि भगवान राम एक श्रेष्ठ धनुर्धर थे, तो मुझे यह सोचकर आश्चर्य हो रहा था कि उन्होंने समुद्र पर बाणों का सेतु न बनाकर वानरों की सहायता से पत्थरों का पुल क्यों बनाया।"

हनुमान ने अर्जुन के प्रश्न में छिपे अहंकार को पढ़ लिया। वह स्वयं को श्रेष्ठ धनुर्धर सिद्ध करना चाहता था। हनुमान ने उत्तर दिया, "मेरे स्वामी के लिए बाणों का पुल बनाना अधिक सरल था, किंतु ध्यान रखो कि उसके ऊपर से सैकड़ों विशालकाय वानरों को पार होना था और इस बात पर संदेह था कि वह पुल उन सबका भार उठा सकेगा अथवा नहीं।"

अर्जुन ने गर्व से उत्तर दिया, "मुझे विश्वास है कि मैं आसानी से ऐसा पुल बना सकता था जो कितने भी वानरों का बोझ उठा सकता था।"

हनुमान ने मुस्कराते हुए कहा, "यहाँ एक तालाब है। तुम उसके ऊपर बाणों का पुल बना दो। यदि वह पुल सिर्फ़ मेरा भार सहन कर पाया तो भी मैं संतुष्ट हो जाऊँगा और तुम्हारे दावे को सत्य मान लूँगा। परंतु यदि वह मेरा भार नहीं झेल सका तो तुम क्या करोगे?"

अर्जुन ने चिढ़कर कहा, "मुझे भरोसा है कि यह पुल आपके भार से नहीं टूटेगा, किंतु यदि यह टूट गया तो मैं आत्म-दाह कर लूँगा। अब आप बताइए कि यदि पुल नहीं टूटा तो आप क्या करेंगे?"

हनुमान ने कहा, "यदि तुम सफल हो गए तो मैं तुम्हें वचन देता हूँ कि युद्ध में तुम्हारी पताका पर विराजमान रहकर तुम्हें विजय दिलवाऊँगा!"

बातों में समय नष्ट न करते हुए, अर्जुन ने अपना विख्यात गांडीव धनुष उठाया और अपने अक्षय तरकश से विद्युत गति से बाण छोड़ना आरंभ कर दिया। उसने उन बाणों को जोड़कर कुछ ही क्षणों में तालाब के ऊपर पुल बना दिया। अपने कौशल से प्रसन्न होकर अर्जुन एक ओर हट गया और उसने हनुमान को पुल पार करने के लिए आमंत्रित किया।

हनुमान ने कहा कि वे पुल पर चढ़कर ठंडे पानी में गिरने की अपेक्षा अपना एक पैर रखकर, पहले पुल की जाँच करेंगे। यह सुनकर अर्जुन को गुस्सा आ गया लेकिन उसने अपने क्रोध को नियंत्रित कर लिया। हनुमान आगे बढ़े और उन्होंने सावधानी से अपना एक पैर पुल पर रखा। अर्जुन को यह देखकर आश्चर्य हुआ कि हनुमान के पैर रखते ही पुल धड़धड़ाया, उसके सभी बाण बिखरकर अलग हो गए और वह चरमराकर ढह गया। अर्जुन को विश्वास नहीं हुआ कि सिर्फ़ एक वानर के पैर रखने मात्र से उसका बनाया शानदार पुल टूट गया।

"अर्जुन," हनुमान बोले, "तुम्हारा बनाया हुआ पुल, मेरे एक पैर का भार नहीं उठा सका, तो तुमने यह कैसे सोच लिया कि यह सैकड़ों वानरों का भार उठा सकता है?"

अर्जुन पूरी तरह हतोत्साहित हो गया। परंतु वह अपने वचन का पक्का था। उसने चुपचाप लकड़ियाँ एकत्र कीं और अपने लिए चिता तैयार करने लगा। वह उस चिता में कूदने ही वाला था कि तभी हाथ में डंडा और पानी का घड़ा लिए खड़े एक जटाधारी योगी ने उसे ऐसा करने से रोक लिया।

"तुम्हें देखने से लगता है कि तुम युवा और बुद्धिमान हो। मुझे बताओ कि तुम इस तरह आत्म-दाह क्यों कर रहे हो?"

अर्जुन ने उसे पूरी बात सुनाई। योगी ने हनुमान से पूछा, "क्या इस प्रण के साक्षी के रूप में यहाँ कोई तीसरा व्यक्ति था? जीवन और मृत्यु के ऐसे मामलों में, सामान्य तौर पर, किसी को साक्षी रखा जाता है।"

हनुमान ने सिर हिलाकर कहा कि इस मामले में किसी साक्षी की आवश्यकता नहीं थी क्योंकि उन्हें पता है कि अर्जुन आत्म-सम्मान वाला व्यक्ति है और वह अपना वचन अवश्य निभाएगा। योगी ने फिर से इस बात पर ज़ोर दिया कि इस तरह की विकट स्थितियों में साक्षी का होना अनिवार्य है। उसने यह भी कहा कि अर्जुन को पुल बनाने का एक और अवसर मिलना चाहिए और साक्षी के रूप में वह स्वयं वहाँ रहेगा। दोनों ने इस बात को मान लिया। अर्जुन ने फिर से अपना धनुष उठाया किंतु इस बार आरंभ करने से पूर्व उसने मन में कृष्ण को स्मरण किया और उनसे सहायता माँगी। उसने फिर एक और पुल बनाया जो पिछले वाले से अधिक मज़बूत था। हनुमान ने अपना दायाँ पैर जान-बूझकर ज़ोर से रखा किंतु उन्हें यह देखकर आश्चर्य हुआ कि इस बार पुल बिलकुल नहीं हिला। इसके बाद, वे आसानी से पुल पर चढ़कर चलने लगे। वे मुड़े और पुल के बीच में खड़े होकर उसपर ज़ोर-ज़ोर से कूदने लगे, परंतु फिर भी पुल नहीं हिला। उन्होंने अपना आकार बढ़ाया और पूरी शक्ति से पुल के ऊपर कूद गए। परंतु वह पुल फिर भी नहीं हिला। हनुमान को बहुत अचरज हुआ। उन्होंने एक पल के लिए सोचा और फिर बैठकर पुल के नीचे झाँकने लगे। उन्होंने देखा कि एक विशाल कछुए ने उस पुल को अपनी पीठ पर उठा रखा था। हनुमान ने मुड़कर संन्यासी की ओर देखा किंतु उसके स्थान पर वहाँ भगवान कृष्ण खड़े मुस्करा रहे थे।

हनुमान दौड़कर गए और उन्हें प्रणाम किया। तब उन्हें समझ में आया कि कृष्ण के रूप में दरअसल राम उनके सामने खड़े थे और उन्होंने ही कछुए का रूप धारण करके

अर्जुन के बनाए पुल को टूटने से बचाया ताकि उसे आत्म-दाह करने से रोका जा सके। जिस तरह का प्रेम राम के मन में हनुमान के लिए था, कृष्ण के मन में वैसा ही प्रेम अर्जुन के लिए था।

अपने सखा का वह रूप देखकर, अर्जुन भागकर कृष्ण के पास गया और उन्हें प्रणाम किया। उसने समझ लिया कि कृष्ण एक बार फिर उसकी सहायता के लिए आए थे, जैसा कि उन्होंने पहले भी कई बार किया था। कृष्ण ने अर्जुन को उठाया और उसकी ओर प्रेम से देखते हुए बोले, "याद रखो अर्जुन अहंकार को सदा नियंत्रण में रखना चाहिए। यदि मैं समय पर न पहुँचता तो तुम्हें इस अहंकार के लिए बहुत भारी मूल्य चुकाना पड़ता।"

अर्जुन ने लज्जा से अपना सिर झुका लिया और भगवान की क्षमता पर संदेह करने के लिए क्षमा माँगी।

कृष्ण ने फिर हनुमान से कहा, "वायुपुत्र! मुझे आशा कि तुम अपना वचन पूरा करोगे और आगामी युद्ध में अर्जुन की सहायता करोगे। तुम्हें, युद्ध में बिना सक्रिय रूप से भाग लिए, अर्जुन की पताका पर विराजमान होकर उसकी हर संभव सहायता करनी है।" हनुमान ने अपना वचन पूरा करने का आश्वासन दिया। अर्जुन ने हनुमान को धन्यवाद दिया और शिव को प्रसन्न करने के लिए अपनी तपस्या पूरी करने चला गया और हनुमान भी संध्याकाल की पूजा करने अपनी गुफा में लौट गए।

पांडवों ने सफलतापूर्वक अपना वनवास काट लिया, किंतु कौरवों ने उन्हें फिर भी उनका राज्य लौटाने से मना कर दिया। युधिष्ठिर ने युद्ध को टालने का बहुत प्रयास किया लेकिन दुर्योधन ज़रा-सी भूमि भी देने के लिए तैयार नहीं हुआ। कृष्ण दूत बनकर कुरु राजदरबार में गए और उन्होंने समस्त वृद्धजनों से दुर्योधन को समझाने का अनुरोध किया, परंतु वह प्रयास भी असफल हो गया। आख़िरकार, दोनों पक्ष कुरुक्षेत्र के मैदान में युद्ध के लिए तैयार हो गए। कृष्ण ने अर्जुन का सारथी बनना स्वीकार कर लिया और हनुमान ने अर्जुन की पताका पर बैठकर भयंकर मुखाकृतियाँ बनाईं और भीषण आवाज़ें निकालीं, जिससे उनका सामना करने वालों के पसीने छूट गए। ऐसे भी उल्लेख मिलते हैं कि कृष्ण ने अर्जुन को विजय प्राप्त करने के लिए एक लाख बार हनुमान मंत्र का जाप करने को कहा। इस तरह, हनुमान की ईश्वर रूप में वंदना करने वाला प्रथम व्यक्ति अर्जुन था। कृष्ण ने हनुमान को अगले युग, कलियुग में इस तरह की पूजा को स्वीकार करने को कहा।

युद्ध आरंभ होते ही, अर्जुन ने कृष्ण को अपना रथ, दोनों सेनाओं के मध्य में ले जाने को कहा ताकि वह शत्रु के सैन्य विन्यास का निरीक्षण कर सके। परंतु जब उसने शत्रु सेना में अपने गुरुओं, वृद्धजनों और भाइयों को देखा तो वह अत्यंत निराश हो गया और उसके हाथ से धनुष छूट गया तथा उसने युद्ध करने से मना कर दिया। उस समय, कृष्ण द्वारा अर्जुन को दिया गया उपदेश ही *श्रीमद्‍भगवद्‍गीता* के नाम से विख्यात है। यह ग्रंथ अध्यात्म का व्यवहारिक पक्ष उजागर करता है और यह बताता है कि परिस्थिति कितनी भी विकट हो, उससे किस तरह निपटना चाहिए।

"यह युद्ध किसी राज्य के लिए नहीं, अपितु धर्म की रक्षा के लिए हो रहा है, जिसे तुम्हें घृणारहित भाव से लड़ना है क्योंकि असली शत्रु तुम्हारे भीतर है। जो व्यक्ति अपने

ऊपर विजय प्राप्त कर लेता है, वही सच्चा नायक होता है। सफलता और असफलता में, दुख व सुख में, सम्मान एवं अपमान में व्यक्ति को सम रहना चाहिए। ऐसा करने से व्यक्ति सदा पाप करने से बचा रहता है। इसलिए, हे अर्जुन! उठो और दिव्यास्त्र बनकर युद्ध करो!"

कृष्ण का अर्जुन को दिया गया यह उपदेश सभी भावी पीढ़ियों के लिए था और यह आज भी उतना ही मान्य है जितना पाँच हज़ार वर्ष पहले कुरुक्षेत्र की रणभूमि पर था।

अर्जुन की पताका पर विद्यमान होने के कारण, हनुमान कुरुक्षेत्र के मैदान में *भगवद्गीता* के इस पूरे उपदेश को सुनने वाले प्रथम प्राणी थे। वे कृष्ण के विराट रूप के भी साक्षी थे। बाद में, कृष्ण ने अर्जुन को बताया कि उसका रथ कर्ण के बाणों से इसलिए जलकर भस्म नहीं हुआ क्योंकि उसके पर स्वयं हनुमान बैठे थे। युद्ध के अंत में, जैसे ही हनुमान रथ से नीचे उतरे, अर्जुन के रथ में विस्फोट हुआ और वह तुरंत जलकर भस्म हो गया!

*जो यह पढ़ै हनुमान चालीसा।*
*होय सिद्धि साखी गौरीसा।।*

—तुलसीदास कृत *हनुमान चालीसा*

ॐ *श्री हनुमते नमः*

ॐ

*शुभकराय नमः*

अध्याय 35

# शुभम्

## कलियुग

*सो सब तव प्रताप रघुराई।*
*नाथ न कछु मोरि प्रभुताई।।*

*हे रघुनाथ! यह तो सब आपका ही प्रताप है।*
*इसमें मेरी प्रभुता (बड़ाई) कुछ भी नहीं है।*

—तुलसीदास कृत *रामचरितमानस*

द्वापर के बाद कलियुग आरंभ हो गया और हनुमान हिमालय पर्वत पर अपने प्रभु की तपस्या में लीन रहे।

उस समय, सूर्य के पुत्र एवं शनि-ग्रह का स्वामी, शनि हनुमान के पास आया। हनुमान ने उसे पहचान लिया क्योंकि उन्होंने एक बार उसे रावण के तहख़ाने से मुक्त करवाया था। शनि का रंग काला और आकृति विकृत थी। उसकी गर्दन टेढ़ी थी जिसके कारण उसका सिर नीचे झुका रहता था। उसकी दृष्टि जिसके ऊपर पड़ जाती, वह बर्बाद हो जाता था। शनि ने हनुमान को सूचना दी कि द्वापर युग समाप्त हो गया है और भगवान कृष्ण अपने अन्य दिव्य सहचरों के साथ, जिन्होंने उनके साथ अवतार लिया था, पृथ्वी को छोड़कर जा चुके हैं। कलियुग के दौरान, शनि को लोगों को सताने और उन्हें कष्ट देने के लिए अतिरिक्त शक्तियाँ प्राप्त हो गई थीं। इसके लिए वह लोगों की कुंडली में उनकी राशियों में साढ़े सात वर्ष के लिए प्रवेश कर जाता था। उसे, विशेषकर वृद्ध लोगों को लंबे समय तक रोग व कष्ट और पीड़ा देने में आनंद आता था। अपनी शक्तियों का प्रदर्शन करते हुए, शनि ने हनुमान से कहा कि अब वे बूढ़े हो चुके हैं और उनका बल भी क्षीण हो गया है, इसलिए वह अब सीधा उनके तन को प्रभावित करेगा।

हनुमान को न शनि का और न, उसके भाई यम का कोई भय था। “मेरे शरीर में राम के अतिरिक्त किसी के लिए स्थान नहीं है,” वे बोले, “इसलिए मेरा सुझाव है कि तुम कहीं और चले जाओ।”

शनि हँसा और बोला, "उस विषय में हम बाद में देखेंगे!" इसके बाद उसने अपनी सामान्य योजना बनाई। इसमें वह ढाई वर्ष तक सिर पर सवार होकर मस्तिष्क को दुर्बल करता था, फिर उतना ही समय उदर के भीतर रहकर पाचन को तथा सामान्य रूप से स्वास्थ्य को कमज़ोर करता था। अंत के ढाई वर्ष में घुटनों व पैरों को निष्क्रिय कर देता था। इस बीच पीड़ित व्यक्ति, शनि के भाई, यम के पास जाने के लिए तैयार हो जाता था!

हनुमान ने अपने सिर की ओर संकेत करते हुए कहा, "ठीक है, तो फिर शुरू हो जाओ। हम उदर और पैरों को बाद में देखेंगे!"

शनि प्रसन्नतापूर्वक हनुमान के सिर पर चढ़ गया। शीघ्र ही हनुमान के सिर में खुजली होने लगी। हनुमान को बेचैनी हुई तो उन्होंने एक बड़ी-सी शिला को तोड़कर अपने सिर पर रख लिया।

"अरे! यह क्या कर रहे हो?" शनि चिल्लाया।

"मैं खुजली और सिरदर्द का उपचार इसी तरह करता हूँ," हनुमान ने उत्तर दिया।

इसके बाद भी जब खुजली होती रही तो हनुमान ने एक और पत्थर उठाया और ज़ोर से पहले वाले के ऊपर पटक दिया। शनि पीड़ा से काँप गया और बड़ी मुश्किल से बोला, "हम लोग बैठकर बात कर लेते हैं। मैं तुम्हें थोड़ी छूट दे सकता हूँ और साढ़े सात वर्ष को साढ़े सात सप्ताह या साढ़े सात दिन भी कर सकता हूँ!"

"मुझे कोई परेशानी नहीं है," हनुमान ने कहा, "तुम अपना काम करो और मैं अपना करता हूँ!" यह कहकर हनुमान ने पहले से भी भारी, तीसरी शिला उठाकर पहले दो के ऊपर रख ली।

शनि कराहने लगा और फिर उसके मुँह से ख़ून की उल्टी हुई। "मुझे जाने दो! कृपया मुझे छोड़ दो। मैं फिर कभी तुम्हें परेशान नहीं करूँगा!"

"मैं तुम्हें अच्छी तरह जानता हूँ!" हनुमान बोले, "तुम जाकर किसी और को परेशान करोगे!" यह कहते हुए, हनुमान ने एक और पत्थर अपने सिर पर रख लिया।

शनि दया की याचना करने लगा और बोला, "मुझे बचाओ, वायुपुत्र! हे राम के दूत, मुझे छोड़ दो! मैं तुम्हें वचन देता हूँ कि जो भी तुम्हारा स्मरण करेगा, मैं उसे कभी परेशान नहीं करूँगा!"

यह सुनकर, विशेषकर अपने स्वामी के नाम से, हनुमान प्रसन्न हो गए और उन्होंने अपने सिर पर से शिलाएँ हटा लीं। शनि नीचे उतर आया और उसने अपना वचन निभाने का संकल्प किया।

इस कथा का एक अन्य स्वरूप है जिसका यहाँ उल्लेख करना आवश्यक है।

एक दिन संध्या के समय, हनुमान समुद्र-तट के निकट अपनी पसंद के एक स्थान पर, जहाँ कई युगों पूर्व वानरों ने पुल बनाया था, ध्यान में लीन थे। तभी शनि घूमता हुआ वहाँ आ पहुँचा। उसकी शक्तियाँ पहले से अधिक हो गई थीं और लोग उससे डरते थे, इसलिए उसे बहुत अच्छा लगता था। उसे हनुमान की ख्याति के बारे में पता था, इसलिए

उसने सोचा यदि वह हनुमान को वश में कर ले, तो उसकी अपनी प्रसिद्धि बहुत बढ़ जाएगी। वह मारुति के निकट गया और चिल्लाया, "वानर! मैं ग्रहों में सर्वशक्तिमान शनि हूँ। योगी बनने का ढोंग छोड़कर उठो और मेरे साथ युद्ध करो!"

हनुमान ने आदरपूर्वक शनि का स्वागत किया और कहा कि वे बहुत बूढ़े और दुर्बल हो गए हैं और राम का स्मरण करने के अतिरिक्त उनकी किसी अन्य कार्य में रुचि नहीं है, इसलिए उसे किसी और योग्य प्रतिद्वंद्वी से युद्ध करना चाहिए। शनि ने उत्तर दिया कि एक बार अपना शिकार चुन लेता है तो फिर वह उसे पूरी तरह नष्ट करने के बाद ही छोड़ता है। उसने निकट जाकर हनुमान का पंजा पकड़ लिया। हनुमान ने उठकर अपने पंजे का आकार बड़ा किया और उसमें शनि को जकड़ लिया। इसके बाद, उन्होंने शनि को सिर से पैर तक अपनी पूँछ में बाँध लिया। शनि ने बहुत प्रयास किया किंतु वह स्वयं को मुक्त नहीं कर सका और उसका दम घुटने लगा।

हनुमान ने उसकी उपेक्षा करते हुए अस्त होते हुए सूर्य को देखा और बोले, "मुझे भगवान के सेतु की परिक्रमा करने जाना है!"

यह कहकर वे कूदे और ऊबड़-खाबड़ पुल पर चढ़ गए और फिर द्रुत गति से भागने लगे। लंका तक दो सौ योजन जाना और फिर वापस आना! भागते हुए, वे बीच-बीच में, चाल को धीमी करके अपनी पूँछ को नोंकदार पत्थरों पर पटकते थे। उनकी पूँछ वज्र के समान थी और उसे उनकी इस हरकत से कोई क्षति नहीं पहुँची, किंतु पूँछ के अंदर लिपटे यात्री के लिए ऐसा नहीं कहा जा सकता था। यात्रा पूरी होने तक शनि का कचूमर निकल गया और वह दया की याचना करने लगा। हनुमान रेत पर लेट गए और बोले, "यदि तुम मेरे भक्तों की कुंडली से बाहर रहने का वचन दो तो मैं तुम्हें छोड़ दूँगा!"

शनि बोलने की स्थिति में नहीं था। उसने धीरे-से सिर हिलाकर हामी भर दी तो हनुमान ने उसे छोड़ दिया। वह लड़खड़ाते हुए चलने लगा। उसने अपने घावों पर लगाने के लिए थोड़ा तिल का तेल माँगा। आज दिन तक, प्रत्येक शनिवार को, जो शनि का दिन माना जाता है, शनि के भक्त उसे तेल अर्पित करते हैं।

राम के समय त्रेता युग में, वैष्णवी नाम की एक स्त्री राम से विवाह करना चाहती थी किंतु राम ने उसका प्रस्ताव अस्वीकार कर दिया क्योंकि वे विवाहित थे। परंतु उन्होंने उसे वचन दिया कि वे कलियुग में उससे विवाह करेंगे, इसलिए वैष्णवी ने कलियुग आने तक हिमालय में तपस्या करने का निर्णय किया।

एक बार, भैरों नाम का मायावी वैष्णवी के आश्रम में आया। परंपरा के अनुसार, वैष्णवी ने उसे भोजन दिया। परंतु भैरों की शाकाहारी भोजन में रुचि नहीं थी और उसने मदिरा, मांस और संभोग की इच्छा व्यक्त की ताकि वह अपनी तंत्र साधना आरंभ कर सके।

वैष्णवी का समर्पण राम के प्रति था इसलिए उसने भैरों की इच्छा नहीं मानी। जब उसने बल का प्रयोग किया तो वह भाग गई। भैरों ने उसका पीछा किया। वैष्णवी भागती हुई पहाड़ों पर चली गई। कई दिन तक भागने के कारण वह बहुत थक गई और उसे प्यास लगने लगी। उसने राम से सहायता माँगी। तभी उसके सामने हनुमान प्रकट हो गए।

उन्होंने एक शिला को लात मारी तो वहाँ से पानी की धारा फूट पड़ी। उन्होंने पर्वत में मुक्का मारकर एक गुफा भी बना दी। वैष्णवी ने पानी पिया और नौ माह तक उस गुफा में विश्राम करते हुए कठोर तप किया। इस बीच, हनुमान गुफा के बाहर भैरों से लड़ते रहे। यह अवधि पूरी होने के बाद, वैष्णवी ने अपना मानव शरीर त्याग कर, अट्ठारह अस्त्रों के साथ देवी माता, आदि शक्ति का रूप धारण कर लिया। उन्होंने फिर अपना त्रिशूल उठाया और भैरों का सिर काट दिया।

उन्होंने हनुमान को समय पर सहायता करने के लिए धन्यवाद दिया और उन्हें अपने मंदिर के रक्षक के रूप में स्वीकार किया। हिमालय में स्थित वैष्णो देवी के मंदिर के बाहर हनुमान की प्रतिमा भी स्थापित है।

एक बार, महान योगी मत्स्येंद्रनाथ ने देवी के मंदिर में प्रवेश करके तंत्र-विद्या का ज्ञान प्राप्त करना चाहा। हनुमान ने उन्हें द्वार पर रोककर युद्ध किया। उन्होंने योगी को योग्य प्रतिद्वंद्वी मानकर भीतर जाने की अनुमति दे दी। मत्स्येंद्रनाथ इतने प्रसन्न हो गए कि उन्होंने हनुमान को वरदान दिया कि वे जो चाहें, कर सकते हैं। हनुमान ने योगी की परीक्षा लेने का निर्णय किया और उन्हें स्त्री राज्य नामक स्थान पर जाकर, जहाँ केवल स्त्रियाँ रहती थीं, स्त्रियों के साथ रहने को कहा! भगवान का ऐसा आदेश था कि जो भी पुरुष स्त्री राज्य में प्रवेश करेगा, उसकी तत्काल मृत्यु हो जाएगी।

मत्स्येंद्रनाथ इस विचित्र अनुरोध को सुनकर चकित हो गए तो हनुमान ने उस स्थान से संबंधित कथा सुनाई और यह बताया कि उन्होंने स्त्रियों की रक्षा करने का प्रण क्यों किया था। यह घटना बहुत पहले की है जब वे अयोध्या में राम की सेवा करते थे। हनुमान, राम की प्रत्येक आवश्यकता का इतना ध्यान रखते थे कि सीता को उनसे चिढ़ होने लगी। उन्होंने हनुमान को कुछ समय राम से दूर रखने के लिए कहा, "मेरी इच्छा कि तुम एक संतान उत्पन्न करो! अयोध्या छोड़कर जाओ और यह कार्य पूर्ण करके ही लौटना।" निश्चित रूप से, सीता का आदेश सुनकर हनुमान घबरा गए क्योंकि उन्होंने ब्रह्मचर्य का व्रत लिया हुआ था। उन्हें लगा कि वे कभी संतान उत्पन्न नहीं कर सकेंगे और इसलिए कभी वापस अयोध्या नहीं लौट सकेंगे! वे निराश होकर पृथ्वी पर सर्वत्र घूमते हुए राम की स्तुति गाते रहे।

स्त्री राज्य की स्त्रियों ने हनुमान को गाते सुना। हनुमान के गायन में इतनी शक्ति थी कि वे सब उसे सुनने से ही गर्भवती हो गईं। समय पूरा होने पर, उन्होंने अनेक संतानों को जन्म दिया और जब वे उन संतानों को लेकर हनुमान को देने लगीं तो हनुमान ने यह कहकर लेने से मना कर दिया कि वे गृहस्थाश्रमी नहीं हैं।

स्त्रियों ने हनुमान से कहा, "अब आप अयोध्या लौट सकते हैं क्योंकि आपने ब्रह्मचर्य व्रत को तोड़े बिना संतान उत्पन्न कर दी हैं!"

हनुमान उनसे इतने प्रसन्न हो गए कि उन्होंने स्त्रियों को वरदान माँगने के लिए कहा। स्त्रियों ने तत्काल उनसे कहा कि वे किसी पुरुष को उनके पास भेज दें जिससे वे भी पुरुष-संगति का सुख भोग सकें। हनुमान ने उन्हें वरदान दे दिया और मत्स्येंद्रनाथ को इस कार्य के लिए चुना क्योंकि वे जानते थे कि केवल मत्स्येंद्रनाथ में ही देवताओं के दिए शाप

को काटने का सामर्थ्य था! उस महान योगी के पास इतनी शक्ति थी कि वह उस विचित्र स्थान पर जाकर अनेक वर्ष रह पाया और इस तरह उसने हनुमान द्वारा दिया वरदान सार्थक किया। देवताओं के शाप का योगी पर कोई प्रभाव नहीं पड़ा!

तुलसीदास द्वारा रचित *रामायण,* जिसे *रामचरितमानस* कहा जाता है, वाल्मीकि की *रामायण* के बाद लिखी गई सर्वश्रेष्ठ रामकथा मानी जाती है। ऐसा भी कहते हैं, वाल्मीकि ने ही तुलसीदास के रूप में जन्म लिया क्योंकि उन्हें लगता था कि उन्होंने अपनी *रामायण* में हनुमान के साथ यथोचित न्याय नहीं किया था। यह कथा कि वाल्मीकि ने हनुमान द्वारा शिलाओं पर लिखी रामकथा को किस प्रकार पढ़ा, पहले बताई जा चुकी है।

मुगलकाल में, अकबर के शासन के दौरान, उसका एक बहुत अच्छा हिंदू मंत्री था जिसका नाम आत्माराम था। उसके पुत्र का नाम तुलसीराम था और वह उस बालक से बहुत प्यार करता था। वह बालक जब बड़ा हो गया तो उसका विवाह ममता देवी नाम की कन्या से हो गया। उसके बाद, आत्माराम अपनी पत्नी को अपने पुत्र की देखरेख में छोड़कर, स्वयं ईश्वर का ध्यान करने काशी (वाराणसी) चला गया। आत्माराम से अतिशय प्रेम के कारण, अकबर ने उसके पुत्र तुलसीराम को उसके पिता के पद पर नियुक्त कर दिया। दुर्भाग्य से, तुलसीराम ग़लत संगति में पड़ गया और उसका चरित्र ही बदल गया। उसे मदिरापान, जुए और दुष्चरित स्त्रियों के साथ रहने की आदत पड़ गई। यह सुनकर आत्माराम वापस आ गया और उसने अपने पुत्र को बहुत समझाया किंतु उसने अपने पिता की बातों पर बिलकुल ध्यान नहीं दिया। आत्माराम, अपने पूरे परिवार को मुगल सल्तनत की राजधानी दिल्ली से ले गया और मथुरा के पास, यमुना नदी के तट पर एक छोटे-से गाँव में रहने लगा।

तुलसीराम अब अपना सारा समय अपनी पत्नी के साथ रहने लगा और उसने अपने उत्तरदायित्वों और आध्यात्मिक अभिरुचियों पर भी ध्यान देना छोड़ दिया। उसकी पत्नी उसे बहुत समझाती थी कि वह अपने काम पर ध्यान दे किंतु वह पत्नी के सौंदर्य पर इतना मोहित था कि सदा उसके साथ बैठा रहता था। अकबर ने उसके पास संदेश भेजा कि वह वापस राजधानी लौट आए क्योंकि राजा को कोई आवश्यक कार्य था। तुलसीराम ने उसे लेने आए अधिकारियों से मिलने से मना कर दिया। पत्नी ममता के ज़ोर देने पर वह मान गया और दिल्ली चला गया। दिल्ली पहुँचने के बाद, उसे फिर बेचैनी होने लगी क्योंकि उसकी इच्छा अपनी पत्नी के साथ रहने की थी। उसने राजा से कहा कि वह वापस जाना चाहता है क्योंकि चलते समय, वह अपनी माता और पत्नी से मिलकर नहीं आया था। उसने शीघ्र ही लौटने का वचन दिया।

राजा से अनुमति मिलते ही, उसने एक घोड़ागाड़ी ली और तेज़ गति से अपने गाँव की ओर चल पड़ा जबकि उस समय तक दिन ढलने लगा था। शीघ्र ही, आकाश में काले बादल छा गए और वर्षा होने लगी। गाड़ीवान ने तुलसीराम से कई बार कहा कि रात में कहीं ठहर जाना चाहिए, लेकिन तुलसीराम ने उसकी एक न सुनी और घोड़ों को चाबुक मारकर और तेज़ चलाने को कहा। तूफ़ान नहीं रुका और बेचारे घोड़े तेज़ बारिश और हवा में भागते रहे। अंत में, वे बुरी तरह थक गए और गाँव की सीमा से पहले ही गिर

पड़े। तुलसीराम ने गाड़ीवान और घोड़ों को बहुत बुरा-भला कहा और गाड़ी से कूदकर, पैदल ही अपने घर की ओर भागने लगा। उसकी माँ रात को दो बजे उसे इस तरह भीगा और बुरी स्थिति में द्वार पर खड़ा देखकर हैरान रह गई।

"क्या बात है?" उसकी माँ ने पूछा। "तुम इतनी रात को यहाँ क्यों आए हो?"

तुलसीराम ने अपनी माँ की बात का उत्तर देना भी आवश्यक नहीं समझा। "मेरी पत्नी कहाँ है?" वह बोला, "मुझे तुरंत उससे मिलना है!"

"वह नदी पार अपने पिता के घर गई है," उसकी माँ ने उत्तर दिया।

तुलसीराम बिना समय गँवाए, नदी की ओर भागा। तूफ़ान और वर्षा के कारण नदी उफन रही थी। वहाँ न कोई नाव थी और न नाविक था। वह अपनी पत्नी से मिलने के लिए तड़प रहा था। उसने अपने प्राणों की परवाह किए बिना, उफनती हुई यमुना नदी में छलाँग लगा दी और तेज़ बहाव के विरुद्ध तैरने लगा। उसे लगा कि वह ठीक से तैर नहीं पा रहा था। तभी उसे लगा कि उसकी प्रार्थना के उत्तर में वहाँ एक लट्ठा तैरता हुआ आ गया। तुलसीराम ने उसे थाम लिया और नदी पार कर ली। वह कूदकर किनारे पर आ गया। उसी समय ज़ोर से बिजली चमकी और उस प्रकाश में वह देखकर घबरा गया कि उसने जिस वस्तु को लकड़ी का लट्ठा समझा था, वह किसी का शव था!

इस विषय पर अधिक सोच-विचार न करते हुए, वह अपनी पत्नी के घर की ओर दौड़ा। वहाँ पहुँचकर उसने देखा कि घर का द्वार बंद था। घर की दीवारें बहुत ऊँची थी और उनके ऊपर चढ़ने के लिए पैर रखने की जगह भी नहीं थी। उसने चिल्ला-चिल्लाकर अपनी पत्नी को पुकारा और उससे द्वारा खोलने की याचना करने लगा, किंतु तेज़ तूफ़ान और वर्षा की आवाज़ में उसका स्वर दब गया। इतनी देर में वह कामवासना से बुरी तरह उन्मत्त हो गया था और उसे कुछ नहीं सूझ रहा था। वह पागलों की तरह घर के चक्कर लगाने लगा। तभी उसे घर की दीवार पर एक रस्सी लटकती दिखी। वह उसे पकड़कर जल्दी से दीवार के ऊपर चढ़ गया और फिर घर के भीतर आँगन में कूद गया। उसने द्वार पीट-पीटकर सबको जगा दिया। घर के लोग उसकी उन्मत्त अवस्था को देखकर चकित रह गए और सोचने लगे कि उसने किस तरह नदी पार करके घर की दीवार लाँघी होगी। उसने उन्हें बताया कि उसने एक लट्ठे के सहारे नदी पार की और रस्सी पकड़कर दीवार लाँघ ली। वे लोग जब उस रस्सी को देखने गए तो उन्होंने देखा कि वह वास्तव में एक अजगर था!

शयनकक्ष में पहुँचते ही, वह कामवासना पर नियंत्रण नहीं रख पाया और उसने अपनी पत्नी को बाँहों में ले लिया। उसकी पत्नी ने उसे झिड़ककर दूर कर दिया और फिर क्रोध और दुख में भरकर उसे जमकर फटकार लगाई।

"यह तुम किस तरह व्यवहार कर रहे हो? क्या तुम्हें शालीनता और शिष्टाचार का बिलकुल ज्ञान नहीं है? यह शरीर, जिसके लिए तुमने उफनती नदी पार की और साँप को पकड़कर दीवार लाँघी है, केवल रक्त, माँस और अस्थियों का बना हुआ है और शीघ्र ही बूढ़ा होकर जर्जर हो जाएगा। तुम जितना प्रेम मुझसे करते हो, उसका आधा भी यदि

ईश्वर से करो तो तुम संत बन सकते हो! तुम जितना मुझे देखने के लिए बेचैन हो, उतना यदि राम को देखने के लिए बेचैन हो जाते, तो अभी तक तुम्हें उनके दर्शन हो गए होते! दरअसल, तुम्हें मुझसे नहीं, मेरे इस माँस-मज्जा के शरीर से प्रेम है! तुम्हारा जन्म उच्च कुल में हुआ है और तुम्हारे अंदर इसी जीवन में परमज्ञान प्राप्त करने के गुण विद्यमान हैं। इस जीवन को कामुक भोग-विलास में नष्ट मत करो। राम का नाम जपो और मोक्ष प्राप्त करो!"

यह सुनकर तुलसीराम स्तब्ध रह गया। पत्नी के वचनों ने उसके ऊपर गहरा प्रभाव डाला। उसे लगा मानो उसके सिर पर प्रहार हुआ था और भीतर एक विस्फोट हो गया। सुबह होते-होते, उसके मस्तिष्क में प्रकाश फूटने लगा। वह बिना कुछ कहे, घर छोड़कर चला गया और काशी जाकर कठोर तप करने लगा। वह अपनी पत्नी को देखने के लिए जितना बेचैन था, अब वह उतना ही अपने इष्ट भगवान राम को देखने लिए बेचैन हो गया। उसकी नींद और भूख-प्यास समाप्त हो गई। वह मतवाला-सा घूमता हुआ राम को खोजने लगा। अंत में, किसी ने उसे बताया कि केवल हनुमान ही उसकी इच्छा पूरी कर सकते हैं।

"मुझे हनुमान कहाँ मिलेंगे?" उसने पूछा।

"जहाँ भी राम की कथा होती है, हनुमान वहाँ उपस्थित होते हैं। इस समय किसी स्थान पर *रामायण* का पाठ हो रहा है। तुम्हें वहाँ हनुमान अवश्य मिल जाएँगे। परंतु ध्यान रहे कि वे अपने सामान्य रूप में नहीं होंगे। मैंने प्रायः देखा है कि फटे-पुराने वस्त्रों में कोई ब्राह्मण पाठ में अवश्य बैठा होता है। वह सबसे पहले आता है और सबसे बाद में जाता है। कोई नहीं जानता कि वह कौन है और कहाँ रहता है। मुझे लगता है कि वही हनुमान है। उसे पकड़ लेना। उसे मत छोड़ना। वही तुम्हें ईश्वर के दर्शन करवा सकता है।"

तुलसीराम प्रतिदिन प्रवचन सुनने जाने लगा। वहाँ उसे एक ब्राह्मण दिखाई देता था। तुलसीराम उस ब्राह्मण का पीछा भी करता, किंतु वह अचानक अदृश्य हो जाता था। परंतु तुलसी की राम से मिलने की उत्सुकता कम नहीं हुई। जो इच्छाशक्ति तुलसी के मन में अपनी पत्नी से मिलने की थी, जिसके लिए उसने तूफ़ानी रात में अपने प्राणों को संकट में डाल दिया था, वही इच्छाशक्ति अब उसे राम से मिलने की थी! एक दिन तुलसी ने उछलकर उस ब्राह्मण की कमर पर बँधी धोती पकड़ ली और उससे अपना हाथ बाँध लिया। वह वृद्ध व्यक्ति बहुत तेज़ी से जंगल में भागने लगा, किंतु तुलसीराम उस गति से नहीं दौड़ पा रहा था। परंतु उसने धोती नहीं छोड़ी और तुलसी उसके साथ ऊबड़-खाबड़ ज़मीन पर घिसटता चला गया। उसके कपड़े फट गए और शरीर से ख़ून बहने लगा। वह लगातार राम का नाम जपता रहा। उसने निश्चय कर लिया था कि जब तक उसकी इच्छा पूरी नहीं होगी, वह ब्राह्मण को नहीं छोड़ेगा। आख़िरकार, ब्राह्मण रुक गया।

तुलसीराम ने ब्राह्मण के पैर पकड़ लिए और कहा, "प्रभु, मैं जानता हूँ कि आप कौन हैं। मैं आपको तब तक नहीं जाने दूँगा जब तक आप मुझे ईश्वर के दर्शन नहीं करवाएँगे!"

आंजनेय ने अपना असली रूप प्रकट कर दिया। उन्होंने तुलसी को उठाया और बोले, "मैं तुम्हारी लगन से प्रसन्न हूँ। तुम्हें कल भगवान के दर्शन होंगे!"

ऐसा कहकर, हनुमान अंतर्ध्यान हो गए। तुलसीराम भी अपने घर लौट आया और वह रात भर अगले दिन के विषय में सोचकर प्रसन्न होता रहा। अगले दिन, उसने अपनी कुटिया और आँगन स्वच्छ किए तथा भगवान की प्रतीक्षा करने लगा। परंतु केवल दो शिकारी आए जिन्होंने हरे वस्त्र पहने हुए थे और वे घोड़ों पर सवार थे। उस दिन संध्या में, तुलसी ब्राह्मण के पास गया और ज़ोर-ज़ोर से रोने लगा क्योंकि उसे हनुमान के वचनानुसार भगवान के दर्शन नहीं हुए थे।

हनुमान ने उत्तर दिया, "भगवान तुमसे मिलने आए थे किंतु तुमने उन्हें नहीं पहचाना क्योंकि वे साधारण शिकारी के रूप में आए थे! परंतु तुम चिंता मत करो। वे कल संध्या के समय तुम्हें अवश्य दर्शन देंगे।"

बहुत-से लोगों ने यह सुना तो वे सब तुलसी की कुटिया के बाहर खड़े हो गए। रात होने लगी और तुलसी का आँगन लोगों से भर गया। सब लोग "राम! राम!" का जाप कर रहे थे। अचानक सबने देखा कि भगवान राम, लक्ष्मण और सीता के साथ उसी ओर आ रहे थे। तुलसी भागकर भगवान राम के चरणों में गिर पड़ा और फिर उठ नहीं सका। राम ने उसे धीरे-से उठाया और कहा, "पुत्र, तुम्हारा प्रेम मुझे यहाँ खींच लाया है। तुम सचमुच महान हो। आज से तुम तुलसीदास के नाम से जाने जाओगे। तुम्हारा यह उत्तरदायित्व है कि तुम रामायण की कथा को सरल भाषा में लिखो ताकि आम जनता उसे आसानी से समझ सके।"

तुलसीदास चकित रह गए। वे बोले, "प्रभु! मैं इस महान विषय पर कुछ लिखने में बिलकुल अक्षम हूँ। मैं तो केवल आपका नाम जप सकता हूँ। मैं आपके आदेश का पालन कैसे करूँगा?"

राम ने तुलसीदास को स्नेहपूर्वक देखा और बोले, "तुम चिंता मत करो। हनुमान तुम्हारा मार्गदर्शन करेंगे। ये न केवल विद्वान हैं, बल्कि अत्यंत निष्ठावान भी हैं। ये मेरे जीवन-गाथा के सजीव साक्षी हैं। तुम्हारा पथ प्रदर्शित करने के लिए हनुमान सबसे उपयुक्त हैं।"

इस प्रकार तुलसीदास ने सामान्य लोगों की भाषा अवधी में, जो हिंदी भाषा की ही बोली है, *रामायण* लिखना आरंभ किया। इसे संवत् 1575 में लिखा गया था। जिस समय वाल्मीकि ने *रामायण* लिखी थी, उस समय भारत का सांस्कृतिक परिष्कार अपने चरम पर था, जबकि तुलसीदास ने *रामायण* ऐसे समय पर लिखी, जब सर्वत्र नैतिक मूल्यों का पतन हो रहा था। विभिन्न मान्यताओं और संप्रदायों में परस्पर मतभेद थे। राम की कथा के माध्यम से, तुलसीदास ने लोगों को हिंदू धर्मग्रंथों में मौजूद श्रेष्ठ मूल्यों से अवगत करवाया तथा विभिन्न धार्मिक विचारधाराओं के बीच समन्वय एवं सामंजस्य स्थापित करने का प्रयास किया। उत्तरी भारत में, तुलसीदास की रामकथा श्रमिकों, व्यापारियों और घर-परिवारों के बीच समान रूप से प्रचलित हुई और इसे *'रामचरितमानस'* के नाम से जाना गया।

तुलसीदास के साथ अनेक चमत्कार भी जुड़े हैं। उन्हें सुनकर, मुगल शासक अकबर ने तुलसीदास को बुलाया और कुछ चमत्कार दिखाने को कहा। इस पर तुलसीदास ने उत्तर दिया, "मैं तो राम का मामूली सेवक हूँ। चमत्कार करने वाले तो राम हैं!"

"तो फिर मुझे अपने राम दिखाओ," अकबर ने कहा।

तुलसीदास ने कुछ नहीं कहा। तुलसी के मौन रहने से अकबर को गुस्सा आ गया और उसने तुलसीदास को कारागृह में डाल दिया। कहते हैं, तुलसीदास ने 'हनुमान चालीसा' की रचना फतेहपुर सीकरी स्थिर अकबर के किले में बंद रहकर की थी। उन चालीस दिनों के दौरान, जब वे कारागृह में बंदी थे, उन्होंने हनुमान से रक्षा करने की प्रार्थना की। चालीसवें दिन, अकबर का पूरा किला वानरों से भर गया। उन्होंने लोगों को नोंचा, उनके वस्त्र फाड़े, घरों और उद्यानों में घुसकर उन्हें नष्ट कर दिया। अंत में, राजा को लगा कि ये सब तुलसीदास को बंदी बनाने का परिणाम है। वह दौड़कर तुलसीदास के पास गया और उनके पैरों में गिरकर वहाँ से वानरों को हटाने की प्रार्थना की। तुलसीदास ने हनुमान का स्मरण किया तो तत्काल सारे वानर ग़ायब हो गए, किंतु तुलसी ने अकबर से कहा, "आपको यह स्थान छोड़कर किसी अन्य स्थान पर रहना चाहिए क्योंकि यह राम का निवास है और यहाँ वानरों के अतिरिक्त किसी को रहने की अनुमति नहीं है।"

यह सुनकर, अकबर ने अपने किले का स्थान बदल लिया। तुलसीदास की मृत्यु 1624 में हुई। उनके हाथों से लिखी *रामायण* की दो प्रतियाँ आज भी विद्यमान हैं। एक प्रति राजपुर में, तथा दूसरी प्रति, काशी में उन्हीं के द्वारा निर्मित राम-सीता के मंदिर में सुरक्षित है। यद्यपि तुलसीदास के अनेक समकालीन संस्कृत पंडितों ने तुलसी पर सस्ती बोली के प्रयोग द्वारा उस विषय की गरिमा को गिराने का आरोप लगाया, परंतु सत्य यह है कि तुलसीदास की लिखी पुस्तक राजगृह से लेकर कुटिया तक, सर्वत्र मिलती है तथा उसे हिंदू समुदाय के प्रत्येक उच्च, निम्न, ग़रीब, अमीर, युवा और वृद्ध वर्ग द्वारा पढ़ा-सुना और पसंद किया जाता है।

*तुलसीदास सदा हरि चेरा।*
*कीजै नाथ हृदय महँ डेरा।।*

—तुलसीदास कृत *हनुमान चालीसा*

ॐ *श्री हनुमते नमः*

ॐ

*मंगलाय नमः*

अध्याय 36

# मंगल मूर्ति

## मंगल स्वरूप

*सीता ने तब धीरे से प्रसन्न होकर कहा,*
*मेरा वचन है कि हे पवन-पुत्र, तुम जहाँ भी रहोगे,*
*तुम्हें प्रचुर सामग्री अर्पित की जाएगी,*
*गाँवों, खेतों, शहरों और गोशालाओं में,*
*सड़क के किनारे, गाँवों और घरों में,*
*दुर्ग और वनों में, पहाड़ों पर और मंदिरों में,*
*नदियों एवं तीर्थों पर, टंकियों तथा नगरों के किनारे,*
*उपवनों और उद्यानों में,*
*अंजीर तथा बरगद के वृक्षों के नीचे,*
*और पवित्र स्थलों पर, लोग अपने कष्टों को दूर*
*करने के लिए तुम्हारी प्रतिमा की पूजा करेंगे,*
*तुम्हारा नाम लेने से भूत, प्रेत,*
*बेताल और पिशाच भाग जाएँगे।*

—आनंद रामायण

सीता द्वारा हनुमान को दिए गए सभी वरदान वास्तव में, भविष्यवाणियाँ थीं क्योंकि वे सब आशीर्वाद कालांतर में, सत्य सिद्ध हुए। हनुमान के मंदिर उनके व्यक्तित्व से मेल खाते हैं और उनमें श्रंगार बिलकुल नहीं होता। वे सब सामान्य लोगों द्वारा, बिना किसी पंडित की सहायता के बनाए गए साधारण ढाँचे हैं। उन्हें सामान्य तौर पर खुले में, पेड़ों के नीचे अथवा मंदिरों, किलों व महलों की दीवारों पर ही देखा जाता है। हनुमान की मूर्तियाँ सामान्य तौर पर, पत्थरों अथवा वृक्षों की जड़ों आदि को काटकर बनाई गई होती हैं जिनमें कोई अस्पष्ट वानर रूप दर्शाया गया होता है। उसके ऊपर सिंदूर अथवा केसरिया लेप चढ़ा रहता है और कभी-कभी उसे चाँदी की पर्ण से भी सजाया जाता है। प्रतिमाओं में हनुमान को प्रायः बूटियों वाला पर्वत ले जाते हुए अथवा राम मंदिर के बाहर गदा पकड़े हुए दर्शाया

जाता है। उन्हें ध्यान करते हुए योगी वाली मुद्रा में बहुत कम देखा जाता है।

हनुमान की प्रतिमाएँ आवास-स्थलों और गाँवों के द्वार पर दुष्टात्माओं को दूर रखने के लिए अथवा चौराहों पर भी देखने को मिलती हैं, जहाँ प्रेत भटकते हैं। उन्हें किलों, महलों, मंदिरों, मठों व व्यायामशालाओं के बाहर भी देखा जा सकता है। राजस्थान में नाथद्वारा के प्रसिद्ध कृष्ण मंदिर के चार द्वारों के सामने हनुमान प्रहरी के रूप में खड़े रहते हैं। जयपुर और वृंदावन में भी हनुमान के अनेक मंदिर हैं। बीसवीं शताब्दी के आरंभ में, हनुमान के अनेक छोटे-छोटे मंदिर अचानक प्रसिद्ध हो गए। वाराणसी में ऐसे अनेक मंदिर हैं। सड़क के किनारे बने नीची बाग और कबीर चौरा के मंदिरों में मंगलवार और शनिवार को इतनी भीड़ होती है कि उस क्षेत्र का सारा यातायात रुक जाता है। एक दलित बस्ती के मध्य, अस्सी घाट के पीछे वाली एक गली में हनुमान का छोटा-सा मंदिर उस समय प्रसिद्ध हो गया, जब राष्ट्रीय राजनेता, मदन मोहन मालवीय घाट पर सुबह स्नानादि के बाद उस मंदिर में रोज जाने लगे। उन्होंने बनारस हिंदू विश्वविद्यालय की स्थापना हेतु हनुमान का आशीर्वाद प्राप्त करने के लिए चालीस दिन का जागरण किया, और निश्चित रूप से, मारुति के आशीर्वाद से, 1916 में उस विश्वप्रसिद्ध विश्वविद्यालय की स्थापना हो गई।

वाराणसी के संकट मोचन मंदिर में हनुमान की विशाल मूर्ति है। इसकी कथा तुलसीदास से संबंधित है। कहते हैं, वे प्रतिदिन गंगा में स्नानादि से निवृत्त होने के बाद एक पीपल के वृक्ष की जड़ों के नीचे छोटे-से हनुमान की पूजा करते थे। उस वृक्ष पर एक पीड़ित आत्मा का निवास था जो तुलसीदास का आभार मानती थी क्योंकि तुलसी उस वृक्ष पर प्रतिदिन जल चढ़ाते थे। उसके बदले, उस आत्मा ने तुलसीदास को वरदान माँगने को कहा। तुलसी ने राम के दर्शन की अभिलाषा व्यक्त की, परंतु ऐसा करना बेचारी आत्मा के लिए संभव नहीं था। उस आत्मा ने तुलसी से कहा कि केवल हनुमान ही इस कार्य में उनकी सहायता कर सकते हैं। आत्मा ने तुलसी को यह भी बताया कि हनुमान एक वृद्ध कोढ़ी के रूप में प्रतिदिन गंगा के घाट पर रामायण सुनने आते हैं। वे सबसे पीछे बैठते हैं और सबसे अंत में जाते हैं। तुलसी ने कोढ़ी का पीछा करते हुए वन में पहुँच गए और उसके पैरों में गिरकर उन्हें 'वायु पुत्र!' कहकर संबोधित किया। कोढ़ी ने कहा कि वह एक साधारण बूढ़ा व बीमार इंसान है किंतु तुलसीदास ने उसकी बात नहीं मानी। आख़िर हनुमान ने तुलसी को अपने असली रूप में दर्शन दिए। हनुमान ने अपना एक हाथ उठाकर दक्षिण-पश्चिम दिशा में संकेत करते हुए कहा, "चित्रकूट जाओ!" और दूसरा दूसरा हाथ अपने हृदय पर रखकर कहा, "मैं वचन देता हूँ कि तुम्हें राम राम के दर्शन होंगे!" कहते हैं, यह घटना उसी स्थान पर हुई जहाँ आज संकट मोचन मंदिर स्थित है और हनुमान की मूर्ति की मुद्रा वैसी ही है जैसी यहाँ बताई गई है।

कहते हैं, तुलसीदास ने हनुमान से उनके भक्तों के लाभ के लिए उसी मुद्रा में वहाँ स्थित रहने की विनती की। मारुति ने बात तो मान ली किंतु वे धरती में समा गए और ओझल हो गए। यह देखकर, तुलसीदास ने ज़मीन को खोदना आरंभ कर दिया और पूरी रात मिट्टी खोदते रहे और आख़िरकार, सुबह होते-होते, उन्हें अंदर से उसी मुद्रा में हनुमान की स्वयंभू मूर्ति मिली जिस मुद्रा में हनुमान ने तुलसीदास से बात की थी।

तुलसीदास ने हनुमान की यह मूर्ति वहीं स्थापित करके हनुमान का प्रथम मंदिर बनवाया। यह चमत्कार 1550 में मार्गशीर्ष माह (नवंबर/दिसंबर) के कृष्ण पक्ष के आठवें दिन हुआ था। नगर के हनुमान घाट पर बड़ा हनुमान की इस प्रतिमा को देखा जा सकता है।

मेहंदीपुर बालाजी का प्रसिद्ध मंदिर आगरा-जयपुर राजमार्ग से पाँच किलोमीटर की दूरी पर एक छोटी-सी घाटी में स्थित है। यही वह स्थान है, जहाँ वायुदेव ने बाल हनुमान को उनकी माता को लौटाया था जब इंद्र ने हनुमान पर सूर्य को निगलने का प्रयास करने के बाद वज्र से घायल कर दिया था। इसलिए उन्हें बालाजी कहा जाता है। इस स्थान से जुड़ी अनेक कथाएँ हैं। कहते हैं, एक ब्राह्मण को स्वप्न में बालाजी की प्रतिमा के दर्शन हुए। सहसा उसे सैकड़ों टिमटिमाते दीपक अपनी ओर आते दिखाई देने लगे। जब वे निकट आ गए तो उसने देखा कि अश्वों और हाथियों के साथ आ रही एक विशाल सेना के हाथों में वे दीपक थे। उन्होंने बालाजी की परिक्रमा की और उन्हें सिर झुकाकर प्रणाम किया। ऐसा करने के बाद, वे सब उसी मार्ग से वापस लौट गए जहाँ से आए थे। उसी स्थान पर ब्राह्मण को तीन मूर्तियाँ दिखाई पड़ीं और एक आवाज़ आई, "उठो और मेरी पूजा में भाग लो। मैं यहाँ अनेक चमत्कार करूँगा!" ब्राह्मण की नींद खुल गई और उसने उठकर उस स्थान को खोजना शुरू कर दिया। आख़िर में उसे वह स्थान मिल गया जो उसने स्वप्न में देखा था। उसे वे तीनों मूर्तियाँ भी मिल गईं और फिर उसने वहाँ पूजा व अनुष्ठान आदि करने आरंभ कर दिए। शीघ्र ही उस मंदिर में चमत्कार होने लगे और वहाँ बहुत-से लोग आने लगे। मुस्लिम शासन के दौरान, उस मंदिर का महत्त्व कम हो गया और एक राजा ने तो उस मूर्ति को उखाड़ने का प्रयास भी किया किंतु वह मूर्ति का मूल नहीं खोज सका। बाद में, उसे पता लगा कि वह समूचा पर्वत, उस मूर्ति का शरीर है! समय के साथ, उस मंदिर ने फिर से अपनी महिमा और कीर्ति प्राप्त कर ली।

दरअसल, यहाँ तीन मूर्तियाँ हैं। पहली मूर्ति, स्वयं बालाजी की है। यह मूर्ति चट्टान में से काटकर बनी है और सिंदूर व चाँदी के पर्ण से ढँकी है। ऊपर के सभागार में, भूतों के स्वामी, प्रेतराज की मूर्ति है। उन्हें कभी-कभी मृत्यु का देवता, यमराज भी कहा जाता है। लोगों को दुष्टात्माओं के प्रभाव से मुक्त करवाने के लिए बालाजी को सबसे शक्तिशाली देवता माना जाता है। जिन लोगों पर प्रेतात्माओं का प्रभाव होता है, उनके लिए बालाजी के पास प्रार्थना की जाती है और फिर अनेक प्रकार से उनका उपचार होता है। ऐसा व्यक्ति आत्मा की आवाज़ में बात करता है और फिर बालाजी एवं प्रेतराज मिलकर उस व्यक्ति को आत्मा के बंधन से मुक्त करके शांति प्रदान करते हैं।

कहते हैं, राम ने पृथ्वीलोक छोड़ते समय अयोध्या नगरी हनुमान को सौंप दी थी और इसलिए हनुमान ही अयोध्या के वर्तमान राजा हैं। वहाँ हनुमान गढ़ी और नागेश्वरनाथ, हनुमान के प्रमुख मंदिर हैं।

लखनऊ के अलीगंज क्षेत्र में दो प्रमुख मंदिर हैं। यहाँ का हनुमान मंदिर सबसे प्रसिद्ध है और यहाँ लगने वाले महावीर मेले में सभी धार्मिक समुदायों के लोग बड़ी संख्या में आते हैं। इस त्योहार के दौरान, पुरुष भक्त केवल लाल लंगोट पहनकर दंडवत करके अथवा मिट्टी में लुढ़कते हुए मंदिर की परिक्रमा करते हैं।

सुप्रसिद्ध लेटे हुए हनुमान की प्रतिमा त्रिवेणी संगम के पास है, जहाँ आधुनिक शहर इलाहाबाद के निकट प्रयाग में गंगा, यमुना और अदृश्य सरस्वती नदी का मिलन होता है। हनुमान की यह विशाल मूर्ति आधी तटीय रेत में दबी हुई है और कुछ सीढ़ियाँ उतरने के बाद दिखाई पड़ती है। कहते हैं, दो सौ वर्ष पूर्व जब एक धनी व्यापारी इस मूर्ति को लेकर जा रहा था, तो उसकी नाव तट पर आ पहुँची और वह मूर्ति रेत में गिर गई। व्यापारी द्वारा मूर्ति को उठाने के सभी प्रयास विफल हो गए और फिर हनुमान ने उसे स्वप्न में दर्शन देकर कहा कि वे उस आध्यात्मिक रूप से शक्तिशाली संगम स्थल पर ही रहना चाहते हैं।

इलाहाबाद से सत्तर मील दक्षिण में, चित्रकूट के तीर्थ स्थल के निकट, पहाड़ी पर एक और मंदिर है जहाँ पहुँचने के लिए साढ़े तीन सौ सीढ़ियाँ चढ़नी पड़ती हैं। इस जगह को हनुमान धारा कहते हैं और यहाँ से उस पूरे क्षेत्र का विहंगम दृश्य दिखाई देता है, जहाँ राम, सीता व लक्ष्मण ने बारह वर्ष व्यतीत किए थे। हनुमान की यह मूर्ति पहाड़ी की काली दीवार में बनी हुई है और उसके ऊपर से एक धारा निकलती है जिसका जल, लगातार हनुमान मूर्ति को स्नान करवाता है।

ओडिशा के जगन्नाथ पुरी मंदिर में, हनुमान मंदिर के चारों द्वार पर पहरा देते हैं और समुद्र के शोर को मंदिर के भीतर घुसकर प्रभु को परेशान करने से रोकते हैं। उन चारों द्वार पर स्थित हनुमान के मंदिर के अतिरिक्त पुरी में मारुति के अनेक मंदिर हैं। समुद्र के निकट दरिया हनुमान की स्थापना भी की गई थी ताकि नगर को समुद्र के प्रकोप से बचाया जा सके। परंतु, मारुति अपने उस स्थान को छोड़कर प्रभु के दर्शन के लिए चले गए। जब नागरिकों ने भगवान जगन्नाथ से शिकायत की तो प्रभु ने लोगों से कहा कि हनुमान को उनके स्थान पर बेड़ियों से बाँध दिया जाए। चूंकि, साधारण बेड़ियों से हनुमान को बाँधना असंभव था, उन्हें सोने की एक मोटी जंजीर से बाँधा गया जिसके ऊपर राम का नाम ख़ुदा हुआ था।

ओडिशा में हनुमान का सबसे प्रख्यात मंदिर पुरी-भुवनेश्वर मार्ग पर सिरुली गाँव में स्थित है। इसका नाम महावीर है। यह काले पत्थर की बनी प्रतिमा है और माना जाता है कि यह पृथ्वी के अंदर से निकली है। इसकी बाईं आँख एक छोटे-से झरोखे से पुरी की दिशा में देखती है और दाईं आँख दक्षिण दिशा में लंका को देखती है।

दिल्ली शहर के बीचों बीच, कनॉट प्लेस नाम के भीड़-भाड़ वाले इलाके में, हनुमान का सबसे शानदार मंदिर है, जो श्री हनुमानजी महाराज के नाम से विख्यात है। इसकी मुख्य प्रतिमा हाल ही में, सफ़ेद संगमरमर की बनी है, किंतु मूल प्रतिमा एक ओर, राम व सीता की मूर्तियों के दाहिनी ओर स्थित है। सामान्य तौर पर, हनुमान पर सिंदूर का मोटा लेप चढ़ा रहता है, किंतु इस प्रतिमा में वह सिंदूर थोड़ी-थोड़ी देर में नीचे गिर जाता है और इससे हनुमान के रूप के दर्शन हो जाते हैं। यह वानर रूप की नक़्क़ाशी है। इसका सिर दक्षिण दिशा में हैं और इसके दाँत दिखाई देते हैं। एक हाथ की मुट्ठी ऊपर उठी हुई है और दूसरा हाथ उनके हृदय पर रखा है। सिर पर ऊपर को पतला होता मुकुट है, दाएँ कंधे पर जनेऊ पहना हुआ है और छोटे-छोटे पैरों के बीच लंगोट लटक रहा है।

कहते हैं, यह मूर्ति पांडवों द्वारा अपनी राजधानी इंद्रप्रस्थ में, जो कि अब वर्तमान दिल्ली है, स्थापित की थी।

हनुमान का एक और प्रसिद्ध मंदिर पुरानी दिल्ली में, श्मशान घाट के निकट यमुना बाज़ार में है। यह मरघट बाबा हनुमान के नाम से प्रसिद्ध है। एक विशाल पीपल के वृक्ष के नीचे छोटे-से अहाते में बना यह मंदिर बाहर से मुश्किल से दिखाई पड़ता है। यह मंदिर बहुत छोटा है और इसका द्वार नीचा व सीढ़ियाँ भी सँकरी हैं। ये सीढ़ियाँ नीचे एक मंदिर में उतरती हैं जिसमें बिलकुल सामने देखती हुई हनुमान की मूर्ति है। ज़मीन के नीचे बने इस मंदिर का वातावरण अत्यंत रहस्यमयी है। वर्षाकाल के समय, मंदिर में यमुना का जल भर जाता है और हनुमान की मूर्ति गर्दन तक पानी में डूबी रहती है, किंतु यह मंदिर कभी बंद नहीं होता। यह मंदिर शक्ति-स्थल है और इसे सबसे बलशाली पांडव, भीम ने स्थापित किया था। दिल्ली के ये दोनों हनुमान मंदिर एक-दूसरे से बिलकुल अलग हैं। ये हनुमान के दो गुणों - भक्ति व शक्ति के प्रतीक हैं।

महाराष्ट्र में हनुमान के बहुत मंदिर हैं और इनकी संख्या गणेश के मंदिरों से भी अधिक बताई जाती है। कहते हैं, दक्षिण भारत का मध्यकालीन शहर विजयनगर ही प्राचीनकाल का वानर राज्य किष्किंधा है। वहाँ स्थित छोटा-सा पर्वत अजंदरी (अंजना पर्वत) हनुमान का जन्म स्थान है।

तमिलनाडु के सुचिंद्रम नामक स्थान पर हनुमान का उनके सबसे महत्त्वपूर्ण मंदिरों में से एक मंदिर है। कहते हैं, वहाँ हनुमान की बीस फ़ीट ऊँची मूर्ति है जो निरंतर बढ़ रही है। उस मूर्ति का अभिषेक करने के लिए पुजारियों को सीढ़ी लगाकर ऊपर चढ़ना पड़ता है। ऐसा कहा जाता है कि हनुमान ने सीता को आश्वासन देते समय वही रूप धारण किया था। सुचिंद्रम के निकट, कन्याकुमारी में भारतीय उपमहाद्वीप के अंतिम छोर पर भी हनुमान का एक मंदिर है। दक्षिण भारत में ही, हनुमान का एक और महत्त्वपूर्ण मंदिर सेलम के निकट नमक्कल नामक स्थान पर है। यहाँ की विशाल प्रतिमा पर प्रत्येक शनिवार को मक्खन का लेप किया जाता है और बहुत तेज़ गर्मी वाले दिनों पर भी मक्खन अगले दिन सुबह तक पिघलता नहीं है। वहाँ के पुजारी मक्खन पर फूलों और पत्तियों की शानदार आकृतियाँ बनाते हैं। हनुमान की मूर्ति, विष्णु के चौथे अवतार नरसिंह की मूर्ति के ठीक सामने बनी हुई है। चूंकि नरसिंह के सिर पर छत नहीं है, हनुमान ने भी अपने सिर के ऊपर छत रखने से मना कर दिया था और इसीलिए उनकी प्रतिमा भी खुले में खड़ी रहती है।

उडुपि के प्रसिद्ध कृष्ण मंदिर में, भक्तगण कृष्ण के मुख्य मंदिर में जाने से पहले हनुमान के दर्शन करते हैं।

गुजरात के कुछ मंदिरों में हनुमान को अत्यंत मोटा दर्शाया गया है और उनकी मोटी मूँछ भी दिखाई जाती है। सौराष्ट्र में, पवित्र गिरनार पर्वत पर चढ़ाई के लिए बनी एक हज़ार पाँच सीढ़ियों के किनारे मारुति की अनेक मूर्तियाँ पाई जाती हैं।

अनेक पुस्तकों में आंजनेय के प्रसिद्ध मंदिरों की सूची मिल जाती है। उपरोक्त सूची भी पूर्ण नहीं है। इस बात में संदेह है कि कोई व्यक्ति हनुमान को समर्पित सभी मंदिरों व प्रतिमाओं की, जिनमें से कुछ में चमत्कारी शक्तियाँ विद्यमान हैं, पूरी गणना कर सकता

है। अनेक बोलने और हिलने वाले हनुमान हैं, कुछ भूमि के अंदर हैं और कुछ पानी के भीतर तथा कुछ चट्टानों से निकले हैं तथा कुछ सीता की भाँति धरती की हलचल में बाहर आए हैं। जो लोग हनुमान के मंदिरों की तीर्थ यात्रा करने के इच्छुक हैं, उनके लिए सबसे सुरक्षित तरीक़ा यह है कि उन्हें *रामायण* में बताए गए अयोध्या से लंका तक राम द्वारा तय किए गए मार्ग पर चलना चाहिए। इस मार्ग पर आंजनेय के अनेक महत्त्वपूर्ण मंदिर विद्यमान हैं।

शक्ति और भक्ति, हनुमान की दो प्रमुख विशेषताएँ हैं। इसीलिए हनुमान की मूर्तियाँ भी दो प्रकार की हैं। जो मूर्तियाँ भक्ति की प्रतीक हैं, उनमें हनुमान का दास भाव दर्शाया गया है और जो शक्ति की प्रतीक हैं, उनमें हनुमान का वीर भाव दिखाई पड़ता है। दास भाव वाली मूर्तियों पर सात्विक सामग्री जैसे फल और मेवे आदि अर्पित करने चाहिए, जबकि दूसरी प्रकार की मूर्तियों पर राजसिक वस्तुएँ अर्पित की जाती हैं जिनमें मदिरा भी शामिल हो सकती है। वीर भाव वाली प्रतिमाएँ हनुमान के रुद्र के 11वें अवतार का प्रतीक हैं और वे पत्थर की बनी हैं जिनके ऊपर केवल सिंदूर चढ़ा रहता है। ऐसा देखने में आता है कि हनुमान की मूर्ति का दायाँ पैर आगे हो तो वह उनके भक्ति रूप का प्रतीक है और यदि उनका बायाँ पैर आगे हो तो वह हनुमान के दैत्य-संहार वाले शक्ति रूप का प्रतीक है। शक्ति के प्रतीक के रूप में, हनुमान का तत्वों पर नियंत्रण तथा सृष्टि के संहारात्मक पक्ष से है, जो शिव व उनकी पत्नी शक्ति की विशेषताएँ हैं। भक्ति अथवा निस्वार्थ प्रेम के उदाहरण स्वरूप, हनुमान स्वयं को राम के प्रेम रूपी नदी में डुबो देते हैं।

हनुमान को वर्तमान कलियुग में प्रत्यक्ष देवता या सर्वाधिक प्रभावी देवता माना जाता है क्योंकि वे अभी भी जीवित हैं। उन्हें जीवन के चार लक्ष्यों (धर्म, अर्थ, काम और मोक्ष) को प्रदान करने में सक्षम माना जाता है और यही वजह है कि उनके इस कलियुग में अधिक से अधिक मंदिर बनाए जाते हैं।

भगवान विष्णु के प्रसिद्ध मंदिर बद्रीनाथ जाते समय, पांडुकेश्वर नाम के एक छोटे-से गाँव से होकर गुज़रना पड़ता है। उसके ऊपर हेमकूट पर्वत है। यहीं बैठकर लक्ष्मण ने तपस्या द्वारा इंद्रजित-वध के पाप का प्रायश्चित किया था। यहाँ सिक्खों ने एक विशाल मंदिर बनाया है जो विश्व का सबसे ऊँचा मंदिर माना जाता है। इसे हेमकुंट साहेब कहते हैं। "स्वर्ण पर्वत" हेमकूट के उच्च पर्वत शिखर के ऊपर, किंपुरुषों का वास है, जो आधे मनुष्य एवं आधे पशु के रूप में दिव्य जीव हैं। कहते हैं, आज भी हनुमान यहाँ रहते हैं और अनेक योगियों ने उन्हें वहाँ देखा भी है।

*पवनतनय संकट हरन, मंगल मूरति रूप।*
*राम लखन सीता सहित, हृदय बसहु सुर भूप।।*

—तुलसीदास कृत *हनुमान चालीसा*

ॐ *श्री हनुमते नमः*

# कविताएँ

अभिवादन तुम्हारा पवन सुत!
हे राम दूत!
आशा और जीवन के अग्रदूत!
तुमने दी आशा सीता को,
और दिया लक्ष्मण को जीवन,
मेरे कली-सम कोमल अंतर में,
आकर बनाया उसे पल्लवित कमल!

ॐ ॐ ॐ ॐ ॐ ॐ

भक्ति से थी मैं अनजान तुमने मेरे हृदय में बसकर,
करना सिखाया भक्ति
शक्ति से थी मैं अनजान अंगों में बल भरकर तुमने,
किया मुझे तुमने बलवान
अग्रदूत तुम आशा - प्रेम के,
लंका में जब किया प्रवेश, तुम अपना वह रूप दिखाओ
छोटी-सी प्यारी बिल्ली बनकर तुमने सीता को खूब रिझाया,
हटाकर पत्ते, सीता को तकते प्रियतम का उन्हें
गीत सुनाया हर्षित कर दिया तुमने सीता को।
विशाल रूप तुम्हारा सोचकर, काँप उठता है मेरा अंतर,
लंका को राख का ढेर बनाया
हे विनयशील! कहते लोग तुम्हें बलवान,
तुम्हें संभव नहीं वश में करना
किंतु मैं तो सदा देखती, बैठे रहते राम-चरण में
वनमाली के चरण मैंने, रखे बसा अपने हृदय में।

ॐ ॐ ॐ ॐ ॐ ॐ

हे ईश्वर!
मुझे करो न तुम भयभीत अपनी विचारशील दृष्टि से,
उस भयंकर मुखाकृति से, जिससे हुए भयभीत दैत्य भी
डुबो दो मुझको अपने अंगार-से नेत्रों में
बिंध जाए आत्मा मेरी भीतर तक

तुम करुणा से भरे हुए हो
मैं अभागी एक आत्मा
तड़फड़ाती इस भव-सागर में।

ॐ ॐ ॐ ॐ ॐ ॐ

मुझे दृष्टि दो कि तुम्हें देख सकूँ
मुझे अपने निवास ले चलो स्वर्ण शिखर के अंतर में
उन किंपुरुषों की भूमि में अर्द्ध-पुरुष और अर्द्ध-पशु जो,
बिखेर दो मुझको रहस्यमयी पर्वत की बाँहों में
घिरा हुआ जो गंधर्वों से देखूँ मुड़कर पिता को तुम्हारे
चेहरे पर महसूस करूँ उनका मोहक स्पर्श
मैं प्रकृति की गोद में लेट तुम्हारे निकट
मैं ताकूँ ईश्वर के चेहरे को तुम हो वहीं, जहाँ राम हैं
और राम ही मेरे केवल प्रियतम,
वनमाली!
इसलिए हे वानर!
मुझे वनमाली के पास ले चलो!
मैं उनको खोजा सर्वत्र तुम आदर्श हो मेरे वाहन
मेरे प्यारे मारुति मेरी यह विनती मत टालो
मैं हूँ तुम्हारी शाश्वत सेविका उसने ही तो मुझको भेजा
मैं जान चुकी कि वो और तुम हो अलग नहीं, तुम दोनों एक
भगवान प्रथम या पहले भक्त,
कोई न जाने, हैं अनंत में दोनों एक।

ॐ ॐ ॐ ॐ ॐ ॐ

मैं अपने उपवन के वानरों को देखती
क्या तुम इनमें हो सकते हो,
ये सोचती तुम्हारी तरह ये उपवन उजाड़ते
फल खाते ये जल को गंदा करते
क्या मैं इनके अन्याय को सह लूँगी?
क्या ये सब हैं तुम्हारे कुल के?
हे दिव्य वानर, तुम मुझे बताओ!
क्यों यह हिंसा, क्यों यह चिंता?

क्या तुम बचा सकते हो मुझको?
क्या मैं दासी यूं ही तुम्हारी?
उन्हें सिखाओ तुम संयम रखना
जैसे रहते थे तुम स्वयं संयम से
फिर मैं तुमसे प्रेम करूँगी पहले से, और भी ज़्यादा!

ॐ ॐ ॐ ॐ ॐ ॐ

मेरे हनुमान महान, जानने में तुम करो सहायता
वानर चित्त की मौज-मस्ती मेरी तरंग को करो नियंत्रित
ईश्वर की मुझे दिशा दिखाओ प्रेरणा पाते तुम जहाँ से
थाम मुझे लो जैसे तुमने थामा था वह पर्वत विशाल
ले चलो मुझे वैकुंठ, वनमाली का जो है निवास
हे वानर! बनकर मेरे दूत जाओ तुम वनमाली के पास
कान में उनके कहना ऐसे, जैसे चुपके से कहा राम को
राम के प्रति प्रेम सीता का वनमाली के प्रति प्रेम देवी का!

ॐ ॐ ॐ ॐ ॐ ॐ

ॐ श्री हनुमते नमः

# हनुमान के अन्य नाम

| | |
|---|---|
| हनुमान | जिसने मन को वश में कर लिया है<br>जिसका जबड़ा टूटा हुआ है |
| महावीर | परमवीर |
| आंजनेय | अंजना के पुत्र |
| केसरी पुत्र | केसरी के पुत्र |
| वायु पुत्र | वायु के पुत्र |
| मारुति | मरुत के पुत्र |
| केसरी नंदन | केसरी के प्रिय |
| जितेंद्रिय | जिसने इंद्रियों को वश में कर लिया है |
| सुग्रीव मित्रम् | सुग्रीव के मित्र |
| रामदास | राम के सेवक |
| प्राणदेव | जीवन देने वाले |
| रामदूत | राम के संदेशवाहक |
| सुंदर | ख़ूबसूरत |
| पवन पुत्र | वायु का पुत्र |
| संकट मोचन | दुखों को दूर करने वाले |
| बजरंगबली | वज्र के समान मज़बूत |
| शूर | साहसी |
| महात्मन् | महान |
| भक्तवत्सल | भक्तों पर दया करने वाला |
| महातेजस्वी | शक्ति से भरपूर |
| वात्मज | जो वायु से उत्पन्न हुआ हो |
| दैत्यकुलांतक | राक्षस कुल का नाश करने वाला |
| लक्ष्मण प्राणदाता | लक्ष्मण के प्राण बचाने वाला |
| कपीन्द्र | बंदरों के राजा |

| | |
|---|---|
| महाबल | असाधारण बल वाले |
| रुद्रस्य-सूनु | रुद्र (शिव) के पुत्र |
| विरूप | विचित्र शक्ल वाले |
| उत्तमन | सबसे महान |
| सहस्रवदन | हज़ारों चेहरे वाले |
| शुभांग | अच्छे अंगों वाले |
| वीर | बहादुर |
| रामप्रिय | राम के प्यारे |
| लोकबंधु | सभी के भाई-बंधु |
| तपस्वी | तप करने वाले |
| भीम | बड़े शरीर वाले |
| शुभम् | अनुकूल, सुंदर |
| मंगल मूर्ति | सौभाग्यशाली |

ॐ *श्री हनुमते नमः*

# अनुवादक की ओर से

सामान्य हिंदू परिवारों के बच्चों की भाँति, मेरा बचपन भी *रामायण* और *महाभारत* के किस्से-कहानियाँ सुनकर बीता। यूँ तो समग्र भारतीय वाङ्मय अति उत्तम है, किंतु आज भी, संत तुलसीदास कृत *रामचरितमानस* को भारतीय संस्कृति की श्रेष्ठ रचना माना जाता है। भक्ति-प्रधान होने के कारण इसमें, निस्संदेह, रस और माधुर्य की प्रचुरता है। इसमें, तुलसीदास ने भगवान श्रीराम का मर्यादा-पुरुषोत्तम स्वरूप प्रस्तुत किया है और साथ ही, उन्होंने एक और नायक की रचना की है - वानर-श्रेष्ठ, भक्त शिरोमणि पवन-पुत्र हनुमान! राम-कथा का संपूर्ण अध्ययन करने से पता लगता है कि हनुमान इतने शक्तिशाली और सामर्थ्यवान थे कि यदि वे चाहते तो, अकेले ही बाली को मार सकते थे, लंका जाकर रावण का वध करके, सीता को वापस ला सकते थे। परंतु उन्होंने इतना सामर्थ्यवान होने के बावजूद, कभी अपने दास्य भाव का अतिक्रमण नहीं किया और अपने अद्‌भुत कारनामों का संपूर्ण श्रेय सदा अपने स्वामी श्रीराम को ही दिया।

*'श्री हनुमान लीला'* नामक इस पुस्तक में लेखिका वनमाली ने हनुमान के जन्म, उनके कारनामों, गुणों और उनकी सेवा व निष्ठा का अत्यंत सुंदर और भावुक चित्रण किया है। हनुमान के चरित्र को समझने और आस्था एवं निष्ठा का असली अर्थ सीखने के लिए यह एक आदर्श पुस्तक है। मुझे हार्दिक प्रसन्नता है कि मुझे इस पुस्तक के अनुवाद का कार्य मिला। इस कार्य से न केवल मेरे अनुवाद-कौशल एवं अनुभव में वृद्धि हुई है, अपितु इसने मेरे भीतर राम और हनुमान दोनों के प्रति श्रद्धा और भक्ति के भाव को भी प्रबल किया है। इस अनुपम कृति के लिए वनमाली जी को हार्दिक शुभकामनाएँ तथा मंजुल पब्लिशिंग हाउस का आभार!

# अनुवादक के बारे में

**आशुतोष गर्ग** का जन्म 1973 में दिल्ली में हुआ। इन्होंने एम.ए. (हिंदी), स्नातकोत्तर डिप्लोमा (अनुवाद, पत्रकारिता) तथा एम.बी.ए. किया है। लेखन-प्रतिभा अपने पिता डॉ. लक्ष्मी नारायण गर्ग से विरासत में मिली। स्कूल के दिनों में काव्य-लेखन से लेखन का सफ़र आरंभ किया और अब तक इनकी कई पुस्तकें प्रकाशित हो चुकी हैं। आशुतोष अंग्रेज़ी व हिंदी दोनों भाषाओं पर समान रूप से अधिकार रखते हैं तथा अनुवाद के क्षेत्र में एक परिचित नाम हैं। इन्होंने लेखन व संपादन के क्षेत्र में भी सराहनीय कार्य किया है। *शिक्षार्थी हिंदी प्रयोग कोश*, *द्विभाषी प्रशासनिक शब्द-प्रयोग कोश*, *एक सौ एक रोचक पहेलियाँ* तथा *मैं ऐल्बर्ट आइंस्टाइन बोल रहा हूँ* इनकी मौलिक पुस्तकें हैं। इसके अतिरिक्त *द्रौपदी की महाभारत*, *आनंद का सरल मार्ग*, *दशराजन्* तथा *द लाइफ़ ऐंड टाइम्स ऑफ़ थॉमस अल्वा एडिसन* इनके प्रमुख अनुवाद हैं। इनकी कुछ अन्य पुस्तकें प्रकाशनाधीन हैं। समाचार-पत्र व पत्रिकाओं में नियमित रूप से लिखते हैं। आजकल रेल मंत्रालय में उप-निदेशक के पद पर कार्यरत हैं।